FIGURES IN A LANDSCAPE

PEOPLE AND PLACES

景觀中的風姿

人物與地方

PAUL THEROUX

保羅．索魯——著 胡洲賢——譯

把我給你的啟示
明明白白地寫在版上，
使人可以隨跑隨讀。
——《聖經．哈巴谷書》第二章第二節

【目次】

前言
景觀中的風姿：人物與地方的探討

我是個小說家，僅偶爾撰寫散文或旅行故事。其實我多麼希望能描述我小說創作過程中的心路歷程——比如一開始便失誤的旅程、糟糕的一天、和突然魅力湧現時，那種茫然摸索的心境——而不流於狂妄的揣測和荒謬的自負。但即便這種漫浪的嘗試也難免失之矯飾而令人不快，所以你知道我的為難之處了。

如果我不能忍受其他作家空談他們作品時的狂熱虛榮，那為何我還要做同樣的事？我樂於看到有人寫出好的小說，卻絕不哀嚎他們是怎麼做到的。當作家抱怨寫作是多麼艱難、是痛苦的謀生時，任何傻瓜都看得出來他們說的根本是破詞兒。和真正的工作相比，諸如開採煤礦或採收鳳梨或撲滅野火或擔任侍者等，寫作根本是天堂。

此外，我也受困於折磨著許多作家的莫大恐懼，就是如果我細細解剖創作小說的技巧，可能就再也寫不出一個字兒了。這種事最好不要亂吹噓。每個作家都必須找到小說中的祕密，處境悲慘有幫助、胡思亂想和喜愛書本也行，還有便是離開家門。旅行家諾曼・路易斯（Norman Lewis）[1]表達得十分傳神的「離家越遠，作品就越好。」是我從小就懷抱到大的概念，事實也證明的確如此。

但如果小說寫作是一種在黑暗中進行、諱莫如深，且難以捉摸的儀式，也就是說在下筆之前，你根本不明白自己在寫些什麼的話，那其他類型的寫作便是一種比較簡潔及實用的方法。

旅遊書寫我倒是可以談談。我有一定的指導方針。首先要盡可能的以非官方性質進行。官方旅行的危險證據隨處可見。世上沒有任何事比贊助的訪問、媒體公費旅遊、記者團、提供記者的資料、和實情調查任務更具誤導性的了。官方訪問的潛台詞總是偏頗，而官方訪客的懶惰、妄自尊大和貪婪，也驅使其接受贊助，欣然接受謊言。紅地毯的目的就是讓訪客眼花撩亂，以模糊真相。

「烏干達現在情況不錯。」當我在某場聚會上告訴柯林頓總統我去過那裡時，他對我這麼說。

我說：「不，不是的。那裡政府腐敗，總是迫害反對派。叢林生活比一九六〇年代我在坎帕拉（Kampala）[2]當老師的時候還要糟糕。而且正如我剛剛跟您說的，我一個月前才在那裡。」

「希拉蕊（Hillary Clinton）才剛從那邊回來，」關於我的無知，總統微笑以對。「那裡狀況不錯。」

這會兒輪到我笑了。

「你以為你是誰啊，把伊朗說得這麼糟糕？你撒謊！」一九七五年八月，我出版第一本旅遊書《大鐵路市集》（*The Great Railway Bazaar*）之後，瑪里昂（雅各布夫人）・賈維茨（Marion [Mrs. Jacob] Javits）[3]在紐約市國家廣播公司（NBC）電視工作室後台對我咆哮。她說伊朗是一個安定、繁榮、治理良好的國家。真的嗎？我搭火車和公車，從西向東穿越伊朗，最後抵達聖城瑪什哈德（Meshed）。一路上聽到的都是伊朗人憤怒指控有關酷刑、鎮壓和暴政的故事，聊的都是要下架沙阿（Shah）[4]。事後證明，賈維茨夫人是伊朗政府的有償顧問，而她身為美國參議員的丈夫雅各布（Jacob Javits），也經常前往伊朗公費旅遊，享用沙阿提供的免費魚子醬。十四年後，沙阿終於被推翻下台。

「旅遊書的命運，可謂最不確定的。」約瑟夫．康拉德（Joseph Conrad）[5]在理查德．庫爾（Richard Curle）[6]《進入東方》（*Into the East*）的序言中這麼寫道：「在人類所有的文學作品當中，旅遊書受到的抨擊最多，所以最常把自己的命運交到敵人手中的，就是旅遊書作者。」

在一九八八年出版的中國旅遊一書《騎乘鐵公雞：搭火車橫越中國》（*Riding the Iron Rooster*）中，我提到了中國警察、人民武裝警察和「城管」（維安官員）特別喜歡毆打學生。我在中國旅行了整整一年，見過多次示威運動。因為西方一貫的看法是中國政府有心改革，已經變得比較寬容了，所以評論家頻頻打臉我的書，結果一年後就發生了天安門廣場大屠殺事件。

真正的旅行和散文家的探究所需要的策略要單純多了——謙虛、耐心、孤獨、隱姓埋名和保持

1 頗具影響力的英國記者和多產作家。最出名的是他的旅行寫作，他還寫了十二部小說和幾卷自傳。
2 烏干達首都。
3 參議員之妻，以為伊朗做國會說客聞名。
4 波斯語古代君主頭銜的漢譯名。在此指的應該是伊朗最後一任沙阿巴勒維。
5 波蘭裔英國小說家，是少數以非母語寫作而成名的作家之一，被譽為現代主義的先驅。年輕時當海員，中年才改行寫作。
6 蘇格蘭作家、旅行家和藏書家。是約瑟夫．康拉德的常客，並在他晚年時擔任助理。

警覺，這些特質一般不會拿來要求那些油頭粉面的國會調查團議員，或是隨意施捨、散發免費食物的慈善單位代表，或是報導高層會議的記者的，那些人不過都是為了踏上歡迎的門墊而來。

我是個有點錢、有點年紀、有點名氣的作家，足以搭頭等艙、租用名車、入住豪華酒店，但這一切卻更讓我有穿著舊衣、撙節預算、搭乘公車、火車或牛車旅行的必要。我的基本素材（這也是希羅多德〔Herodotus〕[7]以來旅行敘事的內容）都來自社會底層的對談。

二〇〇一年在非洲，我從政治家那裡得到的啟示很少，和卡車司機、移民、妓女和農民的聊天中獲益良多。作家也是靈感的來源，尤其是那些已然成為特定景觀一部分的作家。在布宜諾斯艾利斯，我參照的是波赫士（Jorge Luis Borges）[8]的作品、在丹吉爾（Tangier）是保羅・鮑爾斯（Paul Frederic Bowles）[9]、在巴西是喬治・阿瑪多（Jorge Amado）[10]、在土耳其是亞沙爾・凱末爾（Yaşar Kemal）[11]，以及其後的奧罕・帕慕克（Ferit Orhan Pamuk）[12]。在非洲旅行時，我和納吉布・馬哈福茲（Naguib Mahfouz）[13]在埃及相處一陣，在約翰尼斯堡也和納丁・戈迪默（Nadine Gordimer）[14]共度時光。我所有旅行作品和許多散文，似乎都可歸結於神祕人物法蘭西斯・培根（Francis Bacon）[15]的畫作標題《景觀中的人物探索》（*Study for Figures in a Landscape*）。

我和所有旅人一樣喜歡舒適。沒有人比作家更清楚遺世獨立是多麼的讓人愉快，而混跡年輕人浪擲金錢，彼此吹噓的聚會是多麼的沉悶。聽起來有點耳熟？這是改述莎士比亞（William Shakespeare）《一報還一報》（*Measure for Measure*）中公爵的箴言。他是旅行作家的好榜樣。為了了解公國的真實情況，公爵表明自己需要喬裝成卑微的身分，比如修道士，「走訪貴族和人民。」

八世紀時巴格達（Baghdad）哈里發（Caliph）[16]哈倫・拉希德（Harun al-Rashid）[17]的例子也很有用，他總是習慣性地把自己偽裝成平民，到市場去看看百姓們如何生活，他們有什麼抱怨、心中

在想些什麼、讓他們自豪的是什麼。過去所有偉大的旅行者都是以同樣的心態出外遊歷，像是走訪

7 古希臘作家，他把旅行中的所聞所見，以及波斯阿契美尼德帝國（Achaemenid Empire）的歷史記錄下來，著成《歷史》一書，成為西方文學史上第一部完整流傳下來的散文作品。

8 阿根廷作家、詩人、翻譯家。作品涵蓋短篇小說、短文、隨筆小品、詩、文學評論和翻譯文學等，以雋永的文字和深刻的哲理見長。

9 美國作曲家、作家、翻譯家與海外國民。

10 巴西現代主義小說家，被認為是巴西最有影響的作家之一，其作品被翻譯成多國文字，許多曾被拍成電影，主要關注的是城市中黑人及混血族群的生活。

11 二十世紀土耳其代表作家。

12 土耳其作家，二〇〇六年諾貝爾文學獎得主。

13 埃及小說家，被看作是最重要的埃及作家和阿拉伯世界最重要的知識分子之一。一九八八年諾貝爾文學獎得主，是第一名獲得此獎的阿拉伯語作家。

14 南非女作家，一九九一年諾貝爾文學獎得主。

15 生於愛爾蘭的英國畫家，為同名英國哲學家的後代。其作品以粗獷、犀利及具強烈暴力的圖像著稱。

16 伊斯蘭教第二十三代哈里發，阿拔斯王朝的第五代哈里發，在位期間為王朝最強盛時代，曾親率軍隊入侵拜占廷的小亞細亞。其首都巴格達和唐朝長安為世界第一流的城市，不但人口多達一百萬，也是國際貿易中心，不過他的時代也是王朝衰退的開端。

17 是伊斯蘭教的宗教及世俗的最高統治者的稱號，最早指先知穆罕默德的繼承者，在穆罕默德死後，其弟子以阿拉使者的繼承者（Khalifat Rasul Allah）為名號，繼續領導伊斯蘭教，隨後被簡化為哈里發。

中國的中世紀修道士、日本的托缽僧，而法國歷史學家費爾南・布勞岱爾（Fernand Braudel）[18]則在一本我最喜歡的著作《日常生活的結構》（*The Structures of Everyday Life*）裡，大量引用流浪者日記的內容。官方旅行根本不會告訴你世界的相貌；非正式的旅行，透過竊聽和偷窺，卻可以做到。

從開羅遊歷到開普敦，撰述非洲旅遊書《暗星薩伐旅》（*Dark Star Safari*）時，我發現自己都是在公車、卡車、渡輪、獨木舟和火車上度過。我一直是個無名氏；也從來無法使用特權，我有時僅是「先生」（effend）[19]或「白種人」（faranji）[20]，行經斯瓦希里語區（swahili）[21]的非洲時，我就只是個 mzee——老爸、老爺——這就是我想要的，一個無名的長輩。隻身旅遊當然有風險，回報卻也極大。身為美國旅人擁有的特權已經夠多，但是如果沒有看到某個國家的陰暗面、內陸腹地和日常生活，我實在不懂要如何了解這個國家的真相。我要造訪的不是辦公室裡的官僚，而是自然景觀中的人物。

任何國家，尤其是非洲國家，最能顯示真相之處，就在它的邊界。誰都可以在首都機場入境，並被其現代化所愚弄，但搭公車或火車到邊境卻需要一定的膽識，那裡總是聚集著流離失所的烏合之眾，不是掙扎著要離開，就是想要進入，完全摧毀了官方形象。邊境的海關和移民署官員絕非以態度優雅著稱，卻比首都國際機場的任何送往迎來更能代表在地生活的面貌。

如果你從事的是非官方性的即興旅遊，背後的支持系統是什麼？除了膽識，別無其他，你本人到場，然後懷抱著最好的期待。我聽過最明智的旅行建議，是來自一個在澳洲海灘紮營的浪者，他計畫航行繞過約克角半島（Cape York Peninsula）。就算搭乘大型船隻，那都是段令人毛骨悚然的航程，他卻計畫搭乘一艘小型自製木筏。毫不懷疑自己能夠在托雷斯海峽（Torres Strait）的急流和強風中倖存，甚至還可能進一步勇闖巴布亞紐幾內亞（Papua New Guinea）。

他說：「我發現，如果不趕時間，你什麼事情都可以做，什麼地方都可以去。」

我得到的所有優良建議，似乎都來自那些只想移動的人——全都是樂觀主義者。為了撰述一九九二年出版的《大洋洲快樂島》（*The Happy Isles of Oceania*），我和特羅布里恩群島（Trobriand Islands）一些漁民搭乘浮架獨木舟航行時，舵手告訴我，他有時會航行數百哩，尋找魚群。「海洋看起來空無一物，但事實並非如此，到處都有岩石和小島，可以供你停泊獨木舟，在當地過夜。」他說道。

旅行大部分都是麻煩和拖延，沒有讀者想要聽這些。我盡全力做好準備工作，很少探詢當地人士名號，然後前去打攪。心懷焦慮和因地制宜有助於旅行者，因為可以隨時提醒自己是個陌生人，以保持警惕且能足智多謀。出發之前，我會設法找到最詳細的地圖，遍讀所有旅行指南以撙節開支。有錢好辦事，但時間的價值更高。除了小型短波收音機，我不帶任何高科技產品，近來則只帶手機，從來不帶相機或電腦，身上沒有一樣東西是脆弱或不可替代的。我的包包在南非被偷過，所有東西幾乎都被搶光了——很好的一次教訓。我只做筆記。有誰會偷筆記本呢？

至於寫作，我總是隨身攜帶一本口袋大小的筆記本，整天信筆塗鴉，到了晚上再轉謄到一本較

18 法國年鑑學派第二代著名的史學家。

19 廣泛用在自土耳其至新疆天山的廣大地區內尊稱的頭銜，多用於稱呼有較高學識的學者或高階政府官員。相當於「先生」或是「師傅」。

20 泰語，音譯為法朗人，用以概稱歐裔人種。一九九九年官方泰語辭典《皇家機構辭典》將該詞定義為「白種人」。

21 屬於班圖語族，是使用人數最多的非洲語言之一，和阿拉伯語及豪薩語並列非洲三大語言。

大的日誌上，規律敘述這一天的點滴。平均下來，每天約書寫一千字，有時少些，經常多些。途中只要有機會，我就會去影印筆記內容，一次大約四、五十頁，然後郵寄回家。旅行結束時，大概會寫滿七、八本學生用的筆記本，這些都是日後成書的基礎。我也會採訪某人做側寫，特別是有潛在爭議的名人，在筆記記錄對方回答的同時會開著錄音機，方便日後摘要之用，之後親自抄寫錄音的內容，略去無聊的部分。自始至終，我沒有聘用過祕書、助理或研究員。雖然我寫的小說比旅遊書還多，但如果真有所謂小說寫作方式的話，我對於自己如何寫小說，可沒有如此具體且篤定的方式。

繼一九八四年的《日出與海怪》（*Sunrise with Seamonsters*）和二〇〇一年的《旅行上癮者》（*Fresh-Air Fiend*）之後，《景觀中的風姿》是我的第三部散文集，在過去五十三年多的時間，我總共寫過一百三十四篇散文。這段時間也出版了小說、短篇故事和旅遊書。幾百萬個字啊！我的作為或許像個有強迫症的書寫狂，不過一般畫家都會有這種自然衝動，在一生中創作出許多繪畫和素描。就像畫家一樣，沉浸在寫作中讓我的生命具有意義，也是我的營生方式。我對畢生致力於詳盡調查的福特．馬多克斯．福特（Ford Madox Ford）[22]深感共鳴，他在《文學行進》（*March of Literature*）中將自己描述為「一個瘋狂熱愛寫作的老人——與北齋（Katsushika Hokusai）[23]自稱為瘋狂熱愛繪畫的老人具有同樣的意義。」

一九七一年辭去新加坡大學工作時，我發誓此生永遠不會再有老闆或必須遵守的如下備忘錄：「星期四系務會議，一定要到」。當時我已經出版了四本小說，正在努力第五本《聖傑克》（*Saint Jack*）。我心想：「即便意味著生活會貧困，我都不能再繼續做個兼職作家，我得全心投入才行。」「一樣東西的價值有多高，就看你願意為了擁有它而放棄多少。」在我的兒子馬塞爾．索魯

（Marcel Theroux）的小說《祕密書》（*The Secret Books*）中，這句箴言優雅地表達出我四十六年前的感受。當時的我拋棄了工作保障、一筆可能到手的退休金、一定分量的聲望、和一份月薪，在英格蘭鄉村多塞特某個偏遠地區一間暖氣不足的小石屋中過著收入不穩的生活。《聖傑克》的初稿就是在那裡快樂完成的。

出於需求，讓我領悟我也可以透過接寫作的案子支付帳單，撰寫書評、旅遊文章，以及替眾所周知或沒沒無聞的人物進行側寫。安東尼·伯吉斯（Anthony Burgess [John Wilson]）[24]曾寫道：「工作只要是酬勞合理，我都來者不拒，就算是不合理的，只要是偶一為之，我也會接。」我認同伯吉斯的話，他是個朋友，總不吝於讚譽我的作品；我也認同其他所有接案賺錢，以資助小說寫作的作家。

格雷安·葛林（Henry Graham Greene）[25]、V·S·奈波爾（Sir Vidiadhar Surajprasad Naipaul）[26]、

---

22 英國小說家、詩人、評論家和編輯。

23 日本江戶時代後期的浮世繪師，日本化政文化的代表人物。一八二六年為配合當時的日本內地旅遊業的發展，也因為個人對富士山的情有獨鍾，以富士山不同角度的樣貌為題材，創作了系列風景畫《富嶽三十六景》，並憑此名聲遠揚。

24 英國小說家、評論家及作曲家。同時也是一名活躍的歌詞作者、詩人、編劇、新聞工作者、小品文作家、旅行作家、播報員、翻譯和教育家。小說《發條橘子》由史丹利·庫柏力克拍成同名電影。

25 英國小說家、劇作家和評論家，小說混合了偵探、間諜和心理等多種元素。

26 印度裔英國作家，諾貝爾文學獎得主。

V．S．普里切特（Victor Sawdon Pritchett）[27]和強納森．雷班（Jonathan Raban）[28]，以及我所認識的許多其他作家，都以自由作家的身分開始職業生涯。我喜歡「自由作家」這個名詞，意味著獨立和潛力，有如來去自由的武裝騎兵，不用對任何爵士效忠，而是開放協商，有戰鬥的意願。亨利．詹姆斯在談到他的小說時，寫道：「那是營生、興趣和價值的藝術，而且我知道小說創造過程的力量和美麗是無以取代的。」然而，這種高尚的情操必須與事實妥協，詹姆斯也是會為了謀生而撰寫旅遊文章和書評的人。

當強納森．雷班在一九八七年出版他的第一本散文集時，刻意將書命名為《為了愛與金錢》（*For Love and Money*），這是自由作家盾牌上的座右銘。不可否認的，作家會為了支付帳單而接受寫作任務，因為正如詹森博士（Samuel Johnson）[29]所說的：「除了傻子，否則寫作當然是為了掙錢。」但話說回來，若非熱愛寫作，也沒有人能寫得好。

雖然沒有官方贊助找上我，但我並無貶低古根漢獎學金（Guggenheim fellowships）、傅爾布萊特獎（Fulbright awards）、麥克阿瑟獎（MacArthur genius grants）或任何駐地作家職位的意思。但是它們難免會造成誤導和蠱惑作家的結果。伴隨這些獎項而來的光彩魅力和社會優勢難免引發一種錯覺，認為是贊助行為，而非作品本身，使他們的地位有了顯著的提升。贊助的後果之一是自滿、身為名人的放肆、無可避免的人情往來、以及某種虛幻感。我還注意到，這些幸運的作家不願意踏出舒適圈去試探未知的世界。更糟糕的是其態度——經常在受贊助、得獎和戴上桂冠的作者身上出現的自然反應——把自由作家貶為格拉勃街（Grub Street）[30]受雇代筆的老住客。所以在寫下這些看法之後，我想，在談到贊助問題時，我終究會心存疑慮和輕蔑。

自由作家是受到好奇心的指引，在追求過程中必須毫無妥協，絕對不能因為寫得不好、時間匆促、或因雜誌編輯堅持某種風格而背叛其天賦。旅行與得以臨時奉命上場的自由，是這種生活的本質。但即使抓住最簡單的機會，也有可能引發一連串事件。

例如，我渴望划著愛斯基摩小艇暢遊尚比西河，因此成功將此概念推銷給《國家地理雜誌》。而在我為雜誌撰文的旅途中，遇到了一對標致的夫婦，正在尚比西河濱的辛巴威進行奢華的狩獵之旅。那女子穿著高筒靴和訂做的獵裝；男子則有著海明威[31]風格的鬍鬚和嚴肅，一身時髦的卡其服。他們是紐約人，我以為他們是夫妻，臨別時，那位女士留下一句：「要保持聯絡。」

回到美國後，我打電話給她，想聽聽她對非洲的印象，談話間，我問起她的職業。「我是虐戀行業的施虐女王，和我一起的那個男人是我的客戶之一。在那次狩獵旅行中，我經常打他屁股。」她說。

我就是這麼認識「狼女護士」（Nurse Wolf）的，她同意和我對談，其內容成為本書中的一篇，最早刊載在《紐約客》。尚比西之旅和《紐約客》的報酬讓我得以展開一場更為雄心勃勃的非

27　英國作家和文學評論家。以其短篇小說而聞名。
28　英國旅遊作家、評論家及小說家。
29　常稱為Dr. Johnson，英國歷史上最有名的文人之一，集文評家、詩人、散文家、傳記家於一身。前半生名聲不顯，直到他花了九年時間獨力編出的《詹森字典》（*Samuel Johnson Dictionary*）為他贏得了聲譽及「博士」的頭銜。
30　倫敦一條很早就和廉價文人成為同義詞的街道。
31　美國記者和作家，被認為是二十世紀最著名的小說家之一，作品中對人生、世界和社會都表現出了迷茫和彷徨。一生感情錯綜複雜，先後結過四次婚，是美國「迷失的一代」。

洲之旅，橫越大陸從開羅到開普敦，成就了我的旅遊書《暗星薩伐旅》。

在最佳情況下，自由作家可以過著隨遇而安的快樂生活。一九八〇年應邀為雜誌撰稿，前往中國長江巡航一事，帶來更多在中國工作的機會，最終導致長達一年的鐵路旅行與《騎乘鐵公雞：搭火車橫越中國》一書的誕生。一九八〇年代後期紐西蘭一則故事激起了我的好奇心，幾年後，我航遍太平洋，著作《大洋洲快樂島》一書，後來還成為夏威夷的居民。

偶爾，我的好奇心會占了上風，撩動我隨心所欲地寫些東西，希望雜誌會有興趣刊登。在閱讀了許多奧利佛・薩克斯的書後，我給他寫了一封邀請函，希望能與他共進午餐，討論他的「街頭神經病學」理論——隨機辨識紐約市行人的精神情況。我們一起散步，奧利佛當場診斷陌生人的抽搐狀況和強迫行為。此後我們成了朋友。我保留了詳細的筆記，並將其改寫成奧利佛的人物側寫，在一本雜誌上發表。

這本書所收納的有關夏威夷、倫敦生活、自傳、養鵝、服用迷幻藥物死藤水、閱讀的日常生活，以及我寫的許多專欄，都是我自己想寫的。裡面有關我父親的文章〈親愛的老爹〉，寫於二〇〇七年冬在西伯利亞快車（Trans-Siberian Express）上，當時我有九天的空檔（和五千七百七十二哩〔約九千二百八十九公里〕路）。從海參崴開始，我一路書寫對父親的回憶，窗外飛逝著白樺樹和蒼白淒涼的俄里（verst）[32]雪景，當火車駛入莫斯科的雅羅斯拉夫斯基火車站（Yaroslaysky Station）時，文章已然順利完成。這篇關於我父親的文章引發了我對家人更廣泛的沉思，持續不斷的筆記之下，後來成為我的小說《祖國》（*Mother Land*）。

還有一種文章是基於編輯的請求，甚或彼此聊天而來。這種憑空而至的建議，通常會促使人盡量和書本、世界、複雜的人物、獨特的景物保持接觸。負責指派任務的編輯會先徵詢，看誰有興趣撰寫某個名人的簡介、介紹某一本書，或評論某位作家，如果是我佩服的作者或書籍，我就會答應。基於此，才有了亨利・大衛・梭羅（Henry David Thoreau）[33]、亨利・莫頓・史坦利（Sir Henry Morton Stanley）[34]、約瑟夫・康拉德、薩默塞特・毛姆（William Somerset Maugham）[35]、格雷安・葛林、保羅・鮑爾斯[36]、慕麗爾・史帕克、亨特・湯普森等人的文章。

我在非洲當老師時，第一次閱讀喬治・西默農（Georges Simenon）[37]的《切斯・克魯爾》（*Chez Krull*），後來繼續看他的書，興奮地發現他曾於一九三〇年代旅遊非洲（並寫了三部以非洲為背景的小說）；也曾航行穿越太平洋，住過亞利桑那州（Arizona）和康乃狄克州（Connecticut），並出版了數百部小說。在讀了西默農五十年後，當某位編輯要我為他重新發行的小說《寡婦》（*The Widow*）寫序文時，當真是讓人欣喜若狂。

這種隨機寫作的生活最大的滿足感之一，是不必放下工作走進教室、或申請研究員職位、或擔任某種顧問，就能賺到合理的生活費。另一種滿足則是這種偶爾寫寫文章、出出書的概念，會令人

---

32 俄國的里程計數，一俄里約等於一點零六六八公里。

33 美國作家、詩人、哲學家、廢奴主義者和超驗主義者，也曾任職土地勘測員。

34 英裔美國記者和探險家，曾遠征中非，尋找英國傳教士大衛・李文斯頓（David Livingstone），也曾探索及開發過剛果地區。

35 英國現代小說家和劇作家。

36 美國作曲家、作家、翻譯家與海外國民。

37 比利時法語作家，一生中創作了超過四百五十部推理著作，可能是二十世紀最多產的一位作家，成功的塑造儒勒・梅格雷探長這位名偵探，並以他為主角創作一系列的小說。

產生自己好像有份不錯的工作的假象，亦即平常很忙，有工作要做。因為作家的最大恐懼是寫作的過程過於緩慢，以至於更像是一種剛愎的愛好，而不是一份穩定的職業，更遑論是一份真正的工作。

這許多都已是明日黃花，世界上許多工作，昔日文學生活的基本元素都已逐漸消逝。我最近把自己的資料賣給了一所知名的圖書館，他們派了一輛卡車來載。但這件事本身也在逐漸落伍中吧，因為我最早的稿子是用手寫的，也是我所知道的唯一方式。作家擁有紙本這種情況還能持續多久？現在連卡車可能也是多餘的了，許多作家大可將所有檔案都放在一、兩個隨身碟上。

就在我寫作的此刻、當下，各家雜誌都在陸續停刊中，幾乎沒有電視節目會採訪嚴謹的作家，而且（除了全國公共廣播電台〔National Public Radio, NPR〕）電台主要都是在講音樂和體育性話題。我一直熟悉的寫作這一行正在變化當中，舊媒體持續僵化，而我所了解的新媒體是隨意、頑固、即興、大多未經編輯、資料龐雜、經常任意抄襲，且酬勞極低。但是，當我如此定義時，我覺得自己也可能錯把自己生命的結束，混淆為文明的結束（正如我兒子有一次便如此描述老人家），貶低創新、或以驚訝的語氣暗示野蠻人已經逼近門口的皆是老頑固，因為威脅一直都在，因此作家更應保持警惕、不遺餘力的全心投入。

第一章
我的毒品之旅：尋找死藤水

第一次閱讀《死藤傳書》（*The Yage Letters*）時，威廉・柏洛茲（William Seward Burroughs II）[1]喋喋敘述其前往祕魯，同時沿著哥倫比亞的普圖馬約河（Río Putumayo）而下的這趟毒品之旅，尋找其在《毒蟲》（*Junky*）一書中所謂的終極精神藥物（「死藤也許是最終一劑」）——在該次旅途中，他嗑藥、遇搶、忍飢挨餓、失神分心、絮叨胡扯，一心探求大多嗑藥人可望而不可即的一種高潮——我闔上書，心想：哪一天我真該跟著走一趟他的旅程。

彼時為一九六〇年代，當那本書首度問世時，自然引起假道學者一陣圍剿，但對所有志同道合

1　美國小說家、散文家、社會評論家以及說書表演者。身為「垮掉的一代」的主要成員，是影響流行文化及文學的前衛作家，被認為是「最會挖苦政治、最具文化影響力和最具創新力的二十世紀藝術家之一」。

者卻是一大鼓勵，而且內容有趣。「在我身為同性戀的所有經歷中，還從來不曾成了這麼愚蠢的偷竊事件的受害者，」他描述他在祕魯時和一個男孩調情，然後又快速添了一句，「問題是，我和已故的佛納甘神父（Edward Joseph Flanagan）[2]——『男孩鎮』（Boys Town）的創立者——一樣，深信沒有所謂的壞孩子。」

死藤（Yage），亦即*yajé*或南美卡皮木（*Banisteriopsis caapi*），此乃靈魂之藤、亞馬遜流域的神祕甘露、薩滿的神聖湯劑、終極的毒藥，以及具有奇效的靈藥。還有一個更普遍的名稱叫做死藤水（*Ayahuasca*），令人入迷，聽說服用者即使不能因此通靈，也能預知未來。火箭燃料是另一種作用的成分：許多飲用者證實，在死藤水的出神狀態下，會來到遙遠的星球遊歷，遇見外星人和月亮女神。「死藤是時空之旅，」柏洛茲表示。關於此的一項非凡佐證，是由死藤水狂熱者的這位薩滿和藥師（vegetalista）唐．巴勃羅．阿馬林哥（Don Pablo Amaringo）[3]創作的一系列出神狂喜畫作。他的著作《死藤水幻象》（*Ayahuasca Visions*）（和人類學家路爾斯．愛德華多．盧納〔Luis Eduardo Luna〕[4]合著），便收錄多幅他的死藤水歷程極其精細的圖畫。不過該藥物也有其危險性，尤其是抽搐的發作和持續一段劇烈的嘔吐。巴勃羅大師的繪畫中，就有許多都點綴著人們正在嘔吐的畫面。

即使和我最親近的朋友也很少能對我有任何不良影響：我天生對推銷反感，抗拒任何銷售機制。對我而言，強力說服的推銷根本沒有任何推銷效果，而即使是微微的點到一下，也會讓我產生明顯的反感。向我讚譽某項產品或某個人，或在我看來是在拉抬某物或某人時，會促使我極度在意是有什麼動機或活動運作，然後體內的厭惡偵測器就會發出高頻率的反抗尖叫，直衝腦門，讓我朝反方向而去。

不過儘管小心翼翼，我仍然不免被書本給拐到岔路去了。比如有關非洲的閱讀，使我心嚮往之；一九六〇年代我在馬拉威和烏干達待了六年，深深為當地所著迷。在康拉德的誘惑下，我前往新加坡，不是參觀，而是在那個極權統治、滿是繃著臉的高成就者的潮濕島嶼待了三年——還好我前往了北婆羅洲、緬甸北部和印尼旅行，那段冗長的逗留期間才變得不那麼乏味了。書籍引領我來到非洲、印度、巴塔哥尼亞（Patagonia），來到世界的盡頭。藉由旅行，我發現到障礙，探索了自身的極限，讓歲月變得容易，安撫了自己純真和古老都還存在，追尋和過往的聯繫，逃離都市生活的齷齪和科技世界造成的偏執甚至痴呆。《死藤傳書》蠱惑了我，巴勃羅就曾直截了當地寫道：「我決定前往哥倫比亞，去弄點死藤。」

幾年就這麼過去了。然後，我卡在寫了一半的小說上，找不出靈感，而就在這段停工期間，我想起了波赫士的魔幻短篇〈阿萊夫〉（The Aleph），故事裡有個人發現了一塊一吋寬的魔石阿萊夫，使他得以窺見自己的內心和世界之心。我領悟到，探索死藤水的奧祕及通靈的時刻到了，那將成為我的阿萊夫。

2　美國天主教會的愛爾蘭裔牧師。他在內布拉斯加州道格拉斯縣（Douglas County）的男孩鎮建立了一個名為男孩鎮的孤兒院，直至今日仍為陷入困境年輕人可去的中心。

3　祕魯藝術家，以其喝下當地原住民信仰的迷幻植物所釀造的死藤水而創作出錯綜複雜、五彩繽紛的畫作而聞名。

4　哥倫比亞人類學家，著名的死藤水研究者。Don這個字在西班牙語中意思是「先生」，不過本書除了英語，其他語言以音譯為主，故翻譯成「唐」。

一些朋友——自我放逐的旅外作家莫瑞茲・湯姆森（Martin Moritz Thomsen Titus）[5]早前的友人——告訴我，他們聽說過厄瓜多東部亞馬遜流域的原住民裡有薩滿會死藤水儀式，還介紹我一個組織，他們專門安排外國人出團前往亞馬遜上游支流一帶，那裡還有很多傳統治療師。我開始著手安排，很快的便置身於基多（Quito）某間廉價的旅館內，等待這趟毒品之旅其他的團員前來。

「毒品之旅」是我用的稱呼。經過美化的正式名稱是「民族植物學體驗營」，還有些人視其為一項探索之旅，一個探訪多采多姿印加村落的機會。那個村落位於熱帶雨林間的一塊林地，就在幾十年前，曾在此間活動的美國傳教士，成為被迫信奉基督教的泛靈論者挾怨報復的對象，紛紛在吹箭筒和浸毒的箭頭下成了早期的殉教者。

安排這趟毒品之旅的人，將其界定為一趟高尚的郊遊，這八天在雨林裡，旨在培養生態意識和心靈的凝聚力，並學會這些有幫助的植物的名稱和使用，其中之一便是死藤。雖無保證任何儀式，但言談間仍不時暗示會有一場「療癒」。我們將居住在土著賽科亞族（Secoya）的傳統村落，該地深入厄瓜多東部地區，接近哥倫比亞邊界，位於柏洛茲曾上溯的普圖馬約河的一條狹窄支流，當地的死藤樹藤纏繞在雨林的樹幹上，粗如嬰兒臂膀。

不過我一開始就有種不好的預感。我不習慣跟團旅遊，而且這是一群緊張兮兮的雜牌軍團員，人數約八到十人，比我預期的要多。這團最吸引我的——也是我參加的主要原因——是因為唐・巴勃羅・阿馬林哥會是我們的藥師。而即使是唐・巴勃羅出發前在基多所發表激勵人心的演講，也提及他感應到了我們團員間有種衝突。

唐・巴勃羅態度溫和，有著亞馬遜人羞怯的笑顏，對叢林植物如數家珍，讓人很快對他產生信任。他有著金色的肌膚，個頭矮小，表情尤其生動，反應熱切，讓人難以看出他的真實年齡。他的死藤水經驗豐富，做為繪畫大師，可以藉由畫作記錄下第一手體驗。他是受人尊敬的薩滿，雖然他很少使用這個字眼。來自西伯利亞的鄂溫克族（Evenks）的「薩滿」（shaman）一詞，到後來被廣泛採用。在奇楚瓦語（Quechua）中，薩滿就是pajé，「是個能體現所有經驗者。」

唐・巴勃羅也是位老師，他在祕魯普卡爾帕（Pucallpa）經營一所藝術學院。一九五三年，柏洛茲便是在普卡爾帕找到了死藤水。我一見到唐・巴勃羅便很信任他，他是我此生所見少數極具才華、洞察力而且充滿魅力的人。唐・巴勃羅正確診斷出，我在家裡還有要務待處理——我妻子身體不好，而且諸事不順；他似乎知道我正面臨寫作的困境。他的睿智提醒了我死藤水可以提煉出一種物質駱駝蓬鹼。

「你的心一半在這裡，一半在家裡。」他告訴我。

其他團員則令我困擾，除了一位精神病專家兼詩人，和一位此行是為了替自己的書增添一章有關毒品經驗的年輕人（不久前他仍在火人祭〔Burning Man Festival〕[6]上喧鬧作樂），其他人都不是旅行者，即使在基多，他們都一副搞不清狀況的樣子，之後深入厄瓜多內陸，更是顯得憔悴畏縮。一個女的動輒掉眼淚，一個男的自稱是好戰的猶太復國主義者，另一位女士在進行靈性探索，還有位男士向我透露他是為了成道而上路，另一位泣訴：「我需要被療癒。」一位可人的女孩則一直飽受腹瀉之苦。

他們認為自己是探索者，對於此趟旅行的功效似乎頗具信心，然而對於此行的艱苦卻出奇地缺

5 美國作家、農民及和平組織的志願者。曾在厄瓜多的里奧韋爾迪小鎮工作和寫作。

6 一年一度在美國內華達州舉辦的節慶活動，期間會舉行焚燒巨大人形木肖像的儀式。

乏準備。那個愛哭的女子給我的困擾還不大，我更在意其他一些躁動不安、尖聲喧鬧的人。在我看來，他們很幼稚。他們很容易受到驚嚇，卻都指望此行能改善他們的生命。他們大部分不曾踏足叢林，也不曾在簡陋的環境中過夜。個個神情困惑、渾身汗濕、無助地咯咯傻笑，一副唯恐隨時都會遭到埋伏的模樣。領隊盡其所能安撫這群人的緊張，我則始終在發牢騷並且感到不滿，很不習慣面對如此多的憂慮。某位女士正逢生理期，因而被禁止參加儀式。

終於集合好後，我們很遲才離開基多，隨後又在帕帕亞克塔（Papallacta）溫泉耽擱了一陣。來到森林邊緣上閒晃時，唐・巴勃羅指著一朵花給我看，那是天使的號角（大花曼陀羅），屬於木曼陀羅屬（brugmansia family）。該屬種類繁多，但這種藥性最強。「他們叫它曼陀羅花（Datura）——瓜拉尼語（Guarani）叫做 toé。吃了會產生幻覺。就某方面而言，它比死藤水還要猛烈。」

「哪方面？」

「產生強烈的幻覺，」他說著，用手撫觸一片葉子，就像名中國行家正在鑑賞一塊絲綢，「不過，搞不好會把眼睛弄瞎。」

夜幕逐漸低垂，我們繼續東行，緩慢行駛於路況惡劣的道路。一行人在黑夜抵達拉戈阿格里奧（Lago Agrio），這座新興城市隨著美國石油公司的擴展而成長，而為了那些公司開發熱帶雨林，印地安原住民被迫移出。在旅店裡，我們費盡心力將客運車藏好（「否則會被偷走」）。我們在鬼影幢幢、發出刺耳腳步聲的惡臭之城睡去；到了白天，這裡變得炎熱、晴朗，交通壅塞，漏油和被污染的土壤發出了一股酸腐氣味。

在赤道酷熱的烈日之下，拉戈阿格里奧成了個禍害。因為出發前往亞馬遜河的時間延後了，我便悠哉地喝著咖啡，和當地居民瓦昆聊天，他自願當嚮導，並宣稱自己是一名藥師。年紀輕輕，還不到三十的他，有著苦行者的外貌——長髮、褪色的汗衫和涼鞋——也像個冒險者。他告訴我我整夜聽到的噪音，其實是妓女來回忙碌的聲音。他還說，這是個妓女、毒品、軍火走私、叛軍和油井探勘者充斥的城鎮。在這裡什麼都買得到，而且不管什麼時間都可以，即使妓院也從不關門。當時正是早上八點半。

「甚至現在，妓院也開著。」瓦昆表示。

我對此表示質疑，他便帶我搭著計程車，十分鐘後來到一間泥土路旁的低矮房舍。妓院裡各種年齡的女人都有，身穿泳衣，拘謹地坐在折疊椅上，後面是一間間小隔間，圍繞著一個大舞池。雖然音樂開得很大聲，但沒有人在跳舞。有兩個男的在打架，把椅子都掀翻了，大概八或十個男人在喝啤酒。晨光從這棟房子的小窗斜射進來。

「他們整晚在油田工作，早上才來這裡喝酒買醉找女人。」

瓦昆領著我穿過這座頹敗小鎮的後街，街旁店家把手中的骨頭塞給我，低聲道：「瀕臨絕種的動物！」賣的是打磨過的美洲豹（tigre）頭骨。他們還販售厚厚一塊的陸龜殼、填塞過的蝙蝠、成堆的蜥蜴、用針刺穿的死蜘蛛，以及各式各樣的武器——吹箭筒、毒鏢、大型砍刀、看起來很危險的小刀和弓箭等。

「這裡原本是雨林，只有印地安人和動物。」瓦昆問我想要什麼，任何的都可以——猴子的頭蓋骨、老虎皮、毒品、槍枝、十四歲的女孩。他甚至可以幫忙安排一趟他所謂的「毒害之旅」（Toxic Tour），探察哈里伯頓公司（Halliburtcn）和西方石油公司（Occidental Petroleum）對當地所造成的禍害。

我告訴他我和一群外國佬，將會沿著阿瓜里科河（Río Aguarico）前往賽科亞族的村落。他意會到這其實就是一次毒品之旅，他彎起手肘，比了個喝水的姿勢。

「死藤水。」我說。

「其實你在這附近就喝得到，我有認識的人。」他表示。在一間店裡，他帶我觀看一袋袋藥草和植物，還有積了厚厚一層灰的一節節死藤藤蔓在麻布袋裡裝得鼓鼓的。

「不了，我想看看那個村落。」

原本以為很單純的一次追尋死藤水體驗之旅，逐漸變得複雜起來，我的腦袋擠滿了一堆畫面——原油從沿著路邊鋪設、被包覆纏住的油管中噴濺出來；年輕膽怯的女孩、年長憤恨的女人的妓女臉龐；嫖客們窮凶惡極的臉孔；咧著嘴的老虎頭蓋骨；有如我拳頭大小的蜘蛛；熱氣；灰塵。

還有恐怖主義。瓦昆告訴我，就在前一晚，離此大約十哩（約十六公里）之外一座通往哥倫比亞的橋梁上，哥倫比亞革命武裝力量人民軍（Fuerzas Armadas Revolucionarias de Colombia–Ejército del Pueblo, FARC）的一些游擊隊士兵攔下了二十輛汽車。他們用槍脅迫駕駛接下一桶汽油，「澆在車子上，把車燒掉，否則就斃了你。」

當天，位於邊境的拉蓬塔角（La Punta），二十輛燃燒的汽車堵住了通往哥倫比亞的聖米格橋（San Miguel Bridge）。

「想讓觀光客打消念頭。」瓦昆以厄瓜多人的保守說法表示。

和瓦昆道別後，我重新加入其他團員，搭乘巴士前往阿瓜里科河岸泥濘的屯墾區齊利查（Chiritza）。無論是在拉戈阿格里奧、道路兩旁、齊利查、或河的沿岸，都豎著濺滿泥濘的標誌，傳遞同樣的訊息：「禁止進入」。之後，我們搭上一艘靠著船外側噗噗作響的馬達發動的獨木舟，蹲伏在巨大樹幹挖空而成的船身內，往下游出發。

順流而下不到一個小時裡，河寬度就從大約九十公尺縮減為四十五公尺，再縮減二十五公尺，叢林有如茅草屋頂突出於上，可見到垂落的竹子、蔓生的樹藤和闊葉樹木。船裡乘客緊張地喋喋不休，蓋過了來回飛掠的鳥鳴聲。

航行在這樣一條因雨水沖刷淤泥而呈深棕色的河流，困在這樣一艘看似脆弱的船裡，而且還位在遙遠的地域，不免在我們這群外國佬間製造出不安的氛圍。緩慢穿行在這條叢林間的水路，焦慮感油然而生，如此千辛萬苦地前來，屆時回頭，也一樣苦不堪言吧！我們的命運就掌握在這些沉默寡言的嚮導和一派平靜的船夫手中。我實在不喜歡和其他團員同處在這樣一艘船上。對於自己的來去，我向來需要一定程度的掌控，所以在人群中並不樂意，尤其碰上的還是一群初次嘗鮮的嬌貴女子。

天色漸暗，叢林陰沉下來，河水在獨木舟船身汩汩地流著；然而神奇的是，河流仍隱然可見，維繫著最後的亮光，彷彿日照尚未溶解在混濁的水裡。

「漩渦。」一名船夫說著。

過了漩渦，經過長長的河段之後，便來到村落所在。男人身穿橘色罩衫，其中一、兩個頭戴羽毛和藤蔓裝飾，男孩們緊抓船索，幫忙觀光客上岸。

我們被領往一處公共平台，安置在睡墊或吊床過夜。眼見一群群毛茸茸、指關節大小的昆蟲不斷撞擊或撲打在光亮的提燈上，我對這個安排敬謝不敏，不過主要還是因為我想自己單獨睡。我帶了個小帳篷——折疊起來只有一顆橄欖球大小——以及羽絨睡袋，裝袋後的體積比帳篷還小很多。我在村落邊緣一塊空地搭起了營帳。

出發時我所感受到的惶惑，在接下來的兩天裡愈發強烈，一方面掛念著家裡不知道怎麼了，總有種不祥和驚恐感；另一方面在這裡的混亂，給人的不確定感還要更甚。這座賽科亞村落的悲哀和衰敗，令我益發感到自己是在浪費時間。

我和唐．巴勃羅坐在一根倒臥的木頭上，不時有蜘蛛和螞蟻爬過我正記錄著的筆記本，一旁河水不斷舔蝕著泥濘的河岸。我告訴他我的小說正陷入瓶頸，他則跟我談到靈視。

「這隻眼睛可以看到實體世界看不到的東西，有些人的第三隻眼睛已經打開了，其他人則唯有藉助死藤水或其他叢林植物才看得見。」他說。

每天早上，團員都有同樣的問題：「今天晚上嗎？」

「不是今晚。」

到底是吉時未到，還是找來的薩滿沒有按照原定計畫抵達，又或者搞錯了什麼？森林裡苔蘚和黴菌的濕氣瀰漫，令人極度困乏的不安籠罩著我們。

如果有人不知如何是好，會被提議說：「你可以去胡安娜（Juana）的花園拔草。」或者也可以畫畫，或幫忙搭建些什麼，或向療癒師討教些植物學策略。大部分外國佬都很高興能夠做些事，但是不耐的情緒滋長成一股不適、失序的感受。原本在基多還一副體面的外國佬，此刻都成了髒兮兮、汗水淋漓、憂心忡忡的模樣。我們之中一名法國人開始嘲弄美國，而那位年輕作家對他的隨口謾罵不表贊同；一個女的描述自己的生命可謂一連串的悲慘事件，然後開始哭泣。這塊叢林裡的空地，隱約傳來哼哼唧唧的低聲吵嚷。

「你到哪裡去了？」人們開始問我。

「四處看看。」我回答，對於有人注意到我不在感到懊惱。我其實會去村落外圍的河邊寫些筆記，或者待在我的帳篷裡避開蜘蛛，聽我的短波收音機。

一天早晨，厄瓜多人安立奎（Enrique），為了前一晚的醉酒而受到眾人指責。當他遭到羞辱，被迫在那群外國佬的面前道歉時，我笑看這些指控者一副裝出來的純潔。

待他們表演完後，我指出逼迫厄瓜多人的這些人，自己全是老菸槍和吸毒者，所以喝酒算得了什麼？

「酒精對這裡的原住民造成很大的傷害。」一名美國嚮導表示。

我心想：「那死藤水呢？」唐．巴勃羅繼續解釋給我聽。死藤水就像死亡，他表示：「喝下死藤水，你就死了，靈魂會離開身體。但這靈魂是一隻眼睛，可以讓你看到未來，你會看到你的子孫。等藥性過去，靈魂便又回來了。」

某天，在村落裡感到無聊煩躁，我乾脆找一名賽科亞人帶我深入雨林。

他說：「我們可以看看花、鳥、大樹。」

他走在我前頭，一路用一把砍刀劈荊斬棘，後面跟著一名賽科亞小男孩。這就和柏洛茲的旅行一樣，沒有目標，隨興而至。看來人們總在內心感到困惑時，進行這種毒品之旅。他們不習慣一群人擠在一個簡陋的村落裡，愈來愈沒耐心等待，和我一樣，都殷殷期盼薩滿能召喚我們，進行死藤水儀式。我很高興能遠離那群人激動焦慮的笑聲。

潮濕炎熱的天候裡，我們在泥濘的小徑步行了三個小時，高聳的熱帶雨林形成了樹冠。眼前恣意生長的花朵，讓人聯想到夏威夷：豔麗的赫蕉、鳥嘴狀的天堂鳥、狂放的花朵、野薑的粉色火炬，以及細長的曼陀羅，又名天使的喇叭，會讓人產生幻覺，甚至瞎眼。還有死藤：並不特別起眼，像蛇一樣纏繞著樹幹。

只有稀微的光線滲透照在叢林地上。泛著綠光的空氣之中，飛舞著蚊蚋與滲透的陽光，到處可見一大張毛茸茸的蜘蛛網，蜘蛛在邊緣守候著，像是沾滿灰塵、長了腳的李子。

真是令人難以相信，雖然附近會有人經過，卻沒人侵犯這裡，一草一木、一花一葉都未受摧折，儼然是賽科亞人的小小伊甸園。正當我沉浸在這些思緒之中，小男孩把頭歪一邊傾聽，叫了一聲：「你聽。」

遠處傳來微弱的軋軋聲，有如一艘看不見的汽艇，劃破天際而來，待聲音逐漸逼近，才聽得出明顯的刺耳聲響。

「看！直升機。」男孩說，髮絲落在眼睛上。

有如一大團棕色烏雲的陰影出現在頭頂上方，是一架龐大的俄製直升機。

叢林樹冠的枝葉使我們無法看清直升機的行進，但依然聽得見，可以尾隨聲音的方向，引擎拍擊的聲響不斷從遠處傳來。

我們偏離小徑，跋涉長到胸部高度的蕨類植物和闊葉植物林中。只見前方一片明亮，可能是一處空地，然後直升機的陰影下垂，逐漸落至地面。

我們被一道和人一樣高的鐵絲網阻擋，這道圍籬穿過叢林，尖利的鋼絲沿著頂端盤繞，每隔約六公尺，還懸掛著骷髏和交叉骨頭的標誌，上面寫著「禁止通行」的紅字。陽光炙烤著圍籬裡的空地，可以看見陽光、鋼塔、箱型貨櫃屋、油桶，還有那架不斷噴氣的大型直升機，它的兩具螺旋槳正逐漸慢下來，一群頭戴黃色頭盔的人忙著從敞開的貨艙卸下一箱箱貨物。

這座營地完全被鐵絲網和叢林圍住，沒有道路可以出入。鐵絲網沒有缺口——沒有開口，甚至沒有門。直升機的聲音安靜下來後，我們可以聽見比較柔和而規律的引擎運轉聲，也看見空地中央一條鋼管上下移動，一邊發出氣吁吁吞嚥的噪音，一邊重擊著地面抽取油，猛然搖晃時還會明顯地咕嚕嚕叫著，聽起來像是溢滿噴流出來了。

其中一棟嶄新明亮的貨櫃屋門口附近，一身白的厄瓜多人——白襯衫、白圍裙、白色廚師高帽——正和另一名身穿黑上衣、條紋長褲、繫著領結的黝黑男子商量著事。後者顯然是名服務生或調酒師，手上端著餐盤，放了一對高腳酒杯，和一瓶放在冰桶中的酒。

兩名外國佬，顯然是美國人，正從直升機的駕駛艙爬下來。

「石油。」那名賽科亞人說著，並表示我們必須馬上離開。

這是我生平所見最醜陋的場景之一。

「這裡是賽科亞的土地，他們怎麼可以開採石油？」我說。

「我們只擁有地面，地底歸政府所有。」他回答。

我後來得知，美國石油公司只要付給當地人少得可憐的一筆錢，就有權架設圍籬，但是因此得到的收益不會分給當地人，而且可以想見不需要多長時間，這一帶的雨林就會和拉戈阿格里奧一樣，有商店、妓女和酒吧進駐，路面也會有原油濺出。

在原始森林冒出油井的這幕景象，更增添我的紊亂感，使我心情低落，於是我找了唐．巴勃羅諮商。

「你不太平靜。」他握著我的雙手說。

他的說法算是含蓄的。當晚我爬入帳篷，聽著那些睡在平台上的團員閒聊，納悶自己是否還能消受。我對這終極藥物的追求，已經因為耽擱而陷入了執拗之中。那夜我做了個噩夢，夢見妻子病重，喊著找我。天亮時，我將其歸因於自己隱隱的罪惡感，下意識為自己的困惑辯解，逃避應負的責任。

當我坐在河邊考慮該何去何從時，我們的三位女性團員穿著上衣和短褲開始從對岸游了過來。她們口裡噴著水唧唧喳喳著，笨拙地游在快速流動的棕色溪水中。一個女的大叫：「我的戒指掉了！從手指滑掉了！」

另外兩位遲疑地停了下來，溪水開始把她們往下游捲去。掉了戒指的女子又說：「算了吧！命中注定。」但是，她顯然也抵擋不住溪流。我踢掉涼鞋，躍入水中，划了幾下，趕到她旁邊，把她帶到岸邊。其他兩人，一個正在努力拍水，應該不需要太多幫忙，所以我趕往正在翻滾的溪水中朝巴西方向前進的第三位。

當我游到她身邊時，她已經氣喘吁吁。由於衣服不住往下拉扯，她只能勉強伸著雙臂，但也因此我正好可以拖住她的上衣，就這樣一邊小心不讓她抓我，以免她慌亂之餘緊纏住我，一邊緩緩地把她拉回岸上。

也許處於震驚狀態，她哀聲抱怨，還發出不快的笑聲，並無感激之意。她說：「我本來可以自己游回來的。」

就在這種不知感恩、差點釀成悲劇，以及愚蠢無比的一刻，我決定放棄。我對這個旅行團和這個地方不好的預感似乎是有道理的。我到底是來這裡幹什麼？我是為了死藤水而來，結果卻看到拉戈阿格里奧駭人的一面——妓女、毒品、汽車被燒毀的事故和「毒害之旅」。我來追尋叢林的純真，結果發現純真已然遭到石油業的褻瀆。而這群莽莽撞撞幾乎溺水的女子，似乎證明日後還會發生更糟糕的事，更何況我的妻子此刻正有病在身。

我捲起睡袋，收好帳篷，找到一名賽科亞男子，他有一艘船身有馬達裝置的小船。他索價一百美元，我乖乖照付——心想，這還真是漫天要價啊——他帶我往上游來到舒舒芬迪（Shushufndi），我再從當地回到拉戈阿格里奧。

一旦得以獨處，我的思考能力便立即恢復正常。我原本嚮往生態時尚、人類植物學、雨林體驗、薩滿或靈視，結果碰到的盡是雛妓、軍火走私、石油巨頭、受到摧殘的叢林和哥倫比亞革命軍環伺之地。逐漸凋零的賽科亞人命運似乎注定了，他們的村落很快將被石油業給侵吞，只要在叢林跋涉個半天，便可見到他們的身影。

儘管我出發時還毫無概念，但也許這注定是我此次探險的意義。探險的本質便在於它無法計畫；在黑暗中奮力一躍，雖然難免造成憾事，卻提供窺探危險的機緣；探險和災難的區別是：探險者得以活著歸來敘述自己的故事。

回到拉戈阿格里奧後，我找到瓦昆。他用手比了個啜飲的姿勢，臉上帶著詢問的笑意。

我用西班牙文回答：「沒有。總之，這是個中國故事。」

這句俚語的意思是，故事又臭又長。

「也許我幫得上忙。」他說。

其他還待在河下游的團員也許正準備著死藤水儀式。我大老遠跑來，坐在這個可怕的鎮上，內心卻一派鎮定，甚至開心。我終於一個人了。我打了通電話給妻子——沒錯，她前一陣子是生了病，但是是因為一直沒有我的消息而擔心造成的。所以我暫時獲得了解放，已經不再有急迫感了。

我的死藤水儀式是私人性，一對一的，舉行地點在拉戈阿格里奧鎮上邊緣一座標示著「禁止進入」、豎起圍牆的深宅大院裡，有個四面敞開的大遮棚。唐·巴勃羅事先跟我介紹過，因此我已做好準備，不過還真希望我的薩滿是他。在目睹各種情況後，也很擔心這次儀式會虎頭蛇尾、草草結束。這裡雖非賽科亞的村落，但這位薩滿也算是真材實料，至於我所飲用的死藤水，根據我嘔吐的情況判斷，應該足夠濃烈，肯定是藥用級的毒品。

蹲伏作嘔之際，我墜入時間扭曲之境，身體蜷縮在吊床上，耳裡一陣狂嘯，洪流的聲響、叮叮噹噹的歌唱，眼前也出現了畫面——激流、像瀑布般的蛇群、油湖裡滑溜溜的毒蛇、淌血的樹木和蜘蛛、宛如太空船的直升機、油膩膩的鱗片狀河流腫脹隆起有如一條巨蟒。我的腹部傳出的刺耳嗡鳴，或許是薩滿在吟唱，我整個人全身顫抖，忽斷忽續地呻吟呢喃著，然而所見到的色彩卻像超放的像素般被減輕了。

這些影像雖然令人不安——黏膩的石油流動著、扭動的蛇群——但是並不令人感到恐懼，反而像是某個整體的一部分，適切地融入創造和毀滅俱存的和諧世界裡。這種和諧既存在於吟誦聲、綠葉光澤和飛掠而過的小鳥之中，也存在於長得像嘴巴的怪異花朵之中，如同蘭波（Jean Nicolas Arthur Rimbaud）[7]一首詩所描繪的。

我醒來時，嘴角流著口涎，氣喘吁吁，不知怎麼地就躺在四面敞開的遮棚的地板上，臉孔抵著酒椰葉編織的地毯，成功體驗了死藤水。

回到家後，得知妻子已經痊癒，終於放下心來。在我行程往下游走的那段期間，她擔心我遭遇危險，一直喘不過氣，焦慮到幾乎窒息。一陣子之後，我有機會跟那次參加賽科亞村落死藤水儀式的幾名團員晤談，得知他們有一、兩人對死藤水毫無反應；其他人則都體驗了突破之旅，而且還遇見一名訪客——也就是我，頭戴巴拿馬草帽，身穿夏威夷襯衫。

「有兩個人看到你，你出現在我們的幻境裡看著我們。」一名死藤水體驗者告訴我。

對於小說家來說，這種鬼魅的探訪正如一則隱喻。不久後，我扔開寫到一半的小說，開始了實務創作。經歷過這次毒品之旅耀眼奪目的啟發後，感到自己已領悟了想要著手的主題。我的小說進行得很順利，而在這幾年的創作期間，我常想：有時候杯子裡有一隻蜘蛛，你沒有察覺，就把飲料喝了，繼續你的生活，根本不知道飲料中曾埋伏過一隻蜘蛛。但我可是整杯一飲而盡，也瞥見了那隻有毒的昆蟲。我堅定不移，內心低語我最喜歡的莎士比亞名言之一：「我把酒喝了，也見到那隻蜘蛛了。」[8]

老實講，在我出發之前，我根本不知道自己將會遭遇什麼。現在我知道了那個地方，以及它對我的影響。「在顫動中無聲地哼唱著，未知的過去與即將浮現的未來交會於此，」柏洛茲在《死藤傳書》中描繪他的死藤水經驗時寫道：「幼嫩的實體等待著真正活起來。」

那是一種抒情的說法。而我曾經「真正活起來」。死藤水是我此行的正式緣由，但是所謂在黑暗中猛然一躍，重點便在於你無法預知自己的命運。我在此行中見到的許多事，其實都比死藤水重要得多。幾名外國佬一嚐精神靈藥，相較於村落外所發生的一切，其實不過是個把戲。

就某種意義而言，其效果就像令人眼盲的毒品曼陀羅花。在厄瓜多政府縱容之下，美國石油利益集團有計畫步驟地進行油田探勘和大量地鑽鑿油井，永遠改變了雨林的地貌，這整件事無異於是一場共謀。帶來的成果又是什麼呢？讓洛杉磯有足夠的石油運轉一個星期，龐大的利益歸於少數人，然後拉戈阿格里奧不斷地擴張、地區變更大，出現更多妓女、軍火走私客、游擊隊和無家可歸

7　法國著名詩人，被視為超現實主義詩歌的鼻祖，僅在十四至十九歲這段時期創作。

8　出自莎士比亞《冬天的故事》（*The Winter's Tale*）這部作品中。

的人。這是我所帶回的恐怖景象，但卻無法不與之共存。正如〈阿萊夫〉所述，我也窺見自己流動著的黑暗血液。當然，探險正是無法預料的發現之旅，但它也算是某種死亡，代表著無知的結束。

第二章 荒野中的梭羅

亨利・大衛・梭羅對麻薩諸塞州康考特鎮的家依戀深到他發現自己已經無法離開那裡了。事實上，一八三七年之後，他便過著這樣的生活，只除了一些短暫離開的時間：在康考特河及梅里馬克河（Merrimack Rivers）十三天的旅行，數度造訪鱈魚角，三次前往緬因森林，以及幾次在史坦頓島和明尼蘇達州短暫逗留。在這些短途出遊期間，他也絕非形單影隻，總是有朋友或親人同行。他是最早登頂卡塔丁山（Mount Katahdin）的其中一位，但那只是一次大膽的例外，而且他也可能根本沒有登上最高峰。他在〈阿勒加什河及東支流〉（Allagash & East Branch）一文所描繪的，緬因森林三百二十五哩（約五百二十三公里）的獨木舟之行，是他最雄心壯志、也極艱難的一次旅行。不過正如書中寫到的，儘管他對荒野懷抱熱情，但是置身森林深處，他還是有迷失和困惑的時刻。那次經驗讓他相信，他絕對無法獨自在那種地方住下。

緬因森林屬於荒野，但是梭羅強調它其實很容易到達：距離交通便利的班果（Bangor）只有幾個小時的路程。華爾騰湖（Walden Pond）更是他從家裡——他一生幾乎全在這個老家度過——輕鬆步行便可抵達。他在華爾騰湖小屋這段著名的體驗期間，侃侃而談遺世獨立，卻並未提及他還帶著母親同行這個不可告人之事，而且繼續享用母親做的蘋果派。他朋友威廉・埃勒里・錢寧（William Ellery Channing）[1]曾寫道，梭羅從哈佛畢業後，母親若提及他將離家生活的話題，便會惹得他淌淚，而後來也沒離家。

雖然他的良師益友愛默生前往英國尋找靈感，其他的同代人足跡也遍及全球——霍桑（Nathaniel Hawthorne）[2]前往英國，華盛頓・歐文（Washington Irving）[3]前往西班牙，梅爾維爾（Herman Melville）[4]遠征太平洋——梭羅卻不為所動。記述這類遊歷的作品，反倒激起他的蔑視，有時還會產生一種優越感。他自詡與眾不同，養成了一種怪癖，還在作品中吹噓，但其實他的性格比他自認的還要奇特，恐怕不只是培養出來的。

對於這些周遊世界的友人，他的典型回應是（正如他在自己日記中所透露）：「我想，從今起，如果能永遠待在康考特鎮的家後門，坐在白楊樹下，我便心滿意足了。」這句話，比《綠野仙蹤》（*The Wizard of Oz*）中桃樂絲的最後領悟：「以後如果我又想隨心所願去追尋，我絕不會再跑到後院外面去找了」更為自滿嗎？也許沒有，雖說梭羅的自我貶抑經常是矛盾的。不論如何，就如他當時在一首詩中寫到的，他何須離開康考特鎮呢：

我們的村莊展現了田園風的威尼斯，
遠處沼澤就如寬闊潟湖；

如同那不勒斯灣一般宜人
躺臥在楓林間的平靜河灣；
在鄰人的玉米田間，
我恍如見到了金角灣。

這正是梭羅一向裝腔作勢態度，一名可愛又可惱、只一心死守家園的美國村莊解說者，從未目睹過威尼斯、那不勒斯或土耳其，也無意前往。這篇詩作特殊的答辯意味啟人疑竇，令人不得不質疑他留守家鄉的堅持，不得不注意到他除了鄙夷，鮮少提及外國的這件事實。這種對於鄉土固執的狹隘態度——也因此引來了亨利．詹姆斯（Henry James）[5]的批評目光——其實是源於梭羅內心渴望記錄下緬因森林的荒野景觀。他想要找出它是如此驚心動魄、浸淫在原始蠻荒的那一面，好讓他能寫下這可是從未有過白人踏足之處——他第一次旅行時，便是用這樣的字句聲稱。

梭羅是個武斷自信的美國人，這種炫耀自己不從流俗的態度，顯然是受到愛默生的啟發。梭羅

1 美國教士和作家，是當時崇尚一神論的主要神學家之一。
2 美國著名小說家，十九世紀美國影響至鉅的浪漫主義小說家和心理小說家。
3 美國散文家、傳記作者及歷史學家，有「美國文學之父」之美譽。
4 美國小說家、散文家和詩人。作品《白鯨記》（*Moby-Dick*）出版七十年後，直至一九二〇年代才重新喚起重視，被公認為偉大的美國小說，並將他視為美國文學的奠基者之一。
5 美國十九世紀寫實主義文學的代表人物，出生於美國，後定居英國。

將熱情投注於當地風土，包括作一名美國的旅人——展現如何愛護家鄉、使用什麼樣的語氣、闡述哪些主題。採行這些姿態並加以精練之際，他成為我們首位、同時也最微妙的環保人士。正如他在一封信中列示的，他在緬因州關注的對象是：「麋鹿、松樹和印地安人。」彌留之際，他在病床上依舊念茲在茲的也是「麋鹿……印地安人」。

梭羅從一八四六至一八五七年的三趟緬因之行，和梅爾維爾最偉大作品的出版時間大致重疊。雖沒有證據顯示梭羅讀過梅爾維爾的《白鯨記》，但是有諸多證據顯示，他看過梅爾維爾的《泰皮》（*Typee*），那本書在他第一次造訪緬因之際出版，而且他在〈卡塔丁〉（Katahdin）這篇文章的舊版中曾討論到那本書。梭羅鬥志盎然地比較著蠻荒的程度，比起梅爾維爾寫到遙遠的馬克薩斯群島（Marquesas）那些高聳的火山群島上，寄身美麗少女費雅薇（Fayaway）和食人族島民之間，他主張他在緬因所經歷到的還要更原始。這麼說似乎有點誇張，不過就是這麼一回事。

另外，梭羅的緬因森林之旅是經過思慮的探訪，就像他同時代的喬治．凱特林（George Catlin）[6]一樣，是將印地安人理解為典型的美洲人。梭羅是早期不具偏見的美洲原住民記錄者，以優異的文字描繪出原住民的形象，就像凱特林在畫布上留下的紀錄。但凱特林實際前往了美國最西部旅行，而梭羅卻始終沒有見過凱特林畫作中原住民的華麗服飾和羽毛，也未曾目睹過那種尊嚴氣勢。梭羅在〈卡塔丁〉結尾中比較抒情和神祕的段落裡描述了一名印地安人，他作出結語：「他步履輕快地往米利諾基特（Millinocket）而去，消失在我的視線之外，就像雲層後方浮掠而去的一縷雲靄，消逝於空中。他走向他的命運，這位紅臉的人。」

相較於梭羅離家最久的幾次旅遊，包括在明尼蘇達因為生病而白白浪費兩個月，以及在史坦頓島思鄉情切的六個月，我們不得不提及他同期幾位英勇旅行者的成就：理查．柏頓爵士（Richard

Francis Burton）[7]前往阿拉伯和非洲；約翰・富蘭克林爵士（John Franklin）[8]前往北極圈；約瑟夫・胡克爵士（Joseph Dalton Hooker）[9]前往西藏、亨利・沃爾特・貝茲（Henry Walter Bates）[10]前往亞馬遜河流域；達爾文（Charles Robert Darwin）前往加拉巴哥群島（Islas Galápagos）；亞爾佛德・羅素・華萊士（Alfred Russel Wallace）[11]前往遠東。我會提及這些旅行家，乃因為梭羅廣泛閱讀了有關旅行的文章——這類文學體裁是他最熱衷的作品之一——上述大部分人的作品他都看過。他對伯頓佯裝成阿拉伯人前往麥加和麥地那（Medina）聖城之舉深感著迷，而身為一名作家和思想家，他也受到達爾文《小獵犬號航海記》（*The Voyage of the Beagle*）和《物種起源》（*On the Origin of Species*）著作的深刻影響。

梭羅譏誚的名句：「環繞整個世界去尚吉巴島（Zanzibar）數貓，實在不值一哂。」可謂眾所周知，他寧願閱讀有關非洲之旅的書籍。極地之旅的書籍是他另一項愛好，教會他如何描繪有關華爾

6 美國畫家、作家和旅行家，專門描繪西部美洲原住民的肖像。一八三〇年代，曾五次前往美國西部，是第一個描繪北美大平原上土生土長的印地安人的白人。

7 英國軍官、探險家和翻譯家，據稱能說二十九種語言。

8 英國船長及北極探險家，在搜尋西北航道之旅時，整個艦隊失蹤，歷經十多年調查才還原遇難真相。

9 英國植物學家。

10 英國博物學家和探險家。

11 英國博物學家，以和達爾文共同發表「物競天擇」理論馳名。一八五四年赴馬來群島用八年時間進行廣泛的田野調查，並確立了馬來群島動物區劃分二部分，東為印度馬來區，西為澳洲馬來區，後稱為華萊士線。

騰湖結凍和溶解的情節。他也讀過路易斯與克拉克（Lewis and Clark expedition）[12]的報導（有關他們的遠征在一八一四年出版），並且強力地、近乎是爭勝地認為，終其一生，美國這塊土地上都會有雄心勃勃的探險者。當梭羅在緬因森林或跋涉或搖櫓前行時，約翰．佛萊蒙（John Charles Frémont）[13]和基特．卡森（Kit Carson）[14]正在洛磯山脈探險。

透過閱讀與實地旅行，梭羅——執迷於未受破壞的美國，追尋原始的森林——堅信緬因州比國內其他更遙遠的地區還要蠻荒。在一幅動人的圖像裡，他形容班果這座伐木業的重要都市「就像夜空邊緣的一顆星，依舊在建造了它的森林裡劈砍著。」至於荒野，他是這麼說的，「幾小時旅程」從班果北上，「便可將好奇者帶到一處原始森林的邊緣，而且無論就哪一方面而言，或許都比往西部遠征一千哩更為有趣。」往西一千哩（約一千六百公里），只會讓他來到俄亥俄州的哥倫布市（Columbus）。

梭羅旅行的目的在於求取訊息和經驗，也在於尋找隱喻，尤其是讓他帶回說故事的架構。如同《在康考特河及梅里馬克河上一週》（*A Week on the Concord and Merrimack Rivers*）一書顯示出的，他的旅行旨在建構一副旅行的骨架，然後再以睿智、見識、洞察、（他自己及其他人的）詩作和旁白增添血肉，洋洋灑灑地累積成篇章。書名說的是順著河流航行一星期，結果卻非如此，而且就以任何常見的概念而言，都很難界定為一本旅遊書籍。每一天都是一篇冗長的哲學和自然歷史，動輒詆毀基督教義，嘲弄有系統的宗教（這種強迫性的世俗論，斷送了當時讀者對著作的接受機會）。最佳的篇章之一（申論友情的），還是後來又插入的。這本書充斥這類插入的作品，而《湖濱散記》（*Walden*）更迭經七次不同的手稿。

對一個熱衷修訂、敘述繁瑣、想法多變、喜好整理和重複改寫的人而言，難怪即便還有許多出版計畫，梭羅在世時只出版了兩本書。《緬因森林》（*The Maine Woods*）是其中一本計畫要出版的書，《鱈魚角》（*Cape Cod*）是另一本，他還談到要寫一本有關印地安人的書。對於他死後才出版的《緬因森林》，要指出的一個重點，也是它全部的洞見，就是以完成度各自不同的三段故事線形成一本書；整本書並不統一，而是有關森林旅行的三層三明治。對於一部記錄各種印象、且正在進行的作品，這種結構反而更為有趣。〈卡塔丁〉這篇精練且有青春活力；〈車桑庫克〉（Chesuncook）這篇完整而成熟；〈阿勒加什河及東支流〉這篇雖然提供了豐富的資訊，但顯得有點像是暫作。

整本書都充斥著重複、矛盾、結構鬆散的狀況。舉個小例子：早先在〈卡塔丁〉提及桑凱茲河（Sunkhaze），那是靠近奧爾德敦（Oldtown）的一條小溪，「我們橫越桑凱茲河，一個關於夏天的印地安名字。」但大約三百頁之後，桑凱茲河在印地安嚮導喬．波利斯（Joe Polis）特有的（且一點也不夏天的）指涉之下，是這樣子說明的：「如果你像我們一樣沿著佩諾布斯科特河（Penobscot）順流而下，突見一艘獨木舟從河岸冒出來，出現在你前面，你卻看不到它行駛而來的小溪，那就是桑凱茲河。」

對於首次閱讀《緬因森林》卻不會料想到的讀者，我止不住地想指出本書在每段敘述的一開

12 被稱為「路易斯與克拉克遠征」的活動，是一八〇四至一八〇六年由傑佛遜總統所發起美國國內首次橫越大陸西抵太平洋沿岸的往返考察活動。領隊為美國陸軍的梅里韋瑟．路易斯上尉（Meriwether Lewis）和威廉．克拉克少尉（William Clark）。

13 美國探險家、軍官和政治家，一八四〇年代，五度領隊探險進入美國西部，歷史學家將其稱為「探路者」。

14 靠捕獵獸皮維生的山野中人、約翰．弗萊蒙的嚮導、印地安人探子，也是美國前線軍人。

始，都是最平淡、幾乎令人倒胃口的出發日期，並直接列舉一些訊息，全都是旅行社路線列示這樣的乏味事實。每個章節都是這樣開始，但很快地，一旦離開營地，置身森林，梭羅便開始健步如飛。他是個孜孜不倦的觀察家（他在筆記中形容自己是「營地裡的間諜」）。每個閱讀過梭羅著作的人，對於他沒有在某一時刻毅然決然地離開美國大陸去國外旅遊，都難免感到遺憾，因為在整個文學界中，他算得上是一位最敏感、最一絲不苟的自然與人文觀察者。

在〈卡塔丁〉中，他界定了荒野的本質。「很難想像一個沒有人居住的地區，」他語氣節制地起了頭，然後展開重擊：「這裡的自然野蠻、驚怖，卻也是美麗的。我帶著敬畏的心俯視我所踩踏的土地，觀看造物者的鬼斧神工，造作出的型態、樣式和材質。這是我們所聽說的，由混沌和亙古黑夜創造出的地球。這裡不是人類的花園，而是從未被染指的地球。這裡沒有草坪、牧地、原野、林地、耕地、平原或荒地。這裡是地球行星新鮮自然的地表，如同它一直以來都是。」

這是一段相當優美的文章。你也許好奇在華爾騰湖畔湖濱小屋的那兩年裡，梭羅在做些什麼。其實他所做的事情之一，便是書寫這類文句，他在湖濱居住期間第一次造訪緬因州，也在那裡逐步醞釀出一篇論文，成為他日後公開演講的底稿。時年二十七歲的他，也是最為抒情的時期，最熱衷於製造強烈效果的炫目文句，而且觀察入微，那是他從達爾文作品中所學習到的。

七年後，他再度造訪緬因，仍然是個詩人、仍然滿懷抒情，卻已經摸索出一種自得的獨特書寫型態。比如〈車桑庫克〉中有一段描述他的印地安嚮導喬．艾提恩（Joe Aitteon）射擊並傷了一隻麋鹿的情形。那隻麋鹿逃竄而去，艾提恩緊追於後，梭羅則仔細觀察：「他沿著河岸，穿越森林疾步而行，以一種罕見的、靈活的、悄無聲息的鬼祟步履，左右張望著地面，循著受傷麋鹿模糊的足跡而行，地面長滿了黃花七筋姑，他不時默默指著滴落在那些閃著光澤的美麗葉片上的血漬，或指指剛剛被折斷的枯乾蕨類植物，嘴中始終嚼著某種樹葉或雲杉樹脂。」

〈車桑庫克〉中還有一段也以優美和正確聞名，梭羅這樣描述森林裡不遠處一棵樹木倒下的情景：「有一次，我們正注意聽著麋鹿，聽見布滿青苔的小徑深處一陣微弱的回音或躡足聲，喬再次大喊，這時傳來了沉悶的、乾巴巴的急促聲響，很扎實的一聲，然而隔著類似菌菇植物的濃密叢林，聲音像是半被掐住似的，有如草木叢生的潮濕荒野深處傳來的甩門聲。要不是我們正好在那裡，根本沒有一個生靈會聽見。我們悄聲詢問喬那是什麼，他回答說：『有棵樹倒了。』」

梭羅一八五七年最後一次造訪緬因森林。當時他四十歲，從其散文風格可以看出他已成為一個不同類型的旅人：比較謙虛，對於十一年前第一次探訪此間以來所目睹的改變感到冒犯，也不再是那個喜愛引用米爾頓（John Milton）[15]名言，歌頌伐木工人，乃至對神祕印地安人的觀察加以誇張的人。此刻的他譴責伐木工業，已是個目光清澈的日記作家。他受到印地安人的引吸，第三度造訪緬因州，這給了他一個細察他們的絕佳機會。透過他的嚮導喬·波利斯，梭羅得以第一手記錄一名佩諾布斯科特（Penobscot）印地安人的生活和習慣，他還保有該族人的某些傳統。

他第一次來訪時就想要找印地安人，但是並沒有找到任何同伴。〈卡塔丁〉裡出現的印地安人，住在「破爛、淒涼、慘淡」的屋子裡，他唯一見到的一名女性「蓬頭垢面」。他遇到一個男的，是個「健壯，但是乏味，且一副奉承樣的傢伙。」那些印地安人「愁眉苦臉」，不但酗酒，而且最糟糕的居然還是基督徒。當在奧爾德敦見到一棟蓋得很好的天主教堂時，梭羅（這位年輕氣盛、言詞譏諷、執拗誇張的旅者）評論道：「我甚至認為，在一排印地安棚屋，舉行儀式跳舞，柱

15　英國詩人和思想家。

子上還綁著受凌虐的犯人，都比此情此景更可敬。」

〈卡塔丁〉裡的印地安人是從一段距離外瞥見，以梭羅典型的尖刻犀利和自以為是做出評斷。〈卡塔丁〉並沒有印地安人隨行。或許是嚮導的路易・奈普頓（Louis Neptune）讓他頗感失望。〈車桑庫克〉中和喬・艾提恩同行，梭羅帶著顧忌地留心察看，意想不到碰上了這樣的人。艾提恩是「首長之子」（部落管轄者），二十四歲，「面貌英俊」、「短小精悍」，生著一雙狹長「上揚的眼睛」，衣著裝扮耐看。在這些平淡的敘述後，梭羅又補充一句：「後來有些場合，他必須脫下鞋襪，我很訝異他的腳竟然那麼小。」我們立即領悟喬・艾提恩或許是優雅的，也比較有趣。

「我很仔細端詳他的動作，也聚精會神地聽取他的觀察，因為我們之所以要雇用印地安人，主要就是讓我有機會細察他的行為。」梭羅觀察到的是艾提恩走路的樣子很特別，擅長追蹤，會用口哨吹〈哦，蘇珊娜〉（Oh! Susanna），會拖長音說：「好的，先生」，會驚呼：「喬治啊！」還有，他不識字（「雖然他是首長之子」），對自己族人的歷史了解甚少。梭羅做為和原住民接觸的旅人，還是很天真的，因為當發現艾提恩顯然不能掌握距離時，他不禁倉皇失措。但原住民社群生活在崎嶇的地勢，里程數是沒有意義的，路程實際上需要多少時間才重要。這是一個攜帶地圖者（梭羅）和一個對該地區經驗豐富者（艾提恩）之間的主要區別，因為艾提恩可以告訴你，「我們應該什麼時候抵達，而不是那個地方有多遠。」

梭羅注意到，喬・艾提恩對抽象概念的表達有困難——應該是英文表達的問題——因為某個夜晚，聽見艾提恩流利地說著他的母語阿伯納基語（Abenaki）時，梭羅做為一名旁觀者，感受到他「在那個晚上，就站在、或應該說躺在一名美洲原始人附近，就像任何一位美洲原始人的發現者一樣。」梭羅相信這種克魯索[16]時刻，是他身為緬因森林旅人的一項勝利。

喬・艾提恩顯然不是梭羅所追尋的典型的印地安人。艾提恩太熟悉白人世界了。他吹著〈哦，蘇珊娜〉並口出妙句，這些聽在梭羅敏銳調校的耳裡極為刺耳。在梭羅第三次造訪緬因森林時，他總算找到他一直尋求的人選。的確，喬・波利斯是個基督徒，所以他拒絕在星期日工作；他愛吃甜食；他去過華盛頓特區和紐約市，曾經見過不只一位像丹尼爾・韋伯斯特（Daniel Webster）[17]這樣的大人物（並受到冷峻拒絕）。但是他比艾提恩博學，且具有相當的樵夫手藝，精於荒野地誌，熟知植物、樹木和景觀特色的名稱——且會和梭羅分享這類資訊。依照印地安風氣，他使用牙齒（「在我們通常會用一隻手的地方」）。喬・波利斯家世很好，「貴族出身。」他很機靈，卻也難以理解，不時吐出格言似的言辭。梭羅問他，在根本找不到足跡的森林裡，他是如何找到回家的路，波利斯只是大笑。「喔，我不能告訴你……我和白人間的差異太大了。」後來有一次，討論到如何用樹脂修補獨木舟時，波利斯坦承：「男人有些事，連自己老婆都不能說。」

有關波利斯最真誠的一段描述，是梭羅記錄他十歲那個冬日，曾穿越森林，幾乎餓死的一趟旅程。那段折磨人的故事在〈阿勒加什河及東支流〉結尾部分簡單地帶到。這位印地安人的強韌令人敬佩，但最令梭羅印象深刻的，是他的冷靜自信和簡約生活。他的穿著和旅行方式，正符合梭羅的理想：「他穿件棉布襯衫，原本是白色的；外罩淺綠色的棉絨上衣，沒有背心；棉絨內褲、亞麻布或帆布的結實長褲，原本也是白色的；藍色毛襪、牛皮靴和一頂寬邊氈帽。他沒有帶換洗衣物，但

16 是指如同丹尼爾・狄福（Daniel Defoe）所著《魯賓遜漂流記》（*Robinson Crusoe*）中的主角魯賓遜・克魯索（Robinson Crusoe），在荒島上發現了土著般的特別一刻。

17 美國政治家，曾兩次擔任美國國務卿。

帶了一件厚實夾克，塞在獨木舟的一邊，手持一把大號斧頭、長槍和子彈，還有一件毯子，必要時可以充當船帆或背包，腰帶上繫著一把大型鞘刀，整個夏天就這樣，可以說走就走，隨時待命。」

這番對波利斯的描繪，儼然將其提升到和樹木或石頭一樣，具有不朽的意義。「面對這個印地安人，我有許多需要學習的地方，但不包括傳教，」梭羅寫道，仔細思量著他的嚮導。梭羅的方法，正如他對喬．波利斯提到的：「我告訴他，這趟旅途中，我會把我所知道的都告訴他，他也把他所知道的告訴我。」梭羅在緬因森林的經驗，對他產生了謙遜效果，從詮釋者轉變成學生。早先在〈車桑庫克〉中，見到一名印地安人在製造獨木舟的他寫道：「我認真研究過獨木舟的製作技術，很願意當一季這一行的學徒，跟我的『工頭』去森林剝樹皮，在那裡製造獨木舟，最後划著獨木舟回來。」

聽到喬．波利斯透露鳥叫聲的辨識方法，梭羅再度產生受教之心。「我察覺到，我很想跟他一樣上學，學習他的語言，在印地安小島生活一陣子。」波利斯教導梭羅很多阿伯納基語的用字，以至於《緬因森林》大部分的版本，都特別製作了附錄（「印地安語對照表」）。波利斯示範了傳統的百合根煮湯法，之後梭羅也試著自己烹煮。在旅行快結束時（就這課程而言，實在起步得太晚了），波利斯還教梭羅印地安人划獨木舟的方法。

在《緬因森林》整本書中，梭羅省悟到他一直以來都誤以為印地安人是環境保護者。喬．艾提恩很樂意承認他無法像自己的祖先（「像熊一樣野蠻」）一樣在森林中存活下來。梭羅說，森林不是印地安人的住家，而是他們的獵場，還譴責他們的投機作風。「印地安人和狩獵者對待大自然的方式太過粗糙、太不完美了！難怪他們很快就要絕種了！」雖然這句話並不合理（他早先還說印地安人在那裡狩獵達四千年），但倒是正確地設想到濫砍和狩獵，終將永遠改變森林的面貌。

這本書最戲劇化的其中一篇，是喬・艾提恩獵殺麋鹿的部分。梭羅對麋鹿的描述是富有靈感和想像力的：「牠們讓我想到飽受驚嚇的兔子，」還有「牠們立刻讓我聯想到駝豹（camelopard）[18]，」而其「分叉和葉狀的角——像是某種岩藻或苔蘚化成了骨。」在這些描繪中，透露出喜愛和敬畏之情。屠殺麋鹿，就梭羅看來是一場悲劇（「因為殺害麋鹿一事，我受到大自然嚴苛地審視」），但梭羅也不得不承認印地安人獵殺麋鹿有其必要性——因為麋鹿的肉和皮，乃是印地安習俗和傳統的一部分。

在〈車桑庫克〉美妙的段落之中，梭羅描繪了在他心目中，麋鹿和松樹是如何有所連結。「被砍下的一棵松樹死去了，就已經不再是松樹，就像一具人的屍首，已不再算是一個人。」他談到鯨和大象被變成是「鈕扣和豎笛」，都是些「瑣碎的、不重要的用途」，又接續道：「每個生靈活著都比死去要好，無論人、麋鹿或松樹都一樣，能正確領悟這一點的人，都寧願保護生命，而非摧毀它。」

伐木工人不是松樹的朋友，印地安人也不是；事實上，松樹唯一的友人——乃至麋鹿，甚至整個原野——是詩人。他以忠告的語句繼續闡述不要改變任何事物，不要殘害任何生靈，無論是麋鹿或松樹。在進行了一番美好的人道論述之後，梭羅對他最鍾愛的松樹謳歌：「松樹的靈魂，」他做下結語：「正如我一樣永垂不朽，或許還會上升到天堂，高高在上，依舊俯視著我。」

當〈車桑庫克〉一文刊登在《大西洋月刊》（The Atlantic Monthly）時，雜誌編輯詹姆斯・羅素・羅威爾（James Russell Lowell）[19]把最後 句刪掉了。當時的情況和梭羅的反應可想而知。當時羅威爾剛接手編輯，他並不特別喜愛梭羅本人，他們同時在哈佛讀書，羅威爾是社交名流和花花

18 是古英語中對長頸鹿的稱呼。

19 美國浪漫主義詩人、評論家、編輯和外交官。

公子，而梭羅就是梭羅。羅威爾向梭羅邀稿，梭羅把〈車桑庫克〉交給他。校樣經過修改後，送給梭羅過目，梭羅見到那句預訂要刪除的句子，在校樣邊緣寫了一句「勿刪」。結果雜誌出版，那個句子不見蹤影。梭羅懷疑，而事實或許也正是如此，就是羅威爾認為歌頌大自然的論點帶有異教意味，太過誇張，且過於神祕、過於德魯伊教派（Druidism）[20]風格了，不適合刊載於羅威爾企圖打入所有家庭的這本雜誌。無論如何，梭羅表示，這種不經他同意的刪除行徑「卑鄙且膽小」。

顯而易見，被認為有所冒犯的那句話，其實總結了梭羅的世界觀，而刪除這句話，顯示了羅威爾並不贊同這個觀點，並否定了梭羅的一項中心思想。而一向對所有威權都採取不信任態度的梭羅，因此對他提出嚴厲譴責。他寫了一封信給羅威爾，堪稱是捍衛作者權益的小品傑作，其中他這麼寫道：「編輯在這種情況下，並沒有刪除某個觀點或插入自己意見的權利，或無中生有，硬把話塞入我嘴中。我無意要求任何人採納我的見解，但是我認為當他們要求出版這些文章時，他們便應該如實付印，或者取得我的同意後再做修正或刪除。如果我認為坊間出版品都經過這樣的不當修訂，我就不會讀那麼多書了。雖然並非有意，但我仍覺得這種處理方式是種侮辱，因為此舉不啻認為我是可以為五斗米折腰，壓制我自己的觀點。」

在堅持下一期雜誌如實印出那個句子後——其實後來不了了之——梭羅繼續說：「我不願意，也沒有必要以任何方式和那些自承冥頑不靈和膽小怕事的一方有任何牽連——正如這件事指出的。我可以原諒一個害怕拳頭的人，但是如果一個人對真知灼見也習慣性地展現怯懦時，我不得不認為他的生命其實是一場噩夢，一直持續到天亮的噩夢。」

梭羅前往緬因所追求的，正是他在松樹文句中所描繪的靈悟（epiphany）。他對樹木有著強烈、甚而愛戀的認同感，這點不僅出現在他著名的宣言：「整個大自然都是我的新娘，」在他一八五六年的日記裡，也以一句狀似嚴肅的妙語做為表態：「我終於找到了適合我的對象。我愛上了一株矮橡樹。」羅威爾刪除了那句話，不啻否定梭羅立論的中心思想，否定他對森林的熱愛，從梭羅的反應，我們可以看出他書中所珍視之處。那是梭羅希望我們牢記的一句話、一項理念。那句話總結了那本書最重要的精神所在。

《緬因森林》的精神是青春。梭羅的主要特質之一，便是他童稚的一面——甚至他對母親的愛，諧謔的雙關語，與家裡的緊密性，都屬於此列。而我相信，他在緬因森林中自由自在，獲得許多單純的快樂，也正是因為如此。還有他熱切渴望取得印地安人的技術——學習說阿伯納基語、製造獨木舟——不也是因為能夠再度成為一個年輕學子？他大談使用樺木餐盤和赤楊樹枝削製的叉子進食，品嚐雪松茶，洋洋得意於在一大塊原木做的桌子享用晚宴，在我看來，這些賣弄原始生活樂趣的行徑，分明就像一個歡欣鼓舞的童子軍。

「我一見到野生的冷杉和雲杉的樹頂就感到開心，」他在〈車桑庫克〉中寫道。「就像小學生看見和嗅到蛋糕一樣。」在〈阿勒加什河〉文中，搬運成了一場嬉戲——波利斯和他比賽——當最後波利斯氣喘吁吁表示：「噢，有時候我很喜歡遊戲」時，梭羅顯然也有同感。梭羅前往緬因森林是帶著嚴肅的目的的，他也留給我們當時當地的珍貴紀錄。不過毫無疑問，森林也給了梭羅自由，讓他可以嬉戲，可以回到青春年少，因為在松樹、麋鹿和印地安人高大的身型臨近他時，他就像個小男孩似的。

矛盾心態也是他青春面貌的一部分。當忖一名獨行的獵人時，他刻意將這類人和某個生活在

20 是西歐居爾特民族崇拜自然的原始宗教，此處意指太過神話式的自然論點。

「大都市喧囂世界」——在那裡一群人「像害蟲」一樣聚集——的人兩相對比。他雖歌頌森林的生活，然而卻無法想像自己能像印地安人一樣在那裡茁壯成長。獵人的生活非他能力所及，「孑然獨行的先鋒者或拓荒者……從大自然直接提取生存所需。」這種生活也同樣不適合他。對梭羅的博學心存仰慕的人來說，《緬因森林》揭示了令人震驚的一點：梭羅坦然承認他沒有辦法在那裡生活，基本上他屬於社會化的人，需要生活在自己家鄉的社群，他很高興再度回到家中。

不過這本書的價值，絕不僅是可以藉機洞察梭羅內心衝突的劇烈與晦暗。他三趟旅行凝聚成一股力量，讓我們警覺到一個改變中的地貌。因為拓荒者、傳教士和伐木業的介入，他目睹到印地安人的生活方式已經全然改觀到了無法接受的地步，城市變得格外可憎，森林走向毀滅，除非將一部分隔離為保留區，他還特別指出設置國家公園的可行性。他頗具先見地譴責河流和溪水的築壩之舉，預示了可能的後患，包括洪水氾濫和棲息地喪失。他不是唯一譴責伐木業的人，但他的斥責令人難忘：「荒野感受到……成千上萬的害蟲在啃食她最高貴的樹木根基。」這裡他又使用了「害蟲」一詞。以同樣的方式，他沒有美化他在華爾騰湖的夜晚，而是記錄第一班火車通過他小屋附近時所發出的噪音。在《湖濱散記》一書中，他追憶地寫道：「但自從我離開後，伐木工人仍然在湖濱繼續破壞……一旦樹林遭到砍伐，我們如何期待鳥鳴？」

《緬因森林》是最早期且最詳盡記載美國偏遠地區變化過程的紀錄之一。梭羅向我們展現如何書寫自然、如何探索更多、如何觀察、甚至如何生活。「我們的生活應該過得像摘取一朵花一般溫柔且優雅。」當然，梭羅可以站在道義的一方書寫，但那並非他的文筆唯一、甚至最大的價值所在。因為梭羅非常忠實記錄他所見所聞，他的寫作揭示了我們所可能面對的未來。在這本書中，關於堅持不懈地觀察事實，他闡釋了最有力的一課：一旦這種真實得以表達，文字便如先知之言。

第三章

夢幻樂園中的莉茲[1]

伊莉莎白・泰勒（Elizabeth Taylor）備受注目的嗓門實不可小覷，某天傍晚我們搭直升機來到麥可・傑克森（Michael Jackson）的夢幻莊園（Neverland Ranch）上空時，就算在螺旋槳的隆隆噪音中，我依舊能夠清晰聽到她的聲音。她手上摟著她那隻名叫蜜糖的馬爾濟斯寵物狗，帶著少女似的懇求口氣，用足以穿透鈦金屬螺旋槳片的刺耳聲音說著：「保羅，要駕駛員繞一圈，讓我們看看整座莊園！」

夢幻樂園包括了遊樂設施、娃娃屋、動物園和遊樂園，整片野地上的玩具城逐漸出現在我們下方時，一如往常，伊莉莎白要求駕駛員再繞一圈。

1 伊莉莎白・泰勒的暱稱。

即使沒有我的轉述——甚至兩耳還戴著耳機——駕駛員也聽到了她的要求。他帶著我們爬升到蜜桃色的夕照之中，使得夢幻樂園看起來更像是玩具：大量燈光閃爍，但是沒什麼功能，因為（除了守衛）看不見任何人，只有爬蟲動物房舍，裡頭是狀似飛盤的青蛙和肥大的蟒蛇，包括一條眼鏡蛇和一條響尾蛇——牠們曾經裸露著獠牙撞擊櫥窗，企圖咬我；大猩猩房舍裡，一隻名叫阿傑的全身長滿硬毛、扁嘴的大型黑猩猩，曾經往我的臉噴口水，紅毛猩派屈克則想要扭斷我的手；還有容易受驚的長頸鹿、垂著唾涎的美洲駝、湖中凶悍的天鵝，以及伊莉莎白送給麥可一隻悶悶不樂、重達五噸的大象吉普賽。空蕩的露天遊樂場裡有騎乘設施——海盜船、碰碰車，播放著麥可歌曲〈童年〉（Childhood）（「有沒有人看到我的童年……？」）的旋轉木馬；燈火輝煌的大型火車站；草坪和花壇，還有偽裝成大灰石的擴音機播放著精選曲目，勢不可擋的背景音樂充斥整片山谷，淹沒了野鳥的吱喳叫聲。在中央處，露天汽車電影院規模的大型螢幕播放著卡通，兩個面容愚蠢的動物相互悲慘地嘎嘎怪叫。在萬里無雲的薄暮裡，一整片明亮，卻沒半個人在觀賞。

「你看那個亭子，我和賴瑞（Larry Fortensky）就是在那裡交換婚戒的，」伊莉莎白說著，自嘲地搖搖頭。蜜糖眨動的雙眼前，留著梳理可愛的白色劉海，有點像伊莉莎白本人的漂亮白髮。「你不覺得那個火車站很漂亮嗎？我和麥可曾經在那裡野餐過，」她指著崖壁上一叢樹林。「我們可以再繞一圈嗎？」

伊莉莎白用她最為伊莉莎白的風格繼續要求。我們再一次環繞樂園山谷，占地三千英畝的景觀再度在我們下方徐徐迴轉，從粉紅金色的晚霞延伸出的影子，自天際滑過。

「樂園劇院……花……麥可喜歡花，」伊莉莎白說著，「你看湖面上的天鵝，哇！」

我想著如果飼養那種天鵝，根本就不需要羅威娜放牧犬了。雖然好幾個月沒有下雨，但是一畝畝的草皮因為埋設的自動噴水設施，依舊是一片深綠。隨處可見玩具兵似的制服警衛，有的步行、有的開著高爾夫球車、有的站崗執勤，因為夢幻樂園也是一座堡壘。

「拜託！能不能再繞一圈？」伊莉莎白說。

「為什麼要蓋那個火車站？」我問道。

「為了病童。」

「所有那些遊樂設施呢？」

「為了病童。」

「你看那些帳篷！」我頭一次瞥見集合了一堆的高大印地安帳篷，就藏在林子裡。

「印地安村落。病童很喜歡那個地方。」

即使遠從高空，我也注意到這座費盡心力再現童年的山谷裡塞滿了雕像。碎石道路和高爾夫球車車道的兩旁，處處都散置著小巧可愛的雕像：吹笛手，成排的孩子感激地咧嘴笑著，一群群稚嫩的小孩子手牽著手，或手持五弦琴、或拿著釣竿。另外還有大型銅雕，像是在有著深色木瓦屋頂和直櫺窗的主屋前方，環形車道正中央的擺飾，便是一尊高達九公尺的墨丘利（Mercury：商人及貨物的守護神）雕像，雙翅頭盔和手杖，踮著一隻腳尖，蜜糖色澤的夕陽照在渾圓的銅雕臀部上，像似塗上奶油的瑪芬。

比較之下，旁邊的山谷則只點綴著牛隻。我們越過山谷，朝著前方擴展的聖塔芭芭拉（Santa Barbara）盤旋。

「告訴駕駛員，我們想飛低一點！再低一點！」

這次用的是不同的嗓音，聽來甚至更年輕，就像小女孩細聲尖叫：「拜託啦，再來一次！」駕駛員聽見了。他豎起拇指，帶著我們穿越聖塔芭芭拉市區，來到海岸線，幾乎和捲起的浪花同高。

伊莉莎白開始發出小小聲的尖叫：「啊！我們在滑翔！好快喔！哇！」

海浪捲起有如蓬蓬的白色長枕，在起落架下方約六公尺處濺起羽毛狀的泡沫。這裡距離著名的林孔（Rincon）衝浪點不遠，悠哉的衝浪者，在成排的衝浪板上朝我們揮手，鵜鶘則在我們飛近時，受驚地振翅而飛。這一切像煞了電影並令人震撼，如同夢幻樂園裡大螢幕播放的卡通、園裡的雕像和天鵝，以及縈繞不絕的音樂。

我們貼近海面，更加重螺旋槳所發出的噪音，但是伊莉莎白不為所懼，依舊絮絮叨叨的。她倚向前，對著我的耳朵叫嚷：「你之前有過這樣嗎？」

「在越南！」我大嚷。

「不——我是指這裡！」她似乎有點惱怒，彷彿我故意跟她做對。「有時候水會濺到我們。有時候飛得太低，身體還會弄濕。哇！」

直升機螺旋式地前行，經由范朵拉（Ventura）轉向內陸，飛越草莓園、果林，然後在暗下來的空中往東飛向範努伊斯（Van Nuys）機場裡一輛守候的大型豪華轎車。

但伊莉莎白依舊回頭定定注視著西方的天空和殘留的光線。

「很像惠斯勒（James McNeill Whistler）[2]的《夜曲》（*Nocturne*），」她輕柔地說，少女腔不見了。這是全然不同的語氣，沉吟、成熟、還略帶點哀傷，並帶著伊莉莎白特有的十六分音符節奏，以蓮花為食的人生[3]。而打動我的是她對於當時天空精準的描述，一抹抹光線和模糊的陰影籠罩在夢幻樂園上方，完全就是惠斯勒風格。

「所以妳是溫蒂，麥可是彼得？[4]」一個月之前，我在伊莉莎白貝沙灣區（Bel-Air）的房子問過她這個問題。

「是啊，是啊！我們之間有股神奇的力量。」

在這個當下，「神奇」聽來有點怪。她的頭大又醒目，臉蛋光滑，配上她相當虛弱的瘦小身子，直挺挺地站著時，就像顆疲於奔命的棋子。她身高只有一百五十公分出頭。背部的狀況不好，動過三次髖關節手術，還有腦瘤，加上腳踝骨折，「我還摔過十七次跤——我就像飛天修女[5]！」這全都發生在過去幾年間，使得她走起路來艱難地歪向一邊，就像一種古怪的棋子走法。

伊莉莎白啜著水，撐靠著椅墊，保護背脊。她腳上是底很薄的拖鞋，抵著咖啡桌，桌上放置著一大堆碎裂的隕石（或者是晶洞？），大概有四十多個，裡面閃爍著紫色水晶光澤。她身後展示著一整個牆壁的名畫，一幅挨著一幅。梵谷（Vincent van Gogh）和莫內（Claude Monet）擠在一起，魯奧（Georges Rouault）和瑪麗．卡薩特（Mary Cassatt）肩並著肩，莫迪里亞尼上面是馬諦斯

2　著名美國印象派畫家，曾至巴黎學畫，後來定居在英國。

3　典出希臘神話荷馬史詩《奧德賽》記載了一群島民食用有安眠效果的蓮花，幫助他們逃避世間的悲苦。這些「蓮花食者」象徵著一個人沉迷於快樂而不面對現實。

4　出自蘇格蘭小說及劇作家詹姆斯．馬修．貝瑞（James Matthew Barrie）的著名劇作《彼得潘》（*Peter Pan*）及小說《彼得潘與溫蒂》（*Peter and Wendy*）中的人物，內容是講述彼得潘這個會飛卻拒絕長大的頑皮男孩在夢幻島與溫蒂及她弟弟們遭遇到的各種歷險故事。

5　《飛天修女》（The Flying Nun）是一九六七至一九七〇年的一部美國電視影集。

（Henri Matisse），還並排著三張莫里斯．尤特里羅（Maurice Utrillo）的作品。蒂芬妮（Tiffany）檯燈和切割水晶玻璃桌的一旁，展示著一顆椰子大的鑽石。「麥可送我的，」伊莉莎白後來解釋道：「他說他想給我全世界最大的一顆鑽石。那是水晶啦——很有趣吧？別客氣，拿起來看看。」那水晶一定有九公斤重，晶瑩的光澤照射到壁爐上方懸掛的弗蘭斯．哈爾斯（Franz Hals）[6]肖像畫作，爐架上則放置著幾座埃莉莎．托德（Eliza Todd）的銅馬雕塑。畢卡索在魚缸的上方。地毯是白色的，就和伊莉莎白的頭髮、蜜糖的毛、她的拖鞋、以及大部分的家具一樣都是白色的。隔壁是獎盃貯藏室，麥可．傑克森的畫像懸掛在走廊上，（「獻給我的真愛伊莉莎白——我永遠愛妳，麥可」），圖書室有一幅霍克尼（David Hockney）和兩幅安迪．沃荷（Andy Warhol）的作品——其中一幅是伊莉莎白頭像的絹印版畫，就連洗手間裡都還有四幅奧古斯塔斯．約翰（Augustus John）的作品，真是夠賣弄了。

當時是傍晚時分，伊莉莎白是個夜貓子，睡眠習慣很不好，才剛起床不久。原本一直躺在床上聆聽義大利男高音安德烈．波伽利的專輯《浪漫》（Romanza）。這天和平常一樣：下午三點左右起床，聽一堆音樂，看點電視，在屋子裡走走，和我聊聊天。稍後她有個約會，但也沒什麼特別的。洛．史泰格（Rod Steiger）[7]會過來。在過去一年半中，他總會開著他的本田小車，載伊莉莎白去吃漢堡或炸雞。

「我有廣場恐懼症，快四年了，」醫學用語她也能朗朗上口。「不想出門，一點也不想起床。洛．史泰格帶我離開這裡。他說我是心情沮喪的關係。後來我們就開始約會。」

「約會」是個令人煩惱的含糊字眼。除了本人否認有任何曖昧關係的洛．史泰格外，伊莉莎白同時還和另一個男人約會，比佛利山莊的牙醫凱里．施瓦茨（Cary Schwartz），五十幾歲的他曾陪伴伊莉莎白出席她在拉斯維加斯百樂宮酒店（Bellagio）舉辦的生日派對（順便去聽安德烈・波伽利〔Andrea Bocelli〕的演唱），兩名成年的兒子當時也在座，還有伊莉莎白的髮型師荷西・艾柏（José Eber），和麥可・傑克森的皮膚科醫生阿尼・克萊恩（Arnie Klein），以及麥可・傑克森本人。克萊恩醫生和荷西都給我看過那次有紀念性的生日宴照片，飯店餐桌上每個人都笑逐顏開。臉孔看起來非常白的麥可，當時正將禮物送給伊莉莎白，禮物是個橄欖球大的大象雕刻，上面鑲滿寶石。此舉乃受到伊莉莎白之前贈予麥可的一頭真正的龐大且噱頭十足的大象吉普賽所啟發。

她顯然很珍視和麥可・傑克森之間的友誼，但未必如所見，在她本人起伏的一生中，這段友誼又可說是平凡無奇。

「我這輩子有些事情，是一般人無法置信的，」在談到她無法忍受回顧自己的一生，也絕不會考慮出版自傳時，她這樣說道。「因為有些太痛苦，我無法再經歷一次，這也是我為什麼一直避免心理治療的原因之一。我無法回到那些處境，然後全部再來一次，我想我會瘋掉。」

一名作家經年累月待在室內，做著白日夢，創造出虛構的生活、無數婚姻、財富和驚悚意外——是一項雖讓人煩惱，但毫無風險且相當好的職業，只需要動用到紙和筆。但是伊莉莎白・泰勒——想像成真了——活出了她的慾望，那是和成千上萬的演員陣容共同經驗的生活。倒是從未擔心過整個人生，她聲稱，她連死亡也已經歷了。

「我穿越了那個隧道，」她告訴我，說到她一九五九年那次氣切手術，當時已被宣告死亡。「我

---

6 荷蘭黃金時代肖像畫家，以大膽流暢的筆觸和打破傳統的鮮明畫風聞名於世。

7 美國演員，曾獲奧斯卡金像獎最佳男演員，一九九〇年代晚期曾與伊莉莎白交往。

看到一道白光，它說：『妳必須回去。』這是真的發生過。我沒有說出來，因為我從來沒有聽說過這種事，我還想說，這是《樂一通》（Looney Tunes）卡通片吧！」

她承認她不是思考型的人。也許因為缺乏這種反省能力，不願意回顧過去，才讓她始終抱持著樂觀。

她也承認，在她嫁給賴瑞．福坦斯基時，曾經硬是咬緊牙關，去見婚姻諮商師。「不過我想，去看看又何妨？我什麼事都願意嘗試。」

因為賴瑞認識那名諮商師——在他先前那段還是兩段婚姻中都曾找上她——伊莉莎白說：「他們的對話像是有種密碼，讓我覺得置身事外。不過我們完成諮商，回到車上，就這樣結束了。之後我們也不談這件事，直到下次預約時間。」

她笑了起來，一種獨特的歡笑自嘲，讓人覺得可愛。只要提起她那些極其悲慘的遭遇——婚姻失敗、住院、意外或死而復活的故事，就會出現這種自己付出代價的宿命大笑。它讓人放鬆下來。潛台詞是：「我一定是瘋了！」這也是一種轉移作用，因為如果有人表示憐憫或遺憾，她說她一定會無奈地哭得不成樣子了。

她和麥可．傑克森之間一開始的友誼，逐漸發展成一種模式——她幾乎成了唯一為麥可辯護的人。

「那麥可的」——我尋找一個合適的字眼——「怪癖呢？會不會讓妳覺得困擾？」

「他有種魔力。而且我覺得任何真的具有魔力的人都必須有點怪癖。」她的意識裡容不下絲毫所謂「怪胎傑克」（Wacko Jacko）這樣的負面說法。「他是我所愛過最深情、最甜蜜、最真誠的人之一。他占據著我部分的心，我們願意為彼此做任何事。」

這位挾帶復仇力量的溫蒂，步入青春期之前便已經擁有財富且舉世聞名，九歲就開始負責父母的生計。她說，她和麥可處得很好，他也是小時候就成了明星，沒了童年，而且慘遭父親虐待。在夢幻樂園裡，有輛「凱瑟琳」的蒸汽火車頭，有條「凱瑟琳街」；但是沒有「約瑟夫街」，也沒有任何以他父親為名的東西。[8]

麥可是個肖像狂，多年來持續蒐集伊莉莎白．泰勒的肖像，以往也曾同樣蒐集過黛安娜．羅絲（Diana Ross）、瑪麗蓮．夢露（Marilyn Monroe）和卓別林（Charlie Chaplin）的——甚至連米奇和彼得潘也在列。所有這些人物隨著歲月歷經了外形上的變化，那是麥可與他們相像之處。麥可一定注意到伊莉莎白在她將近六十年的明星生涯中，也歷經了類似的改變。那個楚楚動人的女孩從《玉女神駒》（National Velvet, 1944）中的維拉韋．布朗（Velvet Brown）、到《埃及豔后》（Cleopatra, 1963）中的克麗奧佩脫拉、到巴斯夫人（The Wife of Bath），一直到《石頭城樂園》（The Flintstones, 1994）中的弗林史東太太（Mrs. Flintstones），持續轉變著。每部電影（共計五十五部電影、九部電視劇）、每段婚姻（共計八段）、每樁韻事（根據紀錄，大約二十樁），都產生不同的臉孔和體態，一個嶄新的形象，但同時她本人又始終沒有改變：直率、風趣、真誠、衝動大膽（「我想嘗試所有事情」）、外向、愛冒險，同時內心依然有更多渴望。

突如其來地（他們以前從未見過面），麥可送給她幾張道奇體育館（Dodger Stadium）舉辦的《顫慄》（Thriller）巡演門票，伊莉莎白逮住了機會——事實上，她一共拿到十四張門票。那是個大吉日，二月二十七，她的生日，也是她兒子的生日。但是座位安排在玻璃環繞的貴賓包廂，距離

8 凱瑟琳、約瑟夫分別為麥可的母親及父親的名字。

舞台有段距離。「不如在家看電視。」允諾取得那場表演的錄影帶後，她便率領大隊人馬返家。

「麥可第二天哭著打電話過來說：『真抱歉，我覺得好難過。』」麥可沒有掛電話，兩人聊了兩個小時。「接下來我們每天都通電話。」幾個星期過去，持續通電話，接著是幾個月。「真的，我們是在電話上認識彼此的，整整三個月。」

某天，麥可提到他可以順道拜訪她。伊莉莎白說好。麥可問：「我可以帶我的黑猩猩過來嗎？」伊莉莎白說：「當然。我喜歡動物。」麥可就這樣牽著黑猩猩「泡泡」（Bubbles）出現在她門口。

「我們從此便成為最要好的朋友，我本來打算跟他一起去南非的。」伊莉莎白說。

「去見曼德拉總統（Nelson Mandela）？」

「我叫他納爾遜，」伊莉莎白回答。「是他要我這麼叫的。納爾遜打電話給我，要我跟麥可一起去。我們還在電話上聊天。『嗨，納爾遜！』哈哈！」

「你和麥可很常見面嗎？」

「比一般人知道得還多——比我了解得還多。」她說。他們會偽裝跑去好萊塢電影院或其他地方，手牽著手坐在後面。在我沉吟著下一個問題該怎麼問時，她補充道：「麥可每一方面都是真誠的。他身上有種氣質，非常可愛、非常童真——不是幼稚，是孩子般的純真——那是我們彼此都擁有、都認同的。」

她在說這些話時，展現出最可愛的溫蒂一面，但是在明顯甜蜜的態度中，也有著一種孩子王，帶著叛逆、幾近霸道的氣質。

「我愛他。他內心有脆弱的一面，更令人憐愛，我們在一起非常有趣，就是一起玩。」伊莉莎白說著。

「是啊，我們試著逃避和幻想，」麥可．傑克森告訴我。「我們的野餐非常有意思。跟她在一起真好，我可以真正放鬆下來，因為我們有同樣的生活，經歷過同樣的事情。」

「比如？」

「當童星的悲慘。我們也喜歡同樣的東西，馬戲團、遊樂園、動物。」

我們是透過事先安排的暗號，由他打電話給我，而非透過祕書插話通知說：「傑克森先生在線上。」這星期超市小報的頭條新聞包括「**怪胎傑克有自殺傾向，正受到嚴密監護**」、「**怪胎傑克進入瘋人院**」，還有一則南非的通訊：「**流行天王怪胎傑克和十三歲孩童玩滑翔傘**。」而事實上，麥可人在紐約市，正在錄製新唱片。

我的電話響起，我聽到一聲：「我是麥可．傑克森。」那聲音帶著氣音，流利且孩子氣——遲疑的，然而還帶著畏怯的渴望及樂於幫忙。他用著輕快的調子，但音質渾厚，像一個盲眼的孩子在黑暗中指點你確切的方向。

「你會怎麼形容伊莉莎白？」我問。

「她就像個溫暖的、令人想要緊摟的毛毯，我很願意緊緊抱著，蓋在身上。我可以跟她透露所有祕密，而且信任她。在我這一行，是不能相信任何人的。」

「為什麼？」

「因為你不知道誰是你的朋友，因為你太出名，周圍有太多人環著你，但你也是孤立的。成名的意思是，你會成為一名囚犯，不能外出，做些正常的事情。人們總是盯著你，看你在做什麼。」

「你有這種經驗？」

「喔，太多了。他們想知道你在看什麼，還有你買的所有東西。他們想知道所有的事情。樓下總有狗仔隊守候著。他們侵犯我的隱私，扭曲事實，是我的噩夢。伊莉莎白則是那個愛我的人——她是真的愛我。」

「我跟她說，她就像溫蒂，而你是彼得潘。」

「但伊莉莎白也像是母親——而且不只是母親。她是個朋友。她是德蕾莎修女（Mother Teresa），是黛安娜王妃、英國女王、和溫蒂。」

他回到名氣和孤立的話題。「這種情況會讓人做出一些奇怪的事情。我們這種名人，很多會因此染上毒癮——他們沒有辦法應付。在一場演唱會結束後，你的腎上腺素會飆到最高點，你無法入睡。直到凌晨兩點，眼睛還睜得大大的。步下舞台後，整個人都還飄飄然的。」

「你是怎麼應付的？」

「我看卡通。我喜歡卡通，我打電動，有時候也會閱讀。」

「看書嗎？」

「對。我喜歡看短篇故事，什麼都喜歡。」

「有特別喜歡誰嗎？」

「薩默塞特．毛姆，」他很快回答，然後沉吟續道：「惠特曼、海明威、馬克．吐溫。」

「那電玩呢？」

「我喜歡《X戰警》、《彈珠台》、《侏羅紀公園》，還有武打的——《真人快打》。」

「我在夢幻樂園也玩過一些電動遊戲。有一個很神奇的叫做《魔獸剋星》。」

「啊，對，那個很棒。每個遊戲都是我挑選的。不過那個也許太暴力了一點。我巡演時，通常都會帶一些上路。」

「你怎麼辦到的？遊戲機都很大，不是嗎？」

「喔，我們巡演都會用到兩架運輸機。」

「原來如此。你有沒有寫過哪一首歌，心中想的是伊莉莎白？」

「《童年》（Childhood）。」

「是不是那首，裡面有句歌詞『有沒有人看到我的童年』？」

「對，不錯，」他語氣輕快地唸出：「『在你批判我之前，先試著……』」他繼續唸了六句歌詞。

「我在夢幻樂園裡的旋轉木馬聽到的就是這首歌？」

他開心地說：「對！對！」

我們談起那段有名的夢幻樂園婚禮，還有賴瑞，麥可說他喜歡賴瑞這個人。又談到伊莉莎白很會鼓舞別人，還有他們的共同友人卡洛・拜爾・塞格（Carole Bayer Sager），她曾為專輯《瘋狂》（Off the Wall）寫過幾首歌。談起童年，我們聊到伊莉莎白還是小女孩時便要負擔家計。

「我也是那樣。我小時候就負擔家計。我父親把錢拿去，有些幫我存著，但很多都用在全家人開支上。我就只是一直工作。」

「所以你那時並沒有童年生活——你失去了童年。如果重新再來一次，你會做些什麼樣的改變？」

「雖然我錯過了很多，但是我不會改變任何事。」

「我可以聽到你孩子在後院玩的聲音。」咯咯笑聲持續不斷，像是不斷湧出排水口的水流。「如果他們以後也想從事演藝工作，過你所過的生活，你會怎麼說？」

「他們想做什麼都可以。如果想從事演藝工作，沒問題。」

「你教養他們的方式，會和你受到的教養方式有什麼不同？」

「我會給他們更多樂趣、更多愛，不那麼孤單。」

「伊莉莎白說，她回想起過去的生命，會覺得很痛苦。你也會覺得很難過嗎？」

「如果回顧的是整個生命概況，而不是任何特定時刻的話，不會。」

這種不直截了當，文謅謅的表述方式讓我覺得很驚訝——又一個麥可．傑克森令人訝異之處。他方才使用的幾個詞彙已經讓我愣了一下。「我不確定你指的『概況』是什麼意思。」

「就像童年，我可以正視我整段童年。」

「但是童年的某些時刻會讓人覺得特別脆弱。你也有這種感覺嗎？伊莉莎白說，她覺得自己是電影公司的財產。」

「有時候我們很晚還必須出去，比如半夜三點，還要去上節目，都是我父親要我們去的。他會把我們叫起來，我那時才七、八歲。這些表演節目有些是在俱樂部裡，有些是在某戶人家的私人聚會上。」地點包括芝加哥、紐約、印地安納、費城，他補充道——全國各地。「總是在睡夢之中就聽到我父親在叫：『起來！要去表演了！』」

「不過當你在台上時，你不覺得興奮嗎？」

「會啊！我喜歡上台。我喜歡表演。」

「那表演的另一面呢？如果表演後，有人來找你，你會覺得尷尬嗎？」

「我不喜歡，我一向不喜歡人和人接觸。即便到今天，在表演結束後，我也很討厭應酬。我會覺得害羞，不知道該說些什麼。」

「但是你接受了歐普拉（Oprah Winfrey）的訪問，對嗎？」

「上歐普拉的節目很辛苦。因為那是電視節目——上電視不是我在行的。我知道每個人都在看、都在批評。真的很難。」

「你是最近才有這種感覺嗎？覺得自己受到監視？」

「不是，」他堅定地回答。「我一直有這種感覺。」

「即使在你七、八歲的時候？」

「我不喜歡那樣。」

「我想，就是因為這個原因，和伊莉莎白用電話聊了兩、三個月，反而是最理想的結交方式，又或者就像我們現在這種方式。」

「對。」

聊天當中，麥可提到了「失去的童年」這句話，觸動我引述萊昂・布洛伊（Léon Bloy）[9]的一句詩：「在猶大失去的童年中，耶穌被出賣了。」我聽到話筒中傳來一聲「哇！」他要我解釋這句話的意思，我解釋過後，他又要求我詳細說明。猶大的童年如何？他身上發生了什麼事？他住在哪裡？認識些什麼人？接著便和麥可・傑克森聊了二十分鐘的聖經外傳，直到一個多小時後，我們才聊到他計畫去夏威夷表演的計畫，以及他唱片的進度，再回到伊莉莎白的話題。他告訴我他帶伊莉莎白和她那群友人去拉斯維加斯——送她珠寶鑲製的大象是件多麼愉快的事，我說我看過那次生日

9　法國作家，信奉天主教，提倡社會改革。

宴會的照片。

「那次很棒。我們就是那樣相處的，一起出去玩樂。」

說到伊莉莎白的過往，她有次在歐普拉的節目堅稱「麥可是我所認識最不怪異的男人」，其實聽來也不算誇張了。當時她被貶說太容易輕信人，但這是個聰明的反駁，事實上，伊莉莎白確實認識——包括嫁過、愛戀過、交往過——一些最怪異、最粗暴、有上癮症的、行為放蕩的、以及各式各樣想得到的墮落男人——醉鬼、惡霸，甚至遭到判刑的罪犯，重罪輕罪皆有。她有個情人亨利・溫柏（Henry Wynberg），因為在販售的二手車里程表上動手腳而遭到逮捕。伊莉莎白首次踏入香水這一行，便是和溫柏為伍。

她被尼克・希爾頓（Conrad “Nicky” Hilton Jr）[10]痛毆、被李察・波頓（Richard Burton）[11]背叛，被艾迪・費雪（Eddie Fisher）[12]詛咒。她賣掉一只六十九克拉的鑽戒和她的紫色勞斯萊斯轎車，協助約翰・華納（John William Warner）[13]踏入參議院。而賴瑞・福坦斯基——那位貧窮、狂飲啤酒的賴瑞，生平第一次搭飛機、第一次出國旅行都是由伊莉莎白買單——拿了她兩百萬美元贍養費，實在應該去上幾堂情緒管理課。此外，她還有其他情人，各個大名鼎鼎，從馬克斯・勒納（Max Lerner）到雷恩・歐尼爾（Ryan O’Neal）、卡爾・伯恩斯坦（Carl Bernstein）、巴布・狄倫（Bob Dylan）[14]，還包括一位前伊朗大使。

在這堆人物之後，麥可——他不抽菸，不喝酒——對伊莉莎白而言，一定真的很像彼得潘。他以低語聞名，「Whee!」（唷呼！）也是他的招牌驚呼語之一。他對伊莉莎白極為慷慨，而伊莉莎白最喜歡別人送她禮物，因此，他儼然成為伊莉莎白的贊助者和玩伴，儘管根據伊莉莎白的描述，應該僅屬於玩伴關係。

但我感覺伊莉莎白的每段關係似乎都在進行某種角色扮演，如同婚姻就是一部電影，有起點、中間的過程和結尾；而每段婚姻都是一部不同的電影，有著不同的男主角、不同的服裝、地點、以及故事重點；甚至有不同的「形貌」，彷彿經過某位善於創造的藝術指導的精心設計。瀏覽過去幾十年的照片，你會注意到令人驚異的各種不同的伊莉莎白：清新年輕、美國風的希爾頓夫人；英式的威爾丁夫人；猶太風情的陶德夫人；屬於舞台的費雪夫人；招搖許多、頗具威爾斯風的波頓夫人；體態豐腴的政治推手華納夫人；接著最後，回復窈窕的福坦斯基太太，經常一身皮夾克搭配牛仔褲，丰姿綽約地出現在賴瑞的建築工地。即使對她的情人而言，伊莉莎白的模樣也不同：全身曬黑地依偎在喬治・漢米爾敦（George Hamilton）的臂彎裡；在溫柏旁邊猶如匪徒的情婦；和墨西哥情人維克多・盧納（Victor Luna）在一起時，則頭梳光滑的西班牙髮型，身穿褶邊圓點洋裝。

她的婚姻中，有些極具戲劇性，有些屬於悲劇，外帶一樁鬧劇和一、兩齣喜劇。尼克・希爾頓——年輕、富有、酗酒、揮霍——是史考特・費茲傑羅（F. Scott Fitzgerald）劇本中的典型人

10　伊莉莎白第一任丈夫，希爾頓飯店創辦人康拉德・希爾頓的長子。

11　伊莉莎白第五及第六任丈夫，知名英國演員。

12　伊莉莎白第四任丈夫，美國一九五〇年代超級巨星歌手。

13　伊莉莎白第七任丈夫，曾擔任美國海軍部長、維吉尼亞州共和黨美國參議員。

14　美國創作歌手、藝術家和作家。從一九六一年發布首張專輯至今，狄倫在流行音樂界和文化界引起的影響已超過五十年。大多數著名作品都是一九六〇年代的反抗民謠，也被廣泛認為是當時美國新興的反叛文化的代言人。

物；威爾丁（Michael Wilding）[15]的掙扎——一個移植的英國演員，在洛杉磯逐漸委靡——演繹出英美文化的衝突；和陶德（Michael "Mike" Todd）[16]短暫但熱烈的婚姻，悲慘地結束於墜機，不過還有續集，還配上音樂——和陶德友人艾迪．費雪的婚姻，可謂一樁鬧劇，與失敗和嗑藥相關，劇情失焦的二流電影；波頓則有上下兩集，涉及嚴重的酗酒、揮霍、高度情緒化、糾葛、激情，證明佛洛伊德（Sigmund Freud）的名言，所有感情糾葛都牽扯到四個人。伊莉莎白有一幅尤特里羅的繪畫，畫著一座瑞士城堡，她說在結束《埃及豔后》拍攝工作後，她曾和波頓在那裡幽會。她珍惜那幅畫，主要不是因為那幅畫的藝術價值，而是因為那幅畫令她回想起她一生中最羅曼蒂克的兩段感情之一（另一段是和陶德的戀情）。最後兩段婚姻——嫁給政壇新秀約翰．華納，和卡車駕駛賴瑞——則可歸之於喜劇，有著真正喜劇所必須具備的極端痛苦。

妻子身分有如女主角？婚姻有如電影？我決定問問她。

一天晚上，在我準備出發會晤伊莉莎白之前，正好見到約翰．華納出現在電視中，談論科索沃戰爭（Kosovo War）。他是現任參議院軍事委員會主席，但是即使有著參議員最耀眼的光環，他仍然顯得愚蠢自負——沒有說服力，妄自尊大。緊鎖的雙眼和狹窄的額頭令人聯想到長毛垂耳犬討好的面容。

談到和約翰．華納的婚姻，伊莉莎白說：「我當時覺得，如果不趕緊逃開，我一定會瘋掉——我不能有任何意見，就只能做候選人的太太。」

「這好像電影片名，《候選人的妻子》。」我說，然後問她，她的婚姻是否也是那樣，好像很具體，但同時又很不真實。

伊莉莎白想了一下，然後回答：「你開始拍片時，不會預料那部片子會失敗。結婚的時候，也指望婚姻能持續到永遠。那才是結婚的理由。」

但那不是我問的重點。這不是預期如何的問題，而是結果變得如此戲劇性的問題。在我看來，一個童星久經訓練，必須在特殊情況下面對不同的要求，照說應該非常適應一種不斷調整，扮演多重角色的生活。當然，沒有人剛結婚時會預期婚姻的結束，但事實上，她所有婚姻都無疾而終，所有感情都不了了之。

當然，伊莉莎白不是詢問這個問題的好人選，但是她告訴我的每件事都讓我覺得，她當時的婚姻，《候選人的妻子》，比她那段時間所拍的片子更有看頭：《小夜曲》（A Little Night Music）、《殺機》（Winter Kills）、《破鏡奇案》（The Mirror Crack'd），以及《續緣》（Return Engagement）。

「我必須依照政黨的路線行事，」伊莉莎白說：「他們告訴我不能穿紫色的衣服。共和黨婦委會說：『那代表皇權。』

「我說：『所以呢？』

「『而且代表激情。』

「我說：『那有什麼不對？』

「他們說：『妳可是候選人的妻子！』」

---

15 伊莉莎白第二任丈夫，英國舞台、電視和電影演員。

16 伊莉莎白第三任丈夫，美國電影製作人。兩人婚姻甚美滿，直到一九五八年三月陶德乘坐的私人飛機墜毀，當場身亡。

卡！

伊莉莎白買了一套保守的套裝——「我最恨套裝！」——然後在接下來兩個月中從事競選活動，一天跑五、六個場合，沒有時間吃飯。候選人忙著拉票，候選人的妻子則忙著展露笑顏。某天他們趕去參加一場共和黨的聚會，候選人夫妻從後門進入建築物。

經過一盤盛放著食物的餐盤時，候選人華納——他對自己太太的暱稱是菩桃絲（Pooters）[17]——說話了，「那裡有炸雞，菩桃絲，抓塊炸雞、雞胸肉或什麼的吞下肚，等等就沒有機會吃東西了。」

「所以我抓了一塊雞胸肉，然後突然間——噢！你知道那些兩吋半長的骨頭嗎？其中一根正好卡在我的喉嚨。約翰．貝魯西在《週六夜現場》（Saturday Night Live）中把整事件演得活靈活現的，那個渾蛋！在維吉尼亞州小峽灣（Little Gap）被一根雞骨頭卡住喉嚨！」伊莉莎白說。

在突發奇想的搶救行動中，伊莉莎白抓了一塊小麵包，掰成二半。「把半塊吞進喉嚨，想把骨頭往下推，因為我的臉已經開始變色了。」

這招並沒有奏效。伊莉莎白被送入醫院，她越說越起勁，描述醫生如何拿了一條長的塑膠管，伸進她的喉嚨。「把骨頭推進我的胃中——沒有麻醉，甚至連顆阿斯匹靈也沒有——就這樣把它塞入我的胃裡。不過這件事太搞笑了！我被整整消遣了一年！」

華納當選後，共和黨的婦女為伊莉莎白舉辦了一場午餐宴，感激她對勝選的貢獻。他們大概根本不知道她的貢獻有多大：伊莉莎白賣掉了波頓給她的一件極其奢華的禮物，「我那顆六十九克拉的大鑽石……為了維繫我這一半婚姻。」

至於那場午餐宴，「我取出那件保存得好好的候司頓牌（Halston）褲裝，打扮得美美的，然後光鮮亮麗的登場。我說：『茱蒂，』——她是競選總幹事——『我特別穿這套衣服向妳致敬！』」

如果這是一部電影，那麼這一幕肯定是接近中場的高潮戲，至於後半場，則可以從伊莉莎白告訴我的話中窺探一二。「做為候選人的妻子，我覺得最困難的是要我閉嘴。」華納現在進了參議院，伊莉莎白成為多餘的了。「舉世滔滔，華府是對妻子最殘酷的城市。」她很懶散，而華納，據她表示，是堅持每次點名必到的人；他想維持自己從未缺席的紀錄，而他也成功做到了。「他的出席率是百分之百。『約翰．華納？』『有！』」出於在參議院賣力演出，他回到家時已筋疲力盡。

「他會說，『妳要不要自己倒一杯傑克丹尼威士忌，菩桃絲，上樓去看電視？』」

「所以菩桃絲就自己倒一大杯傑克丹尼，上樓看電視，等待下一天到來。這樣一天又一天，我心想我的傑克丹尼越來越大杯，如果我再這樣蹉跎下去，我要嘛自己喝到掛，要嘛成為行屍走肉，再也沒有任何生機。」

在華府這段低潮時間，伊莉莎白以其戲劇化、自嘲的口吻繼續道，她思考著：「這世界上有什麼最具挑戰的事我可以做的？對我來說，在身心上都最困難，但卻是在可行範圍之內？啊！去演百老匯舞台劇。」

她認識的每個人，幾乎沒有一個不持反對意見的，結果她還是力排眾議，決定演出《小狐狸》（The Little Foxes）。「我去一家減肥營減重，增加體力——停止喝酒，重建自信。還帶著劇本一起去。」

那部舞台劇在佛羅里達州排演，雖然華納沒有出席首演之夜，但田納西．威廉斯（Tennessee

---

17 有點像波斯貓的變化稱呼。

Williams）[18]到場了。他告訴伊莉莎白，自己一直認為她是「田納西・威廉斯筆下的女英雄」，而她也證明其所言非虛，陸續成為《朱門巧婦》（Cat on a Hot Tin Roof）、《忽爾昨夏》（Suddenly Last Summer）和《青春之鳥》（Sweet Bird of Youth）劇中的女英雄。她說覺得自己被《小狐狸》（The Little Foxes）的演出解放了；她喜歡劇場的人，喜歡觀眾的掌聲，喜歡一部劇大家宛如一家人的感覺。這部舞台劇繼續巡迴演出，伊莉莎白也跟著上路——在各種意義上——她很快和華納離婚，並繼續前往倫敦演出。

這是《候選人的妻子》的完美結局。女主角放棄自己的演藝生涯，在真實生活中扮演政治圈明日之星的妻子，結果發現丈夫當選後，自己淪為多餘之物。眼見自己在華府妻子的角色中逐漸凋零，她選擇了自由，演出舞台劇，成為這個角色中的另一角色。她只有在演戲中才能做回自己，「覺得自由而快樂。」

那時，藉由戲劇演出而重獲自由的女星，為一位肥皂劇明星東尼・傑瑞所吸引，並多次在《杏林春暖》（General Hospital）一劇中客串演出。

生命繼續輪轉，一個角色接著下一個角色。十年過去了，下一部上演的是《卡車司機的妻子》。珠寶不戴了，伊莉莎白穿上牛仔褲，成為一位說話簡短粗魯、名叫賴瑞的藍領工人的愛侶。賴瑞從未搭過飛機，從未踏出美國。「帶他到一些我也從來沒去過的地方，讓我也感受和他一樣的刺激，這樣一來就不會顯得我比他有優勢，我們兩個都分享著同樣的新鮮感。」她帶賴瑞到摩洛哥、到泰國。因為他們是泰國皇室的貴賓，所以還有摩托車前導。只要他們在路上，就絕不會有其他車輛；為了接待他們，道路全部淨空。賴瑞不知內情，還以為所有的外國交通都是這樣，街道空空的，警察會向他們致敬。不過賴瑞討厭外國食物，他覺得很乏味。「無論到哪裡，他都只想去麥當勞。」

回到貝沙灣區，「我經常早上四點起床，和他共進早餐。賴瑞去工作後，我就回到床上。然後他回到家，太好了——他全身大汗，兩手髒兮兮的，但他真的很帥，還玩賽鴿。他的工作讓我覺得很驕傲。所以他停止工作的時候，我有點傷心。」

當卡車工人賴瑞停止工作，開始飲酒，他那出名的火爆脾氣便不時爆發。他變得懶散，白天只是看電視和喝啤酒，結局就是卡車工人離開貝沙灣區。劇終。

相較於電影，我貶抑這幾段注定失敗的感情，但我感覺伊莉莎白其實期待的是我的讚許，讚許她將心靈投注其中，如此熱切扮演著另一半的角色，而且在角色轉變之間，她始終保持活力，雖然她的傳記作者謝里丹．莫雷（Sheridan Morley）向我提到他的觀察，認為她就像亨利．詹姆斯小說中的人物：「天真，然而佇立在死亡和毀滅的中心。」

除了艾迪．費雪（「我只能說，我們不算是親密的夥伴」），她和所有前夫都維持著相當親近的關係。儘管拿他們開玩笑，但從來沒有惡意；如果有虐待存在，她也只是讓事實說話。

「找男朋友，是好壞參半的事情，」在冗長而愉快地追述她還是年輕女孩時騎馬的回憶後，她感慨道來。最開始，她在嚴密監護下有過兩、三段羅曼史，然後，經過短暫的約會，她便和尼克．希爾頓結婚了。「我還是處女——我根本不感興趣。那是件蠢事，我告訴你。」

她的聲音開始顯得乾澀，稍微退縮，蜷伏在沙發上，整個身體似乎都緊縮起來，她繼續說：

18　美國二十世紀最重要劇作家之一。

「我們結婚兩個星期後，他開始喝酒——我還以為他是一個很好、很單純的典型美國男孩。兩個星期後，嘩！所有肉體虐待就開始了。結婚九個月後，我就離開他了……在他——」伊莉莎白停頓下來，望著遠處，「把我的孩子從肚子裡踢出來時。」

「太可怕了。」我說。

「他喝醉了。我想這絕非我來到這個世界的目的。上帝把我帶到這裡，不是要讓一個孩子從我的肚子裡被踢出來。我感到劇烈地痛苦，見到嬰兒掉在馬桶裡。我不知道我懷孕了，所以那不是惡意或故意的行為，事情就是那樣發生了。」

她一言不發，站起身環抱著雙臂，離開了房間。幾分鐘過去後，她回到房間裡，解釋說那段回憶總會讓她覺得肚子痛。她說：「我以前從來沒有說過這件事。」然後轉變話題，提起蒙哥馬利・克利夫特（Montgomery Clift）[19]，以及她如何幫他找到他的初戀。

她怎麼知道蒙哥是同性戀？

「我不知道我是怎麼知道的。我全心全意愛著蒙哥，卻知道我們之間永遠不可能發展出戀情。沒有人跟我解釋過這種事，但我就是知道。蒙哥沒有出櫃，我想我知道他在抗拒的，他一輩子都飽受其苦。我試圖向他解釋那並不可怕，那是天生如此。」

在她變化無窮的生命中，唯一持續不變的，是和男同志的友情。丈夫和情人來來去去，但是總有一個——通常不只一個——男同志充當她的護花使者，閨密、朋友、姊妹淘。羅迪・麥克道爾（Roddy MacDowell），從一九四三年共同演出《靈犬萊西》（Lassie Come Home）起便一直是朋友，直到他一九九八年過世。其他諸如蒙哥馬利・克利夫特、詹姆士・狄恩（James Dean）、洛・赫遜（Rock Hudson）、田納西・威廉斯、候司頓（Roy Halston Frowick）、邁爾康・富比士

（Malcolm Forbes）、安迪・沃荷、楚門・卡波提（Truman Capote）。包括演員、導演、服裝設計師、髮型師、作家，幾乎每個人都仰慕她，而她也承認他們是她一生中最親密的友人。她的情人曾經虐待她，但沒有紀錄顯示任何一位同志友人曾經對她動粗。

當愛滋病開始奪走他們當中幾位友人的生命時，伊莉莎白開始採取行動。一個近乎是烈士般將自我放縱於享樂的人，乍看之下，並非從事善行的理想人選；而事實上，縱情淫慾、紙醉金迷的人生，是走上道德革新鬥士這條路之初常會見到的，克己的目的，很多時候就是單純的贖罪。對於愛滋病造成的這些死亡，伊莉莎白大受震驚，她站了出來大聲疾呼對愛滋病的正視，成為好萊塢第一位為愛滋病研究進行募款的人，她先是與「美國愛滋病研究基金會」（American Foundation for AIDS, AMFAR）合作，後來又成立「伊莉莎白・泰勒愛滋病基金會」（Elizabeth Taylor AIDS Foundation）。

「如果你是名人，可以做很多很多好事，若能做些有價值的事，你會覺得好過些。過去五十年來，我都極力在保護我的隱私，我心想：等等，妳感到氣憤，那何不反過來，利用妳的名氣做點比較積極的事情呢。我本來憎恨我的名氣，直到領悟到我可以利用它。」她告訴我。

在愛滋病開始爆發時，人們「一片譁然，又生氣，又痛恨。他們什麼事都沒有做，我覺得非常沮喪。」

她舉辦了好萊塢第一場愛滋病募款活動，成為一九八五年的一件大事，並在演藝界引起軒然大波，因為當時演藝界的人都極力掩飾誰是同性戀的事實，結果那次募款成功募得一百萬美元。後來又陸續舉辦了許多次。

19 美國演員。

「我是那種可怕的名人，很會激怒別人，」伊莉莎白說。她一直為自己的叛逆感到自得，這件事也是讓叛逆起作用的方式。她的付出為愛滋病研究取得大筆金錢——大約一億五千萬美元——即便是最為質疑的旁觀者也不得不承認，這筆錢對愛滋病研究帶來了重大影響，募得的資金用在延長生命的蛋白酶抑制劑的開發上。

「這也是我拍宣傳照的原因——讓我的名氣維持不墜。人們才不會說，那個婆娘是誰？」

她嘲謔好萊塢的名氣，笑談和她還是童星的時候已大為不同。「被合約綁住真是令人憎惡。」這類事是麥可．傑克森之前很容易碰上的。正如伊莉莎白的形容：「好比被五十萬貸出去，然後每星期拿五千塊——這種事真讓人他媽的生氣——對不起。這實在太不公平了。」

不過儘管獲得獨立，擁有大筆金錢，今日的好萊塢還是缺少了點什麼。這不是明星體制的問題，雖然伊莉莎白可謂最後一位明星了。甚至也不是電影公司逐漸減少，獨立製片逐漸興起的問題。更不是醜聞、婚姻、謀殺的問題——雖然這些還是會發生。那到底是什麼呢？

「已經看不到乳頭了，」伊莉莎白說：「即使有，也是假氣球。我的意思是，大概一哩之外你就可以看到了。而且全都變得有點中性化了，實在不怎麼性感。」

「所以現在的好萊塢已經沒有乳頭了——這是妳要傳達的訊息嗎？」我說。「我並不想把這些話硬塞到妳口中。」

她大笑著說：「我沒有那樣講嗎？」

那天晚上，洛．史泰格駕駛他的小本田出現了，腳上穿著運動鞋。理著光頭、身材魁梧、一身全黑，彷彿休假日的墨索里尼，前來拜訪克拉拉．貝塔奇（Clara Petacci）。[20]洛．史泰格曾陷入情緒低潮，八年無法工作，在接近破產之際，幸賴藥物和醫療，才回復演戲。一年半前，他去拜訪當時並不熟悉的伊莉莎白，邀請她一起演出《某處》（Somewhere）——是他與人共同執筆的劇本——一部重訪《綠野仙蹤》的續集，劇中所有角色都長大了。在這個版本中，伊莉莎白將扮演長大的桃樂絲。但史泰格見到伊莉莎白時嚇了一跳，她當時心情鬱悶，足不出戶，像是患了慢性憂鬱或廣場恐懼症，而這正是他本人經歷過的情況。他決定將伊莉莎白當成自己的使命，他堅持兩人一起出門，而且拉著她一起交際。如此這般，伊莉莎白重新回到了人世。史泰格寫過一首關於伊莉莎白的詩作〈代價〉（The Price）——她為自己的生命所付出的代價。史泰格視伊莉莎白為「魅惑魔女，成為其施展魔法的犧牲者」，他寫道：「她為著新鮮空氣去往各處。」

麥可．傑克森是新鮮的空氣。也許她最後的一場電影，便是此刻她和麥可的演出——比史泰格的《綠野仙蹤》更新版更接近她生命的本質。夢幻樂園這座麥可的家中，圖書室咖啡桌上放了兩本書，《彼得潘》和一本視覺書：麥可自己的《他的歷史》（*HIStory*）。屋子裡到處都是彼得潘的圖像。幾乎是有意識地，伊莉莎白和麥可都在貝端這本著作屬於他們的續集中進行角色扮演，不過他們版本的《彼得潘與溫蒂》更加奇特，更為多采多姿，更顯完整，而且比任何一部婚姻電影——我在貝沙灣區對顯得勉強的伊莉莎白暗示過的《抒情歌手的妻子》、《候選人的妻子》、《卡車司機的妻子》等等——上映時間還要久；比起年歲更長的溫蒂及離群索居、拒絕長大的彼得，這些婚姻電影都顯得更沒潛力。

他們之間沒有衝突，也沒有任何衝突的可能性；沒有性愛、沒有掙扎、沒有剝奪。印象中他們

20 指一九二〇年代起的義大利法西斯獨裁者墨索里尼（Benito Amilcare Andrea Mussolini）及其情婦克拉拉．貝塔奇。洛．史泰格曾主演《墨索里尼的最後四天》（Mussolini: Ultimo atto）。

經常擁抱，分享彼此的私密，那些不外乎失去的童年、祕密樂趣、野餐、食物大戰和即刻的滿足。如果他們想要一頭大象、或一場音樂會、或一次遊戲、或搭乘飛機離開，馬上就可以辦到。為了達到他們的目的，夢幻樂園是最理想的場所：小女孩似的母親，小男孩和保護者般的兒子，空氣中充滿挑逗的暗示——碰觸、摟抱、調笑、勾肩搭背，生活有如遊戲，而且多得是錢——甚至還有海盜船！迄今為止，彼得和溫蒂顯示了這段故事還會持續下去。這段友情已經比伊莉莎白所有婚姻關係都還要持久。

伊莉莎白對生命很有胃口，「胃口」（appetite）是每當我想到她，腦海中總會浮現出的字眼：那是一種熱情、一種飢渴，似乎永無饜足的時刻。在飢渴狀態中，也是她最「伊莉莎白」的一面。當然，這只是一種隱喻，但她並不是隱喻型的人。她雙腳踏實地踩在地面，直來直往，她的胃口就是字面意思那樣，一種大啖的渴望。她多次提及，她的肥胖並不是因為她不快樂，而是因為她喜歡吃。她最喜歡高熱量的食物——冰淇淋、炸雞。史泰格從馬里布（Malibu）的小酒館帶熱狗給她，牙醫則帶她出去吃漢堡。

每個認識她的人（和許多不認識她的人）對她的生活方式都有一套理論。大部分都是關於她驚人的一面、無節制、生命力強、意外事件、贍養費，也有許多對她多次置身於大災難之中感到奇特。麥克・尼可斯（Mike Nichols）這位第一次執導的片子《靈慾春宵》（Who's Afraid of Virginia Woolf?）就和伊莉莎白合作、並成了她其中一部最佳作品的導演，給了最為簡明扼要的說法：「有三件事我從沒見她做過：說謊、使壞，還有準時。」

雖然伊莉莎白說她從不檢視她的生命或行事，她的不守時卻是多方檢視後能夠獲得最豐碩成果的層面了。她的遲到紀錄多到幾乎可以為她爭得一項封號：姍姍來遲夫人。她所做的每件事都伴隨有遲到的故事，而這本身已是一項奇觀，因為她顯然從來沒有準時做過任何事情。她的演藝生涯十歲就開始了，比喻性地來說，這卻是她曾經早早開始的唯一紀錄。

遲到是她生命中的主題，就像很重要的她的疾病這件事，但是這兩者並不相關。疾病無法說明她的不守時，而甚至是不守時這一說詞，用在她習慣性且無可救藥的勉勉強強及拖拖拉拉情況上，也顯得站不住腳，那些行為即使不算病態，也幾乎是到了專橫的地步了。我們都知道有些人就是習慣性地遲到，內心也對這類人感到憤慨。思及伊莉莎白，讓我意識到這會是個多麼豐富的主題，值得進行專題研究、出一整本教科書，厚厚的一本書裡主題可能是操縱性人格或婚姻暴力——這兩塊領域都跟遲到行為重疊，因為這並非獨自的病徵，而是至少會牽涉到兩個人，即遲到的人和等候的人。

就伊莉莎白的例子而言，等候的人包括了守候在她客廳的我；或幾百名守候在劇院的觀眾，納悶著《小狐狸》什麼時候會拉起布幕；或者上十名等在《埃及豔后》拍攝現場的人，不知道她何時抵達；或是約翰．華納在結婚當天腳不斷地輕敲著地面，因為伊莉莎白連那種場合也遲到。劇院裡布幕一直拉上，導演氣得跳腳也沒有用。即使國家元首、伊莉莎白女皇、教皇、她最親密的朋友——無人擁有特權準時見到她。她一律都不守時。那飛機呢？我問過一個偶爾和她一起旅行的人。飛機有固定的起飛時間和飛行計畫，必須準時離開。但有許多次，客機因為她而延遲起飛。當你從洛杉磯搭機離開時，是否曾莫名其妙地延遲起飛了？那或許正是伊莉莎白訂了頭等艙座位，而有人特別打電話打過招呼了。

這種遲到行為是一種神經質的權利感，爭權這點或許也是明顯的。此舉在關係中增添了賭注。這是在交往與性關係裡常見的特徵：動情的一方被迫等待，行動受阻，直到被愛的一方現身，甚至現身後還要繼續延宕，直到第七層面紗[21]退盡為止。就像我年輕時在波士頓斯科雷廣場（Scollay Square）不入流的表演中聽到的一名脫衣舞女郎的台詞：到我的化妝室來找我——我們來做愛……如果我遲到，你可以先開始。

遲到是女神的特質，允許她華麗登場。遲到也是一種典型的消極性侵犯。遲到之中的自戀情結是無法否認的，而這種以自我為中心的索求，其荒謬便在於遲到者總指望對方是準時的。這其實也不矛盾，遲到者其實給予準時高度的評價；遲到者一旦現身，所有的事情就必須隨即展開；遲到者是絕對不會等任何人的——這是遲到者的要求之一。伊莉莎白一抵達，布幕即拉起，攝影機即轉動，照片即拍攝，音樂即演奏，整個表演立即開始，其他人都不准遲到。我知道伊莉莎白私下有句名言：「如果十五分鐘之內他還不來，那就去他的，我絕對不會再見他一面。」

可沒有一個人對她說過這種話。她指望別人按她的條件行事，所以她的遲到算是一種測試。如果你不願意等她，她也對你沒有興趣。你千萬別指望她等你；而儘管知道她不會準時，你也永遠要準時。你有什麼權利遲到？對她而言，遲到是一種特權、是一種炫耀，用以彰顯她所做過的一切。要說這是一種女皇姿態，也不太對，因為眾所周知，皇家人士一向極其準時的。這比較像是個頤指氣使的人、操縱者、控制狂，或有強烈不安全感的人所具有的特質。這也是一個威脅者、賣弄風騷的人、騙徒、需要再三保證的人，或任何希望維護掌控者的特徵。你一定要等我；而我是絕對不會等你的。

我覺得困惑的是——事實上，她已經不再拍片，她沒什麼工作負擔，她不看書，除了她的約會和她的狗，她幾乎不需要動頭腦——約定時間她不現身，那她究竟在幹什麼？我們每次見面，她都會像小女孩一樣為自己的遲到虛情假意地表示歉意，而我也一定會追問她剛剛在做什麼。「我在樓上，唱歌跳舞，」被安德烈．波伽利的音樂迷住了，她有一次這麼告訴我。不過她也喜歡沒完沒了地煩惱著，不停換衣服——她整個妝扮——修飾一下妝容，踢掉腳上的鞋子，再試一雙，猶豫地挑選珠寶配件，抱抱「蜜糖」，再講講電話。

這種令人深惡痛絕的習性導致友誼終止，不過當然，這本來就是用來測試友情的，所以在所難免。就伊莉莎白而言，這是可以接受的一種行為模式，等同一場給弱者略占優勢的讓步賽，而她是值得別人同情的一方，就像跛腳的人或抽搐者，而她則患有嚴重的時間障礙症。我將這種情況視為《彼得潘與溫蒂》這齣還在上演的劇碼裡的另一個細節，因為最主要的，這是情緒障礙孩童的一個特徵，他們做事經常拖拖拉拉，不知道真正原因何在，而這種拖拖拉拉的孩子通常都隱藏有某種更深層的原因。

這是伊莉莎白式的特性，但是不足以總結她。在寫這個故事時，我和她有充分相處時間，得以見到她最伊莉莎白的那一面，就在那一刻——就像電影中的關鍵時刻——一個表情或一句台詞，揭露出了最豐富的內情。

關於尼克．希爾頓的驚人事跡，卻比不上說完這事後她站起身，舉步維艱離開房間，兩手按著腹部，無疑正承受著身體的痛楚這件事揭露得更多。

還有，在夢幻樂園麥可的餐廳裡算是輕鬆許多的時刻，她和廚師討論了半天終於拍板決定要吃

21　出自一九四五年英國電影《第七層面紗》（The Seventh Veil），有心理學家認為，人有至少七層面紗，你可以揭開前面幾層，但不可能揭開第七層。電影內容描述精神病人自殺獲救後不肯說出真相，醫生使用藥劑，讓病人在恍惚催眠中敘述過往，慢慢揭開了所有面紗。

加了番茄醬的大份起司煎蛋捲，而當她大啖之際，見到另一個人點了一盤炸薯條——麥當勞那種瘦瘦長長的冷凍薯條——立即以飢渴的聲音興奮問道：「嘿，你從哪裡弄來的？」幾分鐘後，她也有了一大盤炸薯條。

「求求祢，上帝，賜給我的人生超大的一份！」她經常這樣祈禱，因為吃經常是伊莉莎白式的主題。她一個朋友告訴我，伊莉莎白經常檢查冰箱，然後開始以深情款款的口吻對架上的食物說：「我要吃你……然後吃你……然後再吃你……」

某天她帶著真感情非常緩慢地告訴我，她替名下白鑽香水系列拍攝廣告的事——這項事業使她收入豐厚，再也不需要以拍片維生。

「我有一顆一百零一克拉的鑽石，」她一個字一個字地說，舔舔嘴唇，喉嚨發出愉悅的輕笑。「沒有瑕疵！」她再度一個字一個字地說：「爭相搶購！」

她緊抓著一根手指，上面戴著那顆引人遐思的祖母綠切割的鑽戒，她將手指舉到唇邊，小巧脆弱的身軀輕顫一下，然後毫無掩飾地尖叫大嚷：「我好想把它吞掉！」

還有一天，她邊聆聽波伽利的抒情歌曲邊跟著吟唱，然後打斷自己說：「Più！Più！我愛più！più是什麼意思？」

「更多。」我說。

「Più！」

伊莉莎白的真正本質，我雖無觀察的特權，對此卻有良好的消息來源。在她家完成一次別有成效的訪談後，我們互道再見。在那之後，伊莉莎白跟我們一位共同的友人聊天時問道：「保羅結婚了沒有？」

第四章
葛林國度

一、命運的逃犯

格雷安・葛林活在並成名於作家身分優越的年代，當時的作家有如傳道者，遙不可及，諱莫如深。他們是冒險家、浪漫主義者、招人喜愛的浪蕩子，很少接受訪問，卻經常是人們耳語的對象。你不會在附近書店看到他們，不會去拉扯他們的衣袖，也沒有機會把稿件塞給他們，或詢問他們有關旅行的祕訣，或者加以評論：「你有什麼問題？」

今日任何不滿六十歲左右的美國人，是無法了解二次大戰後二十年間文學世界的情況的，尤其是小說作家在群眾間所擁有的魔力。這使我想起亨利・米勒（Henry Miller）[1]。他是眾多遊走在法律邊緣的人之一，但是在審查制度當道的年代——《查泰萊夫人的情人》（*Lady Chatterley's Lover*）

等作品遭禁的年代——所有的寫作都是一種閃躲的工作。直到過去約二十年為止，作家對群眾而言都是無從接近的。他們不會現身閱讀自己的著作，不會在圖書館免費演講，不會替聽眾簽書。他們是看不見、摸不著的，而他們越是置身他處，只存在於耳語間，名聲越是響亮。這些作家多半俱已過世，但仍有一些享有這種盛名的神隱作家（梅勒〔Norman Kingsley Mailer〕[2]、貝婁〔Saul Bellow〕[3]、斯泰倫〔William Clark Styron Jr.〕[4]和其他八十餘歲英雄人物等），活到今日的侵犯年代：出版商和商店合謀，逼使作家公開亮相，成為行銷機制的一部分。這種怪異、粗俗的展示現象，已經成為今日世界運作的方式，葛林倖免於此難。

我所講的那段期間——從一九六〇年代開始萎縮，也許因為當時出版商已經成為企業主，迎合中產階級口味的怪獸——也是審查制度當道的時期。葛林挑選奧林匹亞出版社（Olympia Press）的《蘿莉塔》（*Lolita*）[5]一書為一九五五的年度作品，引起軒然大波。也因為他挑選這本書，使其受到嚴正注意，贏得倫敦和紐約巨額合約，當然，也引起衛道者的大加撻伐。梵諦岡對葛林的小說持否定態度，不過他小說中的不倫情節卻使其銷售量始終居於高位。生長在文字審查的年代，我將所有嚴肅的寫作視為一種隱含危險的陰暗工作，對我不啻是另一種吸引力。

格雷安·葛林出生於一九〇四年，正是這種顛覆性的英雄，有意識的搜尋（套句羅勃特·白朗寧〔Robert Browning〕[6]的話，「萬事的危險邊緣，」一個四處為家也無以為家的人，一個罕為人知的人。一如他自傳作家所描繪的：「一個命運的逃犯。」葛林出版了兩本回憶錄，《將就一生》（*A Sort of Life*, 1977）和《逃避之道》（*Ways of Escape*, 1980），內容出奇克制，甚至有誤導之嫌。雖然他對於接受採訪的態度比他所承認的還要友善，但他只接受最高水準人士的訪問。普里切特、安東尼·伯吉斯、奈波爾等都曾前往昂蒂布（Antibes）拜見大師，隨後在星期日報紙中也對他讚譽有加。葛林一定知道，這些人絕不會洩漏他不加檢束的生活真相，也不會問些尷尬的問題，雖然眾所周知，伯吉斯曾戲謔他信仰過於狂熱，喜歡裝模作樣，結果被掃地出門。

葛林深諳自己見不得人的生活，故而發展出一套隱匿的習慣，一種無法坦然面對、接近病態的習慣。他有時會同時寫兩本日記，記載兩個版本的一天生活，一本沉穩持重、全神貫注，另一本則或許詳細描述和一名妓女作樂的細節。背叛是葛林執著的一個主題。或許因為太疲勞，也或許因為太警覺，他不願意自己動手書寫繁瑣的自傳，而聘用了知名的傳記作家和英文教授諾曼・雪利（Norman Sherry）[7]做為他的正式傳記作家。（我一九六八年加入新加坡大學英文系，正好接任雪利前四年坐熱的職位。）葛林看過雪利有關約瑟夫・康拉德的作品，其中最著名的為《康拉德的東方世界》（*Conrad's Eastern World*）對他頗為欣賞，尤其他堅持踏著康拉德的足跡，前往小說背景所在之地那些康拉德昔日流連之處。

基於習慣性的謹慎態度，葛林一九七四年邀請雪利一起進餐，然後在慎重檢視後，容許他運用

---

1 二十世紀美國、乃至世界最重要的作家之一，富有個性又極具爭議的文學大師。

2 美國著名作家和小說家。作品主題多挖掘剖析美國社會及政治病態問題，風格以描述暴力及情慾著稱。

3 美國作家，也是一九七六年諾貝爾文學獎、普立茲獎獲得者。

4 美國小說家和散文家。

5 可能是俄裔美國作家納博科夫（Vladimir Vladimirovich Nabokov）最知名的作品，敘述一名三十七、八歲的中年男子瘋狂愛上一名十二歲的女孩，並在成為她的繼父後發展出不倫關係。

6 英國詩人和劇作家。

7 英國小說家、傳記作家和教育者。

所有可用的資料。「請不要說謊。跟我一起走到我生命結束為止。」一九七六年，經過兩年的耕耘，雪利開始撰寫《格雷安・葛林的一生》（*Life of Graham Greene*）一書，一九八九年出版第一卷，涵蓋一九〇四到一九三九年的事蹟。葛林活著閱讀了這一卷傳記，但他死後三年，第二卷（一九三九至一九五五年）才於一九九四年出版。又過了十年，引頸期盼的第三卷（一九五五至一九九一年）才終於問世。雪利這份共計兩千兩百一十八頁，密密麻麻印刷的傑作，此刻總算完工。

任何對葛林生命和作品有興趣者，這三卷傳記可謂無與倫比；做為二十世紀知識和政治歷史，這套書價值不菲；做為知性之旅和環球之旅，這套書是曠世巨著；做為原始資料和罪犯檔案，這套書令人神迷。雪利不似亨利・詹姆斯五卷自傳的作家李昂・艾德爾（Joseph Leon Edel）[8]獨具風格，但是兩人的成就卻不相上下。這套自傳豐富圓滿、鉅細靡遺，令人對書中主角油然產生更多親切感和實質感。

在第三卷中，劇作家葛林遇到一位前往古巴旅遊者，結果產生《我們在哈瓦那的人》（*Our Man In Havana*）一書；前往剛果之旅，誕生了《一個自行走完病程的病例》（*A Burnt-Out Case*, 1961）；海地之旅出版了《喜劇演員》（*The Comedians*）；南美之旅完成了《名譽領事》（*The Honorary Consul*）、《與姑媽同遊》（*Travels with My Aunt*），以及《人性因素》（*Human Factor*）。儘管財務破產，葛林在他人生最後的數十年間享有至高榮譽，屢次獲獎，甚至還因諾貝爾獎這項比瑞典樂透好不了多少的獎項，喧鬧了一陣。他拒絕爵士的封號，但是卻接受了更高的名譽動位（Companions of Honour）；捲入一則法國醜聞，撰寫了《我控訴》（*J'accuse*）；和一位西班牙教士合作，寫出了《吉軻德蒙席》（*Monsignor Quixote*）；他和巴拿馬總理奧馬爾・托里霍斯（Omar Efraín Torrijos Herrera）[9]交好，撰寫出《結識將軍》（*Getting to Know the General*）。一樁美妙的戀情結束，另一樁隨之醞釀，他最後終於找到一位伴侶、一位他所摯愛的（但已婚的）女子，並死在她懷裡。他臨終痛苦的躺著，最後遺言是：「喔，為什麼等這麼久才終於到來。」

在這段期間，他寫了《可以借用妳先生嗎？》（*May We Borrow Your Husband?*），他的傳記作家有點低估這個作品的價值，而這一直是我最喜愛的作品之一。文中包含下列的結論：「在所謂的『性生活』結束後，唯一殘餘的愛，是接納一切，包括每一次失望、每一回失敗、每一段背叛的愛，甚至包括一項悲哀的事實：在最終，沒有一項慾望，比相互陪伴的單純慾望更為深切的。」

葛林是位不安的旅者、執著的作家、糟糕的丈夫、低劣的父親，和一個自己承認的躁鬱症患者。他不知饜足的縱慾，是熱切的性崇拜者。「他在性慾方面的需求很貪婪、很嚇人，」葛林一位親密的男性友人評論道，因為那人是英國人，所以他所謂的「很嚇人」難免言過於實。不過葛林當然是個貪求色慾的人。就像其他執著於情色的男人一樣，他從不許諾、態度逃避，經常無緣無故消失，甜言蜜語的哄人，而永遠狂熱的搜尋獵物。他經常埋怨沒有靈感，但是一日牽涉到女人，他便妙筆生花。他有好色之徒浪漫主義作祟和奇思妙想發作的時刻；這一切他都訴諸於文字。

自傳的第一卷描述他追求一名適宜妻子的情形，當年輕的葛林看中薇薇安．戴茹—白朗寧（Vivien Dayrell-Browning）[10]，他寫了兩千多封情書，才終於說服薇薇安嫁給他。但是結婚不到兩年，便回復經常嫖妓的習性。隨著孩子的降臨，他的婚姻更是迭起風波。他缺乏父性本能，甚至慎

8 北美文學評論家和傳記作家。

9 通常被稱為Omar Torrijos，是一九六八至一九八一年間巴拿馬國民警衛隊的指揮官和事實上的巴拿馬獨裁者。

10 英國作家及世所公認的最優先的娃娃屋專家。

重考慮至少把一個孩子送人領養。「我真討厭小孩，」他曾寫信給他一個情人，甚至離開家很久後，還繼續埋怨自己的子嗣自私和需索。他和薇薇安生活了二十年，而其間，他旅行前往利比亞和墨西哥，撰述傑作，尋花問柳，或單純只是為了避開老婆。

雖然也談過要休掉薇薇安，但他始終沒有和她離婚。他的婚姻使他免於必須對情婦有所承諾，他的情婦包括：桃樂絲・葛洛佛（Dorothy Glover），我們在第二卷前面可以見到她，她是葛林婚姻結束後結識的；其他情婦中，最有名的有凱瑟琳・華斯頓（Catherine Walston），他倆有段瘋狂熱戀（占據第二卷大部分），最後化為友情，一直持續到凱瑟琳去世。這段華斯頓戀情詳細記載於好幾千封的信函中。一段熱烈的情感或許可以讓葛林寫一封長達十五頁的情書，但卻不包括忠誠。還有，他許多──即使不是大部分──戀情，都是和已婚女子糾纏在一起，那些戴綠帽的丈夫，除了搖頭嘆息或發出最後通牒外，幾乎無計可施。他選擇有夫之婦或經常牽涉在三角戀──或四角戀、五角戀等，都有他自己的理由可以講。

凱瑟琳・華斯頓在轉信天主教之際，對神父發展出迷戀，還使盡渾身解數，慫恿神父成為她的情人。這件事的反響是凱瑟琳的丈夫哈利（Harry），只是聳聳肩，勾搭上被拋棄的桃樂絲・葛洛佛，而葛林反對神父的事，轉而（我們已經進入第三卷）和瑞典女星安妮塔・畢爾克（Anita Björk）有染，隨後又和一名喀麥隆（Cameroon）外交官的妻子伊芳・克勞塔（Yvonne Cloetta）在一起，她丈夫完全不知情。所以葛林的作品裡全是不倫之戀，不是理所當然的嗎？「葛林真實的一面在他的小說中。」雪利表示，也一再獲得驗證。還有一點值得一提的，因為葛林的作品中深深籠罩著童年的陰影，所以葛林的外遇──或者所有外遇──本質上都具有某種特性，能使其像孩子遊戲一樣刺激：躲藏、祕密、謊言、角色扮演、咯咯發笑的滿足、罪惡感，甚至偷偷摸摸的性關係本身。

最足以佐證葛林幼稚變態心理的案例發生在一九五九年和凱瑟琳去牙買加度假的時候，他寫信給他一個朋友：「儘管在這裡生活很愉快（再加上我一天五百字進度）我的心卻老是飄向杜阿拉（Douala）〔伊芳〕——更別說斯德哥爾摩（Stockholm）〔安妮塔〕了。或許那個荷蘭寡婦是真正解決之道！」他那時還沒有和薇薇安離婚，所以他生命的這一刻，同時擁有五個女人（而且還在撰寫《一個自行走完病程的病例》）。

一個月後，他和一名男性友人梅英東（Michael Meyer）[11]前往太平洋旅遊。雖然前一位傳記作家麥可．謝爾登（Michael Shelden）[12]暗示葛林不時有斷袖行為，但雪利不表贊同。他認為葛林寧願找已婚女人，因為已婚女人對他比較沒有什麼要求。在《事物的核心》（*The Heart of the Matter*）一書中，奎里（Querry）便聲稱：「已婚女人是最容易到手的。」[13]我自己的感覺是，一個男人如果長期和一個已婚女人有染——那女人還繼續留在家中和自己丈夫同床共枕，便很難說他有同性戀的癖好。葛林正有這個習慣。再說，葛林欺騙妻子，宣稱自己對情人忠實的扭曲邏輯，當然，加上他難以克制的嫖妓行為，在在都是反證。

「我永遠不明白嫖妓的吸引力，」梅英東曾困惑而責難的表示：「在我看來，那就像付錢給人，讓你在網球場贏球一樣。」

11　美國旅遊作家。
12　美國自傳作家及教師。
13　奎里為葛林《一個自行走完病程的病例》中的人物，這句話似乎其實是出自、或至少也曾出現在《一個自行走完病程的病例》。

這項評論有趣而廣為所知，因為葛林並非卡薩諾瓦（Giacomo Girolamo Casanova）[14]，並非炫耀自負的征服者，也不是變相的蒐集者（雖然他曾保留一張詳細記載四十七名他最喜愛妓女的名單，被雪利附加在自傳的附錄中）。葛林是個沒有安全感、有所需求、不知饜足、喜歡變化，而且永遠勇於嘗試的人。他喜歡自己的女人像浪兒一樣，帶著男孩味，嬌小玲瓏——他自己一百九十三公分高，小說中的女子也多半符合這些形容，不過當然，那些角色都是根據他所愛過的女人而設定的。

「他對妓院肯定有怪癖，」一名女性友人評論道。雪利對他流連妓院的著墨也證實了這一點。早在第一卷自傳中，雪利便曾引用過奧托．普雷明格（Otto Preminger）[15]一句話。「雖然他給人的第一印象是個有自制力、端正、英式作風的人，事實上，他對女人很瘋狂，腦袋中一直盤旋著男女性事。」

你也許會說，那又怎麼樣？但是這種強迫性性傾向儼然已形成他生活、旅行、小說角色和信仰的模式。強迫性人格再加上容易感到無聊，使他在性方面無法對任何女人忠誠。他陶醉於遊蕩者、偷窺者和陌生人的角色。他的性傾向使他感到沮喪，但同時也化解他陰鬱的情緒。他自己的信仰譴責他，使他成為罪人，讓內心充滿悔恨，促使他說出下列之類的話，諸如：「我是個該死的笨蛋」、「我一生中背叛太多人了」，以及「我真希望人生中沒有那麼多讓我悔恨的事。」

他為了迎娶薇薇安而改信天主教，不過日後始終以天主教徒自居，則似乎是為了加強自己對性慾的克制力，但他的信仰只讓他感到罪孽更加深重，在信仰和罪惡間求取和諧也只令他憂慮困惑，不過至少信仰宗教讓他能獲得赦免和洗滌罪惡的恩典。在《事物的核心》、《權力與榮耀》（*The Power and the Glory*）、《愛情的盡頭》（*The End of the Affair*）和許多其他作品中，他都努力描述罪人最終其實是正直的人。夏爾．沛吉（Charles Pierre Péguy）[16]的評論：「基督教精神的中心是罪人」，是《事物的核心》中心格言的一部分。這句矛盾的雙關語繼續折磨葛林，使他成為一個道德論者。

描繪人的可惡，難免單調乏味，描繪人的惡言惡行，也難免失之迂腐，但是加上「罪」與「邪惡」的字眼，便可造就高度的戲劇性。葛林盡情將自己的行為投射於這些戲劇元素。正確或錯誤並不特別吸引他，但善良和邪惡卻是他所愛。他對神鬼方面也頗為入迷。歐威爾（George Orwell）[17]評論道，葛林似乎分享「從波特萊爾（Charles Pierre Baudelaire）[18]以來便廣為流行的一個概念，即被詛咒其實有其高貴的一面。」

傳記第三卷中，葛林旅行到海地。海地總結了他在國外目的地所需求的一切，尤其是另一部小說所設定的背景。那裡氛圍憂傷、氣候炎熱、建築搖晃、擁擠貧窮，而且瀕臨內戰邊緣，統治者是個恐怖的鬼怪，境內以妓院、貧民窟、怪異的宗教信仰儀式聞名——天主教和一種混雜的非洲儀

14 極富傳奇色彩的義大利冒險家、作家、「追尋女色」的風流才子，十八世紀享譽歐洲的大情聖。
15 美國戲劇和電影導演。
16 著名的法國詩人、散文家和編輯。早期主要的哲學觀是社會主義和民族主義，但經過多年後，成為了一個羅馬天主教徒，其後天主教對他的作品產生了深遠的影響。
17 英國左翼作家，新聞記者和社會評論家。
18 法國詩人。象徵派詩歌之先驅，現代派之奠基者，散文詩的鼻祖。他認為美不應該受到束縛，善並不等於美，美同樣存在於惡與醜之中，這在兩個世紀前的先進觀念令評論界驚恐的稱呼他為「惡魔詩人」。

式。當地的女人，尤其是妓女，以貌美馳名。裝飾華麗的旅館已臻腐朽狀態，不過仍有充分的酒水供應，足以讓客人酩酊大醉。當地唯一的外籍人士是聲譽不佳的商人和外國使節，外帶一群必不可少的無聊妻子。在巫毒教、政治獨裁、蘭姆雞尾酒和陽光的加持下，便是我們在《喜劇演員》一書中所目睹的多采多姿的恐怖秀。

諾曼・雪利認為，旅行、性、寫作、浪漫，全都是葛林緩解沮喪心緒的企圖。他是真正的憂鬱症患者，試圖自殺過幾次，經常將結束生命掛在口中。他不信任人的本性使他無法向任何人吐露自己的苦悶，唯一的例外是凱瑟琳・華斯頓，只有凱瑟琳能提振他的精神。凱瑟琳曾表示：「格雷安的痛苦就像生病一樣真實。」另一位（男性）友人也談到葛林「只有在不快樂的時候才感到快樂。」身為小說家，葛林塑造的中心人物都以性情沉鬱著名，身為旅行者，葛林也鮮少有開心的時刻。言及《目無法紀之途》（*The Lawless Roads*, 1938）中的墨西哥和墨西哥人，他說：「我痛恨這個國家和這裡的人。」

葛林心中經常盤旋的是金錢。在三卷傳記中，副標題可謂償付能力的追求，因為他從未停止拿錢給妻子，也持續支援他的孩子到他們成年後許久。葛林是當代罕見，先後擁有許多不同專職工作的英國作家，至少四度在報紙或雜誌社擔任編輯工作，經常撰寫電影評論（這是他所擅長的工作，可由他彙集而成的《歡樂宮》〔*The Pleasure Dome*〕一書獲得證明），還在倫敦出版公司擁有過兩份重要而活躍的職務。

第三卷傳記中描述他擔任劇作家的情形，包括大獲成功的（《盆栽小屋》〔*The Potting Shed*〕），與最終慘敗的（《塑造一座雕像》〔*Carving a Statue*〕），以及擔任電影劇本作家的情況，包括《我們在哈瓦那的人》和《喜劇演員》的改編劇本，以及好萊塢的建議案，比如試圖請他為《賓漢》

（Ben-Hur）一片執筆等（「如果錢夠多，而且把我的名字摘掉的話，我也許會幫忙」）。六十歲早期他發現了他的會計師是個欺騙他的惡徒，面臨財務破產危機的他為了避稅，遂搬到法國，然後透過劇本寫作，重新獲得償付能力。他著名的巴拿馬之行，讓他涉入運河糾紛，幸獲托里霍斯將軍補助他多次來回機票。過世後，葛林所有金錢（一筆不算少的產業）都留給四十多年未曾同居的伴侶，也就是他的妻子。

在許多文學家的傳記中，一個單純的細節可以揭露很多有關其主人翁真實的一面。梭羅從來不離開家，亨利・米勒懼內，波赫士害怕母親，喬伊斯（James Augustine Aloysius Joyce）[19]害怕大雷雨，佛洛伊德在火車月台上為焦慮所困，維根斯坦（Ludwig Josef Johann Wittgenstein）[20]鍾情西部牛仔電影，華萊士・史蒂文斯（Wallace Stevens）[21]喜愛糖果，納博科夫[22]一生從未去過莫斯科，傑克・凱魯亞克（Jack Kerouac）[23]臨終時，床上堆放著成疊的《國家評論》（National Review）。

---

19 愛爾蘭作家和詩人，二十世紀最重要的作家之一。

20 奧地利哲學家，後入英國籍。是二十世紀最有影響力的哲學家之一，其研究領域主要在語言哲學、心靈哲學和數學哲學等方面。

21 美國現代主義詩人。大部分生涯在康乃狄克州哈特福德保險公司作執行工作。

22 俄裔美國作家，同時也是二十世紀傑出的文體家、批評家、翻譯家、詩人、教授以及鱗翅目昆蟲學家。在流亡時期創作了大量俄語小說，但真正使他獲得世界聲譽的卻是用英語完成的《蘿莉塔》。在昆蟲學和西洋棋等領域亦有所貢獻。

23 美國小說家、作家、藝術家與詩人，也是「垮掉的一代」中最有名的作家之一，雖然作品相當受歡迎，但評論家並沒有給予太多好評。

葛林的傳記裡也有許多這類稀奇古怪的細節。葛林的不喜歡小孩似乎是可預料到的；這是許多童書作家的特徵（葛林寫過三本）。他也不喜歡副詞，雖然他的作品中還是照樣使用。他似乎從來不曾開過槍，但小說中卻充滿槍戰。明明活在法國普羅旺斯的美食中，卻說自己非常想念英國的臘腸。

他是最不戀家的男人。在一九三九年離開他和妻子的家後，就不曾和任何女人分享過一個居所——而他是一九九二年過世的。他最終的情婦伊芳・克勞塔，前往他在昂蒂布的公寓和他相聚，替他烹調晚餐，給他撫慰，然後返家回到自己丈夫身邊。葛林不會烹飪、不會使用打字機、不會拖地；然還不到無能為力的程度，卻是天生倚賴型的男人。除了這些令人震驚的事實，他雖然是個旅行者，一個追求危險、極端好奇、很少在家的流浪者，卻不會開車。我們很容易理解他對情侶的需求，不過很難想像如果沒有司機、廚師、清潔工和打字員，他會多麼迷失；他這輩子都需要有人服侍他。在這種情況下，雪利在傳記中所附的數千封信中，許多口氣都像出自一個迷失的孩子，不也理所當然嗎？

我認識葛林，雖然不是雪利傳記中那個複雜的葛林。正如雪利所說，沒有一個人真正理解葛林。他對我非常慷慨，對其他許多作家也都一樣，包括之前不曾提到的南非作家埃蒂紐・萊羅克斯（Etienne Leroux[24]；他使用南非語〔Afrikaans〕[25]寫作），他的傑出小說（《在席柏斯坦家的七天》（〔*Seven Days At The Silbersteins*〕和其他等）曾獲得葛林大力讚許。每當我覺得一件作品被低估，或未經深究、或誤解時，我都會想起葛林告訴我的一個故事（傳記中沒有記載），那是他在巴黎和若干電影界人士的一個晚間聚會。一位身為葛林書迷的法國導演對他在旅遊書《沒有地圖的旅行》（*Journey Without Maps*, 1936）中所描繪橫越賴比瑞亞荒原的壯舉深表欽佩。「這位就是格雷安・葛林。他曾旅行穿越了西非（West Africa）！」

他旁邊一位女星問道：「你是怎麼辦到的？」她豎起拇指。「搭便車？」

二、旅行者

《沒有地圖的旅行》是趟自信十足的旅行，內容滿是康拉德式遮蔽的預兆論述，讓人經常忘記這本書只是一個年輕人的走鋼絲之舉。回想起來，影響康拉德終身的啟發之旅——一八九〇年駕駛「比利時國王號」（Roi des Belges）上溯剛果河（Congo River），也是一項走鋼索之舉：康拉德（當時還是科忍尼奧斯基船長）年方三十二，急需用錢，正考慮放棄海上生活，著手嘗試寫第一本小說《奧邁耶的痴夢》（*Almayer's Folly*）。非洲之行改變了這兩人的生命，提供他們壯麗的主題和叢林的不確定性。很久以後，葛林將這趟三十歲進行的緊張旅行稱為「改變生命」之旅。康拉德對自己那趟忙亂的河流之旅也有類似的感慨。

葛林的書是旅遊類書架上眾多作品之一，直搗神祕的非洲，探索其本質，這類著作的先驅，有康拉德的《黑暗之心》（*Heart of Darkness*），與史坦利的《通過黑暗大陸》（*Through the Dark Continent*）和《最黑暗的非洲》（*In Darkest Africa*），也有許多後繼作品，如勞倫斯·凡·德普司特

---

24 南非荷蘭語作家和南非塞斯蒂格人文學運動的成員。

25 南非境內的白人種族阿非利卡人的主要語言。

（Laurens van der Post）[26]的《風之家族：非洲內陸最後長征》（*Venture to the Interior*）等等。

這類書籍所闡述的探索式神話，和青少年的冒險故事有類似之處：白人旅者必須忍受和克服的種種危難（包括所有原始地區一切陳腔濫調的障礙），以期在非洲遙遠的心臟地帶，尋求翻轉人生的啟示。這種頭戴遮陽帽、英雄浪漫、充滿臆想的論調，以及所述蘊含閃亮神祕氣息的奧祕非洲，正是我們對非洲始終存有嚴重偏見的原因之一。以康拉德為例，他所揭露的是「恐怖，恐怖。」[27]；以葛林為例，則是麻煩、思鄉、非洲挑夫的哀號「太遠了！」，以及心理分析的驗證。而追根究柢，根本無所謂神祕，只明顯揭露出困難的旅行——比如橫越非洲大陸之旅，所暴露出許多我們本身的問題：我們力量、智慧、精神、資源的極限，甚至是感情上的極限。

葛林的著作是一個初來乍到非洲者，在短短四個星期內穿越賴比瑞亞荒原的精妙生動的描述。葛林很早便承認這一點：「我以往從未涉足歐洲以外的世界；對非洲之行，我是完全的門外漢。」神奇的是他居然說服了比他年輕的堂妹芭芭拉（Barbara）偕伴而行。「可憐的無知者！」在自由城（Freetown）一名陌生人對著他們嚷道。他的話還不足以描繪實情的一半。

一旦離開自己熟悉的領域，葛林便成為一個陰鬱不安又緊張的人，芭芭拉也沒有任何足以稱道的技能。但是自由城那位可憐他們的人，從他們無助的笑容和欠缺準備的情況，便料定他們此舉猶如在漆黑中縱身一跳。這本書定名時被捨棄的一個書名，即《黑暗中的旅行》（*Journey in the Dark*）。到底葛林有多麼無知呢？這裡有個例子：在離開自由城開始旅行時，他承認：「我從來無法牢記羅盤的方位。」還有比這種更無知的旅者嗎？

葛林和他的堂妹並沒有為自己的無能所懼。他們尋找嚮導，雇用挑夫和一名廚師。隨即坐火車前往賴比瑞亞邊境，開始環繞窮鄉僻壤的步行。他們以低價雇用了二十六名非洲挑夫，搬運糧食和裝備；帶了把手槍、一個帳篷（後來從來沒有使用過）、一張桌子、一個攜帶式澡盆和偷藏的威士忌。他們甚至帶了些小飾品，準備賞給土著——不過土著寧願你賞給他金錢或威士忌，而不要小飾品。這趟旅行變故很多：旅行者疲憊不堪，葛林還曾生病發高燒，其間誤會重重，數度走錯路。挑夫則經常拖拖拉拉的。他們出發一個月有幾天後，終於回到海岸，再過一個星期左右（書籍中忽略了日期），便搭船返回英國。

那是一九三五年，年輕、帥氣、自信、教育良好、足踏好鞋，自命不凡的英國紳士出現在世界遙遠的角落，吹噓自己的外行，頭戴滑稽的帽子（葛林有一頂頗為炫耀的遮陽帽），自信十足的認為一切都將順暢無阻。當時人們尊敬他們的英式作風，順著他們的心意，提供協助，相反的，如果土著暴躁不安，花樣很多，或溝通不良，那他們的旅行很可能變成一場鬧劇。回到家後，他們出書，引起一番討論。這便是葛林同時代作家旅行和寫作的情況，諸如伊夫林・沃（Arthur Evelyn St. John Waugh）[28]、羅伯特・拜倫（Robert Byron）[29]、彼得・佛萊明（Peter Fleming）[30]和其他等等。過去數十年間，這些作家的作品廣受讚譽，甚至（以我個人看法而言）有過譽之嫌。

---

26 南非非洲裔作家、農民、軍人、教育家、記者、人道主義、哲學家、探險家和環保主義者等。

27《黑暗之心》中的貿易商庫爾茲的臨終之言。他是書中的主要人物之一，本是公司最佳象牙貿易商，受過良好的教育，被描述為一個天才的天才，但由於黑暗大陸的誘惑，被塑造成經叢林永久改變，最終淪為暴君。

28 英國作家，保守的羅馬天主教徒，常能犀利地表達自己的見解，被普遍認為是二十世紀傑出的文體家之一。

29 英國旅行作家、藝術評論家和歷史學家。

30 英國冒險家、記者、軍人和旅行作家。

《沒有地圖的旅行》很少跟那些作品相提並論，也許因為缺乏幽默感，內容陰暗，還大談政治的原因。不過該書中對於半裸的非洲婦女倒坦然的表示讚賞。這本書的出版也不順利，首次出版後十八個月，即因受到誹謗告訴的威脅而從市場下架回收，此舉使得該書喪失一炮而紅的機會。至於他的初探旅遊，就我看來，因為緊張和缺乏經驗，使他在回憶旅途中所經歷的挑戰時，或許有放大的效果而更具戲劇性；而他的害怕也強化他對每一時刻的危機意識，使得整個行程有如一段傳奇。這是葛林第一部，也是最好的旅遊書籍。

一九三〇年代早期的某一時刻，葛林突發奇想，試圖徒步穿越非洲荒原。當時他還年輕，結婚六年，有個一個月大的女兒。之前從未寫過旅遊方面的書籍，這點倒也不足為奇——他幾乎從未旅行過，雖有幾次離開英國短期旅遊的經驗，但都屬於那種熱熱鬧鬧的週末旅行，而且從未超出歐洲的範圍。他對非洲一無所知，從未露營過，或在簡陋的環境中過夜，從未從事長途海上旅行，或有任何長途跋涉之舉——更遑論步行穿越荒原。或許是受到友人或同時代人物旅行的影響，他心血來潮，企圖偕同腳夫和運輸工，步行穿過賴比瑞亞沒有地圖標示的落後地區。他不知道此行必須確實步行多少哩路，或需要多長時間，或確定該採取哪條路線。

比這些曖昧情況更古怪的，是葛林決定攜帶他的堂妹芭芭拉同行——至少，在我看來是莫名其妙的；而此一跡近瘋狂之舉的衝動，卻從未被認真質疑過。芭芭拉當時二十七歲，從未到過任何地方。她在優渥的環境中成長，不算是健行者。但是葛林很幸運——芭芭拉雖然是位社會名媛，卻是個有擔當的人。她學會了如何健行、如何適應環境，而此行也鍛鍊了她，讓她挺過徒步旅行的嚴酷考驗。她雖然是旅行團的一員，但不出鋒頭——而葛林的書中也幾乎不見她蹤影。雖然在葛林的書中並非如此，但其實芭芭拉在行程中和他扮演同等的角色。她本人對這趟旅行的描述於一九三八年初次出版，書名《幽暗的大地》（*Land Benighted*），一九八二年再版（有我的序言），書名《回頭已晚》（*Too Late to Turn Back*），對於葛林隱晦且不時沉悶的原著，肯定是本審慎而有助益的註解。

葛林為何攜帶芭芭拉同行？為何不隻身前往？為何不選擇一個有經驗的男子同行？葛林在他的書中沒有回答，也沒有任何傳記嚴肅探討過這些問題。有人私下認為，葛林是一時衝動發出邀請的——因為在宴會中喝了太多香檳。很難想像任何人會如此隨便而莽撞的挑選同伴，踏上如此令人卻步的旅行。一個沒有經驗的年輕旅者，缺乏使用羅盤的能力，和一個比他年輕的新手堂妹前往非洲，而後者（據芭芭拉說）行李裡只帶著一卷薩基（Saki）[31]的小說，整個就像一部諷刺作品。或者，葛林是被感情沖昏頭？一旦牽涉到女人，葛林是可以很衝動的。芭芭拉長得很漂亮，而葛林和薇薇安結婚幾個月後就開始出軌，有傳言指出，他和芭芭拉有段情。他的作品大部排除芭芭拉也可以解釋成一種怯懦的反射行為，出於出軌者的自責，那是性好漁色的葛林大半輩子都糾結其中的心態。

我們並不知道，或許也不重要，不過一旦了然葛林有這位年輕女子分憂解勞，便能大致體會其間許多奧祕了。試想一下，如果《黑暗之心》一書中，庫爾茲（Kurtz）能和他的未婚妻共同在非洲內陸貿易站工作，他隨即就不會那麼孤單、不會成為那樣的領導人、那樣的解決問題者、或那樣的神祕人物——就像葛林有芭芭拉的相伴一樣。接近旅途終點時，葛林開始發燒，比較少做筆記，而開始趕路。「我不記得前往日吉鎮（Zigi's）的旅程，在接下來幾天的事都不太有印象。我太累了，只能在日記中記上幾行。」那段旅行最後階段的細節部分，讀者必須去看芭芭拉的敘述。她沒

31 本名為赫克托・芒羅的英國小說家。

有生病；相反的，她在書中宣稱自己在旅途中變得更加強壯，而葛林則愈加虛弱。

如果同行的是一個男伴，也許會向葛林提出挑戰，也許會嘲笑他的潦草計畫和所有臨時湊合的決定。在開始時，葛林對自己該去哪裡、該怎麼去，並沒有清晰的概念。他說他對此行只有一個大略的概念。「我打算徒步穿越（賴比瑞亞）共和國（the Republic of Liberia），但是對於該走哪條路線則沒有概念。」但是葛林在堂妹的協助下堅持到最後。他貫穿內陸，抵達海岸。這本書是他最佳作品之一的理由，也許是因為他在整個行程中都抱持著絕望的心態，再者，此行某些重要層面，也完成了他幼時的幻想。

日後，葛林經常談到他小時如何深深受到冒險、大膽、海盜和浪人、迭經各種磨難的旅者、劍客和罪犯等故事的影響。我們大部分的人會將這些故事留在童書的書架上，但葛林從未放棄過，也從未忘懷其中絢麗的色彩、主題、剛正不阿的道德觀，以及其對英雄、惡棍及異國色彩背景的執著。在前往非洲前，他讀過一份英國政府對賴比瑞亞殘暴事蹟的報告，並評論道：「那裡苦痛不斷累積……已達壯觀的境界。」他並非受到震撼——而是感到刺激；這個評論，如果是針對《所羅門王的寶藏》（*King Solomon's Mines*）之類作品，或許還不算壞。在他的論文《失去的童年》（*The Lost Childhood*）中，葛林曾就《所羅門王的寶藏》一書提出反思，說明自己「對（女巫）古加爾（Gagool）光禿的黃色頭顱，與滿佈皺褶如響尾蛇蛇皮般蠕動收縮的頭皮感到神奇之至，導致我前往（非洲）。」

葛林是個喜歡作夢、思慮很重的男孩。周遭的人都擔心他的自殺企圖。他父母很擔心他陰沉退縮的性格，因此在他十幾歲時便讓他接受心理分析，一種利用談話治療和夢的解析的新式診療方式。《沒有地圖的旅行》一書中，處處顯示作者曾經在心理醫師的躺椅上躺過的證明。在言及他對田鼠、老鼠、飛蛾和其他飛行動物的恐懼時（「我和我母親一樣，害怕鳥類」），他解釋說：「但是在非洲，你根本無法避開牠們，就像無法避開超自然現象一樣。心理分析的方式，是將病人帶回他一直壓抑的信念：一段沒有地圖、漫長的歸途，到處搜尋線索，就像我不斷向人打聽村落的名稱，直到不得不面對整體概念、痛苦或回憶。」就他所言，他的非洲之行是一趟療癒之行，在清新的空氣中面對自身的恐懼。

他的幼年平凡單調（除了對於鳥類和飛蛾的恐懼），生活在一個以男孩學校和家具製造聞名的平凡英國市場小鎮，並在不得已的情況下引人注目，因為父親是校長，而他在學校屬於動作笨拙、經常性的魯蛇學生，個子太高、性格孤僻，是霸凌和嘲弄的天生目標，霸凌他的除了其他學生，還包括和他競爭的手足兄弟。葛林經常幻想逃避到一個遙遠的地方，化身萊特・哈葛德（Henry Rider Haggard）[32]、吉卜林（Joseph Rudyard Kipling）[33]、馬里亞特上尉（Frederick Marryat）[34]、羅伯特・路易斯・史蒂文森（Robert Lewis Balfour Stevenson）[35]或G・A・亨蒂（George Alfred Henty）[36]等

32 英國維多利亞時代受歡迎的小說家，以浪漫的愛情與驚險的冒險故事為題材。常年住在非洲，並曾擔任過南非納塔爾省省長祕書。

33 生於印度孟買的英國作家及詩人。

34 英國皇家軍官和小說家。

35 蘇格蘭小說家、詩人與旅遊作家，也是英國文學新浪漫主義的代表之一。史蒂文森常常到處旅行，部分原因是尋找適合他治療結核病的氣候。

36 多產的英國小說家和戰爭通訊員。以其在十九世紀後期流行的歷史冒險故事而聞名。

等筆下克服萬難的英雄。他渴望成為另一個人，置身另一個地方——一個作家的渴望；而成就這些幻想，便造就了我們所認識的作家葛林。

他看中賴比瑞亞，似乎是因為那裡正符合他早年閱讀中所認識的背景環境；或至少是他想像中的場景：叢林、泥屋、土著、巫醫、食人族的議論。他以古老的方式從事這次旅行，領著長長一列身負重擔的腳夫，走在三十公分寬的小徑上。一九三五年四月回到英國後，開始撰寫這本書，同一年也將他在賴比瑞亞的經歷寫入他最傑出的短篇故事之一《利弗先生的一次機會》（*A Chance for Mr. Lever*），此外，他還著手一本恐怖小說《待售的手槍》（*A Gun For Sale*），搶在新年前完成這兩本書，於一九三六年問世。

儘管販售情形平平，又面臨誹謗告訴的威脅，賴比瑞亞之行的故事終究樹立了葛林的名望，成就他個人迷思的一部分，使他的生活步上正軌，原本憂鬱和逃避的本尊也獲得修飾，在讀者想像中成為堅忍不拔的冒險家。人們仍然會讀這本書，企圖了解他的思想，其中毫無此行的種種缺失。葛林找到一個故事背景，也摸索出一種有別於其他同時代人的寫作方式。葛林的書籍是刻意點綴著各種文學典故，夾雜許多引言和語錄，包括康拉德、羅伯特・柏頓（Robert Burton）[37]、A・E・豪斯曼（Alfred Edward Housman）[38]、亨利・詹姆斯、塞利納（Louis-Ferdinand Céline）[39]、波特萊爾、費爾班克（Arthur Annesley Ronald Firbank）[40]、桑塔亞那（George Santayana）[41]、卡夫卡（Franz Kafka）、薩松（Siegfried Loraine Sassoon）[42]、薩基、米爾頓、湯瑪斯・潘恩（Thomas Paine）[43]、塞繆爾・巴特勒（Samuel Butler）[44]、華特・雷利（Walter Raleigh）[45]和聖經的經典名句。論及旅遊，他和幾乎同年代的薩默塞特・毛姆和貝維萊・尼可斯（John Beverley Nichols）[46]具有的所謂功績，則幾乎不相上下。

葛林在書中對蘇聯假公濟私的考察之旅，和（葛林很怪異的認定）其所帶來的偽善作風嗤之以鼻。而相較於比較紀律化的英屬東非農業城鎮，他選擇雜亂無序的非洲西海岸。他描繪賴比瑞亞「離開海岸五十哩後，文明便止步。」雖然說法有問題，但是口氣中似乎有讚揚之意。他也許正確的猜測到，離開海岸幾百哩處的東非城鎮，依舊有人種植咖啡、飼養牛群、打馬球，還有茶園和競技俱樂部。

當時，賴比瑞亞的新聞炒得止熱。不久前的一九二六年，泛世通（Firestone）橡膠公司才向賴比瑞亞共和國租借——租金少得可憐——一百萬畝田地以生產乳膠。一九三〇年，國際聯盟

37 英國傳教士、學者、作家。
38 英國國學家和詩人。
39 法國作家，被認為是二十世紀最有影響的作家之一，通過運用新的寫作手法，使得法國及整個世界文學走向現代。
40 以創新為主的英國小說家。
41 著名的西班牙裔美國籍哲學家、散文家、詩人及小說家。
42 英國詩人及小說家。以反戰詩歌和小說體自傳而著名。
43 英裔美國思想家、作家、政治活動家、理論家、革命家及激進民主主義者。三十七歲前都在英國度過，之後移居英屬北美殖民地，之後參加了美國獨立運動。
44 一位反傳統英國作家，活躍於維多利亞時代。最有名的作品是兩部烏托邦式諷刺小說。
45 英國伊莉莎白時代著名的冒險家．作家、詩人、軍人及政治家。
46 英國作家，劇作家、記者、作曲家和演說家。

（League of Nations）[47]調查泛世通和賴比瑞亞政府，查證是否有不公平的勞工工作情況，或有剝削、強迫勞役和奴工狀況——正是康拉德一八九〇年在利奧波德國王（Léopold Louis Philippe Marie Victor）[48]的剛果所目睹的虐待情況。這些事實引起葛林的注意。

葛林宣稱賴比瑞亞的地圖大部分是空白的，正如《黑暗之心》一書主角馬洛（Marlow）所云，是令人覬覦的空白地帶。出書接近五十年後，葛林似乎還在宣揚這個概念（正如他在那整本書所主張者），認為賴比瑞亞大部分還屬於未知領域。只是，賴比瑞亞從一八四七年起便是一個獨立的共和國，而且直到一九一九年，該國持續和接壤的法屬殖民地，法屬幾內亞（French Guinea）和象牙海岸，都有邊界糾紛的困擾。葛林的地圖空白論述似乎很離奇，因為面對這種領土挑戰，正確的地圖描繪是絕對的不可或缺。

葛林也堅稱，他所審視的美國地圖，在某些地方標示有食人族（Cannibals）字樣。這類令人匪夷所思的情況，確實曾出現在十八世紀非洲的地圖，但是絕不可能存在於二十世紀，理由很簡單：食人族之說並非現實，只存在於膽小幻想者的腦海中，而那種人一般不會和現代地圖繪製者混在一起。不過也由此可以看出葛林的企圖。賴比瑞亞是空白的，叢林沒有小路；那裡充滿了魔法、魔鬼舞者和食人部落；那是深奧的非洲。因為他太害怕，便強調了危險的強度，甚至在他自己的書中，也不時暗示食人族的作為。當然，這對地主國是一種誹謗，但此舉卻讓他和康拉德堅定的站在一起，康拉德在其極度曖昧的剛果記述中，吃人行為乃不斷重複低語的主題之一。

不過即使事後他在那裡住了一年——悲慘的一年，據他抱怨——在自由城從事英國間諜任務，葛林主要還是非洲的一名過客。他偶爾來訪，從事記者工作，寫寫文章。他對非洲抱持著浪漫情懷，而且正如其他熱情的追求者，不妄加批判。非洲回報他的，是展現其戲劇化的曖昧一面，而很少呈現平常或真實的情操——諸如繁榮的家庭生活和自給自足的生活方式。葛林對非洲的喜愛只是一名過客所能具有者——絕非一個長期流放者、飽受磨難的外國人、遭到貶抑的傳教士、工作過度的醫生，以及遭受鄙視的教師所能感受到的。

葛林如果選擇在當地住久一些，成為非洲荒野的在地作家，一定會覺得苦不堪言。他對荒野生活的惱怒在其書中便顯露無遺。行經半途——亦即，僅僅十四天後——他便生病，巴不得整件事能就此結束。「我現在需要的是吃藥、洗澡、冰水等等，而不是樹木和枯葉中的叢林廁所。」幾天後：「感覺每一步都往家更近一步，我很高興。」第十七天：「我對每個人和每件事都覺得氣惱。」不久後：「我一定瘋了，竟然置身賴比瑞亞……這就像一場噩夢。我不記得為什麼會來這裡。」在巴薩鎮（Bassa Town）的日記中，他提及這趟「愚蠢的旅行」，不過這些——還有比較嚴重的憂慮——他都沒有放入書中。不到一個星期後，他便置身海岸，整件事也成為一段回憶。

事後回想，經過文字的理性化處理，這段旅程比較輕快，也比較深刻，有懸疑性的高潮，也被描繪為一趟經過策畫的——一個事先沒有準備的旅者所經歷之始料未及的磨難。種種掙扎在他心目中獲得提升，葛林體會到他所完成的是獨特困難的，而誠然如此：一個新手突破難關，獲得了經驗。「我想大笑、大叫和大哭；這一切已經結束，我所經歷過最深的厭倦、最深的恐懼和最深的疲憊都已結束。」他的本能是對的，這是一趟他需要經歷的旅程。

---

47 一九二〇年於一次世界大戰結束巴黎和會召開後，組成的跨政府組織，類似今日聯合國的前身。

48 一八六五年繼承父親利奧波德一世（Leopold I）成為比利時國王，也是剛果自由邦的創立人和擁有者，其實是對剛果進行殖民統治，統治手段極為殘酷。

有人宣稱葛林是優越的旅者，他的旅行具有重大的意義，甚至極具開創性。我不以為然。他是個幸運的旅者。他一直在呵護中生活，擔驚受怕，心性躁鬱，正如他在自傳中所承認的。他總有一輛計程車守候於側。他的成就在於這麼緊張不安的人，竟能成功的面對如許挑戰，因為他基本上是都市型的男人，自詡討厭運動，而且極其珍視自己的隱私和舒適。

他的恐懼使得非洲更顯多采多姿——對他及讀者都是如此。一個不安的旅者，對旅行一知半解，葛林（經常尋找各種關係，經常倚賴旁人指路）有捏造旅行所經景致的傾向。胡思亂想中，他幻想出更為野蠻的景象。在《沒有地圖的旅行》中，他堅持有食人族的存在。但是賴比瑞亞根本沒有食人族。他在書中提到「一個村落，大概往前一個星期路程的地方……應該還有吃人的風俗，」而行經「曼諾族（Manos）領域，那裡對陌生人進行食人儀式的傳聞始終不曾消除，」而在甘塔（Ganta）：「瀑布區曾經實行過以人類為犧牲的祭祀。」同樣不可能的，幾年前還和泛世通簽屬重要協議，開發橡膠農場的國家（以及泛世通對擁有該國領土的熱切），是「記憶中，這地方首次目睹的白人，便是我和我堂妹。」這些都是出自一個男人可愛的自我欺騙，是幼時在英國，被女巫古加爾的影像震懾而初次幻想出的場景。

葛林的非洲值得探究，因為有太多出於他的想像。他將荒野視為具有敵意，而非中立的自然環境。如果螞蟻、老鼠或蟑螂不足以將你蠶食致死，那麼在荒野上廁所時也有可能（照他所說）被毒蛇咬死。不過蛇也可以是高雅的：「有一次，一隻漂亮的綠蛇從小路爬過，昂然而立，不疾不徐，高挺著上身驕傲的往前，遁入草叢，宛如薩金特（John Singer Sargent）[49]所繪的女主人，優雅的具有致命的毒性，一件法貝熱（Fabergé）[50]的珠寶。」

葛林的非洲，是一個讓外來者心靈崩潰的地方，一個戲劇性的背景，不像風景畫一樣精確，但經常營造出一種氛圍——炎熱、風砂、昆蟲和鳥鳴；呈現出浪漫和再創造的可能性。在葛林的非洲沒有大型獵物，但是有狩獵的人群——通常是白人——而且有疾病、背叛、偷情和失去的愛情。在政治上隱晦難解，而且除了《一個自行走完病程的病例》中的迪歐．格拉秀斯（Deo Gratias）和《沒有地圖的旅行》中的幾個腳夫，幾乎沒有非洲人是經仔細描述或擁有個人背景的。

葛林一九四二年返回自由城，擔任戰時情報工作，對獅子山比較熟識。即使如此，他還是留在市區。根據他經驗完成的小說《事物的核心》，便設定在這個海岸首都，包括數度前往荒原中的彭德（Pende）。非洲不是這部小說的主題，只是陰暗的背景，以襯托出這部內省性的作品，對信仰、詛咒、天堂和地獄提出質疑。

比較有深度的作品《一個自行走完病程的病例》是另一次非洲行的成果，該趟行程在葛林另一短篇非小說類報導《搜尋角色》（*In Search of a Character*）中有相關描述。這部作品中許多是從他的筆記和他在比屬剛果一家痲瘋病院停留期間所遇到的人物直接描繪而成。待小說問世時，葛林已成氣候，成為熱帶腐朽與脫序，以及沉醉酒鄉的流放者的書寫好手。他的文句間一直不安的意識到全能上帝的存在與審判，而且總特別審視各個偏執角色潮濕的臥房。這兩部小說都強烈籠罩著非洲的色彩，但是籠罩其間更深刻的，是基督教信仰。非洲猶如舞台，舞台上的偷情者都惶恐自己是否已經錯失了救贖的機會。非洲很適合葛林，因為那是一個沒有充分開化的地方，令人聯想到冒險、

49 美國藝術家，因為描繪了愛德華時代的奢華，所以成為「當時的領軍肖像畫家」，他的畫作描繪了遊歷世界各地時的所見見聞。

50 法貝熱彩蛋是指俄國著名珠寶首飾工匠彼得．卡爾．法貝熱所製作的蛋型工藝品。

危機、疾病，宛如一個沒有槍聲的作戰區。如此的非洲，具有誘惑易受騙者上鉤的力量。

當葛林終於面對非洲真正的動亂，一九五三年發生於殖民地肯亞的茅茅起義（Mau Mau Uprising）[51]，他對反叛軍的同情，還不及對所謂白人高地（White Highlands）[52]英國農人的關切。他停留期間太短，沒有深入了解剝削、政治不公和英屬肯亞根深柢固的種族觀念，不過總體而言，他本身還算是公正的，對非洲獨立也抱持著祝福的態度。葛林的非洲，不似倫敦、布來頓（Brighton）、西貢（Saigon）和太子港（Port-au-Prince）等明確的景致，而是心靈上的景觀，由一連串鮮活、不時流於刻板的印象所組成，而且正符合我們本身對非洲過度簡化的刻板印象，因此才能成功襯托出葛林的觀點，視非洲為下流之處。他的賴比瑞亞小說，隱含著「對髒兮兮的吸引力」，不過就我看來，「烏七八糟」除了描繪海岸那些邋遢的流放者社群，遠不足以描繪荒野的永恆意義，那才是非洲的真正內涵。

葛林自承就非洲而言，他是個感情用事者。這種感情用事在他很早的作品中便已經顯現；事實上，在《沒有地圖的旅行》一書中首次浮現。在他對英國的回憶中，有一段描述他坐在一個酒吧，見到一個年輕女子在哭泣。他邊啜著酒邊注視著那女子。「我設想其中原因，然後想到了非洲，不過不是某個特定地方，而是一個形狀、一抹奇異感、一種想要了解的渴望。這種潛意識心理通常是感性的；我所謂的『一個形狀』，那形狀，當然，大概類似人類的心臟。」

這種想法不可能發生在非洲當地的長期流放者，那些人心目中的地圖絕對不可能是整個非洲大陸。為了求生，這種人可容不下感性的一面，他們所謂的非洲只是一個小鎮或工作的林地。他所想的地圖，只會是他所居地區的地圖，或至多是他所居行省的地圖。

葛林對非洲的反應是文字的，帶點抽象意味，這點源自於康拉德；康拉德對比利時殖民主義有強烈的意見，但是對於河岸外的非洲，其實幾乎一無所知。然而葛林以其典型的陽剛和本能的方式，對非洲具有高度敏感性，或許也因為身處荒野，心情焦慮的緣故。在這方面，他是超越他的時代，不帶偏見，始終秉持著童年冒險故事中所宣揚的精神。總而言之，對葛林而言，非洲是赤裸的。這裡有些女子令他極為神往。這本書可謂褐色乳房摘要。葛林審視美麗女子的那種自然，或者該說無意識的方式，就像書中一個優雅的音符。只有理察．伯頓爵士，在東非，曾經對棕色乳房表現過同樣的鑑賞力。

葛林有時雖然矛盾，比如《沒有地圖的旅行》便是部情緒化的作品，對非洲的看法千迴百轉，但總體而言，他認為非洲代表生命、希望和活力。葛林在船上對這個綠色大陸的觀察，和《黑暗之心》中馬洛的船剛接近剛果時的看法迥異，雖然觀察的位置相同，結論卻不同。馬洛看到的是一個被包圍、占有和遭到攻擊的大陸，令人害怕；葛林則將蒼翠的海岸視為一個比較快樂的地方，「有種溫暖和慵懶的美」，讓他聯想起波特萊爾筆下最性感的一面。

對葛林而言，非洲也代表了發自內心深處的刺激和自由，「那種人類天生應過的生活。」書中早先比較愉悅的時刻，是他在市場見到平生所見第一個非洲女子，有著「美麗的五官……年輕和年長的，其美麗與其說來自性的吸引力，不如說是一種鮮明的差異化畫面質感。」在海岸更遠處還有一段鮮活的記憶，令他聯想到「達卡（Dakar）標致的妓女。」就在視線流連於自由城時，一個漂

51　英國殖民政府時期肯亞的軍事衝突，舉事的反殖民主義團體稱為茅茅。

52　是肯亞中部高地的一個地區。傳統上是土著中部肯亞社區的家園，直到殖民時期成為肯亞歐洲定居點的中心，並在一九〇二至一九六一年間正式保留供殖民政府歐洲人專用。

亮的年輕女子接近他乘坐的車輛：「裸裎的胸部小巧、結實、堅挺；還有像貓一樣標致渾圓的大腿。」幾天後，他搭乘火車前往內地，從窗口瞥見「女子們排隊擠向前，美妙的黑色乳頭就像標靶的靶心。」抵達賴比瑞亞和法屬幾內亞邊境時，他牢牢盯住一個正如當地化身的女子。「美麗、快樂、沒有遭到奴役，正如那天早上來到山坡上的女孩，臀部纏繞著一塊顏色鮮亮的花布，陽光穿透椰子樹，灑落在她深色垂掛的雙乳。」

葛林花了不少麻煩，安排和賴比瑞亞總統埃德溫・巴克萊（Edwin James Barclay）[53]會面，但是那一天，他對這位強人的印象還不如對另一位在場的女子深刻，那女子「比較像中國人，而不像非洲人……她是我在賴比瑞亞所見最美的尤物；我的視線簡直離不開她。」葛林是以當地女子評價一個村落，在荒郊一處他稱之「恐怖的村落」的墾殖地，他的結論是「只有少數幾個女人足以打破當地千篇一律的醜陋……有個嬌小的女人纏著頭巾，長了雙中國式的細長眼睛，小巧勻稱的乳房，即使一身髒污，也很符合歐洲對性感的品味。」繞經法屬幾內亞時，他也非常讚許當地女人：「很符合該國標準，提供最標致的妓女和最優雅的妓院」——接著詳盡描述那些女子的髮型和獨特的化妝。

葛林對非洲裸體女子的反應，顯然出於悠閒自在、春心萌動的舒緩狀態。這種時刻的非洲宛如伊甸園。在這個遙遠的法屬殖民地，葛林接受一名酋長的招待，酋長的女兒也在場，而且有點醉意。葛林瞅著那個女孩：「她緊身腰布下的大腿，接近腰身部分，有如一隻小貓柔軟毛絨的臀部；胸部很美；身上很乾淨，比我們乾淨得多。當晚酋長要我們留下來，我開始好奇他的好客會發揮到什麼程度。」甚至在他抱病、不耐、步履蹣跚到接近忍無可忍之際的來到旅途終點的巴薩鎮時，處於發燒狀態中，幾乎無力注意任何事情的他，卻仍察覺到女人的注目。以到此刻已算訓練有素的兩眼，將女人視為進步文化的代表。「是一項指標，代表我們已經來到文明從海岸往內陸推進的前沿。年輕女人整天晃來晃去，用大腿和臀部擺出各種姿態，挑逗著，像妓女一樣。胸部裸露到腰部，明顯感覺自己的赤裸，知道她的胸部對白種男人是有意義的，對其他土著則否。」

葛林認為非洲的赤裸等同於純真，但「妓女」是例外。他在一個村落，觀賞一種類似「利戈頓」（rigadoon）[54]的舞蹈（「乾瘦的老女人拍打著坑坑疤疤的屁股」），他是快樂的：「非洲的自由終於開始接觸到我們了。」在下一段中，他持續闡述這個國度的吸引力——他引述——「仍然保有她的童真，沒有被睡過、翻身過或捶擊過……礦藏沒有在重擊下破壞，顏面上的形象也還沒有撕開。」這段引言沒有註明出處——我必須求教於一位學者朋友，他很快便指認出是華特．雷利爵士——不過其透露的訊息可謂再清楚不過。當時還在葛林旅行的早期（大約十天），對非洲尚未受到玷污的意念仍感神奇之至。他相信自己已深入非洲，置身處女之境，而「這世界處女之境已經不多見，因此一旦發現，不得不愛上它。」

這並不是最終評價。其後便精神沮喪，身染疾病，葛林承認賴比瑞亞有如地獄，巴不得這段旅程能早日結束。他痛恨最後兩個星期，當一切結束時他大感慶幸。所以這本書是矛盾的，但這些矛盾卻真實反映出了葛林旅行中的情緒。葛林很忠實的將自己情緒之旅的每一階段予以戲劇化，從焦慮到害怕、入迷、浪漫、幻滅與回歸（在寧靜中反省）到神奇。

如今，七十年後，賴比瑞亞比葛林和堂妹徒步穿越當時還要危險，端看來者是否慷慨，受者是否好客而定。數十年間，賴比瑞亞的政治制度沒有太多改變，以酬庸、貪污、裙帶關係，以及氈帽

53　一九三〇至一九四四年間擔任賴比瑞亞第十八任總統，並在第二次世界大戰期間成為美國的盟友。

54　從前流行的一種活潑雙人舞。

和三件式西裝為特徵。在美國的支持下，威廉・圖布曼（William Vacanarat Shadrach Tubman）[55]，大致追隨巴克萊總統的腳步，直到自然死亡，其後由威廉・托爾伯特（William Richard Tolbert Jr.）[56]繼任。經過九年統治，托爾伯特被突然竄起的年輕軍人塞繆爾・多伊（Samuel Kanyon Doe）[57]推翻，進入鐵腕統治時期。隨後多伊也被推翻，遭到逮捕，雙耳被割且殘忍處死。處死他的約米・詹森親王（Prince Yormie Johnson）[58]並未取代總統一職，反而於數年後，被迫流亡到奈及利亞（Nigeria）。

這個國家為武裝幫派、娃娃兵和自行任命的領導人物所困擾，二〇〇五年賴比瑞亞成立臨時政府，期待二〇〇六的選舉，但是這個國家（正如葛林當時一樣），是非洲最窮的國家之一。葛林當年行經的荒野小徑有些已拓為公路（雖然路面凹凸不平），你可以在現代地圖上追蹤葛林的足跡。和平工作團（Peace Corps）[59]的志工就在葛林所提及的一些墾殖地擔任教師——比如葛林曾和堂妹曾在那裡共度「一個維多利亞式星期天」的塔皮塔（Tapeta），還遇見了埃爾伍德・戴維斯上校（Colonel Elwood Davis）（「大巴薩〔Grand Bassa County〕獨裁者」）。儘管多災多難，賴比瑞亞始終是泛世通橡膠公司王國的根據地，以及非法鑽石源源不絕的供應管道。

葛林從未再回到賴比瑞亞。他的旅行，正如許多艱難的旅行一樣，始終輝煌的留在回憶中，但此行使他成為更具野心的旅者。幾年後他來到了墨西哥，騎在騾背上，走在《目無法紀之途》。他開始探索更多非洲地區和其他赤道地區，東南亞、加勒比海和拉丁美洲。他對問題重重的國家，尤其具有戲劇化景觀和（他從未停止審視）美麗女子者，似乎發展出一種本能。他在七十幾歲時的一個賴比瑞亞之行的週年紀念日，寫信給芭芭拉。「對我而言，那趟旅行非常重要——它開啟了我對非洲永無止境的喜愛……總體而言，是趟改變生命的旅行。」

三、喜劇演員

格雷安．葛林對海地的虐待行徑頻頻搖頭，還寫信給報社對海地事宜表達憤怒。這只是一則新聞，不過對他而言，這個他所謂的「噩夢之邦」卻是完美的。做為一名旅者，他寧願行經噩夢之邦，而非健全的民主國家，做為一名居民，他的選擇則是比較有益健康的地方：卡布里島（Capri）、巴黎時尚區，以及昂蒂布。他一九六六年移居法國，成為逃稅的流亡者，那年他出版了《喜劇演員》。

他在昂蒂布公寓牆壁上懸掛海地藝術家薩納維．飛利浦—奧古斯特（Salnave Philippe-Auguste）[60]

55 賴比瑞亞第十九任總統，任期從一九四四至一九七 年去世為止。被視為「現代賴比瑞亞之父」；擔任總統期間的特點是吸引了足夠的外國投資來實現經濟和基礎設施的現代化，因此在他任職期間，國家經歷了一段繁榮時期。

56 賴比瑞亞第二十任總統，任期從一九七一年起，至一九八〇年在塞繆爾．多伊領導的政變中喪生為止。

57 賴比瑞亞第二十一任總統和獨裁者，一九八〇年掌握實權，任人民拯救委員會主席，一九八六至一九九〇年正式就任總統，是首位賴比瑞亞土著總統。

58 現任寧巴州高級參議員。他曾在第一次賴比瑞亞內戰中發揮了重要作用，俘虜並處決了薩繆爾．多伊總統，並在流亡海外多年後，返回賴比瑞亞。

59 美國甘迺迪政府於一九六一年成立的志願服務組織，隊員需要為其義務服務兩年。

60 海地的「叢林畫家」之一。

和里戈・班瓦（Rigaud Benoit）[61]價值不菲的作品。而《喜劇演員》一書中的敘述者布朗（Brown），也擁有這些畫家的作品。布朗詳盡描述了飛利浦—奧古斯特繪畫內有關死亡之舞的細節部分，然後補充道：「無論那幅畫掛在哪裡，都會帶給我海地距離很近的感覺。」置身昂蒂布那群恣意尋歡作樂富豪間的葛林，一定也有同樣的感受吧。不過葛林絕不是第一位身心浸淫藝術天地和美食餐廳，手底下卻寫著恐怖故事的作家。他很多致力筆耕的鄰居，也相差無幾。美麗的蔚藍海岸（Côte d'Azur）正是孕育墮落之處，而這本書的墮落之處（套句葛林的形容），乃一「破敗的恐怖之地」。

葛林是在一九五四年第一次旅行到海地的，此後不斷往返當地，直到十二年後，《喜劇演員》一書導致海地總統「爸爸醫生」弗朗索瓦・杜瓦利埃（François Duvalier）[62]勃然大怒為止。專制政權經常將國內小說家的作品列為禁書，但是有哪一位訪問作家會受到一國領袖發言譴責，其作品也因將該國設定為小說背景而受到審查？葛林佯裝氣惱，但對「爸爸醫生」發放的手冊《格雷安・葛林：假象終於拆穿》（*Graham Greene: Finally Exposed*）心中的愉悅可是無庸置疑的；葛林顯然將其攻擊視為榮譽獎章。

海地也因美國的干預而腐化。依葛林判斷，杜瓦利埃政權的存在係因為美國政府豢養之故。這點也使得葛林意興盎然。他寫作生涯的大部分都以反美評論嘲弄訪問者為樂。（一九六〇年一名法國記者問他：『今日的文明中，你最不喜歡哪一點？』葛林回答：『美國。』）美國政府對這項嘲弄當然不會不施以回報。在他過世後，根據祕密報告顯示，美國聯邦調查局（FBI）對葛林的行動和挑釁言論曾進行了四十年的監控。

葛林雖然以外國記者的身分旅行，報導越南、馬來亞（Malaya）[63]和非洲的危機，但他可不是一般正常的記者，易言之，他對單調繁瑣、拖延時間、每日記錄的新聞工作不感興趣。他經常叨唸不喜歡新聞記者，經常使用的方式是經過深思熟慮後的評論，慣於尋找對生命有意義的鮮活經驗，而非獨家報導。總體而言，他的報導並不特別傑出。他對海地的報導，不是將其視為新聞快報，或重大事件的說明，而是對當地氛圍的總結。這篇對一個悲慘小國的描述，名為〈噩夢之邦〉（Nightmare Republic），一九六三年刊載於倫敦《星期日電訊報》（Sunday Telegraph），亦即《喜劇演員》出版前三年。（小說中，他特別嘲弄這類新聞工作，甚至以蔑視的口吻引用這篇評論的名稱。）對任何意圖了解葛林個人對海地態度——而非他刻意表露的小說家公正態度的人而言——這篇評論很有助益。

從《喜劇演員》最初幾句，描述一名巫毒教「houngan」（祭司）咬掉一隻雞頭，乃至對貧窮和毀滅、暴力和恐懼的描述就可看出，許多細節的採用顯然都是為了達到驚恐效果。「若干奇特的咒語遺傳到伊斯帕尼奧拉島（Hispaniola）解放的奴隸之間。」葛林寫道：「他們生活在耶羅尼米斯・波希（Hieronymus Bosch）[64]畫筆下的世界。」首次閱讀到這些文句者，會訝異葛林宣稱他不喜歡新聞工作，因為這可正是新聞小報最聳人聽聞，言過其實的報導範例。

不過〈噩夢之邦〉也有其精妙之處。在那篇報導前面，葛林寫道：「恐怖統治經常環繞著滑稽

---

61 在生前即享有盛名的數位海地畫家之一。

62 綽號"Papa Doc"，為一九五七至一九七一年的海地總統，是一獨裁者。

63 原為英屬殖民地，一九四八年形成聯邦，一九六三年成立今日的馬來西亞。

64 荷蘭多產畫家，畫作多在描繪罪惡與人類道德的沉淪，並以惡魔、半人半獸甚至是機械的形象來表現人的邪惡。

的氛圍，」讀者一定馬上猜到，這類滑稽——邪惡的荒謬之處——正是讓葛林最受吸引之處。他將「爸爸醫生」描述為一位暴君、施虐、盜用公款、實踐巫毒，和兼職的小妖精。「撒麥迪男爵（Baron Samedi）[65]，頭戴高禮帽、身著燕尾服，遊蕩在墓地間，抽著雪茄，戴著黑框眼鏡，有人相信他白天就住在總統皇宮，另一個名字叫杜瓦利埃醫生。」

葛林還列舉各種滑稽的場面——空蕩的旅店、誇張的謠言、街道上霸凌者橫行。「任何時間、任何地點、任何事都有可能發生。」太子港天主教堂舉辦彌撒，但是「當被逐出教會的總統現身彌撒，攜帶小型輕機槍的國家安全志願軍（Tontons）[66]也一擁而入，開始搜查，甚至連聖堂背後也不放過。」然後「即使宗教紛爭方面，也上演一場邪惡的滑稽劇。」為了壓制巫毒教，一位知名的主教要求蒐集巫毒咒語，結果「他被控奪取國家具有考古價值的寶藏。」

商業貿易崩盤、農業崩盤、甚至連反對運動也崩盤。「在太子港，每個人都成為某種形式的囚犯。」飢餓是家常便飯。「海地的貧窮已臻絕境。」當葛林自問這個「美麗而苦難的國家」是否還有任何希望，似乎連他都很難找到希望的影子，只除了「海地人的驕傲是不容置疑的。」只是在葛林如此辛辣的描述這個無望的國度後，人們不禁懷疑：海地人的驕傲何在？

森林濫墾殆盡，到處都是貧民窟，暴政統治，飽受剝削與凌辱，國家四分五裂，陷入內戰，當地居民生活在驚懼中；但對葛林而言，海地卻是一件禮物。由於經常造訪，他目睹若干政權的交替，而或許在書寫〈噩夢之邦〉，將海地描繪為失敗的完美典型之際，讓他深信，此情此景最佳的表現方式便是小說吧。《喜劇演員》一書，反映了葛林在〈噩夢之邦〉一文中的許多重點，而〈噩夢之邦〉一文的基調，也提供該小說混雜著恐懼和滑稽的黑暗氛圍。

葛林是在他生命面臨危機的時刻，孕育和撰寫了《喜劇演員》一書。由於他的會計師處理不當，他剛處理了一項嚴重的財務風暴，之後決定搬到法國，表面上的原因是健康因素，事實上是為了避稅。如同早年一樣，他再度受制於經濟困境，而不得不為稿費寫作。他切割了與英國的聯繫，賣掉倫敦住宅，並評估自己的感情生活；彼時他正好和一名住在法國的已婚婦女墜入愛河，雖然兩人都維持著原有的婚姻關係（但是葛林的婚姻早在二十五年前便已徹底結束），但是如果搬到法國南部，便可保持聯繫。這時的葛林已經六十出頭，經濟上不如過去寬裕，且遷離英國，精神上焦躁不安。

這種種情況都反映到這本書。《喜劇演員》每一部分都暗示著危機：書中背景是腐敗的海地共和國；書中的每個角色都因為某種無法解決的問題而深受困擾，是一部惶恐不安的小說。海地前途無望，海地人民前途無望，沒有糧食，政府寄生於他國，還施行高壓統治，沒有一件事是上軌道的，到底該怎麼辦？當然，色情是不可或缺——而且不無功效。還有信仰——巫毒教有其亢奮的一面，而天主教，上帝穩坐天庭，提供救贖。還有愛情——但著墨不多，外加喜劇——這點倒是非常豐沛；事實上，整本書都堅持這一點。葛林曾經寫過：「悲劇非常接近鬧劇。」當其他一切俱已失靈——這本小說便正處於這種境界——總歸還能放聲一笑。

剛開始時，小說人物沒有一個是以真面目示人的。在開往海地的貨船「美狄亞號」（Medea）上，那一小群自行付費的乘客，多多少少都是偽君子。小說引言中寫道：「我們內在有很多面向。」這本小說便是揭露這些人的真實面。一言以蔽之，儘管狀似不幸或憂慮，事實上，他們幾乎全都是

65 海地巫毒教的死神，英文為星期六男爵之意。

66 意譯為叔叔，是海地總統杜瓦利埃創建的準軍事部隊和祕密警察，海地人稱其為背包叔叔（Tonton Macoute）。

喜劇演員。

小說的第一段是葛林最佳的開場白之一，以一種詼諧雄辯的口吻暗示小說中所有曖昧之處，並將注意力集中於瓊斯（Jones）。瓊斯顯然是個騙子，機會主義者，魅力無窮，具有製造混亂的天分。葛林多多少少將害他捲入財務困局的會計師設定為瓊斯的原型人物。在小說序言中，他提到史密斯夫妻（Mr. and Mrs. Smith）是依據旅行途中所遇到的一對仁慈的美國夫妻寫就——那對夫妻頗有藝術天分，而且正計畫將藝術帶入海地教室內。這件事頗有意思，一副藝術指導似乎還真的比史密斯夫妻所熱衷的素食主義實用的樣子。不過如果故事中有素食者，加上該書又設定為黑色喜劇，那葛林便有了機會提及那些包裝的素食食品，諸如「酵母精萃」（Yeastrel）和「包爾敏」（Barmene）等等，這些都是葛林覺得可笑的名稱。

小彼得（Petit Pierre）一角是根據太子港一位頑皮的記者和花花公子奧伯蘭・喬立克（Aubelin Jolicoeur）[67]設定——至少在一項訪問中喬立克自認如此，而且兩者間似乎確有若干相似性。布朗的旅店「特里亞農」（Trianon），取材自一間名叫「奧洛夫松」（Oloffson）的真實旅店，同樣空蕩、破舊和過度裝飾。妓院名稱為「凱瑟琳嬤嬤」（Mére Catherine's），而凱瑟琳正是葛林愛過，後因遷居法國而失去的女人。葛林有在著作中私下開玩笑的習慣，不過這些和葛林的生命對應之處有任何重要性嗎？我不認為如此。

搭乘「美狄亞號」的旅程是段美好懸疑的章節，具有吊人胃口的暗示和角色的描述——葛林的小說中很少描繪船上生活，只除了《目無法紀之途》的墨西哥之旅。「美狄亞號」上緊密的隔間和狂歡作樂，對照日後海地的幽暗前景，是段頗為陽光的序曲。橫渡海洋的隔絕性，對於揭露和挑逗兩者都是最完美的背景，為隨後的劇情提升懸疑性，並鋪陳所有行動。主要人物登場，只簡單的取名為史密斯、瓊斯和布朗。葛林似乎刻意帶過這些名字，以便闡述一個複雜的笑話：「是這樣的，有三個男人——史密斯、瓊斯、布朗……」

這部小說並非葛林最好的作品之一，也不是他最喜歡的（他最喜歡的包括《權力與榮耀》和《名譽領事》），但是卻是他最具特色的成就之一，顯示他許多長處和弱點。情節設計簡單明瞭：布朗正返回他從肥碩邋遢的母親那裡繼承而來的破舊旅館，瓊斯牽涉到一件祕密冒險計畫，史密斯夫妻篤信素食主義，曾經是美國南部「自由乘客」（Freedom Riders）[68]的一員，亦即一九五〇年代末期，從事民權運動的理想主義者；擁護素食主義的史密斯先生甚至曾是一九五二年的美國總統候選人。

抵達太子港後，各主角似乎分道揚鑣，但是——在這個近親通婚，正處政治危機的小國家——他們的道路再度交叉。有位海地醫生菲力坡（Dr.Philipot）死在布朗旅館的空蕩游泳池，顯然是一宗自殺事件；事件發生後，各種海地人物開始登場：小道新聞記者小彼得、愛說教的馬吉特醫生（Dr. Magiot）、康卡瑟「壓路機」少尉（Captain Concasseur, "steamroller"）和殺人不眨眼的「背包叔叔」。「爸爸醫生」沒有現身，但其陰影始終揮之不去。布朗是個徹頭徹尾的憤世嫉俗者；史密斯夫妻的理想主義遭到現實的考驗；而瓊斯基本上是個投機主義者，這也是導致他毀滅的原因。重

67 海地記者兼專欄作家，習慣在奧洛夫松寫稿，一寫就是四十餘年。

68 指美國的民權活動家們從一九六一年開始的乘坐跨州巴士前往種族隔離現象嚴重的美國南部，以檢驗美國最高法院針對一九六〇年的「波因頓訴維吉尼亞案」（Boynton v. Virginia）和一九四六年「艾琳・摩爾根訴維吉尼亞州案」（Irene Morgan v. Commonwealth of Virginia）判決的落實情況。

要聚會地點包括布朗的旅館和凱瑟琳嬤嬤妓院。菲力坡醫生割喉是為了逃避國家安全志願軍，他的兒子和布朗的雇員則轉而投效反叛軍，還以新成員的身分參加一項巫毒教儀式，這部分葛林將〈噩夢之邦〉整段抄錄過來。為了誘使裝腔作勢的瓊斯離開自己的情婦，布朗慫恿他參加游擊隊反對勢力。結果反叛勢力失敗，雖然在過程中瓊斯成了英雄。布朗的戀愛也以失敗告終。史密斯夫妻離開當地，雖然傷心，但是長了見識。布朗最後成為禮儀師。海地則依然故我，沒有改變。

從旅程開始後，布朗便不斷反觀自己（書中並沒有透露他的姓氏），沉吟自己的缺乏根柢。他是真正漂浮於海的人，而自相矛盾的是，他越意識到自己的有如漂萍，便越察覺自己和瓊斯的相似。「也許他跟我一樣，沒有其他地方可以去，」布朗說。「我把全世界的人分為兩部分——紈褲子弟和妓女，」瓊斯主張，然後補充一句，他自己就是妓女。這點似乎很荒謬，但是他的解釋卻頭頭是道，妓女忙碌於生計，隨時保持警覺，不斷移動地點，需要靠機智活命；而這些都和布朗很吻合。雖然瓊斯的幽默感和布朗迥異，但書中的兩人儼然具有某種相似性。瓊斯後來甚至成為布朗情婦瑪莎（Marha）這名南美大使德籍妻子的留宿訪客。瑪莎雖然一直與人私通，但卻選擇和自己彬彬有禮的丈夫維持婚姻關係，她算是葛林小說作品中的一種定型角色。令布朗不滿的是瑪莎認為瓊斯是個好伴侶，而且比老是鬱鬱寡歡的布朗有趣多了。

瓊斯是「異鄉人」，而他最終也坦承自己是半個印度人，只是假冒為英國戰爭英雄。他擁有不光彩的過去，急於掩飾自己假冒身分和胡亂吹噓。布朗顯然也是個不知來歷的人，當他得知瓊斯的真正血統，便表示：「好像遇到一個突然冒出來的兄弟。」瓊斯出生於阿薩姆（Assam），布朗則出生於摩納哥：「這跟說自己是某某不知名國家的公民差不多。」不過在其他地方，布朗則說：「地表沒有任何地方可以取代家的位置。」

「我根本不應該來這個國家的，我是異鄉人。」他在另一個場合還說：「我母親愛上一個黑人，彼此牽扯不清，我大概好幾年前就忘記如何牽扯進任何事了。不知道從什麼時候開始，我就不明所以的喪失了關切的能力。」

至於他在海地經營的那家空蕩的旅館。「我對這裡的感覺比較深，這個破舊的恐怖國家，因緣際會竟然選上了我。」不過我們可看不到布朗對這個國家表示過任何比較深的感情。事實上，他曾前往紐約，企圖賣掉旅館，但可想而知乏人問津。

有一個特點是失根的布朗所未提及的，便是他強大的自負心。出於自保，他總是想到他自己。你會好奇那布朗為何不選擇其他地方，而選擇在這個絕望的集權國度，因為自我中心作祟，讓他得以不涉入海地的戲碼。他曾暗示自己住在那裡的一個原因，是對失根的人有優勢，布朗說：「這樣比較容易接受現狀……我們別無選擇，除了繼續活著，『隨著地球每日運轉的軌道，和岩塊、石頭和樹木一起滾動。』」不過這種華茲華斯式（William Wordsworth）[69]的本質，使他永遠站在邊線，成為漠然的觀察者。所以他的關切，最多不過是敷衍。事情發生在他身上；他從不主動出擊。這是存在主義嗎？不是，這是自我中心作祟。

布朗對於揭發別人隱私並不熱衷；瓊斯對於自己的偽裝過於自大。然而當瓊斯的吹擂讓眾人都深信不疑時，布朗不得不採取行動。當布朗掀他底牌，瓊斯不得不為自己的大放厥詞付出代價，從偽裝者逆轉為游擊隊領袖。這本小說所有喜劇演員中，瓊斯是最令人發噱者。這類描述一再強調這本書的主題——恐懼會激發出滑稽的笑果。「生命是一場鬧劇，而不是我原先預料的悲劇，」布朗

69 英國浪漫主義詩人，是湖畔詩人的代表，是文藝復興以來最重要的英語詩人之一。

在美狄亞號談及自己對上帝的信仰時曾有感而發：「我感覺我們所有人……都受到一個高高在上的惡作劇者驅使，逼向最極端的鬧劇。」

他說信仰上帝需要幽默感，不過幽默感在海地也很管用。幽默感取代了決心：史密斯夫妻的素食主義和追求理想使他們淪為笑柄，瓊斯的自掘墳墓更是一大笑話。不過海地民眾呢？他們生性樂觀，不過事實上他們根本不重要，因為這是一本描述歐洲人在一個絕望的極權國度崩潰瓦解的小說，不在闡釋海地的困境。海地僅提供驚悚的背景，用以烘托不貞、自我懷疑、家庭悲劇和外國投機者自負等情景。

每個角色先後都在某個時間點上被描繪成一名喜劇演員。布朗浪費成性的母親，以其債務、欺騙和情人等是其一。布朗說：「我對她了解得很少，但是我看得出她是一個很有成就的喜劇演員。」史密斯先生說：「布朗先生，對你而言，我們似乎是滑稽人物……」布朗雖然連忙否認，並說他們是英雄人物，但是私底下，他覺得素食主義、總統候選人、自由搭車等等都相當荒謬。史密斯夫婦是典型的美國人——搞笑人物。

「我不是喜劇演員，」瑪莎說，不過她丈夫推測：「也許連『爸爸醫生』也是喜劇演員。」當布朗第一次在凱瑟琳嬤嬤妓院遇見康卡瑟少尉時，康卡瑟就幽默發表了一小篇演講：「你有幽默感。我很欣賞幽默。我贊成偶爾開開玩笑。這種東西有政治上的價值。笑話可以化解膽怯和無能。」

瓊斯的喜劇性也是他的優點。他逗得瑪莎大笑；在凱瑟琳嬤嬤妓院逗得妓女開心（又一令布朗不滿之處，那妓女是布朗最喜愛的妓女之一：『人到了年紀會比較喜歡老朋友，即使在妓院也如此。』」）；身為反叛軍領袖，他做人頗為成功：「那些人都喜歡他。他會逗大家笑。」書中僅有的少數真正滑稽情節之一，發生在瓊斯偽裝成女人，從一艘船上逃脫時。他戴著羽毛帽，用刮鬍粉化妝，穿著黑色裙子和西班牙款式上衣，顯示以前也幹過這種事。

「在舷梯底下，你必須親我，」他告訴輪船事務長，「那樣可以幫我遮住臉。」

「為什麼不去親布朗先生？」事務長問道。

「他要帶我回家。那樣不自然。你必須想像我們一起度過了很難忘的一晚，就我們三個人。」

「怎麼樣的晚上？」

「狂歡作樂，極其放蕩的晚上。」瓊斯說。

「你穿裙子沒問題吧？」我問。

「當然，老兄，」他神祕的補充道：「這不是第一次。當然，那次情況和這次很不一樣。」

其後，書中幾度提及瓊斯的弱點是他的扁平足，令我們自然聯想到小丑打扮的扁平大腳。這部小說不斷暗示，鬧劇雖然沒有意義，但至少可以紓解悲慘和哀傷的情緒。「我們屬於喜劇世界，而非悲劇世界，」布朗言及他自己和瑪莎。早先瑪莎否認自己是喜劇演員，但布朗的結論是，她或許是「我們之中的最佳喜劇演員。」儘管有關鬧劇的言論頗多（書中談論鬧劇的場景也比實際上演鬧劇的情節要多），布朗和瑪莎的戀情似乎不是鬧劇也不是悲劇，而只是沉悶，沒有激情，和唐突的性關係，特徵為嫉妒、誤會、曖昧和憎恨。這是一段戀情的結束，逐漸消退的慾望。

「藕斷絲連」可謂布朗界定他和瑪莎的關係，這項特徵對小說中的海地世界提供了幾許訊息。他說他們的情愛關係很重要，因為這段戀情「如今似乎已專屬於太子港，宵禁的黑暗和恐懼，無法接通的電話，戴墨鏡的國家安全志願軍，以及暴力、不公正和酷刑的時空。」

不過堅稱這段步向失敗的戀情正適合逐漸崩潰的海地的他，未免也過於浪漫他們本身的自私行為了，同時也貶抑了數百萬海地民眾所遭受的困境。而且他將失序的情況戲劇化，而不用一般正常的敘述；將變奏的戀情相較於海地的混亂和常見的暴力行為。不過話說回來，如此類比又如何？問題是，那段戀情發生在更為激烈的混亂邊緣，我們充分理解前者，對後者卻沒有太多資訊。這本小說的一個問題在於葛林——和他的傳聲筒布朗——從未詮釋我們為什麼要關心這對心胸狹窄、沒有幽默感、自私、不忠實且不知饜足的情侶。光是聲稱我們都是喜劇演員是不夠的；雖然就更直白，更殘忍的意義而言，小說中若干角色的行為簡直就是愚蠢；重點僅在於並沒有提出證明。

在小說結尾，布朗坦承，他的精神是空虛的。閱讀葛林小說的人，對這項傾訴應該很熟悉。布朗忌妒任何有信仰的人——他嫉妒馬吉特醫生擁有政治信仰。「我發現自己不但沒有愛的能力……甚至沒有愧疚的能力。」在整篇小說中，布朗的語氣都是相當沉著的，甚至在性愛中也沒有歡愉。和瑪莎做愛，他說：「我投入慾情，就好比企圖自殺者仆向車道。」他認為他和瑪莎的真正問題在於他沒有幽默感，或者，正如他所言：「沒有學會大笑的技巧。」結果，他只能佩服瓊斯的幽默感，羨慕他終於成為一位起而行的男子漢，不僅是終極的喜劇演員，也是一名英雄。這部小說的開始，是追憶瓊斯，結尾是布朗夢到了他。瓊斯顯然是關鍵角色；問題在於描述瓊斯的單純之際，布朗的複雜反而成了干擾。

葛林坦言自己對海地的經驗淺薄。一九六八年一篇報紙專訪中，他接受年輕而明顯崇拜他的奈波爾的訪問。葛林說「（《喜劇演員》一書）的政治情勢是正確的，不過我覺得自己對海地民情風俗的知識是膚淺的。」（他還刻意詢問奈波爾：「你對你所寫的東西會滿意嗎？」）這點是正確的，書中對海地生活的本質並沒有呈現，對反叛情勢的詮釋也沒有溫度，缺乏一手資料。反叛行動，亦即故事敘述的高潮，只是在背景中焦灼混亂而缺乏信服力的，以無聲的二手和三手說法帶過，就像莎士比亞舞台劇中的劇情說明（「警報聲。號角響起。軍隊衝突」），我們連小打小鬧都看不到，只是無條件的相信在多明尼加共和國（Dominican Republic）邊境某處，有反對「爸爸醫生」的武裝部隊集結。

影響葛林的作家（據他表示）都是描繪行動和冒險的作者——安東尼．荷蒲（Sir Anthony Hope Hawkins）[70]，以及《金》（*Kim*）和《一心想當國王的人》（*The Man Who Would Be King*）兩書的作者吉卜林——他對瑪喬麗．鮑文（Marjorie Bowen）[71]的《米蘭的毒蛇》（*The Viper of Milan*, 1906）也讚不絕口。然而奇特的，他本人卻少有描繪行動的企圖，只滿足於撰述摘要。《喜劇演員》發生於企圖造反之際，書中卻沒有槍戰，事實上，也沒有反叛行動，在一個滿是行動的地方，卻只發表行動論，可謂由一連串名言雋語和近似名言雋語所架構而成的一本書。

「死於非命在這裡屬於自然死亡，」愛說教的馬吉特醫生表示。「他是為自身環境所害，」馬吉特還表示：「在這裡，證人很可能和被告一樣受盡折磨。」布朗則說：「無辜的受害者，幾乎總是一臉愧疚的樣子，」「勇氣在早餐之前就已經睡著了，即使勇士也是一樣，」還有關於小彼得：「他擁有被擊潰者的勇氣和幽默感。」以及，「暴力有可能是愛的表現；冷漠則絕不可能。」還有，「死亡是真誠的明證。」葛林企圖憑藉這些感言展開辯論，但是這些說法全都具有爭議性。在小說中，反叛和動亂的國度弱化為討論的國度，冗長的主張也使小說處於靜態性質。

不過這本書毫無疑問的蓋有作者的印記，這絕對是葛林的小說：在落後的地方一段注定失敗的感情，談論信仰、特別是談論原則性的信仰；破舊的旅館、歡快的妓院、烈酒——這些全是葛林的

70 英國小說家和劇作家。

71 為筆名，英國作家，作品包括歷史浪漫故事、超自然恐怖故事，流行歷史和傳記。

代表。提及「情婦」一詞，令我有過時的感覺，討論有關上帝的信仰，就某種意義而言，也讓我有這種感覺。一個沒有愛滋病的海地已經老掉牙，狂歡作樂的海上旅行，也已是過去式。這本小說不過寫在四十年多一點點之前，卻好像已經過氣。

葛林也許不會同意，不過這些細節的離奇有趣，正是其魅力的一部分。因為世界已經改變，葛林所描述的世界也已逝去。不過葛林使海地具備可親性，賦予它明顯可見的風景，而在妖魔化「爸爸醫生」之際，也提升了這位卑鄙集權者的地位，甚至帶有神鬼氣息（「撒麥迪男爵遊蕩在各個墓地之間」）。「爸爸醫生」過世後，他的兒子——為人肥胖，腦袋空空，綽號「籃子頭」（Baskethead）——繼位，其後在政變中去位。歷經數次政變（海地經歷過三十餘次政變），海地終於透過第一次自由選舉，選出一位總統。

我是在二〇〇四年海地建國兩百年的三月，撰寫了這篇文章。一七九一年，海地發生內亂，亦即由杜桑．盧維杜爾（François-Dominique Toussaint L'Ouverture）[72]和他的同志普克曼（Dutty Boukman）[73]（一位巫毒教的祭司）所領導的著名奴隸起義，結果讓海地在一八〇四年獲得獨立。兩百年後，海地再度以噩夢之邦登上新聞版面：太子港街頭暴動，地方城市情勢混亂，數千人致命，甚至——正如《喜劇演員》書中所言——性命難保的海地人前往外國大使館尋求庇護。民選總統讓—貝特朗．阿里斯蒂德（Jean-Bertrand Aristide）[74]抗議遭到美國海軍陸戰隊綁架，並違反自身意願的被送往非洲。一名臨時總統繼位。一位具有殘暴的具體紀錄，曾任海地行刑隊領袖的叛軍首領，正醞釀成為下一任海地總統。

「海地可不是健全世界中的一個例外；只是隨意挑選出來，稀鬆平常的一小部分。」四十年前的情況似乎是這樣。還有其他國家也和海地的情況一樣，根據政治地理學家的統計，大約有四十五個國家，其中大部分為非洲國家，不過阿爾巴尼亞（Albania）是其中之一，還有阿富汗，這些都是所謂失敗的國家，原本為殖民地、或王國、或大型共和國的行省，起先因為擁有某種礦藏或農作物而致富，只是其產品如今已經不再為市場所需求。比如海地，一七八〇年生產占世界總量百分之六十的咖啡，如今只剩下為數很少的咖啡樹叢，其他樹叢也所剩無幾：海地的燃料需求，導致其森林的消失，是西半球最貧困的國家。

身為失敗國家，海地幾乎沒有經濟獨立或政治穩定的希望，似乎注定就是會成為世界貧民窟之一。葛林知道海地是個有問題的地方——他特別能嗅出這類地方的存在——便選擇在一九六〇年早期，當越戰成為新聞焦點時，撰述有關海地的故事。《喜劇演員》的最大價值不在於其宗教論述（有些評論家稱之為楊森主義者〔Jansenist〕[75]的宣傳單），也不在於其哲學論述，或故事情節。這本書就像一篇冗長的自我批評，而且由一位聲稱對當地不太了解的人所書寫，其最大的價值在於背景。葛林對當地執著的喜愛，即使其劇情並非如此，仍使得書中所有陰森的滑稽面都言之成理。海地沒有虛構的小說——而且幾乎沒有個面貌——直到葛林這本書問世為止。

72 海地歷史中最偉大的人物，海地革命領導者之一。

73 海地革命的早期領導人。最初出生在塞內岡比亞，遭受俘虜及奴役，並被運送到牙買加，最終來到了海地，成為栗色軍團的領導人和祭司。

74 海地政治人物，曾四度任總統。

75 羅馬天主教在十七世紀的運動，由荷蘭神學家康涅留斯·楊森（Cornelius Jansenius）創立，強調原罪、人類的全然敗壞、恩典的必要等等理論。

第五章

恐懼王國的亨特

一

一名諸如亨特・湯普森（Hunter Stockton Thompson）[1]的諷刺作家的自殺，特別令人感到不安。你會想起他所寫的東西，有關他的威脅、允諾，甚或他文章標題和副標題的誇張——《恐懼王國：美國世紀末一個倒楣孩童的可憎祕密》（*Kingdom of Fear: Loathsome Secrets of a Star-Crossed Child In the Final Days of the American Century*）、《比性愛還好：如老鼠般困在比利先生鄰居的一名政治迷的告白》（*Better Than Sex: Confessions of a Political Junkie Trapped like a Rat in Mr. Bill's Neighborhood*）、《一名詩人之死》（*Death of a Poet*）、《拉斯維加斯的恐懼與厭惡：一段前往美國夢想核心的野蠻旅行》（*Fear and Loathing in Las Vegas: A Savage Journey*

1 美國記者、散文集和小說家。

to the Heart of the American Dream）——你會想，他所言所行可不是在開玩笑的。

亨特精於文字遊戲，表面似乎隨意使用一些文字，卻能營造出誇張的喜劇效果，他尤其經常使用「恐懼和厭惡」。不過，恐懼和厭惡對他而言是最真實不過的，他不喜歡委婉的批評或模稜兩可的處理事情。「你是個引爆快樂的小渾蛋，」他以喜愛的口吻寫信給我。還有比如：「那條豬鑽進地道了。不過那又怎麼樣？我們是勝利者。」他知道如何激勵人。至於其他人，尤其政客，身為專注的新聞記者，他花在其上的時間可多得很，卻沒有同情心。他經常大嚷：豬！黃鼠狼！騙子！獨裁者！死賤狗！諷刺文學的極致是一門野蠻的行業，他就是活生生的見證。他以不容寬待、自我懲罰的方式原則過活。他的朋友崇拜他，照說思緒如此陰鬱的人不可能是宴會中的活躍人物，然而，他總是眾星拱月的靈魂人物。

他也可以是邪門左道、令人害怕的人物，算不上（他平常自稱的）毒蟲，只是習慣使用毒品的人。「光是政治殘酷的現實一事，沒有毒品或許就無法忍受了，」他說：「任何報導這塊領域長達二十年的人——我的領域是『美國夢的死亡』——都他媽的需要任何一根捉得到就好的枴杖。」他還說：「也許每個文明都需要某種非法大神，而這回也許我就是大神。」

他是個喜愛喧鬧的隱士，需要被人看見和聽見；是個天生的潛行者、社交動物，惹人非議、挑釁討罵；其實很少跟書本打交道，根本不是讀書人。只有必要時，從他背下來的《啟示錄》（*Book of Revelation*）摘取片段知識。他作品中的文學引言充滿名言大全的氣味，或單純套用聽來或借來的，而不是從厚重的文字中挖掘而來。畢竟只有坐得住的人才可能是讀書人。

有個獨特的躁動、嚴肅而膽小的海德先生（Mr. Hyde）[2]，總企圖藉用藥物，將自己轉變為比較大膽而快樂的傑奇醫生（Dr. Jekyll）。為了藝術和科學的目的，從一個壞脾氣的破壞者，自我轉變為符合人類行為標準的好學生。這是史蒂文森故事的翻轉，我在亨特身上可以看到這一面，他從憤怒和胡謅中解放，獲得比較陽光的情緒，然後在藥物作用期間會變得比較鎮靜、比較理性，注意力也比較集中；在這種影響下，亨特總是稱呼自己「博士」。

他老是往嘴巴裡塞東西，持續抽菸只是其中之一。我納悶自己是否見過他清醒的時候。他不是酗酒者，卻絕對貪杯。雖然可能有強迫現象，但我不覺得他有毒癮——總之，他對毒品並沒有一般毒癮者的執著和需求，只像是一般所謂的濫用和吸食。有毒癮者是無助的，但吸毒者是出於他的決定。亨特並不害羞，但奇特的膽怯（他從不隻身旅行，對旅行的實際細節也茫然不知），在他最外向的時候，幾乎就像是個精神病患。他聽不見、注意力渙散、像是嚴重吸毒者，但神智是清醒的，只是不是大叫就是喃喃細語。我不懂他是如何動筆寫字的，但是他卻真的撰寫出十餘本令人難忘的作品。他幾乎不睡覺，作息時間很奇特。任何亨特的友人都能追述他半夜三點打電話過來的事蹟，還有彷彿帶有陰謀的低吼：「我是亨特！」

他喜歡夏威夷的好氣候、寬容的氛圍和位置的偏遠。此刻，他正置身一家海邊旅店的豪華套房，坐在一堆送到客房來的食物中，喝著啤酒、抽著菸，一邊開玩笑，一邊觀看籃球賽。一生都是

---

2 出自史蒂文森的名作《化身博士》（*Strange Case of Lr Jekyll and Mr Hyde*）。內容大要為體面紳士亨利·傑奇醫生喝了自己配製的藥劑後，分裂出邪惡的海德先生人格的故事。因書中人物傑奇和海德善惡截然不同的性格讓人印象深刻，後來「傑奇和海德」一詞遂成為心理學上「雙重人格」的代稱。

熱情的運動迷。（直到他過世前，他在娛樂與體育節目電視網〔Entertainment Sports Programming Network, ESPN〕網頁每週都有一篇專欄。）這回他正好來夏威夷報導火奴魯魯（Honolulu）馬拉松賽，同時也緊追國家美式足球聯盟（NFL）季後賽，以及美國職業籃球聯賽（NBA）的領先球隊。他衝著電視大吼，手上拈著食物。很多時刻，他的話都難以理解，有時候我甚至搞不懂他在談些什麼。這不只因為他的肯塔基（Kentucky）口音（他習慣稱自己為鄉巴佬），也因為他的聲音粗啞拖長，又猛清喉嚨，加上嘴巴裡塞滿東西的緣故，這時他正喝著威士忌，香菸也換成了大麻菸。

「要不要過癮一下？」他喚著未婚妻（不久後的妻子、今日的寡婦）安妮塔（Anita），取出一個小玻璃瓶，彈了些粉末在手心。安妮塔回答他們午夜要搭飛機，她必須整理他們的行李。她並沒有生氣，只是在講道理：在古柯鹼的影響下，是不可能摺好襯衫，拉上行李袋拉鍊的。

不到幾分鐘，亨特平靜下來——更正確的說，是鎮定下來。當然，他已經喝醉，不過比較愉悅，說話比較能理解，人也比較放鬆，比較理性，比較有愛心，比較能感受到籃球比賽的上下起伏，不再大聲吼叫。他又成了「博士」，高談馬拉松賽的結果，慫恿我和他一起出任夏威夷大學藝術與科學系副教授。

「我們開一門寫作課，而且不只寫作，還包括人生、旅行、哲學、書本、新聞工作，包括所有東西。我們一起合作，在演講廳上課。每個該死的學生都會想修我們的課的。那樣一定很讚。我們可以交女朋友、可以賺錢、一起衝浪。我對科羅拉多可怕的冬天和下不完的雪煩得要死。這裡太理想了，老兄。當然，我們只要替那堂課想個名稱。嘿，我已經和校長說好了。」他說。

他不是開玩笑。夏威夷大學校長是位老朋友。亨特認識每個人——作家視他為真正的諷刺文學家，演員也想演出有關他的電影（有兩部電影以他的英雄事蹟為題材，一部主角為比爾．莫瑞

足所有姿勢。

答應他們的要求，擺出赤裸、喝酒、發射點四四麥格農（.44 Magnum）子彈等姿勢，有時是一次擺五本內容充實的傳記問世），藝術家希望能為他作畫，攝影家希望他能擺個姿勢——亨特有時候會（Bill Murray）[3]，一部為強尼·戴普（Johnny Depp），新聞工作者期待他的傳記（亨特生前便已有

經過夏威夷變身之夜，返回科羅拉多州後，他告訴我他在機場發現一件重要的旅遊資訊。「如果你真的茫了——真的喝得爛醉，真的藥嗑多了，」他說：「他們會把你放在輪椅，讓你第一個登機！那趟飛行太棒了。一眨眼就到了。」

我在歐洲沒有見過像他那型的人，放在美國就很典型常見，不是音量比較大，而是格外富有想像力，一個鄉村男孩（「我以前是不良少年」），入美國空軍服役兩年，旅行前往南美，在小鎮報社工作，諸如紐約州米德爾敦（Middletown）等。他四十年前便以記錄地獄天使（Hells Angels）[4]實情，並撰寫一本有關非法機車文化的卓越作品聞名。他始終在搜尋最新的刺激。在《地獄天使》一書中所使用兼具品味與鑑賞力的散文體（甚至在描寫集體強暴和暴行重罪時亦不例外），和他日後作品有所節制的歇斯底里和諷刺辱罵幾乎迴異。他很快便領悟到真正客觀是不可能的，至少要和他所寫的對象保持同等地位。這種個人侵入性的撰述方式，是他寫作的核心所在，名之為「奇聞趣事」（gonzo journalism）。

那些專寫逝者略傳的人已經事先談論他的邪魔歪道，但他所謂的邪惡事物眾所周知，因為那也

3　全名 William James Murray，通稱 Bill Murray，喜劇演員與作家。

4　一個機車幫會，被美國司法部視為有組織犯罪集團。

正是我們、至少是大多數人的魔障，包括昏庸的政客將戰爭視為答案、有毒工業廢物的棄置、逐漸毒化的地球、銷售機制、政府中的卑鄙狡猾小人、裝腔作勢的名人、肥胖懶散的孩童、當權的騙子。

尼克森總統說亨特代表「美國人物黑暗、腐敗、無可救藥的暴力面，」而在亨特眼中，當然，尼克森形容的正是他自己。亨特禮尚往來，繼續攻擊尼克森。尼克森過世時，他還在他墳墓上吐口水。那是湯普森作品中我最喜歡的之一（重新收錄在他《比性愛還好》文集中）。當喪禮演說過程，每個人都讚揚尼克森時，湯普森寫道：「他是個壞蛋，」是我所讀過最好、最有趣、也最歷久彌新的論證。文章中亨特，反省自己的嚴厲言詞，坦言道：「我有許多次更嚴厲的批評過尼克森，紀錄顯示，我重複踢了他好久，他才終於倒地。我就像一隻瘋狂的癩皮狗，一逮到機會就攻擊他，我對自己的表現深感驕傲。」

《拉斯維加斯的恐懼與厭惡》的題詞是詹森博士的名言。「他變身野獸，以逃避身為人的痛苦。」這應該是句不壞的墓誌銘。他喜歡借助酒精，挺身而戰——他在不同雜誌中幾篇備忘錄充滿了酒精味，但是其間吐露的事實和微醺的機智仍有其可看性。他自稱為「政治迷」。比爾・柯林頓第一次競選總統的末期，亨特飛往小岩城（Little Rock）和他共處一個下午，直接看穿他的內心，形容他是一個沒有幽默感、野心勃勃、亟欲取悅別人的人。這篇文章出現在《滾石雜誌》（Rolling Stone）上，柯林頓顯然受到了刺激，因為他用有白宮標誌的便箋，繼續對亨特（「親愛的博士」）表達恩寵之意，即使亨特的回覆只是充滿戲謔的嘲弄和一板正經的鄙視。

美國是個名人虛假成性、裝腔作勢的國家，但二〇〇五年二月二十日在科羅拉多州夜梟農場（Owl Farm）的深宅大院開槍自盡的亨特・湯普森，卻是個真真實實的人。絕對的真品，他會如此說；貨真價實（The real McCoy）。他以他所想要的方式過活：一半匪徒、一半英雄、無拘無束。當他覺得法律侵犯到他時，他便違法，不為任何人擔負義務，發現任何虛假便開槍——或者用點四四麥格農子彈，或用輕鬆愉快的詞彙——然後，以同樣的方式赴死，在他選擇的時刻，或許也痛苦無比。

二

《恐懼王國》結合了回憶錄、辯證、諷刺、辱罵、惡作劇，以及對亨特．湯普森而言一項比較新的東西：預言。該書開頭是一段童年回憶，不過是湯普森獨特的童年，回憶一個九歲小孩和聯邦調查局的鬥法的往事。「關於一個聯邦信箱翻倒在一條公車高速行駛路徑的案件。」這件事發生在正當發展年代的肯塔基州路易維爾（Louisville）。其後他前往紐約、舊金山、大蘇爾（Big Sur），以及里約熱內盧。里約之後，「因為苦於阿米巴痢疾和文化衝擊，」他選擇退隱，二十九歲那年前往科羅拉多州伍迪溪（Woody Creek）獵捕麋鹿，並在一處建有防禦工事的營地飼養杜賓犬，許久後，他擊潰一宗性侵案的指控，還競選郡警長——這是這本書有關回憶的部分。無人能指責亨特．湯普森沒有活出他的哲學：「當事態走向詭異，特立獨行者無往不利。」

小亨特和他的同學因郵箱案被判有罪。因為所犯乃聯邦罪刑，破壞郵箱將判處五年徒刑。但這不是無心之過，而是故意行為。即使當時亨特似亦堅信他最愛引用的巴布．狄倫的名言：「你想活在法律之外，就必須誠實。」郵箱是一項精心設計陰謀的一部分，目的在「報復一個粗魯愚蠢的公車司機，他以捉弄人為樂，總是在我們掙扎爬上山坡頂端，乞求他讓我們上車時，故意關上車門，揚長而去。」

這些報復者，利用巧思、速度、繩索和滑輪，將郵箱設計成一個陷阱。當公車司機加速離開時，他便自作自受的落入圈套，撞上被猛的拉扯到公車前方的郵筒。隨後，拒絕認罪，也沒有在審問中崩潰的亨特（「什麼證人？」）獲判無罪，每件事都獲得了圓滿解決，公車換了一名新的司機，他也學會一個教訓：「永遠不要相信聯邦調查員繪聲繪影告訴你的第一件事。」

這比較像是哈克．芬恩（Huck Finn）[5]，而非湯姆（Tomas Sawyer）[6]的故事，不過其語氣卻是無庸置疑的，亦即在他得意洋洋、火力全開時，沒有一個人能像他一樣：「我見過數以千計的傳教士、主教，甚至教皇本人，在我們眼前幡然轉變，形成一個世界性的騙子、變態和雞姦網路，無情的穿透男女孩童，還美其名為神聖的救贖，因為在教會眼中我們天生就有罪……呵！我就是在這種情況下突然轉向，踏上某種報復的途徑。」

評論家絕望的將湯普森比喻為《啟示錄》中一個吸食古柯鹼的先知、吸食安非他命的鄉下書呆子、擁有強大武器軍火庫的精神病患、偏執的槍迷、性好漁色者、醉鬼，還有其他更不堪言說的。儘管這些特性或多或少都可獲得證明，但事實卻又遠比上述種種還要怪異：亨特．湯普森大半時刻是個不可思議的謙謙君子和嚴肅的思考家，擁有高度機智，是個絕佳的諷刺作家，以及一個運動迷。他六十幾歲，其成長的年代和我一樣，最偉大的作家都是遙不可及、具有極大影響力的人。

亨特．湯普森或許是那一類型作家的最後一個。《地獄天使》作者小傳中如此描繪：「他以熱切的讀者、貪杯的飲者，以及點四四麥格農好手而著稱。」但是，湯普森身上仍瀰漫著一種神奇的氣息。

我本人的感覺是，這種神奇的氣息不是來自於自我推銷，宣傳手法，或天縱英才等等；我認為湯普森始終是個重要作家，尤其是諷刺作家，因為他表現出對權力全然輕蔑的態度——不管是政治權力、經濟權力，甚至是演藝圈的勢力。

他第一項厚達一本書的主題，即選擇了地獄天使這個機車幫派。他和他們一起騎機車，記錄他們的生活和習俗，認同活在社會邊緣，被視為非法組織的這批人對空間的需求、不時狂鬧的嗜好，以及對權威的痛恨。

《拉斯維加斯的恐懼與厭惡》或許是迄今描繪那座沙漠城市的最佳作品，而最先卻只是奉派採訪機車族。為了撰寫有關火奴魯魯馬拉松的報導，促使湯普森造訪夏威夷，其結果竟寫就了包含個人歷史、夏威夷神話，以及慣常騷亂暴動的《洛魯神的詛咒》（*The Curse of Lono*）一書。

去年，早在伊拉克戰爭爆發前，湯普森便寫道：「在全世界人眼前，我們已經變成一個納粹怪獸——一個霸凌者和渾蛋的國度，寧願大開殺戮，也不願和平共存。我們不但是渴求權力和石油的婊子，還是個殺手婊子，心中充滿了仇恨和恐懼。我們是人渣，歷史會這樣批判我們的。」

這些都收納在《恐懼王國》一書，另外還包括另一篇寫於二〇〇一年九月十二日，具有預知能力的文章，他在文中預言「一場宗教戰爭，某種基督教聖戰（Christian Jihad）會在宗教仇恨的助燃下爆發，由雙方無情的狂熱分子所領導。那將是一場全球性的游擊戰，沒有所謂前線……我們將為這場攻擊處罰某人，但是什麼人或什麼東西將毀於灰燼還很難說。也許是阿富汗，也許是巴基斯坦

---

5 馬克．吐溫筆下頑童，對社會上的一切價值體系抱持著懷疑態度，只相信自己的邏輯與判斷。

6 馬克．吐溫筆下《湯姆歷險記》（*Tom Sawyer*）中的頑童，個性活潑好動，機靈且喜愛惡作劇，不過這頑皮和反抗，主要出自於惡作劇式的浪漫情懷。

或伊拉克，也可能是三者同時遭到摧毀。」

《恐懼王國》是憤怒、預言性的，充滿活力且極為有趣。在將近四十年和笨蛋聯盟的戰鬥後，湯普森的精力還沒有消散。他對自己選擇的毒品並不忌諱，但是特別問起時，他在這段（「昨日的怪誕是明日的理由」）回答得很好：「我還沒有找到一種毒品能比坐在書桌前寫作，醞釀故事內容更令人感到亢奮——不管那故事有多荒誕；或比走出去，進入現實世界的怪誕，並在驕傲的高速公路（The Proud Highway）[7]上稍作勾留，更令人覺得滿足的。」

7 乃亨特的一本書信集。

第六章
海上的康拉德

約瑟夫・康拉德有句話很有名，他說寫小說不是意外或衝動之舉，而是一項刻意的行為，作家有意識的營造各種效果，以達到一個特定的結果。這個觀點似乎深具權威性：我是船長！但事實上是有爭議性的，而且很可能只是個錯覺。正如康拉德寫的故事中所展現的，一個作家可以表達得比他原本意圖還要多很多，也可能少很多。

然而康拉德謹守這項凡事計畫妥當的信念，對自己的生活也刻意經營。他選擇他想要過的生活——事實上，是兩種生活，而且都牽涉到相當的冒險性。他第一個選擇是單身、航海、做為使用波蘭語和法語的船長約瑟夫・科忍尼奧斯基（Józef Korzeniowski）[1]。然後在快進入四十歲時的二

1　康拉德原名。

十年後，他幡然背棄一切，創造出另一個人，一個使用英語的作家，娶了個妻子，有了個新國家、新語言、新事業，和一個新姓名。他一八九四年登陸，開始撰寫小說，從此沒有再航海。

他不只是個後來走向寫作之路的年輕水手，而是一個頗受器重的航海好手，之後成為一名重量級的作家。康拉德的決定可謂恰逢其時。原本包含一大群工作繁重船員在內的偉大航海時代，逐步蛻變為機器發動的船隻，致使——至少就船舶推進而言——航船變成一件比較簡單的工作。這兩種情況展現於他兩部長篇小說《水仙號上的黑鬼》（*The Nigger of the Narcissus*）和《颱風》（*Typhoon*）。「水仙號」是一艘帆船；《颱風》中的「南山號」（Nan-Shan）是一艘蒸汽船。《水仙號上的黑鬼》是敘述水手克服逆境的方式，而帆船是應付這種挑戰最佳的場景。康拉德所呈現的障礙重重的海上航行，包括微妙的航海特性、各種氣象、各種船帆、各種情感、加上專長和衝突，以及一套繁複的號令，足以使那艘帆船，套用康拉德自己的用語：「有如一個脫離地球的碎片……宛如一顆小行星。」

在文學生活方面，康拉德選擇了恰當的時間、恰當的國家，甚至是那個國家恰當的位置：肯特郡（Kent）中部。康拉德在肯特郡寫作的時候，他的鄰居包括亨利・詹姆斯、福特・馬多克斯・福特、史蒂芬・克萊恩（Stephen Crane）[2]、H・G・威爾斯（Herbert George Wells）[3]、愛德華・勞倫斯（Thomas Edward Lawrence）[4]，以及其他人等。他們認可康拉德是一名真正的流放者，不但深諳自己所寫的體裁，且和他們志同道合，因此紛紛成為他的朋友和贊助人——康拉德的著作銷路一直不好，正需要這類贊助。比他小十五歲的福特，成為他四部小說的合作者。比他年長十四歲的亨利・詹姆斯，則成為康拉德作品的擁護者。我們可以認真看待詹姆斯的評論，因為他在社交方面固然是個最溫柔親切的人，在文學批評方面卻最不講人情。他說：「就我看來，《水仙號上的黑鬼》是以我們語言就大海和海上生活所能描繪出最精緻、最強烈的畫面——是部整體而言的偉大傑作。」

其實那本小說的題詞是亨利．詹姆斯提供的。一八九七年冬天，他們兩人共進午餐，然後翻閱皮普斯（Samuel Pepys）[5]的日記，上面記載查理二世（Charles II）[6]搭乘「納西比號」（Naseby）帆船從流亡地重返故國一事。康拉德無意間翻閱到「爵爺在言談中對這艘船產生深厚的感情，」他抄寫下來帶回家，加以引用。

康拉德本人的序言，辯證精密，稍許自負，但論理卻極具說服力，為迄今有關小說藝術最為犀利的論文之一。不過這篇序言並沒有給予讀者足夠的鋪陳，以便閱讀該書所收錄的其後幾篇內容粗糙，卻尚具可讀性的故事。《水仙號上的黑鬼》中，是一群七拼八湊的船員，其中許多彼此並不相識，在一艘從孟買到倫敦的船上服務。其中一個名叫鄧肯（Donkin）的，是個污言穢語、得過且過、難以馴服的倫敦佬；還有幾個是個性陰鬱的斯堪地那維亞人；一個是來自厄爾斯特（Ulster）的多嘴長舌人；而中心人物則是一個來自聖基茨島（St. Kitts）的黑人，他幾乎什麼事都不做，只是咳嗽、埋怨、吵架、最後死去。有一整章，也是故事的重心，都在描述一場風暴。《颱風》，是

2　美國作家、小說家及詩人，屬於寫實主義風格。

3　通稱H．G．威爾斯，英國著名小說家，新聞記者、政治家、社會學家和歷史學家，創作的科幻小說對該領域影響深遠。

4　常稱T. E. Lawrence，也暱稱「阿拉伯的勞倫斯」，英國軍官，因在一九一六至一九一八年的阿拉伯起義中做為英國聯絡官的角色而出名。

5　英國托利黨政治家，歷任海軍部首席祕書、下議院議員和皇家學會主席，但他最為後人熟知的身分是日記作家。

6　蘇格蘭及英格蘭愛爾蘭國王，共和國時期被迫流亡歐陸九年，一六六〇年重返英國，重登王位，生前獲得多數英國人的喜愛。

一段比較短程，卻更為嚴峻的航程，幾乎全都是風暴和爭執。其他故事更為奇特，內容包括一名村婦和一個流亡者的戀情，乃至有關食人族的暗示。所有的這些故事和序文中所闡述的虔誠信念，可謂風馬牛不相及。

至於美國出版部分，為了不冒犯美國脆弱的種族神經，《水仙號上的黑鬼》易名為《海上的孩子》（*Children of the Sea*）。不過美國的神經究竟有多麼脆弱是令人質疑的，畢竟這是個種族隔離的國家，剛結束美西戰爭，又併吞了菲律賓和古巴，還推翻了夏威夷王國。這些事件啟發了康拉德另一個鄰居吉卜林，寫了《白人的負擔》（*The White Man's Burden*），裡面描繪典型的土著，特徵在於「半是魔鬼、半是孩童」。康拉德所採用的通俗書名是合適的，因為康拉德經常用幼稚形容書中的船員。

「他們是神祕大海的永遠的孩子，」他在書中寫道。當水手在茫茫大海忙碌不休時，康拉德言及他們的滿足和「單純的心」，不過當他們爭執時，他們「頑固又幼稚」。接近結尾時，他形容兩個人看來就像「蒼老的孩子」。「水仙號」的船員是非常複雜的一群人，關鍵點在於有些是新人，而且顯然喜歡裝病逃避責任。而船長，就像康拉德筆下許多的船長一樣，都是蘇格蘭人，但是其他人手則分別來自愛爾蘭、「俄國—芬蘭」（Russian-Finland）[7]、斯堪地那維亞、英格蘭西國（West Country）[8]、倫敦和西印度群島。窮困的鄧肯和生病的詹姆士．魏特（James Wait）這兩個新人和其他人為敵。鄧肯是個懶惰、喜歡吵架、難以制伏的人；魏特則因身染絕症，瀕臨死亡而專橫跋扈，不時考驗船上每個人的耐性。康拉德替後者取了一個含有雙關意味的名字，而且從他上船起便開始發揮很大作用：他大吼一聲「魏特（有「等一等」的意思）！」每個人都一臉困惑。他的疾病迫使船員等待，而且等著伺候他；正如他的名字所暗示的那樣，「魏特」即延宕的化身。

這是一個船員們明明視為另類種族，卻同時被迫要看待成一般男子的黑人，所以有誰比他更適合拿自身死亡的痛苦來挑釁其他船員的呢？（就在大約這個時候，康拉德崇拜的史蒂芬．克萊恩也在他最卓越的短篇小說之一《怪物》〔*The Monster*〕中，陳述同樣的道德窘境，描繪一名黑人因為一項英勇行為而遭到恐怖毀容。）營造一個黑人角色是一項創新。魏特一踏入船內，便引起一陣耳語：「壓低聲音呢喃著『黑鬼』。」康拉德仔細剖析種族的歧異，評論魏特的高度（「那些西印度洋的黑鬼長得很好，塊頭很大」）、他的眼白、他閃閃發光的牙齒、他整張臉（「一個黑鬼靈魂可憎的面具」）、他的諱莫如深（「一個黑鬼是不會外露的」）、他質地綿軟的頭髮、他的嘴唇、甚至暗示他的性好女色。康拉德明顯表示，魏特對此感到不滿是理所當然的。魏特自己也從不使用「黑鬼」一詞。他首先詢問道：「你們廚師是有色男士嗎？」其後沮喪時，他對厄爾斯特佬貝爾法斯特（Belfast）說：「如果我不是快死的人，你就不會叫我黑鬼了，你這個愛爾蘭乞丐！」另一個值得回味的機敏回答是：「『別跟我裝熟，』那黑鬼說。」過了一陣，詹姆士．魏特的黑皮膚便成為他最不重要的事了。

康拉德日後在《黑暗之心》中更巧妙的陳述了種族優越的迷思。《水仙號上的黑鬼》的一項成就是它所談的既不是種族，也不是偏執。詹姆士．魏特是個始料未及，也非眾人所願的犧牲者，一個人類的犧牲者；他的瀕死和死亡是一項分心的事，一項在最不方便的時刻——置身驚悚風暴之

7　實際名稱為The Grand Duchy of Finland，芬蘭大公國是現代芬蘭的前身，存在於一八〇九至一九一七年的俄羅斯帝國自治實體。

8　英格蘭西南部的一個地區。

中，也不得不處理的事。因此每個人的人性和責任感都受到了考驗。

一個氣數已盡的黑人船員置身一艘除了他都是白人的船上，這幕影像很高明，故事中還有其他令人滿意之處：第二章前幾頁有關「水仙號」離開孟買的美好描述，以及隨後的風暴；船上的小爭執不斷攀升，幾乎引爆大戰；魏特的苟延殘喘和海葬。

在故事早先部分，有些特殊語詞，即康拉德掙扎使用英文所形成的康拉德式風格，幾乎造成失誤。比如「微弱的和風（unprosperous breeze）」，以及句子「他們緊緊躺成結實的一團，比刺蝟更難接近（inabordable），」康拉德此處不經意使用了他第二種語言：法語，其中「inabordable」意指「inaccessible（難以接近）」。康拉德的作品經常有種原本是喜劇，卻難以發揮笑果的感覺，就像用濃重口音講笑話一樣。康拉德的誇張語法，也許是從閱讀梅爾維爾的作品學習而來，但成功率不高；他描繪方言或外國腔的語詞比較勉強（諸如 sooperfloos、seez、concloode）而勉強使用的結果，經常不如不用。

康拉德將這篇短篇小說視為《颱風》的姊妹作。兩者都描繪一位船員的矛盾心態，詛咒天氣、恐懼風暴、渴望——有時虛心假意，有時卻是真心的——昧於航海者的生活。兩個故事中都有衝突和恐懼，兩本書中都出現「白鬼」一詞，而且兩個故事都描述有一場災難性的風暴。不過《颱風》主要重心在於一個人，麥克霍船長（Captain MacWhirr），描寫他在做決定時的僵化，以及內心的某種框架和判斷，而一旦出現一個難以理解的外人時，這些問題全都凸顯出來。詹姆士．魏特在「水仙號」上扮演這個催化劑的角色，南山號上則是一群中國苦力——經常被視為船貨，而不是乘客；他們成為一團笨重的實體，不具人性，只是發出尖細叫聲的生物——也許是某種容易躁動的動物。他們被形容為「一批苦力」，就像具有某些種族特徵，容易受到驚慌，貪錢斂財的一窩生物。「他們只是中國佬。」船上有兩百個中國人，而整個故事中只提到一個中國名字，班寅（Bun-Hin）。就像在強調其為貨物的觀念似的，書中還有人表示：「但是聽說中國佬沒有靈魂。」其實遑論靈魂，這些中國人根本缺乏人格，沒有姓名，也無從分辨。

《颱風》內的危機簡單而可怕：置身他所知道最嚴重的風暴——麥克霍船長查看氣壓計，發現指針顯示著「他這輩子所見到最低的度數」——然而卻拒絕改變航向。故事中的那一時刻，風暴已經使船身傾斜，但船長知道「最惡劣的情況還在前面」，這正是整個故事的核心。船長其實有選擇的機會。他可以繞過風暴而行——正如操作手冊中所建議者，雖然此舉難免損失時間，但是有比較大的存活機率——也可以直接駛入風暴中心，甘冒失去一切的危險。麥克霍毫不猶豫，貿然迎向風暴，就像守在門後準備上場的鬥牛，將自己的航海經驗置於航海手冊的權威之上說：「他們愛怎麼說就怎麼說，不過最狂暴的海都是由風主導。要面對風向——永遠面對風向——那才是通過風暴的方法。」他對已經嚇呆的大副朱克斯（Jukes）補充道：「你是個年輕的水手，面對風浪，知道這樣做就夠了，保持腦袋清醒。」

不過問題是，他的理智已經受到制約而「麥克霍化」了；他根本不知道他在做什麼。氣壓計的度數已經事先警告他，目前形成的風暴比他所知道的任何風暴都要猛烈。他仍然對風暴的恐怖威力茫然不知，盲目駛入不知的領域。他幾乎失去他的船、船員和整船被當成「貨物」的中國人。他的所作所為都違反操作手冊的警告，但是這似乎並不重要——事實上，他很堅持自己的做法。他說：「書裡不可能什麼都有，」故事結尾時，他又刻意重複了兩次。

也許是這種態度促使康拉德離開了海洋——這種人的毫無彈性，以及商人精打細算的要求，希望航程越短越好，儘管行駛途中會造成致命的不適。麥克霍對書本的輕視，似乎和康拉德所代表的一切背道而馳。康拉德當然相信書本裡所能提供的比海上多得多吧？這裡便是故事轉為弔詭之處，因為麥克霍真正反對的不是書本，而是書本的權威性。康拉德認為自己的寫作是新穎的，也承認這種方式是奇特而獨創的——他經常這麼說——所以就他而言，他有如麥克霍，不顧所有勸告，選擇了一條困難的途徑。一個波蘭船長困在肯特郡，面對宛如颱風的英國文學風潮，其結果要不摧毀他，要不就證明他的本能是正確的。

相對於船長的冷靜，朱克斯的恐懼也引人側目。他相信他一定會死。麥克霍沒有耐性煩惱這種事，此舉與其說是他的勇敢，不如說是他無法想像失去這艘船的可能。在這方面，朱克斯是比較有想像力的人，但也比較懦弱。如果只是這兩個人置身風暴，或可發展出一篇有關意志力的寓言故事。但是船上所囚禁的中國人卻使得甲板上眾人的行動變得關鍵性十足，因為他們是船貨，需要拯救——他們代表利益。我們必須視詹姆士·魏特為人類，等同於「水仙號」上其他船員，直到故事暗示的情節變得完全清晰為止；我們也必須了解中國人的人性，才能理解麥克霍船長的僵化所冒的危險。這個故事我比較難以接受的是，康拉德並沒有顯示麥克霍船長做什麼決定。麥克霍是經過設計的人，沒有思考過程，執意採取最短航程，節省成本，面對風暴；事實上，他沒有真正做決定。

如此看來，船長——一個令人惱恨，雞腸鳥肚的人，總認為自己懂得比較多——其實不是那麼令人氣惱，而是應該贏得若干讚賞的。當然，這個案件沒有這麼乾脆。康拉德留下一個開放的結局，由讀者自行決定麥克霍憑藉經驗所做的決定究竟是好是壞。不過康拉德似乎強調麥克霍堅信自己所做的決定是正確的。

這些故事的敘述手法有明顯的笨拙之處。而另外兩篇短篇小說《艾米·福斯特》（*Amy Foster*）和《佛克》（*Falk*），分量明顯並不對稱，這兩篇小說與其說是獨立的作品，不如說是後續作品的一部分。《艾米．福斯特》比較像是康拉德本身的簡略註解：一個古怪的東歐人，在被海水沖上岸後，來到英格蘭一個村落，和艾米成為朋友，然後被拋棄。這個缺舌的異鄉人揚科．古爾（Yanko Goorall；就像詹姆士．魏特和那群中國人一樣）在這個整潔的小村落代表著問題，也是一項挑戰。起初，就像對待任何異鄉人一樣，你會想，這人在那裡幹什麼呢？然而沒有他，就不可能有故事，我們也不會了解這個英國村落。但話說回來，我們到底又了解了什麼？在我心裡，《艾米．福斯特》和《佛克》都太浮誇、太偏頗，以致沒有說服力；《佛克》一文所揭發的食人之說，不但沒有給故事帶來更多力量，反而受到限制，使其鋪陳更像天方夜譚。

就故事架構而言，《颱風》是最有成就的，但即令如此，書中的敘事觀點卻是模糊的。雖然故事中一直使用「我們」一詞，但《水仙號上的黑鬼》的敘事者是否船員中的一個（編號十三——「二十六雙眼睛」）始終不見分曉，因為始終不見他有任何作為，直到故事結尾，回到岸上，他才變成了「我」，然後朝他們點點頭，形容他自己逐漸走遠。

在這些故事中，有一名水手表示他多麼「希望一天的結束是在一幢小屋，旁邊有個小院子——遠在鄉間——看不到海。」這正是康拉德在肯特郡住宅的最佳寫照。對一名水手而言，這或許是奇特的心願，但是在這本收錄有數篇小說的作品——康拉德宣稱這些小說都有「統一的外觀」，是相互係屬的作品——他並沒有美化水手的生活。水手可以是恐懼、困惑、膽怯、好鬥的；當最惡劣的情事發生時，他們都渴望能置身乾燥的陸地。在《佛克》一文中，他寫道：「曾經嚐過海水苦澀的人，嘴裡永遠殘留著那抹滋味。」大海可以是中性公正，可以是敵人，但絕不是朋友。康拉德放棄大海，在其後三十年的餘生中，坐在書桌前，將他曾熟知的世界轉化為小說，難怪他故事中對大海和大海的孩子們，總抱持著種種矛盾的心情。

第七章
西默農的世界

一九四二年，法國出現兩篇極其相似的短篇小說。中心都是一個沒有良心，令人有點不寒而慄的年輕男子，孑然一身、漂泊無依，成為沒有意義謀殺案的兇手。其中一篇是卡繆（Albert Camus）[1]的《異鄉人》（*L'Étranger*），一篇是西默農的《寡婦庫德克》（*La veuve Couderc*）。卡繆的小說躍升為文學蒼穹的一部分，迄今仍閃閃發光，廣受鑽研和讚譽——要我說真心話，實有過譽之嫌。西默農的小說維持著一定的水準穩定下來，和其他作品一樣——熙熙攘攘，銷售成績尚佳，偶爾再版，一九五〇年代甚至以廉價平裝版重新上市。《寡婦》以誘惑的時髦用語（「一部有關折磨和慾望，扣人心弦的小說」）和挑逗的封面：豐滿的鄉村女孩在穀倉中噘著嘴唇，裙襬撩到大腿，一名結實性感的男子在門口窺視——定價二十五分。

1 生於法屬阿爾及利亞蒙多維城，法國小說家、哲學家、戲劇家和評論家，一九五七年獲得諾貝爾文學獎。

卡繆醞釀多年才完成這部描述疏離的小說，他的《卡繆札記》（*Carnets*）記錄了他的挫折和多次錯誤的起頭。「你寫的小說或戲劇越少——因為其他寄生利益的關係——你寫作的能力就越弱。」普里切特有一次曾這麼寫著，對自己小說產量的稀少感慨不已。「目前支配藝文界的規則是，持續追求附加價值，直到過量為止。」西默農一九四二年還出版了另外三本小說，前一年則有六本。《寡婦庫德克》（英文版或譯為《寡婦》〔*The Widow*〕，或譯為《假釋許可證》〔*Ticket of Leave*〕）是西默農眾多作品中之一，裡頭沒有任何一本被視為學術研究主題。

如果閱讀卡繆代表責任，西默農則代表嗜好，一種近乎浪費時間的無聊，激發出內心貪婪的滿足，顯示在外的則是有些難為情，連對他作品最善意的介紹也可看出一二。評論者對這種愉悅的內容難掩尷尬，參雜著一絲額外的鄙視，明顯的瑟縮，這是許多介紹西默農小說者常見的現象，心中默想著：我在這裡幹什麼？

西默農是值得推敲的人物，因為乍看之下，他似乎很容易歸類，但進一步觀察後（在看完他五、六十本作品後），卻又無法歸類了。拿他和卡繆對比不是無端之舉，西默農自己也經常這麼做，在《異鄉人》出版數年後，安德烈．紀德（André Paul Guillaume Gide）[2]也提起同一話題，對西默農的作品頗表欣賞，尤其是《寡婦》。其後（一九四七年寫給阿爾伯特．格拉德〔Albert Joseph Guerard〕[3]的信中），紀德甚而稱呼西默農為：「notre plus grand romancier aujourd'hui, vrai romancier.（我們當今最偉大的小說家，貨真價實的小說家。）」

相差十歲的卡繆和西默農，都是青澀的年輕時代，遠從法語文學邊境來到法國大都會：卡繆來自法屬阿爾及利亞（French Algerian），是個能言善辯的新聞記者，熱愛哲學；西默農是個自學的比利時人，一個對犯罪故事情有獨鍾的小記者。卡繆是個學究，西默農是個小混混，兩者對女士都頗有鑑賞眼光。卡繆似乎從未注意過西默農（在所有卡繆的傳記中都沒有提到過他），而就我們所知，西默農一直注意著小他十歲的卡繆，甚至有暗中較勁意味。然而卡繆的所有作品（西默農一定注意到）一起裝訂起來，不過一本中等厚度的書籍。辛勤筆耕的西默農，對贏得諾貝爾獎信心滿滿，在一九三七年便預測，自己在十年內一定拿得到該獎。結果諾貝爾獎紛紛落到其他人手中——包括賽珍珠（Pearl Sydenstricker Buck）[4]、F．E．西蘭帕（Frans Eemil Sillanpää）[5]、溫斯頓．S．邱吉爾（Sir Winston Leonard Spencer-Churchill）[6]。當西默農一九五七年聽到卡繆贏得諾貝爾獎時，（據他妻子透露）他勃然大怒。「你相信嗎？那個渾蛋都拿到了，我居然沒有！」

一個天賦異稟、不可阻擋且有敏感生存意識的多產作家，是如何嗅出群眾的需求的？大學教育不會有多少助益——一個饒富成就、著作等身的作家，是文學系最不受歡迎的人物。就像許多自學者一樣，西默農一向以抗拒和嘲弄的態度對待知識分子，對文學評論嗤之以鼻，和文學部門保持安全距離。大學界也同樣回報他、輕賤他、蔑視或忽略他的作品。學術界對掙扎創作，飽受苦痛者特

2 法國作家，一九四七年諾貝爾文學獎得主。早期文學帶有象徵主義色彩，直到兩次世界大戰的戰間期，逐漸發展成反帝國主義思想。

3 美國評論家、小說家和教授。

4 美國旅華作家，也因此在華人世界，多以意譯其名「賽珍珠」，而非「珀爾．賽登斯特里克．巴克」呈現，曾獲普立茲小說獎，後又獲得諾貝爾文學獎，也是獲得這兩項文學大獎的第一位女作家。

5 芬蘭作家，曾經獲得一九三九年的諾貝爾文學獎。

6 英國政治人物、演說家、軍事家，兩度出任英國首相，首度任期內領導英國在第二次世界大戰中聯合美國等盟國對抗軸心國，並取得了最終勝利。在文學上也有很高的成就，曾獲一九五三年諾貝爾文學獎。

別偏愛，即使最嚴正的學術團體，都不免有這種苦情作家的聲援者。（因此爭執點似乎在於）一個多產而受歡迎的作家，怎麼可能會是個好作家？通常，像福特．馬多克斯．福特或特洛勒普（Anthony Trollope）[7]之類作家，是會被定罪為書寫狂，然後以一本書——而且經常絕非其最佳作品——為代表，遭到殘忍而簡單化的攻擊。

西默農一直被批評為一個學者作派的庸俗作家。一名苦澀偏頗的大學圖書館員曾經寫了下列這段詩[8]：

……那個關在城堡的狗屎
每天寫上五百個字
然後除了沐浴，喝酒和女人外
剩餘時間就忙著重組那五百個字

西默農正是拉金[9]這段令人豔羨詩句，傳神且驚人的寫照，坐擁許多美酒和女人，不過他在城堡中的日產量並非五百，而是比較接近五千。

西默農認為自己和巴爾札克（Honoré de Balzac）[10]是相同的人。視自己的小說是現代版的《人間喜劇》（*Comédie Humaine*）[11]。他一篇罕見的文學評論作品，寫的就是有關巴爾札克具洞見的長篇論文，將問題根本歸罪於母親。「小說家是一個不喜歡母親，或從未獲得母愛的人。」這些語句既可以運用到他自己身上，也確實反映在他一篇回憶錄《寫給我母親的信》（*Letter to My Mother*）中。他是描繪枯萎生命的巴爾札克，根源於一種原本並不明顯，直到漫長的職業生活末端才顯現的痛苦靈魂。物質上的成功乃巴爾札克的主題之一，卻並非西默農感興趣的主題，他執著於失敗的題材，儘管他自己在物質上大有斬獲，而且還高調的引以為傲。

難以置信的一點是，一個如此多產的作家，有時竟陷於沒有靈感之境。雖然就西默農而言，這一點似有裝模作樣之嫌，但他卻困擾得利用這種時機開始寫日記，重新捕捉寫小說的心情。在這本日記中，他論述他最執迷的主題——金錢、他的家庭、他的母親、家人和其他作家。有次在寫日記時，亨利·米勒來看他，對他能過如此令人豔羨的生活大表讚譽。西默農則一邊逗他開心，一邊剖析他的性格，利用這本獨特而有價值的日記擺脫困境，日後還以《當我年老時》（*When I Was Old*）之書名出版。

他許多嚴肅的偵探小說是基於儒勒·梅格雷（Jules Maigret）探長的角色所創作，採取同一型態，包括緊湊的案情研究，罪惡感糾纏的問題，微妙的線索，以及一位積習難改的精明、甚至是討喜的探長。他一九三〇年塑造出這位身材圓胖，令人信賴，婚姻美滿的梅格雷，其後不時添加一本到他的作品架上，直到一九七二年完成第七十六本為止。不過他其他作品又如何？西默農生命和書

7　維多利亞時代的英國小說家。
8　引述自拉金（Philip Larkin）《空洞的生活》（*The Life With a Hole in It*）。
9　二十世紀後半葉英國著名詩人，小說家和爵士樂評論家。
10　法國著名作家及現實主義文學成就最高者之一。
11　共九十一部小說，其中有兩千四百餘角色，包含了各式各樣的長、中、短篇小說和隨筆，總名為《人間喜劇》，是人類文學史上罕見的文學豐碑，被稱為法國社會的「百科全書」。

信的豐富，使得企圖簡化他的人大感困惑，不得不豎起白旗。那個在列日（Liège）擔任記者，自我招認的代筆作家，如何和戰後避居康乃狄克州鄉間的他取得一致？一九三五年橫渡太平洋之旅，如何和他輟學當年，搭乘駁船穿越法國之行相提並論？還有在亞利桑那州寫的小說？坐擁許多城堡？收集的骨董車？以及美食？女色？「大部分人每天工作，偶爾享受性愛。西默農每天享受性愛，每幾個月耽溺於工作，」派屈克．馬漢姆（Patrick Marnham）[12]在《那人絕非梅格雷》（*The Man Who Wasn't Maigret*）一書中如此形容。西默農活得很久，足以和約瑟芬．貝克（Josephine Baker）[13]一夜溫存，然後凝神深望著碧姬．芭杜（Brigitte Bardot）[14]的乳溝。他究竟具有何種能力，可以一天完成一章，十或十二天寫完一本優秀的小說，然後幾個月以後又開始創作下一部小說？

詆毀西默農的人，貶抑他是強迫性人格的代筆作家；崇拜他的人，不但包括難以佩服他人的亨利．米勒，自視甚高的大神紀德，也包括一向冷漠的桑頓．懷爾德（Thornton Wilder）[15]和遠居一方的喬治．阿瑪多（Jorge Amado）[16]，全都認為他是出類拔萃的作家。他沒有時間理會同時代的其他作家，問題並非深信自己比他們任何一人都還要優越；只是單純的沒有注意到他們。即使和亨利．米勒來往最密切的時刻，他都沒有看過米勒的作品；他暗示那些作品很難讀，但在《當我年老時》一書中他卻敏銳的分析米勒其人，在《巴黎評論》（The Paris Review）雜誌中宣稱曾受到果戈里（Nikolai Vasilievich Gogol-Yanovski）[17]和杜斯妥也夫斯基（Fyodor Mikhailovich Dostoyevsky）的啟發，但是他卻沒有寫過任何有關他們的深刻文章。

他像許多作家一樣，痛恨別人刺探他的生活，會習慣性的撒謊、故布疑陣或誇大自己的經驗。一九三二年，他前往非洲中部旅行。一貫的，他宣稱自己在非洲待了一年。事實只待了兩個月。不過那並不重要，重要的是，他抓緊時間，寫了三篇以非洲為背景的小說。這三篇收錄在《非洲三部曲》（*African Trio*）的中短篇小說，是寫於一九三〇和四〇年代，當時的殖民國家是惡棍，非洲人幾乎不為人知。在這些故事中，非洲人只有裝飾作用，跟影子差不了多少，很少人有姓有名。但是其中所傳達的訊息卻是清晰的：「殖民主義在非洲沒有未來」——西默農在輾轉敘述中一再重複這句格言。

回溯殖民主義的罪行是有必要的，尤其是殖民主義無知的巧取豪奪，有趣的是一個像西默農這麼有觀察力的人，來回一趟非洲，竟然還是對非洲人一無所知。他們打鼓、跳舞、烹調甘藷；最後一個故事，描述從剛果馬塔迪（Matadi）到波爾多（Bordeaux）的漫長海上旅行，但非洲人幾乎不見身影，只出現在幾名旅者的噩夢中。不過西默農是在另一時代造訪非洲，當時仍有人相信歐洲人整體而言是進步的障礙，一旦折起帳篷，悄悄離開，解放和繁榮便會接踵而至。這種想法如此奇異，在西默農平鋪直敘中又是如此鮮活，使得《非洲三部曲》中充滿那個時代悲傷而煽情的細節。這本書適時提醒我們，非洲曾經歷過另一種暴虐對待。西默農所不知道的是，這種苦痛竟會由另一

---

12 英國作家、記者和傳記作家，主要以傳記書寫而聞名。

13 移居法國的非裔美國藝人與演員。暱稱「黑人維納斯」或「黑珍珠」，於一九三七年成為法國公民。貝克以身為歌手聞名，但在演藝生涯早期也是位馳名的舞者。

14 法國電影女明星，暱稱「性感小貓」。

15 美國小說家和劇作家，是唯一以小說和戲劇獲得雙普立茲獎的人。

16 巴西現代主義小說家，也是最有影響的作家，作品被翻譯成數十種文字，在眾多國家出版，許多曾被拍成電影，主要關注的是城市中黑人及混血族群的生活。

17 俄羅斯帝國時代作家，深受啟蒙運動的影響。是俄國現實主義文學的奠基人之一，也是「自然派」的創始人。

種同樣的邪惡所取代，他所記述的剛果竟將體驗更為殘酷政權的凌虐。

這些故事吸引人的地方，在其率直剖析老舊傲慢的殖民世界。西默農處理非洲人的方式，是將其排除在外，或將其歸屬於警醒沉默的一群，隱射某種冷漠的英雄主義。難怪西默農能保持樂觀的心態，因為如果他能以邏輯——或者說，比較像西默農式的方式推論，看出政府機器和農業企業已然老舊，無法運作，他或許就不會那麼樂觀以待後繼者成功的機率了。

西默農一向深藏不露，宣傳新書時格外如此，只維持一副時髦作家的模樣，抽著雪茄，以驚人的統計數字掩蓋自己。不過統計數字有誤導作用，就像打破紀錄的迷思：其實只是對天賦異稟者不由自主的崇拜。西默農動輒搬出他的龐大數據，在我看來，不啻男人的虛榮心作祟，跟萬那杜（Vanuatu）那些配戴陰莖鞘，自稱大囊巴（Big Nambas）[18]的謙遜島民沒有什麼兩樣。

不過，雖然令人起疑，那些有關西默農最不可能的數字，卻很可能是真實的，他宣稱曾出版過大約四百部小說，其實是經過證實的。一百一十七部是嚴肅的小說，其他則是梅格雷偵探小說和以筆名出版的小說。他十三歲時輟學成為記者。由於和他有關的事實太過離奇，讓他幾乎成為自己驚人數字的犧牲者——不計其數的小說，五億本銷售數字，五十五次變更住址，以及經常成為談資的，自誇曾經和一萬個女人上過床（他第二任妻子更正為「不超過一千兩百人」）。

或許不令人意外，這些富有創造力的怪誕數字並沒有經過嚴肅的考證（雖然列日大學〔University of Liège〕設有喬治・西默農研究中心）。除了沒有獲得諾貝爾獎外，西默農並沒有受到蔑視的感覺。他說：「寫作不是一種職業，而是一種不快樂的使命。」而結果是，每一次西默農新作發表，都會引起一番類似的評論，因為他（和他筆下很多角色一樣）似乎憑空而來。這一點，他深有同感。他說身為比利時人，總覺得自己像是沒有國家的人。

他雖然宣稱他的作品沒有一本是自傳性質的，但他的作品可謂他生命的大事記：他年輕的自己鮮活的反映在《家譜》（*Pedigree*）和《夜總會》（*The Nightclub*）；他母親的陰影浮現在《房客》（*The Lodger*）和《貓》（*The Cat*）中；他女兒出現在《奧黛兒的失蹤》（*The Disappearance of Odile*）裡；他第二段婚姻在《曼哈頓的三間臥室》（*Three Bedrooms in Manhattan*）；他的三角關係呈現於《危急關頭》（*In Case of Emergency*）；他的旅行出現在以外國為背景的小說——《熱帶月亮》（*Tropical Moon*）、《登上阿基坦號》（*Aboard the Aquitaine*）、《香蕉客》（*Banana Tourist*）、《瓶底》（*The Bottom of the Bottle*）、《紅燈》（*Red Lights*）、《波多黎各兄弟》（*The Brothers Rico*）和其他許多著作；而這所有著作都具有他幻想和執著孕育的獨特性。

由於感覺自己是局外人，因此他對描繪異鄉人頗具天賦：《黑人》（*The Negro*）中沒有姓名的非洲人、《來自大天使城的小人物》（*The Little Man from Arkangel*）中的移民、《馬盧家人的命運》（*The Fate of the Malous*）中的馬盧家人（其實是馬勞斯基家人〔The Malawskies〕），以及《帽匠的魅影》（*The Hatter's Phantoms*）中的卡舒達（Kachoudas）。相較之餘，卡繆的《瘟疫》（*The Plague*）幾乎沒有置身異邦的感覺——所有角色都是法國人；順帶值得一提的，《瘟疫》是本沒有女人的小說。

「如果你覺得自己的文句很美，刪掉它，」西默農主張。「每次我發現自己作品中出現這種文句時，會立刻刪掉。」西默農不免誇張；他不時會流露出一句嘉言美句，不過一般而言，他的作品看

18 萬那杜馬勒庫拉島（Malekula）的一個部落，Nambes有陰莖的意思。

不到紋理，清澈透明，絕不吸引讀者對文句的注意（「彷彿是一個孩子寫的」）。他對語言的熱愛絕對是隱晦的，而且始終反對雕琢語句。

他作品中唯一可能找到的新詞，是偶爾出現的專業用語，就像《病患》（*The Patient*）中的醫藥術語、《總理》（*The Premier*）中法國政府的描述，以及別處出現的打橋牌情節；你是無法從西默農的作品中學到新單字的。你也絕對笑不出來。喜劇從缺、幽默罕見。陰鬱的氛圍和不苟言笑的態度，使其非梅格雷系列的作品贏得「Romans durs」（硬派小說）的稱號，因為「durs」不只是「硬」，也隱含富有重量的嚴肅意涵，不單指堅硬的性質，也包括密度和複雜性——是一種挑戰，甚至也有無聊的涵義。（在某些文句中，「dur」有厭煩無趣之意。）

西默農筆下的人物看報，通常看壞消息或犯罪新聞；會陰謀算計、說謊、欺騙、偷竊、流汗、交媾；經常犯罪，也經常自殺。他們從來不看書或引用書本內容。他們不做研究（不像西默農，會鑽研細節部分）。他們經常在工作領域邊緣打轉，逐漸疏離，急速下墜，終至為世人遺忘。

對任何作家而言，如果沒有嚴格的紀律感，有條不紊的行事，是不可能有豐富產出的。撰寫西默農傳記的一位相當敏銳的法國傳記家，皮埃爾・阿索利納（Pierre Assouline）[19]，將時鐘視為他的主導象徵。他的小說中充滿計時器和看時間的動作。西默農本人會以時間規畫所有行動，不只是寫作，幾時開始、幾時結束，甚至吃飯時間也以分為單位計時。他最出名的是將寫小說排入行事曆——通常八或九天賣力創作，一天一章。

他在性事方面也可以用馬表計時。即使在最放蕩之際，他也絕非好色之徒。在他的著作中，雲雨之事通常最多幾行就了事了。在《比塞特爾的教堂鐘聲》（*The Bells of Bicetre*）中：「他們停滯很久，幾乎一動不動，就像你見過的某種昆蟲交配。」《坐在穀倉長椅上的人》（*The Man on the*

Bench in the Barn）：「我結結實實俯衝進她體內，突然且猛烈，以至於她雙眼閃爍著恐懼」——然後就結束了。《夜總會》：「她震驚的注視著他，已經結束了。他甚至說不出來他是怎麼開始的。」

這些一觸即發的事例也迴響在西默農《親密回憶錄》（*Intimate Memoirs*）中所記錄的情事中。有天他去妻子的辦公室找她，當時她正在和自己的英文祕書喬依絲．艾特肯（Joyce Aitken）講話，所以問他要幹什麼。

「要妳！」

那個下午，她乾脆躺在地毯上。

「快一點。妳不需要離開，艾特肯。」

《寡婦》算是例外，幾段色誘的情節描述長達好幾頁。西默農經常重複使用一個句子，簡直就算是他的簽名行了：「她穿了一件洋裝，而很顯然的，底下什麼都沒有穿。」《寡婦》還包括了該句的改裝版本：「她仍然穿著她的藍色罩衫，底下幾乎空無一物……」

西默農和他筆下經常描寫的人物不同，他極為自尊自重，個人世界似乎相當完美。從一個豪宅遊走到另一個豪宅——全都配備齊全，獨立自主，安置著他的家人、情人、圖書室、遊樂室；也伺候著他的慾望、他的菸斗、他的鉛筆、他的名車。他過著領主般的生活，是自己封邑的主子，每件事物都根據他的標準配製。西默農生活的完美度令人印象深刻：這個男人和他的前妻、現任妻子、

19 生於摩洛哥的作家和新聞記者。

忠僕一起生活，這些人他全都睡過，還能抽出時間來尋花問柳，於此同時，始終持續不懈的寫作。這是最令亨利．米勒覺得激動的。不過，哪個風流男子不會為此感到激動呢？

其實，米勒所知道的還不到實情的一半。一天（根據馬漢姆敘述），見到一個年輕女僕跪趴在地上打掃桌子下方的塵埃，西默農一時衝動的從她身後占有了她。那女孩告訴西默農夫人，夫人大笑，認為這確是喬治會幹的事。目睹這件離奇事件的另一名女僕不禁說出心底話：「On passe toutes á la casserole?（這裡每個人都得如此沉淪嗎？）」

和他本人明顯和諧肥美的生活呈強烈對比的，是他筆下角色生活的匱乏，這些角色通常強悍得足以殺人，卻沒有足夠的資源活命。還有一點必須提及的，在數十年精力旺盛的致力寫作和豪奢的生活後，他之後的餘生有整整二十三年的時間——在鍾愛的女兒自殺後——都過著一種孤獨幽禁的生活，經常陷於憂鬱，和管家守著一間窄小的屋子，坐在塑膠座椅中，因為他諸多恐慌中的一項，是深信木製家具裡都藏有昆蟲。

西默農有許多小說，諸如《維尼斯火車》（*The Venice Train*）、《貝兒》（*Belle*）、《星期日》（*Sunday*）和《黑人》都可以歸納為同一主題：malentendu（誤會）——正好是卡繆一部戲劇的名稱，內容也具有西默農式的殘酷本質。《寡婦》肯定屬於這一類別，雖然其對暴力和慾望的描述有別於西默農常用手法，格外繪聲繪影；這是西默農少見描述有強悍女子角色的作品。《貝蒂》（*Betty*）中的女人和《十一月》（*November*）中的女敘述者也同樣強悍。不過他筆下的女子幾乎都傾向於淺薄、狡黠、機會主義、冷酷現實、不感情用事或容易受騙。寡婦塔蒂（Tati）是個農婦，知道自己想要什麼，也有評估陌生人的能力。

《寡婦》的劇情發生在位於法國正中央波旁省（Bourbonnais）靠近運河的一個小村落，那條運河銜接聖阿曼德（St. Amande）和蒙呂松（Montluçon）兩座城市。除了「Amande」少拼了一個「e」而外，西默農對於地方地理的掌握倒是非常精準。

小說的第一段出現一個奇特的謬誤。有個人走在一條路上，那條路「每隔十碼（約九公尺）便為一道樹幹的陰影斜切而過」——西默農以其最簡潔的方式精準的描述。那是五月底的正午時間，那人大步跨越一道道陰影，然後描述到自己的身影：「一道荒謬扁胖的短小身影——他自己的影子——滑到他前面。」在這兩個句子間，太陽似乎從不同的角度照射過來，創造出兩種陰影。這應該不是潛藏的謎，純粹只因為西默農最痛恨改寫。

那個年輕人在聖阿曼德城外搭上公車，前往蒙呂松，沒有任何身外之物、沒有包袱、沒有明顯的特徵。「沒有行李、沒有包裹、沒有手杖，甚至沒有樹籬細枝造成的刮痕，兩臂自由甩動。」對那些從市場回來的女人而言，他是陌生人，不過對西默農的讀者而言，他卻熟悉得有如老朋友：赤裸裸毫無掩飾的男子，走在人生叉路，有些迷失，有些罪惡感，即將做出致命性的決定。

庫德家的寡婦打量著他，在他身上看到別人看不到的東西。後來我們才領悟：他有點像寡婦那個目前在外國軍團的兒子，是個有著浪子個性的前科犯。寡婦看出來這個公車乘客沒有目的，身無長物。她了解他，也需要他。

這架構完美的第一章微妙得堆疊出效果，那個年輕人也注意到這個女人，在這群聒噪好事的市場女人間，他們兩人「認準了彼此。」他也需要她。

寡婦塔蒂下了公車，很快的那男子吉恩（Jean）也跟著下車。吉恩問她能否幫她拿包包，其實從他倆四目交接的那刻起，塔蒂便一直如此期待。吉恩住進她家。幾天後的一個星期日，塔蒂從教堂回來——很好的細節處理——幫吉恩倒了幾杯酒，然後兩人便上了床。

塔蒂並不漂亮，但是很強悍，甚至無所畏懼，是那種堅不可摧的農民，置身梵谷畫作《吃馬鈴薯的人》（The Potato Eaters）的餐桌上，應該有賓至如歸之感。她沒有人愛，衣著邋遢，穿著一件老舊的大衣，露出襯裙，面頰上有顆帶毛的痣，年已四十五，比吉恩大了二十歲。她讓吉恩明白，他偶爾可以跟她有性關係，但是她不時也必須和虐待她的公公一起睡覺，因為她住在公公的農舍裡。

一身皺褶的衣物，困處動輒辱罵的姻親間，塔蒂具有動物的敏覺力，一種村婦的精明，對她姪女格外如此——這個十幾歲的小媽媽費莉西（Félicie）就住在附近。那位年輕漂亮女人對吉恩的影響，讓塔蒂深感困擾。她對吉恩過去的疑慮，很快的就在憲兵來訪後獲得證實：吉恩在監牢關了五年，最近才放出來（這是另一書名《假釋許可證》的由來），吉恩前途的不穩定和她一樣。她還以為他是外鄉人——他儼然是個徹頭徹尾的外地人，一個真正的局外人——但其實他來自蒙呂松一個名門望族，父親是富有的花花公子釀酒商。和家人疏遠後，他「像空氣一樣自由……一個毫無束縛的人。」而且「他自由自在……像個孩子……」

「他的走法和其他人不一樣。他似乎沒有目的地。」但吉恩走進了一個陷阱。他現在還不知道，就他而言，他就像《異鄉人》中的莫梭（Meursault），是沒有未來的。他活在一個「陽光燦爛的美好當下。」

他告訴塔蒂自己曾經謀殺過一個男人，幾乎出於隨興，但部分也是因為意外，其中牽涉到一個女的，雖然他並不愛那個女人。吉恩沒有受到謀殺案、審判和入監服刑數年的重大影響，反而「似乎不明白這整件事就發生在自己身上」。由於這件罪案，他失去了所有對外的聯繫，出獄後，凡事都不再重要。「他不負擔任何責任和義務，所做的一切都不具任何分量或重要性。」

他的缺乏悔恨和憐憫，就像《骯髒的雪》（*Dirty Snow*）中的冷血殺手法蘭克．佛萊邁爾（Frank Friedmaier），和《看火車的男人》（*The Man Who Watched Trains Go By*）中的波品加（Popinga）。而當然的，西默農塑造了《異鄉人》莫梭的前身，甚至包括太陽的形象。在小說關鍵時刻，吉恩體會自己對費莉西的慾望，「太陽一舉吞沒他，如另一個世界逐漸將他倆吞噬。」

吉恩對費莉西手到擒來，就像對她嬸娘一樣，不過是無聲的，悄然在農場建築間苟合。他繼續和塔蒂做愛，雖然不是野蠻的，但總是倉促的。「他剝除她的衣服，就像剝除兔皮一樣。」在這三角關係中，隨後又發生另一熟悉的西默農場景：情人間受到自然界的屏障、發生在鄰近的激情、情節中總會浮現的忌妒。在《寡婦》中，鄰村的情人間有運河的阻隔；在《門》（*The Door*）中是兩個房間的連通門；在《鐵製樓梯》（*The Iron Staircase*）中有道鐵製樓梯；在《激情之舉》（*Act of Passion*）中，是類似的短程來回穿梭；這些小說的結局都是謀殺。

在這春日的田園——鄉間醞釀著衝突：肥沃的農地、啃食嫩葉的牲畜、吵吵嚷嚷的農民吉恩緩緩走向崩潰，為自我厭棄和天命難為的心境所吞噬。這是典型的西默農筆法，逐漸堆疊的效果，吉恩的情況是出於暗示，而非分析的結果。吉恩深感自己被一個不放他走的絕望老女人，以及一個對他不感興趣的年輕女人所控制，領悟自己正處於絕境，犯罪已是勢所難免。「他等待著勢必會發生的結果。」

這部小說成為暗含存在主義的作品，雖然西默農對這個字只會嗤之以鼻：在故事敘述中並沒有哲學思維。吉恩在西默農的安排下走向毀滅之路——其實，是中了圈套。西默農的小說中不說全部，也有許多都描述誤會的發生，暗示著沒有出口——而令人氣惱的是，雖然前景黯淡的角色看不到出口，讀者卻心知肚明。吉恩從來沒有想到，他只要一走了之或回到公車就可以了。他堅持自己對所犯的罪行沒有感覺，但其實他已經受傷，為罪惡感所吞噬，已然鬼迷心竅，當塔蒂乞求他留下來愛她，他無法招架，只有敲碎塔蒂的腦殼。「這是命中注定的！」

在敘述這條迷失的靈魂以及其絕望的行徑時，西默農反映出的是他那時代的宿命論。他在一個黑暗時期於法國海岸——小說最後提及的濱海尼約勒（Nieul-sur-Mer）撰寫此書，那個小鎮接近觀光勝地拉羅謝爾（La Rochelle）。當時法國在作戰，距離遭德國占領日期不遠，末日似乎逐漸逼近。在這前途未卜的戰爭中，只有暴力或激情讓時間的流逝具有意義。就像莫梭，吉恩也走向問斬之途——小說後三分之一中，吉恩腦海中一直盤旋著這項意識——而他便是自己命運的執筆者。他誤入一個有田園之美的場景，渾然不覺這裡絕非美麗的田園，而是已然成為墮落為蛇坑的伊甸園，和他失去的純真相互映襯。

重讀這部小說，令人領悟到一點，就像大部分西默農的小說一樣，吉恩從第一段開始，亦即在他陰影間穿梭而行時，便已注定前景黯然。我們可以輕易看出，他何以對卡繆的贏得諾貝爾彩券如此憤怒，因為在一部接一部的小說中，西默農都在戲劇化的描繪同一類困局：一個選項有限的生命（但每個故事的情節、語氣、發生地點和效果等一直保有些微差異）、一個無路可退的人，以及他的虛榮心、自以為是的臆測、刻意的自我毀滅以及盲目的衝動行為。早先，吉恩渴望兩情相許，渴望命運的干預，但經再三思量（然後終於遂其所願）——「他想要一種終結性的明確，一種退無可退的結果」——西默農彷彿在和自己對話，將他筆下的角色再一次送上死路，離開這個沒有美滿結局的世界。

第八章

療癒師，薩克斯醫師

奧利佛．薩克斯啜著茶，手中翻轉著餅乾，兩膝併攏，胡亂摸索的雙手顯出缺乏自信，有點焦慮的模樣，外貌猶如愛德華．利爾（Edward Lear）[1]——同樣的蘇格拉底（Socrates）式鬍鬚，同樣的眼神，閃爍著近視朦朧的光澤——此刻正結巴的向完全陌生的女主人致謝。奧利佛還一臉迷失的模樣，就像一個懵懵懂懂、蓄著鬍鬚的大男孩。

奧利佛以心不在焉出名，轉瞬間，他又心有旁騖的想起某件不知道放在哪裡的文件，拍了拍口袋。「媽的，」他嘟囔著。我心想，他的餅乾呢？奧利佛說：「我的汽車鑰匙呢？我把鑰匙放到哪裡去了？」女主人很活躍，大半時間都是她在談論其他事，當奧利佛一驚一乍，胡亂搜索遺失的文件

1 十九世紀英國著名的打油詩人、漫畫家和風景畫家，一生周遊於歐洲各國。

和汽車鑰匙時，她的熱誠也逐漸疲軟。「不，那不是的——那是我的餅乾，」奧利佛說著，從口袋中掏出餅乾屑。他一副困惑的神色。由於肩背結實，襯衫衣襬已被他從褲腰拉扯出來，然而他仍像個小學生絕望的摸索著，連兩頰酒窩也因驚慌失措而緊繃不見。然後，他放心的嘆口氣，兩手放在重現人世的文件和汽車鑰匙上。

幾分鐘後，我們回到了街頭。

「你覺得她如何？」我問起那位女主人。

奧利佛一臉鎮靜，已將衣襬塞回褲腰，一手掂著汽車鑰匙的重量，以一副診斷的口吻回答：「脆弱，但是有爆炸性。絕對有強迫症，或許有精神病——這樣說也許有點太強烈，用詞大概需要推敲一下。她停藥的時候我可不想在她旁邊，不過我很樂意再去看看她。」

他以最簡潔的方式，精確診斷我們無意間遇見的女子。即使忙著拍掉口袋中的餅乾屑，擔心自己的汽車鑰匙遭遇不幸，他仍然是最具觀察力的人。當他精明的彙整各項零碎的神經學線索時，頗具福爾摩斯（Holmes）的架式，這樣說或許正恰如其分，因為亞瑟．柯南．道爾（Arthur Conan Doyle）筆下福爾摩斯的推理能力，便是根據他醫學院一位老師、一位目光銳利的診斷醫師所設定的。奧利佛具有那種專注力，而他的「街頭神經病學」，是我在閱讀他《錯把太太當帽子的人》（*The Man Who Mistook His Wife for a Hat*）著作中的〈失控〉（The Possessed）一篇後，便一直渴望能親眼見識的。「街頭神經病學」一詞，指的便是由觀察一人在日常生活背景中——街上、公車、排隊購票看電影、或置身一屋子陌生人中的表現，來評估該人的情況。

從事「街頭神經病學」的許多前輩當中，奧利佛特別提及詹姆斯．帕金森（James Parkinson）[2]，「他是在倫敦熱鬧的大街，而不是在他的診所，勾劃出了這個以他姓氏為名稱的疾病。」要了解一種疾病，就必須讓那種疾病呈現於現實世界。這個論點在妥瑞症方面格外真實。在梅吉（Henri Meige）[3]和費戴爾（E. Feindel）合著一本具有開創性的作品《抽動綜合症及其治療》（*Tics and Their Treatment*, 1901）中，其序言便形容巴黎面上的一個抽動症患者。「診所、實驗室、病房、都是設計來限制和聚焦病人的行為。」診所也許具有科學性，對醫病有助益，但奧利佛主張一個更開放的空間：「自然寫實的神經內科學」。

某一天，奧利佛在看完他第一名妥瑞人「聰明、抽動的雷伊（Ray）」後，在紐約街上又看了三名妥瑞症患者。一個女的大約六十歲，是三人中最「活潑的」，似乎處於抽搐或痙攣狀態。事實上，她的妥瑞症型態是強迫性的誇張模仿行為，對每個經過她的人，都會以快速拙劣的方式模仿，如同會短暫性的受到每個人所控制。「在短短一條街上，這個瘋癲的老婦人，瘋狂的模仿四、五十個路過行人的特徵。」而這連串失控行為發生在短短兩分多一點的時間內。

在街上觀察那婦人情況的特殊性，遠比在診所內觀察還要清晰。奧利佛表示，就多樣性和互動關係而言，沒有一個地方「比紐約街上——即大城市裡的無名街道——更適合觀察一個人，在那種地方，一個非理性和衝動型障礙人格的人，可以盡情展現他們病況所帶來的極度自由或者奴役。」

我是在一九九七年第一次見到奧利佛時，便問了這個問題。他跟我說：「我辦公室有個妥瑞症病人。我跟他談了很多，也看過他好幾次。但是我想這個人的平常生活，究竟是什麼樣的風貌呢？

2　英國醫生、地質學家、古生物學家和社會活動家。一八一七年因發表一篇醫學論文《論震顫性麻痺》，首次詳述了帕金森病的相關症狀，而被以其名為此類疾病之名，即今大家所知的帕金森氏症。

3　法國神經病學家。

所以我們一起出去。我觀察他在街道上、在實際世界裡的行為。對他的了解就多得多了。」

除非透過作品，否則一個作家的生活幾乎無法就近了解，而作品又難免充滿曖昧之詞。和一個作家相處，你會得到——什麼呢？——天馬行空的臆想、沉默、誇誇其談、閃爍其詞或高談闊論的內容；總之，大部分這種訪問都會流於一己偏見。但如果這名作家正好是醫生，那麼至少可以掌握到清晰可見的人性面：比如伏爾泰（Voltaire）將水蛭擠入一個病人的皮膚，契訶夫（Anton Pavlovich Chekhov）探看某人的扁桃腺，佛洛伊德仔細查問歇斯底里的安娜．M（Anna M.），威廉．卡洛斯．威廉斯（William Carlos Williams）[4]接生小寶寶等等。奧利佛．薩克斯正好是位出色的作家，擁有充分的詞彙，不但精確，而且富有詩意，他有關神經內科學的作品便曾受到以優美文學風格著稱的作家奧登（Wystan Hugh Auden）[5]的讚譽。

奧利佛連註解都相當迷人，他《色盲之島》（*Island of the Colorblind*）一書的註解不但具有知識性，還富有創意，十分美好，且不時出現神來一筆。比如在他論述科學家漢弗里．戴維（Sir Humphry Davy, 1st Baronet）[6]的論文中，出發點便是一件罕為人知的事實：詩人柯勒律治曾參加過戴維的演講會；奧利佛在註解中還述及其他詩人何以會成為科學語言的愛好者：柯勒律治（Samuel Taylor Coleridge）[7]不是唯一一個從化學形象中汲取與擴充隱喻的素材者。化學片語「選擇性親和力」（Elective Affinities），在歌德筆下延伸出情色的意涵[8]；而「能量」（energy）一詞在威廉．布萊克（William Blake）[9]筆下化為「永恆的喜悅」；曾經受過醫學訓練的濟慈（John Keats），也對化學的隱喻樂此不疲。艾略特（Thomas Stearns Eliot）在《傳統與個人天分》（*Tradition and the Individual Talent*）中，從頭到尾都在運用化學隱喻，最高潮時，更使用和戴維有關的隱喻表達詩人的心境：「可以類比為催化劑……詩人的心靈是白金（platinum）[10]的碎片。」我懷疑艾略特是否知道他的中心隱喻「催化作用」，正是戴維在一八一六年發現的。還有一項運用化學為隱喻的美好例子，是普里莫．萊維（Primo Levi）[11]的《元素週期表》（*The Periodic Table*）。他本人既是化學家，也是作家。

我向奧利佛提及作曲家鮑羅定（Alexander Porfiryevich Borodin）[12]是訓練有素的化學家，但這他當然早已知道。「鮑羅定是門得列夫（Dmitri Ivanovich Mendeleev）[13]的朋友，」他說。奧利佛在

4 美國詩人和小說家。
5 英國—美國詩人，二十世紀重要的文學家之一。
6 英國化學家及家族第一代準男爵。是發現化學元素最多的人，被譽為「無機化學之父」。一般認為戴維是燈泡和第一代礦工燈的發明者。
7 英國詩人、文評家，英國浪漫主義文學的奠基人之一。
8 歌德從自然科學領域延取「親合力」的概念，原意是指化學元素會因為彼此接近引起化合作用，而從元素的原始關係內脫離，與另一元素結合產生新元素。這化合作用被歌德沿用來隱喻愛情關係，解釋愛情關係中自由與必然性的問題。
9 英國詩人、畫家、和版畫家。
10 鉑，俗稱白金，最大用途是做為化學反應的催化劑。
11 猶太裔義大利化學家、小說家，納粹大屠殺的倖存者。
12 俄國作曲家，也是化學家。是十九世紀末俄國主要的國民樂派作曲家之一。
13 俄國科學家，發現化學元素的週期性，依照原子量，製作出世界上第一張元素週期表。

論述一名化學家時，提及和文學的相關性，不是沒有原因的。文學的病變是奧利佛最喜愛的主題之一，他在《英國醫學期刊》（British Medical Journal）中發表過一篇論文〈妥瑞症和創造力〉（Tourette's Syndrome and Creativity）。他將本身的神經內科經驗和杜斯妥也夫斯基、巴爾托克（Béla Viktor János Bartók）[14]，齊克果（Søren Aabye Kierkegaard）[15]、莫札特（Wolfgang Amadeus Mozart）、納博科夫、克利（Paul Klee）[16]和奇里訶（Giorgio de Chirico）[17]等相提並論。「塞繆爾．詹森可能也是妥瑞症患者，福爾摩斯可能有自閉症。」他說。

赫德嘉．賓根（Hildegard of Bingen）[18]有關靈視（vision）的神祕現象，在奧利佛《偏頭痛》（*Migraine*）一書中，被診斷為「偏頭痛引起的」。在一次靈視中：「天使紛紛降臨」，有如滿天星辰，在她的描繪中充滿了抒情的狂喜。薩克斯醫師註解說赫德嘉當時正經歷嚴重的偏頭痛：「一陣光幻視（phosphene）[19]掠經視野，產生了她無法察覺的盲點。」奧利佛對她深表同情，甚至感到敬佩，他睿智的詮釋道：「賦予這種狂喜意識，熾燃出深奧的神諭和哲學意義，赫德嘉的靈視是協助她邁向神聖和神祕主義生命的工具。這是一個獨特的例子，即對絕大多數人而言，一個平庸、可恨或毫無意義的生理情況，可以轉化為一種獨特的感受，成為至高無上、狂喜靈感的根柢。」

和奧利佛．薩克斯相處令人愜意之處甚多，其一便是聆聽這類令人震驚的相關知識，每一個事例都可以瞥見他的博學多聞和生命歷練。諸如「大馬士革刀刃令我感到反感的，是在煉鑄成型後，經常插入奴隸體內快速降溫。」或「門得列夫曾經做過一個夢，夢到元素週期表的排列情況。早起後，他便寫了下來……我小時候對金屬特別有興趣……有個晚上夢到了錳……他們運用鈹建造火箭的鼻艙。」或者「納博科夫對冬天的樹木有段很美的描述，說那些樹像是巨人的神經系統。」

我也很喜歡有關奧利佛其他面向的描述：諸如文字迷奧利佛（festination「慌張的步履」、volant

「飛速的」、apodictic「必然的」）；湯姆・甘恩（名Thomson William "Thom" Gunn）[20]，A・R・魯利亞（Aleksandr Romanovich Luria）[21]和W・H・奧登的密友奧利佛；舉重選手奧利佛（他曾經保有加州六百磅〔約二百七十二公斤〕深蹲的舉重紀錄）；機車手奧利佛，對英國經典機車如數家珍，曾擁有的諾頓（Norton）機車，對深奧難解的機車有關文章（比如T・E・勞倫斯的《鑄造》〔*The Mint*〕）也了解甚深；使用其中間名沃爾夫（Wolf）——取其和狼的關聯性[22]，擔任地獄天使機車幫派加州分會顧問醫生的奧利佛；曾經淺嚐迷幻藥和牽牛子的奧利佛等等。

不過他「嗑藥帶來的興奮」在一九六五年的最後一天畫下了句點。那天他望入鏡中，見到骨瘦如柴的自己，便說了一句：「『除非你戒掉，否則會看不到下一個新年。』然後我就戒掉了。」

某天我們談到了自閉症。奧利佛說：「有次我參加了加拿大一個自閉症和妥瑞症孩童的夏令

---

14 匈牙利作曲家，二十世紀最偉大的作曲家之一，匈牙利現代音樂的領袖人物。

15 丹麥神學家、哲學家及作家，一般被視為存在主義之創立者。

16 瑞士裔德國畫家，製作了許多以黑白為主的版畫和線條畫。

17 希臘超現實畫派大師，形而上派藝術運動的創始人。

18 又稱萊茵河的女先知，中世紀德國神學家、作曲家及作家。

19 視網膜在受到不適當的刺激瞬時所產生的光感覺。

20 英國詩人。

21 前蘇聯著名心理學家，神經心理學的奠基人之一。最重要的貢獻是對於心理活動的腦機制的研究，並提出了腦的動態機能定位理論。

22 wolf亦為「狼」的意思。

營，其中有個孩子看到一隻山羊，問說：『那是一張圖嗎？』可見其疏離的程度！我很好奇，如果服用最大劑量的迷幻藥，一個人會不會將一頭羊看成一張圖。」

「也許很容易，不過我也不知道，因為我從來沒有吃過迷幻藥。」我說。

「喔，我有。但其實迷幻藥不會產生那種幻覺，」他回答我說：「有一陣我在托潘加河谷（Topanga Canyon）家中服用了一大把牽牛子，結果把仙人掌看成了巨型昆蟲——一動也不動的巨型昆蟲。不過，昆蟲畢竟是活生生的東西，圖畫是抽象的。」

此外，我們也談到人腦這類話題：「以前馬戲團裡面展示那些所謂的阿茲特克（Aztec）[23]鳥人？那是小頭症患者啦，臉部是正常的，但頭部這樣往後縮」——他模仿的縮著臉。「他們展示的是小頭症患者。」這些奇特的腦殼在英國皇家外科學院博物館（Royal College of Surgeons Museum）也有展示，奧利佛的母親以前經常帶他去，參觀其他各式各樣奇特的展件，比如愛爾蘭巨人，以及二十吋（約六公尺）高、十七磅（約七點七公斤）重的西西里女人。奧利佛還記得他們的名字：派屈克・科特（Patrick Cotter）和凱洛琳・克雷沙米（Caroline Crachami）。

「小頭症的人有語言能力嗎？」我問。

「喔，有，他們的腦子也許比一隻貓還小，但是他們可以講話。人腦的大小很有趣。屠格涅夫（Ivan Sergeyevich Turgenev）[24]的腦容量有一千兩百毫升，而安那托爾・法朗士（Anatole France）[25]則勉強只有一千毫升。」

「所以腦的大小沒有關係？」

「我沒有這麼說。我是說，人類最嚴重的痴呆，多少都還有些語言能力。特別是語言這件事。小腦症的人和一般黑猩猩相比，或許笨上很多，但是他們終究是人類，都有若干語言能力。」

黑猩猩語言是奧利佛另一項科學興趣所在。在《看見聲音》（*Seeing Voices*）一書中，奧利佛討論到黑猩猩是否有語言的問題。「牠們應該是沒有的，」不過牠們可以發出某些有意義的喉音，溝通的方式是一套「手勢密碼」。

奧利佛幾乎無所不知、無所不看、無所不體驗。

但是我更想了解的，是奧利佛的醫生角色：奧利佛在病房；奧利佛出外診；奧利佛在街上四處活動，在真實世界中到處觀察；尤其是奧利佛在紐約治療病人。他作品中明顯指出——他對此也直言不諱——對他所書寫的角色而言，「病人」是個誤導性的用語。他們是他的朋友，有些甚至有如家人一般親近，由於多年來和這些人發展出的關係，他才得以深入了解。

奧利佛的結巴不是表演，也不是故意用來分散注意力的。他也真的有近視，而且笨手笨腳。他經常遺失東西。個性猶豫且健忘。在他腦袋最空幻時，或許也正是智力上最有創造力的時刻，他會踉蹌而絆倒，曾經直接仆倒在地而傷痕累累。他寫過一整本書《單腳站立》（*A Leg to Stand On*），敘述一次嚴重的絆倒，導致嚴重的腿傷。在夏威夷海灘上注視著浪花的他，搖搖頭跟我說：「我不能在那裡游泳。如果游進那種浪花，我一定會搞到四肢癱瘓。」

一旦置身水中，他絕不遲疑。長距離游泳、浮潛、潛水，他就像一隻海豚。我曾經在夏威夷最

23 存在於十四至十六世紀的墨西哥古文明。
24 俄國現實主義小說家、詩人和劇作家。
25 法國小說家，一九二一年諾貝爾文學獎得主。

陰冷的路易斯灣（Lewis Bay）和懷梅阿灣（Waimea Bay）和他一起游泳。他是個矯健的泳將，可以長時間停留在水中。「在水中要花四十分鐘暖身，然後才開始真正的游泳。」

他說他在無脊椎動物、頭足動物和植物——蕨類和蘇鐵中比較快樂。他的夢想之一，是去西太平洋帛琉（Palau）一座岩島的水母湖（Jellyfish Lake）游泳。我向奧利佛形容我在那裡游泳的情形。那裡的水很稠，顏色泛黃，裡面全是水母，有些像陽傘，有些像睡帽。那些水母不會螫人，體型鼓脹的覆有凝膠狀的外皮層，群集在那座火山口形成的小水池中。每當划水時，整個身體都感覺到強勁的軟黏物搖晃的擠壓著我，手指也交纏在水母泛綠的觸手中。我是憑著一口氣挑戰才下水的，也很高興最後終於從水中爬出來。奧利佛說，一想到能一整天和數以百萬計的水母游泳，他就開心不已。

一旦踏足乾燥的地面，他就沒有那麼肯定了。他是個小心翼翼，有點過度謹慎的駕駛。他的保險桿上貼著「美國蕨類植物協會」的貼紙。窗戶貼紙則是「英國蕨類植物協會」。上下浮動的氣溫令他焦躁不安。如果內外氣溫不能維持在六十五度左右（約攝氏十八點度），他便抱怨連連，據說他會帶一根三十公分長的溫度計進餐廳，尤其是夏天，以便一開始便確認能否享受舒服的一餐。

他不會烹調。不過他對食物並不挑剔；事實上，他並不喜歡食物多變化。他有一項無法動搖的習慣，即每天吃同樣的食物。比如週末時幫他準備一大鍋燉肉，在接下來的那週，他就會每天熱一部分來吃。這一點他並不算怪異，還會第一個跳出來指出，世界上大部分的人每天都吃同樣的食物。當我拜訪他位於紐約城市島（City Island）的住家時，見到廚房桌子上放置著若干精挑細選的蕨類植物，爐台上堆著幾疊書：厚重、詳盡的《應用化學字典》（*Dictionary of Applied Chemistry*），前排爐架上還放著其他書籍，後排爐架上有一大本書，書名簡單扼要《錳》（*Manganese*）。

在遷往西村（West Village）之前，他每週總會在這間因為靠近他游泳的地點和醫院，而於一九八〇年代購入的住宅逗留部分時間。除了書籍，奧利佛說：「我沒有值錢的東西。」他的紐約公寓是薩克斯活動中心，既是一間舒適的住家，也是一間高效率的辦公室。奧利佛打字很快——跟他的祕書一樣快——兩根手指敲擊著一台老舊的人工打字機，不過他辦公室具備各項時髦的新產品，不單是機器、電腦、資料庫，還有一位祕書，只是凱特．艾格（Kate Edgar）可不只是他的助手、照顧者、文書管理員和朋友，也是他最後五本著作的助產士。就像許多心思靈活的人一樣，奧利佛的睡眠情況很糟糕，幾乎可列為失眠者。他個子高，因為每天游泳，身材魁梧；體格強壯，但身上也帶著各種事故留下的瘀腫、傷疤和縫線痕跡。

奧利佛在醫院工作時最輕鬆，不過據他表示，即使在醫院有時也需要保持警惕。他說他擔心也許那天他在醫院因為一時情緒激動，加上說話口吃、個性害羞，會被錯當成病人關起來。

他告訴我：「沒有識別證和白色外袍，我跟這裡很多病人根本分不清，我以前在一家州立精神病院『布朗克斯』（Bronx State）上班，總習慣性的帶著我的白袍和識別證，因為我從來不確定萬一迷了路，我能不能證明自己不是精神病人。『喔，對啊，對啊！』他模仿一個語氣譏諷的醫生：『你妄想你是奧利佛．薩克斯吧！』」

這是契訶夫《第六病房》（*Ward No.6*）中的噩夢，奧利佛經常引用這個故事。故事中的醫生安德烈．葉菲梅奇．拉金（Andrei Yefimich Ragin）被當成精神病患，無法為自己辯解脫身，結果被留在病房，遭到一名殘暴管理員的毆打，其他醫生對他的辯駁也報以嘲笑。強烈提出抗議的特徵之一，便是帶有妄想和偏執的口吻。「我一定要出去！」他大叫。別人要他閉嘴。他一再被痛毆，最後死在自己的醫院。

這個故事還有一個殘酷的變奏版本：奧利佛談起布朗克斯郡的「貝絲．亞伯拉罕醫院」（Beth Abraham Hospital）一位退休的前醫務部主任。三年後那名醫師因為逐漸惡化的失智症住進同一家醫院。某天基於以往的老習慣穿上白袍，來到原本的辦公室，開始詳細觀看病人病歷。在看完一份繁複的紀錄後，他嘟囔了一句：「可憐的傢伙，」接著闔上病歷，並同時瞥見上頭寫著自己的名字。他大叫一聲：「上帝！」臉上頓時刷白，開始顫抖，驚恐的嚎叫，發現自己是罹患不可逆失智症的患者，而不是主任。就在那恐怖的清醒一刻，他全都理解了。

「這是我所見過最可怕的事件之一，一個活生生的噩夢。那醫生大受打擊，最後失智成為重症。」奧利佛講完故事，語氣間帶著一股嚴峻意味，神經病學一項矛盾的議題是，在精神正常和瘋狂間沒有明顯的界線——前者經常類似後者，而且不斷變化。醫院裡很多人可以在街上正常運作，街上很多人卻處於瘋狂狀態。

奧利佛的父母，塞繆爾（Samuel）和伊莉絲．薩克斯（Elise Sacks）都是醫生，而且同樣重要的，都是「醫療界說故事的人」，他們將病人視為有著複雜歷史的老友。伊莉絲的父親有十八個孩子，因此奧利佛有多達一百個堂表兄弟姊妹。在他父親家族那邊有以色列的政治人物和外交官阿巴．埃班（Abba Eban）[26]，算是奧利佛的表兄，卡通畫家艾爾．卡普（Alfred Gerald Caplin）[27]也是其中之一。

身為四兄弟中老么的奧利佛，是這個龐大家族中一個孤獨的成員。一九三九年倫敦大轟炸開始時，為安全起見，他被送出倫敦。奧利佛當年六歲，其後便是長達四年分離的苦難歲月。他被放逐，孤立無援；經歷肉體虐待，精神不適，以及權威人物有如寒冬般虛偽的對待。他先被安置在伯恩茅斯（Bournemouth）的寄宿家庭，然後——進一步隔離的——被移往靠近北安普頓（Northampton）的布雷費爾德（Brayfield）。奧利佛生命中這段痛苦時期，幾乎摧毀了他。這段經歷也在他身心留下印記，正如黑煙繚繞的工廠在狄更斯身上烙下印記，「孤寂之屋」（House of Desolation）在吉卜林身上留下的陰影（後改寫成小說《黑綿羊咩咩叫》〔*Baa Baa, Black Sheep*〕）。這種情況也酷似歐威爾在《如此歡樂童年》（*Such, Such Were the Joys*）中的敘述。套句奧利佛一位密友倫納德・申戈德博士（Dr. Leonard Shengold）[28]的用語，這是一種虐待兒童的方式，近乎靈魂的謀殺，他在著作《靈魂的謀殺》（*Soul Murder*）中，專門探討這類創傷。

「我變成一個執迷數字的人，因為那是我唯一能信任的東西，」奧利佛說。週期表可以讓他覺得安心，因為他看到「元素家庭中的秩序和和諧。」

這段經歷在傷害他的同時，也使他成為一位如同詩人的科學家。

童年時，他對週期表、顏色、金屬、科學和孤獨的執著，使他和漢弗里・戴維有種惺惺相惜的繫屬關係。身為一九五〇年代末期的大學畢業生，奧利佛正好體驗到英國戰後第一次榮景，亦即知識界重新大放異彩，包括被標示為「憤怒的年輕人」（Angry Young Men）[29]的作者群；《呆子秀》

---

26 除了是以色列外交官和政治人物，也是阿拉伯語和希伯來語的學者。

27 慣稱Al Capp，美國漫畫家和幽默主義者，以諷刺漫畫《李阿伯納》而聞名。

28 紐約州的精神科醫生。

29 指一九五〇年代一些作品表現出憤世疾俗情緒的西方、尤其以英國為代表的青年作家和評論家。這些人對於當時西方社會的種種現象感到不滿，進而進行批判，而他們的言論對於社會主流而言相對極端，甚至於帶有無政府主

（*The Goon Show*）[30]彼得・塞勒斯（Richard Henry Sellers）[31]主演的廣播連續劇；以及滑稽劇《超越邊界》（Beyond the Fringe）——該劇作家和角色之一的喬納森・米勒（Sir Jonathan Wolfe Miller）是那段期間幽默、智慧和魅力的化身，既是奧利佛的密友，也是醫師同僚。

奧利佛來到美國時，正值美國活力旺盛之際。二十七歲的他來到一九六〇年代早期的舊金山，當地諸事欣欣向榮。他在加利福尼亞州（California）住了五年——是擔任住院醫師和大量閱讀，同時做實驗和騎機車的時期，一九六五年奉獻給紐約的「艾爾伯特・愛因斯坦醫學院」（Albert Einstein College of Medicine），從事蚯蚓的研究；蒐集了數千條蚯蚓，從牠們的神經索提取髓液，這段情節在電影《睡人》（*Awakenings*）中有誇張的演出。

一九六六年十月，他來到貝絲・亞伯拉罕醫院工作，之後一留便過了三十二年，賺取紐約每一名病人十二元的薪資。這座醫院，亦即《睡人》中的「迦密山」（Mount Carmel），位於布朗克斯內地，從市中心曼哈頓搭地鐵約一個小時車程。最接近的地鐵站是阿勒頓大道（Allerton Avenue）。貝絲・亞伯拉罕醫院原本為一座慈善醫院。那裡以及附近「安貧小姊妹會」（Little Sisters of the Poor）醫院——奧利佛一九七二年開始在那裡工作——的病人，多半都是年長男女。

在這數十年間，奧利佛都在照顧這些人，看著他們逐漸老去，有時情況好轉，有時惡化或退化。很多都是處於懸而未決的狀態。一位腦部受傷的男子告訴奧利佛：「我的情況已經恢復到：我知道自己永遠沒辦法恢復了。」還有一個男子只是一動不動的坐在椅子上。他一九八六年二十二歲時，在曼哈頓遭到搶劫，頭部被重擊，陷入昏睡狀態。在幾家醫院接受緊急照護後，情況略有改善，但如今他就只是坐著，是個察覺得到自己情況的傷者。

我問：「他知道他在哪裡嗎？」

「知道的夠讓自己生氣的了。」奧利佛回答。

「艾格妮絲（Agnes）是我們的百歲人瑞，」奧利佛朝一位坐在輪椅上，兩眼晶亮的婦女微笑。「二十年前，她能追著我跑上四層樓梯，口中大叫大喊的。她是帕金森症患者。很劇烈的扭動式舞蹈症，」奧利佛有個習慣，當他說到「扭動式的舞蹈症」之類詞句時，會十分精準的模仿出那種苦痛的模樣。「然後，嗯，對，我嚇壞了。」

有一天我在貝絲・亞伯拉罕醫院，奧利佛給我看一位病人厚厚一疊病歷。那是葛蕾絲（Grace），也是一位帕金森症患者；她病歷中寫著：「從一九二九年起的一個謎。」她的神經症狀是屬於靜態的——扭動、抽動、眼球晃動。她沒有服用藥物，因為奧利佛再三重複的一句格言是：「不要問病人他得了什麼病，要問得病的是什麼樣的人。」

奧利佛觀察到葛蕾絲的病狀讓她比較有精神。「一旦服藥，她整個人就萎縮了。」她丈夫對她而言非常重要。葛蕾絲曾經說過：「我有動力，他有耐性。我們是很投契的一對。」奧利佛在葛蕾絲的病歷上記錄：「我無法排除一個感覺，她已經準備面對自己的死亡了。」兩個月後，葛蕾絲去世。

沒有藥物導致的麻木狀態，帕金森症患者才能擁有自由生活的可能性，有能力做反應，可以從其他人「借用」姿態或手勢。（「重複性動作可包括吸取他人的姿勢。」奧利佛表示。）有時候他們

義傾向。

30 一九五一至一九六〇年BBC的喜劇節目，對英國和美國的喜劇和流行文化的發展產生了相當大的影響。

31 藝名Peter Sellers，英國演技極為精湛的喜劇演員。

會處於僵化狀態，直到看到一個朋友、一隻動物、或一種模式，或直到他們聽到音樂，或有人邀他們出去吃貝果。

這種似乎處於昏迷狀態或無動於衷的病人一旦見到奧利佛，都會有所反應。他們會笑、會睜大眼睛。許多情況下，病人的第一個反應是伸出手碰觸他，奧利佛也會回應他們的碰觸，幾乎像在撫摸。許多人都處於僵化狀態，直到奧利佛出現跟他們說話、或著哼歌、或碰觸他們，他們才會恢復活力。奧利佛擁抱他們，他們也會回擁他。

「這位是我們的資深病號，」奧利佛說。「哈囉，賀拉斯（Horace）」——他抓著賀拉斯，後者害羞的一笑應答：「薩克斯醫師。」奧利佛握著他的手，直接對他說話，語氣溫柔，詢問他情況如何。賀拉斯的手臂和兩腿細如竹竿，手指扭曲，臉上帶著一抹純真和悲傷的微弱笑容。

賀拉斯從來沒有走過路。他出生時即患有腦性麻痺，一九四八年入院治療，當年二十三歲，醫院的全名還是「貝絲・亞伯拉罕絕症之家」（Beth Abraham Home for Incurables）。那時，他在時代廣場賣報，身體功能尚佳，是四十二街角落一條熟悉的身影。彼時的美國城市到處可見那種賣報攤，他可以賣報、兩臂可以活動、可以說話也可以找零錢。就像許多病患一樣，他是在醫院外受到照顧的，不過一旦無法獲得協助，便只能被送來貝絲・亞伯拉罕，在這裡一住五十年，每天就盯著窗外看，我對賀拉斯神情間的悲哀提出評論。

「他現在很傷心，賀拉斯和另一個病人蘿絲（Ruth）關係非常密切。」奧利佛說。他們會坐著輪椅肩並肩、手牽手，兩人一起吃飯。「自從蘿絲過世後，他的情況一直惡化，已經失去目標了。」

如果走出醫院，奧利佛在角落一家商店購買原子筆時會突然講不出話，在咖啡店買東西時會侷促不安的站在收銀機前，一副無助的樣子，粗厚的手指盲目摸索著錢包。但一旦替病人看病，他又機敏靈活，神情專注——就像他曾經撰寫過的一個妥瑞症外科醫生和飛行員，在他開刀或駕駛飛機時，絕對不會出現抽搐現象。在醫院中，奧利佛非常能幹，像病人一樣，完全把這裡當成自己家，在這偶爾出現心驚膽寒場面的地方始終堅定如山。

一天在貝絲．亞伯拉罕，奧利佛和我正和他一個同事步入電梯時，一個坐在輪椅上的女子推到電梯門口，左腳筆直一伸，就像警方致命報導中所形容的那種武器「著鞋的腳」。她頭髮蓬亂，年事已高，但精力充沛，且怒氣沖大。

「你們這些他媽的渾蛋！」她衝著我們尖叫：「你們這群渾蛋！讓我進電梯！我要進去！他媽的讓我進去！去你媽的！」

電梯門在那女子的嚎叫聲中關上，除了奧利佛，電梯中每個人都有點驚慌。神情間帶著平靜困惑的他，柔聲說著：「我好像認得她。我肯定認識她。她以前不是常在二樓嗎？叫艾瑟兒（Ethel）什麼的？」

別人的憤怒並不會讓奧利佛憤怒；反而能令他冷靜，使他更加警覺，因為憤怒是一項病徵，就像抽搐或某個手勢。

我跟他去安貧小姊妹會，在一旁觀看他診療有暴力傾向的妄想狂珍妮特（Janet），珍妮特進來前，護士把病歷遞給他。

「她認為有男人攻擊她，還企圖強暴她。她指控神父和一個工人——但我可以告訴你，絕對沒有這種事。她一直在大吼大叫。」護士說。

「那個攻擊者是在她右邊或左邊？」奧利佛問。

護士不確定。我問奧利佛他為什麼會問這個問題。

「她有一邊顯然是盲區，」他翻閱著病歷。「你知道『盲視』〔blind sight〕這個名詞嗎？那是一種可以影響到意識的視力。有些瞎眼的老鼠從來不會從桌子邊緣掉下去。」

珍妮特大約七十歲，兩眼因為甲狀腺病變而外凸，黃白色的頭髮，剪著小女生的侍童頭，整潔的一身褲裝打扮。她虛胖，有張近乎風騷的臉龐，就像貝蒂・戴維斯（Bette Davis）[32]扮演的小小珍（Baby Jane）[33]。她很渴望能見到奧利佛，而且為了他的來訪已經等候了好幾天。

「珍妮特，對吧？妳還好嗎？珍妮特。」奧利佛問道。

「這裡有兩個男的一直在干擾我，」珍妮特說著，朝我微笑。「其中一個把我嚇得要死。跟蹤我！」

「是嗎？從左邊還是右邊？」奧利佛問。

「從每一邊！他跑出來，想要抓到我！他是個自作聰明的傢伙。」

奧利佛問：「他跟妳說了什麼？」

那女的開始抗議。「我是個正經的女人。我是格林威治村（Greenwich Village）一個良好的愛爾蘭家庭中長大的。」她大聲說：「而且我又沒有穿比基尼什麼的！」

「妳說有兩個男的，」奧利佛說。

「有一個天主教神父——他的襯衫凸出來，活像陰莖，」珍妮特說：「他瞪大眼睛看著我。這裡是天主教的聖地！我的穿著很端莊。我晚上大約十點左右回到房間，我是單獨睡的——這點我必須先說明。我從來沒有結過婚，突然間，聽到拳頭敲打我房門的聲音，真的嚇死了。過了一會兒，我往外看。外面沒有人。但是我看到朱莉亞（Julia）穿過走廊。朱莉亞說：『那是神父。』他很大聲的用拳頭敲我房門！」

她敘述著，兩眼圓凸的看著奧利佛和我，臉上帶著微笑，一面用手撫著長褲下的大腿，要奧利佛發誓快點再過來，朝我眨眨眼，然後離開。

「注意到她話裡的挑逗內容了吧，『我單獨睡。』還提到比基尼。神父的襯衫像是陰莖。」奧利佛說。

事後，護士說：「我忘了告訴你，她在房間內都是赤身裸體的。她來應門時，身上什麼都沒有穿。就那樣站在門口，一絲不掛。」

「妄想狂和色情狂經常合而為一。」奧利佛說著，在珍妮特的病歷寫下紀錄。每份病歷都詳細記述著一個人的情況——一個故事，而且許多都是一個長篇，包括許多情節的故事。

奧利佛洞燭人心。我在醫院領悟到的第一件事便是他的病人是他的朋友。他們關係密切，是多年累積而來。這些關係中包含深入的了解和同情。除非人際關係有機會發展，否則也許治療是絕無可能的。

「這個女的不會講話，但是可以唱歌。」奧利佛說話間，一位婦女含笑推動著輪椅朝他而來。他將我介紹給這名女子珍兒（Jane），以及音樂治療師康妮．托邁諾（Connie Tomaino）。

珍兒笑著，然後和其他病人一樣抓住奧利佛的手，擁著他的手臂，但是她沒有說話。奧利佛不會唱歌，因此化身為導播。不過此舉不是經常都有效的。當他把我介紹給一位對歌唱有反應的病

32　美國影視明星，兩度榮獲奧斯卡最佳女主角獎。
33　一九六二年美國懸疑驚悚片《姊妹情仇》（Whatever Happened to Baby Jane?）中的童星角色，在囚禁生活中變瘋。

人，要求道：「唱首『死之華樂團』（Grateful Dead）[34]的歌曲吧！」我便無能為力。

康妮開始唱起《耶穌恩友》（What a Friend we have in Jesus）。

珍兒找到自己的聲音跟著哼唱，一邊唱，一邊注視著奧利佛，像是在打招呼。她變得比較有生氣，表情變得比較友善，在哼唱期間，整個人都活躍起來，但一待歌曲結束，便又進入某種空白狀態。

珍兒是失語症患者。對話間，她可以發出一個字：「好。」其他的則正如一名神經內科醫生所形容的記憶缺損，只是可以流利的唱歌。

在過去二十年工作間，康妮發現，那些記憶並不是真正流失，至少對失語症或失智症患者是如此。失去或損傷的，是病人提取這些記憶的能力。「音樂所能做的，或至少熟悉的音樂所能做的，是發掘那些記憶，或解放記憶。有時候音樂便足以提示那些遺失的記憶，把它們帶回當下。」

奧利佛審視他在珍兒病歷上所做的紀錄：「儘管罹患失語症，她非常有表達力。繼續保持唱歌和複誦能力的她，是個很優秀的音樂家，而且有令人捧腹大笑的幽默感。就像〈主禱文〉（Lord's Prayer），韻律持續，內涵還在，但歌詞退化成有節奏的亂碼……」

我從奧利佛肩頭望去。珍兒的病歷上還有另一名醫生寫的紀錄：「這位精神錯亂的女人，」奧利佛則在旁邊寫了幾個幾乎帶有責備意味的字，「不是精神錯亂！」

站到一旁，讓他的病人說話。這種狀似謙虛或敬重的行為，其實是奧利佛製造時機的技巧；站到一旁，是奧利佛從側面觀察病人對陌生人反應的方法。奧利佛鼓勵我和病人說話、交流。他似乎很喜歡病人和我是互不相識的陌生人這個想法；他讓病人說話。《喜愛音樂》（*Musicophilia*）一書的作者奧利佛（當他的腿受傷時，音樂協助他重拾走路的能力），什麼都沒說，只是保持微笑，注視著這一切，然後慫恿康妮說話。

「首先，從認出音樂開始，」康妮說，音樂對失語症患者的影響，是先感覺到奇怪。「有連結的可能性，但也會有種焦躁不安的奇特感覺，「就像置身陌生的地方。再過來便會產生連結。」她說。

有一個完全無法講話的女子，連自己的名字都說不出來，結果在聽到一段固定的音樂後，開始談起自己的兒子。經過八個星期的治療，亦即音樂治療，就會講話了。那首打開她記憶的音樂是《妳媽媽是不是愛爾蘭人？》（Does Your Mother Come From Ireland?）其他的愛爾蘭歌曲促使她說話越來越流利，年約八十五、六的她是在愛爾蘭出生的。

「我播放三〇年代流行的錄音帶或歌曲，「前三次會談，只有臉部反應，或笑或哭。等我播放《到蒂珀雷里郡的長路漫漫》（It's A Long Way To Tipperary），她開始放聲大哭。」康妮說。

就像愛爾蘭歌曲對這女人有效一樣，中國歌曲則對一名中國男子有效，西班牙歌也對一名波多黎各人產生效果。被診斷為精神錯亂或失語症的人，可以記起一些事件和人物，對自身過往經歷也能喚起某些理解和記憶。

奧利佛指指一個癱坐在輪椅上的老年婦女。「她也許會跟你說話，聲音可能有點模糊，說話也有點顛三倒四的。」

「你認識她多久了？」

「我從六六年起就一直替她看診。」

34　一九六四年組建的美國樂隊，樂隊的風格獨特而折衷，融合了搖滾、民謠、雷鬼、鄉村、即興爵士、迷幻和太空搖滾等等音樂元素，以大段現場即興演奏著稱。

三十二年。奧利佛看診的數千病患之一，在醫院病歷中留有詳細紀錄，卻不是他神經歷史中的一個題材。

奧利佛一臉愁悶。「說來可悲，我們一直沒辦法讓她的情況有顯著改變。」

斯特凡（Stefan）是奧利佛認識二十六年的病患，一九七二年入院，此刻他身穿運動服，侵略性的坐著輪椅，重量倚在兩臂上，臉往前傾。

「我一直把斯特凡想成一個年輕男人，有很多毛髮。不知道他是怎麼看我的。」

當奧利佛走向他時，斯特凡搖起頭來排拒。

奧利佛說：「我想他從來沒有原諒我把他帶到這裡來。但是我很好奇，他的所謂精神分裂症本身，是否有確實表達出他的病情？」

輕微失智、中風和跌倒，使得葛蕾蒂絲（Gladys）這名七十歲的黑人女性處於失能狀態。但是他們發現葛蕾蒂絲曾經在俱樂部彈鋼琴，於是找來一架鋼琴，而葛蕾蒂絲也重新尋回所有有關歌曲的記憶，當我們站在那裡時，她彈奏了《月河》（Moon River）、《藍調的誕生》（The Birth of the Blues）、《一切的你》（All the Things You Are）和《搭上A車》（Take the A Train），手指嫻熟的移動著，全靠記憶彈奏。

其他病人都停止了呢喃細語，坐直了身子。還有些從電視前轉開來；他們聆聽，等演奏結束，又一起鼓掌。

「一旦樂聲一起，這裡就不再是醫院。」奧利佛說。

葛蕾蒂絲的病情改善太多，我不禁納悶其他病人是否也有同樣的改變。

「有時候有，我今天早上看到一個傢伙，他正好要出院。我不知道他是不是有這麼大的改善。

他碰上摩托車意外，腦受了傷，不過他妻子拿到了一大筆和解金，所以應該可以應付。不過就因為這個原因，以前很多人都很羨慕腦炎後型帕金森症。人們會跑來跟我說：『我希望我得的腦炎後型帕金森症』——而不是多發性硬化症或腦性麻痺或其他的等等——『因為你可以幫我做點什麼。我還有機會。』」奧利佛說。

我問說：「音樂治療對帕金森症有沒有什麼效果？」

「有，在帕金森症方面，音樂有『節奏提示』的功能，人們會從椅子站起來，就這樣開始跳舞。那機制是什麼來著？」康妮回答。

奧利佛接續道：「這些人無法啟動自己的節奏。帕金森病人的時間感關閉了。你必須提供他們計算時間的功能，節拍；那是一種持續不斷的節拍。音樂設定了節拍，而且防止加速。」

「病人也可以內化某段音樂樂句，然後知道何時需要呼吸，」康妮說：「我得到一小筆補助金，以發音困難和其他肌肉損傷的病人為研究對象。剛開始時，他們只能發出三個音節。最好的情況也只能說『你—好—嗎？』三個音節。而當我們計畫告一段落時，也不過才兩個月的時間，他們已經能夠發出九個音節了。」

「他們同時有服藥嗎？」

「沒有，這是學習一種技巧、聆聽、感覺、呼吸。不過他們進步得太快，人們都會問：『他們是不是服用了什麼新藥？』」康妮說。

奧利佛說：「患失智症的人可以彈一手好樂器。為什麼可以保留某種能力，卻失去另一種能力？有些人醉得站都站不好，卻能夠跳舞跳得很好，一旦音樂停止，他們就倒下來。」

我們離開病房時，奧利佛面露笑容——他很喜歡音樂改變那裡頭氛圍的情況。三年前，奧利佛介紹我一家醫院時，曾跟我說：「不管這裡多麼哀傷、多麼嚇人，總會有些正面的東西存在。」

為了探尋「街頭神經病學」，我建議在紐約到處走走，看看行人道上的人們——或跛行、或抽動、或「嘴巴講個不停」。對外人而言，這個都市似乎到處都是精神面臨崩潰邊緣的人，而紐約的瘋子似乎也是世界等級的。這是否和這個城市的情況有某種關聯？如此密密麻麻，如此像避難所，一個由垂直公寓構成的小島，因此隔離人際關係，強化了精神病變？薩克斯醫生也許有答案。

對我而言，紐約人一般都像已經適應周遭環境的動物，彷彿深海中盲目的魚種和發光的鰻魚。紐約人經常說他們無法在別的地方生活。不過對於喋喋不休的阿富汗計程車司機；或匆匆來去、圓睜著雙眼、抓弄著蜷曲鬢角的猶太教正統教派成員；或在雨中販賣口香糖，垂頭喪氣的男子；我很好奇奧利佛有什麼看法。紐約街頭總可以看到一派嚴肅，大聲自言自語的人，語氣威脅的嘟囔著。也總可以看到躲避在門廊或笑得前仆後仰的人——有什麼事那麼好笑？或者蹲在商店前面唧唧咕咕的人。還有大叫大嚷、企圖找麻煩的人，呈現抽搐或麻痺病症的人，以及數年前從醫院放出來而「身心失衡的人」（decompensating）[35]。這裡所謂的失衡，也許是在街上大聲吼叫，或對路人揮拳相向，或在地鐵車廂內咯咯發笑，或對著行進車輛手淫。無論何時，幾乎總有人一臉絕望的模樣，躺在第五街（Fifth Avenue）海瑞・溫斯頓（Harry Winston）珠寶店門前，或蹲在麥迪遜街（Madison）蘇富比（Sotheby’s）拍賣行的壁龕中。

奧利佛喜歡街頭神經病學的提議，但範圍必須有所限制——他一隻腳正困擾著他。他說：「我帶你看兩個人，一個帕金森症、一個妥瑞症。他們都是藝術家。」

奧利佛是個非常害羞的人，他在工作中證明，所謂殘障，經常迫使一個人發展出新的技能或開發出新的資產。他很少強調所謂「缺陷」，說有時候有病在身的人，反而會獲得比較多的補償，就像H．G．威爾斯的故事《盲人國》（*The Country of the Blind*）中那個安達斯村民（Andean），正因為他們是盲人，他們什麼都懂，沒有錯過任何事。在故事中，有視力的人反而處於不利地位。

奧利佛認識艾德．溫伯格（Ed Weinberger）這位家具設計師已經十五年，但他從未寫過有關艾德的事。正如奧利佛生活中許多人一樣，友情和治療之間並沒有明顯界線。這些人是他生命中的一部分——也許還是比較大的一部分。艾德的故事輾轉曲折，而且仍在發展中。艾德住在上西區（Upper West Side）一棟建築的八樓。有帕金森症的他前來應門時，是傾斜著身子走過來的。奧利佛踏入屋內，幾乎沒有說話。這也是我之前在醫院時就注意到的一種團體的互動方式，其間沒有人是病人，沒有人處於領導地位。

奧利佛不會談有關治療的事。他的天分在於他對病人的了解，因此發展出友情、愛和長久的關係。

面對神經系統有嚴重問題的病人，奧利佛保持著一種完全開放的態度：芳香療法、音樂治療、團體治療、針灸、擁抱、握手、新鮮空氣、鄉間旅遊，當然，還有藥物治療——雖然奧利佛認為藥物經常模糊一個問題的真正原因，藥物本身的反應也經常誤導病情。他希望能探入病症底下找出問題，加以治療。因為這樣需要使用很多時間，所以奧利佛花在病人身上的時間比我所認識的任何一位醫生都還要多，這或許可以解釋他去年的醫療收入何以只有七千元——而在支付醫療疏失保險費

35　或譯補償不全。指壓力過大到無法抗拒，人的防衛機制會減弱，且人格會逐漸崩潰的過程。

後，這個數字便歸零了。

他是個極其敏銳的聽者，目光清晰，也是個悟性很高的觀察者，體貼周到、口才流利，可以巨細靡遺，精準的描述病人的情況。奧利佛說自己害羞的個性——也許因為戰時和家人分離的關係——是一種病，也應該以病態視之。害羞對他的觀察力有一定影響力，給予他一種優勢，因為害羞的人可以成為熱切的觀察者，害羞可以培養他的耐性。他在觀察方面的耐性和韌性，也確實使他成為最具同理心和容忍力的人，可以看到病人的可能性，而不像其他醫生只看到了病人的缺陷。

在進入艾德公寓約半個小時時間內，奧利佛幾乎沒說什麼話。他不想貿然闖入；他要我自己去感覺。我很快注意到，艾德的傾斜體態反映在家具上。每張桌子或椅子、每張書桌和架子，表面都切割出角度，邊角對分，致使腳架狀似傾斜，但是每件家具又都站得穩穩的——由於角架的支撐反而更加穩固。

「你看這個。」那是艾德的照片，蹲在一張角桌旁，那桌子邊角沒有桌腳，似乎有違地心引力。艾德喜歡收集製造精美的物件：老式照相機、小型望遠鏡、單筒望遠鏡、中國玉器和銅器。他還有一輛古董車，是一九四八年英國製的布里斯托汽車（Bristol）[36]。

「這張書桌很漂亮。」我說。

「我稱它為我的橋梁書桌。」

有如眉毛的弓形桌面，造型奇特，以圓潤的淺橘色梨木製成，經過手工砂磨，紋路細部部分和精緻的工藝設計相互襯映，給人一種光的錯覺。桌腳是展開式的，有點像艾德設計的腿腳。

據他表示，這種懸臂式的桌腳，構想來自羅伯特・梅拉德（Robert Maillart）[37]設計的一座橋梁。梅拉德是一名瑞士工程師，在橋梁設計上有著革命性的貢獻，使其更堅固、更纖細，將拱形設計、大梁和道路整個合而為一。

「我在一張夸奇烏托族印地安人（Kwakiutl）[38]儀式用面具的眼睛部分見到那些稜角設計，那副面具的結構性特徵，讓我覺得很有趣，尤其是堅硬度和表面之間的張力。」艾德說。

房間內許多物品和家具，看來都有即將傾倒的感覺。身軀也傾斜的艾德表示這些都是眼睛造成的錯覺。他帶我看一張桌面採突出平面設計的紅色書桌，表示這個構想也是來自於印地安面具的特徵。「我想給它一種突出的錯覺。」

其實這張書桌比任何直立的物品都要結實，也都要方正。他讓我觀察書桌的角度。「你能想像這是九十度角嗎？」

我覺得比九十度小很多，不過他放了個硬紙箱在上面，顯示那絕對是方形的。他說這對他很重要，家具的角度能反映出他身體和生活的角度。因為需要讓自己的生命方正，所以他重新設計自家屋內的家具，也因此創新設計出一套嶄新的家具，即帕金森式的家具，正符合他站立和生活的方式。別人也許視為的殘障，讓他對周遭的物品有了嶄新的概念。

奧利佛直到此刻才第一次開口。「這讓我想起《睡人》裡那個人說的：『如果世界是由樓梯組成的，那我一定會快樂。』」

「在我一年前動的那場手術之前，我開始考慮買輛車，而且自己開。」艾德說。

---

36 英國一家純手工製作的高檔汽車公司。

37 世界知名的瑞士土木工程師。

38 北美西北部太平洋沿岸的原住民族。

奧利佛說他對車子的選擇很有趣，那輛有角度的布里斯托古董車車身是改裝過的。艾德打開有角度的車門——那些角度就跟他家具設計的角度一樣有趣，就和他本身的姿勢一樣極端——然後坐進車身。

「我星期日會環繞中央公園（Central Park）開車，那時候沒有車。」艾德說。

「艾德很喜歡汽車，」奧利佛說：「我想，跟我以前喜歡騎機車一樣——諾頓牌機車。」

當奧利佛在加州大學洛杉磯分校（UCLA）醫學中心擔任住院醫師時，一位四肢麻痺的女病患想要跟他一起騎車。奧利佛知道那個女的生命所剩無幾。「我想我就讓她達成這個心願好了，所以，我朋友幫我把她抬到機車後座，把她包起來，牢牢綁在座位上，然後一起出發。她很開心。我們大夥兒一起騎車，大約有六或八台機車，那個四肢麻痺的女的坐在我後座。」

他露出微笑，回憶著那次事件，然後露出焦躁不安的神情，彷彿正努力逐出衝突的回憶。「我們回去，面對一群驚駭而好奇的觀眾，」他說著，似乎仍可見到那群驚駭的面孔，以及從後座解開那名麻痺女子的種種。「我擔任住院醫師整個期間，不斷發生這類事件。對學校部門而言，我的存在一則是尷尬，一則也是個裝飾。」

那名四肢麻痺女子很高興能從醫院逃出，也很開心能感受到坐在隆隆作響的諾頓機車後座，奔馳在路上的快感。

我很高興我們能離開醫院，來到紐約這間公寓午餐。如果不是艾德的推波助瀾，我永遠不可能知道奧利佛騎機車的真相，至於奧利佛所屬部門的困惑反應，後來又重複發生過一次，亦即一九九一年，他被服務了二十四年的布朗克斯州立所屬布朗克斯精神病院（Bronx State–Bronx Psychiatric Center）解雇。《紐約時報》引用該醫院執行董事令人印象不深的話：「薩克斯醫生在本院的表現並不特別突出，我不確定他是否有遵守本州相關規定。」

在提及醫院時，艾德形容他大約四年前在各家醫院所經歷的不同恐怖經驗，一次，他在依拉維（Elavil）、酣樂欣（Halcion）以及可待因（codeine）的多重藥效下，引起嚴重精神反應和幻覺現象。從原本的帕金森症病患，被診斷為精神病患。

「我那時以為遭到恐怖分子攻擊。我想我一定被設計了。當時發生好多次事件。我一直幻想我受到了迫害。」

當時，他受到幾名男護士的制伏，被視為精神失常的人。那些應該照顧他的醫生只是用藥物讓他安靜下來，但效果卻令人心驚。「我是真的瘋了。食物也是一個問題。如果你有帕金森症，你的喉嚨會有問題——吞嚥困難。他們給我粗糙的食物，而不是軟爛的食物。那樣會噎死我的。我說：『你們應該給我軟的食物，』但是他們不理我。我把食物吐出來。他們覺得很有趣。」

某天，他偷聽到他們說，雖然他的情況很糟糕，但是他們想繼續給他某種實驗性的藥物，以完成他們的試驗計畫。此舉令艾德暴怒。他告訴他們，他們這樣做是不負責任，但沒什麼用。

「然後我打電話給我自己的神經內科醫生，告訴他，如果他不把我從那裡弄出來，我就告他。這招總算奏效了。第二天我就出院了。」

「光是想一想這後果有多嚴重就令人發抖，」奧利佛說：「有個女的從布魯克黑文（Brookhaven）[39]逃出來，然後開始在長島（Long Island）的田野和樹籬間過活。他們說：『是她自己拒絕接受醫療建議，自行出院的。』但是被當成瘋子治療，在精神病院住上幾年——甚至只是幾天——任誰都不

39 美國的一所國家實驗室，位於紐約州長島布魯克黑文鎮。

可能不經歷上一些恐怖的遭遇。」

住在家裡的艾德比住在醫院的艾德容易治療。我說：「所以醫院可能是危險的？」

「我碰到過很多人，因為診斷錯誤的關係，在醫院住了二、三十年。」奧利佛說。這是《第六病房》老掉牙的劇情。「那些所謂的人造毒品（designer drug）[40]——人造海洛因。有些製品是提供給重度帕金森病患的。還有聾子被誤診為弱智者的案例。腦炎後型帕金森症有時候也被當成了精神分裂症，被關進了精神病院。」

艾德說：「負責我的醫生只關心他的工作。對他而言，我不過是一個人體。那裡就像俘虜營，一片冷漠無情。有時候，為了能在病院裡受到正規治療，你還得裝瘋。」

一種名之為蒼白球燒灼術（pallidotomy）的手術救了他。他被選中是因為他恐懼住院，還有他的病情嚴重，有時持續發作——有些長達六個小時——完全無法動彈，只固定的保持一種僵硬的姿勢。那種手術也很危險：瞄準腦部一個非常精確的位置，將其摧毀。因為手術部位的關係，病患智力和語言能力可能受到損傷。那個手術總算奏效——艾德獲得了解放。手術前，他沒有行為能力：不能走路、不能說話、不能從輪椅站起來。

「我獲得了重生，」艾德說：「有了新的生命。」

在我看來，奧利佛的友情和深刻理解力，就像手術刀一樣，對艾德的情況扮演了同樣重要的地位。艾德的野心是飛往英國，挑選一輛新的布里斯托汽車——一輛有角度的車，給一位有稜有角的人——然後開往瑞士，欣賞梅拉德所建違反重力原則橋梁的各個角度。

街頭神經病學，奧利佛表示，容許「加以刺激和任何衝動演出。」此舉最真實的測試，或許是伴隨一名抽動得非常嚴重的妥瑞人（奧利佛寧願使用「妥瑞人」一詞，而不願用「妥瑞症患者」）逛紐約。祥恩．F（Shane F.）這個在《火星上的人類學家》（*An Anthropologist on Mars*）書中曾提及的人（另一則很精采的註釋），此時正好從多倫多前來紐約拜訪，因此奧利佛建議我們三個去「自然歷史博物館」（Museum of Natural History）參觀，說在祥恩身上，我可以見到「妥瑞症為一種疾病、一種存在、一種探詢模式的呈現。」

我們約在祥恩的旅館前碰面，他衝向奧利佛，擁抱他、碰觸他的臉龐，變得十分興奮，以急促而流利的咕噥聲——「呃！呃！」——形容他剛見到的一宗交通事故。

「但是有幾個人上來幫忙！」他結結巴巴的匆匆敘述，就像一個試圖傾訴整個想法，但在興奮當中卻屢屢受困於語法的小孩。

他喋喋不休的繼續陳述，從一見面開始便主宰了我們。而從那一刻開始，奧利佛似乎就退居到幕後。他人在現場，就只如此，有時像一道影子，有時是一個聲音，而始終是位朋友，他扮演的人物——保護、支持、然而完全不介入——就像 位理想的父母角色。

祥恩三十四歲，但拜爆炸性的手勢和無窮的精力與熱情所賜，顯得比實際年齡年輕。一頭黑髮、兩眼晶亮；帥氣、充滿活力、幽默、健談、不耐提問、嘮嘮叨叨、也不耐等待回答。

他模仿柯林頓總統，然後又模仿奧利佛。他說：「我不能開車，但是我開過奧利佛的車！呃！呃！奧利佛說：『開到路邊，祥恩，開到路邊就好。』然後我就開車了。沒有太快，但算是快的！

40 一種化學藥品，其化學結構或功能類似於管制物質，但被特別設計過，以避免在正規的藥物測試中，被檢查出曾經攝取過管制藥物，藉此逃避管制。

『快開到路邊。』」

他把握住奧利佛的英國腔和些微結巴的說話方式。這是我注意到的第一個指標：當祥恩模仿別人的聲音或腔調時會非常專注，妥瑞症的情況因而叫停。

我們進入奧利佛的凌志汽車（Lexus）（空調預設為六十五度〔約攝氏十八度〕），出發尋找停車位。奧利佛的儀表板上有兩個大型塑膠墨魚，其中一隻倒了下來，為了讓它站直，奧利佛突然轉向，引得祥恩格格發笑。奧利佛因而失去方向感，轉錯好幾次彎，車上沒有人知道該停在哪裡。十五、二十分鐘後，奧利佛絮叨著自己駕駛所犯的錯誤，祥恩則比手畫腳，興奮的談個不停，根本無視於尋找停車位的事。

「奧利佛在寫有關平格拉普（Pingelap）[41]和波納佩（Pohnpei）的書——他有告訴你嗎？還是他太害羞了？他在寫關於全色盲的書[42]。呃！呃！他去那裡——呃！——兩次。多倫多是我的家鄉，但是你知道，我們那城市的人比這裡的人凶。呃！我發覺這裡的人友善多了。我比較喜歡紐約。我喜歡這裡狂熱的奇特——呃！奧利佛是蘑菇迷。」

「也不盡然，不過我喜歡地衣，」奧利佛說著，然後，「就停在這裡吧！」他繼續叨唸著自己的駕駛動作，把車停好。

祥恩跳下車，再度跑過去抱住奧利佛，摸他的臉，口中咕噥著，頓著靴子的後跟。奧利佛只是保持微笑——就像一對父子——說著：「好了，好了……」

一旦穿過街道，祥恩便出發了，甚至沒有咕噥一句再見。他衝下人行道，奔向博物館，宛如一個狩獵者穿行在高大的草叢中，速度飛快，還揮舞著雙臂。

「想想祥恩在太空的模樣，」奧利佛說著，驕傲的注視著他。「猛然一個抽動，就可能把太空梭推離軌道了。」奧利佛面露笑容，想像著一個太空梭被駕駛艙中的妥瑞症太空人猛的駛離軌道的情景，自得其樂的提到好幾次諸如此類的抽搐或揮舞的動作打亂或摧毀高度複雜技術的可能性。

西七十八街（West 78th Street）似乎是最適合妥瑞人的完美地點。祥恩聞聞一根燈柱，然後抓著柱子旋轉，接著繼續前行，碰一碰柱子，再蹲下身來摸摸路緣石、人行道和停車計費器，聞了聞計費器後衝回來，碰碰我兩隻手肘、奧利佛的手肘，再度衝向前，找尋更多計費器，嗅一嗅，繼續跑下去。我現在了解他靴子的後跟為何磨損得那麼厲害了。

「他為什麼要去碰那些燈柱？」

奧利佛不為所動。「你自己問他。」他說。

對我的問題，祥恩微笑以對。他說：「你在找一個合理的原因。呃！呃！不過如果我告訴你，你會相信我嗎？你會認為我告訴你的是實話嗎？我碰柱子，因為它們就在那裡，這一根，然後那一根。」他扭過頭，再度咕噥其詞。「我給你的理由是正確的理由嗎？」

很快的，他的移動速度太快，我跟不上，也無法繼續追問。奧利佛只是笑。

這是一個六月的下午，經過炎熱的幾天，天氣涼爽下來，人們在街上散步，但很少人去注意祥恩。這裡是紐約市，祥恩並不顯得特殊；在人群中他並不突兀。在等待綠燈時，他嘲笑技術不佳的駕駛，按喇叭的、還有超速的人。燈號轉換後，我們穿過哥倫布大道（Columbus Avenue），祥恩跑

41　西太平洋島國密克羅尼西亞聯邦的環礁，島上十二分之一人口為全色盲患者，其後提到的波納佩則為該聯邦的四個州之一。

42　書名為《全色盲之島》（*The Island of the Colorblind*），於一九九七年出版。

向前，停住腳步或摸摸博物館低矮的石牆，或摸摸大門門柱，或樹木。時不時的，他會抱住一棵樹木聞一聞，把臉貼在樹身上。

「他什麼都記得，記得他碰過的、和嗅過的每樣東西。」奧利佛說。

祥恩似乎滿喜歡有人為這個城市繪製了一張新的地圖，他本人專屬的地圖，裡面每一物件都有其獨特的形狀、溫度、氣味和質地。在他的曼哈頓，每個停車計費器都不同。對他而言，沒有所謂「一架停車收費器」，只有比如：「哥倫布街東側，西七十八街北側第六個停車收費器。」就像波赫士小說《過目不忘的富尼斯》（*Funes the Memorious*）裡的富尼斯，他不懂「狗」一個字為何代表那麼多種形狀和體型的動物，尤其，「令他煩惱的是，（從旁邊看）三十四的狗和（從前面看）三十五的狗為什麼會有同一個名稱。」

祥恩繼續跑著，大叫：「呵！呵！呵！」一條拴在狗鍊的白狗意識到祥恩的匆忙，激動不安的跳入女主人兩腿間。這點引起我的興趣，因為其他任何人都沒有留意到，只有那隻狗對他有反應，且如同對某種生物的反應——不是威脅，而是另一個大型、活生生物種的出現，逼他必須分享自己的空間。那隻狗開始吠叫——不是針對祥恩，而是一般的沮喪和煩惱、警惕和興奮的吠叫。祥恩大笑著，回報以他本人的「呃！呃！」因為他也感應到那條狗了。

除此外，祥恩和周遭人群並無二致。他的行為固然奇特，身體不時抽動，但比起周遭或吃吃發笑、或大嚷大叫、或溜直排輪的人；或反戴棒球帽、抱著小型音響的年輕人；與推著超市推車、裡面推滿塑膠袋的婦人；或兩個形容枯槁、分享一瓶裝在棕色紙袋中烈酒的男人；與尖聲對話的女孩；喃喃低語的老人；身著襤褸牛仔裝、一口鼻音的男子等等；並不特別反常。不時有人會朝祥恩微笑——就只是如此，以笑容表示害羞的探尋。只有那隻小白狗真正提高警覺，而擁有那隻小狗的女主人，也只在小狗猛地跳到自己瘦削的大腿時，對小狗表現出警惕。

到此刻為止，就街頭神經病學而言，世界級的妥瑞症患者，在紐約街頭可謂毫不起眼，只有一隻小狗算是例外。

「有時候，祥恩會引起誤會，偶爾還會引起嚴重誤會。不過，最壞的情況也就如此罷了。」奧利佛說。

我們進入博物館。我買門票，祥恩吠叫、咳嗽、喋喋不休，在通過旋轉門時聞了聞。

他跑到前面，大聲閱讀標示——所有標示：「這裡寫，你不能越過這裡……『危險，食人植物』……你知道這種樹木……你看，裡面有隻花栗鼠……我不知道牠們會鑽到地底……『冬天是休眠時期』……呃！呃！那裡有小寶寶……你知道那裡下面埋著什麼？那是食物貯藏處……堅果、堅果。」

他碰觸，捏掐奧利佛，碰觸牆壁和門口，手指滑過標示牌，從一個展覽區快速移動到下一展覽區。他深吸一口氣，似乎吸盡所有見到的東西，然後說：「我們坐下來，好好看一看，」彷彿以意志迫使自己安靜下來。

我們坐在鄉間冬日的仿真模型前，展示鄉間的橫切面，地面是落葉，下方是護根層，齧齒動物的穴道和腐爛的植物。

「不知道什麼原因，樹根讓我聯想到腦子。」祥恩說。

「對，神經細胞的樹狀突，這樣才能營造出最大的接觸面。」奧利佛說。

「你看那些腐爛的植物，就像我冰箱裡面的情況。」祥恩說。

見到腐爛的植物，讓祥恩福至心靈，開始狂亂的形容起一部電影——據他表示，是他最喜歡的電影——《超世紀諜殺案》（Soylent Green）[43]，裡面描繪一個逐步死亡星球的預言式景象：臭氧層破洞、海洋死亡、人口過剩。在解釋期間，他鎮定了一些，結束後，他說他想看老虎。我們在玻璃罩間發現那三隻填充老虎。

我知道祥恩是個藝術家，從奧利佛展示給我看的若干畫作看來，還是個很好的美術家。我問：「你覺得怎麼樣？」

「這不是用來啟發人的，並沒有啟發人的懼怕或敬畏，只是和實物最基本的比較。呃！呃！這是一個有如陵墓的玻璃圍罩，有點可悲。這裡就像一個回憶，一個鬼魂的魂魄。沒有真實感。沒有意義。他們幹嘛不填充人類，把他們放在這裡？你知道，真實的老虎可以非常安靜的站著？可以屏住氣息，僵在原地？就像奧利佛會說，」他再度換成奧利佛裝模作樣的語氣，「這是帕金森的特徵……這是……這是石化現象。這些老虎只有形狀和記憶，沒有流暢的動作。換句話說，雕塑作品都能比這個更好，這些老虎沒有洋溢出生命力。」

「那你覺得動物園裡的老虎呢？」奧利佛問。我好奇他問這個問題，是因為祥恩喜歡老虎，還是他類似老虎跳躍和彈跳的動作。

「牠們處在擁擠的空間，情緒低落，甚至退化。我們看過一隻出現踱步行為。不過你知道的，這是兩面刃，動物園原本目的是為了保護牠們。」

「在動物園哩，你會感受到布萊克式的奇妙感嗎？」奧利佛問。

「對，會啊！呃！呃！因為那是一隻活的老虎。不過我不知道——牠是個俘虜。一個出於你想像的俘虜，你永遠沒有辦法真正捕獲一隻老虎。我希望能辦一場我的老虎畫像展。」

祥恩匆匆進入標示著「無脊椎動物」的展示間，奧利佛停下腳步，面露溫柔的微笑，在小型記事本中寫下一些註記。我們移往「巨型無脊椎動物」展示館。

「我喜歡膠質的東西，」奧利佛說：「我喜歡頭足類動物。」

一隻長約十五公尺的巨型烏賊在天花板上搖盪。奧利佛微笑的注視著牠。祥恩在烏賊展示間快速繞行，碰碰長椅，嗅嗅標示。這是他有意義的移動，昂著一頭為汗水浸濕的頭髮。

「我曾經遇見過一個人，他被一隻章魚咬過，章魚很聰明。一隻章魚在一個魚缸內受檢驗時，另一個魚缸的章魚會盯著看。」奧利佛說。他瞄瞄祥恩，見他正忙著聞，忙著摸弄，便繼續說道：「你不禁會想，腦的一部分之所以死去，是否因為沒有得到餵食，沒有受到刺激。」

「腦，腦，呃！啊喔！！」祥恩再度擁抱奧利佛。

「我們以前經常吃腦，」祥恩戳弄著奧利佛，奧利佛接下去說：「我記得我母親會上這道菜——羊腦——然後切開小腦，『這裡是齒狀核，奧利佛，吃掉。』」他笑了起來。

「那你家人呢，祥恩？」

「我父親是猶太人，母親是瘋子。」他敲敲我的筆記本。「寫加拿大人。」他再度開始踱步。

一個面部皮膚有如皮革的瘦削印地安男子走近奧利佛。他晃了晃頭，然後說：「我在鹿特丹聽過你的演講。」

「是嗎？」奧利佛說。

那印地安人問：「你還記得我的問題嗎？」

奧利佛退後一步，好生打量一下那個人。

43　一九七三年發行的一部美國反烏托邦科幻片。

那印地安人說：「有關妥瑞症的。那種病在年老時也會發病嗎？」

「喔，對，不過我不記得我當時跟你講了些什麼。不久前，我遇到一個女的，她是五十二歲時出現妥瑞症症狀的，所以有可能。」奧利佛回答。

「奧利佛、奧利佛、奧利佛、奧利佛，」祥恩誦唸著，口裡還嘟囔著。他將奧利佛的吸引力轉移到一對恐龍骸骨，一隻異特龍正攻擊另一隻長頸梁龍。祥恩開始模仿兩條恐龍的動作，跳躍的異特龍、咆哮的梁龍。

附近一名男子正用炭筆在一本大型素描簿上描繪異特龍。有些人坐在長椅上，情侶們手牽著手，小孩子哭哭啼啼。祥恩走來走去，做出恐龍的表情和姿勢。他走近那名素描的男子，開始評論他的畫，那男子靜靜聽著。祥恩跟他要一張紙，那男人一語不發，撕了一大張給祥恩。

「報紙用紙，」祥恩說著，劇烈抽動著。「這種紙質地不好。」

他的姿態混雜著魅力和放肆，突然爆出聲音並伸出一隻手。我以為那男子一定會揍他，不料他拿了一枝炭筆給祥恩。祥恩把紙丟在地面，然後蹲在紙前面，姿態宛如展開攻擊的異特龍，開始迅速素描起來。

奧利佛一直在踱步，不是出於不耐，反而像是在醞釀某種想法。走過去的我聽見他說：「我以前從來沒有看過他這麼做。」

奧利佛溜開，我則一如奧利佛料定我會那麼做的慢慢走向祥恩。當我再度抬起眼，只見到奧利佛正審視著祥恩和我。在探詢街頭神經病學之際，我以為我會觀察奧利佛，當然，就某種程度而言，我確實做到了。不過奧利佛一直在閃避：避開我的視線、踏出我的視野，或堅定的停留在背景中。他聆聽，讓別人說話，只有別人說完話後，他才會介入。

人們聚集觀看祥恩大筆素描，反而忽略那個在一旁緩緩繼續作畫的人。幾分鐘後，祥恩便完工了。

「那個姿勢、姿勢，看到了吧？嚇！嚇！」祥恩說著：「整個動作，呃！」

祥恩扔下畫，又開始迅速踱步，口中說個不停，因為在素描期間，他一直保持安靜。我拾起他的畫，拿給了奧利佛。

奧利佛說：「可能有人會納悶這些天才人物的想像力或許是受到姿勢和動作的啟發。他們的想像力可以立刻捕獲到動態，也被動態所捕獲。祥恩有些畫作是動態的動物，但也有些是高度抽象畫，關於飢餓、放逐、折磨。」

祥恩作品的神奇，在於他作畫的速度和精準。那是一隻動態的異特龍，即使其他畫家也不得不讚許，旁觀者亦然。祥恩在展覽間蹦蹦跳跳，碰觸牆壁，聞聞柱子，敲敲長椅。不時的，他會回到奧利佛身邊，彷彿將他視為參照標準，碰碰他的手臂和肩膀，抱抱他。奧利佛就只是微笑以對。

一出博物館，祥恩便短跑衝向前——「嚇！嚇！嚇！」——然後縱身越過門口一個花盆。高聲呼喚奧利佛：「你也跳！」

奧利佛自嘲著，模樣酷似愛德華．利爾，「我是個老紳士，別指望我做這種事。」

祥恩沒在聽。他正走向人行道，兩臂有如飛翅。「嚇！嚇！嚇！嚇！」他碰碰一座涼棚的柱子，用手指敲擊一塊路緣石，看到一張長椅——先是迅速坐下，隨即又迅速彈起，口中說著：「呃！呃！」

一個見到他模樣的女人奔向她的嬰兒推車，以充滿警戒的腳步快速推動，離開了祥恩。

我問：「那女的幹嘛趕著離開？」

「她害怕，」祥恩說。

「你想她為什麼會怕你？」

「我是男人。」

「所以她怕男人？」

「她看到一個男人在動，可能讓她擔心。她很緊張，身邊帶著一個小小孩。」

「她幹嘛擔心你？」

「這裡是紐約。」

我們前往咖啡館。奧利佛似乎被點餐單考倒，結結巴巴的決定點一杯茶，祥恩也點了一杯，不過他聊得太盡興，根本沒喝。他聊到羅賓．威廉斯、蘭尼．布魯斯（Lenny Bruce）[44]、生態學、森林開發、洪水、廢棄物傾倒（「怪異的排水管線」）、觀光客，泰國的愛滋病、科隆群島（Galápagos）、維多利亞科學和穢語症。

「有時候妥瑞症會伴隨穢語症——不由自主的口吐髒話。我沒有穢語症，除了偶爾我獨處的時候，我在畫圖，然後有時候會說髒話。所有那些字，嗯哼！呃！蘭尼．布魯斯的表演被攻擊，還因為言語污穢被起訴。人們警告他更正說話方式，不然就滾蛋。說來太諷刺了——警察自己在警察局裡還不是那樣說話。」祥恩說。

奧利佛說：「你的髒話還比不上大部分警察。」

「我想碰觸抽動的時候會罵髒話。我碰我的床。我說的話通常都只關係我的家人。」

「我認識你八年，從來沒聽你說過這些，」奧利佛說：「只有百分之十或十五的妥瑞症病人會有這種情形。有些人有嚴重的動作抽動，但沒有穢語症。我見過唯一有同樣行為的，是亞特蘭大一對妥瑞症雙胞胎。他們兩個都有極為繁複淫穢的幻覺行為，比如從窗口往外大叫：『我父親在強姦我！』有一次在海邊，他們大叫：『有鯊魚！趕快離開海邊！』」

「我也那樣做過！」祥恩說。他站起身，再度躁動不安。

離開咖啡館，他跑向前，開始大聲說話，跟人行道上的人喋喋不休。我企圖跟上他，但是我太累了——沒有什麼事比跟一個妥瑞症的人上街還更累人的了。不過他還是一樣開朗。一個年輕女子朝他微笑，年約二十五，穿著破洞牛仔褲，戴著藍色圖案的頭巾。

「嗨！嗨！嗨！」祥恩說。

「我知道你，你很有名，對不對？」那女人說。

祥恩發出一串聲音——咆哮聲和咳嗽聲。他碰觸那女人的手肘，非常輕柔的。那女子握住他的手，兩人手牽著手，一起沿著人行道往前走，然後，祥恩跟她一起跑起來，促使她向前。那女子似乎受到激勵，興奮的大笑。

我身後傳來奧利佛的聲音。「車子在那裡。」他指指另一方向。

見到奧利佛安靜的站在那裡，讓我再度領會，就像先前在博物館時一樣，他是刻意安排這種聚會，幫我了解如何接觸神經歷史學。不過這種偶然的會面，對他也有所助益，提供他各種對比和不同的觀點。對奧利佛而言，人類行為是稜鏡式、多層次的，而他的生命和工作，逐步驗證這個事實。在這種天然的神經學中，透過第四度空間的治療，人格不是由三原色繪製而成，而是展現出一

44　美國的獨角喜劇演員、社會評論家和諷刺作家，以結合諷刺政治、宗教、性的粗俗開放、自由風格批判性喜劇形式而聞名。

百萬細微的色澤、精緻的陰影，甚至，正如奧利佛在另一篇文章中所寫的：「一種亮度的對位法」。一個單獨的人是單色系的。當有其他人在場，其人格便充滿了顏色。我記得奧利佛在貝絲・亞伯拉罕醫院曾提到過一個人，一個忙碌的醫生也許直接斷定那人為植物人，奧利佛則耗費數十年時間治療該病患。誠然，那人被困在一張輪椅上，但是——我一直記著他所說的那句話——「他在情感上是完整的。」

奧利佛往我身後望去，注視祥恩離開的方向。

「我去找他。」我說。但是，我看不到祥恩的人影。

在我追上他們時，祥恩和那年輕女子已經走到兩條街外，而且如果不是因為交通阻塞的關係，我根本追不上他們。祥恩可以很輕鬆的帶走那個女孩，而那女孩也一副很想被快點帶走的模樣。

對這名面容清新的年輕紐約客而言，祥恩不是一名妥瑞症患者，不是一個肢體抽動、手勢狂野、莫名其妙趕來趕去的人。他只是另一名紐約客，一個精力充沛的男人，說話很快，結結巴巴、咕咕噥噥的。他穿著黑夾克，足踏牛仔靴。如果那年輕女子仔細看，肯定會注意到經過一下午在街道和博物館走廊的來回短跑，那雙靴子的腳後跟已經磨平了。在這段期間，有一個人被祥恩嚇到——那個帶著小嬰兒的女人，有幾個人對他微笑，但大部分的人都沒有注意到他，只有一隻狗被嚇壞了。

而這個年輕女子深受吸引，當我走向他們，跟祥恩說話時，她朝我直皺眉頭。

「我們該走了，奧利佛還在老遠那裡，等著我們。」我說。

「祥恩，這人是誰？」

短短跑了兩條街，她已經和祥恩進展到直呼其名的關係。

「我必須走了，奧利佛．薩克斯醫生。在那裡！呃！呃！給我妳的號碼。我打電話給妳。」祥恩說。

「除非你朝我耳裡輕聲吹氣。」那女子聲音尖銳，充滿喜悅。

祥恩在她耳朵裡輕輕吹氣，那女子則在祥恩的博物館手冊上寫下自己的名字和電話號碼。

「再吹一次！喔，好棒！」那女子擁抱祥恩。「叫我娃娃。」

「呃！呃！娃娃。」

「我愛你！」那女的說著，親吻祥恩。

祥恩朝她微笑。他交了一個朋友——若想要和那女孩共度良宵，絕無問題。我垂著兩臂，佇立而視。然後祥恩便離開，再度跑向前，我開始跟上，不過他已衝向前，閃避著步道上的行人，並趕在車子前大步跳躍橫越馬路，燈號轉變前就已經回到奧利佛身邊，儼然紐約城行動最敏捷的行人，把我留在街道的另一邊，然後兩人齊齊注視著我。

我那時才領悟到無論是在醫院、跟他朋友在一起、在街上，還是接近一天尾聲的此刻，全都出於奧利佛觀察我的意圖，以及觀察病人和我交流的情形——失語症者、舞蹈症者、偏執症者、帕金森症者、妥瑞人，甚至包括他的同事和好友。我不是觀察者，這也不是採訪紀錄，而是他生活的一部分，一次紐約外出的心理劇，一場街頭神經病學最廣義的詮釋。

第九章
狼女護士，虐戀遊戲主

狼女護士名之為「昆蟲終結者」的男士經常偷偷摸摸出現在她的工作室，帶著一個霧濛濛的老舊特百惠（Tupperware）容器，上面貼著膠布，寫有九七年四月千層麵或義大利麵醬汁等字樣。不過那些標記並不重要；他是一名建築工人，容器中裝著他在長島小心翼翼捕獲的昆蟲。他先是捕捉甲蟲，然後是蟑螂和蛞蝓。隨著時間逐漸過去，他捕捉的動物也逐漸變大。某天，他帶來了一隻活老鼠。

狼女護士跟他說：「這已經超出我底線了。我從來沒有說過我會跟老鼠玩遊戲。」

「妳就玩玩老鼠吧，」那人乞求。「反正牠已經半死了。」那隻老鼠被關的特百惠容器沒有通氣孔。

「我好像回他一句『想都別想！』什麼的。」狼女護士告訴我。不過其他昆蟲她同意了。「我必須穿上鞋子。他特別指定的露趾高跟拖鞋。」

那人側身躺在地板——「從昆蟲的角度觀看」，套句狼女護士的用語——下體腫脹，撫摸著自己。

「用後跟踩，慢慢的。」他要狼女護士戲弄和折騰那些昆蟲。然後突然下令，「踩死牠！」然後緊握自己。

即便是對見多識廣的狼女護士而言，這位昆蟲終結者的戀物癖也頗為罕見。而且用又高又細的鞋跟粉碎昆蟲，對她而言也有難度——那些昆蟲一直滑開，蛞蝓更是不可能。

「我喜歡牠怪異的一面。」狼女護士表示，不過她對所有動物都有顆柔軟的心。她蒐集動物玩偶，喜歡養寵物，珍藏一堆動物頭骨，其中有大羚羊頭骨、長頸鹿頭骨，還有一個名叫胡佛（Hoover）的填充海狸放在她有時喚作地牢的工作室裡。

當狼女護士述及身為施虐者，有時候她如何將自己想像為一個長著銳利小牙齒的毛茸動物時，她的心理治療師始終面露沉吟。狼女護士補充說明：「還有一條長尾巴。我對尾巴非常迷戀。希望自己能有條尾巴。我以前經常會戴一條。」她的治療師評論道：「那可能是陽具崇拜。」

「我有陽具！」狼女護士衝著她大叫，然後開始大笑。「我有很多陽具！我有一根長紫色的，還會閃閃發光。我有大的、小的，有些還是電動的。我幹嘛崇拜它？」

其後不久，狼女護士跟我說：「我喜歡有尾巴的女人。」

她還告訴我：「我喜歡小小肥肥，有胸脯的西班牙裔男孩。我對屁股也很迷戀。我無法形容哪種屁股才是最完美的，但只要看到就知道。我喜歡老男人，那種又大又肥軟綿綿的男人，有幾個最肥最老的男人是我的寶貝，我會幫他們包尿布，喜歡他們乖乖躺在那裡，喜歡爽身粉的味道。我也喜歡壞男人，那些調皮搗蛋，需要使勁打他們屁股的。還有些寶貝需要治療，我會說：『媽咪幫你量體溫，這是為你好，這是治療的一部分，我會盡量讓你覺得舒服。』我會使用人造陰莖，有時候也會用手指。如果用手指，我會戴手套，兩副手套，一副套一副。如果需要用拳頭，我會用一個醫生朋友給我的長袖解剖用手套。那種手套非常好用。」

在這個翻轉的世界中，人們追求痛苦，幾乎就和追求擺脫痛苦一樣稀鬆平常。這是治療的另一取向。狼女護士是我替這位浸淫於施虐狂和被虐狂領域——從痛苦中獲得快樂——的虐戀女主所取的封號。她在施虐行為中給予快樂，也從營造快樂中獲得快樂。「狼女護士」一詞的由來，是她在對談中提及她最常扮演的角色之一，便是醫療情境中的護士，而這個角色和她堪稱絕配。我可以想像她腳踩白鞋，身穿白色護士服，肢體語言明快，雙手忙碌不休。她三十出頭，面容姣好，一副健康的形象，外表仍然像個德克薩斯州（Texas）啦啦隊隊員和藝術系學生——她還真的曾經具備這雙重身分——所以很容易將她視為一個幹練而鎮定的護士。

她經常提及醫學技巧和實用知識，工作室裡有一間醫療室和相關器材：鉗子、解剖刀和電器設備。我好幾次談及她的專業技術和特別手術，畢竟，把鈕扣縫在一個男子的皮膚，或把陰莖縫上大腿，或縫合皮膚（甚至展現施虐者的打結手法），或使用最鋒利的手術刀，進行他們那一行所謂的「流血遊戲」，都不是件簡單的事。不過她謝絕我的恭維，認為那些技巧都很簡單——她謙虛不反駁的態度也非常像護士——搖搖頭不以為意的說：「那只是家庭手術。」

「通常，我是扮演壞護士。」她解釋道。

性行為的儀式和戲劇性，是我經常和奧利佛．薩克斯探討的主題。他告訴我有些男性施虐狂會攻擊植物，做為一種性的儀式。他還說：「在戀物癖行為中，普遍會強調戲服和制服，並加以儀式化。姿勢也很重要。一旦穿上服裝，便展現某種姿態。」

狼女護士的衣櫃中，包括一套法國女傭制服，以及扮演機車女郎——和其他很多角色——所使用的黑色皮衣；她也有白色套裝，帽子和鞋子。然後，為了擴大色情效果，她會在護士劇中戲劇化的使用肛溫體溫計、灌腸器，外加簡單的暴露，並戳刺攝護腺等比較刺激的手法——將性行為視為直腸病學。

「我會說：『這是為了你好。』或者只是做個檢查。『你必須彎下身，我們得看看你是否值得當我的奴隸。』對喜歡男扮女裝的，則會問：『你是不是處女？』我可以安排成奴隸拍賣會，或只是單純的羞辱。對於能壓制他們或刺穿他們的人，他們會感受到難以置信的屈辱和興奮。」

「所以妳是個壞護士？」我問。

「這種事難免會有使壞的一面，不過問題是，到底要壞到什麼程度？『媽咪要幫你量體溫。』一般護士也會這樣說。同樣的台詞，如果我說：『這是治療的一部分。』就多少比較有掌控權。」

她在角色扮演中的權威和主張，是來自於事先的討論，而所有選項都包括在裡頭。「我會說，『如果你不知道該怎麼說，可以畫給我看。』然後他們會說：『我以前常常看這個節目，那個女的經常穿著……』然後他們形容給我聽。很多人喜歡貓女的服裝。他們喜歡《蝙蝠俠》（Batman）裡面的貓女（Catwoman）。他們也喜歡《復仇者》（The Avengers）[1]影集裡的女主角愛瑪．皮爾（Emma Peel）。」

如果角色扮演是護士—病人劇，她會慫恿客戶講述其本身歷史——是否有與護士或醫院接觸的經驗？或是否做過健康檢查？孩提時是否生過病？

一般虐戀刊物有關虐戀女主的廣告中，經常會出現「真實醫療檢驗室」廣告。狼女護士的醫療間設備齊全，酷似職業婦科醫師診間，卻足以讓一般診間自嘆弗如，唯一的例外也許是多了手銬和皮鞭。此外，還有更多設備放置在這裡的其他地方。「地牢」的封號很適合其中兩個房間，其中陳設包括：一具黑色棺木、一個鐵籠、鞭笞柱、鞭笞凳，還有一個塑膠人體袋，可以藉由絞鍊提升，像蝙蝠般盤旋空中。我從來沒有見過這麼多服裝和這類裝備。

「你絕不會相信我經常性的開銷之大。」狼女護士說。

在多次深談後，我認真的想知道有沒有哪種客人是狼女護士不歡迎的。

她的答案令我驚訝。

「如果有人打電話來，說：『我很吸引人。我經常健身，而且賺很多錢，』我根本沒有興趣。年輕人也不好。他們總認為自己有多帥氣，經常不守時，而且不尊重人——總之，我不喜歡年輕人。那種妳快把我牢牢綁住，永遠不放我走的傢伙。我想要聽的是：『我沒有很多實際經驗，但是我想在這個領域成長。我對甲、乙和丙存有幻想。』也許他們不知道這種事在他們生命中的意義——但肯定是有意義的。我有很多很好的客戶。」狼女護士說。

「什麼樣算是很好的客戶？」

「有幽默感，尊重妳的時間，和我一樣喜歡同樣的事。他們信任我，心懷感激。我喜歡懂得感恩和真正尊重別人的人。唯一的缺點是，妳把他們痛揍一頓後，他們事後會打二十通電話來謝謝妳。」

1 英國自一九六一年開始播出的一個間諜題材的電視劇。

就跟其他診療中心一樣，如果沒有經過篩選和面談，一般人是不會成為這裡的客戶，此外，錢也是問題。狼女護士對老客戶每小時收取兩百美金，新客戶兩百五十，延長時間則收費更高。「我喜歡瘋子和心理有病的人，但是他們的情況很不穩定。」

「鞭打人一定很累人，對吧？妳一天能接幾個案子？」

「不多。不過我會接比較長的案子。」

「什麼是比較長的案子？」

「比如最長十個小時的案子，是我喜歡的。」

這代表兩千元進帳，不過正如狼女護士很快指出的，這種案子需要很多準備工作，事後還有很多清理工作要做。「這種行業收入不錯。有些人會賺很多，但是我經常旅行，而且，我比較挑。或許我沒有好好當事業在經營吧，其他虐戀女主會雇人幫忙，也不會有這麼多設備。他們會設法降低日常開銷。我不想那樣做。我知道有人有專線電話和網址，提供影片和電話服務。」

篩選很重要。沒有預約絕對不行：拒絕臨時來訪、拒絕陌生人。即使狼女護士自認很熟悉的男子後來也變成跟蹤者，還有些怪胎會一直打電話來騷擾。她知道當她和客戶單獨在一起時，任何事都可能發生。去年夏天，上西區有個虐戀女主，在自己的地牢被棍棒打死。

「我很擔心這種事，客戶知道妳在哪裡，而且認定有些事他們比妳更清楚。」狼女護士說。

狼女護士反對應聘替別人工作——正如她早期情況，理由之一是客戶沒有經過適當篩選。有些男人想要和她玩，卻又嫌她不乾淨，要她全身用保鮮膜包住，還有其他人懇求她脫去衣服，「那根本不可能。」還有的人根本不想被控制。「有個傢伙把我的頭按入馬桶。我不知道那傢伙還要我扮演奴隸。我是有極限的。再說，應聘工作，老闆當然要求妳的工作量越大越好。」

所以狼女護士、或稱沃爾夫女主、或媽咪，會事先篩選每一個人。「我要他們寫信給我。他們必須為我做很多事，必須在信封外面畫自畫像，而且信封內必須包括一張寵物照片，他們的寵物或其他人的寵物。挑選寵物照片可以透露出很多訊息，對方是什麼樣的人，他們的幽默感等等，很多事。」

隨後，她會跟這些人通電話。當他們前來時，會進行更多準備工作——先是討論，一個小時或更久，然後才開始遊戲。

我問道：「如果我說：『妳願意見我朋友嗎？』妳會答應嗎？」

「我會想要知道更多——比如是私下會面還是職業性的。我會問他曾經有過哪類經驗。『你真正喜歡和誰在一起？』如果他回答：『都沒有』——第一次嘗鮮的人——我就不會見他，因為我不確定那人會做出什麼事。」

她是曼哈頓最忙碌、最成功的虐戀女主之一。至於顧客的偏好則五花八門，不過每天都會隨機出現某種共同現象。

「就像海浪一樣來來去去。我不知道為什麼會這樣——就像在地鐵中，每個人正好都穿著綠色衣服。某一天，全都是一副俏女僕——偽娘——妓女的打扮。第二天，又全都是厚重的皮革裝束。」

我們，她和我是在旅行途中偶然認識的，兩人對自己真正賴以維生的行業都含糊其詞，就像一名主教和一位女星在尚比西河的不期而遇。她說她是攝影師；我則吞吐的提及新聞工作。事實上，我正在撰述一本小說，而她正和她一名奴隸旅遊——每早忙於雞姦，每晚從事鞭笞，雖然我從未獲准觀賞這種特殊的壯觀場面（至少，在輕鬆單調的叢林背景中，算是極其特殊的）。她說她到處旅遊，這點應該是真的，因為她懂得很多，也很有自信。直到許久後，當我們坦白交代我們都是自由業者（「我有一個地牢」、「我是小說家」），她才告訴我，她何以會和若干客戶，包括富商巨賈、公司老闆等同遊，白天忙於會議，晚上回到旅館，把他們綁起來鞭打。她特別喜歡去德國、荷蘭和英國旅遊。她喜歡所有客戶，但對於英國客戶特別偏愛。

「他們有很可愛的性怪癖。他們喜歡玩遊戲，也非常有禮貌——很尊重人、很正式。他們也可以淫蕩到家，」她敘述，帶著真正讚許的微笑。她多采多姿的言語讓我深感興趣，因為那不是出自書本的語言——她幾乎不看書，不過她有時會用到奧利佛．薩克斯所使用的有關神經內科和心理學詞句。比如在談到英國人時，她會說：「他們比較看重的是整個架構和儀式。」

我很喜歡她，她也很喜歡我。「我們都有人際關係的技能。」我說。她報以大笑。她常常大笑——我很喜歡她愉悅的態度。「嘿，我很忙，我有事情要做，有人要鞭打。」她有時會說。或者：「你到我那裡去，看能不能鞭策出些什麼。」

這是以取悅人為職業者，精煉的應答，也顯示出一個真正心滿意足者的幽默心境。從她身上，我可以見到我小說中的角色羅蘭．斯勞特醫生（Lauren Slaughter），同名小說半月街（Half Moon Street）的居民——白天是研究生，晚上是伴遊——八〇年代許多野心和自欺現象的寫照。狼女護士在我看來猶如九〇年代的斯勞特醫生，不但服務於鞭笞虐戀者，本身還具有文化背景：她是真正的攝影師、唱片封面設計師和影片製作師；喜歡紀錄片《克朗布》（Crumb）和各種表演藝術。她也熱衷現代藝術。一天，我們聊到法蘭西斯．培根，我提到他是受虐狂，他的考克尼（Cockney）[2]情婦每天晚上都會打他一頓（「準備好挨鞭子了嗎，法蘭西斯？」），她聽了大感興奮。「我好愛他的畫！如果有機會鞭打法蘭西斯．培根，我會愛死了！」連不是主流的那些流行音樂也是她的熱愛。她對搖滾樂團如數家珍，如納許維爾小貓（Nashville Pussy）[3]，對舞台表演也興味盎然，比如無痛軟膠女孩（Pain-Proof Rubber Girls）的演出，亦即兩個軟膠女孩在釘床上扭曲出各種性感撩人的姿勢，還會用舌頭弄熄香菸。

狼女護士在告訴我這種種令人驚愕的事蹟後，往往會補充一句：「也許在你的世界他們不會做那種事，但是在我的世界會。」我很喜歡她的說法，區分為我的世界和她的世界。

她的世界是我從雜誌廣告中得知的。他們的私人廣告從來不難揣測；事實上，廣告內容越來越詳盡，娛樂性也逐漸下降。比如「可愛猶太男性，五十五歲。體態優異，擁有事業，尋找豐滿猶太女性，二十二至三十五歲，共遊南加州海岸」，這類廣告不一定有婚姻意願；而「有婚姻意願天主教女性，三十四歲，尋找聰明、有趣、事業有成之紐約白人男士，從未結婚」則當然有。這些廣告的用詞越輕快，似乎顯得越絕望，但是其中蘊含的寂寞和挫折，顯然也是其吸引力的一部分。

伴隨這類廣告而來的，是另一種分類廣告，一種始終讓我覺得困惑，難以解析的謎。數十年來，「按摩」和「紓壓放鬆療程」是自慰的婉轉用語，但主流星期雜誌的「角色扮演」領域，讓我覺得格外特別。典型的廣告用詞如下：「熱情女主——讓我調教你……就趁現在！——戀物探詢／行為矯正／護士療程，」我就覺得困惑不解。

角色扮演是狼女護士的專長之一。在這講話需要花錢，計時器拚命運轉的行業裡，狼女護士為

2 英國倫敦的工人階級，尤其指倫敦東區以及當地民眾使用的考克尼方言，即倫敦腔方言。

3 來自喬治亞州亞特蘭大，曾獲葛萊美獎提名美國搖滾樂隊。音樂風格偏向重搖滾和龐克，抒情主題主要圍繞著性、毒品、飲酒和戰鬥。

人算是非常隨和而健談。她的滔滔不絕很吸引我，因為她實在太坦白了。她的工作不單是一份工作，自己顯然也沉溺於性事。她的角色扮演與其說是一種生計，不如說是她自青春期開始便不斷琢磨的生活方式。她成長於郊區，一個有游泳池的中產階級家庭，有著寵溺她的家人，迄今仍和家人定期接觸。她在私立學校就讀，進入一間很好的藝術學院。最令我感到神奇的，是她富足的成長背景，就讀昂貴的私校與擔任啦啦隊隊員。在回顧往事時，最令我驚異的，是她明確而詳細的回憶她還是小女孩時的種種，以及有關性事的親密感觸。

「我懷疑執迷於性生活的人，對孩提時期的性慾、幻想、甚至行為，都保有清晰持續的回憶，不像其他人會有停滯期。」奧利佛．薩克斯曾經這麼對我說。

對一個小說家而言，停滯是一種困擾，而銜接過去則是一種魔力——如果能揭露出某種禁忌或奇特之處，則更是再好不過。我一向視為無法啟齒的儀式，她名之為「遊戲」——心理學家的專有名詞。她跟過去歷史的親密，令我覺得神奇。或許正如奧利佛所說，這也是她執迷於性事的部分原因吧！

還有一個值得探討的問題，她的世界其實是一個真實的世界，一個和我的世界越來越有所關連的世界，諸如時尚廣告中那些虐戀影像——一只古馳（Gucci）高跟鞋的細長金屬鞋跟（那種鞋名喚Stiletto）踩在男人毛茸茸的胸部上。古馳還推出一種時尚的銀質乳環，售價美金八百九十五元。在一則貝斯啤酒（Bass Ale）的廣告中，一個男的在舔食一個女人的乳膠長靴（「在一個充斥各種異味的世界中，幸好有貝斯啤酒」）。「舌尖出租」是紐約一個酒商廣告的標題，而迷戀牌（Fetish）香水的廣告，則想當然耳的搭配著虐戀的影像。此外，諸如一個知名體育記者等著為約會女伴購置魚網襪和吊襪帶的情趣廣告，以及一名政治顧問，在華府旅館房間和一名應召女郎幽會，事後傳出（根據那名應召女郎的描述）他喜歡全裸跪在地上，戴著狗牌，「汪，汪！」吠叫等等，都因涉及情色而受到矚目。

一九八八到一九九〇年間，羅伯特・梅普爾索普（Robert Mapplethorpe）[4]的攝影作品在美國巡迴展覽，對宣揚各種不同性經驗可謂一次重大事件：身穿黑色皮衣的皮條客，拴著鐵鍊，戴著口套和狗鏈的男子，以及戀尿癖、陰部毀損、拳交、夾鉗和穿刺等性行為，全都經過美麗包裝展現於世，還包括攝影師本身一張自拍照，但見一根長鞭塞在屁股。梅普爾索普將他的展覽視為新聞，當一向嚴謹的世界為之震撼時，他也滿足的達成心願。此舉有任何啟發意義嗎？或許有。至少有一季凡賽斯（Versace）的時裝秀主題便是：束縛裝。另一名攝影師埃里克・克羅爾（Eric Kroll）[5]，也同樣走怪異路線，不過比梅普爾索普賞心悅目——至少不見血淋淋。他的作品包括束縛的女子，《美麗巡遊》（Beauty Parade）和《戀物女郎》（Fetish Girls），帶有寓言性質，不過還是許多就是純粹的色情而已。以往只能在特殊書店才能買到的書籍，如今已成為大眾市場的商品。

一天晚上，在檢查過有關狼女護士的筆記後，我看到一部電視喜劇《麻辣上班族》（Just Shoot Me!），裡面（大衛・史派德〔David Wayne Spade〕[6]扮演的）丹尼斯・芬奇（Dennis Finch），瘋狂

4　美國攝影師，擅長黑白攝影，作品主要包括名人攝影、男人裸體、花卉靜態物等等。最受爭議的是在六〇年代末及七〇年代在紐約以SM為題材的綑綁與施受虐的藝術作品，另外同性愛的作品也備受討論和爭議。

5　美國戀物癖攝影師兼書籍編輯。

6　美國男演員、獨角喜劇演員、編劇與電視名流，較著名的喜劇風格多半圍繞於嘲諷和自嘲上。

的迷戀上一名時裝模特兒，結果被懸掛在她臥室中的一個鐵籠裡——那是真的鐵籠，典型的虐戀器材，其中的笑點是，原來那位婀娜多姿的模特兒，私底下是個虐戀女主。這段噱頭屢經修改，不過劇情重點仍堅定的暗示，丹尼斯很喜歡這次經驗，後來還快樂的回去尋求更多凌虐。這部影集在國家廣播公司播放，黃金時段，而且正值耶誕節幾天前的一個週末。

狼女護士的地牢中就有一個同樣的鐵籠，那地牢位於曼哈頓忙碌鄰里中的一個紅磚建築。從外觀看，不過是街道中央一扇標示門牌號碼的門扉，那種看過就忘的地方。

爬上一道傾斜的樓梯，來到一個小型平台，然後穿過一扇門，經過一個狹窄的走道和一間間小房間，便可通往「工作室」。這裡毫無商家氣息，而像是一間區隔為一系列小房間的公寓。我在進入房間之前，便已嗅到燃燒蠟燭的味道，是那種教堂和聖殿飄散的氣息。有大約三十支蠟燭正點燃著，包括正在滴蠟的細長型蠟燭，以及液態蠟杯中閃爍的長明燭。燭光詭異的照亮了房間，如非燭火搖曳，這個房間將更形詭異。第一個印入我眼簾的，是一個豎立的鋼製棺木，棺木蓋上雕刻著一個十字架，我原本以為的桌子，其實更像一個鋼製囚籠。

「沒錯，這是個籠子，」狼女護士說道：「不過也可以當做桌子。是我用來安置過夜客戶的。」

另一個世界，沒錯，不過是一個可以辨識的世界，因為這裡顯然是一間酷刑室。拜燭火所賜，這個大型房間內跳躍著陰影，飄散著淡淡的穢物和煙霧的氣味。房間內，黑色皮革具有主導地位。一個鋼製旋轉掛架上，懸掛著各種黑色皮鞭，各式各樣，大約有五十多條，從短馬鞭、長鞭到一條狀至邪惡，我認得的南非犀牛皮鞭，亦即南非種族隔離政策的象徵。其他掛鉤上還懸掛有黑皮口絡，裝有襯墊的黑皮面具、轡頭和馬勒、皮製口塞和套索等。狼女護士坐在鐵籠的頂端，身穿黑皮長褲、長靴、白襯衫，身後有個大型皮製座架，狀似鞦韆。

「那個鞦韆有什麼用處？」

「那是吊椅，」她糾正我。「在同性戀文化中，一般叫做拳交用吊椅。這種座椅可以將人束縛，撐出一個非常脆弱的姿勢，完全無法動彈。像這樣坐在邊緣處，兩條腿戴上腳鐐，兩條手臂捆住，然後完全暴露在別人掌控中。」

「那是要做什麼？」

「拳交，不過我不太玩拳交了，」狼女護士表示。「其實我滿喜歡的。就像填塞火雞一樣。要花很長時間。經常要一個小時才能讓一個傢伙完全打開，不過有個傢伙滿容易的——他比較開。」

然後她提及醫生朋友給她的長筒解剖用手套。

「你也可以把人很緊的束縛在吊椅上——我比較喜歡這樣，老實說。我喜歡對方完全不能動，或者可以稍微動一點點，卻哪裡都去不了。」

這種嚴緊的束縛方式，其實反映出她本身的技巧，因為就狼女護士而言，被整治的一方完全無能為力，甚至無法蠕動是很重要的。

「他們完全無法動彈，比較容易進入接納狀態，」她說：「否則心理一定會受到創傷。所以不是這樣，就是那樣。」

當我詢及「是不是綁得比較緊，他們會比較興奮？」她說這種事是無法歸類的。她又賣弄的推廣她的論點，堅持我不能把她所說的都加以歸類。「每個人都是不同的。」她說。如果我見到一個典型的刑具，認定刑具上的人會痛苦的扭成一團，那我一定是誤會了。在虐戀和角色扮演的世界，「尊重每個人的極限」和「推展到另一層次」是不斷重複的禱詞。變裝並不代表一個男人真想改變他的性別，因為這只是角色扮演：「被迫變裝為女人，並不代表他們想成為女人，他們只想被當成蕩婦，被迫做自己心底最恐懼的事，這樣也非常刺激。」

「被迫變裝」的意思是由狼女護士裝扮他們。「我一再接到這種要求。包括各種階層的衣服。有些人會要求：『我必須被迫去做這件事。』還有些人本身喜歡變裝，不需要別人命令，這種人通常會帶自己的衣服來。有時候他們來的時候一身西裝打扮，裡面卻穿著女性內衣。而且任何變裝過程多少都需要鞭打。」

我談及那些鞭子——數量、種類的繁複，以及品質等等，因為那些都是製作精良的皮鞭。

「那是錘矛嗎？」錘矛是一個厚實，裝有鐵釘的球體，銜接在一條粗鐵鍊和一根棍棒上。傳統上，錘矛是一種兵器，用以粉碎盔甲。

「我還沒有用過，我看看還有什麼？這些不錯。我喜歡這些墊襯口絡。」她說。

那是另一件黑色皮件，縫製得很結實，搭配有束縛帶。這一裝備的強韌令人印象深刻，不過當然，這並不是《鐵面人》（The Man in the Iron Mask）或《吸血鬼》（Dracula）戲劇用道具，或參加化裝舞會的服裝；這種口絡是束縛在男子臉孔，接受試煉的。

「這個是訂做的，因為我要確保能牢牢束緊。我喜歡束縛頭部的遊戲，需要可以附加到其他東西上的玩意兒。」

她見到我困惑的笑容。

「這裡是遊樂場。」她說。

鐵籠上方的架子上還放置有面具。包括愚蠢的橡膠面具、動物面具和兜帽。其中有個兜帽連狼女護士都覺得特別恐怖的，沒有眼洞，耳部有襯墊用以消音，只有嘴部有一小型呼吸孔。

「裡面有頭罩式耳機，蓋住耳朵，所以裡面的人會完全失去方向感。很可怕。如果你想要，你可以試試看。真的會讓人產生幽閉恐怖症。」

我拒絕了她的建議，轉到另一個話題，指向和那個豎立一旁，主宰地牢後方空間的大型鋼製棺木。

「我一個朋友是雕刻家。是他幫我製作的。我小時候看過很多鹹馬電影公司（Hammer）[7]的電影，所以這絕對是我的戀物，你知道嗎？我這裡很少用到，除非是和真的對這很瘋狂客戶一起玩。」

「妳有沒有躺進去過？」

「有，我喜歡。你躺進去就可以聽到裡面有什麼聲音了。」

我躺入棺木。狼女護士蓋上棺蓋。我有種被活埋的感覺：擠壓、窒息、墜入一種無聲的黑暗。我摸索著解放自己，卻只碰到邊緣環繞的一連串鉤環，是用以限制棺木中的人的。

「這棺木是不是棒透了？」狼女護士透過棺蓋上一小道缺口對我說。

另一天，由於感覺上我只知道狼女護士的職業生活，因此我要求她回想前二十四小時的生活狀況。我對她平常日是怎麼過的很感興趣，包括她的自由時間和家事活動。我現在深知她是靠鞭打男人維生的——不僅鞭打他們，還以各種方式寵溺他們，從聆聽他們奇思謬想，到把他們裝在橡膠人體袋，懸掛在天花板。更遑論包尿布和縫合身體了。

我一直在想：她做這種事只是為了錢，或者是她的強迫行為？答案，毫無疑問的，她是出於強迫性的——所有想法、幻想和奉獻全都是她努力的一部分，她的所作所為固然耗損心力，但也極其

7　位於倫敦的英國電影製作公司，成立於一九三四年，從一九五〇至七〇年代製作了一系列歌德式恐怖電影而聞名。

享受。她喜歡她的客戶——尤其當他們一言不發，乖乖被鞭打時最為喜歡。她不喜歡的便客氣請走，而且將自己拒絕鞭打的行為視為她所能加諸他們最大的懲罰。

那天的前一天是一個星期日。一般人的星期日多半和工作日不同，但是她的星期日——至少那個星期日——她說只是平常的一天，只除了她的車子有點問題。

那天開始時一切良好。「我七、八點起床，然後煎鮪魚、搭配芥末醬油醬汁；我每天早上都吃魚，然後大約十二點離開家，幫我男朋友弄了一下他的電腦。」

到目前為止，除了芥末醬油外，其他部分似乎都和任何人一般星期日的早上差不多。不過那還是正午。

「一點左右我有個客戶，」狼女護士說：「我有點遲到。他是從皇后區開車過來的——大概要一個小時左右。他看到我還沒有到，就打我的手機。我要他去買點塞爾茲碳酸水（Seltzer）。給他們一點小工作，他們通常會比較高興。然後他到了，說了一句，『很漂亮的長褲。』那是一條新的虎紋長褲。我決定對他好一點。我們談了一會兒，然後就開始折磨他。我讓他用一種力道比較強的夾乳器——真的狠狠夾住他的乳頭。他並沒有被綁起來，身上還穿著衣服，這種狀況比較有創傷性。我把他束縛起來，臉朝上。很少情況是臉朝下的，面朝上，比較有得玩。」

她將心緒拉回昨天的情形，皺起眉頭，有些遲疑，然後搖搖頭。我從她抿嘴的動作察覺到某種遺憾的感覺。

「我決定嘗試點新的東西，」她說著，嘆了口氣，這顯然正是她遺憾的原因。「我想應該會很棒，但是沒有——那樣做是錯誤的。我必須用完美的融合方式從事性行為。我可以直接讓他舔我的髒腳趾，如果剛從健身房回來，也可以讓他舔我的腋窩。我忘記他不喜歡任何有關肛門的玩法，結果卻把手指插入他身體——我戴了幾層手套——但看得出來他很失望。他其實不喜歡那樣。我喜歡穿刺和探索的玩法，而面前正好有具身體，可以讓你探索。但是他沒有太大反應。遊戲結束後，他說：『我覺得非常不舒服，真的很怪異，也許我的身體構造就是這樣。』」

那人隨後就離開了，沒有獲得滿足，也許還感到困擾——對狼女護士所分享的感情，因為她原本希望能把客戶帶到另一個層次，結果失敗了。「這種男的比較容易預測，」她說，不像那些幼稚症角色扮演中的嬰兒。她應該尊重那男的本身需求，儘管那些需求有多麼缺乏新意。

也許霉運當頭，她離開地牢後，車子也出了問題。門鎖鑰匙無法轉動。「我不能把手指插入他屁眼，不能把鑰匙插入鎖眼。我好像老是按錯鈕！因為是星期日——沒有修理工，只好去凱馬特（Kmart）買罐防鏽潤滑劑（WD-40）。」

我想像狼女護士在商場購物的情景，穿著機車騎士高筒長靴，背著大型皮製背包，走在九號走道，「汽車」用品——**凱馬特的顧客請注意！**——搜尋高性能的馬達潤滑油。不過這是紐約的星期日，或許還有其他人的穿著也和她一樣。

防鏽潤滑劑沒有用。她和門鎖掙扎了好一陣，然後六點左右回到地牢更衣，準備晚餐。她一個女友黛兒（Dale）打電話給她，邀她過去，加入她正接待的一個客戶。「我晚餐和人約好了，但可以給妳四十分鐘。」狼女護士說。

那名客戶是個神祕人物，黛兒和狼女護士都沒有見過他的長相。

「他經常穿西裝過來，裡面穿著乳膠緊身連衣褲，還包括一個面具。」狼女護士告訴我。「那是訂做的，還戴著墨鏡。從身體狀況看來，他大概三十四、五或快四十歲的樣子，體型很好。我想他大概很有名氣或是會被人認出來的人。誰知道，也許就只是個偏執狂。」

我說：「如果黛兒不知道他的名字，她要怎麼稱呼他？」

「奴隸、口交男，她叫他很多名字。」

待狼女護士穿著妥當又化好妝，已接近晚間七點。她按照那男子的要求，穿上緊身連體衣，腳踩高達大腿的長靴，只見那男子的頭部和兩腳已經束縛住，但兩手和兩臂是自由的。

黛兒坐在那男子頭部後方的寶座，兩腳搭在他胸脯上。

狼女護士說：「這隻可憐蟲的兩隻手為什麼沒有綁起來？」

「喔，因為他雖然表現得很糟糕，我還是努力在教他膜拜我的腿。」

「這不是在浪費妳寶貴的時間嗎？」

「我也不知道為什麼要費這個心思！」黛兒轉而對那男子說：「你不知道你有多幸運。我不相信她竟對你這種人有興趣——她是娘女主子。而你呢，連按摩我的腳都做不好。」

「他有沒有做對過什麼事？」狼女護士問。

「幾乎沒有，」黛兒說著，把腳踩在那男人臉上。

兩個女的放聲大笑，那人在頭罩中發出「穀倉裡動物的鳴聲」，臉朝上的他被鏈條束縛在兩端柱子間，兩手自由，但下體卻用外科手術用膠管束縛，銜接到腳趾。黛兒從寶座站起，兩個女人開始在他身體上方跳舞。

虐戀遊戲最刺激的一點，據狼女護士表示，是不確定會導向何處——正如方法演技派演員（Method actor）[8]備戲的方式，所以女人在戴著頭罩的男人身上跳舞。而接下來的一幕，《時尚》（Vogue）、《她》（Elle）和《哈潑時尚》（Harper's Bazaar）雜誌的讀者應該覺得很鮮明而熟悉，亦即虐戀女主尖銳的高跟鞋鞋尖刺在男人的胸上，正如古馳時裝公司為其細尖高跟鞋所做的廣告一樣醒目。

黛兒說，「我想我非得尿尿不可。」

狼女護士說：「啊，我真的應該走了，所以如果妳想的話，我就負責這一段——不過我不想讓他看見。」

那男的遭到怒斥，乖乖用兩手摀住頭罩的窺孔，狼女護士則蹲下，尿在黛兒的腳趾上。「我以前從來沒有做過那種事，不過實在太棒了，我喜歡。我才不管那些男人，這種事有很多地方根本不是為了那些男的。」黛兒把腳放入那男的口中，命令他吮吸她的腳趾，那男的猶豫著，似乎有點驚慌。

「我怕我會做錯，」那戴頭罩的男人哀號。

「你哪件事不是這樣？」黛兒反問，兩個女的再度哈哈大笑。「你真是個孬種！」

那男的被搞混了。他在束縛中扭曲掙扎著，思考正確的答案，那兩個女的則大喇喇的站在他赤裸的身體上。

我不禁問出聲，不知道那男的喜不喜歡這次遊戲。

「如果你也樂在其中，他們通常都會喜歡的。」狼女護士說。

她沒有猜測那男的可能是誰。「我對那些人是誰其實並不關心，但是有人也許可以認出他來。」她不會問這種問題：她尊重每個人的要求，她也希望自己的要求是被尊重的。在這種行業中，讓人

8 一種令演員完全融入角色中的表演方式，除了演員本人的性格之外，也要創造角色本身的性格及生活，務求寫實地演繹角色。

覺得舒服、有安全感是很重要的——雖然矛盾的是，他們其實是被無情的鞭笞一頓。

遊戲結束。狼女護士再次更衣，跟她男友晤面，和另一對友人一起去一間上好餐廳，享受了美好的一餐。總而言之，狼女護士認為，這一天還算不錯。

「我剛開始的時候，完全沒有走上職業主子的意圖，」狼女護士說。她當初純粹只是為了好玩，那時她剛入預備學校。七年級十三歲時成為啦啦隊隊員，校友返校日在德州是件大事，持續一個星期，整個學校都牽涉在內。而其中一項慶祝活動，便是奴隸拍賣。

「在那天，你可以買下任何人，我忘記其他日子要做什麼了。顯然對我而言，奴隸日比其他任何一天都要重要。你可以買一個奴隸服務你一個星期，任何人都可以買下任何人，也可以一群人共同買下一個人。」狼女護士說。

這種自願性的奴隸拍賣會是以慈善為目的的——為學校後援俱樂部（Pep Club）或任何當前正在推廣的活動、飢餓或無家可歸等。所需謹守的規則是，在有限度的範圍內，可以視為一種公開羞辱。

「被人買走其實是一種恭維，不過也很可怕，我在七年級的時候買下肯特．桑福德（Kent Sanford）。我已經暗戀他好多年，最後我買下他，他成為我的。我讓他穿上我啦啦隊的制服，整個人梳妝打扮一番，而從此以後我便開始了這一行。」狼女護士說。

肯特很喜歡這一招。狼女護士知道肯特以前也許從來沒有打扮成女人，他從此改變態度——對狼女護士死心塌地。

第二年，她八年級時，電視影集《根》（Roots）開始播出。主人和奴隸關係的動能，以及控制和屈服的細節——鞭子、手銬、大聲喝令、乞求等——對她造成巨大影響。她看了《根》的每一集，開始認為她可以讓任何人做任何事。

「我母親以前經常說：『男人也好，男孩子也罷，他們口中說喜歡妳，其實是逗妳玩的。』基本上，我想我只是覺得神奇，因為我開口要他們做什麼，他們居然乖乖照做。他們會去做最愚蠢的事。他們不想做決定，要女孩子跟他們說：『穿上我的內衣！』」

這些概念是通過遊戲和實驗得來的。她承認剛開始時她根本不知道自己在做什麼，不知道她所經歷的正是薩德侯爵（Marquis de Sade）[9]探勘之路。她從來沒有閱讀過這類訊息。閱讀在塑造與豐富她的品味一事上，並不具有任何重要性。（「妳知道克拉夫特—埃賓〔Richard Freiherr von Krafft-Ebing〕[10]嗎？」我有一次問她，她說，「誰？」）她的品味是以一種古老的方式培育而成：從做中學。

「他們說：『我一定要這樣做嗎？』我說：『當然。你是我在拍賣會中贏到手的。』」

在那以後，她有一連串的半柏拉圖式的男友。沒有性關係，但是有熱衷的遊戲關係。「在德州，有全套游泳池的活動可以玩。我會用口紅在他們身上畫畫，然後讓他們回家。他們會很擔心被媽媽或女僕發現，這招夠他們受的。」

完全沒有人提出異議——至少她遇到的男孩都順著她。她只是好玩，這種遊戲一直進行到高

9　法國貴族出身的哲學家、作家和政治人物，也是一系列色情和哲學書籍的作者，以其姓氏命名的「薩德主義」（Sadism）遂成為西方語言中性虐戀的通稱。

10　奧德精神病學家，著有研究同性戀／雙性戀性行為的性學開創性著作《性心理疾病》（*Psychopathia Sexualis*）。

中。她挑選大學也很容易，因為喜歡藝術和設計，又是很認真的學生，不過同時也不斷擴充她在虐戀的見識，在附近大學裡有朋友。「我通常會和他們一起玩，還會將最刺激的場面用照片拍下來，他們玩很多血淋淋的遊戲。」

八〇年代中期畢業後，她來到紐約。虐戀事件比較不公開；人們會在派對中碰面，說是「遊戲派對。」「我會刻意打扮，我是施虐者，但這方面技術可不是一夜間就可以學會的。」

這種派對上的遊戲很少會在私人房間中進行，而這類控制和臣服的公開表演，意味相關業者可以很快打響專業女主子的名聲。狼女護士受到觀察和崇拜；她受邀到不同的地牢工作。第一個便是如今已歇業的西城地牢（West Side Dungeon），由一名哈西迪教派（Hasidic）的男子營運。

狼女護士說，十五年前，紐約的相關店家比今天少太多了。今日這類活動的普遍性、容易接近，以及其形象在主流中所占的地位，甚至連她都感到震驚。不過，她對客戶所感受的震驚，遠不如某些在家執業虐戀女主所帶給她的震撼。

「她們有些人實在不應該放到街上，那些女主子是精神病人。再說，我家裡的裝備都比她們工作室的還要多。她們光靠一條繩子和一個乒乓球拍就上工了，我的皮鞭還是特別訂做的呢，多漂亮。」

她必須設下底線：沒有「如廁服務」，也不准講髒話。哈西迪教派的人有些很煩人。「他們覺得女人是骯髒的，要求每樣東西都要潔淨，會問：『每樣東西都安全嗎？每樣東西都乾淨嗎？』然後：『妳能不能打我手心，說我很壞？』他們認為我是不潔淨的。他們很重視視覺，所以會要求：『把妳的上衣脫掉。』我絕不可能做那種事，我才是那個為他們寬衣解帶的人。有個年輕男的對我說：『讓我看看妳兩腿之間有什麼，』我覺得很屈辱，就應他：『我兩腿之間有塊生豬肉。』」

一天，她受邀服務一個氣味很難聞的哈西迪教派的人。他沒有洗澡，要求來「一場納粹式的審問」，由她扮演布痕瓦爾德悍婦（The Bitch of Buchenwald）[11]，審訊他、搧他耳光、予以言詞虐待。那男的給她明確的指令：她要穿閃亮的黑色長靴，戴著閃亮的黑色帽舌帽和黑色皮手套。

有人警告過她要小心這個男人，但這男的是用另一個名字和她聯絡，而且當時她才入行不久，不知道這些造訪私宅的顧客會使用許多化名，那男的性情很不穩定。

這位男人雖受到束縛，但是頭部並沒有綁住。在嚴格盤問、充分侮辱、即將結束遊戲時，她倚過身去，太靠近那男的了，被他藉機親吻她，還把舌頭伸入她口中，此舉讓他嘗到課程中最凶狠的一記耳光。狼女護士很生氣，也覺得噁心——她連忙走開，用雙氧水漱口。事後，那男的去洗澡。

「把我氣得要死。不是事前洗，而是和我在一起之後才洗。你懂吧？」

在她敘述的所有故事中，包括鞭笞、切割、打斷手杖和流血等等，大都不如那個強吻對她所造成的冒犯。在談及她工作的危險時，她告訴我，她遇過不只一次，講話語氣總帶著詫異和嫌惡。

「所以有些事還是會讓妳反感？」

「對，不過主要的，我不要對方指揮我做什麼。」

這種行為有個專有名詞「SAM（smart-ass masochist），自以為有多跩的被虐待狂」，或「底層的傲慢」（一個下命令的奴隸）。狼女護士將這種人形容為後座駕駛，令她深惡痛絕。

「不過也有妳喜歡做的事？」

「喔，是啊。我喜歡我所做的每一件事，否則我是不會做的。」

11 本名伊爾斯・科赫，著名納粹分子，以虐待集中營囚犯而惡名昭彰。

在談及幻想和喜悅時，她會顯示出強烈的感情，使得她每天所從事的「工作」和一般大眾的認知實有天壤之別。而且她每天會去健身房運動，身材絕佳：我們每次擁抱道別時，都讓我有喘不過氣的感覺。

但就絕大部分人所理解，她所涉入的，乃是想像中最陰暗的娛樂。她詳盡的描繪很多人的狀況給我聽，包括一個受到束縛，俯身而臥的男子，皮開肉綻，鮮血在皮鞭揮舞中飛濺之際，發出聲嘶力竭的喜悅吼聲。正如她所說：「能有機會探索一個人的身體，」帶給她強烈的快感。她對一種日本繩索束縛方式和難解的繩結極為著迷，對任何能滋潤她虐待手法者的變化，都感到神奇。「一些微妙的變化會讓我感到非常開心。」但是，其中所牽涉的痛苦和黑暗，又怎麼說？「對我來講，狂熱的事情不會是黑暗的。」每當腦海浮現出臣服的畫面，她便臉孔發光，充滿喜悅的期盼之情，一副胃口大開的模樣。「女人被綁起來，那畫面很養眼，有些男的會帶女朋友來，算是給我的獻禮。」她說。但狼女護士在性別方面的意識模糊，「同性戀」或「非同性戀」等字眼，並不足以描繪她多型態的性變態心理層次，也不足定位她對情色變化的不斷追求——相較之下，《O的故事》（*The Story of O*）不過是她樂趣的序言而已。

她碰到過一個男的，忍受痛苦的門檻奇高，令她印象深刻。「我在他身上打斷一根藤條，」她敬佩的說。還有一個喜歡變裝的大學友人，她形容為「一個小屁孩，躲在其他男人的庇護下。」還有些人，如果她肯點頭，他們每天都想跟她玩。她搖搖頭，承認其間的矛盾性：「這些人已經上癮了。」

她告訴我：「我在找尋一個可以接納一切的男人。我找到過一個，但是精神不健全，是個瘋子。」她曾經有過一個男的，商場得意，執著於虐戀，兩人算是戀愛關係。那男的可以承受任何事，而且不斷索取更多。「我把他推高到另一個層次，結果，最後是我自己受不了。主要是疼痛問題。我想，沒有人比我打他打得更凶的，結果他更樂此不疲。他喜歡玩綑綁遊戲——讓人綁起來，任意玩弄，我讓他受盡折騰，他得做盡一切。因為我喜愛他，所以我一次比一次打得更凶，通常是打屁股。每打一次，他大概好幾個星期都沒辦法在他妻子前面脫衣服，我還在他身上打斷過幾根藤條。」

那男人後來不再是客戶，而離開妻子，成為狼女護士的情人——嗯，算是某種情人吧：完全成為她的奴隸。但他幾乎毫無止境的自我貶低逐漸成為一種負擔，讓狼女護士反而成為他的奴僕似的，最後，狼女護士的耐性耗盡。「我想我絕對不會再做這種事，太可怕了。」

這類多樣化的談話，難免使她對我的性向產生好奇。

「我想我是屬於非常無聊的人，」我說。這類有關痛苦的話題對我毫無作用，反而害我的男性雄風變成小花生米。

「沒有人是無聊的。」

「也許吧，」我說：「說來好玩，不知道為什麼，我總覺得樂柏美（Rubbermaid）[12]這個品牌很有意思。」

「是啊！」她露出一抹邪笑，看穿我的心。

她說：「我喜歡橡膠女王（Rubber Queen）[13]！」

---

12 字義為「橡膠女侍」，全球知名品牌，產品包括家庭用品、食物容器、塑膠製品等等，向來以高品質與耐用聞名。

13 品牌名，生產地墊等橡膠產品。

在青樓工作時採輪班制，每次五到七個小時，客戶支付兩百元，她抽七十元，有時會輪值十二小時，不過後來她離開了那間青樓。「我不喜歡讓人從花名冊中挑選。有一次，有人打我耳光，害我臉上留下一個手印，我也因此結束了一段很棒的關係。」

她時斷時續，在青樓工作了五年。最好的一家青樓是胡桃鉗套房（Nutcracker Suite），目前仍在營業。在青樓她得隨時待命，有人指定她，她就必須服務。她喜歡來來去去的自由，但問題是，如果她違反規定，就得接受懲戒，每犯一次，就付一次罰金。她因為遲到挨罰，也因為服務超時被罰。淫窟比其他行業更重視一點：時間便是金錢。

在青樓規律工作，讓狼女護士得以存到一筆錢，後來就用這筆錢自己開設了一家。對虐戀世界不熟悉的人，水電工人安排以物易物的方式提供服務也許匪夷所思，但對於有被虐性向的轉包工人而言，這卻是稀鬆平常的事。在忙完一天工作，在馬桶裝浮球閥，更換醫療室水龍頭墊圈後，水管工人便剝除衣物，俯身趴在狼女護士的鞭笞凳，被打得天昏地暗。

我是在揣測客戶的經濟情況時談到這個話題的。客戶大半是有權勢的男人，但也有些沒有什麼錢，或被資遣待業中，必須存很久錢才能上門的。狼女護士說，她經常會減少報酬，或和客戶玩樂，換取他們整理修繕她的工作室。

「有個電氣工人正好被資遣了，他就會過來幫我做事。還有個人會過來幫我清掃。如果他們負擔不起，我就陪他們玩，交換他們的服務。」

「所以某個電氣工人或清潔工會說：『我是被迫穿女人衣服的。』」

「我自會建議他們做什麼。而且只有在我認識他們一陣子後才會提出來。」

「妳會怎麼建議？」

「我需要有人幫我做點雜事，但又不希望那人當我的家僕或奴隸，而是我信任的人，知道我的真實姓名、我的銀行帳號，可以讓我託付他大筆金錢買東西。他可以負責一些打掃工作，但不要太像奴隸常在左右。所以我會找到某個人，問他願不願意每一、兩個星期來一趟，然後用一節服務回報他，這樣他就開心了。」

「他喜歡什麼樣的服務？」

「重口味的體罰。所以我可以盡情的鞭打他，他喜歡在朋友間傳遞作樂。任何人給他一點注意力，他都很感激。」

「通常被打哪裡？屁股？」

「嗯。他哪裡都可以打，不過我不想傷害到別人，所以我都打背後，腳底也可以。我看到有人用長皮鞭抽打，皮鞭會纏繞到小腿或胸部，我覺得那樣很危險。」

狼女護士挑選願意以工作換取鞭打的工人或管家，此舉並非罕見。在虐戀報業：《虐戀新聞》（S & M News）、《虐戀觀察報》（Dominant View）、《虐戀祕境》（Dominant Mystique）中，經常有分類廣告暗示以鞭笞換取工作：「年輕，迷人，饒富經驗，擁有完整地牢的虐戀女主，尋找盡職，順從的男性木匠……製作設計繁複的地牢家具，改造住家，屆時將化身你個人誘惑女神，折磨者與讓你臣服之對象。」

狼女護士建立自己的地牢所費不貲，但相較之餘，自己營運比在他人青樓或大型地牢擔任女主子還要划算。其中一點是，比較有利可圖，不過更重要的是她理解到，對同樣的客戶群提供重複服務是最好的，最為牢靠，而且最安全。

她在其他青樓的客戶會轉移到她自己的工作室來，就像病人會追隨特定的牙醫助理轉移到其他牙醫診所一樣。狼女護士的若干客戶已經和她來往八、九年；還有些認識得更久。「有些客戶在結婚前，或有小孩之前，便已經接受過我的服務。他們的孩子現在都已經長大了。」

一名她已經認識七年的客戶最近表示要告訴她一件重要的事，原來是想告訴狼女護士他的真實姓名。在他倆交往中，這是狼女護士感到最戲劇化的時刻之一。狼女護士跟他說，他不需要透露自己的真實身分，但那人很堅持。

「對他來講是件大事，表示他終於信任我，願意跟我說了。」

狼女護士喜歡這種人，因為她喜歡具有會與時俱增的那種繁複想像力，要求更投入角色扮演的那種客戶。比如有個男的，他的角色扮演都發生在一個辦公室——這情景很可能就是根據他自己辦公室的情況演繹而來。

「在這間辦公室中，所有人名都很重要，」狼女護士解釋，演出角色很多——除了這個男的外，其他都是女的。「他是這家全女性公司裡唯一的男性。有人誤控他偷看一位女子，因而接到最後通牒，可能失去工作，只因為他偷看那位女子，而不是比出不雅的手勢等等。那天是便服日，有人提出指控。全公司都是女人。她們說：『男的絕不准做這種事。』他被迫做選擇，要嘛被開除，失去所有福利、金錢、一切，要嘛同意當奴隸。」

「然後妳就打他？」

「沒有。他沒有綁起來——我們就坐在這裡聊天。他被迫做選擇，看是要之後全然的窮困潦倒，還是跟辦公室簽約，以辦公室為家——全身赤裸，做個廁所僕役之類的人。我們根據一次幻想的場景，幫他設計好一個籠子，裡面有個可以吸食的容器，就像倉鼠用的飲水器——裡面注入馬桶水。他會舔我的馬桶，當然我事先會清洗乾淨。我知道即使不洗，他也會舔的，不過我不要他去舔不乾淨的東西。比如我不會讓別人舔我的鞋底，即便我知道他們願意，不過我不想他們得到什麼怪病。」

她最忠心耿耿的客戶中，有一群被她稱為自己的寶貝。一旦談起寶貝文化，在角色扮演中名為「幼稚症」，狼女護士就變得非常感性。在她洋洋得意的施虐者內心中，有著非常母性化的一面。這正反映出她對掌控一切的熱情，對細節的喜愛，以及對順從的客戶和不時淘氣的特別愛好，那些寶貝在許多層面上都帶給她很大的滿足。

「那些胖嘟嘟的老寶貝，」狼女護士說著，似乎因想起他們而露出笑容。「他們真可愛。我以前這類客戶比較多，不過我已經拆掉幼兒室，裡面都快塞爆了，我需要空的櫥櫃！」

她有一個遊戲圍欄，是鋼製的圍桿。她甚至還有個小寶貝斑比（Bambi），當然是成年女子（「她會把真的小嬰兒嚇壞」），幼稚症的扮演角色者。「我和斑比是在愛嬰天地（Babyland）攝影比賽中認識的。她需要一個全職的媽咪，我需要一個全職的嬰兒。她是個很壞的寶貝，經常被我打屁股。我不需要幫她換尿布——她對那個沒興趣。她經常幹些討打的壞事，這點我喜歡。我喜歡那種壞寶寶，也喜歡只是躺在那裡的乖寶寶。」

為了寶貝們，她會穿上法國女侍的服裝，或粉紅色緞質媽咪裝。「我是一個卡通裡的媽咪，穿著大大的高跟鞋、長筒襪，嘴唇就像這樣。」她噘起嘴唇，做出一個金魚嘴。

寶貝比其他角色扮演者更強調穿著。

「就像他們要求包三層尿布——不是兩層，也不是四層，質地要棉的。『我要上面有鉛筆兔兔的。』」

有些寶貝會說：「我要去冒險！」百依百順的狼女護士便帶他們去冒險。他們衣服內包著尿布，穿著彈性內褲，走起路來發出沙沙聲。

「我帶著一個老寶貝和我一個女朋友，她正好來看我。她是個很棒的女主子，很邪惡。我們去一間酒吧，裡面有撞球檯。我對寶貝說：『你去站到那裡，』然後我們開始玩——就是街頭轉角的一間酒吧——我朋友折騰他，對著他的臉吐煙。寶貝大便在褲子上。我們逼他玩撞球，或站起來，很用力的坐下去。」狼女護士說。

她所有顧客群中，寶貝是最無法預測的。對於迷戀皮革、喜愛鞭笞、喜歡血腥、服侍便器、被虐狂、奴隸、迷戀感覺意識被剝奪、甚至踩踏昆蟲的那些客戶，多少都可以歸類，但一旦涉及幼稚症，則任何事都可能發生。有些人只對打理穿戴有興趣，有些人必須一直換衣服，有些人專門搗蛋以引來懲戒，還有些人只是躺在那裡，要求別人撫慰。他們都喜歡爽身粉的味道。有些人喜歡包尿布，還有人渴望用奶瓶餵食，而你永遠不知道他們希望奶瓶裡裝些什麼——啤酒、巧克力奶、可樂，以及其他等等。感官型的寶貝想要有安全感。調皮的寶貝喜歡往狼女護士的裙子下面鑽，而必須加以控制。有些寶貝則喜歡遊大街，像那個被帶去酒吧的寶貝，希望別人叫他臭便便褲褲。

在他們自己的世界中，這些寶貝經常是有權威的經紀人，需要加以臣服和責打，當媽咪的小寶寶。這些人是成人，人人尊敬的大人物——生意人、公司老闆、股票分析師、房地產投機家、大企業律師——他們的最大嗜好，只是每週花一、兩個小時玩媽咪寶貝的角色遊戲。

真要說的話，有兩個可能的概括現象。寶貝客戶經常鬍子刮得很乾淨。再者，寶貝喜歡鞋子，經常對腳或腿有固戀現象。狼女護士的解釋是在很久以前，這些大人物小小年紀、小小個頭、印象深刻的時期，這正好是從他們的角度仰望自己的母親時所捕捉的影像。

我很好奇這些寶貝——或其他這些人——是否感受到性高潮。畢竟，那才是重點，不是嗎？

「不是。我見過許多人，他們都否認這一點。那是治療的一部分。他們是在沒有獲得解放的情況下離開的。我想完全放棄自己的權力，也是一種釋放的感覺。」

她所見的人大部分都是相當成功的人，她對這點並不感覺奇特。「對他們而言，這是一個假期，完全受制於人，讓別人告訴他們做什麼——取悅別人。在性行為方面，我不會從事太過度的活動，但是我可以訓練一個人給我一次最美妙的腳部按摩。」

她最有權威的一個客戶，每星期來一次，臣服於狼女護士的指使。他特別迷戀的是扮演娘娘腔的奴隸，討她歡心。時間並不重要——五分鐘、一個小時、五個小時；他的癖好是服侍。他沒有綁起來，沒有受到限制，不過他會戴著一個皮質項圈，也會穿女性內褲。他的樂趣幾乎都在戴著項圈，穿著粉紅色內褲，幫狼女護士塗腳趾甲油。

他是個商人，狼女護士有很多這類客戶。她注意到最莊重、看來最正經的生人，會有祕密刺身和默默穿刺的癖好。她懷疑那些居住在外縣市的人，會安排在紐約開會，都是為了以便藉此來看她。他們會打電話來說：「我五點到七點有空，我一定會來。」

如果他們說：「妳有沒有什麼特別吩咐，要我先去做的？」狼女護士會回答：「去『維多利亞的祕密』店」（Victoria's Secret）買件綢緞內褲，還有同色的指甲油。穿好內褲，把腳趾塗好，再到我這裡來。」他們都乖乖照做。

這些交易，有些無害，甚至滿可愛的。那些寶貝們，以及喜歡穿著女性內褲塗腳趾甲油的，喜歡變裝的，還有乖乖聽話的律師。交易中沒有痛苦，沒有狼女護士所謂的「重度肉體性的」，就只是角色扮演。

這類交易的決定因素在於文化以及個人歷史。在狼女護士的工作室中，沒有審查制度，沒有政治正確性。因此可想而知，每一種族團體中受到最嚴重迫害的族群，都會藉由狼女護士所謂「心理劇」的角色扮演，將他們內心的幻想表演出來。諸如那個「有很可愛的性怪癖」的英國人，以及重溫他在學校公開遭到鞭打的奇恥大辱，不過不僅如此。就同等意義而言，狼女護士的地牢可謂反映主流意識的工藝品，亦即成長期間各種族特性的影響——比如保母—媽咪關係，責罰的倫理標準——而比較陰暗的幻想，則是因為各種族歷史使然。狼女護士對於這種種全無批判的立場；相反的，這是她從事施虐行為的矛盾之處：被迫成為一名自願的共犯，幻想的許多部分都由她擔當演出。

每當我提及母親的角色、化妝打扮、例行懲戒等等，大部分吃蘋果派的美國家庭習以為常的一面，她便談到猶太人和天主教徒的創造力，是基於他們在成長期間所承受的壓抑。他們具有很強烈的戀物癖。

我納悶她有沒有接待過黑人。有啊，她回答。就像那名猶太客戶要求納粹審訊遊戲，非裔美國人所要求的角色扮演和臣服方式，是她客戶群中比較陰暗的一群。

「我見過兩個黑人，都是六十幾歲。他們被重重束縛——被劫持的場景。地點在波札那（Botswana）。他們偷偷摸摸的偷看我的動靜，我必須逮到他們，把他們綁起來，而他則一直尖叫：『不要把我綁起來！』」

其中一名是幾年前她在虐戀派對中認識的，她一個朋友說：「我要妳見見我的奴隸。」那個黑人被綁著，受到語言霸凌（「你這個小黑鬼」），同時有香菸灰故意彈在他頭上。

我問道：「這種事不會違反妳所信仰的一切嗎？」

「如果你想知道某些事的起因，兩人一起進入一種情境，探索真正黑暗的一面，這是比較單純的方式。我必須馬上確定的是：這傢伙的心理是否健全？這種事會不會摧毀他？這樣做會不會導致什麼毀滅性的後果？我都是基於互相同意而做出判斷的。」

「他做什麼樣的裝扮？」

那人俯身趴在桌子上，全身赤裸，四肢展開，兩臂和兩腿綁住。

「我俯向他，低聲呢喃：『我看到你盯著她乳白的胸部一直看，你那時在想什麼？』」

另一名女主子走過來，兩人輪流打他。

「那是一次很棒的經驗。不過我自己也越過一道真正的界線。我對自己說：『你要越過這個界線嗎？那就過去——這條路也許比妳期望得還要遠。』我總不能告誡這傢伙：『你對自己要抱持正面的態度。』」狼女護士說。

當狼女護士談及她特別喜歡她的日本客戶時，我也告訴她有關《粉紅武士》（*Pink Samurai*）一書，書中詳細描繪日本的色情生活，包括奴隸女孩幻想受到折磨，女學生幻想弄髒內褲的情節——許多有商業頭腦的日本女學生以販賣內褲為副業。至於有關排泄物的幻想，狼女護士說，她的日本客戶從來沒有表現出這方面的興趣，倒是她自己曾經很想見識一下內容。有幾個女的進來開始集會，狼女護士當即領悟自己的底線，眼前的一幕令她反感。就連告訴我這個故事時，依舊一臉嫌惡。

「我有幾個很好的日本客戶，他們很投入接受懲罰的角色。我認識一個日本傢伙，對繩子束縛的技巧很用心。日本的繩索束縛方式很漂亮，每條繩索都有其作用，創意十足，讓人非常滿足。有時候，為了學習，我會交換角色……結果不錯。不過我想要被人寵愛，我想要居於控制地位。」

不是所有客戶都單獨來訪。「如何能讓我妻子也對這種事有興趣？」這是狼女護士經常得回答的問題。她會慫恿他們帶女伴過來，妻子或女友都可以。狼女護士說她指揮男的，讓女的在一旁觀看。當女的見到男的被迫打扮成女人或技巧的被羞辱或責打時，經常也會興奮起來。有時候狼女護士會迫使男人服侍妻子或情人；她把男人捆起——束縛住頭部什麼的——迫使他成為女人的性奴隸。有些女的會沉迷其中，最後還使出令人震驚的熱情，責打她們的男人。

得到愛侶的默認是一項好事，因為她大部分的客戶都被迫要隱藏自己的嗜好。如果一個男人在妻子或女友面前一直隱藏自己渴望痛苦的性趣，遲早也會成為問題。難道要那男人連續一個月在另一個房間換衣服嗎？狼女護士反問。

「男人回家時，臉上明顯有個手印，他就必須編出一個被搶劫的故事。有時候手腕上會有繩索勒傷的痕跡，或者面罩也會留下勒痕——有人在黑皮面罩下拚命流汗，結果臉上留下痕跡。有時皮鞭纏繞住大腿，造成明顯的瘀痕。」

有些伴侶會要求烙印，這時上場的主要就是鐵匠X，而不是狼女護士了，不過醫療也扮演一定角色。她會將一塊金屬燒熱，放涼一會兒，然後在男人臀部烙印，留下一輩子的傷疤，但那本來也就是他們的意圖，有個男的甚至烙上了妻子的名字。

切割或流血遊戲，是在醫療室進行角色扮演，除了滿足男子被虐待的心理外，還需要狼女護士使出邪惡護士一角的所有本事。

「我幹過不少切割和縫補的事，」狼女護士描述她操刀的縫合工作。「有時把陰莖縫在大腿，或沿著乳頭或手臂切割。」

當她提及手術刀和縫合術，見我似乎提高警覺時，她馬上解釋說她其實切割得不深，也不會做任何有危險的事。

把一個男人的陰莖縫在大腿，肯定不符合一個母親的趣味感吧？「只有針數縫得不夠，被扯開的時候才會有危險，要把所有皮膚都縫好，只要有足夠的縫合點，被扯開的可能性就不大。我也只替幾個客戶做這種事。這樣做的目的，是讓他們和其他女主子或應召女郎或什麼的一起出去吃晚餐時，不得不維持一定的姿勢。我還縫合過乳頭，讓縫線圍繞脖子，因此一來，如果不維持某一種姿勢就會很痛苦，而且有些動作會很困難，比如說穿上大衣等。所以那是一種持續性的公開侮辱。」

有個比較新奇的案例，是把一個男人的包皮在頂端縫合，然後縫上一顆鈕扣，那男的喜歡的不得了，她也對他忍受痛苦的能力大感驚嘆。那男的隨後和一個亞洲女子（「不是妓女，我看得出來。」）共進晚餐，她也是治療的一部分，這手術的重點在於不讓他獲得釋放。那位女子隨身帶了把小剪刀，晚餐後，就把縫線剪開了。

聽到這種痛苦的手法，我顫慄了一下。「這樣不危險嗎？這種事一旦玩過頭，很可能會傷害到人。我的意思是，有可能會死人。」

狼女護士顯然十分沮喪，摀住了臉。「請不要說這種話。趕快敲敲一樣東西，去除厄運[14]！我不要這種負面的東西在這裡。我真的有打一一九的經驗，實在很可怕！而且我真的玩很多重口味的遊戲。我的意思是，比如有人想要連接到電氣設備，然後拴在另一個房間的吊掛機上——如果拴住腳踝，一旦暈過去，那責任就大了。或者，我還會電擊一些客戶。我用的是一種經皮神經電刺激器

14 慣見於美國的習俗，在說了什麼不吉利的話之後，會敲敲木製物，如桌子等等以打破禁忌。

（Transcutaneous Electrical Nerve Stimulator, TENS）[15]——一種神經刺激的工具——小小的，比如，施加一點點電擊。那是經過改造，配合怪癖的性遊戲用的。」

這是狼女護士最黑暗、最邪惡的一面。她形容如何搭配使用這種神經刺激器和其他配件，比如導尿管等等。這種設備在虐戀雜誌上有販售。一種可以選用各種電流量的專業級高頻率的機種，售價一百八十九元，還附送有「仿真的」監獄手銬和腳鐐，以及「灌腸設備」。

「電氣導尿管必須保持清潔，」她說：「擦拭的時候要很小心！導尿管有分各種粗細。我插進去，然後打開開關。」

在若干客戶間，這是很普遍的一種遊戲，不過不時總有些客戶會要求他所無法承受的遊戲。

「有個傢伙，上了很厚重的鏈條。我稱之為因果束縛法。如果他轉向一邊，就會痛——因為一邊穿刺的乳頭會牽扯穿刺的睪丸等等。他也會一直影響到自己的疼痛層次。如果因為屁股挨打而扭動，又會感受到其他痛楚，他也正處於感覺被剝奪的境界，所以這種種結合在一起，他的身體會無法承受，也就是說，有時會失去控制。在這種情況下，他如果不能好好呼吸，就沒有辦法說出：『我想我快昏倒了。』」

「說什麼？」

「我有一些保安字眼。如果某種方法行不通，我要他們說：『這招好像不行。』但是我不想讓他們控制遊戲，比如呼喚『紅色警戒（Code Red）』或『手下留情』，因為那樣他們就處於控制地位了。』」

「但如果他們真的那樣叫的話呢？」

「那我就不玩了。因為如果他們真的那樣叫，表示一定有問題。我用的是很厚重的鏈條，我可不想浪費時間。『輕輕打，拜託。』想都別想。我心想，我是老兵，已經嫌煩了。這算什麼？這樣就受不了了？我有次和一個傢伙玩，我說：『你看看你！你說你願意為我做任何事，然後這樣就受不了了！』那時黛兒在場，當代理。

「我跟黛兒說：『妳打我。就用那個打，讓他看看他有多不中用。簡直是小嬰兒。』

「我調轉位置，彷彿向他表示：『我不喜歡這樣。我甚至不玩這種遊戲的，但是我都比你還行！』」

有個傢伙企圖和兩個女摔角手對打到被迫屈服時，發生了問題。狼女護士大部分活動都很在行，還受過摔角訓練，和另一個女的聯合進行摔角遊戲。

那女的名叫黛西（Daisy），固定服用類固醇。她人很漂亮，身材健美，全身都是刺青，會和少數精挑細選的忠實客戶飛遍全國各地，玩摔角遊戲。是很嚴肅的摔角，在旅館房間進行，屬於私人性質。

「我們有時會聯合組隊。我們會去，比如，俄亥俄州。我會戴上長假髮，然後去假日旅店（Holiday Inn）玩摔角遊戲。有時候我們會遇見飛行員或其他在酒吧的人，黛西會招呼說：『嘿，要不要摔角？兩張鈔票就好。你們身上有兩張鈔票吧？』她很厲害。那些傢伙都嚇壞了。」

她們有次在曼哈頓的假日酒店跟一個老師碰面，那老師是從加拿大（Canada）飛過來摔角的。結果差點發生慘劇。

「他個子很小——大概七十幾公斤。黛西可以把他拿來做仰臥舉重，也可以把他舉到頭頂。他

15　小儀器，以電刺激皮膚，以達致止痛目的。

付了三或四百元，我拿一百。我使出剪刀腳固定他頭部，使勁扣住他，扣在他的頸動脈，結果他失去意識，開始痙攣。」

這時，黛西說：「他沒事，繼續！」

「他的頭在我大腿之間，人在抽筋。我又折騰他一陣，然後放開他，他立即倒在地上。我還以為他死了。他開始抽筋，然後又昏倒了，我心想這傢伙一定死掉了。這時，黛西用力搧他巴掌，替他做人工呼吸。他才醒過來。」

因為暈倒的關係，那人昏昏沉沉，失去方向感，當他醒悟自己身在何處，他說：「好，我們繼續。」還想繼續玩。

「我簡直不敢相信。後來，我戴上拳擊手套，把他痛毆一頓。『我恨你差點給我死掉！』我想他不是很高興被揍出了黑眼圈。他的鼻子流血，嘴唇裂了，鼻子甚至被我揍歪過臉，我愛死了。後來我還讓他帶我們去吃壽司。」

她還遇過其他緊急狀況，很多都跟認識狼女護士的友人有關，知道她遇到危險時頭腦冷靜，而且資源豐富。

「有一次我認識的一個朋友打電話給我，說：『我出事了。屁股弄壞了。』他使用某種人工陰莖，結果什麼東西破裂了。他說：『我在流血——不知道怎麼的？腫得很大。我猜一定有什麼破裂了。』」

狼女護士立即化身判別病情的分流護士，吩咐道：「打電話給同性戀男子健康危機中心（Gay Men's Health Crisis, GMHC）——這個決定可謂神來之筆。那人打電話過去，被引介給一個醫生，醫生診斷結果，認為情況嚴重，馬上進行緊急手術。」

還有一次，她跟一個男的在一起，那男的正使用一個振動器自慰。那奇妙的機器長約十公分，狀似魚雷，結果，就這樣不見了，惹得他大呼小叫，狼女護士要他鎮定下來，她會幫他拿出來。但經過所有嘗試——鑷子、鉗子，甚至她的烤肉夾——機器卻仍在那人體內，讓他驚慌不已。這時，狼女護士又展現出她靈光一現的功力。

「我讓他坐在馬桶上，告訴他用力往外擠，那玩意兒就出來了，還嗡嗡振動不已。」

某天，我們在馬克飯店（Mark Hotel）的餐廳進餐，對著菜單上一道名為「軟蛋魚」（weak fish）[16]的菜，不禁失聲大笑。狼女護士表示她絕對不點這道菜。她身穿工作服：短皮裙、漂亮的上衣、馬汀大夫（Doc Martens）靴子，脖子上掛著一條厚重的項鍊。餐廳內還有些年輕時髦的女子也是類似打扮，因為這正當流行——雖然那些女子在隨後的下午時間內，不可能忙著將一名銀行家打扮成娘娘腔的女侍，或痛毆一個經理的屁股，把棍子打到斷——這正是狼女護士行事曆的兩個約會。在對著「軟蛋魚」發笑之際，狼女護士使用到一個形容詞「真正的性」。

「妳的意思是？」我要求她解釋。

「相互對等的——真正的性交。我喜歡那樣，我也喜歡遊戲。我喜歡奴隸。我推薦兩者一起來——真正的性和遊戲。」

我這時才想起來問她，那些男人是否曾經乞求和她發生性關係，那種傳統式開心的，上下抖動，瓶塞對瓶嘴的性關係。狼女護士大表驚愕，就像那次突然被盜吻的反應一樣。

16　字面意思為軟弱的魚，實則指北美產斜紋犬牙石首魚。

「他們哪敢。你在開玩笑吧？」她對我擺出凶神惡煞貌。「那他們就死定了。那條線他們絕對不可能跨過的。當然，是有些人妄想跨越那條線，不過那是不可能的。」

「不過，妳男朋友是知道這些事的。從這種工作情境——綁住一個男的，羞辱一番——離開，去見妳男友，一起小酌等等，然後一起上床？這種角色轉換很困難嗎？」

「那要視當天的情況而定。大部分時刻都是電話拚命響，有人非常有需要。有時我必須把手機帶到床上，因為我在等電話，那種時候我和男友間便有很大的問題。我一向想要幹什麼就幹什麼，這是我第一次必須考慮到別人。」

他們往往共度過美好的一天，而當她必須去工作室集會時，她男友會冷掉說：「妳要去工作了。」她知道她男友故意用「工作」一詞，因為她都用「玩」形容自己的工作。

男朋友來來去去，但其他男人會對她忠實很多年。她很少將他們視為客戶，只視為接受自己玩弄的男人。至於女人，十年間，她只和兩個女人玩過，都是事業上獨立的人。她的解釋是，女人比較不會把錢花在這裡，因為她們可以在自己的生活中滿足需求。男人則比較困難，不容易找到一個和他們一起玩的人。

「妳覺得這種事以後妳會做得更多或更少？」

「我不能永遠做下去。我現在比較挑，對於我想做和不想做的比較明確。有人打電話來，我會說：『我認為你是很好的人，不過我真的不能玩這個。』我今年正在大清倉。」

在經歷過這麼多痛苦後，最後讓狼女護士真正感到沮喪的不是肉體痛苦，而是說出口的話。在她提及她最討厭講髒話，或對一道名叫「軟蛋魚」的菜名反應誇張時，我便應該警覺到的。言詞對她——以及她一些客戶——而言，比任何皮鞭更具殺傷力。

狼女護士跟我談到她一名說故事的客戶時，我正好在閱讀《天方夜譚》（*The Arabian Nights*）的新譯本（譯者胡笙．哈德威〔Husain Haddaway〕）。這本書內的故事從第九世紀起便開始流傳，並大約在六百年前被記錄下來。故事起源於國王山努亞（King Shahrayar）的妻子和她的愛人黑奴馬蘇德（Mas'ud）等人的淫亂行為。十名黑奴穿著女子的服飾躍入皇宮花園。「那十名黑奴隨即爬在十名女奴的身上，貴族夫人高聲呼喚：『馬蘇德！馬蘇德！』一名黑奴從樹上跳到地面奔向了她，然後高舉起她兩腿，直接侵入，開始做愛。就這樣，馬蘇德在貴族夫人身上，而十名奴隸在十個女孩身上，一直繼續到正午時刻。」

國王山努亞在目睹這幕淫亂的景象後，殺死妻子，並認定這世界上沒有一個女的是貞節的。為了進一步報復，國王每晚和不同的女人上床，天亮時便處死該女子。宰相之女桑魯卓（Shahrazad）為了拯救自己和其他女子的生命，每晚和國王在一起時，便講一個新的故事以吸引他。這些未經整理的淩亂故事中，包括性、性虐待、綁架和殘害等。在〈被鞭笞者〉（The Flogged One）的故事中，一個英俊的商人向一名年輕的妻子索吻。那妻子面向那商人，「他把嘴貼在我面頰上，用牙齒啃掉我一塊肉。」做丈夫的在暴怒之餘下令處罰他妻子，結果那妻子被剝除衣物，慘遭鞭笞，並遭烙印。

狼女護士也扮演著她版本的桑魯卓。若干角色表演的戲碼太過離奇，連她也感到不適。因為她不是被動者，她會參與故事的進行——她有時便是桑魯卓。這些遊戲中最極端的例子，涉及和她交往最久的一些客戶，她稱呼他們為食人族。

其中一個熱衷〈糖果屋〉（Hänsel und Gretel）幻想遊戲。在狼女護士的協助下，他幻想自己是小男孩，在一個大鍋中被活活烹煮。他的幻想充滿童話元素：陰暗的茅草屋、黑暗的森林、巫婆的廚房。在某一時間點，那男的被吃，在期待咀嚼之際——他的身體便是主食——他的慾火熊熊燃起，當狼女護士幫他增添其他變化時更是如此。

還有一個男的，年紀很大，也和她一起玩食人遊戲，其劇情直逼《天方夜譚》後期若干比較詭異的故事。他的故事本質也和桑魯卓的故事一樣具連續性，是一連串故事中的故事。他的幻想圍繞一個基本設定，即他和狼女護士統治著一個熱帶島嶼。年輕女人被綁架挾持到島上，然後餵食、增胖，以準備一場烤肉宴。幻想中還包括一名法國廚師，一張宴客名單和許多臆測。

這個桑魯卓的變奏版令我大感神奇，尤其那食人客前來約會時，都會要求狼女護士提議或詳細設計出一個新的劇情變化。這當然有文學性，而且似乎屬於古老年代講故事的傳統：其目的在打發時間，抓住聽者的注意力。只是就我看來，那個食人客沉溺於這連串幻想中之際，或許也在防止自己真的出去殺女人來吃；狼女護士在協助他故事進行之際，也提供保護女子避免被食的方法。狼女護士和食人客會討論故事內容，但重擔卻始終在狼女護士身上，由她負責尋求新的故事素材以繼續探索。這個食人島的故事已經進行了八年。如果付梓，都可以出版好幾本故事集了。

「最初六、七年間還不覺得害怕，」狼女護士說：「但是最近開始讓我感到害怕了。我事先不會去想，但是他一旦出現，我就想：也許這次我們該出去狩獵女人，或者把女人架上烤架開始烤，或者舉行拍賣會，讓拍賣得主分享買到的那一部位的肉。」

「他在尋找某種特別類型的女人嗎？」

「他尋找的對象非常明確，包括很多細節，如她們必須在十八到二十歲之間，必須身材曼妙。他會測量你。有一天，他帶了一捲皮尺，測量我的手臂。『就像這樣的。』」

有時候，食人客會帶書過來，諸如《阿拉丁的奴隸農場》（*Aladdin's Slave Farm*），內容是女孩子被食人族綁架等等。其實，對食人客而言，進食的準備工作比進食本身還重要。不過他們始終有個默契，就是已經有個女的遭到拘禁，以備稍後使用。

「我們騙她們，讓她們以為她們會成為性奴隸。她們被小心打扮妥當，一起關在牢房，彼此間不准講話。她們會被評分，不斷接受評量，每天還會受到懲罰。她們已經完全崩潰，乖乖馴服，等她們準備好，我們就會詳細計畫宴客的事。比如大概會請多少人，烤肉宴上供應些什麼——迎接賓客，開始燒烤女孩，塗抹醬料，所有賓客都會在那些女孩身上塗抹醬料。我們討論了很多——有時候我甚至懷疑自己怎麼會想到這些問題的——比如，如果她們恐懼而死的話，她們的肉是否還有彈性。這是很合理的問題。我的意思是，那些來參加宴會的人都花了很多錢，不是嗎？」

在角色扮演之際，狼女護士不時會讓食人客咬她。「他不會咬破皮膚。他有帕金森症，牙齒已經動搖，還戴活動式假牙呢！他會咬我的手臂，站著——咬我的二頭肌，他還喜歡摸他自己，對他而言，這是一種病態的快感。我居於主導地位。比如我會說：『咬我，這裡比較嫩。』他拿出他的小捲尺。我說：『你可以咬掉上臂大部分的肉。或這裡……或這裡……』」

「妳能從其中得到什麼嗎？」

「我會帶進一些我喜歡的東西。你必須理解我的『怪異癖好』。我覺得刺激的，比如帕金森症和假牙讓我興奮，他就像保麗淨假牙黏著劑廣告裡那個一頭銀白頭髮，身穿針織運動衫的老先生，只是，他不是和妻子打網球，而是在咬我，跟我玩食人的幻想遊戲。我的意思是，這是某個人的祖父，居然咬我！我的手臂！這無關於我，也無關於他。我這樣想著，然後覺得有點好笑，試圖排除掉其間醜惡的一面。」

那個男的已經直奔八十，由於在遊戲中大感興奮，因此幾乎每天都會打電話過來，還乞求狼女護士一週見他三次。狼女護士無法面對這件事。

「我正考慮每兩、三個星期見他一次，他完全把我搾乾了，這個遊戲太真實，我在他的幻想世界中幫助他，但是內容太黑暗，我無法從他那裡獲得任何回報，感覺已經被吸乾了。很多人會提升我的想像力。但在某次遊戲時，他像《化身博士》一樣變化後，我就直接離開了房間。我覺得太尷尬了，我從來不是投入「言語」中的人。我會想像每件事情，然後心想，這個故事很棒。但那次遊戲後，我發覺我沒有辦法吃東西。這是有時讓我覺得害怕的地方。」

但是那個食人客客戶卻獲得了幫助。這類桑魯卓式的角色扮演，可視為這位化身護士的虐戀女主子最可貴之處。因為事實上，食人客一旦用口述方式表達他的食人幻想，便得以昇華，而不再需要付諸行動。訴諸言詞固然聳人聽聞，但是只要能說出口，或許就能防止那人真正去吃女人了。

另外，有關帕金森症的事實也很有趣。曾就帕金森症病人從事研究的奧利佛．薩克斯便曾說過，一個因帕金森症而苦於心智或身體僵硬的病人，經常會從緊密觀察另一個人中尋求紓解。他們會從別人身上「借用」語言或姿勢，使得病徵獲得緩解。狼女護士為罹患帕金森症的食人客提供了這層需求，出借她的語言和姿勢。狼女護士並不知道這類相關研究仍在進行，卻在無意間協助了那位帕金森症食人客得以正常運作。

當我提及這一點時，狼女護士並不怎麼確定，不過不管如何，整個有關食人的議題都令她感到沮喪。

「我經常在想，咬人再進一步，便是吃人了。」

「那妳為什麼要讓他咬妳？」

狼女護士說：「我想因為我體內的媽咪因素吧！」她哈哈大笑，不過發洩一陣後，她又逐漸陷入憂鬱。「常常有人告訴我，我看不到男人具有代表性的橫切面。『妳不是生活在正常世界，妳沒有辦法正確判斷事情或作出結論。』」

但是就我看來，情況正好相反。她了解大多數男人的真實面目。誠然，上門找她的都是遮遮掩掩或被拒絕的人——因為其他人都不會見他們。你或許馬上會聯想到喬治・格羅茨（George Grosz）[17]或法蘭西斯・培根筆下一長串怪異扭曲的老同性戀族群。但不是的，列隊而來的都是些熟悉的面孔：電氣工人、保險公司主管、建築工人、股票掮客、編輯、作家、白髮爺爺。那個始終帶著頭罩的人，或許正因為怕人認出他才如此裝扮。

我們不了解他們所有事，但狼女護士知道。對他們的妻子和女友而言，他們是謎團，對子孫而言，他們是熱誠而幽默的，唯獨對狼女護士，他們才會吐露內心的祕密。

「我一個奴隸患了絕症，」狼女護士有天告訴我。「他告訴我大概又過了一年後，他才告訴他的家人。所以之前他和我共同守著這個祕密，我是唯一知道的人。」

狼女護士繼續鞭笞他，他是喜歡「重口味」的客戶。他繼續來找狼女護士，繼續挨打，直到死前那個月。

這件事感動了我。她告訴我，知道那名客戶的祕密對她而言有多大的意義。她後來很喜歡見到那客戶；也期待能責打他。當那客戶去世時，她哭了。這是我所聽過最奇特的故事之一；描述了人的力量和人的脆弱，也描述了中間的灰色地帶，在這裡，護士和病人的分際幾乎並不存在。

17　德國畫家，一九三八年歸化為美國人，以漫畫和一九二〇年代柏林生活的繪畫而聞名。

我說：「所以這其實很像一般男女關係。」
「不是『很像』，就是『真的』男女關係。」

第十章
羅賓・威廉斯：「他在家的時候是誰啊？」[1]

就在二〇〇〇年之前的一個下午，紐約市中央公園西區，距離約翰・藍儂（John Lennon）遭一名潛伏的瘋子暗殺之處的幾條街外，羅賓・威廉斯匆匆返回他的公寓住家。這時，一個毛髮斑白，脖子上掛著個鞋盒大小收音機的男子跛行走向他，那人的裝束還包括一個破爛的塑膠垃圾袋。只見他手握一個骯髒的包裹，外貌有如漁人王（Fisher King）[2]領土裡落魄的精靈，而且毫無疑問，也是一個潛伏的瘋子。

他一邊肩膀扭曲下垂，動作近似猴子，歪斜的走向這位知名的喜劇演員。羅賓並未放緩腳步，

1　延伸的英國詼諧語，帶點揶揄之意：「這傢伙究竟是誰？」
2　英國亞瑟王（King Arthur）傳說中的聖杯守護者，因鼠蹊部受傷，導致個人及領土荒廢。

經過九年嚴肅的單車運動（他昨天還曾沿著中央公園騎單車運動良久），練就他典型單車騎士往前衝、內八字的走路習性——不乏類人猿的感覺。

他們就這麼相聚一刻，一個純真的名人和一個掠奪的陌生人，就像犧牲者和暗殺犯，都四十八歲年紀，各具獨特的走路姿勢，就我看來，那陌生人一手掌握垂掛的收音機，似乎更具威脅性，不過羅賓並沒有露出擔憂的神情，反而友善而親切的大聲招呼。

「收音機兄（Radioman）[3]，收音機兄，你還好吧？」

當他們四目交接的一刻，我可以看出他們兩人的相似處，一人儼如另一人的翻版，那陌生人就像羅賓的影子，而且兩人間有種融洽，都近乎一種溫暖了。

那人笑著，從破舊的包裹中扯出約二十張寬幅宣傳照，上面是微笑的羅賓．威廉斯。收音機後方隱約可見的胸前口袋插滿沾著墨漬的筆。他把宣傳照和一枝筆遞過來，羅賓開始簽名，他則在一旁急促的嘟囔著。

「琥碧（Whoopi Goldberg）在紐約另一頭預演舞台劇。我必須趕過去。你知道巴布吧？他八點十五分會過來。他們今晚會播放你的電影，對吧？我手上有幾張他們的照片。我想這麼做……」

那個身形佝僂，大夥口中的收音機兄喃喃叨唸著，語氣有點像羅賓所演出的瘋子角色，對人名如數家珍，對地方和時間的把握也極其精準。

最後他說：「你有這麼多電影、這麼多錢，我呢？什麼都沒有。」

「你有這個，老兄。」羅賓把二十張簽名照遞還給他。「你的頭盔呢？」

「丟了。嘿，謝了。下次見？」

那人離開後，羅賓說：「他對這裡所發生的任何事都瞭若指掌。我可以問他：『某某人在哪裡？』他會準確告訴我那人身在何處。他平常騎單車，你搭計程車都沒有他騎單車來得快。很神奇的一個人。」

我問：「不過這些專門討簽名照的，你難道從來不想甩掉他們嗎？」

「對收音機兄可不成。我認識他太久了。」

收音機兄一副頑童模樣，而且消息靈通，讓我聯想起貝克街游擊隊（The Baker Street Irregulars）——福爾摩斯的情報網——我跟羅賓這麼說。

「欸，摩斯先生，是的！我看到了，真的！真的！」羅賓踏入大廈電梯，化身為貝克街的游擊隊員。電梯操作員爆笑，羅賓繼續耍寶，直到踏入自己公寓，還在即興扮演「福爾摩斯和收音機兄的冒險」的橋段。

不過那天稍後，他在哥倫布大道一間腳踏車行，買了一頂克維拉（Kevlar）[4]的單車頭盔和各種裝備，價值兩百四十四元四一分。

他解釋道：「給收音機兄的。」

羅賓口中突然冒出一連串考克尼口音的英語，他的臉孔奇特柔軟，彷彿可以充氣，不時腫脹扭

3 本名為克雷格・卡斯塔爾多（Craig Castaldo），是紐約市一位前無家可歸者的綽號，曾在眾多電影和電視節目中客串出現了一百多次，不過大眾仍因他脖子上總是戴著收音機，而習慣稱他為收音機兄。

4 美國杜邦公司（DuPont）於一九六五年推出的一種芳香聚醯胺類合成纖維，強度為同等質量鋼鐵的五倍，密度卻僅約其五分之一。

曲，似乎由神奇橡膠（flubber）[5]製作而成——這也許是那部電影賣座的另一個原因，因為神奇橡膠的發明和其發明者可謂絕配。雖然他也有鎮定、慎重省思，甚至嚴肅的時刻，但大部分時候，羅賓儼然就是「飛天法寶」。

他前一天先是模仿羅貝托・貝尼尼（Roberto Benigni）[6]，然後在國家廣播公司的《今日秀》（Today Show）[7]攝影棚中，跳上馬特・勞爾（Matthew Todd Lauer）[8]的大腿。午餐前，他還扮演了一個嚴峻的瑞士記者（一口法國口音『Zees Holocaust movies are passe』〔那些納粹大屠殺的電影已經過時了〕），歐洲猶太小鎮一名飽受摧殘的意第緒猶太人（Yiddish：『Bubkiss!』[9]〔沒事〕），一個支吾其詞的法國旅館老闆，口無遮攔，說話慢幽的泰德・透納（Robert Edward Turner III）[10]，一個老鄉，一個保守的老農，一個蒙大拿州（Montana）民兵，一個油嘴滑舌的醉酒政客，高飛狗（Goofy），安迪・考夫曼（Andrew Geoffrey Kaufman）[11]，艾爾・羅克（Albert Lincoln Roker Jr.）[12]，一個德國佬（柔聲演唱《小白花》〔Edelweiss〕），還有誇誇其談、滿口外交辭令的喬治・布希（George Walker Bush）；一個激動拍賣寶可夢卡的小男孩；以及一個大聲叫嚷的都市笨蛋，一個神經質的採訪員，乃至於在車上講手機的情境，與一個佯裝沉浸於電話性遊戲的克林貢外星人（Klingon）[13]。

然後是午餐。下午錄製《觀點》（The View）[14]節目時，拿芭芭拉・華特斯（Barbara Jill Walters）[15]的皮長褲開玩笑（「這是名牌麂皮侯爵〔Marquis de Suede〕吧？這女人把整個食物鏈都穿在身上了！一旦脫下來可夠我們忙的。」），取笑那些戲謔逗趣，過度盛裝打扮的來賓，對四周裝潢也調笑不已。（「梵谷是不是在出清陳貨？」），面對共同主持人之一的史塔爾・瓊斯（Starlet Marie Jones）[16]，他特意換上比莉・哈樂黛（Billie Holiday）[17]腔調，宣稱：「我剛剛搶劫了一個綠精靈（Leprechaun）[18]！」（因為他那天穿了一身綠西裝和綠皮鞋）。他談起舊金山名叫「白燕」（White Swallow）和「狡黠語言學家」（Cunning Linguist）的俱樂部，當場表演一段吉格舞（jig），最終領導眾人大跳牙買加踢踏舞，即興呼喊著雷鬼樂歌詞，攪亂整個脫口秀，但也讓整個秀注入無比活力。

---

5 音譯為「法寶」，是一種神奇綠色橡膠，亦即羅賓主演同名電影《飛天法寶》（Flubber）的綠色小精靈，具有的超能力，只要是被它沾染上就可飛來飛去，為所欲為。
6 義大利國寶級電影導演與電視劇演員、喜劇演員、劇本作家，奧斯卡影帝。
7 美國晨間新聞和脫口秀節目。
8 慣稱Matt Lauer，美國前電視新聞主播，一九九七至二〇一七年《今日秀》節目的共同主持人。
9 最初起源於北美猶太人的話，但現在被廣泛使用，通常是出於幽默效果，用於回答朋友提出的問題，也可能毫無意義，非常適合想要敷衍人時使用。
10 慣稱Ted Turner，美國新聞人士，世界第一個有線電視新聞網CNN的創辦者。
11 慣稱Andy Kaufman，美國演員、喜劇演員、編劇和行為藝術家。
12 慣稱Al Roker，美國天氣預報員、新聞記者、電視名人、演員和作家，是《今日秀》的天氣預報員。
13 《星艦迷航記》（Star Trek）中，虛構宇宙中一個好戰的外星種族。
14 美國脫口秀節目。
15 美國廣播記者、作家與電視人物，以其曾主持過許多電視節目聞名全美。
16 美國律師、記者、電視名人、時裝設計師、作家以及婦女與多元化倡導者。
17 美國爵士歌手及作曲家。
18 愛爾蘭非常有名的傳說生物，其共通特徵就是紅色鬍子和整齊的綠衣綠帽。

約一個半小時後，他在《夜間秀》（The Late Show）[19]再度展現功力，讓大衛．賴特曼（David Michael Letterman）[20]暈頭轉向。先是跳支舞，然後擁抱幾名舞台工作人員，以德國口音模仿賓士（Mercedes-Benz）轎車電腦語音，然後模仿一個醉鬼喝酒，一個氣喘者困難的喘氣，用蘇格蘭口音描繪他的蘇格蘭（Scotland）之旅，接著，一聲「歡迎麥可．弗來林〔Michael Flatline〕！」再次狂熱的跳起吉格舞，然後化身除夕夜的鄉巴佬（「等燈光熄了，你就是我的了，漂亮的小子！」），一個南方的傳教士，丹．奎爾（James Danforth Quayle）[21]，唐納．川普（Donald John Trump），一名頭戴耳機，自言自語的紐約客，精采大結局則是模仿他人語言的表演，其活力和聲音照亮整個舞台。

他說，過去三個星期以來，他一直在做這種事，一場從法國多維爾（Deauville）開始的巡迴演出，接著是多倫多和紐約，隨後前往康乃狄克州，以特別來賓身分現身保羅．紐曼（Paul Newman）[22]的重症兒童夏令營（Hole in the Wall Gang Camp），然後參加拉斯維加斯的慈善拍賣會，以及洛杉磯的另一個慈善行程。他說這是他的日常活動。

我那天跟著他來來去去，聽到五次有人問他：「身為猶太人，你在演出《善意的謊言》（Jakob the Liar）時，感情會不會特別強烈？」或「你一向使用意第緒語嗎？」或者更大膽的（正如馬克．麥克尤恩〔Mark McEwen〕[23]在哥倫比亞廣播公司對羅賓的專訪），「你是猶太人，對吧？」

對這些問題的回答都是否定，令發問者大為驚愕，然後熟練的反諷道：「我母親是克里斯汀．迪奧．科學家（Christian Dior Scientist）[24]——非常時髦！」或者，「由異教徒扮演猶太人是一種傳統，是從卻爾登．希斯頓（Charlton Heston）[25]的《槍與摩西》（Guns N' Moses）[26]開始的。」

其實，如果有人問他：「你是不是蘇格蘭人？」或德州人、或愛爾蘭人、或法國人也不足為奇，因為他扮演這類族群絕對有信服力。事實上，他的法文說得非常流利，可以輕易掌握法國電視脫口秀，正如他在法國多維爾所展現的一樣。當時一名法國人便評論道：「羅賓的法文沒有美國腔——像是來自中歐的人。」他的傳記可以如此變造：羅賓・威廉斯的法文帶有一種（或許）羅馬尼亞腔調。不過就英國人而言，對於這種怪異的人，不禁會問：「不知道這傢伙在家裡的時候究竟是誰？」

他的生命可以明顯區分為三部分。第一部分是少年期，不斷更換學校和城市。「我是獨子，這樣搬來搬去，讓我一直在尋找某種關聯性。」我要求他說得更明確一些。「搬家可以把一個人弄得一團糟。」他來自中產階級家庭，成長背景是gentile（異教徒）、genteel（極有教養），來回在底特

19 哥倫比亞廣播公司（CBS）頻道的深夜脫口秀節目。
20 美國脫口秀主持人、喜劇演員、電視節目製作人，一九九三至二〇一五年間《夜間秀》主持人。
21 慣稱Dan Quayle，美國第四十四任副總統，一直是美國傳媒取笑的對象。
22 猶太裔的美國演員，曾獲奧斯卡影帝，先後四次奪得金球獎。
23 美國電視和廣播界的佼佼者，以參加哥倫比亞廣播公司晨間節目長達十六年而聞名。
24 克里斯汀・迪奧（Christian Dior）是源自法國的跨國奢侈品品牌，Christian也意為基督徒；都是羅賓擅長玩的笑哏。
25 美國演員，常演戰爭片裡軍人、聖人、英雄和偉人。
26 希斯頓的代表作為《十誡》（The Ten Commandments），他演出猶太教先知摩西。「槍與玫瑰」（Guns N' Roses）則是一支美國搖滾樂團。這邊當然又是羅賓擅長玩的笑哏。

律（Detroit）和芝加哥之間，十六歲時搬到舊金山，又經過多次搬遷，終於定居下來。他很認同當地的精神，認為風水很好，他許多影片也以舊金山為背景，效果都不錯。

他那身為汽車公司經理的父親是個「強悍而實際」的人，也是個懷疑論者。他母親是個「樂觀主義者」。「如果我父親看到一匹馬，他會說：『那死馬隨時都可能拉屎。』我母親看到房間裡全是大便，則會說：『小馬在哪裡？』」有一陣子，他們住在伊利諾州（Illinois）布勒夫湖（Lake Bluff），阿德萊・史蒂文森（Adlai Ewing Ferd Stevenson II）[27]的對面。不過除了跑道，尤其越野賽跑隊外，他不過是學校團體照當中的一張面孔。最終，他在加州馬林（Marin）的紅木高中（Redwood High）畢業。

他生活的第二階段——魯莽、探索，甚至是危險的；他原本執意研讀政治，直到進入紐約市茱莉亞學院（Juilliard）才告一段落。他的表演藝術，從學生執導的戲劇角色，到校外的即興表演，在紐約街頭尾隨陌生人，以默劇表演方式模仿他們的舉動——也嚇壞了一堆人——據他表示。他告訴我（這好像生物遇到衝突便適度妥協的習性），「當你模仿他人時，他們都會自然退開。」

他發覺，單人喜劇秀是最能自由發揮的自我表現方式，而他深夜身著降落傘降落喜劇俱樂部的表演方式也逐漸打開名氣，他就像火星人一樣，征服了世界。不出所料，他受邀在《歡樂時光》（Happy Days）客串演出一個外星人的角色，戴著頭盔，急促而模糊的講著難以理解的外星語。這次演出，迎來他首次成功的經驗，成為情境劇《默克與明蒂》（Mork & Mindy, 1978~1982）的固定班底，也不經意的導致一段狂放嗑藥的歲月。這其間，發生兩件意義重大的事件，一是他密友約翰・貝魯西的死於用藥過量，以及他長子夏克瑞（Zachary）的出生，生母是薇樂莉・韋拉爾迪（Valerie Velardi）[28]。他的嗑藥問題顯然令他精神疲憊，但是在那段忙亂的歲月，讓他有不同的想法。就很多層面而言，他是一個懸崖勒馬的人——只是那懸崖、那險境，多年來卻是他的生存要件，而且可笑的，也是他喜劇的素材來源，是許多事後回味，不免捧腹大笑的喜點。

第三階段，亦即目前意興風發的時刻，從他戒除毒癮起，到隨後與瑪莎・賈希絲（Marsha Garces）[29]的婚姻。「她的成長背景可以說是貧窮的，」羅賓談及瑪莎。她生長於密爾瓦基（Milwaukee），家中共有四個小孩。「她父親工作非常辛苦，是個非常驕傲的人。」她父親是廚師，菲律賓人，母親則是芬蘭人。「他們擁有的不多。所以她年紀輕輕就出來工作，非常獨立。這點給我們一個啟示，應該以同樣尊重的態度對待所有階層的人。」

而且，正如他所說，瑪莎很了解他。「我的長處和我的弱點。她不會迎合我，說什麼：『你太厲害了！』外面有一堆這樣的人——相反的，她會肢解你，然後當頭棒喝，逼你去找真正誠實的人。你必須像大人一樣對待別人，不要玩弄別人，操弄別人的不安全感。我是個大人，她也只能跟我說這麼多，然後一句：『好了，你自己看著辦，老闆。』」

我們談起我們都認識的一些人。「如果男的是電線，女的就是接地線。」羅賓說著，似乎也在說他自己和瑪莎。

羅賓明顯流露出激動的神情，因為對於他的第二次婚姻，他經常被迫處於守勢——其中最著名的是《時人》雜誌（People）的質疑，還有其他人，包括芭芭拉・華特斯——她一向擅長以佯裝關

---

27 美國律師與政治人物，以辯論技巧聞名。

28 美國女演員，一九七八至一九八八年為羅賓第一任妻子。

29 美國電影製片人和慈善家，一九八九至二〇一〇年為羅賓第二任妻子。

切的猶豫口氣，詢問最無禮的話題，比如當年詢問半癱瘓，困於輪椅的克里斯多福・李維（Christopher Reeve）[30]有關他性生活的問題——芭芭拉・華特斯質詢羅賓迎娶瑪莎一事，因為瑪莎曾在羅賓家擔任保母，連莉蓮・羅斯（Lillian Ross）[31]也插上一腳——她和威廉・孝恩（William Shawn）[32]的一段情，讓人以為她對這種事應該抱持著比較超然的態度——莉蓮・羅斯將一連串複雜的事件和日期串聯起來，證明——彷彿這種事是需要證據的——當時瑪莎並非羅賓家的保母。其實只要是稍有概念的人，誰會真正在乎這種事？

在現實證據中，羅賓是個滿足的男人，坐擁具有產能的婚姻，有三個孩子（夏克瑞十六歲、賽兒妲〔Zelda〕十歲、科迪〔Cody〕七歲），和一個像許多創意達人的太太一樣，具有保護慾的精明妻子。吉卜林的妻子（美國人）就像瑪莎，還有羅伯特・路易・史蒂文森的妻子（也是美國人），以及其他許多人。她們的丈夫都很純真，沒有安全感，甚至性格挑剔，有懼內傾向，讓人覺得這些做丈夫的都受到她們的控制——這些妻子也全部因而受到嚴格批評。只是，這些女人之所以會被選中，受到愛重，正是因為她們嚴格和保護慾的特質。瑪莎・賈希絲・威廉斯正符合這個模式。而我認識羅賓越深，也越深信他是那種如果無法讓人爆出大笑，就幾乎是毫無防禦力的人。

雖然他經常對瑪莎表現出夢幻般的仰慕之情，使他儼如《錯把太太當帽子的人》的男人，但是透過戒毒、穩定的工作，和他們夫妻一九九三年成立的蒼狼製片公司（Blue Wolf），羅賓・威廉斯成為極為富裕的人。他們合作的第一項作品，即是魅力無窮（以及財源滾滾）的《窈窕奶爸》（Mrs. Doubtfire），其次是《心靈點滴》（Patch Adams），然後是《善意的謊言》。單單在一九九〇年代，羅賓便主演了二十八部電影，雖然有些已然遺忘，但其他的極其出色，而且大部分都獲利頗豐。他們夫妻在紐約、舊金山和納帕山谷（Napa Valley）擁有豪宅。兩人除了種植葡萄外，瑪莎還收集現代藝術作品——包括畢卡索和蒙德里安（Pieter Cornelis Mondriaan）[33]的作品。羅賓則購買市場上最好的單車。不過再精良的單車，充其量也才一萬出頭。他們夫妻搭乘自己的灣流航太（Gulfstream Aerospace Corporation）飛機。羅賓還蒐集並穿著特殊的鞋子。「這是普拉達（Prada）的，」他談及一雙酒瓶綠的鞋子。「而這雙是在東京訂做的，」他指著一雙狀似愛斯基摩毛皮靴的鞋子，手工縫製的厚重靴子，走起路來保證呆頭呆腦。

有人或許就此認定，瑪莎蒐羅有品味的戰利品——畫作、房地產，而坐擁二十部單車、奇特的鞋子和電動遊戲的羅賓則比較喜歡玩具。我接下去要說的可沒有任何貶抑的意思，但和羅賓騎著單車環繞馬林遨遊一天，實在比面對蒙德里安的畫作沉思有趣多了，畢竟後者跟瞪著一片高級亞麻地板相去不多。

將羅賓・威廉斯相較於奧利佛・薩克斯病歷中那些自我啟迪的病人（不單是《錯把太太當帽子的人》，也包括許多其他案例）是頗為合適的。威廉斯在薩克斯醫師著作所改編的《睡人》一片中，將以薩克斯為原型的醫生角色表演得令人難忘。從那時起，兩人便成為朋友，而奧利佛也是對羅賓行為最為敏銳的觀察者。「沒有一個人像羅賓一樣，」奧利佛表示。對一個終生以研究人類變

30　美國演員，羅賓的同學和摯友，以《超人》系列電影中扮演超人聞名，一九九五年因墜馬而導致頸下全部癱瘓。
31　美國新聞記者和作家，從一九四五年開始，在《紐約客》一共工作了七十年。
32　美國雜誌編輯，一九五二至一九八七年的《紐約客》編輯。
33　荷蘭畫家，風格派運動幕後藝術家和非具象繪畫的創始者之一，對後代的建築和設計等影響很大。

異行為的人而言，這句話意義重大。

當羅賓準備扮演《睡人》中薩克斯醫生的角色時，對兩人都造成情緒的波動。「說他模仿其實並不貼切，」奧利佛說：「他不是在模仿我——他已經變成我，具有我的幻想、我的希望、我的記憶。在那時候，他必須停下來。他須要喘息的時間和距離。他須要自我剖析，找回他自己的聲音。他須要釋放自己。」

再者，奧利佛和很多人一樣，被羅賓滔滔不絕的說話功力所震撼。他似乎完全浸淫於表演當中——同時還能傾聽，不但聽到各種嘟噥或講話聲，還記得住在自己表演時周遭所發生的每一件事。這項同時性，使他能馬上讀懂觀眾的心理——他很多笑點便建立在這種技巧上。這種技巧來自紐約的學生時代從事默劇藝術時，為了取悅過路客而模仿行人的手勢、步態，高傲或害怕的神情等逐步磨練而來；但也是出於沒有安全感的孩子的本能反應，他必須知道自己是被拒絕或受到愛護的。

「我會記下無論肯定或否定的所有事情，我就像一個感應器。」和他走在紐約街頭，可以明顯感覺到他強烈的警覺性。他會覺察到各種行為和聲音，許多是我渾然不覺的，而且最奇特的是，這期間大部分時候他都在和我談話。我將其視為求生本能，就像一個動物隨意遊蕩，彷彿專注其他事，其實對每一個動作和聲音都保持著高度警戒。羅賓還具有某些動物的爆發力——我注意到大部分爬蟲類都具有這類特性——從完全靜止到突然爆發的行為。一隻漂在水面昏昏欲睡，似乎累趴的鱷魚，一旦見到食物或威脅時，就會瞬間警醒，奪取性命。對於他的睡眠習慣，羅賓表示：「我是有袋動物，哪裡都能睡。」

「羅賓具有高度自發性，」奧利佛說，認為他驚人的暴衝力和聯想力，和同樣大叫大吼的行為，使他處於妥瑞症邊緣。「他最適合的，就是在夜總會觀眾面前，當場表演單人喜劇秀，不但鮮活刺激，而且可以大開黃腔。」

羅賓將單人秀視為自己的強項之一；他的真正天分也許在這裡，他也始終撥冗從事現場表演。夜總會的自發性表演是測試表演內容，和陌生人互動，以及與世界保持接觸的一種方式，但也是一種必須面對不可預知結果的奇特過程。「如果在表演中發生離題現象，那是因為你在傳遞和接收訊息，就像被附身了一樣。」他解釋。

他和瑪莎在國內旅行的前幾年間，經常會在奇特的地方表演，而且受到刁難（「我曾經在艾美許人〔Amish〕[34]社區的曲棍球球場表演單人秀」），他顯然是個不畏懼挑戰的人。「在某方面而言，他比任何人都還坦白，」奧利佛形容羅賓單人秀表演的多樣化。「不過，必須透過詮釋才能理解。就像做夢。我經常覺得妥瑞症的複雜性，就像一場坦然公開的夢。」

羅賓主要是個諷刺藝人，人們可以很容易從表演的愚蠢本質，其中所傳遞的難以容忍的事實，看出他的歷史脈絡。《李爾王》（King Lear）[35]的經典角色弄臣——一個豐富的角色，很適合他的演出；另一部戲《等待果陀》（Waiting For Godot）[36]也很適合他——該劇一九八八年在林肯中心

34 基督新教的一個分支，以拒絕汽車及電力等現代設施，過著簡樸的生活而聞名。
35 莎士比亞著名的四大悲劇之一。
36 薩繆爾·貝克特創作的一齣荒誕派戲劇，敘述兩名流浪漢每天傍晚來到一顆樹旁等待果陀，等待過程閒極無聊，而果陀到底是什麼?劇中沒有答案。

（Lincoln Center）演出，他扮演艾斯特岡（Estragon），史提夫．馬丁（Stephen Glenn Martin）[37]扮演維拉迪米爾（Vladimir）。羅賓說，他很喜歡這項表演）。奧利佛說這是他的強項：「他在扮演傻瓜的時候，最容易發揮他的表現深度。不過不扮演傻瓜時，也一點兒都不膚淺與無聊。」

諷刺的是，不試圖搞笑的時候——比如在考慮一個嚴肅的問題，或檢視一個構想的各個層面時的他情緒比較強烈。我曾跟他提及我很喜歡的一篇短篇小說，安東．契訶夫的《第六病房》。在那篇驚悚的傑作中，一名俄國偏遠地區的精神病院醫師，因被錯認為病人而被關起來，後來甚至因為無法證明自己精神正常而慘死在醫院。

「真是一場荒誕的噩夢。」羅賓明顯十分驚愕，他沒有看過這個故事。

「假設你意外被關起來，你要怎麼證明你是正常的？」我說。

「喔，上帝！」他無助的說著，彷彿見到自己穿著精神病患的束縛衣。

那故事也是奧利佛喜愛的作品之一，根據他的幻想中，會有個具敵意的醫師對他說：「啊！你以為你是奧利佛．薩克斯啊？把他關起來。」由於對精神病院和醫藥文學的豐富經驗，奧利佛．薩克斯對羅賓機敏和才智的分析特別令人信服與感佩。羅賓不是情況極端，亦即所謂愚聖（holy fool）的拉塔病患者（latah）[38]，不過他能很逼真的扮演額葉症候群患者（Frontal Lobe Syndrome）[39]，模仿出「刺激性屈服」和「強迫式反應」的症狀。儘管模仿當下近乎著魔，但羅賓有能力掌控。

奧利佛說：「他可以很安靜、很敏感，也很有想法。」不過他加一句。「如果沒有經歷過非常黑暗的一面，這種恣意而為的機智是不可能的。」當我要求他進一步闡明時，奧利佛只簡單回答一句。「他過去一定經歷過很嚴峻、很困難的階段。」

「嚴峻和困難」只是保守的說法。羅賓坦然承認他有自我毀滅的傾向，不過並沒有詳細說明。在記者採訪，以及單口相聲（最令人印象深刻的，是慈善活動「喜劇救助」〔Comic Relief〕的七場表演）中，他自嘲的提及早年生活狂野放蕩的一面，暗示自己過去濫服古柯鹼、暴飲暴食，乃至偏執狂、性無能，甚至還有毒蟲父母的養育指南：「孩子吐在你身上，你也回吐在他身上！」外帶失眠和歇斯底里：「你以為你失眠了，你就吸毒，然後發覺你在做夢；結果你醒過來，發現你在吸毒。」

有段時期，住在洛杉磯，也是《默克與明蒂》大獲成功之際，羅賓過量吸食古柯鹼，酒也喝得很凶。（在談及這段往事時，有強迫性添油加醋習性的羅賓，轉以維也納口音，形容佛洛伊德也曾過量使用古柯鹼。）羅賓的朋友約翰·貝魯西是他的酒友和毒友，不過和羅賓不同的，他是注射古柯鹼，以及服用一種名叫「急速球」（speedball）的混合性致命毒品。身處洛杉磯，對他的情況也於事無補，因為這裡的人老是在自我檢視。「我表現得還好嗎？」臉上擠出勉強的笑容，腳尖神經質的輕敲著地面。

羅賓談及他早期焦躁的原因，歸結於「演藝事業，還有自我感受，這種種都是，」羅賓說：「還有，逐漸走下坡的趨勢，以及『你是可以販售的商品嗎？』、『你有這個價值嗎？』、『你認識些

37 美國電影男演員、喜劇演員、作家、劇作家、電影製作人、音樂家與作曲家。馬丁擅長一個人突然轉換聲音、學不同動物聲音說話唱歌來神經搞笑。
38 一種違反自己意志，頻繁模仿別人語言和動作的精神病。
39 一種腦傷引起，腦功能受損的精神病。

什麼人？』」

他的聲音變得非常安靜，逐漸嚴肅，幾乎不像他本人，就算是對於一個看過他所有電影和表演的人而言，都顯得陌生。他似乎有些震驚，彷彿他在反省的是另一個人的生命——一個狂熱、絕望、不安、接近死亡的人。

「我覺得我的地位逐漸下滑和改變，從炙手可熱跌到冰點。」他停頓一會兒，又繼續道：「然後你會試圖用藥物治療——真的是藥物——古柯鹼，藉此維持身分地位，做所有該做的事。然後你會想：『我到底做了些什麼？』」

在描述洛杉磯「陰暗脆弱的一面」時，羅賓跳起身，絞扭著身體，歪斜著眼睛，一跛一跛的化身伊戈爾（Igor）[40]，以低沉、惡毒、誘惑的聲音說著：「啊，歡迎！你搞砸了，對不對？從裂縫中掉下去了？啊，我以前也是名人——你有沒有看過《洞窟妖婦的攻擊》（Attack of the Cave Bitches）？來，」——他用手示意，眼神狂野，衝向公寓的一扇門，彷彿進入一個洞口，「我要介紹幾個人給你。朗・錢尼（Leonidas Frank "Lon" Chaney）[41]的分身在裡面。朗把他所有一切都偷走了！還有那裡……」

他繼續表演，恐怖凶殘的演技令我大笑，一方面覺得可怕，一方面感受到詭異的幽默。

「另一面是錢得樂天堂（Chandler Heaven）[42]，人們等著接納你，說著：『來加入我們，讓我們一起洩恨飆怒。』那完全是另一種文化。人間煉獄，一個怪獸和人類交替守候的世界。歡迎來到地獄灣（Hell-Air）[43]！是漁人王的詛咒之地，比紐約有過之而無不及。」

酗酒、身形臃腫、服用毒品、缺乏運動。「沒有任何鍛鍊，只有各種派對，」他的自尊「非常低落」，為了強化自我意識，他在喜劇俱樂部表演，諸如喜劇俱樂部（Comedy Store）和即興劇場

（Improv）。

「當時，表演是個最好的宣洩口，但是表演有點類似台上諂媚觀眾的行為。我記得某個晚上，這些人一直把神風雞尾酒（Kamikazis）——伏特加和萊姆果汁——送到台上。他們想把我灌醉。我一直喝、一直喝，然後停下來，但是他們要我繼續喝，直到我倒在台上。」

那是一段空白的時期。「那段期間沒有什麼值得記憶的。沒有實質的記憶，只有從一個陌生人家到另一個陌生人家。我抹去那段記憶，也許因為那段期間實在太浪費了。」

那段浪費的歲月，大約持續了五年之久，「從《默克與明蒂》開始……到約翰（貝魯西）的去世……是一段放蕩的時期，什麼能讓我振奮起來就做什麼，比如拍拍別人手臂，問他們：『你喜歡我嗎？』各種不入流的事。還胡說八道的直到天亮，其實什麼內容都沒有。」

目睹他那段下沉歲月的人，事後提供他很多當時種種行徑的細節。羅賓自己說他就像個流浪漢，躺到哪裡睡到哪裡。「我太醉又太累，排演時，一到場就倒在地板上，」然後睡著了。導演會過來，踢踢他的腳。「你要移位到前台，」我這才醒過來回答說：「好，好。」

約翰・貝魯西的生活也差不多。不過在他特別嗨的時候，貝魯西有時會大吼：「我失去控制了！」他是活生生的例子，證明一個人可以鼻子裡塞了一把古柯鹼，手臂上插著針頭，一手一個起

40 是許多哥德式戲劇或文學中的惡棍腳色，經常擔任瘋狂科學家的實驗室助手。
41 美國著名的默片演員，常常飾演怪誕和被折磨的角色。
42 可能是取材亞利桑那州錢德勒避風港社區（Haven）的諧音。
43 洛杉磯附近豪華住宅區貝沙灣（Bel-Air）的諧音。

司漢堡，然後撞上一面牆，不但毫髮無傷，還滿口笑話。羅賓說：「他是頭牛。」

一天晚上，羅賓收到訊息，要他去馬爾蒙莊園酒店（Chateau Marmont）。他覺得那有可能是個騙局，「逮到越多名人越好——抓毒犯——以儆效尤。」那個晚上，羅賓離開飯店後，貝魯西因服藥過量暴斃。這讓羅賓受到有生以來最大的震撼，眼見一個以為無堅不摧的人走向毀滅。不久後，他的兒子夏克瑞出生。另外，還有一個令他下定決心戒毒的契機，羅賓接到傳喚，要他前往調查貝魯西死因的大陪審團作證。

死亡、作證和出生，等同創傷、羞辱和希望，這正是羅賓需要的。他離開洛杉磯，他「釋放壓力」。「戒掉古柯鹼很容易，」他宣稱，限制酒量也很簡單。「我沒有參加匿名戒酒會（Alcoholics Anonymous）。」在經歷過如此不堪的際遇，他幾乎不須要借助外力。「你可以勸戒別人不要喝酒，但是（要能成功）必須借助某種內在機制。」

我提及在我看來，他的沉淪經驗正是構成他這個人的重要元素，不僅讓他充滿決心，而且提供他豐富的資源。《白鯨記》結尾引用《約伯記》（*Job*）的一句話：「我是唯一逃出來告訴你們這件事的」，因為以賽瑪利（Ishmael）[44]是唯一一個活著離開現場，得以追述那段恐怖冒險的人。我們很多人在上一世紀的最後幾年，在失去節制的生活中僥倖存活，也都有同樣的感觸：幸虧經歷過這種事，幸虧能活到兩千年。

羅賓表示同意。他說：「這種事會改變一個人，因為你走到懸崖邊緣然後又回來了。我實際見證過了。這種經驗確實讓人有不吐不快之感。還可以拿來取笑。這也是普瑞爾（Richard Franklin Lennox Thoma Pryor）[45]那麼好笑的原因——他吸食過毒品，還活生生自燃過[46]，那是第一手資料。最能拿某種事打趣的人，是真正經歷過那種事的人。」

「如果你不能取笑自己，那就取笑別人。」這是羅賓新購荒原路華多功能車（Land Rover）保險桿上所貼的標語。旁邊還有一則，「瘋狂終會付出代價，請切實改變」（Madness takes its toll, please have exact change）[47]，以及另一則，「因果報應——就在你即將前往的任何一處」。這些與其說是真正的警世名言，不如說是插科打諢的雋語，令我感到驚訝的，是羅賓居然不怕麻煩，把這些二十五分一則的俏皮話貼在汽車底盤這麼重要的地方。當然，答案是：好玩而已。這部車是玩具，開車是好玩的事。他的單車放在車後——一輛漂亮的單車。他有二十部單車，款式都不一樣，全是亮眼的高科技產品，這些單車也很好玩。他不講笑話，當別人開始講笑話，「從前有三個傢伙……」他會打呵欠。他喜歡睿智的言詞；最好是令人捧腹大笑的評論。

我和他在一起的時間越長，越能體會他的趣味感。如果說他急於取悅別人，是根源於幼時的失根、被忽略，和記憶中抹煞的苦難，那麼他的強迫性喜劇化，可謂純粹的樂趣。沿著曼哈頓哥倫布大道前行時，不斷有人認出他，和他打招呼，或握手致意。一群喧鬧的國中女學生傾巢而來索取簽

44　各教派的中譯名不同，此採基督教譯名。
45　美國脫口秀喜劇演員、演員及作家。
46　一九八〇年六月九日晚上在《瘋狂的瘋狂》電影拍攝中，吸食了幾天的精練的古柯鹼後，普瑞爾往自己身上倒了蘭姆酒並自焚。
47　因為「toll」有「通行費」的意思，「change」有「零錢」的意思，所以整句話也有「收通行費，不找零錢」的雙關意思。

名。羅賓含笑答應她們——讓她們拍照、講笑話，像老朋友一樣歡迎她們（正如達賴喇嘛建議我們見到任何陌生人時所應該採取的態度）。他也以同樣的態度，樂意的答應兩、三名向他募款者，即使正身在公開宣傳巡迴中亦復如是。

「這種事可以幫你充電，」他解釋著，談論著那些找他募款，或從事慈善活動、名人義賣，以及為公益露臉（「喜劇救助」活動，迄今已經募集四千萬美元）。「如果事情搞砸了，你會失去一些東西，如果成功了，你便重新充滿活力。」

喜劇演員永遠喋喋不休，似乎沒有自己的聲音。但羅賓有，而且是具有說服力的合理聲音。他坦言自己渴望讓我們大笑，讓我們震驚，從我們的笑聲中索取活力——不時震撼我們一下，刺激我們。「我是一根陽具！」在一次節目中，他大嚷著，踮起腳尖、縮起脖子、側著肩膀走向舞台邊緣，沿途不斷震動，儼然就是一根蹣跚搖晃、喃喃不休的陰莖。

在舊金山一次拍照活動中，聊到英國人比兩根手指的姿勢。英國人用手指比V字，就像美國人比中指一樣。對於這個很少美國人知道（甚至大多數英國人也不知道）的手勢，羅賓的解釋是——這個污蠛人的手勢，早在阿金庫爾戰役（Battle of Agincourt）[48]便已出現。英國弓箭手對敵人比出兩根手指，向法國人表示（法國人逮到英國俘虜，會砍掉其手指）他們還有手指，還能彎弓射箭。

羅賓就是羅賓，在三個歐陸國家的觀眾前，他獨力完成一場阿金庫爾戰役——一個叫喊的法國步兵、一名傲慢的英國弓箭手、還有那位口齒不清的王公貴族、聖女貞德（Joan of Arc）這位迷惑人心的農民；他成為漫天覆蓋的箭矢；再變身風和雨；最終是炫耀性的往後栽倒，脖子上戲劇化的插著一根箭。在這場劇情激烈起伏的表演中，他準確的掌握住歷史，也展現出卓越的戲劇性。我記起華萊士．史蒂文斯的詩《喜劇演員的字母C》（*The Comedian as the Letter C*）：「這位傻瓜般的博學者。」

這些都發生在轉瞬間，一旦證明自己是攝影棚中的生命和靈魂，他整個人亮起來——對觀眾的反應感到喜悅——然後，兩眼發光，綻出歪斜有如野狼的笑容，展現出最適合攝影的一面。

在紐約忙碌的行程後，他說他喜歡回舊金山去，那裡比較有家的感覺。紐約人看到他，也許會說：「哈囉，你好嗎？」但也有可能會衝著他尖叫：「你很爛！」

我們剛離開一間單車行，我挑了一部單車，準備下午的單車行。他在店裡檢視了若干新的技術性裝備，態度一如他在紐約的表現，友善親切，一直詢問有關裝備性能的嚴肅問題。

「人們知道你是誰，」他指的是他自己，「但他們會說：『嘿，你喜歡單車啊？』」單車是共同話題。「舊金山就是好在這裡。人們會說：『我知道你是誰！不過關我屁事！』」

另一方面，和一個這麼出色的喜劇演員在兩大城市公開露面，我看得出來，一旦面對他，陌生人經常會難以抑制的開起玩笑。「今天就你們兩個啊？」金山大橋（Golden Gate Bridge）的收費員認出羅賓，掙扎著表現出幽默。

我們搭乘他的荒原路華往北行駛，準備騎單車環繞蒂伯龍（Tiburon）這條他平常運動的路線。途經一個公車站，上面貼有他最近一部影片的宣傳海報。我問他見到海報中的自己，有什麼反應。

「我沒有看見，」他聳聳肩。「這有什麼好反應的？不過偶爾發現海報被人破壞，眼睛被挖掉，還是會很沮喪。」

稍後，我們談起小報八卦新聞，以及記者試圖接近你，目的只在凌遲你，報導一些摧毀性的新

48　發生於一四一五年十月二十五日，是英法百年戰爭中著名的英國以少勝多的戰役。

聞等等，他說：「我覺得這有點反社會行為。」

「澳洲人在這方面很有名。我猜是出於忌妒吧，不過這是他們試圖讓你害怕的方法。」

突然間，他握著方向盤，變身澳洲人。「啊，我們這裡有一種鞭蛇，會要你的命的。還有響尾蛇，更他媽的要命。還有海蛇、箱型水母，都是致命的。鱷魚——去年有條鱷魚吃掉一個模特兒，不是凱特．摩絲（Kate Moss）[49]，她身上沒有肉……」

我們駕車過橋，前往索薩利托（Sausalito），他繼續做澳洲人。

「我們這裡也生產一些好酒。」他臉部肌肉抽動，舔了舔嘴唇。「上好葡萄品種卡本內（Cabernet）。搭配澳洲野狗（dingo）、小袋鼠（wallaby）和笑翠鳥（kookaburra）最是美味。你有沒有嚐過笑翠鳥酒[50]？滋味絕佳！」

談到這裡，我不禁提及奧利佛．薩克斯見過的一個男人，一個有強迫性敬酒行為的人，老是一躍而起，手中握著一杯想像中的香檳酒。

羅賓立即被吸引了——而這也是他自發性反應的最佳範例——他舉起想像中的酒杯，猶如強迫症患者結結巴巴的開始敬酒。

「敬我所有親愛的朋友！敬我留在身後的大便（胡言亂語）！敬我妻子——一個好女人——世界最好的！還有你——和你！敬我的狗——母狗（婊子）！」

就這樣，他單手操縱駕駛盤，駛入索薩利托。接著我們換乘單車，我的腳尖還未踏入束腳帶，羅賓已經衝下自行車道，遙遙領先而去。「他是個競爭者，」我們一個共同的友人曾經說過，不過就我所知，每一位嚴謹的單車手，無一不是競爭者。在前往蒂伯龍一路上，他抄捷徑，在交叉路口幾乎毫不遲疑，我偶爾可以瞥見他的黃色運動衫，大部分時間他都遠在視線之外。他顯然是個騎車好手，而且對地形駕輕就熟，因為那是回家的路。

我終於在一個角落趕上他——但我想那是因為他顧慮到我而特別等候的——他指著一片樹皮堅韌的油加利樹間隱約可見的車道和屋子，那是間不引人注目的平房，坐落於懸崖，可以俯視灣區美景，也是他小時候的家，四周是夕陽籠罩的美麗社區。但是他並未駐足。當他再度開口，我已是喘息連連，於是他說了句：「我忘了警告你要騎過山坡了。」

他保持穩定領先，證明他騎術較佳，但也不令我難堪。萬里無雲、晚霞滿天，在溫和的氣候中沿路奔馳，沒有一處比此時此刻更令人流連。看他奔上山坡，急速轉彎，在車流間穿梭，變換車道，令人賞心悅目——那麼警覺、快速且自然優美。

他不是我認識的第一個擺脫繁重和毀滅的放縱生活，一躍而為鐵人全能賽中的單車高手。真正強迫性人格者經常是最卓越的運動好手。他有強烈的道德面、溫和、仁慈——但也可以為了博君一笑，滿口淫言穢語。他可以跟你正常交談，但轉瞬間又可以嚷出我所聽過最高亢的聲音。他就是他，卻也是他自己的反面。

改編自以薩．艾西莫夫（Isaac Asimov）[51]科幻小說的《變人》（Bicentennial Man），展現出羅賓演技最明顯的兩端——或許也正是他潛在的人格面。在兩百年時光中，羅賓從一個電腦精心設計

---

49 英國超級名模。

50 酒的品牌名稱。

51 出生於俄羅斯的美籍猶太人作家與生物化學教授，作品以科幻小說和科普叢書最為人稱道，美國科幻小說黃金時代的代表人物之一。

的機器人安德魯（Andrew）轉變成一個凡人，他還特地花了一個半月時間穿著機器人戲服，以便掌握技巧，表現出細微之處。

那套戲服是一件工程奇蹟，是一百名雕塑師、模型師、工程師、畫家、服裝師、發明家和時尚家腦力激盪的結果。在經過三次打造原型後，這些人製造出一個真正適用的機器人服裝——有類似太空總署（NASA）太空人裝束或深海潛水裝的僵硬關節，可以轉動的手腕，可以彎曲的膝蓋和手肘，以及可以活動的眼睛和眉毛，和一個堪用的下巴。

「它是電腦設計出來的，」羅賓說，劇情挑戰的部分，在於這個機器人需要找到一種溝通的方式。它原本只是一個有用卻相當笨拙，反應可預測的精巧玩具，直到它開始能夠講笑話。「關鍵在於人性，當機器人開始開玩笑，而且知道那是玩笑，它便具有人性了。」他說。機器人因此獲得解放，不再只是被設計的玩物，而是快樂的。這也許是我們許多人掌握世界的方式；這也絕對是羅賓的答案。

如果不經詢問，你也許不會知道這位極具天賦而友善的人，曾經經歷過他一手造成的煉獄。不過再經考慮，你又不得不下此結論：如果沒有經歷八〇年代徘徊瘋狂邊緣，觸及最敏感的神經，以及感受嗑藥扭曲與公開失敗最嚴峻的自由墜落感，他是不可能達到日後獨特——也是最豐富的——喜劇成就的。他救了自己，其過程遠比他所扮演的任何醫療角色、任何感傷的情節還要深刻。就這方面而言，他是《變人》最完美的體現：在過去三十年間，他歷經磨難，終於成為頂天立地的人，得以騎著昂貴的單車，瘋狂奔馳在一個全新的世紀。

有人願意提供一小筆財富，邀請他參加芭芭拉．史翠珊（Barbra Joan Streisand）二〇〇〇年新年夜在拉斯維加斯的首演，他拒絕了。

我們騎完單車，駕車踏上歸途。

「那樣不是很好玩嗎？」我問：「在拉斯維加斯講笑話？面對一大群讚賞的觀眾？」

「拉斯維加斯是核爆中心點（Ground Zero），」他一方面說笑，一方面極其嚴肅。「如果世界末日到來，你可不想待在引爆點。末日四騎士（Four Horsemen of the Apocalypse）[52]正奔出齊格飛和羅伊的秀場（Siegfried & Roy）[53]！所以，免了，我可不須要成千上萬的醉鬼——我已經經歷過那種事了。我們都參加過派對，醉到昏天黑地的。『我愛你！』『你叫什麼名字？呃，我問你一件事，甜心……』我可以抓你，你可以打我，怎麼做都沒有關係。那就是核彈中心點的新年。所以，不要、不要、不要、不要、不要、不要。」

「那你覺得這麼重要的一夜，最理想的安排方式是什麼？」

「跟好朋友在一起，」他毫不猶豫的回答。「親近有趣的朋友。你需要的就只是這樣。最簡單的，也可以是最有趣的。」

52 出現在《啟示錄》第六章，四騎士傳統上被解釋為瘟疫、戰爭、饑荒和死亡。

53 德裔美國人的魔術師和藝人二人組，以白獅子和白老虎出場而聞名，從一九九〇至二〇〇三年都為拉斯維加斯最成功的表演秀。

第十一章
和慕麗爾・史帕克喝茶

慕麗爾・史帕克有條腿不好，個中原委就像她小說中曲折的劇情，令人在震驚之餘又覺滑稽無比，在顯然出自她自行編織的詮釋間，我越聽越開心。

「所以，你懂吧，我的臀部外科醫生從倫敦寫信給我。『我現在希望別人叫我莎拉（Sarah），而不是威廉（William）。我是個變性人。我打算去開刀變成一個女的。』他在信上這麼寫。」

「真尷尬。」我漫應著，希望她繼續講下去。

「我可不要一個變性人替我開刀，」她接下去說：「我覺得很恐怖。我可不想躺在他的手術台，醒來後變成個『賽門』（Simon）或什麼的。你吃午餐了嗎？這裡的午餐很難吃。我打電話下去點了一客三明治。那三明治真夠爛的。全是蛋黃醬。」

我一直很渴望跟慕麗爾・史帕克女爵士碰面，我大部分寫作生涯都在重複閱讀她的小說，從她獨特的真實、她獨創的情節設計、她的博學廣聞和筆下人物的膽大無畏受到很大激勵。她的小說很難加以分類，但就像她本人一樣，在在令人樂在其中。

有一天，我在夏威夷海灘再度看完《存心遊戲》（*Loitering with Intent*），大感讚嘆之餘，一時衝動寫了封信給她，表達傾慕之意。她從義大利托斯卡納（Toscana）家中親切的回信給我，語氣平靜，正如作家在歷經漫長而滿意的文字耕耘後所擁有的從容淡定：你已完成一本著作，回歸鎮定。她坦言自己確實剛完成一部新的小說，是關於魯肯伯爵（Richard John Binghammm, 7th Earl of Lucan）[1]的故事。就我看來，她所選擇的小說人物頗具啟發性。一九七四年十一月，第七任魯肯伯爵理查．約翰．賓漢，也就是朋友口中的「福星」（Lucky）——雖然他距離福氣遠矣——在倫敦寓所的陰暗樓梯間，誤認保母為自己失和的妻子，將之亂棍打死。隨後又去追殺妻子，妻子僥倖脫逃，引起一番動靜。魯肯第二天便失蹤了，只留下一張語意模糊的字條，說明他將「潛伏隱匿（lie doggo）一陣子」，後來始終沒有被找到。

慕麗爾在信中表示：「我們必須見個面。」結果終於敲定，雙雙前來紐約市碰面。

坐在半陰暗的旅館房間喝著茶，感覺有點像通靈會。言談間的慕麗爾根本看不出她的年齡，她鮮活、有趣、直爽——還有最主要的，鼓舞人的一面，因為她對什麼都有興趣。她發音精準，很像她的行文風格、爽利、突兀而令人驚訝。我們談到她著作《駕駛座》（*The Driver's Seat*）改編的電影《全體一致》（Identikit），由伊莉莎白．泰勒主演。慕麗爾不喜歡那部片。「主角人物應該是神經質的，伊莉莎白．泰勒太庸俗，不適合演神經質的女人。」我們談起非洲。她曾經在羅德西亞（Rhodesia），亦即現在的辛巴威住過。在總統的慫恿下，當地白人農夫經常受到憤怒黑人的騷擾。「穆加比（總統）」（Robert Gabriel Mugabe）[2]是個瘋子，一個有權力的瘋子。新聞界都知道，卻也都瞻前顧後的和稀泥。」至於她一九六六年遷居的義大利。「有很多缺點，非常沒有效率，不怎麼誠實。就我們的標準而言，你知道的，那裡沒有所謂坦誠的交易，不過，他們人還不錯，我喜歡他們的幽默感。」我們談及她的前夫。「他是個瘋子，經常出入瘋人院。」而她兒子：「畫家，不過不是頂尖的那種。」然後我們談到那位變性外科醫生。

「我動過髖關節置換手術，癒後情況不好。我開過兩次刀。感染得很嚴重。一個外科醫生幫我治好了，但是短了半吋。然後另一邊的關節也得置換。幫我動刀的醫生就是那個幫皇太后開刀的醫生。我想不起他的名字。他走起路來有點像芭蕾舞者。他叫什麼名字？」

「臀部醫生？像芭蕾舞者？」

「『請叫我莎拉，』他說。這是個悲劇——竟有毀損自己的野蠻慾望。玩變裝遊戲就好了。打扮起來！去尋歡作樂！不過動刀自殘——真的太野蠻了。」

她說反正一個男人是不可能變成女人的，只能成為變性人。「那是另一個領域。她不是一個女人，只是一個概念。」

那名醫生寫信給她，解釋他的決定後，慕麗爾回覆他：「謝謝你的來信。我覺得很有趣。希望你的新生命一切順利，謹此。」

「其他的我也說不出來。『祝你好運。』我決定不再動刀。反正只是一條壞腿。我可以吃止痛藥。我真希望能想起他的名字。」

---

1 為第七代魯肯伯爵，在涉嫌謀殺後失蹤。

2 辛巴威政治人物，極具爭議性，自一九八〇年出任辛巴威總理起，長期獨裁統治至九十三歲高齡。

儘管如此，那個週末，她仍是紐約的紅人——應邀到各處露臉，始終有禮而慧黠。她的說話方式很精準，有著令人卸下心防的明朗，和自家阿姨一樣的親信，說話不太有愛丁堡腔調，而有昔日旅外人士的淡淡口音，就像那些大半生都在國外，說話帶有父母或私校女校長口音的人。除了早期年輕時，以及戰爭結束那幾年，慕麗爾大半生都旅居國外。

沒有任何跡象顯示慕麗爾不是一生順遂的人，這點很奇特，因為她早期生活可謂充滿騷擾和掙扎，如果是其他人，即使不會上演悲劇，也一定會演出一段飽受折磨、高潮起伏的劇情，但對慕麗爾而言，這卻是她力量和喜劇的來源——她最陰暗的小說內，也充滿了笑聲。姓氏「史帕克（Spark）[3]」對她而言是完美的，她本名是慕麗爾．坎貝格（Muriel Camberg），是愛丁堡的半個猶太人。但「除了《聖經》，我對宗教沒有什麼概念。」她不到二十歲就遇見了悉尼．奧斯華．史帕克（Sydney Oswald Spark），悉尼向她求婚，隨即航往羅德西亞。訂婚後不久，慕麗爾也尾隨他前往非洲，兩人在當地結婚——當年她十九歲——不久後便身懷六甲，兒子羅賓（Robin）出生後，她丈夫，「情緒非常不穩定——有時候相當粗暴，」開始顯現精神不穩的徵兆。「我一直到了那裡（羅德西亞）才領悟我做錯了。」

但她在自傳中說：「我在非洲學會了適應生活。」還在非洲時她便離開了丈夫，當時兒子還是個嬰兒，不過她保留了夫姓。「坎貝格是個好姓氏，但是相對比較平淡。史帕克似乎比較有生命、有趣味。」

離婚、撫養兒子、仍身處羅德西亞、沒有工作、手邊沒有什麼積蓄，戰爭正如火如荼的進行，她前往布拉瓦約（Bulawayo）一間聖公會（Anglican）女修道院學校申請工作，修道院院長是位納粹同情者，說這場戰爭都是猶太人挑起來的。「當然，我就是猶太人，」慕麗爾自動表示。那院長說著：「不會這樣，」然後勃然大怒。「我當場就帶著我的雪白肌膚和金色捲髮離開了那裡。」在開普敦以單親身分工作一陣後，一九四四年，她設法登上一艘運兵船，駛向倫敦。「不管你相信不相信，我選擇倫敦而不是平靜的愛丁堡，是因為我想親身『體驗』戰爭。」

她在這段「大量燃燒彈密集轟炸」期間，住在海倫娜俱樂部（Helena Club）——日後化身為她作品《窈窕淑女》（*The Girls of Slender Means*）中的「特克的梅俱樂部」（May of Teck Club）而永垂青史。她在外交部謀得一份工作。「在黑色宣傳或心理戰的陰暗領域，成功而果斷的欺騙敵人。」戰後，她先到一家文學雜誌社上班，隨後又在詩社（Poetry Society）工作。就像照片裡所顯示的一樣，她風姿綽約，是個美人。有些鎩羽而歸的仰慕者會獻詩給她。她自己也寫詩、小說和文學批評。出乎她意料之外的，格雷安・葛林對她的作品極為入迷，每月資助她二十鎊，偶爾還會送她一箱酒（「消磨些生活中的失意」），算是某種文學獎學金，所以她可以專心寫小說。她完成了《聖靈》（*The Comforters*）。伊夫林・沃對慕麗爾處理幻覺的筆法頗為讚譽，他本人在《吉爾伯特・平福德的苦難》（*The Ordeal of Gilbert Pinfold*）小說中也嘗試了這種體裁。

我問她：「看到沃對妳讚譽有加的評論，妳有什麼感想？」

「我可以辭掉工作了。」

她又撰述了《死亡警告》（*Memento Mori*, 1957），而到了《紐約客》雜誌以一整期的方式發布她的小說《瓊・布羅迪小姐的青春》（*The Prime of Miss Jean Brodie*, 1961）時，她已移居紐約市，

---

3 慕麗爾的夫姓，字面有火花，鼓舞等意思。

而且樂在其中。

「我不想住在英國，因為我一定會面對嚴重的家庭問題。他們會煩死我，尤其我母親。」她把羅賓留給母親照顧，只在遠處提供經援。「他根本不喜歡我，他喜歡他父親，那個大半生都在瘋人院的人。」她說。羅賓雖然沒有精神問題，但她總覺得自己兒子有點遲鈍，而「遲鈍的人有時候顯得很愚蠢，而且很會記仇，他希望我像個老太婆。」

「他選錯母親了。」

「我也一直這麼說。我已經盡力了，如果你做得太多，他們會反過來對付你。尤其如果你是女人的話。」

在紐約住了四年後，她遷往義大利，先住在羅馬，然後和她「相伴三十餘年的雕塑家潘妮蘿佩・賈丁（Penelope Jardine）」前往托斯卡納。慕麗爾在義大利很滿足，作品很豐富。我問她她最喜歡義大利生活的哪一面。她回答：「快樂的家庭——義大利人會接納他們的家人。父母親不會干擾孩子的生活。」

她品著茶回想，又語重心長地加了一句：「有些作家的生活，被家人拖累得太慘。」

她的新小說《幫助和教唆》（*Aiding and Abetting*）是她第二十五部小說。主角是盧肯伯爵，不過小說主題是表裡不一，以及面罩和陰影下的赤心，經常出於好意而顛覆了道德規範。

「你知道魯肯伯爵？那個賭鬼？」她一面喝著茶，一面問著，然後愉快的繼續說：「他受雇於一個俱樂部，設局對付一、二個笨蛋，把自己的保母桑德拉・里維特（Sandra Rivett）打死了。我的書講述他隨後的日子，和另一個逃犯在一起，一個假冒身上有聖痕（stigmatist）[4]的心理醫師。

魯肯最後落足非洲，然後被吃掉了。他是被誤食的，就像他當初誤殺保母一樣。他有個替身跟著他。」

「是誰，或什麼東西，把他吃了？」

「一個至高無上的酋長。他想要生出一堆小魯肯。你吃什麼就會變成什麼。」

「你對犯罪很有興趣，對吧？」

「對，非常有興趣。」

她對這個題材有興趣，是因為她一直讀到有人見到魯肯伯爵的相關報導。「還有一個問題：從法律觀點而言，他是否被認定死亡。法律說，『對，他死了——我們認定他死了，他的兒子才能從事繼承。』但貴族院說：『喔，不對，他隨時都可能走進來，』所以他兒子不能承襲爵位。」

《幫助和教唆》和她其他著作一樣有趣、陰暗而充滿暗喻。盧肯出現在希德嘉・沃爾夫（Hildegarde Wolf）醫生的辦公室，內心充滿悔恨，需要治療。他選擇這位醫生，是因為這個醫生有一個不為人知的祕密。如果這醫生威脅揭露他的身分，他便可以用這個祕密反制她。治療進行中，出現另一個自稱為魯肯伯爵的人，後來那人才承認自己是被解除聖職的教士。兩個魯肯在體態上也很相似。「這整個故事很複雜。」慕麗爾先警告我。

沃爾夫醫生採用一種奇特的心理分析方式，包括前三次療程中，只談論她自己和她的問題，對一團迷霧的病人似乎毫無興趣。這個奇思妙想讓我覺得這絕對是一個吊病人胃口的有效探究方式。

4 身上顯現與基督受難時相同傷口的基督徒。

這位心理醫生其實和魯肯一樣欺世盜名，而她的祕密比盧肯還要荒誕。她原本是慕尼黑一名販賣手提包的窮學生貝亞特・帕本海姆（Beate Pappenheim），目睹顧客的金錢讓她心生貪念。一次由於嚴重的「經期失血」令她臥床不起，剛好一名五重聖痕教會（Five Wounds）的安娜斯塔西亞（Anastasia）修女告訴她聖痕的存在，說那是一種奇蹟。貝亞特靈光一現，開始自稱為受神祝福的貝亞特・帕本海姆，「每到經期她便故意在身上染血，包紮兩手，狀似有血液不斷滲出……在兩次經期之間，她則書寫自己有醫療能力的見證。」在請求募款「捐助貝亞特・帕本海姆的貧困」後，她變得富有，並製造若干真正的奇蹟以資回饋，在愛爾蘭還興起一個遵奉她的教派，後來在事跡敗露前，她便捲款潛逃。

在巴黎，她以希德嘉・沃爾夫醫生的名義，以其獨特的獨白式心理分析療法在業界享有盛名。這個和魯肯故事平行的雙重故事，據慕麗爾表示：「是根據事實的。」

這部小說大部著重於追緝魯肯一事。人們警覺魯肯可能藏身於他們之間，很多人企圖獵捕他。事實顯示，魯肯有很多朋友，都是幫助和教唆者。這句用詞貫穿整部小說；的確，故事的核心潛藏著惡毒的默許與縱容。這一切都是邪惡的陰謀，一部有關欺騙、必然結果和自我欺騙的小說。其論點和慕麗爾大部深入探討道德和犯罪的嚴謹論文是一致的——而這部小說，結合謀殺犯和食人族——則形成一部鬧劇。

「我剛剛想起他的名字了，」慕麗爾說著，飲茶時間結束，她要求開一瓶酒。她一直絞盡腦汁在想她醫生叫做什麼，而且想出幾個不錯的名字，但是都不對，最後她終於肯定的說：「繆海德—歐伍德（Muirhead-Allwood）——威廉，不過現在是莎拉了。他以後會怎麼做？哪個男人會跟一個人造女人在一起？我想，只好用錢買。這是我的看法。」

第十二章
羅賓遜太太重臨

年輕時的我對年長的女子經常抱有幻想，雖然很少採取行動；年輕的我，對任何事都很少採取行動。這種渴望的習性、這些徒然的幻想，或許是我成為作家的原因。生命豐富，充滿機會的人很少會成為作家，只有耽於幻想的我們才會走上寫作之路，奇特的是，成為作家的我們儼然在世俗間擁有一席之地，而事實上，我們只是焦慮的怪胎，十分渴望成為自信、有魅力、真正擁抱世界的人。

我的幻想從來不像我們拉丁朋友所熱衷的那種無聊的追逐處子、尋歡作樂，也不在於鑑賞早熟的面孔和身材、好萊塢年輕女星，與流行音樂的性感女神——在我看來，那些就像水族箱內的小海豹，上面標示著「小男生的糖果」。很多怪老頭一見到像小貓一樣雙眼迷濛，雙腿纖細的少女便情不自禁猛流口水——事實上他們也只配流口水。我不認為我能描繪出我的理想女人，但我的幻想經常圍繞在某個像羅賓遜太太（Mrs. Robinson）[1]的女人。否則何以解釋十六歲的我，在電影院注視著《赤足天使》（The Barefoot Contessa）中的愛娃・嘉納（Ava Gardner）[2]，幾乎透不過氣？

過去十二個月中，我大部時間都在非洲旅行，遠離老婆大人，隻身從開羅到開普敦。在旅行開始，巡遊於尼羅河時，我見到一位非常漂亮的女人和一個年輕男子同行。那女的是德國人，對我的態度頗為冷傲，所以我就找她的阿拉伯伴侶聊天，「喔，我們不是伴侶，我是她的醫生。」隨後他落單時，無意間透露他是一位整形醫生。

我馬上看出整個情形。他雖然看來老成，事實上比那位美女年輕很多。那女的是他的客戶，已經五十好幾、甚至六十歲了。我幻想自己是個二十一歲的年輕人，那整形醫生慫恿我去挑逗那女子，以證明自己的手術有多麼成功。當然以上純屬幻想。在整個非洲行途中，在公車上、火車上、甚至是旅館房間裡，我都繼續編織這個故事，越編就越長也越煽情。故事設定在一個假想的旅館，西西里島塔奧敏納（Taormina）的歐羅宮（Palazzo d'Oro），時間是一九六〇年代早期。我當時二十一歲，正屬於無望的雄風高亢期。

同時，在這趟非洲行中，我受到不少女人的胡攪蠻纏——年輕女人、年老女人、剛果人、索馬利亞人、烏干達人，從陰影中跳出來，或在後巷中，大街上攔截我。「嘿，先生！」「要按摩嗎？」在街上、在旅館大廳，甚至早上十點在坎帕拉我出去寄信的時候。「你幫我買杯酒？」你會以為愛滋病並不存在，其實透過這些行為隨時都可能中獎。我抗拒著，繼續醞釀我的故事，而就像很多男人的故事，多半屬於自慰性質。

不管作家對其藝術意圖如何言之鑿鑿，聽聽就好。湯瑪斯・曼（Paul Thomas Mann）去威尼斯旅遊後，完成《魂斷威尼斯》（*Death in Venice*），根據他太太的說法，旅遊途中，他的眼睛始終盯著一個男孩的屁股。我們現在知道湯瑪斯·曼是雙性戀者，猜測他的寫作動機來自於他的同性戀傾向，但這麼說絕無藐視他傑作的意思。

年輕男人和年長女人相戀的主題仍然是我感到興趣的，因為隨著時光流逝，「年輕」和「年長」對我已有不同的意涵。對二十歲的男子而言，三十歲太老了。我跟三十餘歲的人相處的機會並不多。我現在已經比羅賓遜太太年紀還大，不過性尚未昇華為理論，仍是實際的事，隨時都有發生的可能。我仍然會不時盯著女人瞧，內心暗忖：「妳漂亮嗎？」而且就像所有男人，有些當掉、有些及格，還有幾個會給很高的分數。這是大部分男人清醒時刻一直都在做的事。

雖年紀漸長，但年齡差距和慾望的問題也因晦澀難解而令我覺得更加神奇。年齡是電影《畢業生》的主題——年輕男子和其未婚妻母親的風流韻事是我們記得最清楚的，而同樣的戲劇也是許多傑出作品的重心。主題通常都是一個年長的男人和一個年輕的慾求對象，通常是一個女孩，有時則是男孩。《魂斷威尼斯》相當執著於慾求、完美、年輕的主題。達秋（Tadzio）的美貌和主角奧森巴哈（Aschenbach）對這位咫尺天涯男孩的無助傾慕。《蘿莉塔》則是對中年男人迷戀十幾歲女孩，自我意識強烈的經典化探究。眾所周知，蘿莉塔是個噩夢，而且根本不算處子之身，但這並未阻卻杭伯特（Humbert）的執意追求——這是這本小說的喜劇來源，因為我們看他的目光，正如他看自己的目光，極盡嘲弄，卻又甘之如飴。

大約二十五年前，我寫過一篇論文，〈向羅賓遜太太致敬〉（Homage to Mrs. Robinson），想像

1 電影《畢業生》（The Graduate）中的性感美豔媽媽。

2 美國女演員。

和一位年長女子交往的可能情況。我想像那女子是個沉著自信，極其性感，有點控制慾，而最主要的，是知道事情核心的人。對我而言，她最吸引人的特質，是我們經常指望年輕人所具備的：活在當下的能力。但年輕人一般都不如此。他們擔心未來，他們不想浪費時間，他們會想：這樣做對我的履歷好嗎？對我的職業生涯有利嗎？他們害怕隨便和人發生性關係會腐蝕他們的自尊。他們一般尋找的是理想的淑女（Miss Right），而不是羅賓遜太太。

很多年前我就這麼說，年長的女人並不會忙著尋找丈夫：她知道她要什麼，如果你符合標準，你便是她獵取的對象。她知道隱匿的本質，對時間的掌握很敏感。年輕男人將性關係視為成熟的象徵——證明自己的雄風，一項傲人的統計數字——年長的女人則視之為生活中的緩刑，是戰勝年齡的際遇。對她而言，這是一種私下的相互讚美。一般典型情況，不會維繫很久；事實上，她事後或許也不特別想再見到你。至於一些前置作業、文過飾非、掏心掏肺、甜言蜜語——全都可以省略。她沒有時間，她會單刀直入，然後返回日常生活，她對你所做的，就像年長男人對年輕女子的作為一樣。

而且，她跟許多年輕女人不同，她不想被困住。她不需要見證。對年輕人而言，性不是目的，而是手段，真正的目的在：工作、金錢、婚姻、權力、家庭、地位。所以，如果從未和這種年長女人交往過，而只經歷過二十歲的女孩和其嬌憨的一面，大部分男人隨著成長會認定性關係是女方所賜予的——就是策略或現金或權力，性行為本身因而也充滿威脅性。年長女人一般對掌控，或要求回報很漠然——她們的年齡已經讓她們看開，不再受制於那些欺騙的伎倆。她對權力沒興趣，只想來點樂子。

在我書寫這個主題時，我還是個自我膨脹的三十幾歲理論家。我說：「三十到五十歲的女人，性關係是熾然的——她的態度也許冷靜，但身體是火熱的。」現在我年紀大了，對於荷爾蒙的了解也比較多，遂放寬當初的限制：六十歲的女人也可以是火辣的。而且，即令她們不那麼主動，也熟知書本上所有的技巧。我說的不是愛情，而是慾望。很多上了年紀的女人仍然很漂亮。

大體而言，文學領域毫無助益於這類老少戀的理解。羅伯特・路易・史蒂文森娶了一個年長他許多的女子，雷蒙・錢德勒（Raymond Thornton Chandler）[3]亦然。他們的妻子都非常漂亮，雖然有點神經質。但這兩人都沒有就這方面的主題發表過任何小說。屠格涅夫和一個年長的有夫之婦有首尾，說到性關係他最令人記憶深刻的故事，是有關於一個男子和他兒子女友的韻事。亨利・詹姆斯喜愛年長女子的陪伴，但是卻把擁抱和愛意留給了年輕男子。《大使》（*The Ambassadors*）一書中的薇歐奈夫人（Madame de Vionnet）是亨利・詹姆斯的羅賓遜太太；拜倫（George Gordon Byron, 6th Baron Byron）《唐璜》（*Don Juan*）一書中也貢獻了一、兩位。至於其他偉大作家，諸如狄更斯（Charles John Huffam Dickens）、梅爾維爾、康拉德、德萊塞（Theodore Herman Albert Dreiser）[4]、費茲傑羅等，都沒有羅賓遜夫人式的戀情。年長的女人在小說家中並沒有受到應有的待遇。

電影和戲劇界彌補了小說界的不足，出了不少優秀的作品。我現在想到的電影，有《紅樓金粉》（Sunset Boulevard）、柏格曼（Ernst Ingmar Bergman）[5]的《折磨》（Frenzy）、《如此運動生

3　美國推理小說家，對現代推理小說有深遠的影響。
4　美國自然主義作家，以探索充滿磨難的現實生活著稱，是美國現代小說的先驅和代表作家。
5　瑞典電影、戲劇以及歌劇導演。

涯》（This Sporting Life）、《倫敦奇案》（Nothing but the Best）、《青春之鳥》、《羅馬之春》（The Roman Spring of Mrs. Stone，也是一本小說，但是電影拍得比小說好）、《八月的寒風》（A Cold Wind in August）、《最後一場電影》（The Last Picture Show）、《金屋淚》（Room at the Top）以及法斯賓德（Rainer Werner Maria Fassbinder）[6]執導的一部很傑出的電影《恐懼吞噬心靈》（Fear Eats the Soul）。黛博拉・寇兒（Deborah Jane Kerr）[7]在《飛天英雄未了情》（The Gypsy Moths）一片中的演出，更是成熟女人最完美的詮釋。

還有，當然就是羅賓遜太太——在《畢業生》一片中引誘達斯汀・霍夫曼（Dustin Hoffman）[8]的安妮・班克勞馥（Anne Bancroft）[9]。導演麥克・尼可斯（Mike Nichols）[10]很擅長處理年輕男人和年長女人的對手戲，營造出強烈的現實感。其中最生動的場面不是在臥室，而是在年輕男子窮於應付，完全由羅賓遜太太掌控局面的酒吧和飯店。兩性關係活力的本質在於掌控。羅賓遜太太有策略、有熱情、獨立自主、而且是個美人。有誰在看完那部電影後，對英雄最終選擇帶走女兒，而不是母親，而不覺得遺憾的？

把這種欲望和戀母情結扯上關係是無稽之談，再說，戀母情結也只適用於嬰孩。在我十歲或十一歲的時候，我通常只想到我自己，當我母親的老同學來訪時，留下來的是香水味、菸味和殘留在琴酒酒杯上令人春心蕩漾的口紅印。我想起我第一個想要擁有的老師，在華盛頓學校（Washington School）任教——墨菲小姐（Miss Murphy），或許只有二十二歲——雖然當時我還不知道該如何做。而第一個真正教會我人事的女子比我年紀大，比我有經驗，生平第一次，我感覺可以把自己託付給對方。

二十五年前，我寫道：「年長女子可以給予我們某些幾乎無與倫比的東西，一個小時無法達成，只有成年後才得以成就的機會：一段沒有瑕疵的風流韻事，融合最佳的青春年華，成熟、浪漫和現實，一應俱全的禮物。」

至今我的想法依舊。性關係有時候是為了繁衍後代，其他時候則純粹是慾望，一種從小便深植於內心的意象。成年後能完成幼時的幻想，正是快樂的定義。

6 德國導演、演員和話劇作者，德國新電影最重要的代表人物之一。
7 生於蘇格蘭並擁有國際性聲譽的電影、舞台和電視演員，曾獲得許多知名表演獎項。
8 美國電影演員，五度奪得金球獎，兩度贏得奧斯卡最佳男主角獎。
9 美國著名女演員，作品《畢業生》蜚聲世界影壇，並以此掄得奧斯卡最佳女主角獎。
10 美國著名導演，執導的電影、電視劇和話劇無數，曾憑《畢業生》一片贏得奧斯卡最佳導演獎。

第十三章
我輩夢想的護身符

大約四年前，我在印度孟買的喬爾跳蚤市場（Chor Bazaar），亦即所謂的小偷市場（chor）[1]，見到一件我心目中的絕品。那是一張印度舞孃的玻璃反畫[2]，婀娜多姿、姿態撩人，或許完成於十九世紀中期或末期，後方條板上還寫著中文毛筆字，畫框已開始腐朽。我不是在評估，而是受到了撩撥，已然愛上了它，這是一種熟悉的感覺。

1　這個字的意思就是小偷。有個廣為人知的傳說言道，如果你在孟買丟掉東西，無論什麼，都可以在喬爾跳蚤市場買回來。

2　玻璃反畫的製作非常精巧，首先玻璃要夠薄，才能反著畫、正著看。上色的時候，光是塗一個色層就要等二、三天才能晾乾，接著再塗其他色層。

收藏家的直覺是一種很強烈的慾望。開始時，是瞥見一件單品，露出了然的微笑，彷彿留意到一張奧登所謂的「迷惑靈魂的臉孔」[3]。收藏家很快墜入愛河，但是這種感情不能明示於外，否則會暴露自己內心的迫切。在收藏者流連的同時，感情愈發執著，內心也漲滿了好奇。從覺得神奇到企圖擁有，感情逐漸加深，開始帶有某種良性的慾望，接著是算計的感覺，最後終究成為明晃晃的占有慾。收藏家的座右銘，跟戀愛者一樣，都是：**我非擁有不可**。在這種情況下，猶豫不決是要不得的。不錯，這就是一種激情。

金錢是最不相關的動機。只要錢夠，任何東西你都可以擁有，也可以付錢讓別人幫你找尋那樣東西。收藏不是付錢去買稀罕的東西，其真正動機在於渴望能有所發現，因此收藏是一種複雜的執著心理，幾乎是難以衡量的。為了避免流於自覺忸怩，我沒有太去解構個人的衝動心理。正如奧托里庫斯（Autolycus）[4]在《冬天的故事》裡所說的，我告訴自己我可不是個「隨便搶奪無聊小東西的人」，我也堅信我的旅行因為這項熱情而更加精采。

還有一項重要的區別：收藏跟採購是不一樣的。收藏和狩獵比較具有同質性，或者正如我前面所暗示的，以慾望的語言來說，是誘惑、布網，最終成就一段韻事。收藏者不單是個擁有者；他們也被搜尋的過程，乃至他們所鍾情的物件所擄獲。有哪個有情人會不清楚這一點的呢？

在整個搜尋過程中，付出的心力要比金錢還加重要，而物件的獨特性更增添其魅人的風采。搜尋的一部分，還包括精通的知識和暗中行事。由於鑑賞力無從教授，因此收藏也包含了認真的自我學習，你必須知道你所擁物件的歷史；正如有句諺語：Avoir sans savoir est insupportable（無知的擁有讓人無法忍受）。在距離我最近的大型圖書館裡，我找到了收藏全世界啤酒罐、瓶子、硬幣、中國瓷器、現代首版書籍、電影海報、貝殼還有其他等等相關資訊；但對我們很多人而言，是沒有現成的手冊或指引可以倚仗的。多年來維繫我持續收藏的動力，是搜尋本身所帶來的刺激。如果在收藏之際又加上旅遊，那麼你所具備的熱情，便足以讓你終身快樂的搜尋了。

我後來發現，那幅玻璃反畫或許是古吉拉特（Gujarat）的中國畫家所繪製的。玻璃反畫是畫在一片玻璃板的背面，影像要從正面觀看，起源於歐洲（相等於教堂花窗玻璃的便宜快速版），不過這幅作品走的是中國風，主題世俗，而且非常性感。歐洲人在十八世紀將這套繪製技術傳到印度後，隨即大放異彩。中國人則是在同時間或者更早，便從早期來到中國的耶穌會教士身上學習到玻璃反畫藝術，而若干遊歷的中國藝術家最終落足印度，在當地繪製出許多俗世作品。

我買下了那件美麗玻璃畫，繼續搜尋更多佳作。尋找其他成品並不容易，但是當我在各個偏遠地區，見到各種類型的作品——宗教的、神祕的、色情的——不禁大感興奮。

隨著每幅新畫作的購入，我想要進一步了解印度玻璃畫的慾望也愈加殷切。芭芭拉．羅西（Barbara Rossi）[5]的《從繪畫之洋出發》（*From the Ocean of Painting*），對印度通俗繪畫有概括的論述；另外薩米塔．吉普塔（Samita Gupta）的《玻璃畫：印度的消失性藝術》（*Glass Paintings: an*

3　出自奧登的詩篇〈環道〉。

4　古希臘神祇之一，其事跡見於古希臘作家荷馬之相關著述，作惡多端，常進行盜竊與行騙活動，但亦為英雄奧德修斯之外祖父。

5　美國藝術家，為最早的芝加哥影像大師之一，以精心繪製的素描和卡通畫而聞名，主要是在有機玻璃上製作反向繪畫。

ephemeral art in india），以及一九八三年羅伊．克雷文（Roy C. Craven, Jr.）[6]在《亞洲藝術》（*Arts of Asia*）的一篇文章也頗有幫助。由於過去幾年的努力，我已經能夠辨識優秀的作品、主題範疇、不同風格和地區差異——範圍遼闊，南至坦賈武爾（Tanjore）、東至孟加拉地區、西至古吉拉特——以及許多作品的藝術敏感性，外加是出於中國或印度畫家之手。

每位收藏家最終都會發現，隨著時間流逝，他們喜愛的物件會逐漸稀少而昂貴，品味會隨之成長，鑑賞力也會逐漸成熟。我無論何時前往印度，都會尋找這類畫作。其實玻璃畫雖然卓越，但就古典意義而言並非珍寶，令我沉醉其中的理由是，它是家庭鍾愛的物品，是出自有熱誠和眼光的手工作品。

不久前，我致力搜尋另一項我所熱衷的收藏品：非洲手工藝品。在驗證一件作品時，我發現有本目錄中引用了法國哲學家加斯東．巴舍拉（Gaston Bachelard）[7]睿智的感言：「當我們生活在熟悉的日常事物之間，我們會開始減緩生活步調，耽溺於夢想——那些擁有過去，也經常醞釀著新鮮和嶄新一面的夢想。而那些貯放於收藏櫃，我們珍愛物品的小型私人博物館，便是我們夢想的守護神。」

巴舍拉是位對夢想、家屋中的珍貴空間，乃至古董手工物品，諸如油燈和櫥櫃等等有卓越詮釋的學者，對喜愛夢想的收藏家而言，堪稱理想的哲學家。

我很難將收藏行為排除於旅行之外，對我而言，這是相互為用的活動。愛好旅行的收藏家是我所認識的人。羅伯特．路易．史蒂文森一八八〇年代航向太平洋尋找居住地時，收藏了一件馬克薩斯群島的藝術極品（現存放於美國麻薩諸塞州塞勒姆〔Salem〕的皮博迪．艾塞克斯博物館〔The Peabody Essex Museum〕），是件優雅的人手木雕。旅行家理察．伯頓爵士在義大利第里雅斯特

（Trieste）迷宮型的住家中，塞滿了他所蒐集的非洲和中東手工藝品。在多次造訪海地之際，格雷安・葛林——最不貪婪的人士之一，卻是個旅行家——逐漸迷上二十世紀的海地繪畫，最終蒐羅了一些卓越的收藏品，在他的小說《喜劇演員》中還曾提及其中一部分。

這些旅行家不僅在遙遠的地域搜尋寶藏，也使得他們的旅行多了一層意義和目的。這麼做是有益的，因為旅行的收穫，充其量只是單一的追求。有時候我仍覺得旅行是一件最煩惱、最任性，甚至最無效的打發時間的方式。但旅行應該更深入的探索世界各角落，也探索自己。很顯然的，研究一個地區的物質文化，可以揭露該地民眾更精微的歷史。有謂收藏行為是一項創意的活動，可以激勵人們從事更廣闊、更敏銳的旅行，甚至達到真正的發現之旅，我可不認為這種說法是強辯之詞。

我一生都懷抱著收藏者的激情，雖然許多年間我根本沒有收藏任何東西，甚至書籍。我從一九六三年大學畢業開始，直到十年後定居倫敦，都過著流浪的生活，曾經住過義大利、馬拉威、烏干達和新加坡。在這從事旅行的十年窗口，我足跡遍布剛果、賴及利亞、婆羅洲、印度、緬甸、馬來西亞遍地，還穿越蘇門達臘島北部，前往東部爪哇和峇里島。我見到很多令我渴望的東西，但是什麼都沒有買。三十幾歲之前，我幾乎身無長物，一無所有，再說，即使買了，又能放在哪裡？

還有一個理由，那時期的非洲，我所希冀的東西大部分都具有靈力，而且他們經常使用，拿出來販售的並不多。我記得一九六〇年代中期，我在馬拉威叢林的穆亞（Mua）這座位於尼亞薩湖

6　佛羅里達州大學的大學美術館創始董事。

7　法國哲學家，最重要的著作是關於詩學及科學的哲學，引入了「認識論障礙」和「認識論決裂」。

（Lake Nyasa）的村落，目睹了一場狂熱的舞蹈，持續一整晚，安古尼人（Angoni）[8]稱之為尼亞舞（Nyau），那是一種肖像舞：鼓、面具、鈴、沙鈴、頭飾和種種象徵性的肖像，在火光中列隊而行。那段期間在維多利亞湖（Lake Victoria）南岸，蘇庫瑪族人（Sukuma）[9]會舉辦舞蹈比賽，展現雕工細緻、真人大小、四肢可以活動的偶像，謂之「馬賓達」（Mabinda）。我當時根本沒有想到購置任何儀式用的面具或手工藝品，當然，那些舞者或許也不願割愛。

等到購買房子後，我的生活有了巨大改變，比如說有了真正的家，一個可以回歸之處，我成為更大膽的旅遊者。此外，收集的熱情，也需要一個家的維繫，將自己包圍在具有個人意義的物品中。有生以來，我第一次可以在旅行中收集我所見到的物品。

一九七三年秋初，我從這第一個住家出發，踏上我在《大鐵路市集》一書中所描述的旅行。那次旅程中，我成為真正的收藏家，而不再只是熱情的愛好者，而且開始領悟有關收集的喜悅和精神疾病。在這趟近五個月的隻身旅行中，我深陷憂鬱情緒，很想念家人；精神需要安撫。我手上有的是時間。在伊斯坦堡大市集，即「Kapalıçarşı」（大巴扎；世界上最大、最古老的有屋頂的市集之一）內，我花費幾天時間，比較珠寶、茶炊（samovar）和地毯，買了些塞爾柱王朝（Seljuk）[10]時期的手鐲。我搭火車前往伊朗（Iran），在聖城瑪什哈德的市集，我找到一種古老上有藍色釉藥的磁磚。之後經由陸路，繼續進入阿富汗，在那裡，我多麼希望能用我的歐米茄金錶換得一箱槍托鑲嵌著珍珠母的部落步槍。

在巴基斯坦的拉合爾博物館（Lahore Museum），我見到一尊二世紀健馱邏（Gandharan）[11]古國所雕製的齋戒佛陀，瘦骨嶙峋的模樣始終縈繞在我心頭，而四十年後，我開始蒐集健馱邏藝術品。我在巴基斯坦買了些蒙兀兒人（Mogul）的小畫像，在印度買了些拉賈斯坦（Rajasthan）的宗教畫，在斯里蘭卡買了一把匕首，在加爾各答買了一張水彩畫，在越南買了一尊菩薩，還有其他種種。大件物品我直接寄送回府，比較小件的則陪同我前往日本，以及登上返國的西伯利亞鐵道（Trans-Siberian Express），當時行李袋裡放把閃閃發光的匕首，還不會被視為一種威脅。

拉賈斯坦的宗教畫，據我所知，是來自納特德瓦拉（Nathdwara）的廟宇，畫像中是神祇奎師那（Krishna）[12]的幼年形象斯里納西（Shrinathji）。我在倫敦發現過幾件類似畫作，後來再度前往印度時，也曾繼續搜尋。那些畫作色彩豐富，畫面很美，有些很大，對我而言，它們是虔誠藝術的縮影——藉由一塊棉布表達信仰的虔誠和繪畫的技巧。三十年後的今天，我仍然為其所深深吸引。

一九七〇年代末期，在美國波士頓到阿根廷埃斯克爾（Esquel）的《老巴塔哥尼亞快車》之旅中，我發現西班牙殖民時期的聖經畫像，包括耶穌和守護南美城市的守護聖者。我買不起昂貴的畫像，但我找到若干描繪精美，僅輕微受損，需要稍作修復者。我研究了畫像主題、繪製時期和修復技術等。當我旅遊厄瓜多，為我的小說《炫目的光芒》（*Blinding Light*）進行研究時，我又發現更多這類殖民時期的畫像，當時，我已經能區分孰者為真品，孰者為優質的複製品，還有孰者為劣質的仿製品。

---

8 屬班圖族人，主要講恩古尼語，目前主要居住在南部非洲。
9 居住在非洲東南部大湖區的班圖族人。
10 中世紀時期的突厥——波斯、遜尼派伊斯蘭帝國，由烏古斯人中的一支發展而來。
11 有學者認為它是今日阿富汗坎大哈的前身，為位於阿富汗東部和巴基斯坦西北部的一個古國。
12 婆羅門教——印度教最重要的神祇之一。

一九八〇年我第一次去中國，那時許多鄉間城鎮和村落會舉辦臨時性的跳蚤市場。我發現一個大型亮漆魚雕、一只茶壺、一個畫軸、一個蟋蟀籠子、一只玉製碗、一些鍍金的獅子，都是文化大革命的犧牲品。回到家後，我研究這些物品。蟋蟀籠子是一個南瓜色的平滑葫蘆，搭配一個雕琢細緻的象牙蓋，令我最感興趣，所以其後前往中國和香港旅行時，我繼續搜尋蟋蟀籠子，和所有關於蟋蟀的東西——食物碟、茓草（tickler）、鬥場以及捕捉蟋蟀的容器。自己學習的我，待啟程開始撰述有關中國行的《騎乘鐵公雞：搭火車橫越中國》時，那趟旅行根本已可加註副標題：尋訪蟋蟀藝術之旅——只不過在那本書中並未提及此事。

為了《大洋洲快樂島》一書，我一九八〇年代末期和一九九〇年代早期曾旅遊太平洋，並在旅行中發現一個矛盾點，即傳統物質文化已經所剩無幾。雖然也有例外，但大部分島嶼原本的木材、黏土和茅草，都被傳教士和商人引進的塑膠碗、錫鍋、鋁製船舶、帆布船篷和波狀鐵製屋頂等所取代。如果你想找個真正的夏威夷葫蘆缽、或芋泥木缽、或犬牙製足踝搖鈴，都必須去找相關貿易商或參加歐洲或紐約的拍賣會。（最近一串犬牙足踝搖鈴拍賣價格高達四萬美元。）我在夏威夷沒有找到任何一件我想要的夏威夷工藝品，在巴黎和阿姆斯特丹反而見到不少。

在《大洋洲快樂島》尋訪途中，我發現獨木舟藝術仍存在於某些地方，尤其是紐幾內亞比較原始的海岸，以及特羅布里恩群島（Trobriand Islands）、帛琉、索羅門群島外圍島嶼，還有萬那杜。那裡的居民仍使用古老方式製作和裝飾獨木舟。獨木舟藝術的典型，可以在特羅布里恩群島的航行用獨木舟洞燭一二，包括擋泥板和船首，獨木舟往外舀水所使用極具巧思的精緻舀勺，以及各式各樣的划槳等。許多島嶼居民仍然燒製鍋盆，雕琢木縫鼓，製作面具和戰棍。我買了很多這類藝品，我還在若干島嶼見到古老文化的餘韻，尤其是戰棍。

過去十年我一直潛心蒐集和研究太平洋群島的戰棍。每一座島嶼都會利用木頭或鯨魚骨製造其獨特的戰棍，以期在戰場發揮特定的功能。在夏威夷和吉里巴斯（Kiribati），他們會用鯊魚牙固定在戰棍上，毛利人則用毛利碧玉，又稱綠石（pounamu）裝飾。斐濟人會製造各式各樣的戰棍，成功的戰士經常將手下敗將的牙齒鑲在棍頭增加威力。許多太平洋的戰棍都是藝術品，沒有戰爭的痕跡，因此我相信那些戰棍的功能和歐洲儀式用戰劍相同——只是一種用以揮舞的震嚇物。許多歐洲航海人所雕製的古老板畫顯示太平洋島民使用戰棍敲打頭顱，也有許多描繪人們手執優雅的雕花戰棍，做為權力的象徵。

時光流逝，非洲傳統文化也紛紛降伏於現代化，或基督教與伊斯蘭教文明，或迷失於電子產品的五光十色。而逐漸的，非洲各種工藝品都可以取得，包括我一九六〇年代所渴望的尼亞舞面具和蘇庫瑪族的木偶。當然，世界各大都市都有相關經銷商，但非洲當地還是可以找到若干真品。有些最簡單的物件也最吸引人，我擁有一個巴加（Baga）蛇雕、一些喬克威族（Chokwe）[13]的頭盔面具、約魯巴人（Yoruba）[14]的雙胞胎塑像，以及隆達族（Lunda）[15]的手杖。但我逐漸從一張椅凳、一個碗、一把梳子及任何細心製作而由村民經常使用的物品，正如巴舍拉所言的日常用品中感受到美感。這種由非洲樹幹所雕琢出簡單優美的精品，比如多貢人（Dogon）[16]用以攀登到上層穀倉而

---

13 中非和南部非洲的一個民族。
14 約魯巴人，西非主要民族之一。
15 西非主要民族之一。在其宗教中，認為雙胞胎很神奇，特別受到神的眷顧。
16 西非馬利的一個古老民族。

打磨製造的梯子，便是其中一例。

我們的樂趣，甚至美感方面的樂趣，尤其是收藏的樂趣，如果經過仔細檢視，或許會揭露出內心底層某種扭曲的病態心理。而且任何一個收藏家，在蒐集這種具有世界性價值的物件時，是不可能不感到躊躇的。身為收藏者的我，經常在抗拒這種自覺意識，試圖避免這種快樂的占有心理所引申出的更大問題。巴舍拉讓我有了精神支柱。他含意雋永的話語，使得所有旅行和努力獲得了正當性。他對這類收藏品的定義：我等夢想的守護神，實在是最美的頌詞。

第十四章
搖滾樂手的負擔

自稱波諾（Bono）的保羅・休森（Paul Hewson）[1]或許很會唱歌，但是其他的呢？一個酬勞過高、受過半吊子教育、名字愚蠢，總戴著頂牛仔帽的愛爾蘭搖滾樂明星，老是針對非洲發展問題誇誇其談，有什麼比這更煩人的？此刻我還真想不出來。如果聖誕節這個充滿煽情故事的季節，會讓我轉變為小氣財神史古基（Scrooge）[2]，那麼我認為波諾在狄更斯小說中的對比人物，應該就是《荒涼山莊》（*Bleak House*）裡的傑利比太太（Mrs. Jellyby）[3]了。不斷叨唸

1 愛爾蘭搖滾樂團U2的主唱兼吉他手，樂團大多數歌詞皆出自波諾之手，而且擅用歌詞表達對政治、時局、社會的看法。

2 狄更斯小說《小氣財神》（*A Christmas Carol*）的主角。小說開始時是個冷酷無情的守財奴，但在聖誕夜歷經過去、現在和未來三個聖誕幽靈的造訪後，痛改前非，變得不再吝嗇。

3 書中這個角色獻出了自己的時間和精力，在非洲建立了宣教士，而無視自己家庭和鄰里的貧困者。

> 她所認養「位於尼日河左岸」的村落伯里奧布拉加（Borrioboola-Gha），試圖拯救非洲居民，資助他們「製作鋼琴琴腳，建立一個出口產業」，而且老是纏著人捐錢。

非洲國家似乎命定成為空泛言論和公眾形象的一個舞台。改善非洲情況一事，一旦牽涉到名人，很顯然的，都正逢他們需要改善自己形象的時刻。那些試圖改善非洲的人，本身匱乏之處其實比非洲更多。認為非洲身陷困境，岌岌可危，只能由名人和「餵養全世界」音樂會（Feed the World）[4]所拯救，這個觀念不但毫無助益，甚至有誤導之效。

我們那些四十多年前獻身和平工作團，在馬拉威鄉間擔任老師工作者，每當舊地重遊，都不免為當地的情況，以及報導中有關那個不幸國家的種種故事感到沮喪。不過我們覺得更震驚的，是大部分研議中的解決方案。我指的不是人道救援、急難救助、愛滋病教育或經濟實惠的藥物。我指的也不是那些小規模、受到嚴密監督的協助努力，諸如歐普拉的學校，或馬拉威兒童村。我指的是更多金錢轉交的平台。以前這種方式似乎是解決問題的答案，但現在已經不是了。我絕不會再把我的錢捐給一個慈善機構，或政府外援單位，除非每一分錢的流向都能交代清楚——而這是從來不曾發生過的事。以同樣古老的方式，送出大筆金錢，不但是浪費，而且是愚蠢而有害的；此舉也忽略了一些明顯的重點。

我六〇年代早期在馬拉威生活和工作過，但今日的馬拉威，教育情況更糟糕，受到更多疾病的侵襲，服務情況惡劣，而且比當年還要貧困。這不是因為缺乏外援或金錢捐助。馬拉威受惠於數千位外籍老師、醫生、護士和大量財務援助，然而該國情況卻由一個前景看好的國家倒退為一個失敗的國家。

一九六〇年代早期和中期，我們相信馬拉威很快會在學校老師方面達到自給自足。他們應該也可以做到，只是數十年來，我們仍然持續遣送和平工作團老師前往該國。馬拉威人歡迎這些老師，因為如此一來，美國人便會取代厭惡那麼做的馬拉威人在叢林學校任教，再則，受教育的馬拉威人也可堂而皇之的移居到他國。馬拉威人不願意從事教職，因為無論待遇或社會地位都很低。當馬拉威大學創立後，他們歡迎更多外籍老師（因為是免費的），由於政治因素，這些外師很少會由馬拉威人所取代。金錢也是一個問題，雖然部長所使用的賓士轎車從來不曾短缺。醫學教育的師資卻來自其他國家。馬拉威確實開始訓練出護士，但是那些護士都受到誘惑，轉向英國、澳洲和美國發展，這也意味著馬拉威需要更多外籍護士。來自非洲南部的護士，是英國國民健保體系的骨幹。

當馬拉威教育部長二〇〇〇年竊取高達數百萬的整個教育預算，一年多後，尚比亞總統竊取更多金錢，而奈及利亞也大肆浪費其石油財富，結果如何？波諾和其他過度簡化非洲問題的人士繼續號召減免非洲債務和更多經濟援助。我在蓋茲基金會（Gates Foundation）[5]的演說受到抨擊，因為我推崇波札那責任政治的成功，相較之餘，其鄰居國家卻竊盜成性，高達數千萬的金錢落入尚比亞和馬拉威政客的口袋。捐贈者不願正視這些惡劣政府的行徑，忽視這些國家落入失敗的真正原因，無異成為這類竊盜者的幫凶。

4　一九八五年七月十三日於英國倫敦和美國費城同時舉行，旨在為衣索比亞大饑荒籌集資金的跨地區大型演唱會，主題為「拯救生命」。

5　比爾・蓋茲（Bill Gates）與梅琳達・蓋茲（Melinda Gates）資助之全球最大的慈善基金會。

比爾．蓋茲也坦言他不願負擔數億這類捐助，而波諾卻是他信任的顧問之一。蓋茨想要捐贈電腦給非洲國家——根本就是徒勞無功，甚至可說是瘋狂的主張。如果是我，我會供應鉛筆、紙張、拖把和掃把，這類才是我在馬拉威見到的學校所需求孔急的用品。我不會送去更多老師。我會期望馬拉威人自己留在國內從事教育工作。尚比亞醫學院（The University of Zambia Medical School）教育出數千醫生和護士，但留在國內的卻很少。僅只十年前，辛巴威還是一個繁榮的國家，食物充盈。今日的辛巴威卻成為廢墟，因為穆加比總統的摧毀性政策，導致農人被逐，技術工人逃竄。

非洲國家並不缺乏人力。他們不像表面那麼無助。他們因為惡劣政府的緣故而道德淪喪，因為各種捐助、協助機構、毫無節制的都市化，以及入侵的粗俗物質主義而遭到摧毀。我們每年聖誕節期間所捐助的二手衣物堆積成山，破壞了非洲的紡織工業；他們為賺取低廉收入而種植的經濟作物——咖啡、糖、菸草和茶——也對農業造成摧毀性傷害。

我在馬拉威的時期，那裡還是個蓊鬱的森林國家，有三百萬人口。如今，那裡淪為一個遭到腐蝕，林木砍伐殆盡的國家，集居一千兩百萬人口。那裡的河流因為沉積物而淤塞，每年受到致命的洪災。他們砍伐森林充做燃料，並整地種植活命所需的穀物。在前四十年間，他們有兩位總統，第一位總統是個狂妄自大者，自稱救世主。第二位總統是個騙子，他第一個官方作為，是把他那張肥臉印在鈔票上。兩年前，一位新人，賓古．瓦．穆薩里卡（Bingu wa Mutharika）[6]亮相，在就職典禮中宣布，他將購置一整隊邁巴赫（Maybach）這種舉世最昂貴的車種之一。

我們以前任教的許多學校，現在都已成為廢墟——到處都是塗鴉，門窗破裂，佇立在高而深的雜草中。金錢並不能修復這一切。我認識的一位馬拉威高官友人曾愉快的要我的孩子將來也去那裡教書。「這對他們是有好處的。」這對他們當然有好處。在非洲教書是我做過最美好的事情之一，不過我們的付出似乎沒有太大價值。我那位馬拉威友人的小孩，理所當然的，目前都在美國和英國工作。似乎從來沒有人想過，鼓舞非洲人自己投入義工行列。非洲有很多受過教育的能幹年輕人，他們所能帶來的改變會遠比一名和平工作團的志工還多得多。

非洲是個美麗的地方——比它經常被描繪得更為美麗、更為平和也更有活力，雖然並不繁榮，但是卻擁有自給自足的先天條件。但因為非洲似乎是個半成品，而且迥異於之外的世界，在當地景物的襯托下可以塑造出嶄新的人格，所以吸引誇大狂，一些希望說服世人其偉大價值的因而紛至沓來。這種人以各種形式出現，而且虛張聲勢。其中擁有名氣、愛管閒事的白人在非洲格外吃香。我見到布萊德·彼特（William Bradley Pitt）和安潔莉娜·裘莉（Angelina Jolie）最近造訪蘇丹，擁著非洲兒童，向世人宣揚慈善的價值，心中卻不禁浮現出泰山（Tarzan）和珍（Jane）的影像。

戴著寬邊帽的波諾扮演傑利比太太的角色，常常大言不慚，不但深信自己有解決非洲重大疾病的良策，而且經常大肆喧囂，似乎讓其他人也信任他的答案。因此二〇〇二年波諾和前財政部長保羅·歐尼爾（Paul Henry O'Neill）[7]荒謬的連袂造訪非洲諸國首都。他所推銷的看法是免除非洲的外債，而最近更曾在白宮午餐，喋喋倡議更多金援平台，揚言非洲國家特別弱小無助。

6　二〇〇四年當選總統，之前為馬拉威經濟學家、政治家、西南非洲人民組織成員，亦曾任東部和南部非洲共同市場祕書長、馬拉威儲備銀行副行長和馬拉威經濟計畫與發展部長。任內最引起民眾不滿的是在二〇一二年更換了馬拉威國旗，被認為是穆薩里卡二〇〇九年連任後，政治上日趨獨裁專制的體現。

7　第七十二任美國財政部部長，老布希總統的首位幕僚。二〇〇二年十二月因為政府的壓力和成為嚴苛批評的對象而辭職。

不過真是這樣嗎？如果波諾再仔細檢視馬拉威，他會見到的，是自己國家愛爾蘭早期的景象。兩個國家都飽受數十年的饑荒之苦、都有宗教衝突、內訌、失序的家庭、傲慢的族長、營養不良、失敗的農作，古老的傳統、繁瑣的人際關係、虐待兒童、牙齒問題，以及氣候惡劣等等。馬拉威也有同樣的不平感，像愛爾蘭一樣是個殖民地，受制於遙控的英國地主，而且到處都是傳教士。僅只幾年前，愛爾蘭境內還不能合法購得避孕套、不能離婚、不過（和馬拉威一樣），卻可以輕易取得成桶的啤酒，暴飲暴食也是國人病根。愛爾蘭那個無所作為的島嶼——套句喬伊斯的話，「一隻吃掉自己豬仔的母豬」——正是歐洲的馬拉威，而基於許多同樣的因素，其主要出口是移民、工人和風箱（windbag）[8]。

想來令人懊喪，對許多非洲人而言，前往紐約或倫敦旅遊，比前往他們本國的落後地區還要方便。因為你的叔叔曼尼（Manny）或阿姨露絲（Ruth）從奈洛比（Nairobi）寄了一張明信片給你，上面有獅子的圖像，你會以為他們玩遍了肯亞（Kenya）。其實肯亞北方大部分地區都人煙罕至。沒有飛機，也幾乎沒有道路通往衣索比亞邊境的小鎮摩亞雷（Moyale）；我在那裡只見到瘦削的駱駝和流浪的匪徒。尚比亞西部在地圖上找不到，馬拉威南部是未知領域，莫三比克北部仍是一大片地雷區。但是，離開非洲卻很容易。最近一項世界銀行（World Bank）的研究證實，非洲中小型國家的技術移民遷居第一世界（First Word），已然是一場災難。

非洲沒有真正的人力短缺問題。他們缺少的是對自己的信心，而且整體而言，他們缺少誠實的領導人物。我再強調一次，愛爾蘭也許是一個良好的典範。經過數百年將自己的希望寄託在其他國家之上後，愛爾蘭人民發現，與其乞求別人的施捨，不如從自己開始改變。教育、理性的政府、冷靜的人民和單純的勤奮工作，將愛爾蘭從經濟上的廢物，扭轉為一個富饒的國家。所以，一句話——休森先生，你有在聽嗎？——愛爾蘭人的例子，證明留在自己家鄉是有其優點的。

8 風笛零件，不過在此一語雙關，亦指講空話的人。

第十五章
與鵝共居

我在夏威夷開始養鵝時，許多文學界的友人問我：「你有沒有看過伊比．懷特（Elwyn Brooks White）[1]那篇文章？」顯然是篇頗具說服力的文章，他們對鵝的了解全部出自於此，之外便是一般視為圭臬的陳腔濫調：「鵝非常具有攻擊性。比狗還凶！」這句警語不僅缺乏智慧，而且經常是錯誤的。不過對於伊比．懷特，我還是認同的。從他的文章可以看出他是世間最仁慈，也最理性的一位觀察家。「為什麼……英國人總是老大不開心，直到把美國搞懂後，才會為之開懷？」能寫出這句話的人，絕對值得珍視。

雖然讀過伊比．懷特大部分作品，但我至今還沒有看他的文章〈鵝〉（The Geese）。避免的理

1 美國作家和世界聯邦主義者。

由有幾個。第一個理由是，我想自己發掘鵝的行為，牠們的特徵和傾向，至少開始時不要受他人影響。我喜歡鵝的大小、圓滾的身材、全身軟軟柔柔、厚實的鴨毛、毛茸的大腳、剛出生小鵝、鵝的機敏——一旦前門開啟便警鈴大作——還有牠們的胃口、呵欠，群體的社會行為、歸家的本能、身體的溫暖、體力，以及一眨也不眨的藍色大眼睛。

但令我不願伸手從書架取出《伊比・懷特隨筆》（*Essays of E. B. White*）一書，乃是出自第二個更為重要的理由。即在懷特腦海中，有種無法壓抑的擬人化衝動，他會替寵物命名，幫牠們穿上人類的衣服，取些可愛的名字，還視牠們為同夥（有時也會視牠們為敵手）。懷特在談論蜘蛛、田鼠、家鼠、小羊、大羊和豬仔時，會將牠們視為人類世界的延伸，甚至在很多情況下，牠們更加敏感、更有接納性，比懷特許多人類朋友更像密友。懷特不但對動物具有乖戾的偏好，而且經常陷入擬人化的情境，此舉難免造成觀察的缺失。這點著實令人著惱，因為他不但像傳統兒童書籍中的裝可愛，也（和傳統兒童書籍一樣）違反了自然。

喜愛動物的人，經常傾向為厭世者或孤狼性格者，將感情寄託於他們所控制的動物身上。這類型的人一般執著於單一物種。《獅子與我》（*Born Free*）中那個將小母獅艾莎（Elsa）當成自己孩子般撫養的女人，在東非實則以厭惡小孩而惡名昭彰。戴安・弗西（Dian Fossey）[2]那位大猩猩女郎是個酒鬼和隱士。而「熊人」提摩西・崔德威（Timothy Treadwell）[3]被視為灰熊的權威，但是韋納・荷索（Werner Herzog）[4]的紀錄片卻顯示他情緒深受困擾，也許是個精神病患，具有暴力傾向。

將人的性格加諸於動物，是飼養寵物者的主要特質——諸如溺愛的狗主人跟寵物咿呀兒語；留守家中，大腿上躺著一團毛球的女士，自得的介紹「我，是個愛貓人。」以及老奶奶，鼻子頂著籠子，對寵物鸚鵡發出親吻的聲音等等。鹿和野鴨的狩獵人絕不會對自己的獵物如此說話，不過大型獵物的狩獵者——海明威是典型的範例——經常對他們親手轟斃的獵物表示感傷，然後心愛的整治填塞，懸掛在牆壁上。海明威的小說《法蘭西斯．馬康伯快樂而短暫的一生》（*The Short Happy Life of Francis Macomber*）中，獅子被描述為主要角色之一，不過那也許並不意外。吉姆．科比特（Jim Corbett）[5]《魯德拉普拉耶格的食人豹》（*The Man-Eating Leopard of Rudraprayag*）一書中那隻狡猾的豹子，還有文學史中無數其他食人者，也同樣是故事主角。《白鯨記》裡的鯨魚邪惡且具有報復心理；《大白鯊》（*Jaws*）不是飢餓的鯊魚，而是壞蛋，牠巨大的牙齒是邪惡的象徵，正如小海豹充滿熱情的眼睛是善良的化身，像煞一個六歲大孩子的眸子，在獵殺海豹季節，名人會爬過浮冰，將牠們擁在懷裡以示抗議。

有關寵物，或心愛動物的文學作品，從《我的牧羊犬鬱金香》（*My Dog Tulip*）到《水獺塔卡》（*Tarka the Otter*），都充斥著擬人化情節。這有關係嗎？也許沒有。但是有關自然的影片和野生動物的紀錄片，如果也如此處理的話，那便是扭曲科學。我們在電視上看到太多有關螞蟻窩的影片，搭配著旁白：「把東西放在背上，辛苦的搬運牠的小樹枝，心想，我只要再堅持一下……」儼然把

2　研究山地大猩猩的美國動物學家，曾在盧安達火山國家公園叢林中研究大猩猩種群十八年，並在一九八三年出版著作《迷霧中的大猩猩》，講述了她的研究經歷和成果。

3　美國自然保育人士，以愛好灰熊卻被灰熊殺死聞名。

4　著名德國導演、演員與編劇，被認為是德國新浪潮的重要成員之一。

5　英國獵人、博物學家和作家，在印度獵殺了許多食人虎和豹子。

螞蟻當成了尼泊爾的夏爾巴人（Sherpa）[6]。

也許擬人化運用得最令人寒毛直豎的，是《企鵝寶貝：南極的旅程》（March of the Penguins）這部當季熱賣的電影，將企鵝描繪成一群矮胖的基督徒，帶著帳篷漫遊在荒涼的雪地。「帝王企鵝……也許是現存最原始的鳥類，」這句話出自艾普斯利．切爾瑞—加拉德（Apsley George Benet Cherry-Garrard）[7]，亦即大約一百年前第一位造訪克羅澤角（Cape Crozier）帝王企鵝棲息地的人。他的故事記錄在他的權威著作《世界最險惡之旅》（*The Worst Journey in the World*, 1922）裡。書中描述一九一二到一三年冬季，他和其他兩名自然學家搭乘雪橇，從事命途乖舛的史考特探險之旅（Scott Expedition）[8]，在南極洲忍受攝氏零下六十點五度低溫，生活在一片漆黑中。切爾瑞—加拉德是第一位將企鵝蛋帶到倫敦自然歷史博物館的人。

你從紀錄片中無法知道這些。你幾乎不知道帝王企鵝整個孵蛋期間都是在完全黑暗中進行，因為紀錄片只能敘述黑暗，無法拍攝黑暗。影片中每對企鵝都是相親相愛，相互依偎的愛侶，帶著踉蹌學步的小企鵝，一起孕育生命，三五成群，儼然具備家庭的價值；很少顯示那種生存方式的殘酷。當一隻猛禽，也許是一隻老鷹出現在影片中，俯衝而下殺害一隻小企鵝時，影片不會顯示屠殺的場面，也不會顯示那隻猛禽的種類。那隻飛禽不是另一種在雪地掙扎求生的動物，而是來自荒原、伺機而動的偷襲者。我們被引導將企鵝視為好人，老鷹視為惡棍。人們利用這種歪曲科學的作法，將人類的臉孔鑲嵌在動物世界中。

在飼養鵝群多年後，我才終於閱讀了伊比．懷特的文章，而且正如我所擔心的，我所面對的是一個想像力豐富的作家，而不是具有觀察力的養鵝人。他這麼寫著：「一隻公鵝，滿懷悲哀和疑慮。」稍後，又提及那隻公鵝「是個耽於哀傷的老笨蛋。」這些多愁善感的用詞是一般童書所使用的。《夏綠蒂的網》（*Charlotte's Web*）中有隻鵝對小豬韋柏（Wilbur）說：「我在我的蛋上坐坐，一共有八個，得讓它們一直很溫暖、好溫暖。」

愛德華．李爾寫作時也有這種異想天開的傾向，不過他所畫的鳥類，在戲劇化的真實性方面，可以匹敵奧杜邦（John James Audubon）[9]。李爾談及他的貓時也難免犯傻，但是他的目光是清澈的。可在懷特作品中，最快樂的便是將一隻動物視為朋友般加以描述的時刻。但是這種人和動物的友情，背後的真相是什麼？不過是渴望容易吃到東西而已。餵食小鳥，小鳥便會出現。在緬因州，垃圾桶的蓋子打開著，便可引來熊——亦即所謂的「乞丐熊」。鹿喜歡近郊——因為那裡最容易取得食物。

大部分動物，不管野生或馴養的，每日必要之事，即為覓食。因此只要你手中有食物，既便不

---

6 一支散居在尼泊爾、中國、印度和不丹等國邊境喜瑪拉雅山脈兩側的民族，由於常年生活在高山地帶，是天生的登山嚮導。

7 南極洲的英國探險家，是「新天地」探險隊的成員之一，並為人類史上首批挑戰抵達南極點，並替諸多成員壯烈犧牲的過程留下紀錄《世界最險惡之旅》，備受後世讚譽。

8 一九一〇至一九一三年間一場英國前往南極洲的考察活動，起先名為新地探險（Terra Nova Expedition），正式名稱叫做「英國南極地區考察」（British Antarctic Expedition），該考察由羅伯特．史考特（Robert Falcon Scott）率領並訂有多重科學及地理研究目標，其與四位同伴雖在一九一二年一月十七日抵達南極點，卻於回程中全部罹難；其中一些人的遺體、日誌及照片被一個搜救隊在八個月後尋獲。

9 美國畫家和博物學家，他繪製的鳥類圖鑑《美國鳥類》被稱為美國國寶。

是感恩圖報的傢伙，你仍儼然有了寵物。

鵝生活在以鵝為中心的世界中，有鵝的規則和鵝的緊急需求。不像鴨子，我發覺鴨子很被動，不愛交際，鵝則有成群結隊的本能，有嘎嘎猛叫的傾向。觀賞鵝群是件愉悅的事，不過當鵝群中不只有一隻公鵝時，便另當別論了。牠們會相互鬥毆，爭取控制權，那種爭鬥似乎讓伊比．懷特很沮喪。〈鵝〉是他備受折磨的作品之一，其中充滿了哀號。

那篇文章敘述一個傳統的養鵝情況，他擁有一些餵養好幾代的鵝群。開始時，他說他有一隻母鵝、一隻公鵝，是他的朋友——「『伴侶』應該是比較適合的用詞；因為鵝是不會和任何人成為朋友的，牠們對所有人、每一個人都惡言相向。」

「惡言相向」並不盡然正確。在飼養鵝的前幾年，我發現鵝會發出各種不同的聲音，而且根據不同情況，音調高低和急切性也不同。當牠們知道你也許有食物時，就會朝你走來，口中發出纖弱逢迎、甜蜜哄騙的呢喃，嘴喙也會發出默默磨牙聲；而當一隻公鵝成功擊敗對手（公鵝間是以恐嚇取得主控權），則會拍著翅膀，發出勝利的嘎嘎聲。在這兩者間，有啊—啊—啊的辨識和警覺的聲音，是牠們見到或聽到有人靠近時所發出的——鵝有很卓越的覺察能力（史上一件著名事件，即西元前三九〇年，鵝群曾警告羅馬人高盧人的來犯）；牠們會發出嘶嘶的警告聲，幾乎和蛇一樣，嘴喙開敞著；牠們也會伸長脖子，發出激動類似喇叭的聲音；還有其他種種聲音，包括守護的公鵝在目睹其伴侶產下蛋，離開窩巢時所發出的喜悅叫聲。鴨子會聲音或大或柔的呱呱叫，鵝則口若懸河、辯才無礙，而且每一品種都有特屬於本身的聲音組合。

至於鵝「不會和任何人成為朋友」的說法——則不正確。我很早便得知這一點。我飼養的第一批鵝是三隻搖擺而行的小鵝，大約一天大，其中兩隻公的、一隻母的。那隻母鵝和其中一隻公鵝逐漸親近——或者是公鵝親近母鵝；多餘的那隻公鵝則逐漸黏上我。事實上，牠對我的印象既深且切，甚至時過數年，我一叫牠，牠還是會過來，讓我梳理牠的羽毛，搔弄撫摸，乖乖坐在我的大腿上，展現出令人驚異的安全感和喜愛之情。康拉德・洛倫茲（Konrad Zacharias Lorenz）[10]形容這種行為是來自小鵝的初次接觸。不過「友情」當然是錯誤的字眼，「夥伴關係」比較精確：我的公鵝在我身上覓得夥伴關係，因為牠的母親不在牠身邊，也沒有其他母鵝可供慰藉。

懷特一文所描述的主要困境在於，他的老母鵝生了三個蛋，然後就死了。懷特不知道該如何處理那些蛋，因為他的鵝是有伴侶的，所以那些蛋是受精蛋，必須孵化。至於那些蛋，「牠們似乎默默在責備我。」最好的方法，是把蛋放在一隻正在孵蛋的鴨子或雞身體下，但是他找不到。一個朋友提供他一個孵蛋器。他研究孵蛋器的說明單，然後「了解到，如果我要照顧到孵蛋器裡的蛋，就必須從世界中脫離三十天——放棄一切，就像一隻孵蛋的母鵝一樣。」

這個說法就像形容他的鵝蛋在責備他一樣，同樣流於誇張。他的意思是舊式孵蛋器需要每天翻動受精蛋一、二次，以避免蛋被烤熟，但這點他並沒有明說，而做這件事自然不需要從世界脫離；雖然孵蛋的鵝食慾大減，不過即便是最認真孵蛋的鵝也會時不時從巢中抽身，用羽毛和乾草蓋住溫暖的蛋，去吃點或喝點什麼。

另一個也想養鵝的人厄文（Irving）告訴懷特，他也有一隻鵝正在孵蛋，這件事竟然沒有讓他想到他可以把蛋塞到那隻母鵝的身體下，牠肯定會繼續孵蛋，待小鵝脫殼而出，也會對待小鵝視同己出。結果，懷特的做法是把那三顆蛋供在架子上，轉而接納了厄文的三隻小鵝，去看那隻母鵝和

---

10 奧地利動物學家、鳥類學家、動物心理學家，也是經典比較行為研究的代表人物。

牠的小鵝時，只見那隻母鵝「像隻母牛一樣護著小鵝。」厄文可是直接用繩子綁住母鵝一隻腳，把牠拴在地樁上啊！

在一般情況下，懷特算是最有人性的人，但是他並沒有考慮此類行為對鵝的獨特傷害。我無法不提醒自己，懷特可是住在緬因州，他和厄文的鵝整個冬天都必須關在穀倉裡。其實大型禽類需要空間遊蕩和翻找，經常還會低飛一下，束縛牠們是殘忍的行為。我的鵝一年四季都徜徉在六畝大的田園裡，享受夏威夷的陽光。圈養或束縛牠們根本就是不可思議。

懷特圈養厄文送他的小鵝，那些小鵝「像所有小鵝一樣，有著愉悅、明亮、天真的神情。」對他而言或許如此，但就我而言，我一直覺得小鵝出奇早熟，孵出後短短幾天，他們便表現出所有成年鵝的特質，擺出威脅的姿勢，一旦害怕便嘶嘶作聲。

把小鵝介紹給老公鵝（那隻「滿懷悲哀和疑慮」，「耽於哀傷」的公鵝）時，懷特是憂慮的。他看不出公鵝眼中閃爍著「惡意或喜愛」。不過惡意只存在於人類，喜愛是認識很久後才會滋生的感情。那隻公鵝不過是單純的衡量那三隻小陌生者，然後激發出一種有如父親般的保護與占有心理；但懷特並沒有這麼說。他注意到的是那隻公鵝掌管了一切，然後，「牠的哀悼期便結束了。」懷特企圖描述公鵝的某種魅力，但又有什麼意義？那不過是隻公鵝，一隻困惑的公鵝。

原本那三顆蛋後來被扔入鎮上的垃圾桶。其實懷特大可把它們孵出來。鵝蛋在三十天之內都可以孵出小鵝。他也可以把蛋吃掉，鵝蛋的蛋黃特別大，所以很好區別，一顆蛋就可以做出一個絕佳的煎蛋捲。總之，那三顆蛋被扔掉了。

雖然他不知道小鵝的性別，懷特說：「你可以從鵝的行為和姿態辨識一隻鵝的性別——從牠如何自持，對生命的整體態度看出來。」

事實並非如此，不過懷特也許是如此辨識他所結識的某些人的性別吧！鵝很容易辨識性別。把牠們翻過來，觀察下方排泄孔即可：公鵝有陰莖，母鵝沒有。再長大一些——幾個星期，而非幾個月——便可從牠們的大小和形狀辨別：公鵝大概比母鵝大三分之一。懷特從來沒有提到他所養鵝的品種，這也是他這篇文章另一個無所助益之處，不過如果是埃姆登（Embden）品種的鵝，那麼公鵝成熟時會重達十三點六公斤，母鵝則輕二至四點多公斤；英國灰鵝比較大，中國鵝比較小，如此等等，不過一般公鵝都比母鵝重。

懷特的一隻鵝、是公鵝，長大成為「一個真正的花花公子，充滿自負的想法，態度粗魯，」我在書頁空白處批了句：「噢，我的天呀！」

時光飛逝。「冬天是等待的季節，對人和鵝都一樣。」其實不盡然——只有在天寒地凍之處，或在穀倉或圍欄中，或鵝被拴在地樁的地方才會如此。氣候溫暖，又置身於自然棲息地的鵝會到處遊蕩，什麼都吃，很少會照表操課，或去某些喜愛的地方覓食。牠們喜愛某些蔭涼的地方，並且會透過技巧性的戰鬥，善用時機樹立起領導權威。牠們集結成群，四處漫步，連在爭奪領導權鬥爭中的落敗者也會留下來，成為鵝群的一員。這種情況絕不可能在穀倉或圍欄中發生，那裡只是牢籠，而且就像所有監牢一樣，只會製造乖戾的行為——過度反應、自我防衛和侵略行為。

在形容鵝的交配行為時，懷特對於鵝總在水裡辦事似乎感到很震驚，彷彿不知道鵝是水禽似的。而且「當牠們在水桶裡辦事時，不禁令人納罕，那隻公鵝似乎參考過現代性愛寶典，對各種特殊姿勢了然於心。」這段描述提醒我，擬人論者的另一個特質，便是詼諧。

懷特的一隻母鵝生了三顆蛋後就停止了，另一隻母鵝則比較多產，於是他開始干預，按照日期和鵝別分類鵝蛋。其實這是不必要的，他雖然完全採取主控，卻連抽個空閱讀一本相關書籍的時間都沒有；書本會告訴他，第一季所生產的鵝蛋，多半會孵出體型不足且體格虛弱的小鵝。總之，那些鵝孵出了五隻小鵝（「我的心雀躍起來」），其他沒有孵出來的鵝蛋則被懷特扔進了垃圾桶。

然後他評論道：「公鵝對於家務事非常有興趣，對於鵝蛋變成小鵝的奇蹟也深受感動。」這跟我的經驗不同。我的經驗是，公鵝只是掌握全局：這是牠領導權的一部分——不讓其他公鵝靠近。牠有保護性，很體貼，為了維護牠在鵝群中的優越地位，極為強勢，會攻擊任何進入牠視界的動物，包括來到前門送貨的聯邦快遞員。

懷特有兩隻公鵝，老的是文章一開始時就飼養著的，小的則是厄文的鵝蛋所孵出來的。兩隻公鵝當然會打架。懷特以一貫的誇張手法描述，使得整件事有如競技。小公鵝贏得了比賽，取得新一批小鵝的管理權。懷特把贏家和輸家分開，遣開了輸家，予以孤立。小鵝有了新的保護者，母鵝有了新伴侶。至於打輸的公鵝，「在草叢中幾乎看不到牠的身影，但是牠消沉的意志卻清晰可見。」

消沉的意志？不是的，那隻公鵝只是輸掉一場戰役，暫時退縮，因為牠一時透不過氣，疲憊不堪，也許身上有傷。如果懷特讓兩隻公鵝在一起，牠們可能會再打一架，老鵝也可能重新獲勝，不過不管如何，牠都會留下來。被擊潰的公鵝會離開一陣，料理傷口，但是牠們終會回歸，和其他鵝群在一起生活。鵝群最有趣的一個面向是牠們的兼容並蓄——不論品種、性別、年齡和大小。懷特似乎不知道公鵝會持續戰鬥，而且老鵝經常會贏過外表年輕力壯的公鵝。唯有經歷過無數次戰敗後，牠們才會停止競爭，然後產生一件美好的事：老鵝成雙結對，一起漫步在鵝群的後端，而且經常會是由一隻保護另一隻。

這部分文章內容流露出懷特的自欺心理。「我可以深切體會牠的憂傷和失敗。」懷特將自己的年紀和不安全感投射在這隻公鵝身上。「就動物世界的情況而論，牠大概正好就我這個年紀，當牠蜷縮身體，悄悄躲到吧檯下方，我真是打從骨子裡感受到了牠如此低聲下氣的痛苦。」這篇文章是寫在懷特已經七十二歲的一九七一年，這或許是他堅持擬人化手法的關鍵原因，他將老鵝視為自己的延伸。這篇文章並不盡然只關於鵝，也關於伊比．懷特。他將被擊敗的公鵝對照為佛羅里達州公園長椅上「筋疲力盡的老男人，在大白天裡無所事事」。他曾來回於緬因州和佛羅里達州；焦慮顯而易見。

結尾時，懷特做了一件鬱悶的事，就是扔掉更多沒有孵化的蛋，但在整篇文章中，他已經扔掉無數顆蛋，也沒聽到他吭上一聲。他最後一句也同樣令人不解：「我不知道還有什麼事比一個夏日更令人感傷。」這句話跟那些扔棄的鵝蛋有關嗎？我不以為然。早先在文章中，當兩隻公鵝打架時，他還評論：這是一個「美麗的六月底的早晨，天上飄著晴朗的雲朵，清風徐來，果園裡草葉繁盛——正是那種經常讓我感受到夏日憂傷的早晨，我不知道為什麼。」

這些感懷和這篇文章的田園氣息格格不入。他兩度提及夏日憂傷，令人聯想到今日所謂的（懷特寫這篇文章的時候，也許還沒有這個名詞）季節性抑鬱症——黝黑的冬日固然令人感到沮喪，但也有人正是因為陽光明媚而陷入了憂鬱。

這篇自信滿滿的文章讓我感到悲哀的，是懷特其實錯失了許多。因為他晚間把鵝關起來，所以他從未見過鵝奇特的睡眠模式。也許他認為鵝群都在穀倉裡乖乖睡覺，但事實上，鵝幾乎從來不睡覺。牠們也許會蜷伏在地，彎起脖子，把嘴埋在翅膀裡，但是這種小睡只維持幾分鐘。鵝到底睡不睡覺？這是很多人企圖解答的問題，但答案始終無法令人滿意。如果鵝群晚間可以自由行動，牠們會在白天打盹。圈養一隻鵝，那麼究竟要怎麼啟發牠的警醒和對危險的驚覺能力。

牠們在群體中的結盟、攻擊性的較勁、暫時的馴服，和牠們的專注力、大膽衝動，以及運用整片草原當做跑道，低空滑行，加上對抗狗類或人類的傲岸不馴——這些都是值得一睹的奇觀。

我對牠們施展種種或咬或啄的功力頗為驚異，包括出於不耐急於進食而啄咬我的腳趾，提醒我動作快一點；或是靠得太近時深情款款而無害的輕啄我；有隻公鵝曾用力咬我的腿，惡狠狠在我大腿留下一塊瘀痕。我對牠們的記性也頗驚異，還有牠們總能找到最安全的地方築巢的聰穎，以及難以置信的好奇心——不斷嚐試各種植物，發現蘭花的葉子最可口，鳳梨多刺的莖桿最有嚼勁且香甜。

我有一隻聒噪的中國老公鵝，地位被一隻年輕的公鵝所取代——其實，也就是牠兒子，那兒子後來還跟我們稱之為伊俄卡斯忒（Jocasta）[11]的老母鵝在一起。那隻老公鵝也許被自己兒子擊敗，但是依然爭強好勝。之後牠開始生病、體力變弱、吃得很少且不能走路，光是坐在陰影中呻吟。因為牠已無法動彈，我便將牠放在圍欄裡，不讓其他鵝奪走牠的食物，還在水裡溶解一些我從飼料店取得的紅黴素，用烤火雞用的滴油管噴進牠喉嚨，並在牠的飲用水中添加了一些。

幾個星期後，牠體重減輕，卻已經能從盤子中吸食。我不時會把牠從圍欄中抱出來，放入池塘中——牠可以划水，把頭和嘴潛入水中，只是體力太弱，無法自行從池塘中爬出，不過對這種物理療法似乎有反應。一個多月後，牠開始進食。某天早上在我出去要餵牠藥時，看到牠已經起身可以走路了。我帶了些食物給牠，還把牠從圍欄中放出，只是當我把食物放在餵食盤中時，牠朝我走來幾步，隨即狠狠的在我大腿上咬了一口。這不是反諷或不知感恩的例子，這只是鵝的天性，謝天謝地牠又變回牠自己了。

11　來自戀子情結一詞。這一名稱延伸自希臘神話王子伊底帕斯（Oedipus）的故事，他出生時被預言將弒父娶母，父親還曾為了逃避命運，在他出生後即被其父拉伊俄斯（Laius）刺穿了腳踝，並將他丟棄在野外等死。但多年後，伊底帕斯仍在不知情的情況下，殺了父親拉伊俄斯，並娶了母親伊俄卡斯忒（Jocasta）。

第十六章
非洲擅闖經歷

這件事發生在四十年前的非洲，而我迄今依舊反思其間種種——機會、自欺、性、權力、恐懼、對抗、愚蠢，以及所有的錯誤。這個事件成為我早期一本小說和幾篇短篇小說的素材，很像是第一類接觸（First Contact）[1]，典型的流浪者和隱密土著間的接觸，兩種完全陌生者之間的接觸，其中一方見到一縷幽魂，另一方則嗅到一次機會，整件事始終在我腦海縈繞不去。

我曾經從美洲到非洲，在尼亞薩蘭（Nyasaland）待了將近一年。該地後來獨立，有了新的國名馬拉威。我是一間小學校的老師。我會說當地齊切瓦語（Chichewa），有一間房子，甚至還有個

1 幽浮學名詞，指大約在一百五十公尺內目擊到不明飛行物體，而且可以清楚描述不明飛行物體的形狀與大量細節。

廚師，他是約奧族（Yao）的回教徒，名叫吉喀（Jika）；我的廚師本身也有廚師，是個名叫易斯馬宜（Ismail）的年輕男孩。我們知足的生活在叢林中，置身南部高地的一隅，與紅色沙塵、惡劣道路和衣衫襤褸的人們為伍。除了濕冷的六月到八月氣候外，其他對我而言都不陌生。我一直期待著非洲這一面，並且樂在其中，經常說：「當我回家時，一定會感受到文化的衝擊。」

隨著聖誕節逼近，我繞道前往尚比亞，聖誕夜時坐在路沙卡（Lusaka）城外一家幾乎空無一人的骯髒酒吧內，跟其他僅有的兩名酒客，一男一女攀談。

「這個給你，」我遞給那男的一瓶啤酒。「這個給你妻子，聖誕節快樂。」

「也祝你聖誕快樂，不過她不是我妻子。她是我妹妹。而且她非常喜歡你。」那男的說。酒店關門時，他們邀請我到他們家，這意味著搭乘長途計程車駛入叢林。「聖誕節快樂，你給司機錢。」我付了車錢，他們領我進入一間茅屋，帶我到一個小房間，那女的也跟我一起進入。我踩到了一個正熟睡的小孩——只聽得一聲粗嘎——那女的叫醒那孩子，噓聲要他拿著毛毯到隔壁房間，接著便扶我坐下，幫我卸除衣物，然後就在那孩子剛剛睡覺的溫暖地毯上做愛。

那是一次愉快的經驗。我在馬拉威一年從來不愁沒有女人。偶爾的豔遇、笑容、玩鬧、吉喀的打趣、易斯馬宜的訕笑。

但第二天早上當我表示我必須離開，前往路沙卡我訂的旅館時，那女的——妮娜（Nina）說：「不行，今天是聖誕節。」然後開始小題大作起來。

她哥哥喬治（George）聽到我們的聲音，來到房間，表示現在是去酒吧的時間。那時還不到早上八點，但是我們仍然去了，在酒吧喝了一天酒，每當點啤酒時，他們就說，「*Mzungu*[2]」——那個白人付錢——我便付錢。下午時，我們都喝醉了。有人嘲笑妮娜跟一個白人在一起。她醉醺醺的反唇相識，喬治制止了幾個憤怒企圖毆打妮娜的男子，酒吧裡頓時一片喧鬧，醉醺醺的展開鬥毆。我們回到村落的茅屋，我半噁心的躺在洋溢著臭氣的房間。妮娜替我卸衣，坐在我身上，大笑著嘲弄我。

第二天我正穿衣時，她問我要去哪裡，我再度表示我必須離開。

「不行，今天是節禮日。」然後把她哥哥找來。

「我們走吧！」喬治說著，拍拍我的肩膀，朝我一笑。他的笑容表示：你最好照我的話做。我們像聖誕節一樣度過了節禮日：酒吧、啤酒、鬥毆、辱罵，以及最終白天醉酒的暈眩和噁心感。又是一個晚上，妮娜在達到高潮的大笑，以及早上時的醒悟，提醒了我自己已然陷入圈套。

「你留下來！」

妮娜拒絕讓我走的態度不僅惡劣，而且帶有威脅意味。她哥哥為她撐腰，不時還指控我不尊重他們。「你不喜歡我們！」

當我抗議我當然喜歡他們，他們綻出笑容，然後偕我一起吃煮蛋，或冷硬的剝皮樹薯根，或發白的麥片粥，接著前往酒吧，再度在那個骯髒的地方大醉一場。妮娜醉意漸濃時，便對我上下其手，允諾和我做愛——只是現在對我而言已是心驚肉跳的事。

又過了一天，我理解到，我其實根本不了解這些人。他們的食物噁心，茅屋恐怖，村落毫不友善，酒吧更是充滿敵意。喝啤酒讓我很不舒服。我是這裡唯一的白人——就我所知，也是方圓數哩內唯一的白人。我所知道的語言齊切瓦語，並非他們的母語，雖然他們也會說。他們自己的語

---

2 非洲大湖地區使用的班圖語中，指歐洲血統的人的術語。

言——我想是本巴語（Bemba）吧——無法理解，而當他們用本巴語快速呢喃，讓我不知道他們在說什麼的溝通時——我知道他們一定是在謀劃怎麼對付我。

但我屬於他們。無論何時或何故，他們一旦需要啤酒、零食或禮物，他們就跟我要。我乖乖給他們時，他們就對我格外友善，妮娜會親吻我，舔我的臉，裝出馴服的模樣；她哥哥和其他依附他們的人也稱讚我，稱讚美國，說英國人是狗屎，然後要我讓他們戴戴我的太陽眼鏡。

第一個晚上我穿著一套淺色西裝。此刻那套西裝已經皺褶髒污；我的襯衫也已經成為汗濕的穢物。這身衣物是我僅有的穿著。

他們說我是個好朋友，但我很清楚，我只是個俘虜。他們的目的在金錢。我的軟弱和傲慢，讓我從我自己的世界誤闖到他們的世界。我對他們代表著——金錢，那是一定的。特權？也許吧！體面？或許也有吧！在第一個晚上後，我們之間從來沒有清醒的對話過。我只是一個顏色、一個白人、一個mzungu。我被他們擄獲，他們想留下我，因為我有用處。

當他們說，正如他們經常掛在嘴上的，「你不走！」我感到恐懼，因為他們毫無理性的大聲咆哮，飽含威脅之意。妮娜原本吸引我的大膽，如今想來只是狂野不羈。一旦飲酒，她便聽不見別人的聲音，像她哥哥一樣成為殘酷的惡霸。喬治用他那雙布滿棕色斑點的奇特眼睛睥睨著我，視如寇讎。有時候，夜裡茅屋內的人體臭氣甚至會把我薰醒。

我想是第四天吧。我恐懼已極，同樣的日復一日，使我喪失了時間觀念。我們早上就到酒吧去，中午時，他們還在喝酒，我則已了無食慾，正如我也已了無性慾；我只是站在那裡，乖乖支付逐漸減少的尚比亞克瓦查幣（kwacha）。

我說：「我要去chimbudzi（廁所）。」

「跟他一起去。」妮娜吩咐旁邊一個強悍的男孩。

我提出抗議。

「他不會回來的，」妮娜說，我這時才明白她有多精明。她已經看出我的心思，這是顯示她有多麼狠毒的另一個跡象。我把西裝上衣脫下，折疊好放在吧檯。「這是我的上衣，這是一點錢。幫我買瓶啤酒，幫妳自己也買一瓶，等我回來再把上衣還我。」

廁所在外面，是酒吧這個錫頂建築後方一個沒有屋頂的隔間，由直立的竹片和柱子所搭建。淺淺的茅坑中，但見蛆蟲蠕動。我站在那裡，厭惡得連褲鍊都不想拉開，然後又走出去。環顧四周，不見人影，我連忙跑開——先是謹慎的跑，然後奮不顧身，拚命往前衝，直到來到路邊，攔住一輛車。那人當然停住了車。他是非洲人，我是白人，現在是聖誕季節，他需要錢買汽油。他把我載到我那連一晚都沒有住過的旅館。我請他等我，隨後付了車資，再度坐入車中。他問我到哪裡，我說：「只要往前開就好。」他把我載到城外三十幾公里外的一家酒店放下，我在那裡度過了毫無睡意的一夜。

我實在太笨了，竟然就這樣在他鄉誤闖，花掉的這段時間並沒有幫助我了解他們什麼。除了最初的性慾，以及我的好奇和莽撞外，我們之間沒有任何交集，只是相互利用。這次經驗逼我正視真正的我，我就只是一個自大的美國人。撇開我的政治背景、我在叢林學校任教不論，我其實比觀光客好不了多少，都只會投機取巧。對我而言，他們是絕望的非洲人，一逮到機會便會占有我。這是《泰山》（*Tarzan*）故事的反轉，還經過重新詮釋。此外我看不出有任何意義。我只是單純的害怕他們，只想從那裡逃出去。日後，這個事件不斷迴響，提醒著我自己究竟是誰。

我在非洲遇見過更危險的事件——嚴重的鬥毆、驅逐出境、槍戰——有什麼事比被槍口抵住更令人沮喪的？但這是我第一次體驗被俘和受到差別待遇的經驗；一次恐怖、諷刺的經驗。深深震撼了我，令我羞愧，知道自己闖入了不該侵犯的領域。

第十七章
辛巴威掠奪記

二〇〇二年七月，一位我姑且名之為瓊斯（Jones）的專業農夫，三更半夜接到一通電話，裡面傳來威脅的聲音。「限你十五分鐘之內離開農場，否則你就等死吧！」對於土地改革政策而言，這項通知有點古怪。深夜接到謀殺電話反倒不足為奇——這種事經常發生——但是瓊斯的農場占地一百一十公頃，根據政府指導方針，只有超過四百公頃的農地才符合徵收的條件。這次徵收的急迫性也很古怪。根據辛巴威農場徵收的正常程序，首先是發送一種名叫第五款的法律文件：通知你的農地已遭指定由政府接管。接著是第八款：通知對方在九十天內清空所有物。這一切都是專制武斷的政治動作；只是基於種族理由的單純行為。但即令如此，瓊斯仍遭連夜驅趕，除了一通死亡威脅，沒有任何正規程序。瓊斯對這項威脅態度慎重，因為幾個月前，離他最近的一位鄰居才因拒絕遷離其農場而被一群暴民謀殺。

瓊斯的祖先於一個多世紀前來到非洲當地，時值辛巴威甫獨立一年後的一九八一年，購置土地。當時根本沒有人想要，因為占地不大，而且遍布石塊，完全沒有開發前景。其後十年間，瓊斯和太太住在一個稱為圓形茅屋（rondavel）[1]的臨時居所，借錢、鑿井、灌溉、施肥、添加有機物在砂壤中耕地，讓土壤得以保存水分。附近所有專業農夫不時都會這麼做，因為這些土地先天並非可耕之土，而是一片花崗岩沙，保水功能很差。如果耕植方式不對，一夕間土壤就可能變成沙漠。

瓊斯耗費數年工夫養土，然後開始栽種菸草和玫瑰——後者出口到荷蘭。他也栽培玉米種子，飼養雞和豬。他將這座小型農場改頭換面，經營為一項成功的企業。他種植林蔭樹木，提升農具品質，並開始償還貸款。一九九二年，在私有制最終繁盛時期，他設計並建築了一幢美麗的農舍，石材是從一座廢棄的採石場用卡車運送而來。他用當地柚木木材鑲造房門和窗框；屋頂高聳，造型優美。

這座屋子迎來了他的毀滅。那座優雅的屋頂在穿梭農地的泥巴路上清晰可見，所以一個和辛巴威政府有關係的要人某天注意到這棟屋子，即刻決定據為己有，他便是安排那通威脅電話的人。在瓊斯得以打包前，一大群暴民蜂擁而至——聲嘶力竭的威脅恫嚇。瓊斯和太太慘遭鞭笞，被迫唱執政黨（辛巴威非洲民族聯盟—愛國陣線）（Zimbabwe African National Union-Patriotic Fron, ZANU-PF）[2]的歌曲，歌頌羅伯．穆加比——辛巴威總統，與唆使這類非法占有農田的始作俑者。

那名占有者是穆加比手下一位部長的心腹，隨後搬進那座屋子，使用瓊斯的陶製餐具進食，高踞瓊斯的座椅，躺在瓊斯的床上，還告訴瓊斯不要接近那裡。他解雇瓊斯的四十名農場工人，雇用十個待遇較低的自己人，收穫菸草，安排拍賣。瓊斯所有家產被剝奪一空，逃往哈拉雷（Harare），展開訴願程序——意圖索還他的農田、農作以及家居用品。

告訴我這個故事的人說：「這些都是最近發生的事。從你上次到這裡以來，有兩千多座農場被沒收。整個情況非常絕望。」

我喜歡非洲叢林，痛恨非洲都市。在我上次造訪非洲後，我發誓再也不回到這裡：公車臭氣薰人，街道上散發著尿味，到處充斥著謊話連篇的政客，陰謀算計、廢話連篇、招搖撞騙的人，以及占盡弱勢錢幣和無知百姓便宜的兌換商，到處要人洗禮，吶喊「罪人！」的美國宗教狂和傳教士——還有四十年來以美德為號召的執行長等，小題大作的到處勸募，結果除了養出貪得無厭的非洲人外，可謂一無所獲。

然後，我在辛巴威這位朋友告訴我這件瑣斯農場被赤裸裸奪走一事。顯然，這裡的苦難比以往有增無減：食物短缺、沒有燃油、沒有強勢貨幣，擁有全球最高通貨膨脹率，目前已達百分之三百，而且正快速增加，經濟面臨窘境，政府甚至沒有錢購置德國油墨和紙張，無法在布拉瓦約印製鈔票。因為銀行沒有紙鈔，大家也領不到薪水。至於侵占農場一事，「情況惡劣得多。你簡直無法相信。」

我有個跟我同年的馬拉威朋友，長期旅居國外，跟我一樣偏愛叢林地區——如果我也在非洲落後地區旅居四十年，每天除了喝啤酒、追女孩，以及看著香蕉逐漸成熟外，幾乎無事可做，我也可能成為像他那樣的流亡者——這位友人在一封措辭友善的信中，埋怨我兩年前去非洲時沒有去看他。

1　非洲風格的西方化小屋。

2　辛巴威在一九八〇年獲得獨立後的執政黨。

「而且，你錯過了吸血鬼，幾個月前，這裡因為吸血鬼的傳聞和一些恐怖的謀殺事件，搞得人心惶惶。」他說，接著提及一個怪獸出沒的故事，在馬拉威中部造成恐慌。尤有甚者，有人被綁架，「為了取得他們的器官。」

我旅行中遇到的一些人士也提供我其他訊息，並本著非洲人好客的情懷催促我回來。沒有人提及天災，或抱怨天氣不好。沒有人要求我捐款，甚至表示同情。農作物收成比預期中好。沒有水災，沒有旱災。少數饑荒只屬於地域性和政治因素：政府扣發食糧援助，為了懲戒不滿的群眾、反對勢力、或受人鄙視的部落。發生過一些作弊的選舉，一些屠殺事件。不過就像大部分非洲事務一樣，這些事件都沒有引起人們的注意或只是輕描淡寫的帶過。美國報紙上經常可以見到聳動的新聞標題：「以色列兒童在一次轟炸事件中遇害」，但是你絕對不會見到下列標題：「一名非洲兒童在轟炸中遇害」，因為一名非洲小孩的死亡──或甚至一百名──都不是新聞。

約瑟夫．康拉德有一次說：「在剛果面前，我只是一個動物。」就我在非洲的經驗，我也可以說同樣的話。這再度引發我的好奇，讓我再度想起了非洲，令我渴望回去。

沒錯，我最近出了一本書，談及我穿越非洲的旅行。書中有關那趟旅行的敘述，儼然對當地加以界定，永遠不變。但那只是一種自負的心理，因為韶光荏苒，書中記錄的地點也不斷改變。旅遊者的隨手紀錄，只是就某一特定旅程，對自己漂泊的心境留下確定的紀錄。旅遊作家所能做的，只是描摹出一個國家的大概。

所以在我完成非洲長途旅遊整整兩年後，在友人的驅使，以及書信所述故事的誘惑下，我決定舊地重遊，很好奇在我缺席期間又發生了什麼事；還有，那位老友真的說了吸血鬼？

兩年前在馬拉威，一名美國外交官同意我的觀點，認為這個國家正處於嚴重經濟危機，而且愛滋病氾濫成災。「不過他們有手機了。這點是好現象。」我取笑他：「哈，手機！他們只是拿來當玩具。」

我回到布蘭岱（Blantyre）幾乎第一眼便見到兩女一男的三個馬拉威人，在旅館的花園中，注視著桌上一只手機吃吃發笑，那只手機開啟擴音功能，裡面傳來細碎爆裂的絮叨聲，有如某個差勁降神會中迷失的靈魂。儘管人手一機，這裡的商業情況卻比以往更糟糕。

丹麥政府在得知「扶貧基金」（Poverty Alleviation Fund）被用以購置政府部長的賓士座車後，便已切斷所有援助。荷蘭也因為其惡劣的人權紀錄而縮減援助。身為穆斯林的總統巴基利．穆盧齊（Elson Bakili Muluzi）[3]，希望和薩達姆．海珊（Saddam Hussein）[4]結交，在伊拉克戰爭爆發前幾個月，曾計畫訪問巴格達，並提供米糧和教科書援助。但有人提醒穆盧齊，馬拉威沒有多餘的米糧或教科書，而且其他援助馬拉威的國家，對馬拉威此舉或許會產生反感，因此取消訪問計畫。但穆盧齊和利比亞的穆安瑪爾．格達費（Muammar Muhammad Abu Minyar al-Gaddafi）[5]終究成為盟友，格達費曾贈送他直升機，還送他心腹一個三菱休旅車（Mitsubishi SUV）車隊，並支援他成立伊斯

3　一九九四至二〇〇四年出任馬拉威總統。

4　伊拉克強人，一九七九至二〇〇三年任伊拉克總統等職，二〇〇三年戰敗後遭被美軍擄獲，經伊拉克法庭審判，於二〇〇六年被處絞刑。

5　遜尼派穆斯林，利比亞革命警衛隊上校，利比亞綠色革命的精神領袖，前任利比亞實際最高獨裁領導者，對利比亞長達四十二年的統治使他成為阿拉伯國家中執政時間最長的領導者。

蘭學校和學習中心。結果，馬拉威成為穆斯林異議分子的避難所。「所有塔利班（Taliban）[6]都在那裡。」一個馬拉威人跟我說。而一個月後的二〇〇三年六月二十六日，美國情報局逮捕了四名蓋達（Al-Qaeda）[7]組織分子，引渡出境。馬拉威境內憤怒的穆斯林因此引發暴亂，大肆搶劫。

二〇〇一年興建的道路仍然沒有完成。學校情況比以往更糟糕。待遇最高的教師，每月美金三十六元，紛紛向我抱怨收入不足以維生。街上和酒吧出現更多妓女，愛滋病和帶原者的統計數字攀高，咖啡和菸草的價格降低。這裡沒有食物短缺問題——事實上，收穫比預想中更好。

「但是這裡的人始終處於挨餓狀態。誰給他們食物，他們就會投票給你。」

穆盧齊總統正致力修改憲法，爭取三連任，任何反對其第三次連任企圖的人，皆被踢出穆盧齊的政黨。一名昔日部長，今日仍為國會議員的彼得．楚帕（Peter Chupa）跟我說：「穆盧齊是一場災難。他自己拚命弄錢，我們仍然苦哈哈的，他們都是小偷。」

跟我交談的大部分人，都嚮往昔日獨裁者海斯廷斯．班達（Hastings Kamuzu Banda）[8]在位的時光，他曾掌權三十四年。

「我們沒有想到民主制度會這麼糟，」另一名辭去政府職位的馬拉威人告訴我。「而且沒有人想幫助我們。他們不信任我們，因為我們浪費了捐款人的錢。」

這種絕望的自責、自憐、窮困和偏執心理，引來了幽魂，有些是真的，有些是想像出來的。

那年春天的一個深夜出現的怪物，感覺上像是真的，但不像是任何人看過的某種野獸。那是一個殭屍。「一個人類，」儼如出自莫洛博士島（The Island of Doctor Moreau）[9]的妖獸。那怪物體型高大，全身毛茸茸，而且成為常客，經常突襲人類。「取走腿、鼻子、手臂和私處。」光一個星期就有十六個人慘遭割害，惹得整村的人驚慌逃離，很快的便有三千人無家可歸，全被怪物嚇得瑟瑟發抖。

紅十字會和災害防治組織允諾協助，農場人士追蹤那頭怪物，甚至朝牠開槍。十顆子彈正中目標，但那怪物竟然沒死。「沒有血跡。」又有一千個村民加入了瑟瑟發抖的難民行列。

兩位巫師要求允許使用護符殺死怪物，但當地長官說：「政府不承認巫師。」又過去了幾個月，見過怪物身影的人更多、死亡更多，殘破的屍體也更多，那怪物被村民「以傳統方式」擊斃——不是用槍，而是用石塊打殘，再用棍子擊斃。然而「牠依然現身，令村民倍感挫折。」

「那是死人復活。」一個村民說。

其實那怪物是一隻土狼。馬拉威的土狼喪失原有的棲息地，這隻土狼的體型又特別大，正飢不擇食，陷入絕境——牠已經幾個星期沒有進食。之前在中部地區潛伏了好幾個月，正是農作物收穫前的時節，結果就演出上述戲碼，村民也從戲劇中找到出口，宣洩本身的焦慮、挫折和飢餓。

吸血鬼引起更大驚恐。幾個月之前，馬拉威總統正式否認他的政府「吸取人民的血，以換取若

6　意譯為神學士，是發源於阿富汗的武裝恐怖組織。

7　一九八八年由賓拉登（Osama bin Laden）所創立的伊斯蘭教軍事組織，被聯合國安全理事會列為世界恐怖組織之一。

8　馬拉威政治人物，非洲獨立運動領導人之一，一九六六至一九九四年間任馬拉威總統。

9　英國小說家H．G．威爾斯在一八九六年發表的科幻小說，莫洛博士藉由外科手術改造各種動物，將牠們變成獸人，自己則自封為島上的島主、國王和上帝。

干國外捐贈團體捐贈的玉米。」吸血鬼已經攻擊過一個婦女和她兒子，企圖吸取他們的血。馬拉威最大城布蘭岱正掀起一股「吸血鬼恐慌」——人們會在夜間吹口哨、打鼓，提醒居民附近有獵血者出沒。一位地方首長因為「窩藏吸血鬼」受到懷疑、遭到攻擊、以石塊毆打，住家也受到破壞。一家地方報社記者因為報導此案而遭到逮捕，罪名是撰寫有關吸血鬼的不實故事，「造成恐懼和不安。」

總統在英國做私人訪問時，表示這些故事讓他尷尬，也「破壞了國家形象。」同一天內，三名天主教神父受到攻擊。有人懷疑他們涉及獵血活動。政府、警方和總統都堅持主張，沒有證據顯示有吸血鬼和吸血行為的存在，可就是沒有人相信，大部分民眾相信馬拉威境內到處都是吸血鬼，尋找血源以換取食物。

就像怪物出沒一樣，吸血鬼事件似乎是非洲悲慘現狀的另一個象徵。我們活生生被吃掉，我們正在失血，政府脫不了責任——他們的否認正是明證。在非洲，官方的否認不啻承認事實。

所謂獵取身體部位一說並非空穴來風。有六具屍體被人發現，嘴唇、眼睛、舌頭、胸部和臀部被割除。所有屍體都是女人。不久後，又有十三具屍體被發現，以同樣方式遭到毀屍。有些屍體的內臟：肺臟、肝臟、腸子也被移除。

「這些器官都被賣到莫三比克。」總統說。

沒有人追問為什麼。人人都知身體各部分製造出最好的靈藥可以治療病痛。最後終於有十九個人因為這些謀殺案而遭到逮捕，四個人受審，但最後只有一個人被定罪。那人名叫湯姆森．波寇波寇（Thomson Bokhobokho）。他很後悔，承認吃掉一部分身體器官，其他的則賣給別人。問他殺人動機，他回答：「窮。」

馬拉威現在已經有手機，但其他一切都沒有改變。我在布蘭岱跟一些朋友討論這件事時，其中一人指著幾個抱著幾袋麵粉和幾罐食油的人。

「那些是辛巴威人？」一個人說。「哈！我們比他們好多了。」

我納悶著還有什麼能比馬拉威更糟的，然後想起我聽到的瓊斯，就是那個因為一個政黨人士相中而失去自己農場的人。像辛巴威那樣，農場遭人霸占，紙幣供應量有限，通貨膨脹率超高的國家會是什麼模樣？一個沒有燃料油的國家，要如何統治？

在辛巴威新建空空蕩蕩的哈拉雷機場周遭，是一幅反理想國的寫實畫面，女人和女孩頭上頂著採集的柴火，沿著公路走回自己的茅屋。路上沒有交通。轎車和旅行車棄置在道路兩旁。這種絕望的末日景象在辛巴威比比皆是：人們在平整的路上時髦卻空置的建築間，到處搜尋食物和燃料。

成排的人守候在銀行。成排的車輛和迷你小巴守候在加油站，其中一個加油站整整排列有三百多輛車。大部分車輛都由頑童看管，因為加油站沒有油。當然，也沒有觀光客。旅館空蕩蕩的、商店空蕩蕩的。我買了兩條鱷魚皮帶，花費七萬辛巴威元（黑市價格等同四十美金），必須在購物袋內放置厚重的數疊鈔票（哈拉雷新聞標題：「扒手目標轉向攜有鼓脹塑膠袋的人」）。我口袋裡塞不下等同大約十美元的當地貨幣──鈔票太厚無法折疊。「錢就像衛生紙，」售貨員跟我說，她指著一張衛生紙，價值和大小都等同十美元紙鈔。「不過沒有用，太粗糙了。」

那天辛巴威總統羅伯．穆加比正好人在約翰尼斯堡，維斯特克里夫豪華酒店（Westcliff Hotel）有一翼整個為他隨行三十人所盤據，包括兩名管家、私人廚師、保鑣和僕役──參加南非英雄沃爾特・西蘇魯（Walter Max Ulyate Sisulu）[10]的喪禮，並拜訪他的母校福特哈爾大學（Fort Hare University）。穆加比夫人則趾高氣揚的大肆採購，當她申請退稅時，包括鞋子、珠寶、洋裝等大手筆的購物發票都出現在約堡（Joburge）[11]報端。在福特哈爾大學，穆加比受到讚美歌手鍾吉拉・諾喬奇（Jongela Nojozi）的娛樂款待，高歌一曲，讚美他「把白人逐出」辛巴威，贏得總統的笑容。

辛巴威獨立時，大約有百分之三十的土地由白人主導的大型專業農場所占有，目前這個比例已經降到百分之二，並在持續下降中。當二〇〇〇年進占農場的行動如火如荼展開時，辛巴威每一地區的食物生產都開始嚴重下降——菸草降到原本的四分之一，小麥和玉米降到百分之七十，奶製品生產量減半，牲口的數量也從二〇〇〇年的水平降到三分之一。二〇〇〇年有三千二百一十七座大型農場營運，目前只有兩百座農場保持完全運作，食物嚴重短缺是預料中之事。

我開始閱讀美國國務院的《人權報告》（Report on Human Rights Practices[12]：二〇〇三年三月出爐），其中有三十九頁是有關謀殺、綁架、毆打、酷刑、強暴、侵入住家和人口販賣（奴隸、兒童、妓女、強迫勞工），和「謀殺兒童摘取器官」者。販賣器官給南美巫師以製造傳統藥劑是辛巴威唯一可證實的出口業務。

我在哈拉雷的第一個星期，《衛報》（Guardian）記者安德魯・梅爾德倫（Andrew Meldrum）[13]被驅逐出境。雖然他報導辛巴威實況已長達十八年，卻還是被做為政府傳聲筒的《先鋒報》（Herald）誹謗為間諜、干政、騙子以及「新聞界之恥」。當被架住押送登機時，梅爾德倫表示辛巴威政府試圖恐嚇新聞記者，外國記者在該國已不再安全。

「你是誰？」當我來到諾頓（Norton）警局時，一名警察質問。

諾頓這個農業小鎮位於哈拉雷西方約一百公里處，幾個月前有名職業農民泰利・福德（Terry

Ford）便是在此地遭到殘酷謀殺，不但被毆打，槍擊六次，屍體還被二十七名暴民毀損，指使者是一個謀奪農場的黨內人士。這似乎已經成為一種慣例，會有一群男人出現在一個職業農民的門口，要求他立刻離開。這種驅逐事件可以在幾天內發生，然後新的擁有者——總是一名唯命是從的黨工——便坐在被逐者的椅子上，用他的餐盤進食，收割和販賣他的農作物，屠殺他的牲口。我跟一位農民談過（和我對談的所有人都要求隱匿其名），今年早前被踢出自家土地的他，要求歸還牲口。他的牲口被侵入者關在一間小型圈欄——包括所有乳牛、肉牛、豬、綿羊、山羊和羔羊。那些動物被迫擠在一個狹小空間，驚慌失措、相互鬥毆、爭取統治權，經過連夜掙扎爭鬥，形成一片血腥亂象。當第二天原主找到牠們時，超過一半的動物已經死亡，剩餘的不是殘缺，便已無用。

泰利．福德和那群惡漢對抗，結果送命。現在福德的農場落在一名黨棍手中。在這樁謀殺事件後，同一地區的其他農場也遭到搶劫和侵襲，被穆加比的朋友所奪取。他們求助諾頓警方，但警方拒絕到場，只說：「這是政治事務。」

「我只是一個觀察員，」我對諾頓警察局長表示，希望他就侵占的合法性予以評論。在過去兩年，有兩百名警員離開警界，厭惡人權遭到踐踏。「我是一名外籍觀察員。」

---

10 南非種族隔離時期重要人權鬥士之一，非洲人國民大會的成員，有時也擔任該組織的祕書長和副主席，是南非總統曼德拉的政治啟蒙導師，一起在羅賓島被關了二十五年。

11 約翰尼斯堡簡稱。

12 按照美國法律，美國國務院每年必須向國會提交《各國人權報告》，以審視諸多國家和團體在前年度的人權狀況。

13 專注於非洲和人權的美國記者，曾在辛巴威工作了二十三年。目前是美聯社的非洲助理編輯，於約翰尼斯堡工作。

「走開。」那人正在值勤，但是沒有穿制服，只穿一套骯髒的上衣。他拖著破爛的鞋子朝我走來，一臉猙獰的面向我，圓睜的雙眼泛著血絲，一口不整齊的亂牙。「我們不要你們來這裡。」

哈拉雷沒有燃油、沒有紙幣，雖然到處都是行人，看來卻非常安靜，但主要是消磨時間的年輕人，因為學校關閉，要求調整薪資的老師們正在罷工。

一家報攤招牌上寫著：「《先鋒報》特刊！辛巴威學生在倫敦被殺。」

「他是我兄弟，」一名衣衫襤褸的男孩對我說，滿臉嘲弄的指著那個招牌。他的同伴對他的虛張聲勢吃吃發笑。「所以我要殺了你。」

那一天我注意到哈拉雷除了我，沒有其他白人。第二天，一名白人農夫告訴我，他開車在哈拉雷鎮的鎮邊放下一名工人時，曾經受到威脅。他說：「我在這裡已經沒有安全感了。」

行人到處亂轉、沒有工作、不用上學、經濟內爆、沒有法律規範，反對黨領袖因捏造的叛國罪遭到逮捕，政府是目空一切的盜賊統治（kleptocracy）[14]，沒有國際友人，也沒有本地支持者。我沒有碰到任何一個支持政府的人。辛巴威新聞界，特別是《每日新聞》（Daily News）和《獨立週刊》（Weekly Independent），顯然並沒有被封口，他們一再重複這些指控，呼籲改變，可是並沒有任何改變，除了偶爾停工，也不見任何反抗行動。

「我們天生沒有反抗性。」一名非洲作家告訴我。另一個人也表示：「我們沒有群眾抗議的文化。」另一個職業農民的白人太太惱怒至極的不斷抽菸，說得更直接。「這是馬屁文化，一種奴隸心態。」

她丈夫的農地最近也遭到政治暴徒，即「綠色轟炸機」（Green Bombers）[15]的侵占，五千畝土地全部都落入一名高等法院法官的手中，他還擁有其他兩座農場，這種情況並不特殊。政府宣稱土地改革的目的，是和沒有土地的農民與一路奮鬥贏取獨立的政治老兵分享財富。但這樣做是錯誤的。十二名高等法院法官的財產和農地擴增數倍，穆加比的心腹乾脆直接威脅職業農民，奪走他們的土地。這些法官之間官官相護。今年六月，一名高等法院法官侵入並奪取一個職業農民的家產，那名被逐的農人尋求法律解決，結果案子卻遭到另一法官的刁難，那名法官也有至少三座已經專業化的農場。

經過一年的燃油短缺，發生過幾次所謂「各自保持距離」的一日性總罷工，市中心關門，不進行任何商業行為，但流行過後，大概第二天就又會勉強恢復交易。如今卻到處都在排隊，數以百計的人等在銀行、公車站或市場。「我要花二、三個小時去上班，還要花同樣時間回到鎮上的家。」哈拉雷一名店員搖著頭告訴我。

「每個人都在餓肚子。」一位老師說。食物是有的，但是沒有人有錢買。

這是一幕神奇的景象，整個國家都累得像狗。每一隊人都是暴民，只不過是消極的暴民。我從

14　政治學術語，指在某個政府中，某些統治者或統治階級利用擴張政治權力，侵占全體人民的財產與權利，增加自身的財產及權力，通常被視為是政治腐敗造成。

15　原名為「國家青年服務處」（National Youth Service），是辛巴威政府針對十到三十歲的辛巴威人制定的一個組織計畫，既定目的是「通過生活技能培訓和領導才能發展，使青年能建設國家。」後來因代表「辛巴威非洲民族聯盟—愛國陣線」嚴重侵犯人權而受到譴責。而因參與該組織的青年所穿的雜役軍服的顏色，而被貶義為「綠色轟炸機」。該組織於穆加比倒台後，於二〇一八年一月遭禁而解散。

來沒有見過這麼多人在等——隨著每一天過去、隊伍更長、幣值越弱、道路更空蕩、食物更稀少。這種種明顯的腐化，政府的漠然，以及異常衰敗的景象，令我覺得神奇。我此生從未見過一個地方是這麼明顯的逐步裂解，卻依然蹣跚前行。我無法自行回家，很多來自鄉間的人像山精一樣，生活在哈拉雷的銀行、商店或雄偉建築後方的巷弄中。

小偷不會被逮捕，那些侵占農場的人甚至沒有受到申誡，犯罪行為猖獗，但警方在其他地方忙著。為了賺錢，警察在首都周圍道路設置超速監視器，攔阻少量來往的車輛，要求當場支付罰金。我就曾經剛好搭上一輛被攔下來的車。警察要求支付四千元的辛巴威幣。「不過你給我兩千，我就放你過去。」

「我給他四千，要他開收據給我，」駕駛回到車上對我說：「就是要氣死他。」

兩年前，我偶然結識了大衛．德羅蒙（David Drummond）這位以養雞為業的農民，他也養牛豬，還栽植育種用玉米，農場距離哈拉雷約五十公里，占地七千畝。早年，德羅蒙受到侵占威脅，收到第五款徵收令，接著就有人闖入他家，需索農場。為了威脅他，那些強占者還砍掉幾株靠近他住家的大樹。我曾見過一個自稱雷瓦（Reywa）的侵占者，奪走五十畝地，還抱怨他的農作失敗都是因為德羅蒙——那個他搶取豪奪的對象——沒有幫他種植的緣故。兩年前，我奚落過那個愛發牢騷的竊賊，那時他還喃喃叨唸：「德羅蒙一定要幫我耕田，他一定要給我種子和肥料。」

我問德羅蒙後來有沒有幫他，德羅蒙不失幽默感的回答我：「有啊，我幫他耕田。如今他也算是某種朋友吧！」德羅蒙仍然沒有放棄他的農場，但是生意不好。兩年來，德羅蒙的雞產量減少一半，燃油短缺也迫使他進一步縮小規模。

我還跟另一位專業農民聊過，他說他朋友的農場被人強占了。那人被趕離自己土地，只帶走一個小行李箱。他所有財產都在屋子裡，他的農具、卡車、家具和作物都被迫留下。

「那個霸占他家產的人把整個地方都毀了，」那農民告訴我：「他把農場工人一起解雇，因為不想付他們工資，弄來幾個自己人。他想耕田，結果把拖拉機弄壞，也把烘菸機玩壞了。後來把我朋友的車子撞壞，大部分牲口也被他養死。這些都發生在幾個月之間。很快的，他打電話給我朋友——那個失去農場的傢伙。那個霸占農場的人說，農場每樣東西都壞掉了，他需要借錢。」

「我朋友笑得東倒西歪。他說：『這通電話恢復了他對土著的信心。』」

「土著」是比較溫和的用詞之一。和白人農民打交道，我經常可以聽到他們稱呼非洲人為「munt」（老黑）、「kaffirs」（黑人）、或「hout」（木頭）——最後一個來自南非荷蘭語「hout-kopf」（榆木腦袋）。他們還常用「gook」（婊子）一詞，顯然是叢林戰爭（bush war）[16]遺留的用語。此外，我偶爾還會聽到「coon」（黑鬼）一詞。如果我對他們的用詞蹙起眉頭或表示異議，他們便指出穆加比也跟他們一樣惡劣，稱呼白人為蛇、剝削者、害蟲，還經常直呼他們mabunu——「波耳人」（Boer）[17]的低賤稱呼。

「這整件事讓我轉變為種族主義者，」一位平靜的農婦有天突然皺著眉頭、咂著舌頭對我說。

穆加比花費很多時間攻擊白人，試圖將辛巴威的失敗歸咎於種族議題，不過事實上，他侵犯人權的行為主要針對辛巴威的黑人，政府許可的凌虐和謀殺事實令人髮指，包括警局的電擊和毆打

16　或稱辛巴威解放戰爭，時間為一九六四至一九七九年，為羅德西亞內戰，最終導致一九七九年舉行普選後，羅德西亞由少數白人統治時代的終結，羅德西亞並重新將國名命名為辛巴威羅德西亞。

17　為居住於南非境內荷蘭、法國與德國白人移民後裔所形成的混合民族。語源為荷蘭語，意為農民。

行徑。

根據監視辛巴威的一個團體農業正義（Justice For Agriculture, JAG）最近一項調查顯示，專業農場的百分之九十八屬於大約四千名農民，已經計畫予以徵收，這幾千人如果再繼續從事農作，即屬犯法行為。

農業正義是個極具效率的團體，建立了農場被奪農民的詳盡資料庫，由一群志工經營，資金來自捐款。該團體的發言人和主辦者是位言詞粗率、身材魁梧、一身卡其衣褲的老菸槍，名叫約翰・沃斯里—沃斯威（John Worsley-Worswick），他最近也失去自己的農場。除了逐漸增加的訴訟挑戰外，農業正義也正協助遭到解雇的農場工人。農業正義一項比較具有雄心的計畫，是詳盡記錄每一農場被侵奪的事實。這項紀錄的名字相當溫和：索賠文件（Loss Claim Document）。每冊紀錄約一百頁或更多，都是一家農場從開始到被奪為止的詳盡歷史，包括家產、車輛、牲口和農場的照片，估價單、流程圖和整個接收過程的事件紀錄，諸如：「一群大約六十人的群眾，一面吟唱，一面翻越圍牆，開始打破我們的窗戶。」有些照片顯示死者或被毆者的照片——相當殘酷的畫面。

「我們顯然不能回到過去，但是我們需要有意義的土地改革。比如尊重法院所決定的財產權，」沃斯里—沃斯威告訴我：「法規的破壞是受到國家的驅使，是由國家發動的。」

旅行途中我遇見了瓊斯，他農場被奪的故事引起我的興趣，促使我再度回到辛巴威。就像我在辛巴威遇到的幾乎每一位農民一樣——不管白人或黑人——他比實際年齡蒼老很多。他才五十一歲，看起來卻彷彿已經超過六十五了。奇特的是，他依然一派樂觀。「我們正在打法律官司，我在世界上所擁有的一切都被奪走了。我覺得最遺憾的是，我現在不能耕種，所以夏季沒得收成。」

我們在一家雞肉料理餐廳吃午餐，這裡是哈拉雷，但除了我們，（總共大約三十五桌）中，只有其他另外兩桌有客人。

瓊斯說：「你有沒有去北部看看？奇諾伊（Chinhoyi）和卡羅伊（Karoi）？那裡幾乎所有農場都完蛋了。」

我說因為缺乏燃油，我沒有什麼機會去參觀偏遠地區。根本沒有車。

瓊斯說：「你必須去看看到底發生了什麼事。我們正準備送一個朋友去尚比亞——他的家人被驅逐出境，所以他正準備搬走。你可以跟我們一起去。」

「你們打算什麼時候出發？」

「大約二十分鐘後。」

因此，在遇到他不到一個小時後，我便同意立即啟程，穿過農地和叢林進行兩天旅程，先前往卡里巴（Kariba），然後橫越尚比西河進入尚比亞。他可以在路沙卡放我下車。我們先去接瓊斯太太，幽默又精明能幹的她，家人最近也失去了農場。另一名乘客是個年輕人，我姑且叫他柯林（Colin），他告訴我他父母最近被驅逐出境。柯林在尚比亞一家養雞場找到了工作，主人是位辛巴威人，也是從原本農場出逃的。

被奪走家產的農民，很多都移居至尚比亞；他們希望留在辛巴威附近，一旦穆加比失勢，局勢轉變時，便可收回原本的農場，或獲得補償。大約五分之一職業農民離開辛巴威，前往澳洲或紐西蘭展開新生活，甚至回到農作上，但對瓊斯而言，這代表著精神上的投降。

還有別的心情參雜在內，那是一種接近背叛的感覺。此舉不只逃避了應有的公理正義，而且放棄了自己所愛的國度。我在辛巴威遇到的所有農民都熱愛這塊土地，他們貶抑都市裡的辦事員是「嚼紙張的人」，政客是寄生蟲，但他們讚美自己的工人，對他們的勞力付出感到驕傲。他們了解有關天氣、土壤、動物、鳥類、植物和叢林等等的細微變化。

「我們會看到大象，」開往北部時，瓊斯說：「看，那裡有一隻離鳥（go-away-bird）。不過我是不會離開的。」

我們駛入奇諾伊這個農業小鎮，民眾無所事事，路上空曠，沒有人從事農作，加油站裡車輛排成三列，隊伍完全沒有移動。一星期前曾傳聞很快會有燃油送來，結果沒有下文，不過在奇諾伊除了等待之外也無事可做。麵包店沒有麵粉，商店沒有食油，市場上有人販售甜玉米，可以用以烹製當地食品玉米粥，只是價格已經漲了十倍。若干外國慈善機關，包括世界糧食計畫署（World Food Programme）和一個名叫目標（GOAL）的愛爾蘭非政府組織都將食物交給退伍軍人——穆加比手下惡棍——請他們分派到鄉下地方。

「食物援助已經政治化了，」哈拉雷一名辛巴威白人告訴我：「我們最擔心的，是非政府組織開始認真工作，侵蝕農業生產，然後永遠待在這裡。」

「以前這裡全是農場，」瓊斯繼續駛向卡羅伊途中，不時跟我說。只見大型莊園的大門和圍籬破損，農地蔓草叢生，沒有耕犁。

「沒有作物，」瓊斯說：「這裡本來應該全是冬麥，灌溉工程做得很好，但是你看這些田地——什麼都沒有。」

在接下來八十公里中，我們只看到一家農場似乎還在營運，瓊斯認識那個人。

他說：「他們通常會留一家農戶不動，但是那麼一來，這家農戶就很慘，因為只要需要拖拉機、燃油、零件或零錢時，他們都會去找他，如果他不合作，下場就是關門大吉。」

這一部分的辛巴威山巒起伏，並非全是農場。古老的非洲仍倖存於此間濃密的森林和崩塌的懸崖裡，在夕陽中照射下色澤鮮豔。高聳裸露的岩層，顯示著尚比西河岩岸的開始，這裡是辛巴威和尚比亞的邊境，也是數以百萬計的大小動物的家。

「看了很讓人灰心吧，不是嗎？」我們經過一處荒廢的農場時，瓊斯太太說。「那裡本來應該可以生產食物的，結果卻成為一處廢墟。」

暮靄在荒廢的農場與樹林覆蓋的山坡投下一長道陰影，夜晚腳步匆匆，一不留神，我們已經行駛入黑暗。這時，科林告訴我，他年長的雙親一度是很闊綽的農民，現在則在一家鐵工廠勉強餬口。

在馬庫提（Makuti）這個其實只算是道路旁較為寬廣之處，有個通往卡里巴的彎道，瓊斯放緩車速說：「你看！」一隻體型纖弱的花豹從草叢中緩緩走到路肩，在前照燈低矮的光線中穿過道路，強烈的光束下豹紋亮麗，牠鑽入遠處草叢中，堅挺的尾巴上下擺動。

「我們需要汽油，」瓊斯說。「我認識卡里巴一個傢伙。」

我們在黑暗中又行駛了約一個小時。

瓊斯說：「看啊！」

前方道路出現一頭大象，大步慢跑，龐大的後臀部朝我們逐漸逼近。那隻大象沒有扭頭看我們，沒有加快速度，沒有做任何事，巨大的平板大腳摩擦踩踏在路當中的白線上繼續前進，我們則謹慎的保持距離，跟在後面。那頭大象原本不疾不徐的攔在路中間，逕自踏著沉穩的腳步前行。最後則頭也不回的轉向一大片黝黑如夜的灌木叢，稍微駐足，接著闖入樹叢，強行撞開粗大的樹枝。

「你說我們怎麼離得開這些？」瓊斯感慨。

又往前行駛三十幾公里，便是觀光小鎮卡里巴。我曾經來過這裡四、五趟，下方水壩是尚比西河最美麗的一段流域，還曾從這裡划船到莫三比克東部邊境的肯岩巴（Kanyemba）。在昔日比較富足的時代，卡里巴到處都是小旅館和酒店，湖泊上有船家，外加上好的餐廳、供應商和糧商。現在則沒有一家旅館有客人，連門戶都深鎖，酒吧也關門了，當我們晚間抵達時，路上沒有人影。整座小鎮一片漆黑。

瓊斯找到那位擁有柴油者的朋友，幫我們灌滿油箱。

「我們必須留在這裡，邊境關閉了。」他說。

「旅館都關門了。」我說。

「我認識一個傢伙。他不在這裡——他的家是空的。他把鑰匙藏在隱密的地方。」

我們前往那間位於山邊，可以俯視著墨黑湖水的住家。我似乎剛睡著，便被瓊斯在黑暗中拍手的聲音吵醒了，口裡還催促著：「起來，起來。起來！」已經四點半了，他說，他要去邊境排第一位。

尚比亞的邊境是濃密的樹叢和大草原，其間散置著小村落、泥巴小屋、狹小的果園和枝葉編織的小型穀倉，婦女們正利用研缽打磨玉米。

「辛巴威以前就像這樣，」瓊斯太太說：「不過就是幾年前啊。」

科林一臉憂心。他年近三十，一輩子都待在辛巴威，曾經在英國住過一段時間，但是從未來過尚比亞。他要在這裡成為移民，開始一份新的工作，擔任農場經理，展開新生活，因為日後他未婚妻也會過來。

越過卡福埃河（Kafue），我們穿越通往南部利文斯特（Livingstone）和維多利亞瀑布（Victoria Falls）的鐵路。只見一個車站中有群人坐在行李上，或躺在月台陰影間，或橫臥於鐵軌上。

「黑鬼比火車還多。」科林兩眼瞪著窗外喃喃而語。

我們把他送到農場，那家農場主人二〇〇二年六月失去他在辛巴威的農場。他被騷擾、威脅，接著一名當地政客便限令他在一個月內搬走，目前就是他在經營這位原主人的農場。

瓊斯說：「我們要去路沙卡，到處看看。這裡有什麼新鮮事嗎？」

「最大的社交事件是馬球，我不那麼熱衷，不過也沒有其他事可以做。這個週末有場錦標賽。」那名流亡農民說。

「有沒有注意到任何特別的事情？」路沙卡馬球俱樂部內一個人問道，那天是錦標賽的日子。

我早先跟他聊起來，發現他是辛巴威人，失去農場，移民到這裡重新開始。他的農場是辛巴威最早被掠奪的農場之一。起源於當地一名巫醫要求擁有他一千三百畝田地的一部分，遭到那位農民的拒絕。「他帶人闖入，威脅要殺死我們，我們不得不離開。」那巫醫把農場全部四十名工人都開除掉，找來五個自己人。「他現在控制了五座農場，沒有一座有產能。」

我們一起坐著觀賞比賽。馬球俱樂部從一九四六年起便已開始營運，有座低矮的小小俱樂部會所、餐廳，樓上有酒吧和若干玻璃櫃，裡面擺著沾滿灰塵的獎盃，據信這裡的人老早從一九二〇年代便已開始打馬球。今天約有一百五十人出席看球——女的戴著寬邊白帽，男的身著短褲，大部分人都在痛飲啤酒，有些小孩跑來跑去的——烤肉架上的香腸飛濺著油水，旗竿上掛著鬆弛的旗幟，繫著轡繩的馬匹噴著鼻息，馬球棍揮舞，木槌敲擊在球上發出清脆響聲，綠草如茵，高空上有隻受驚的魚鷹正被一群烏鴉反覆襲擊。

「瞧，沒有一個黑鬼。」一個農民下了評論。

辛巴威的白人農民一向這樣說話，只因為他們並不知道這種說話方式是冒犯的，哈拉雷一個記者告訴我。「他們不知道世人對這種用詞不以為然，都是因為一直生活在鄉間，從來沒有見過世面的關係。」

但是這種顯示在輕蔑言詞間的褊狹地域性，是這些移民和尚比亞白人間最大的分歧之一，和我聊天的尚比亞人表示他們對此頗為震驚。

「我幾個星期前去參加一場婚禮，」另一個人跟我說，厭惡的搖著頭。「我聽到小孩間也用這種方式對話。」

「這些辛巴威人以前經常嘲笑我們，」一名年長的生意人在馬球賽時告訴我，意指那些新來者、移民、流亡者與最近剛從辛巴威移入的定居者和農場主。他父親曾參與過波耳戰爭（Boer War）[18]，之後留下來墾殖，當時這裡還屬於北羅德西亞（Northern Rhodesia）。「他們說尚比亞很落後，沒有開發等等。現在他們都來了，老實告訴你，我們其實並不那麼高興。」

我在馬球比賽中遇見的尚比亞白人，會將我介紹給尚比亞黑人。經歷過辛巴威人的戒慎恐懼後，尚比亞人的坦然態度令人耳目一新。一九九一年出任尚比亞政府中司法和法律部部長的羅傑．鍾威（Rodger Chongwe）表示，他一九九五年離職，是「因為我沒有辦法和小偷和販毒者坐在同一張桌子上——我指的當然是我那些同僚部長。」當他開始公開表態，馬上受到死亡威脅，一九九七年一次政治集會中，他受到槍傷，子彈穿過下巴，傷勢嚴重。他當然知道此舉的暗示，隨即逃往澳洲，五年後才返國。他說，前任總統弗雷德里克．齊盧巴（Frederick Jacob Titus Chiluba）[19]是指使那次暗殺企圖的人。

「他害怕什麼？」

「失去權力。而且他是個小偷。」

「他偷了多少？」

「四億美元。」

我說我看過一則報導，夏威夷一所小學會固定捐助尚比亞一所學校，好讓尚比亞的學童能吃到熱呼呼的早餐。

「齊盧巴那種政客，一定會取笑美國小孩捐錢的事。」

這個話題帶出捐錢的話題。鍾威說：「捐款會讓我們變得懶散。日本志工所做的，正是以前市議會所做的事——修補路上坑洞。其實最好讓我們保留坑洞，這樣我們才會被迫設法解決，我們必須動腦筋解決本身的問題。」

羅夫・薛頓（Rolf Shenton）是另一名前任議員。他今年四十一歲，在尚比亞出生，從他一身黑皮夾克、耳環和滿頭亂髮的裝扮，很難想像他是個商人，有四個小孩，而且曾經擔任過馬扎布卡（Mazabuka）的議員。當他不搞政治時，是馬達工程師，在路沙卡擁有一間修車廠。他說：「我的修車廠就有幾個援助機構的顧客。我替他們修車。昨天，我還修了一部世界展望會（World Vision）的荒原路華。我跟他們說：『你們發放免費食物會摧毀他們的進取心，是在妨礙他們去耕田。』但他們很堅持自己的看法。慈善是一種事業，根本沒有想過要離開，不曉得其實此舉製造了糧食的不均衡，形成人為的糧食短缺，突然從國外湧入過剩的糧食，也破壞本地農民的生意，整體而言，他

18　英國與南非波耳人建立的共和國之間的戰爭。

19　為一九九九至二〇〇二年尚比亞第二任總統，是該國第一位由民主選舉產生的總統。

們製造出的問題比解決的問題還要多。」

「那應該怎麼做？」

「當然，我們需要援助，但是更重要的，我們需要擺脫援助，需要打破這種循環。他們送我們醫生，其實尚比亞醫學院已經訓練出兩千名醫生，結果卻只有不到一百八十人留在國內。這樣合理嗎？我們需要擺脫雙邊援助機構（bilaterals）[20]。此外，國際貨幣基金組織（IMF）和世界銀行的借款利率都太高了。」

「那免除外債呢？」

「免除外債並不能解決基本問題。我們需要的是一個廉能的政府。從一九六〇年代開始，這裡就沒有舉辦過自由選舉了。」

羅傑．鍾威曾跟我說過捐贈者應該更加關切的是公正的選舉。捐贈單位住在這裡，所以他們一定知道貪腐問題，可是實際上卻庇護政府裡的竊賊，只因為他們可以指揮那些人做事。我問薛頓對這件事的看法。

「慈善單位應該滾開，把我說的寫下來！就用我的本名說！」他說。

這裡的平均壽命已經降到三十三，辛巴威愛滋病和帶原者的統計數字也差不多。教師死於愛滋病的速度比師範大學調教出新老師的速度還要快，這些都是政府自己的統計數字，四分之一的女性在三十幾歲時便感染愛滋病。對所有人而言，前景都是一片黯淡，如果你是一個十五歲的辛巴威人，那你有百分之六十的機會在四十五歲之前就會死於愛滋病。

愛滋病的統計數字並沒有嚇阻失根的辛巴威人在這裡重新落腳。我聽說大約有五十名農民已投入工作，生產玉米和玉米種子，和我聊天的家禽業農民正生產雞肉和雞蛋輸往剛果。

「我們有手錶，但非洲人有時間，記住，這便是在這裡討生活的關鍵。」其中一名農民告訴我。

我重新回到辛巴威。在過去一個星期當中，外匯率已經上升了百分之二十。反對黨「民主改革運動」（Movement for Democratic Change）的聲量也提高了。該黨領袖摩根・崔凡吉萊（Morgan Richard Tsvangirai）[21]是穆加比的死對頭。崔凡吉萊表示，辛巴威目前需要的是群眾行動——全國性總罷工。

對於將來會發生什麼事，有諸多揣測。我去了幾個城鎮，看看他們是否有所準備。「我們在做什麼？」一個人回答我。「我們在開會、開會、開會。」

某個晚上，我和一名友人在哈拉雷一家旅館酒吧裡聊天。

「我們是僅有的客人。」他說。

「對。」那時才正過晚間八點，而除了一名侍者外，酒吧也好、大廳也罷，都不見其他人影。

「我正受到監視，」他皺著眉頭。「現在你也被監視了。」

第二天，另一位辛巴威人跟我說：「如果你現在還不走，可能就走不掉了。」因為群眾活動肯定會發生。屆時會有路障、警察、「綠色轟炸機」，以及刺客。穆加比的手下會出動，而且會毆打所有示威的人。他們也痛恨白人，如果我在外面，一定會被痛毆。所有的商店都會歇業，沒有飛機會起飛，整個國家會關閉。

所以我就離開了。有人說非洲沒有一件事是準時的，還有辛巴威是不會改變的。但從接下來的

20 指世界各國或地區政府指定的專門負責利用官方資金向發展中國家提供發展援助的機構。

21 二〇〇八年領導反對黨贏得議會選舉，成為國會第一大黨，和穆加比共組聯合政府，就任總理，二〇一三年卸任。

星期一開始，正如其所允諾的，準時展開一星期的抗議。路障、停止營業、以及毆打，一項不缺。哈拉雷的白人受到攻擊，摩根・崔凡吉萊遭到逮捕，穆加比證明他擁有警察、軍隊和心腹打手的忠誠。

十天後，商店重新開張，而且一如以往，辛巴威的生活又重新啟動。不過當地情況仍然危急，科林・鮑威爾（Colin Luther Powell）[22]在《紐約時報》專欄中也有相關報導。他透露的訊息是：穆加比必須走人。當布希總統前往南非會晤塔博・姆貝基總統（Thabo Mvuyelwa Mbeki）[23]時，這個問題亦將列入議程。

六月份總算傳來若干好消息。面臨嚴重糧食短缺的辛巴威，在尚比亞找到新的食物來源，計畫輸入三萬噸玉米，以及大豆、小麥和一萬兩千噸玉米種子。這些全是農地遭到掠奪，越界前往尚比亞發展的辛巴威農民所生產的豐盛產品。

22 第六十五任美國國務卿，是美國歷史上首位任職美國國務卿的非裔美國人。
23 南非政治人物，一九九九至二〇〇八年任南非總統。

第十八章

史坦利：終極的非洲探險家

可憐的非洲，是自大狂的快樂狩獵場，搖滾明星藉以擦亮其形象，傳教士藉以販售其信仰，四處充斥著：購買兒童的人、販賣毒煙毒藥的零售商、追求獨家新聞的編輯、王國建立者、援助機構工作人員、慷慨散財的大亨、攜帶贊助款與建學校者、進行實驗的經濟學家、鑽石商人、石油業主管、探險家、奴隸販子、生態旅遊者、冒險旅行者、觀鳥者、旅遊作家、遁世者、殖民者及罪行、銀行家、蠢蛋、無事忙、曼德拉的擁護者、政治幻想家、海盜，以及，或許你某個親人正擔任的和平工作團志工。喔，還有贖罪者，正如梭羅在一篇懷疑論文章中所提及者：「不管是因為什麼事情，只要困擾到某一個人，使其無法正常運作……如果他犯下某種令人髮指的罪行而已經有所悔悟，他會做什麼？他會著手改造這個世界。」梭羅這位對非洲始終難以忘情者，又增加了一句：「你聽到沒有，沃洛弗人（Woloffs）[1]……？」

1　非洲民族，主要分布在西非地區，且為塞內加爾共和國的主體民族。出自梭羅的〈改革與改革者〉（Reform and the Reformers），主張所有善行都是有目的的，自我教化才是社會改革的基礎。

這些人從十九世紀初便進出非洲大陸，更早之前，還有阿拉伯帝國時期的奴隸買賣和古時期希羅多德的非洲之行。包羅萬象的外國訪客——宛如一群傲慢的害人精和剝削者——有一共同點，即希望自我改造，同時還自詡其改造非洲的企圖。亨利．莫頓．史坦利是最典型的例子。

「我們逕自闖入非洲心臟——這點是我們的錯，」史坦利在日記中坦承。這段文字是引述自提姆．吉爾（Tim Jeal）[2]所著的《史坦利：非洲最偉大探險家不可思議的一生》（*Stanley: The Impossible Life of Africa's Greatest Explorer*），一部在我們當代引起廣大迴響的傳記。

為了探索尼羅河的源頭，柏頓和斯皮克（John Hanning Speke）[3]在維多利亞湖邊緣探勘，大衛．李文斯頓[4]則自命為傳教士，圍繞班韋烏盧湖（Lake Bangweulu）步行。吉爾在一九七三年的李文斯頓傳記中首次揭露：這位憂鬱的蘇格蘭人，平生只說服過一個人改信基督教（那人日後還背離基督教而去）。其實，即令阿拉伯的奴隸販，都和「l'Afrique profonde」（深不可測的非洲）保持距離。只有史坦利，在尋獲李文斯頓後幾年，再一次來到非洲，從東而西貫穿非洲中部，隨後又從西到東。他的旅行大膽，規劃完善，而史坦利也因此成為英雄。但他的旅行紀事有誇大的傾向，他個人也隱藏有很多私人祕密。

「儘管肉體痛苦虛弱，」吉爾描述史坦利第一次橫越非洲歸來的情況，那是一趟難以想像的七千哩（約一萬一千二百六十五公里）長征，破解了中非流域的祕密。「亨利內心激盪著近乎神祕的自信：『因為真正的我圍繞在幽暗中，永遠是那麼高傲飛揚，無視於肉體每日所容忍的悲慘環境。』」

這個「真正的我」是吉爾所掌握的一個重點。我們所聽到有關史坦利的一切，很多是出於他自己的描述，而其實大部分都是錯誤的。吉爾將其界定為「誤導的謊言」。比如他的名字根本不叫亨利．莫頓．史坦利。他也不是他所聲稱的，是個定居紐奧良的美國人。他沒有被收養，之所以會被派遣搜索李文斯頓，並不是出於《紐約先驅報》（New York Herald）的主意。而且他所尋獲的李文斯頓，也絕非他所宣稱的是個矢志提升非洲的聖人。他在找到李文斯頓時，並沒有脫口說出：「我想，你就是李文斯頓博士吧？」他不是傳聞中殘暴的嚴刑峻罰者，也不是利奧波德國王心甘情願的爪牙。但是這本書在驗證過程中所撰述的絕佳冒險故事和理念宣揚，無意肯定：史坦利或許是所有踏足非洲大陸者當中，最偉大的探險家。

我們所知道的史坦利，乃出生於威爾斯北部的約翰．羅蘭茲（John Rowlands），母親是個生性浪蕩的女人，因此六歲時便被悲慘的關入救濟院。他逃走過一次，後來被引以為恥卻漠不關心的親人送回去。他十五歲時才被這個半監獄性質的救濟院釋放，在一艘美國船舶上找到一份工作，之後在紐奧爾良跳船，於當地工作了一陣，嘗試使用新的姓名和身分，一八六一年加入邦聯軍（Confederate army）的南部灰色軍團（Dixie Grays），曾參與夏羅戰役（Battle of Shiloh），被一名聯邦（Union）巡邏兵逮捕，關在道格拉斯軍營（Camp Douglas）的監獄，被逼選擇是要為北方作戰，或關到腐爛。他改變了立場，在北方旗幟下作戰，然後叛逃，搭船返回威爾斯，再度被鐵石心

2　英國作家，專以維多利亞時代著名人物為主題的傳記作家。

3　英屬印度陸軍軍官及探險家，曾經三次進入非洲探險，當中以搜索到尼羅河的源頭最為聞名。

4　英國探險家、傳教士，維多利亞瀑布和馬拉威湖的發現者。但其最大的成就之一，或許是基於深刻認識因而不斷呼籲，使世界注意到非洲奴隸販賣的悲慘，喚醒人類的良知，最終能在十九世紀結束前讓英國議會於一八三三年八月二十八日通過「廢除奴隸制法令」，在日不落帝國的各殖民政府實施，於「意識上」終結了與人類文明共存的奴隸制度。

腸的母親拒於門外：「除非你混得比現在好，否則再也不要回來找我！」

「不受寵愛、極其敏感，同時也充滿憤怒，」吉爾敘述，史坦利尋求一個能證明自己的出路。受到拒絕的他，其實也同時獲得了自由，他的閱讀（尤其是旅遊書籍）是另一種解脫。先是前往土耳其，經歷一趟悲慘的旅行，然後當一陣子的戰地記者，報導愛荷華州（Iowa）的印地安人謀殺案和馬格達拉（Magdala）的衣索比亞人。之後，三十一歲時，他說服《紐約先驅報》的詹姆斯・戈登・貝內特（James Gordon Bennett, Sr.）[5]相信他可以找到大衛・李文斯頓，營造報紙標題。當時李文斯頓不算失蹤，只是很久沒有他的消息，已逐漸從公眾記憶中褪色。

史坦利從海岸到坦干依喀湖（Lake Tanganyika）附近李文斯頓茅屋的成功非洲之旅，果真成為絕佳的獨家新聞和聳動的標題，此舉對兩者的運勢轉變都有很大的影響。史坦利證明自己不只是位能幹的探險家——他是個真正的領袖，極具韌性，對這趟旅行的描述，也顯示他是位深具說服力的作家，雖然在辯護此行的正當性之餘，對李文斯頓的描述未免過分到將其神聖化，而模糊了其人的怪異和失敗。但沒有父親的史坦利，在李文斯頓身上找到了有力而理想化的父親形象，李文斯頓所秉持探索和改善非洲的使命，也成為他的使命。很重要的一點（這也是吉爾此書所述諸多現代特點之一），他找到一個大陸，可以藉以改變自己。對一個嘗試過各種身分的人而言，非洲賦予史坦利一個姓名、一副臉孔、惡名昭彰的名氣、一項使命，以及需要解決的問題；它肯定了史坦利身為偉大探險家的地位。

這位英國人士的感情生活，有一項持續而悚然的特徵：忌妒。我視之為突破僵硬階級制度的手段。吉爾剖析了這項具有腐蝕性的特質，描述生性害羞的史坦利，如何終其一生飽受英國新聞界、皇家地理協會（Royal Geographical Society）裡的大人物，以及探險對手的不斷嘲笑，試圖摧毀他，藐視他的成就。而史坦利在竄改和美化自己的過去之際，也供給了對手很多攻擊他的彈藥。對一個一向靠自己的人而言，過度掩飾或美化早年生活，難免令人起疑——經常有人竊竊私語，也經常有人攻擊他的人格。他在追逐名氣時誇大其辭的習性，也對他毫無助益。即使在非洲，當他有效擊潰來犯者矛槍和箭矢，損失輕微時，他也會刻意提高死亡人數，渲染戰爭情況，染紅大地，將自己描繪為一個戰鬥者。沒有人了解他的為人，他也不讓任何人了解他。吉爾生動的形容他如何在生命邁向終點時，還想撰寫自己的傳記，在紐奧爾良的街頭和墓園遊蕩，搜尋一個貌似可信的家族歷史，「全都因為他無法承受自己從來沒有被收養的事實。」

然而，讓我們看看他的成就。這位被自己母親拋棄在救濟院，充滿企圖心的孩子，夢想功成名就，掙脫他的階級和國家，將自己塑造為美國人（他努力營造美國口音和自以為是的態度），成為一個世界知名的記者，隻手塑造了李文斯頓的個人神話。然後出發，在史詩般的三年旅程中，證實「維多利亞的尼羅河真正的源頭」，然後沿著剛果河前往大西洋。再度橫越非洲時，他營救了行蹤不明的埃明帕夏（Mehmed Emin Pasha）[6]；此人本名伊薩克・愛德華・施耐澤〔Isaak Eduard Schnitzer〕，是名生性圓滑，頭戴土耳其氈帽的德國人，對於自己的被救抱持著矛盾心態），之後——受騙於利奧波德國王，深信自己是在協助剛果走向文明——廣建貿易據點，遠達史坦利瀑布（Stanley Falls）。五年後，科忍尼奧斯基船長駕駛比利時國王號，溯河來到此間，日後成為《黑暗之心》一書中所描

5 美國歷史上的著名報人，為《紐約先驅報》的創始人。

6 猶太裔德籍的醫師和博物學家，也是上尼羅河埃及赤道省的省長。一八八六年，鄂圖曼帝國授予他「帕夏」的頭銜，此後就被稱為穆罕默德・埃明帕夏，帕夏（pasha）為昔日土耳其高官的稱謂。

述的內陸貿易站。

諷刺的是，儘管懷抱理想主義，大膽開啟非洲心臟展現於世人之前，他卻是（根據吉爾的敘述）「歷史過程中眾多愚行的推手之一，導致剛果日後承受種種有違人性的剝削和罪行。」

不過非洲只是史坦利實際生命的背景。「我被送到這個世界，不是為了快樂，」史坦利寫著。「我是為了特別任務而來。」就他看來，他的任務，簡而言之，便是苦難。置身於非洲人，以及跟他一樣背景卑微的英國人之間時，總是讓他最為自在。而那些出身良好，自願加入他探險隊伍的人，則通常都是痛苦和醜聞的來源。

前往非洲從事冒險之旅並非新鮮事物。十九世紀末期來的都是有錢的年輕人，買通門路來趟這種旅行。他們是史坦利後援部隊（Rear Column）中一群既不負責任，又不服從命令的軍官，掀起很大醜聞，成為史坦利聲名中擺脫不掉的污點。以詹姆士·詹姆笙（James Jameson）的惡劣行徑為例，他留守後方，等待史坦利前往搜索無意來歸的施耐澤。詹姆士是愛爾蘭威士忌商賈的繼承人，「對食人族感到著迷」，是個業餘的素描家。他在剛果紮營時，曾買下一個十一歲的女孩，把她交給一群非洲人，讓他們刺死女孩，支解屍體，烹煮後吃下肚，而且詹姆士竟然還將整段令人髮指的情節素描下來。

「Bula Matari」（破岩者）是史坦利在非洲的暱稱，除此之外各方面他都很害羞，追女人也缺乏自信，所有的愛情都以失敗告終。後來一名女子誘惑他，堅持要史坦利娶她，其後還拒絕讓史坦利回非洲，要他進他所厭惡的議會，最後把他放逐到英國鄉間，六十三歲便早早去世。由於經常代人頂罪，連西敏寺（Westminster Abbey）都拒絕讓他在那裡舉行葬禮。

史坦利的一生反映出我們的時代，揭露外來者對非洲仍懷抱著有如保母般的野心。這段期間的非洲，阿拉伯—斯瓦希里（Arab-Swahili）[7]奴隸貿易也走向最後幾年時光——在短短一百年前，非洲奴隸買賣依然盛行，而那是史坦利所反對的。如果阿拉伯—斯瓦希里奴隸販在非洲依然故我，沒有遭到反對的話，會有什麼後果？吉爾如此思索著：「達佛（Darfur）[8]給了很好的提示。」

史坦利有很多傳記，但吉爾的傳記是措辭最優美、訊息最多、最完整、最有可讀性，也最詳盡的，因為他接觸得到最新發現的大量有關史坦利的資料。從救濟院到泥巴茅屋，再到男爵大廈，這是一部最鮮活的維多利亞時代小說，一個強悍的小人物，以寡敵眾的挑戰不可能的任務，而且超越他的時代，清楚目睹剛果的真相，以及（套句他本人的話）「卑鄙的白人在長達兩世紀的時間，對黑人無情剝削」的歷史。

7　大約在九世紀間，阿拉伯商人開始沿著東非海岸定居下來，這些人後來成為斯瓦希里人。

8　蘇丹西部達佛地區自二〇〇三年起即發生嚴重的人道危機的衝突，蘇丹政府支援白人民兵在該地進行有計畫的屠殺、搶劫、強姦乃至種族滅絕，四十萬人以上因此而喪生，被廣泛視為二十一世紀全球第一起種族滅絕事件，也是最慘烈的人禍。

第十九章
保羅·鮑爾斯：不是一名遊客

《遮蔽的天空》（*The Sheltering Sky*）是保羅·鮑爾斯第一本小說，雖然他的才藝終其一生不斷精進——包括小說、詩作、故事、翻譯作品以及樂譜——但是這篇奇特、失衡，而有點幻覺性質的作品，和這段時期所寫的其他攪人心弦的短篇小說，在讀者的心目中永遠留下他小說所塑造的影像。所以在三十八歲時，他便已被論定，這種定論在他日後生命中尾隨不去。即使八十餘歲高齡，他仍然被這部小說的細節所騷擾。我知道這個事實，因為我就是在他如此高齡時依舊騷擾他的人之一。

我在丹吉爾後街一棟灰色建築裡某間涼颼颼的大型公寓中，發現鮑爾斯坐在後面房間的地板上。十月天的天氣又濕又冷。為了驅逐濕氣，鮑爾斯點著一支上好的噴槍，嘶嘶作聲的藍色火焰溫暖這個沒有窗簾的小臥室，他則宛如雜貨市場的小販坐在坐墊上，挺直背部，兩腿直伸，只因其中一條腿正苦於感染。他周遭散置著小型物品，每樣東西都放在觸手可及的地方：筆記本、筆、藥瓶、茶壺、茶杯、湯匙、火柴、放置書本和紙張的架子，其中有些是樂譜。附近矮桌上有個節拍器，旁邊擺滿了盛放膠囊的瓶子、藥膏、錄音卡帶、一罐雀巢可可粉（Nesquik）、咳嗽糖、吃了一半的條狀糖，還有一張摺好塞在封套裡的便箋，信封上寫著：保羅．鮑爾斯，丹吉爾，摩洛哥。儘管地址模糊，但顯然還是安抵到他手中，就像我一樣，憑著這少數資訊便尋訪而來。

他手中拿著一個筆記夾板，正在翻譯一本西班牙小說。病痛和年紀使他渾身散發出一種雕塑般骨感的尊嚴。他似乎頗為自信，而（相對於我這種經常猶豫不決的人而言）我特別仰慕他這種堅定不移的氣質。

因為我不想同時記錄我們之間的談話，以免攪亂了他的聊興，因此在返回旅館的途中，特別駐足一家名叫內格雷斯科（Negresco）的咖啡館，將我們的會晤情況描述在我的筆記本上。我想將這段經歷做為打算名之為《赫丘力士之柱》（*The Pillars of Hercules*），描述地中海之行一書的結尾。我是這樣寫的：「對我而言他似乎是個將所有表情掩飾在面具之後的人；他有雙閃爍的眼睛，但是目光冷峻。他似乎同時具有若有所思、學識淵博、老於世故、冷漠孤傲、置身事外、自負、懷疑、古怪、自鳴得意、堅忍不摧、脆弱、自我中心、坦誠，以及坦然接納讚美等情緒。他幾乎和我此生所認識的每一個作家一模一樣。」見到我振筆疾書，附近一名摩洛哥人問我是不是作家。他名叫穆罕默德．舒凱里（Mohamed Choukri）[1]。他認識鮑爾斯，因為鮑爾斯翻譯過他第一部和最為人所知的小說，《就只為了麵包》（*For Bread Alone*）。他對鮑爾斯心存善意的輕蔑，說了一句：「他是虛無主義者。」

「幾乎每個人明天都會離開。」當我表明我第二天即將搭乘渡輪回西班牙時，鮑爾斯這麼說。

但是鮑爾斯從來沒有離開。他是一種典型人物，極力維持超脫的立場，遠離主流，追求隱姓埋名的生活——沒有電話、沒有住處名稱——結果全世界卻蜂擁而至，急於求見，反而讓他聲名大噪。（墨西哥的B·特拉文〔B. Traven〕[2]和新罕布夏州〔New Hampshire〕的J·D·沙林傑〔Jerome David Salinger〕[3]，是另兩位這類矛盾的人物。）我們可以這麼說，鮑爾斯不經意打響丹吉爾的名號，將其塑造為邪惡和文學的目的地——比如傑克·凱魯亞克、威廉·柏洛茲、艾倫·金斯堡（Allen Ginsberg）[4]和其他等人，都是因為鮑爾斯先來到丹吉爾，才陸續尾隨而來。鮑爾斯看著他們來來去去；自己則始終住在丹吉爾，只偶爾前往錫蘭和西班牙小住。鮑爾斯首次造訪丹吉爾（據他告訴我），是應葛楚·史坦（Gertrude Stein）[5]的要求，和阿隆·科普蘭（Aaron Copland）[6]一同前來。事後科普蘭回到自己家，鮑爾斯則愛上丹吉爾，在這裡開花結果。他半是苦行僧，半是

---

1 摩洛哥作家和小說家。美國作家田納西·威廉斯將《就只為了麵包》描述為「真實的文獻」，而此書也確實為舒凱里的自傳。

2 可能是德國小說家的筆名，其真實姓名、國籍、生歿年份及地點，還有傳記的細節都有爭議，只能推測大約是一八八二至一九六九年。少數幾個確定的事之一，就是他在墨西哥生活了多年，作品的背景和完成也都在這個國家。

3 美國作家，以著作《麥田捕手》（*The Catcher in the Rye*）而聞名。此書獲得成功之後，沙林傑變得更孤僻，在新罕布夏州鄉間的河邊小山附近買下了九十多英畝的土地，在山頂上建了一座小屋，過起了隱居的生活。

4 美國詩人，最出名的作品是長詩《嚎叫》（*Howl*），在詩中讚揚了「垮掉的一代」的夥伴們，對當時在美國泛濫的物質主義與墨守成規做出了猛烈批判。

5 美國作家與詩人，但後來主要在法國生活，並且成為現代主義文學與現代藝術的發展中的觸媒。

6 美國古典音樂作曲家、指揮家和鋼琴家。

自命不凡者（正如他給我的印象），以他自己的方式抗拒本性，表達其反叛的一面，因為當地的濕氣，他嚴苛的生活方式，以及丹吉爾的腐敗，似乎都縮短了他的生命期限。但是他和所有其他人都不一樣，他是一個定居者、是個旅行者，而不是一名觀光客。

「我當時強烈的感覺到，我不是一個觀光客，跟我終於定稿的《遮蔽的天空》裡的人物波特（Port）一樣。」鮑爾斯這麼告訴他一名傳記作者。那本小說中，他很早便特別表明這一點，形容波特：「他不認為自己是觀光客；他是個旅行者。他會解釋說兩者的區別，部分在於時間。當觀光客通常在幾個星期或幾個月後便匆匆返家時，旅行者的移動速度卻因不屬於某個地方而比較慢，通常一個地方會待上好幾年，然後從地球的某一處再轉移到下一處。」

一九四八年末期，鮑爾斯在摩洛哥的非斯（Fez）開始撰述小說，完成一百五十頁後，移往阿爾及利亞的奧倫（Oran），然後帶著手稿旅行往南，先後前往烏季達（Oujda）、曾為法國軍團據點的克隆比—貝沙爾（Colombe-Béchar），與一天卡車距離外的塔吉特（Taghit），然後繼續前往貝尼阿巴斯（Béni Abbès）、提米蒙（Timimoun），最後折返非斯。小說家對自己書寫方式和動機有時非常掩人耳目（鮑爾斯宣稱，他是在第五街搭乘公車時，對這本書有了初步構思），其實這本書是在他漫遊阿爾及利亞時所撰述，並蒐集了所有的細節資料，誠如他日後的解釋：「這本書結合了我的回憶和我當下所處任何一個地方的細節描述。」

在周遊阿爾及利亞期間，他每天早上寫作，精心描述他所見到的地方，同時嘗試使用麻藥，尤其是印度麻藥和「majoun」（大麻果醬）[7]；他宣稱那本小說有部分是在麻藥的影響下創作出來的。總而言之，無論如何這本書都絕不是在寧靜間回想昔日戀情的浪漫之作，而是在書頁中不時穿插著最原始的體驗。這位旅行作家創造出一個傳奇冒險事蹟，並在細節間穿插了自身的旅遊經歷：

炎熱的夜晚、漫長的行程、錯誤的轉折、不可靠的當地人，以及令人厭惡的遊客——亦即書中的李爾母子（Lyles）。

另外，還包括破爛的旅館和惡劣的食物。其中安．克羅法（Aïn Krorfa）的葛蘭德大飯店（Grand Hotel）拔得頭籌，是小說中最糟糕的旅館之一：門口處的噴泉有「一小堆臭氣熏天的垃圾山」，還有一些光著身體小嬰兒，「柔軟怪異的身體上長著膿瘡……粉紅色的無毛狗，」飯店裡面，「到處洋溢著公共廁所的氣味。」在這裡，旅客們「住在三間氣味難聞的房間，」其中一間房間「地面鋪著一張胡狼皮……唯一的家具。」

除了這間旅館，旅行中每個地方的飲食都同樣拙劣到可笑的地步。大飯店的湯裡有象鼻蟲，其後凱特（Kit）「在她的燉兔肉湯中，發現幾塊皮毛」，而廚房裡，一把刀插在餐桌上，「刀尖下是一隻蟑螂，蟑螂腿還在微微抖動。」在艾爾加（El Gaà），「肉裡面包括各種無法辨識的油炸內臟，」在斯巴（Sba），商店老闆達悟．周瑟夫（Daoud Zozeph）的妻子端上一盤「油膩的油炸麵糰，供應冷的……幾塊軟骨肉塊……濕答答的麵包。」在凱特被拘禁的貝爾瓜辛（Belquassim），「有些菜，彷彿就是一團團半生半熟的肥羊肉。」我們應該可以確定，鮑爾斯對這些餐點的描述，是來自於他工作時的餐桌，他或者一面吃、一面分析，或者只是自得其樂的惡意陳述其恐怖情狀。

這種貫穿整個小說，帶著神奇意味的厭惡口吻，從一開始便已反映在三名坐在奧倫一間骯髒咖啡館內研究地圖的旅者身上。阿拉伯人坐在咖啡館外面，美國人坐在裡面。「雖然比較涼爽，但是空氣不流通，飄散著陳腐的酒味和尿味。」

7　一種含有麻藥成分的摩洛哥甜點。

這種怪誕的主題反覆出現，成為一種陰暗版本的恐怖鬧劇，讓讀者不禁好奇，不知道下一步又當如何！這種情形讓我們體會，這本小說最恐懼的情節，經常都是透過黑色喜劇的方式呈現。鮑爾斯很執著於極端的概念，在他所著〈一個遙遠的事件〉（A Distant Episode），一篇堪稱舉世所有語言中最恐怖的短篇小說之一，他戲劇化的堆疊陳述教授所遭遇的層層迫害。鮑爾斯宣稱，《遮蔽的天空》「其實，是〈一個遙遠的事件〉中那位教授故事的加工品……重述同樣的故事。」

這部小說的結構是事件性的，似乎雜亂無章，有三名美國人從奧倫出發南行。他們的個性顯著不同。波特・摩斯比（Port Moresby）[8]的姓名是鮑爾斯故意開玩笑取的：「摩斯比港」是巴布亞紐幾內亞的首都，其名稱是一八七三年由約翰・摩斯比船長（John Moresby）[9]為紀念其父親艦隊司令費爾法克斯・摩斯比爵士（Admiral Sir Fairfax Moresby）[10]而取的。小說中的波特瘦削，「有張帶點譏諷煩惱的臉孔」和一種漠然的氣質。他的妻子凱特是個性情焦躁的社交名媛，帶著一行李箱的晚禮服和化妝品——我們甚至見到她置身一個荒廢的前哨基地，毫無來由的穿著一套裸背的淺藍色緞質禮服。這行人的第三者——後來他們淪為三角關係——是特納（Tunner）這個機會主義者，他和波特的妻子行為不端，有一次還對撒哈拉沙漠雨水不多感到驚訝。

他們浪跡天涯。第二次世界大戰結束，現在可以自由旅行的他們，其實對北非幾乎一無所知，從一開始就對北非心存矛盾。那他們為什麼會選擇這個地點？因為這是可以從紐約出發「少數幾個可以直接搭船抵達的地方」。

李爾母子是澳洲人，母親是喳呼的種族主義者，兒子則行跡詭異，為小說提供滑稽的喜劇效果。在長達一百七十頁的敘述後，母子倆才從故事中消失，對於故事進展沒有什麼功能，但有關他們的敘述活靈活現，不無可取之處。田納西・威廉斯很早便對這本小說表示仰慕，這對母子恰如他

卡司群中，訂製化的陪襯角色

美國人繼續南行。行經的地點在現代地圖上還可以找到：邁薩德（Messad）、塔季穆特（Tadjmout）、艾爾加、斯巴、阿德拉（Adrar）和遙遠的泰薩利（Tessalit），已然跨越阿爾及利亞邊境，來到了馬利境內。

波特的本性善於窺伺，雖然茫然不解，卻無所畏懼。他是個探索者——不過究竟探索什麼？據我猜想，應該是走向極端的希冀吧。他長期處於不安狀態。當他找到一個心甘情願的當地女子，瑪妮亞（Marnhia），整個私情持續「不到一刻鐘。」其後，便是口角和誤會；食物越來越糟、天氣越來越熱。根據書中的形容，「房間帶有惡意」，而晨曦是污染的：「受到污染的蒼白晨光。」

波特趨於內省和自我摧毀的意識日漸強烈。他的生病似乎燃起一盞明燈，但之後——遠在小說結束之前——他便死了。他的創造者鮑爾斯「告訴珍（鮑爾斯的作家妻子），他是刻意在小說進行到一半時便殺掉他的英雄的：『他還掙扎在痛苦中，還沒有死。不過我遲早會幹掉他。他一旦走了，便只有女主角繼續下去了，那也不好寫。』」

劇情的隨心所至，尤其背景的異國色彩，使得這部小說明顯屬於現代作品，乃是為了戰後依然驚魂未定的讀者而寫；執筆的年輕人，雖然蔑視任何文以載道的觀念，但不時會冒出幾句警世性良言：「酒吧內……充滿哀傷，一種所有孤絕於世者與生俱來的哀傷，」以及「人性屬於每一個人，

8 Port字面意思為「港口」，有一語雙關之意。
9 英國海軍軍官，主要事蹟為探索了紐幾內亞的海岸，是第一個發現摩斯比港的歐洲人。
10 英國皇家海軍軍官。

而非自己，」還有「靈魂是肉體最疲憊的部分，」以及「穿過鄉間而行，可謂人生旅程中的某段縮影。」

這些對我並沒有說服力，甚至不像是事實，但是其中所蘊含的洞察力令人印象深刻。在波特意外去世後，凱特想起在家時一個特別的日子，目睹暴風雨逐漸逼近，「死亡成了話題。」

「死亡一直就在前面，」波特曾經這麼說：「但你不知道死亡何時來臨，因而降低了生命有限的警覺性。我們所痛恨的，是那種確定性所帶來的惶恐。但也正因為我們不知道，所以誤以為生命是取用不盡的泉源。但人生當中發生的事情都有一定的次數，還都只是很少的幾次，真的。你小時候的某個下午你還想得起來幾次，某個曾經深深成為你存在的一部分，是你無法想像你生命中若欠缺了會如何的那種下午？也許只能想得出來四或五次吧？不單如此。你還能觀看幾次滿月高升？也許再二十次吧。但儘管如此，這一切仍給人無限的感覺。」

這部小說從一個觀察點到下一個觀察點，而非從一個事件到下一個事件。天空逐漸遮蔽的影像，隨著陸續展開的情節逐漸放大，難免引起眾人的注意。「這裡的天空很奇怪，」波特對凱特說：「我每次仰頭看天，總覺得上面是個堅固的實體，保護我們不致受到後方東西的傷害。」他又解釋道：「我想後方什麼都沒有，只有黑暗，完全的黑夜。」

模糊對他而言是個威脅，領他步向死亡，當波特過世，遮蔽天空後方的黑暗現身：「一顆黑暗的星辰出現，是朗朗夜空中一點黑暗。黑暗的星點是通往安息的門戶。延伸而出，穿透遮蔽天空的綿密組織，獲得安息。」

波特的死亡，「就內在而言，」正如鮑爾斯所期望的，是一種激情。書中所有性與愛的敘述——波特和瑪妮亞、特納和凱特、凱特和她不計其數的情人——沒有一件描繪得比波特纏綿之死來得更為深刻。

我們對這一切應持何種看法？這些人是擅闖而入者，不但闖入過深，而且還闖錯了地方。沙漠被形容為毫無生命氣息，而鮑爾斯在一段比較陰森的文段中是這麼寫的：「這裡處處遍布一種灰色，飽受摧殘的矮小樹叢有如昆蟲般，生有堅硬的外殼和僵直毛茸脊骨，覆蓋大地，恍如孿生的仇恨。」不過這幅景觀真的如此殘酷？或者只是過分運用恐怖筆法，正如洛夫克拉夫特（Howard Phillips Lovecraft）[11]所擅長的？我想兩者都有。

凱特的磨難是性虐待——不具任何傳統的色慾意義，描述手法冷酷，而非浸淫於意亂情迷的情緒（雖然使用的是色情文學筆法），作者直接帶入精神層面。對許多讀者而言，這個沒有同情心，處境痛苦女子的旅程才是這部小說的重心所在，這位沙漠中的美麗紐約名媛相當愚蠢，終至失去平衡，從一個原住民流轉到另一個原住民，臣服於野蠻的慾情，最後流落到馬利，遙遠的泰薩利。她、而不是波特，才是〈一個遙遠的事件〉中飽受凌虐教授的翻版。

鮑爾斯是個詩人、小說家和短篇小說作家，這部小說特別凸顯他詩人的天賦。當然，這是一部描述三名天真的美國人，迷失在一個典型的異邦和禁域的故事。對於悲慘的細節有特殊的偏好——恐怖的餐飲、骯髒的旅館、異國的習俗和不毛的景觀。至於其非心靈面的本質，則因為那是書寫在一個「存在主義」瀰漫於小說界的時代。這也許是最重要的存在主義內涵的作品，許多效果都是透過模稜兩可和模糊其詞的筆法達成，而非外在具體的描述。就這層意義而言，他對生命所持的苦澀觀點，其悲劇性正一如卡繆的《異鄉人》。

11 美國恐怖、科幻與奇幻小說作家，尤以其怪奇小說著稱。

然而這本書是重要的，特別對我而言。這本書和其他若干作品，協助引導我的寫作和旅遊生活。我在讀這本書的時候還是個學生，當時還讀了鮑爾斯其他的小說：《世界的上方》（*Up Above the World*）、《蜘蛛之家》（*The Spider's House*）、《讓它來吧》（*Let It Come Down*），以及其他許多作品。就一個旅者和作者而言，我從鮑爾斯處學到他觀察的習慣，對極端情境的喜愛，對文化的好奇心，熱愛孤獨，尤其是他的耐心。我不確定這本小說的整體意義——對死亡的冥想？對好奇心太強者的警告？但這肯定是一本包含所有磨難元素，有所堅持的冒險小說。沙漠對陌生人而言足以致命。鮑爾斯說這本書沒有寓意，或者可以這麼說：「每件事情都只會更糟糕，這就是我的寓意。」但是顯然的，他企圖讓沙漠具有面孔和情緒；他經常用解剖學的詞彙描述景觀，如此一來，我們人物便只能匍匐其間，終至成為沙漠的犧牲者。

第二十章
毛姆：在亞洲上下穿行

一九二二年，威廉．薩默塞特．毛姆以劇作家、短篇故事作家和小說家，甚至社交名流的身分大獲成功時，突然從舞台消失，展開《客廳裡的紳士》（*The Gentleman in the Parlour*）一書中所記錄的一段漫長、偶或艱困的旅程。他乘船從英國前往錫蘭，在當地遇到一個男人，告訴他位於緬甸東北遙遠的撣邦（Shan States）境內的景棟（Keng Tung）如何值得一遊。此舉促使他從仰光到曼德勒（Mandalay），然後搭乘騾子前往那個據說頗為迷人的地方，二十六天後，他終於抵達。他在筆記本中記錄了當地的優點，然後繼續跋涉前往泰國邊境，那裡有輛福特汽車正等著載他前往曼谷。之後他搭船前往柬埔寨、艱辛跋涉前往吳哥窟、又經由河道前往西貢，然後沿海從順化到河內短途旅行：在亞洲上下穿行。那本書的記錄就此畫上句點，但其實他還造訪了香港，越過太平洋抵達美國，再橫過大西洋回到倫敦，恢復其寫作生涯和社交活動。他直到七年後才著手撰寫《客廳裡的紳士》，我認為在評估這趟迂迴和選擇性的旅行敘事時，這一點必須考慮進去。

他在旅行後的間隔期寫了不少東西：一九二五年的《面紗》（*The Painted Veil*）；一九二六年旅行前往新加坡和馬來亞後，完成《木麻黃》（*The Casuarina Tree*）中鏗鏘有力的故事，一九二七年《祕密情報員》（*Ashenden*）的間諜故事，以及至少兩齣長篇舞台劇。這段時間他至少又訪問了美國一次，並於一九二七年買下位於里維耶拉（Riviera）的豪宅，命名為「摩爾別墅」（Villa Mauresque）。他在這個奢華的住處完成小說《尋歡作樂》（*Cakes and Ale*），最後終於完成《客廳裡的紳士》。這兩部作品同在一九三〇年出版，亦即他一名傳記作者推崇為其職業生涯巔峰的一年。《客廳裡的紳士》讓毛姆獲得褒貶不一，以及又妒又羨的評論。他經常從評論家獲得這類的批評，那些人清楚毛姆經濟富裕，是個成功的作家，而且交遊廣闊，生活奢華，不乏在上者的氣焰，因此不太覺得有讚美他的必要。

大家並不怎麼相信毛姆亞洲之行有多麼艱難，但部分行程確實非常艱鉅。他參觀了緬甸浦甘（Pagan）[1]廣闊的寺廟群，堅持沿著伊洛瓦底江旅行，更是騎了將近一個月的騾子才到達景棟。在柬埔寨，他上溯洞里薩河（Tonlé Sap River），越過寬闊的湖泊，觀賞當時仍屬偏遠的吳哥窟聚落，那時的吳哥窟還只是叢林中一群杳無人跡的神奇遺址。

但我感興趣的是旅行和成書之間的延宕。一般想寫旅行書的人，都會先去旅行，然後立即開始寫書。最大的例外是派翠克．弗莫（Patrick Leigh Fermor）[2]，他一九三三年至三四年間穿越歐洲，從荷蘭走到君士坦丁堡，但直到幾十年後才寫下他的遊記：一九七七年的《時光的禮物》（*A Time of Gifts*）和一九八六年的《山與水之間》（*The Woods and the Water*）。那些書內容清新，細節豐富，一般人很難發現這期間已經過去很長一段歲月。

在毛姆的案例中，這段延宕也造成變化，好壞皆有。如果他一回到家就把書寫出來，我不認為會是後來我們所見的那一本。書的語氣和結構是這段時間醞釀的結果，書本內容不會那麼詳盡，而更具反思性、更深刻、更純熟，更有雕琢的痕跡。它做總結性說明，並避免流露旅行者的真實個性和偏好。書中最精采的是穿越緬甸北部的騾子行、曼谷逗留的時間，以及關於吳哥窟的描述。

毛姆在書中分析了旅行的願望和旅行者的本性，而這些觀察說明正適用於毛姆本人。「當（旅行者）出發旅行時，必須放下的人就是他自己。」但他的文章內容並沒有佐證他的論點。至於旅遊書的性質，「如果你喜歡語言本身的話，如果你以文字的排列組合為樂，並能產生美感，那麼散文或旅遊書可以提供你這樣的機會。」這個主張我也深表懷疑。旅遊書不應該是展現文風的機會，而是作者本人看待世界的方式。

「我雖然經常旅遊，但卻是個糟糕的旅行者，」毛姆曾在另一處如此說。「優秀的旅行者感覺處處有驚喜。」毛姆補充說他正缺乏這一點，他入境隨俗，將旅行視為一種解放、一種充電之旅：「我旅行是因為我喜歡從一個地方移動到另一個地方，我喜歡旅遊帶給我的自由感。」他就這個論點繼續申述，然後總結道：「我經常對我自己感到厭倦，而我有個觀念，即透過旅行可以豐富我的性格，稍微改善一下自己。我從一趟旅行回來，帶回來的都不再是同樣的自己。」

這些陳述非常美好直率，而且似乎很坦誠，但我們都知道，在這本旅遊書中，毛姆非常任性，而在真實的生活和工作中，他則可謂隱匿和迂迴大師。

大體而言，《客廳裡的紳士》是一本故事集——大部分是旅遊者的故事，不是毛姆本人，而是

1 緬甸歷史上的一個國家，是第一個統一緬甸的王國。
2 英國最著名的旅遊文學作家之一，同時也是詩人、史學家、建築與藝術鑑賞家。

他遇到的那些人。書中充滿了他們鮮明而精采的故事：關於喬治和梅布爾（Mabel）婚姻的曼德勒，在達茲（Thazi）有馬斯特森（Masterson）和他的緬甸情婦的非正式聯姻，在孟賓（Mong Pying）有牧師的與世隔絕，在華富里府（Lop Buri）有康斯坦丁・福爾康（Constantine Faulkon），九月公主（Princess September）則來自曼谷的傳說，還有來自船上的各種故事，包括法國總督如何找到他的妻子，另外還有至少兩則故事，一則關於老朋友格羅斯利（Grosely），一則則與美國人艾弗賓恩（Elfenbein）相關。

這些故事似乎都透過他遇到的人而和他有所關聯，或者如〈九月公主〉是在曼谷爆發嚴重瘧疾期間，一種類似癲狂狀態的想像之作。但其中一些故事有些是寫在旅行之前，有些則甚至更早。〈九月公主〉是一九二二年為瑪麗女王玩偶之家（Queen Mary's Dolls' House）圖書館的迷你藏書而寫。短篇小說〈利益婚姻〉（A Marriage of Convenience）據傳是毛姆前往香港的船上別人告訴他的故事，但其實早在一九〇六年便已完稿，並在同年發表於《倫敦新聞畫報》（Illustrated London News）。緬甸達茲城的英國人馬斯特森，其人或許是，也或許不曾親口講述他與一名緬甸女子的一段情，那女子還為他生下三個孩子。這篇短篇小說先以〈在通向曼德勒的道路上〉（On the Road to Mandalay）為名，發表於一九二九年十二月號的《國際雜誌》（International Magazine），後來又以〈馬斯特森〉為名，收錄在毛姆的《故事選集》（*Collected Stories*）中。

除了（說是受到瘧疾的啟發）喋喋不休到有點惱人的〈九月公主〉，這些故事都是精采的角色探討，添加了地方色彩（放蕩的殖民地居民、大量飲酒、沒有受到祝福的歡情），使得毛姆短篇小說，特別是遙遠異域的主題，獨具特色。在短篇小說〈馬斯特森〉中，也體現了毛姆對於短篇故事的主張：「我是一個他以前從未見過、將來也不會再見，路過的熟人……我以這種方式在一夕之間

（坐在燈光下，共飲一、二瓶蘇打水和一瓶威士忌，燈光外是充滿敵意而難以理解的世界）對對方的了解，比相識十年的交情還要深刻。」

但毛姆其實很少和陌生人坐下共飲威士忌。他天性沉默寡言——因為他的口吃、不算健談；也因為他是個同性戀者，對個人生活和工作安排口風甚緊。在《客廳裡的紳士》中他隱瞞了一個重要事實，即他並非隻身上路。他是跟比他小十八歲的情人兼伴侶杰拉德・霍克斯頓（Frederick Gerald Haxton）[3]結伴旅行；霍克斯頓是個酒鬼，有點像個無賴，卻有助於破冰、會晤當地人、並沿途安排事情——很多方面都堪稱毛姆實質上的丈夫。

在《總結》（*The Summing Up*）一書中，毛姆解釋道：「我很羞於結識陌生人，幸而旅途中有（霍克斯頓）相伴。他擁有可貴的社交天賦，為人親切，能夠在很短的時間內在船上、俱樂部、酒吧和旅館和人交朋友，因此透過他我可以輕鬆的跟很多人接觸，否則我只能遠遠知道這些人。」

但是《客廳裡的紳士》給人的印象卻是毛姆獨自旅行，慫恿陌生人推心置腹、戰勝不確定因素、掙扎克服困難、解決交通和票務問題，以及處理種種令旅行失色的麻煩事。我第一次閱讀這本書時，極為欽佩毛姆的堅韌和處理孤獨的能力。後來閱讀他的傳記，才了解毛姆並不孤單，而且經常豪華的從事旅行。

旅行者在自己書中揭示自己是個孤獨的浪者，並沒有那麼不尋常。布魯斯・查特文（Charles Bruce Chatwin）[4]從未提及他總是和朋友一起旅行；V・S・奈波爾從未透露他在旅行中從不孤

---

3 美國人，是毛姆長年的祕書及伴侶。

4 英國旅遊作家、小說家和記者。

單，（正如他的傳記作者所示）總是帶著他的妻子或長期情婦瑪格麗特（Margaret）；格雷安・葛林不會開車，也不會用打字機，因此如果沒有伴侶，幾近無助；同樣的情況也適用於威福瑞・塞西格（Sir Wilfred Patrick Thesiger）[5]，他也從未獨自旅行過。還有許多其他喜愛結伴而行的男女，都喜歡將自己描繪成孤獨的流浪者。此舉沒有什麼好覺得羞恥的，只是讓真正孤行的流浪者，如查爾斯・道提（Charles Montagu Doughty）[6]在魯卜哈利沙漠（Empty Quarter of Arabia Deserta）[7]的駱駝之旅，更具英雄氣質。

所以毛姆是和他的朋友兼情人一起旅行。據他表示，他在途中便將書中大部分內容讓同伴聽寫記下。他省略了旅行的最後一段（香港到倫敦），而將之前所寫的東西收納進去。有的在本書中以非小說類呈現，在其他地方又以小說方式呈現。撇開這些操作不說，這本書也許是他最令人滿意的旅行敘事。

在《在中國的屏風上》（*On a Chinese Screen*）合輯的序言中，毛姆提到《客廳裡的紳士》和《在中國的屏風上》不一樣，不是「意外的產品……我想在同一類主題上再試身手，但是是以一個更詳盡的規模，以及一種明確的模式呈現。這是一種風格的練習。」這種「風格」難以辨識；在結構上，它是一本傳統的旅遊書，不過行程是毛姆自己擬定的。而且即便經過巧妙處理，那些異鄉人的故事還是相當精采。

毛姆雖然似乎一直在寫自己，其實幾乎沒有吐露過自己。他曾經大發脾氣（因為房間還沒有準備好），但很快就消氣。他聊過一點自己的飲酒習慣；透露曾經吃過鴉片。他像許多作家一樣，堅持本身乏善可陳，實則他非常善於觀察。他對吳哥窟的描述是我讀過寫得最好的作品之一，對泰國宮廷的描述也很敏銳——是內行人對亞洲皇室的一瞥。儘管聲稱不為所動，但毛姆對法國風貌的河內，仍做出公允的評價。身為敘述者的毛姆並不激情，但他所遇到的人和他們騷動的生活，卻激盪著熱情。毛姆用的是講述故事者的口氣，始終是個警醒的作家，雖然沒有幽默感，卻誠實可靠。訴說這些故事的人，與小說敘事者的第三人，幾乎毫無差別。只是書中不時會流露出某種偏見，就像襪子推銷員艾弗賓恩，他是這麼寫的：「他是那種讓你能體恤集體屠殺這回事的猶太人。」這種說法委實惡毒。在描繪艾弗賓恩時，毛姆也是最早使用「a chip on his shoulder」（覺得全世界的人都欠他）一詞的人：「他覺得全世界的人都對不起他，好像每個人都在算計他，存心輕視或傷害他。」

毛姆本人也有類似的心態和糾結，也許還不止一個。但總而言之，在旅途當中，他是堅忍，有時甚至是無畏的。他在足跡罕至的地方旅行，使得這本書不僅不凡，而且（對我而言，可謂旅遊作家最大的貢獻）成為有價值的歷史文獻。

在這段充滿好奇、活躍，甚至酣暢淋漓的生命中，毛姆在遠東和太平洋旅行，私下偷聽、勤做筆記，是他情況最好的時刻，或許也是他最快樂的時刻。人只有在懷著信心，希望能發現新東西的時刻，才會踏上旅程。毛姆這位孤獨的人，對其他人的孤獨非常敏感，也深知自己的局限。旅行是他孤立自己的一種方式，而一旦旅行變得太麻煩，他便返回豪華酒店「摩爾人的別墅」尋求解脫，雖然未必能尋得快樂，他就在那裡完成《客廳裡的紳士》，回味旅途中比較快樂的時刻。

5　英國軍官、探險家和作家。

6　英國詩人、作家，探險家、冒險家和旅行家。

7　意為「空曠的四分之一」，因面積占據阿拉伯半島約四分之一而得名，是世界上最大的沙漠之一，覆蓋了整個沙烏地阿拉伯南部地區和大部分的阿曼、阿聯和葉門領土，面積約六十五萬平方公里。

第二十一章
英國歲月：事不關己

我看到報導，約克郡開膛手（Yorkshire Ripper）正在尋求假釋，而且有可能獲得批准。

一九七〇年代末期，他以敲擊腦殼的方式殺死了十三個女人，迄今已服刑三十年。如今，他已準備再次成為你的鄰居，或許恢復他「金屬米老鼠」（Metal Mickey）的綽號，且重拾卡車司機的職業，甚或回去掘墓——當年他就是在掘墓時，（正如他在法庭上的證詞所言）聽到鬼魂的聲音，命令他去殺那些女人的。約基．彼得．薩特克利夫（Yorkie Pete Sutcliffe）[1]將重回街頭，置身巷弄！那段記憶干擾著太多人的心。

1　一九八一年被捕，被判處二十個死刑，二〇一〇年被判終身不得假釋，實際上並未出獄，仍在醫院被終身監禁。

自詡見證一個急遽變化的時代，不過是外來者的臆想。我理解這是一種必要的自負心態，一種妄自尊大的求生技能，有助於讓外來者保持警戒。一九七一年底至一九九〇年初，我以一名純粹旁觀者的身分，在英國生活了十八年。我只是一個旁觀者，對於不涉及我的公眾事件看得目瞪口呆。我是納稅人，但不能投票；我擁有房子，但仍需在機場出示入境簽證；而且有很長一段時間必須隨身攜帶外籍人士身分證。

我在非洲生活六年、在新加坡生活三年，深諳身為外國人之道。外來者的生存之道，就是保持低調，跟隨時勢，保留所有文件和收據，並且絕不抱持理所當然的心態。你不屬於任何事。袖手旁觀是加諸外來者的條件，而「跟我沒有關係」是外國人的座右銘，因為外國人沒有安全感，也沒有明確的未來。我有一個家，有妻子和年幼的孩子需要保護。我很焦慮。「你們美國佬（Yanks），」人們聽到我的口音時有時會對我說，好像需要提醒我是一個外國人似的。但其實一個外國人在外國，時時刻刻都會這樣提醒自己的。外國人必須學會狡黠以掩飾這種焦躁的心態；不過不安全感也會觸動敏感的神經，提高注意力，讓外國人謹記其身分。我在國外待的時間還不足以見證一個時代的變遷，只不過是樁十八年的事件。對於一個外國人來說，在國外的生活，從來無法完全理解，總是變故不斷。

早年，是一個以抽菸為主流的時期，公車頂層是指定的抽菸區、人們在醫生的候診室裡一根接一根抽菸、英國航空公司（British Airways）允許在飛機後段抽菸斗，還有些電影院有吸菸區——那是一個藍色煙霧和低咳不已的時代。一九七〇年代，隨著電視節目「斯諾克黑球挑戰賽」（Pot Black）掀起一股撞球熱，酒吧紛紛設置撞球檯，撞球活動風起雲湧。此外，只有一面螢幕的小型電影院開始轉型為賓果遊戲廳。而當電影院變得越來越稀少時，教堂內部也逐漸改建，走向世俗化，以便服務俗世的目的，包括賓果遊戲。這點讓我驚訝，而當基督教教堂轉變為清真寺時，我更是震驚。在我抵達英格蘭的那一年，我的家人還在當地教堂擦拭銅器，為某些宗教祭日做準備工作。但隔不了幾年，教堂內傳來「賓果！」或「阿拉至上！」的聲音，銅器也棄置一旁，逐漸變黑。

那段時期的公共事件占據了我的注意力，正如所有外國人一樣，都企圖從其中琢磨他們所處的異邦和自己若有似無的關係。當時發生的故事包括：開膛手、礦工罷工，以及週休四日措施（Three-Day Week）[2]，彼時錫登漢姆（Sydenham）一名鞋匠拒絕為我服務，並將我趕出門外（那天輪到他提早打烊，以節約煤炭，鎮壓礦工）。一九七二年春天一架飛機墜毀，像隕石般墜入薩里（Surrey），不料救護車無法到達現場，因為那是個陽光燦爛的星期日，很多人開車趕去觀看空難（共一百一十八人遇難），把狹窄的道路都給堵死了。

北愛爾蘭的新聞總出現死亡事件，炸彈遍布各地。我抵達後大約兩個月就發生了血腥星期日（Bloody Sunday）[3]：十四名愛爾蘭抗議者遭到英國傘兵部隊槍殺，還有許多人受傷。「那些傘兵並不含糊，他們知道自己在做什麼，一個死掉的小子口袋裡有顆鐵釘炸彈。」我在酒吧時聽到人們談論。

2 為英國保守黨政府為保護電力而引入的幾項措施之一，一九七四年一月一日至三月七日由於煤礦工人的行動，商業用戶的電力被限制在每週連續三天內，並禁止他們長時間工作。

3 此指一九七二年一月三十日，在北愛爾蘭德里博格賽德地區（The Bogside）發生英國傘兵向正在遊行的市民開槍，造成十四人死亡、十三人受傷的事件，包括記者和目擊者在內的許多人都證明當時遭到槍擊的人都沒有攜帶武器。

炸彈，炸彈！比比皆是，在美好的日子裡、在公園和公共場所、在聖誕節、在飯店，而且幾乎全是愛爾蘭共和軍（Irish Republican Army, IRA）[4]的傑作；在我眼中愛爾蘭人跟我一樣其實就是外國人。即使是下議院停車場也是放置炸彈的地點：即將被任命為北愛爾蘭書記的國會議員艾里・奈夫（Airey Middleton Sheffield Neave）[5]，在他的車內被炸死。一九七四年吉爾福德（Guildford）酒吧炸彈事件，造成四人死亡，多人受傷；同年，伯明罕的兩家酒吧有二十一人被害。蒙巴頓伯爵（Louis Francis Albert Victor Nicholas Mountbatten）[6]和其他三個人，包括兩個孩子，於遊艇「幻影五號」（Shadow V）上被炸死，那是八月的一個假日，他正在愛爾蘭度假。相對於炸彈的悲慘迴聲，愛爾蘭新芬黨黨魁傑瑞・亞當（Gerard "Gerry" Adams）[7]則露齒發出報復的勝利笑聲，對遊艇的死亡事件趾高氣揚。

愛爾蘭共和軍的官方聲明總是：「看看你們逼我們做了什麼。這全是你們自己的錯！」一九八二年在海德公園（Hyde Park）一枚大型鐵釘炸彈，炸死了四名士兵和七匹馬。同一天，攝政公園（Regent's Park）的演奏台下放置了一枚大型炸彈，瞬間炸死七名樂隊成員且嚴重炸傷其他成員，包括許多觀眾——那是一個陽光燦爛的日子，樂隊正在演奏音樂劇《孤雛淚》（*Oliver!*）的選曲。一九八三年聖誕節期間，六人在哈洛德百貨公司（Harrods）遇害。凌晨三點布萊頓格蘭德酒店（Grand Hotel in Brighton）發生爆炸案，原本意圖謀害首相柴契爾夫人（Margaret Hilda Thatcher）和她整個內閣——結果五人死亡、多人受傷，柴契爾當時正在準備講稿，因而倖免於難。

厄爾斯特省的爆炸事件更糟，而且一樣的懦弱、一樣的凶殘、一樣的毫無意義。另一方面，愛爾蘭共和軍成員鮑比・桑德士（Robert Gerard Sands）[8]在梅茲皇家監獄（Long Kesh）進行絕食抗議，強力要求囚犯權利；他被判處十四年徒刑，正在該監獄服刑，拒絕強行餵食，只意圖吸引眾人注意他所要求的清單，包括「不穿囚衣的權利」等等；希望藉由懲罰自己而引發憐憫。但愛爾蘭共和軍的炸彈更令人關切。他不了解大多數人並不關心他的情況，監獄工作人員肯定更不在乎，說不定還樂於看到他受苦，桑德士最終餓死了自己。

在整個齷齪的厄爾斯特亂局與殘忍和血腥中，我記憶最清晰的，是報紙上一張骨瘦如柴的十幾歲愛爾蘭少女的照片，她因為男友是英國士兵而受罰，身上塗著柏油、貼著羽毛，焦黑油亮，一簇簇羽毛粘在身上，頭髮被剃光，整個人驚恐莫名，被一群咆哮的天主教徒推在街上遊行。在我看來她就像個外國人，遭到外國人被排除於外的命運——以她的案例而言，是極端且羞辱的。

那是在人人都敢公開嘲笑皇室的幾年前。

身為精神上的權威女王——信仰的捍衛者——人們都只會私下談論她。「她工作很勤奮，」是一般的恭維。安妮公主（The Princess Anne, Princess Royal）[9]被提名為一九七一年的年度最佳女運

---

4 曾為愛爾蘭獨立、後為統一北愛爾蘭而戰鬥的組織。

5 英國軍人、律師和國會議員，於一九七九年在下議院發生汽車炸彈襲擊事件中遇刺身亡，愛爾蘭民族解放軍聲稱對此負責。

6 是第一代的緬甸蒙巴頓伯爵，曾任英國皇家海軍元帥、末任印度副王與印度總督。

7 愛爾蘭共和派政治人士、新芬黨領袖。

8 通稱Bobby Sands，臨時派愛爾蘭共和軍成員，因在梅茲皇家監獄監禁期間絕食而喪生。

9 伊莉莎白二世唯一的女兒。

動員。我納悶的想：「是否公主的騎馬秀對社會住宅的足球員有莫大的啟發作用，所以見到這個獎項，他們會不禁高喊：『太神了！』」

有天晚上，一個名叫費根（Fagan）的男子翻越白金漢宮的圍牆，闖入女王的臥室。由於無法喚人相救，女王陛下就穿著睡袍與費根坐在一起，直到最終被發現，費根才被逮捕拘留。但是他不是破門而入，因此無法判刑——他沒有觸犯刑法。這種事，我們這種外國人怎麼可能會懂？費根最後因偷竊一瓶皇家的酒而定罪，當審判提及女王的話題時，他勃然而怒：「我是不會詆毀那個女人的名聲的！」或之類的話。

查爾斯王子（Charles Philip Arthur George）[10]舉行公開婚禮，與戴安娜雙雙以偶像之姿出現在郵票。安德魯王子（The Prince Andrew, Duke of York）[11]與莎拉・佛格森（Sarah, Duchess of York）[12]的婚姻紀念則出現在一種廉價香檳的標籤，而差不多與此同時，莎拉的父親被爆經常光顧一家叫做威格莫爾俱樂部（Wigmore Club）的按摩店，每週接受手淫服務。

wank（手淫）對我來說是個新詞。那些年我還學到了過去從未聽過或不認識的其他字詞：pantechnicon（家具搬運車）、pastilles（糖果型錠劑）、salopettes（背帶褲）、anorak（連帽夾克）、ginger wine（薑酒）、trifle（乳脂鬆糕）、syllabub（乳酒凍）、riddling（煤炭架）、gaiters（綁腿）、trug（淺底木籃筐）、secateurs（修枝剪）、borstal（少年犯感化院）、Boche（德國人）、Gorbals（高柏斯）、yobbos（粗人）、scotia（凹形邊飾〔一種家居裝點〕）、valence（效價）、shandy（薑汁烈啤酒）、chicane（急轉彎道〔賽車道上裝置〕）、gauntlets（長手套）、whitebait（小鯡魚）、infra dig（有失身分）、subfusc（暗色衣服）、knackers（老殘家畜屠夫）、Christmas crackers（聖誕拉炮）、Dutch courage（酒後的虛勇）、Dutch cap（子宮帽）、double Dutch（莫名其妙的話）、Screaming

Lord Sutch（嚎叫薩奇伯爵）[13]。

我注視著薰衣草丘（Lavender Hill）十九路公車的車掌找錢，他兩手操作售票機，用嘴含錢，咬著一英鎊的紙鈔。見我不小心絆了一下[14]，他打趣道：「祝你旅途愉快！」其他乘客哄堂大笑。克拉珀姆（Clapham）的房地產經紀人向我解釋，說市值一萬英鎊的五房住宅沒有中央暖氣：「只有靠自己擺動手臂。」工黨政客丹尼士・希利（Denis Winston Healey）[15]在一次演講中說：「你那中國小腦袋已經瘋了。」喬治・布朗（George Alfred Brown）[16]要求進入上議院，因為他剛滿五十三歲，從政生涯已經盡心盡力，需要一份閒差。在我看來他似乎並不老，但他終究獲得了他想要的閒差，成為酒醉度日，懶散無為的喬治—布朗男爵。

另一位工黨議員喬治・威格，即威格男爵（George Edward Cecil Wigg）[17]——他有雙奇大的耳

---

10 現為英國國王查理三世（Charles III）。

11 伊莉莎白二世次子。

12 伊莉莎白二世二子安德魯王子的前任妻子，育有兩女，和安德魯王子在一九九六年正式離婚。

13 David Edward Sutch，官方妖怪狂歡發瘋黨的創始人，也為歌手，所以有Screaming Lord Sutch的外號。

14 trip可當「絆倒」，亦有「旅行」之意，所以才會有之後車掌的打趣。

15 英國工黨政治人士，曾先後出任國防大臣及財政大臣等職。

16 工黨工會右翼領導人，最終無法不以過度飲酒來應對高職位壓力。在一九七〇年被授予貴族身分後，堅持將他的名字和姓氏結合起來，被稱為喬治—布朗男爵。

17 英國工黨的政治家，在幕後有很大的影響力。

朵——因為「沿著路緣慢慢行駛」意圖召妓而被捕，對我又是另一個新名詞。他矢口否認，獲判無罪，但顯然是真的。眾所周知，他確實在車中緩緩跟蹤妓女。他是總理哈羅德·威爾遜（James Harold Wilson, Baron Wilson of Rievaulx）[18]的同夥，而這位總理總是讓一干騙子封爵，包括卡根男爵（Joseph Kagan）[19]、米勒男爵（Eric Merton Miller）[20]等等，這些人全屬於工黨（Labour Party）。保守黨（Conservative Party）的副領導人傑佛瑞·阿切爾（Jeffrey Howard Archer）[21]也不遑多讓，受封為濱海韋斯頓（Weston-super-Mare）的他根本就是個壞蛋，是個被證實的騙子，油滑狡詐，有玩弄幣值的前科，如今卻成為勳爵。外國人從此得到的訊息：反正這套系統就是這麼運作的！

一則新聞令我心頭一驚——這是在一九七〇年代——描述了一名女子被控試圖慫恿母親自殺，以便繼承房產。「媽咪，吃藥。」媽媽甜蜜的回答：「我不想吃，親愛的。」女兒堅持：「吃吧，媽咪。」她幾乎得手，直到母親的從容鎮定擊潰她心防，計畫才落空。

英國女王的繪畫顧問安東尼·布朗特爵士（Sir Anthony Blunt）[22]，結果這位研究普桑（Nicolas Poussin）[23]的專家後來被發現竟是蘇聯的間諜和叛徒。這讓我覺得很神奇：有個聰明而且關係良好的英國人，長著一張真正的馬臉，竟（在我看來）刻意計畫讓自己變成外國人。布朗特是個活生生的範例，證明即使存心背叛，這種人也無法成為外國人。他身居高位；他遭到揭發；他仍具有英國人的本質。他背叛了許多人，但仍然有很多朋友，他的鑑賞力得到了廣泛的尊重。有人問他身為一個叛徒的感覺。「可怕極了，」他疲倦的回答，一副事後才有的感觸，好像談論的是一場重感冒。他的例子讓我體會到另一種英國社會運作的方式。他幾乎沒有受苦、從未受到審判，仍然和他的同性伴侶和捍衛者為伍。這是一場平和的勝利，在他身分被揭露之後，依舊完成了他的《巴洛克羅馬指南》（*Guide to Baroque Rome*）。

當時人們對空降特勤隊（Special Air Service, SAS）[24]了解不多——連特勤隊的簡稱也模模糊糊，直到一九八〇年伊朗駐倫敦大使館被伊朗分離主義者這一整群外國人接管，特勤隊才聲名大噪。人質談判繼續進行；倫敦當局保持警戒。然後黑衣軍人從直升機上垂繩下降到建築物內，除一人倖免，其他劫持者皆被格斃。「你竟然留了其中一個渾蛋活口，」丹尼斯・柴契爾（Sir Denis Thatcher）[25]之後在頒獎典禮上，對一名空降特勤隊隊員含笑評論道。

英國警官伊芳・佛來齊（Yvonne Fletcher）被殺之事，也始終徘徊在我的腦海。那是在一九八四年的春天，她正在聖詹姆斯廣場（St. James's Square）利比亞大使館外的一群抗議者中巡邏，接著中槍栽倒，被大使館裡某人槍殺。不久之後大使館被關閉，一群眉頭緊蹙的外交官大搖大擺從大使館走出，步向廣場——準備飛回利比亞——電視播音員說：「這其中的一個人殺死了伊芳・佛來齊。」

---

18 英國政治家，兩任首相，在大選獲勝的次數，冠絕所有二十世紀的其他首相，相較其他同時代的政客，他被普遍認為是一位知識型的政治人物。

19 立陶宛裔的英籍工業家，一九八〇年因侵占自己公司財務而入獄十個月。

20 英國商人，在詐欺調查期間自殺。

21 英國政治人士和作家，一九六九年代表保守黨當選英國下議院議員，一九八五年被柴契爾夫人任命為保守黨副主席，次年因招妓醜聞而被迫退休，一九九二年被封為終身貴族濱海韋斯頓男爵。

22 英國著名的藝術史學家，在一九六四年得免於起訴的保證後，承認曾為蘇聯間諜。

23 十七世紀法國巴洛克時期重要畫家，但屬於古典主義畫派。

24 英國陸軍的一支特種部隊單位。

25 英國商人，前首相柴契爾夫人的丈夫。

當時醜聞眾多，每一則都包括一行令人難忘的字句。

「兔寶寶可以、也必須去法國。」出自自由黨領袖傑諾米・索普（John Jeremy Thorpe）[26]寫給一名據說是他前情人的男子的情書。他與這名男妓有染，卻否認一切，順利脫身。那名情人諾曼・斯科特（Norman Scott）遭到吉諾・牛頓（Gino Newton）的伏擊，結果他的狗琳卡（Rinka）遭到射殺，他則倖免於難。斯科特提出控告，出示索普的「兔寶寶」的情書。結果顯示，索普有可能參與謀殺斯科特的陰謀。這個牛頓並非天才，把鄧斯特布爾（Dunstable）誤為巴恩斯特珀爾（Barnstaple）。審判時，地方法官低下頭對他說：「即使再匆忙的白痴，也知道這兩個地名的差別！」

「潛伏隱匿」出自魯肯勳爵醜聞：魯肯企圖殺死妻子，結果誤擊保母桑德拉・里維特（Sandra Rivett）的腦袋。（說起里維特這個名字，人們總會不自覺的發笑，就像提到被約克郡開膛手所攻擊的奧莉薇・史梅特〔Olive Smelt〕時一樣）。其後魯肯企圖殺害妻子未遂，她全身是血的從房子裡跑出來，一路跑到貝爾格萊維亞區（Belgravia）的「水管工懷抱」（Plumbers Arms），尖叫著：「救救我！」後來魯肯寫給他的朋友比爾・尚狄・吉德（Bill Shand Kydd）[27]的信中寫道：「我會潛沉一陣子。」

「如果你們再繼續待在這裡，將來會帶著一雙細小的眼睛回家。」菲利普親王（Prince Philip, The Duke of Edinburgh）在一九八六年時對幾個在中國的英國學生這麼說。

「這回逮到你了！」是《太陽報》（Sun）的頭條新聞；當時福克蘭群島戰爭（Falklands War）[28]開戰不久，「貝爾格拉諾號」巡洋艦（Belgrano）遭到英軍核子潛艇擊沉，三百二十三人殞命。阿根廷人用飛彈還擊。「這就像兩個禿子爭一把梳子，」詩人波赫士在布宜諾斯艾利斯說。當這場不必要的戰爭結束時，柴契爾夫人發出勝利的呼聲，用一個字激勵國人：「開心。」

一九七〇年代初期，伊笛．阿敏（Idi Amin Dada）[29]將印度人驅逐出烏干達後，他們轉而開始在倫敦經營轉角小店和賣報、賣酒的商店。商店營業變得越來越晚——前所未有的晚。我和印度人有同為外國人的認同感；我有時會在聖約翰山（St. John's Hill）跟來自坦尚尼亞的報攤老闆講斯瓦希里語，他非常想念家鄉。我們會在一間叫做「魚販懷抱」（Fishmonger's Arms）愛爾蘭酒吧喝酒，他總是皺著眉頭凝視著啤酒說：「現在是芒果季節。」指的是位於維多利亞湖畔的姆萬札（Mwanza）小鎮。

這些印度人深諳做為外國人的一切。他們曾經像局外人一樣生活在東非，擁有很好的生存技能和適應性，以及心存蔑視的服從性。在英國，他們開始接管逐漸沒落的地方郵局——支付帳單、包裹稱重、銀行業務、郵票套票。烏干達沒人開設郵局，但有些人是零售商店家，可以處理複雜的文書工作——一疊髒兮兮的複寫紙。身為外國人，印度人樂意在週末或強制性提早打烊的日子工作。但是郵局規模正在縮小——在我定居英國的前十年便開始萎縮。

26 英國政治及媒體人，因同性戀醜聞並試圖買凶謀殺情人而遭起訴，但因為謀殺未遂，終究脫身所有指控，無罪釋放，只是案件和圍繞它的公憤還是結束了他的政治生涯。

27 正式全名是William Shand Kydd，Bill慣常為William的簡稱，英國商人，和此文中提到的魯肯伯爵和戴安娜王妃皆有遙遠的姻親關係。

28 一九八二年四至六月間，英國和阿根廷為爭奪英方稱之為福克蘭群島（阿根廷方面稱為馬爾維納斯群島〔Islas Malvinas〕）的主權而爆發的一場局部戰爭。

29 第三任烏干達總統，施政手法殘暴，政治腐敗及經濟管理不當問題均頗為嚴重。

雖然對我個人而言頗為不便，但似乎沒有人注意或關心，郵局停止星期日晚上收取郵件的服務。我平常週間忙於寫書，週末撰述書評。我會在星期六看書，星期日寫評論，當天晚上寄出，這樣第二天它就會出現在編輯的桌子上。皇家郵政（Royal Mail）以服務效率稱頌於世。隨著歲月的流逝，郵局業務縮減，然後變得像玩具店，販賣糖果和小擺飾。經常會有電視台對郵局排隊的人潮大肆批評，做為轉移話題的新聞點綴，而沒有人會準時收到郵件。

身為外國人，我對英國的評估是這裡沒有氣候；只有天氣，極少有戲劇化的變化。所以一九八七年十月的某個黑暗的清晨，一場一七〇三年以來最嚴重的風暴襲擊英格蘭南部，造成十八人死亡時，委實令我震驚。我被自己的防盜警報和附近許多喧鬧的警報聲吵醒了，住處沒有燈光；後花園裡的梧桐樹的大樹枝斷落。我打電話給巴特錫（Battersea）警察局，雖然馬上有人接聽，但女警卻無計可施。她說每個人都有同樣的問題：「是風造成的。」當我詢問進一步的信息時，她說：「我正坐在一片黑暗中。」我在黎明的灰暗中走出去，看到旺茲沃斯區（Wandsworth Common）梧桐樹在路面倒成一片。一個男人走向我，因這團混亂而精神奕奕，面露微笑、內心雀躍，以非典型的英國作風，對我這個完全陌生的人脫口而出：「我剛剛從克拉珀姆區來。那裡更慘，樹全倒了！」

在貝爾法斯特（Belfast）、德里（Derry）、利物浦、諾丁丘（Notting Hill）、布里克斯頓（Brixton）、克拉珀姆交匯站（Clapham Junction）等地均發生動亂，但最讓我害怕的並非爆發在我家附近的那些暴亂。我經常在克拉珀姆交匯站的路上見到惡意破壞和暴動所造成的損壞，不少窗戶因玻璃破損而釘上木板。我在倫敦南部已經習慣目睹突然的騷亂、足球流氓、種族事件、隨意砸碎的窗戶、以及闖入的汽車，在那裡學會了如何做個外國人——學會當英國人說：「美國人很暴力，」的時候，綻出那種曖昧的外國人式微笑。

但一九八五年十月發生在倫敦北部托特納姆區（Tottenham）布羅德瓦農場莊園（Broadwato Farm Estate）的騷亂，令我狐疑不解。一群叫囂的暴徒蓄意破壞，追著砍死一位孤立無援的警員凱斯·布萊克—埃克（Keith Blake-Eck）。當他被揮刀尖叫的蒙面暴徒制伏在地時，那群暴徒還企圖用刀砍斷他脖子。他們發現有著骨頭、緊實肌肉和肌腱的脖子很難切斷，因此未能如願，不過依舊鋸了很長時間，希望做為勝利紀念品。後來有逮到那些人嗎？如果他們是外國人，應該會被逮捕，但他們是遊手好閒的英國年輕人，是那種迫害外國人的人。

我記得最清楚的是伯尼·格蘭特（Bernard Alexander Montgomery Grant）[30]這位毫無歉意的地方議員介入此事。他和我差不多年齡，是個黑人，出生在蓋亞那，曾經是外國人，但現在是一個被接受的政治傭兵，並有一批追隨者。他自信的笑容和他的說詞都讓我驚嘆，他說警察是在自找麻煩，還說「警察只會查到大夥都隱藏得很好。」他沒有提到那位倒下的警察，被群眾手刃，全身是血，臉孔被毀，幾乎被斬首。據我所知，托特納姆有一座市政建築以他為名——不是凱斯·布萊克，而是伯尼·格蘭特，是一間藝術中心，

這些暴力的公眾事件使我產生更大的疏離感，也越發沒有歸屬感。我總四處打聽，尋求蛛絲馬跡。外國人會聽廣播，因為有時可以從廣播節目《有問題要問嗎？》（Any Questions?）座談來賓身上，看出他們對於討論議題的主流看法是贊成或反對。他們討論廣播節目——其中之一是英國廣播公司一九七四年播出的系列節目《家庭》（The Family），泰瑞和瑪格麗特·威爾金斯夫妻（Terry and Margaret Wilkins）和他們的家人，一群喧囂粗俗的大家庭，允許攝影機拍攝他們所有的進出活

30 英國工黨政治人物，從一九八七年起擔任托特納姆的議會議員。

動，算是現代真人實境秀最早的始祖之一。《有問題要問嗎？》的來賓，記者賈姬・吉洛特（Jacky Gillott）[31]，被詢及這個節目的適當性時說：「我告訴我的孩子，他們很幸運，能生活在一個幸福的家庭。」她描述這個電視家庭的功能多麼失調。「並非所有的家庭都像威爾金斯家一樣。」她似乎對自己很有把握，但是大約五年後的一個晚上，當孩子們都在家時，賈姬・吉洛特上樓，自殺身亡。

我不曉得這些大小罪行的新聞是否會讓其他人感覺自己像外國人，是失去聯繫感的旁觀者。在這樣一個分裂的國家，割離似乎是一種自然的感覺。此外，愚蠢的電影、可怕的音樂、惡劣的藝術、體育方面的失敗、這種種挫敗，外加公然作弊、謊話連篇、民眾興趣的曇花一現、與當時的明星——西蒙・迪（Simon Dee）[32]、達斯蒂・斯普林菲爾德（Dusty Springfield）[33]、艾麗卡・羅（Erica Roe）[34]、羅素・哈特（Russell Harty）[35]，以及肥皂劇《加冕街》（Coronation Street）、《十字路口》（Crossroads）和《阿徹一家》（The Archers）的熱門演員——所有人都運行在詹森博士所描述的軌跡中：「他們登上舞台、他們發光、蒸發、然後殞落。」

炸彈是最糟糕的，不但會造成可怕的死亡，還會改變生活的品質。在一個文明國家，成為一名炸彈客或狙擊手可謂輕而易舉。而其結果便是金屬探測器出現在不太可能生事的地方，例如博物館還有行李安檢，以及機場和車站的行李寄放處因為安全考慮而無法繼續設置。情況變得如此糟糕，以至於酒吧間的任何的公事包都像是潛在的炸彈。

齷齪的貴族和刁滑的政治家、刺探隱私者和文過飾非者，污染了整個社會。到處堆放和販售傑佛瑞・阿切爾的書，在我看來是明晃晃的腐敗跡象。這個惡男不肯閉嘴，也不肯走開。雖然這些惡人的道歉彌補不過他們所犯的罪行，但道歉畢竟有其意義，而且代表一種態度。但在這個「對不起！」儼如流行語，多數人經常將它掛在嘴上的社會，那些應該說「對不起！」的，卻一個人都沒有開口——威爾遜沒有、阿切爾沒有、布朗特沒有、佛格森少校（Ronald Ivor Ferguson）[36]沒有、伯尼・格蘭特沒有、傑瑞・亞當沒有、任何一個都沒有說。這群惡人中最為惡質者也從來沒有說過一句：「對不起！」羅伯特・麥斯威爾（Ian Robert Maxwell MC）[37]這位經過驗證的外國人，乃出生於喀爾巴阡盧森尼亞（Carpathian Ruthenia）[38]，本名簡・路德維克・霍赫（Jan Ludvik Hoch）。但他變更名字，取得英國護照，成為國會議員、出版界的籌畫者、工黨內幕人士和貪婪的貪污者。當被詐騙案逼得走投無路時，他從加那利群島（Canary Islands）的豪華遊艇上跳下溺水而亡。沒有遺書、沒有道歉。哈羅德・威爾遜的損友埃里克・米勒爵士是個猶太人，最後選擇在猶太人最莊嚴

31 英國小說家和廣播員，也是英國第一批女性電視記者之一。

32 英國電視採訪者和電台音樂節目主持人。

33 英國流行音樂歌手。

34 曾於一九八二年一月二日在英格蘭與澳大利亞橄欖球聯盟比賽期間，在特威克納姆體育場的球場上進行了一場裸照運動。

35 英國電視節目主持人。

36 前王妃莎拉的父親。

37 英國媒體所有人及議員。最初來自捷克斯洛伐克，從貧窮中崛起，建立了一個涉足範圍廣泛的出版帝國，但去世後，公司財務狀況爆出巨大差異，包括詐騙挪用鏡子集團養老基金。

38 位於中歐的一個歷史地區，歷史上曾長期由哈布斯堡王朝統治。奧匈帝國解體之後，成為捷克斯洛伐克的一部分。二戰之後蘇聯占領了此地，現在大部分地區屬烏克蘭外喀爾巴阡州管轄。

神聖的贖罪日（Yom Kippur, the Day of Atonement）[39]自殺，可能暗示了遺憾之意。但這不是英國人的做法，這是外國人的表態，特意選在一個高尚神聖，必須坦承自己罪孽的日子。

對我來說，外國人的日常生活，不像生活在一個國家，對當地產生依附關係，反而像坐在黑暗劇院後面，觀看舞台上的演員表演——有時是悲劇，通常是煽情的戲劇或喜劇，而且總以鬧劇的方式結束。因為我都是在媒體上追蹤這些惡棍，從不認識任何人，而在閃光燈的照射下，他們的臉總是被放大、變形、發亮和扁平化——更凸顯出麥斯威爾的沾沾自喜，布朗特的貪婪齷齪，莎拉·佛格森雀斑滿布的肥臉。阿切爾一副騙子模樣的皮笑肉不笑，伊恩·派斯理（Ian Richard Kyle Paisley）[40]肥厚的下巴，或者傑瑞·亞當的獠牙：好像非得面目可憎才能出現在新聞中。我從未見過比他們更醜的人。

在這場全國鬧劇中，我忍受著毫無歉意的可怕面孔，直到情況一再重複，變得難以理解，或者令人恐懼，挫折萬分。我認識的一些人開始改觀，生活徹底改變。少數人獲得爵位，進入皇家學院（Royal Academy）或上議院；少數人自殺或致富或消失。相對於我的從未融入他們的文化，我的許多英國作家朋友最終反而都去了美國，融入我的文化。我總是置身戲院的觀眾席，從陰影中觀看。「這與我個人無關，」我對自己說。做為一個外國人，我只是恰好住在英格蘭的一間房子。我從未停止寫作，這是我存在的方式。然後有一天，知道這裡再無我容身之處，我就像一些外國人一樣溜出去，再也沒有回頭。

39　希伯來曆提斯利月之第十天，也是敬畏之日之一。是猶太人每年最神聖的日子，當天會全日禁食和恆常祈禱。

40　英國北愛爾蘭民主統一黨政治家和自由長老教會牧師。

第二十二章

超越谷歌而行

歷史中不斷反覆的拙劣事蹟和好勇鬥狠，外加自然災害和人性殘忍的推波助瀾，受到懲罰的不僅是謙卑的百姓，連旅人，通常是不明就裡的一群人，也難免受累，或被推拒一旁或被踐踏至死。但如果旅行者謹小慎微的設法熬過這段不愉快，得以回家報告：「我當時在那裡。我看到了一切。」那麼旅行者儘管吹噓——有時包裝成抱怨——身為目擊者，這種經歷肯定——雖然當下飽受驚嚇——會成為一種充實，甚至一種福報，成為改變生命旅程中的一個勝利紀念品。

「不要到那裡去，」每當我談起某個遙遠的地方，總有些萬事通的御宅族，會搖晃著手指這麼對我說——在我整個旅行生涯中，這種話我聽多了，而且幾乎全是糟糕透頂的建議。然而，根據我經驗中一項熟悉的弔詭之處，這些遭到惡評的國家往往是最令人滿足的。我並不是說這樣的旅行有趣。如果存心追逐純粹的歡樂，你可以沐浴在威基基（Waikiki）的陽光下，手握一杯邁泰（mai tai）雞尾酒，或者在蔚藍海岸逍遙，不食人間煙火。至於將艱苦旅行視為獎賞，這種感覺主要是回顧性的，因為只有在回味往事時，才會領悟自己經歷的豐裕。在見證政治或社會突遭變革的當下，旁觀者的經歷可能是九死一生的。

在整個歷史中，旅行者不得不承認一個事實，即離開家就意味著失去純真，面臨不確定的未來。更廣闊的世界通常被視為充滿魑魅魍魎，是一個黑暗的地方，例如中古世紀所謂的「此處有龍」（There Be Dragons）[1]，或如莎士比亞筆下奧賽羅（Othello）的報告：「食人族彼此啃吃，／食人魔和那些人頭／長在肩膀下方的人。」

而眾所皆知，此時的世界，似乎特別悲慘。埃及已被顛覆，對於「和平抗議者」的矛盾用詞我只能抱以苦笑；所有的抗議者都心懷惡意，都有一本帳要算。突尼西亞在大規模示威和政變之前是條陽光明媚的海岸線，大受歐洲度假者的歡迎，對旅客來說主要的干擾只是過度熱情的地毯經銷商。利比亞如今是個戰區，但在不久前，利比亞旅遊局才以羅馬廢墟和「cuscus bil-hoot」（柏柏人〔Berber〕[2]版的**古斯米拌魚**〔couscous with rice〕[3]）招攬來客。巴格達原本正如李察．波頓所描述的，是九世紀的巴黎，但詹姆斯．西蒙斯（James C. Simmons）[4]在《激情朝聖者》（*Passionate Pilgrims*）一書中指出，從那以後，巴格達便令大多數旅行者大失失望，成為「一個塵埃肆虐的城市」、「瀰漫著臭味，沒有吸引力，而且天氣炎熱」、充斥「骯髒和貧窮的氛圍」——這是一九三〇年代的描述，遠在侵略、戰爭和自殺炸彈客發威之前。

一九六〇年代和七〇年代的阿富汗即便麻煩層出不窮（持槍的歹徒、訓斥的穆拉〔Mullah〕[5]、古老的公車、會拉肚子的菜餚）、古老的傳統、虔誠的信仰和戲劇性的景觀，卻豐富得令人嘖舌。

巴米揚（Bamiyan）那些仍然完整的佛像閃閃發光，瀰漫著中古世紀精神、長袍、破舊的頭巾、匕首，帶著一抹塵土飛揚的浪漫、一雙酷似什穆（Shmoo）[6]的黝黑眼眸從蒙面罩袍後偷覷。跟那段歲月說再見吧。我仍然深深記得從伊朗邊境城市瑪什哈德搭乘的顛簸巴士，穿過嶙峋的邊境前往伊斯蘭堡（Islam Qala）的徒步之旅，以及規模雖小，卻氣勢壯麗的古城赫拉特（Herat）。如今，要想再度揹著背包或古馳包，搭上公車重新漫遊伊朗境界，可能還要再等上很長一段時間吧！

日本最近的地震、海嘯、核子反應爐受損而近乎核心熔毀的災難，是意料之外的震驚，因為日本一向被視為世上最安全的國家之一。現在的日本卻似乎是個城市淹沒、空氣污染和淡水無法飲用的危險地方。地震本身就足以激發一種深刻的不安全感。紐西蘭的基督城（Christchurch）——那個彬彬有禮、井然有序、美麗、人口稀少、樸素、吟唱讚美詩的地方——竟然被震垮並讓人覺得危險，也是另一項意外。

在所有自然災害中，地震是少數最令人沮喪、最不自然的一種災害。查爾斯·達爾文在《小獵

---

1 是歐洲人在中世紀時用來表述地圖上未被探索或被認為很危險的地域的術語。

2 西北非洲一個說閃語系柏柏語族的民族，實際上並非單一民族，而是眾多在文化、政治和經濟生活相似的部落族人的統稱。

3 西西里西部特拉帕尼省（Trapani）的常見食物，被當地政府認定為傳統美食。

4 英國作家。

5 伊斯蘭教的一種尊稱，先生或老師的意義，大多數伊斯蘭世界地區的伊斯蘭教士與清真寺領導者，都會被稱為穆拉。

6 喬治·彼得森創作的虛構卡通動物，這個角色於一九四八年首次出現在漫畫作品上。

犬號航海記》一書中，有一則關於一八三五年二月他在智利瓦爾迪維亞（Valdivia）目睹的地震紀錄，描述當大家信賴的堅實土地開始在腳下塌陷，並勃然液化向前滑行的奇特情景。「一場大地震立刻摧毀了我們最古老的夥伴：地球，這個堅固的象徵在我們腳下移動，就像漂浮在液體上的薄薄地殼；在短短一秒鐘時間內，腦海中便萌生出冥想好幾個小時也產生不了的一種奇特的不安全感。」

這種地震變化，可以相較於埃及突湧而至的暴徒、推翻長期執政的政府，與火山爆發，放射線突然釋放到藍天和乳牛的奶水中。除了蜷縮一旁，默默旁觀，一個旅者還能做什麼？

觀光客一直在極權體制的國境度假——突尼西亞和埃及就是很好的例子。荒謬主義的獨裁統治給人一種穩定的錯覺，因此經常成為度假勝地。緬甸就是一個經典的案例，一個警察國家，對於觀光者而言，也是一個看似管控良好的國家，只要他們不要太靠近看——緬甸的導遊太過驚恐，無法向客戶傾訴其恐懼。肯亞在莫伊總統（Daniel Toroitich arap Moi）[7]直到二〇〇二年為止共二十四年的盜匪統治下，從未阻止狩獵者前來——甚至可能因為到處都是警察，而讓他們相信自己是安全的（儘管我一個肯亞籍的記者朋友曾經被關進奈洛比總警局中飽受折磨，因為他在這段狩獵旅行蓬勃發展的時期，不合時宜的直言不諱）。一直到最近，觀光客和獵人才開始避開辛巴威。當穆加北總統一九九〇年代監禁其對手，禁止進食時，前往該國的遊客正忙著申請射殺大象的許可，並在高檔狩獵小屋中快樂度假。

相較之下，受自由市場啟發、相對民主、沒有規範的國家，則可能造就一場顛簸的旅行，受制於貪得無厭的當地人。昔日的蘇聯，配備保母型的導遊，一路控制並保護觀光客，今日的俄羅斯則資本主義猖獗，極盡哄騙的折騰遊客。但除非你身體嬌貴，希望充分休息，否則這一切都不是留在家裡的理由。

「你傻了，竟然去搭渡輪。」一九八二年春天，當我在蘇格蘭的斯特蘭拉爾（Stranraer）出發前往北愛爾蘭的拉恩（Larne）時，蘇格蘭和英國友人都對我這樣說。我正以順時針方向環繞英國海岸而行，這趟旅行日後敘述在《到英國的理由》（*The Kingdom by the Sea*）一書中。在當時前後十多年的時間裡，整個厄爾斯特都瀰漫在一種異常凶狠的黨派所製造的恐懼中。從外表看，那似乎是天主教徒和新教徒之間的對抗，其歷史已有幾世紀之久，可以一路追溯到比利國王——奧蘭治的威廉（Willem III van Oranje）[8]——以及一六九〇年的博因河之戰（Battle of the Boyne）[9]，至今每年七月十二日，人們仍會戴著愚蠢的帽子遊行，慶祝那次決定性的戰役。一九七〇年代的厄爾斯特暴力事件得到平息，然後又被英國軍隊挑起，恐怖分子在刻意誤導下獲得狂熱分子的物質支持，諸如美國眾議員彼得．金（Peter T. King）[10]和利比亞的格達費上校等這些熱衷此種自毀性齷齪事件的同夥人。

我怎麼會知道這些？因為我當時就在那裡，低著頭，吃著炸魚和薯條，喝著啤酒，觀察這群由

7 肯亞政治人物，一九七八至二〇〇二年任肯亞總統。

8 出生即繼位為奧蘭治親王，一六八九年登基為英格蘭國王威廉三世、蘇格蘭國王威廉二世和愛爾蘭國王利亞姆，在英格蘭和奧蘭治的排序剛好都是三世。

9 爭奪英格蘭、蘇格蘭和愛爾蘭王位的兩名君主——天主教國王詹姆斯和新教國王威廉——在一六九〇年於愛爾蘭東岸德羅赫達（Drogheda）附近的博因河進行的一場戰役。威廉在戰役中擊敗了詹姆斯，打破了後者重奪王位的計畫，也確立了新教徒在愛爾蘭的地位。

10 美國共和黨政治人物。

傻瓜、分裂團體、心懷怨恨者，和懵懂無知、存心作亂者所組聯盟的影響。當時流傳一則黑色笑話：「我是穆斯林！」有個男的在貝爾法斯特的街道上狂吼。攻擊者質問：「你是天主教穆斯林還是新教穆斯林？」

那個雨夜，當我從蘇格蘭登上渡輪，航入十七世紀，觀察北愛爾蘭的其他地方時，更體會出當地人對這種微小差異的自戀心理。我發現——正如我在聽到那種種警告時經常發現的——這種情況比別人描述的更加複雜，也更具派系差異。而且還有著意想不到的樂趣。其一是，只要有人願意聽，幾乎每個愛爾蘭人都感激不已，這是受害者的特徵，而只要有人願意說，對作家而言，就是一份天賜的禮物。不錯，這裡有檢查站、路障、炸彈恐慌、金屬探測器、搜身，不過這些已成為今日美國的生活現狀。偶爾還會有武力衝突。英國士兵伏擊和被狙擊的事件層出不窮，還有其他類似以色列，乃至斯里蘭卡等的暴行——踢門而入、羞辱民眾、孩子丟石頭等。但這裡瀰漫的戰爭性質不是喧囂或槍聲，而是一種懸而不決的掛慮，有點無聊的感覺——很長一段時間什麼事都沒有，然後所有事情同時爆發，陷入難以形容的混亂。

我對那次厄爾斯特之行的所見所聞難以忘懷。首先是體悟到衝突的完全無濟於事，以及其自毀性質。但即便在最糟糕的情況下，生活依舊繼續下去。市集的日子一如往常，即便不時會有炸彈在市場廣場上引爆。各種活動也行禮如儀：比如一九八七年在恩尼斯基林（Enniskillen）國殤紀念日（Remembrance Day）[11]的儀式進行中，愛爾蘭共和軍引爆炸彈，導致十一個人被殺，等於是在他們哀悼死者的同時，自己也成了死者。但生活依然繼續著：販售蛋糕、自行車比賽、農民在田地除草、教堂傳來的唱詩班歌聲、「要不要喝杯茶？」小鳥在我等候公車的鄉間小路上唱歌、污染泛黑的雨水落下，對這一切厭倦已極的人道主義者暗自氣惱。

這一切都已化為一段豐富而具啟發性的記憶。而且警告我不要去的地方還遠遠不只一個。比如我一九六〇年代中後期在烏干達當老師的時候，「不管你做什麼，都別去剛果。」但是剛果是個地域廣袤的國家，而我走訪的東部基伍湖（Kivu）和南部喀坦加（Katanga），雖然窮困，卻充滿了生機。一九七〇年代中期，當我從西柏林的酒店出發搭火車前往東柏林時，作家傑茲·科欽斯基（Jerzy Kosiński）[12]請求我不要越過布蘭登堡門（Brandenburg Gate），否則我可能會被逮捕虐待，單獨監禁。「他們對你做了什麼？」那天晚上他見到我再度現身時不禁問道。我告訴他我吃了一頓很差勁的晚餐、散散步、參觀了一間博物館，對東德嚴酷貧困的生活直接瞄了一眼。

也並非所有警告都是輕浮或自私的。一九七三年經新加坡時，別人警告我不要去赤棉控制的柬埔寨，我接受了那項建議。在一個法治國家和一個處於無政府狀態的國家旅行是不同的。波布（Pol Pot）[13]讓柬埔寨變得不堪居住。我轉往越南旅行，深諳其風險。當時是西貢淪陷大約十八個月之前，美國大多數的軍隊都已經撤出。我從新加坡飛過去，新加坡的人都警告我不要去。那時的越南無助漂流在謠言充斥、聽天由命的未定狀態，不時遭到游擊隊襲擊。那裡不像戰區，而只是個處

11 每年的十一月十一日，為一個除莫三比克外，大英國協國家紀念在第一次世界大戰、第二次世界大戰和其他戰爭中犧牲的軍人與平民的紀念節日。

12 波蘭裔美國小說家。

13 原名Saloth Sâr，Pol Pot是取自法語Politique Potentielle，意為「強大政治」。柬埔寨華人後代，赤柬最高領導人、柬埔寨共產黨總書記，因奉行極左政策和大屠殺，普遍受到國際社會的譴責。

於投降邊緣，一個緩慢內爆的地區。我最清晰的記憶，是西貢粉碎的堡壘和泥濘的街道，以及順化香江（Perfume River）臭氣四溢的前灘，沿著海岸線往上，直到鐵路終點站。不時可見曳光彈的火光、擔驚受怕的人民、崩潰的經濟、破敗的酒店和低迷的氣息。

三十三年後，我為籌畫《東方之星的幽靈列車》（*Ghost Train to the Eastern Star*）一書而重返越南，這是我前一本書《大鐵路市集》的舊地重訪。我回到皇城順化，看到戰後其實依然可以是生氣蓬勃，甚至是幸福的，而且幾乎不可思議的，其中有寬恕。如果我沒有看過順化戰時的地獄景觀，將永遠無法理解它在和平時期的成就。七百萬噸炸彈沒有摧毀越南，反而統一了越南。而在長年戰爭中遭受嚴重轟炸的河內，戰後的繁榮看在我眼中有如奇蹟，林蔭大道和別墅、池塘和涼亭，就像當年印度支那首都時期一樣輝煌，肯定是世上建築修復做得最成功也最美好的城市之一。

就在幾年前，斯里蘭卡才從內戰脫身，但即使泰米爾人（Tamil）還在北部困獸猶鬥，已經有觀光客在南部海岸曬太陽，遊覽康提（Kandy）的佛塔。現在戰爭已經結束，斯里蘭卡可以宣稱恢復平靜，只剩政府聒噪不已的誇耀其對泰米爾人的征服。更多遊客大量回籠，主要因為當地的寧靜和人口稀少。印度孟買一地的人口，就比斯里蘭卡民主社會主義共和國（Democratic Socialist Republic of Sri Lanka）全國人口還多。

斯里蘭卡被旅人羅勃・楊格・裴頓（Robert Young Pelton）[14]列入「可能是你最後一趟旅行」的清單上。他長於對種種危險嘖嘖不休，著作中滿是有關各種險境的描述，其中最著名的便是《世界上最危險的地方》（*The World's Most Dangerous Places*）一書。有一次我們在紐澤西州一起錄製某個電視節目時見了面——他看來就像一個懶散的加拿大人，和藹可親，但一旦談起斯里蘭卡、菲律賓和哥倫比亞種種驚悚事跡便變了一個人。我說我已經愉快的旅遊過這三個國家了，也忍不住向他指出，我們距離一家地方報紙所稱為「美國的殺人之都」——紐澤西州康登鎮（Camden），其實只有幾哩之遙。

很多人認為環球旅行好像菜單上的各種菜色，那種密密麻麻，有點黏手的菜單，類似《凱蘭書卷》（*Book of Kells*）[15]。是個不斷變化的菜單，各菜色的重要性不斷轉移，往往有推薦的今日特餐，有些菜色則已經遭到刪除。伊朗曾經在菜單上；阿爾巴尼亞不是。幾年前我發現伊朗連單純旅遊簽證都拿不到了，但一九九五年去阿爾巴尼亞卻毫無問題。經過幾十年對世界閉關，阿爾巴尼亞開放了，而且從義大利巴里（Bari）搭過夜渡輪即可抵達（「Si prega di non andare!〔請不要去！〕」我的朋友曾這樣說過，求我不要去。）；迄今那裡仍然是我去過最奇怪的地方之一，如同我在《赫丘力士之柱》一書中所描述的，沒有風險，但宛如透過鏡子所目睹的顛倒坍塌。

地球通常被認為是一個簡單無比的谷歌地圖，不是很大，很容易抵達，任何書呆子在電腦前敲敲手指即一目了然。就某些方面，確實如此。距離不再是問題。你可以一下便飛抵香港，或在杜拜或里約度個週末。但有些國家開放了，也有些國家則關閉了，有些還企圖在旅遊地圖上贏得一席之地，比如土庫曼斯坦（Turkmenistan）和蘇丹。這兩個地方我不久前都去過了，雖然我是唯一的觀光客，但我見識到好客、驚奇的事物、和一種發現的感覺。巴基斯坦距離柏夏瓦（Peshawar）不遠

---

14 加拿大裔美國作家，記者和紀錄片導演，工作通常包括眾多衝突地區的報導和對戰區軍事和政治人物的廣度採訪。

15 八〇〇年左右由蘇格蘭西部愛奧那島上的僧侶凱爾特修士繪製的一部泥金裝飾手抄本，是早期平面設計的範例之一，有著華麗裝飾文字，每篇短文的開頭都有插圖，總共有兩千幅之多。這部書由《新約．聖經》四福音書組成，語言為拉丁語。

的塔克西拉（Taxila）及其周圍，散置有健馱邏修道院令人驚豔的希臘式佛像（Greco-Buddhism）[16]遺跡，但除了聖戰組織（Jihadism）[17]之外無人走訪，可即便如此，他們前去唯一的任務卻是破壞那些遺跡。

印度東北部的錫金王國（Kingdom of Sikkim）已對外開放，但去年年底我在那裡時，酒店還空蕩蕩的，在我自己開車外出的大吉嶺（Darjeeling），旅館裡也沒有多少人。就此而言，緬因州的海岸在冬季幾乎沒有什麼訪客，但也和其他季節一樣友善可愛。我在《旅行之道》（*Tao of Travel*）中表示，一個地方，即使在淡季也不會失去其趣味，說不定更具原本的風貌、更值得挑戰。同樣的，在權衡風險和審慎抉擇之際，在一個變化的時代走訪一個不確定的世界，對我而言似乎更必要、更重要，也或更具啟發性。

16 受希臘化文明影響的佛教，在西元前四世紀至二世紀於印度次大陸北部地區形成。起源於亞歷山大大帝東征，將希臘文化帶至中亞及印度北部，希臘式佛教最大的影響是出現了希臘式佛教藝術，包括受希臘風格影響的佛像，以及將希臘哲學富於理性思辯的哲學融入到大乘佛教之中，亦隨之影響到漢傳和藏傳佛教、蒙古、日本、韓國的佛教。印度的梵文和希臘文同屬印歐語系，所以兩種語言亦互相影響。

17 對於聖戰運動及其各種分支的統稱。一九七九年，蘇聯入侵阿富汗之後，各種聖戰運動興起，這個術語最初用來描述一九八〇至一九九〇年代，伊斯蘭恐怖主義的各種作為。之後被擴展到描述聖戰者發起的游擊戰以及各種伊斯蘭恐怖主義，蓋達組織便是其中的代表。

第二十三章
夏威夷：群島堆砌的群島

夏威夷就像一系列茁壯的群島，宛如釘在太平洋中央的花束般的天堂，香氣撲鼻，令人心顫，來去自由。但是周遊世界五十年，我發現這些島嶼的內在生命實在難以參透，部分原因在於它不是一個、而是許多地方，而最重要的，是因為它的脆弱和類似花朵的結構。但這是我的家，而家永遠是最難以捉摸的主題，層層疊疊，令人發狂。

夏威夷距離任何陸塊都有二千多公里之遙，所以曾經完全無人居住。它的褊狹成為它的救贖。然後逐步的，世界被沖上了岸，而其伊甸園的獨特性也跟著喪失。玻里尼西亞（Polynesia）[1]航海

1 由位於太平洋中南部，大致在一百八十度經線以東和南北緯三十度之間超過一千個以上的島嶼所組成，陸地總面積二點六萬平方公里，島嶼零星分布，人煙稀疏。

者首先發現了夏威夷，帶來了他們的狗、他們的植物、他們的寓言、他們的宇宙學，他們的階級觀念、他們的競爭性，以及他們喜歡拔下鳥羽的嗜好；良久後，歐洲人闖入，帶來他們的老鼠、疾病和垃圾食品；引進蚊子，帶來禽流感，摧毀了本地鳥類；還導致火奴魯魯的鋪路；珍珠港的轟炸；以及許多颶風和海嘯。原本便不強健的夏威夷，是普魯斯特（Marcel Proust）[2]憂心觀察所得的一個鮮活例證：「真正的天堂是我們失去的天堂。」

我想起一種造型簡單的本土植物，「alula」（阿魯拉），甘藍菜植物，只生長在夏威夷。熟成時，高達二點五公尺，你可能會誤認為頂著顆甘藍菜頭的高瘦蒼白植物（經常被描繪為「頂在棍子上的甘藍菜」，正確名稱叫夏威夷葵）。一九九〇年代，一些勇敢的植物學家在考艾島（Kauai）納帕利海岸（Napoli Coast）的高崖上發現露出頭的它。因為它的天然傳粉者是天蛾屬的一種長舌蛾，已經滅絕，所以該植物也面臨絕種。但是植物學家不惜垂繩下降，懸在半空中用手指授粉，及時收集種子，使其發芽生長。

像大多數夏威夷植物一樣，早期型態的阿魯拉或許是古生代時期，由藏在候鳥羽毛中的種子帶到海洋中的火山岩生長而成。但經過了漫長的時間，阿魯拉變得更溫柔、更珍貴，最終甚至僅僅依賴一種傳粉者傳宗接代，這就是偏遠島嶼植物的生存方式。植物失去了危險意識（可以這麼說）和生存技能——荊棘和毒性。孤立一方，沒有競爭和天敵，它們變得鬆懈、更加古怪和特殊——面對任何新的、或引進之物也更為脆弱。現在是有許多阿魯拉沒錯，但每一棵都是手工繁殖的結果。

這是夏威夷大部分植物及鳥類危殆的命運。當地原生哺乳動物只有兩種：夏威夷灰白蝙蝠（*Lasiurus cinereussemotus*），是夏威夷唯一的原生陸地哺乳動物；以及夏威夷僧海豹（*Monachus schauinslandi*），兩者都有瀕臨絕種的嚴重危機，而其實本不該如此。我曾經見過一隻僧海豹在夏威夷海灘上休息，結果興奮的遛狗人帶著他們隨處亂跑的寵物，和穿著泳衣、開心亂叫的旁觀者一再打斷其睡眠。各島的僧海豹數量已經不到一千一百隻，而且還在持續減少當中，這些可憐的生物無疑的已注定會滅絕。

夏威夷對任何意圖描繪這個地方或人民的撰述者，都是一項特殊的挑戰。當然，很多作家都這樣做過。前來訪問一個星期左右，生動的描述奇妙的海灘、絕佳的美食和燦爛的天氣，在報紙的旅遊版面填滿度假性質的誇張語句。夏威夷名不虛傳，擁有一片特殊的島嶼、離世獨立、花朵芬芳、信風吹拂、迴響著烏克麗麗的撥弦聲、陽光灑在水上光輝燦爛——如此信手拈來，多麼容易？這些都沒錯，但其實遠遠不僅於此，它是更難以發掘，也更難以形容的。

我一生都在旅途中，每天在一個宜人、或者不那麼宜人的酒店醒來，早餐後便出發，希望能發現一些或嶄新、或重複值得書寫的東西。我認為其他認真的旅行者也會這樣做，尋找一個故事，面對世界，用腳寫出一本書——與坐在書桌前，靜靜盯著發光的屏幕或空白的紙張相去甚遠。旅行者身體力行的敘述、追逐故事，經常成為故事的一部分。這是大多數旅行敘事開展的方式。

由於我有能力傾聽陌生人的故事或他們生活的細節，對他們的食物和奇思怪想頗具耐心，好奇心之重也接近包打聽的地步，因此和我一起旅行的人都向我埋怨和我旅行無聊之至，這就是我選擇獨自旅行的原因。

如果某個地方或當地人民毫不讓步，我會繼續我的旅行。但這種情況很少發生。在我的經驗

2　法國意識流作家，最主要的作品為《追憶似水年華》（*À la recherche du temps perdu*）。

中，這廣闊的世界絕不是毫不讓步的。我很少遇到不合作的人。特別是傳統社會，人們熱情好客、樂於助人、十分健談、對我的興趣心存感激，對我也很好奇——我是誰、我住在哪裡，喔，對了，我的妻子在哪裡？我有時也會遇到過具有敵意的人，但是每遇到那種情況，其衝突過程都非常戲劇化，值得記錄——在馬拉威時槍口對著我的臉、肯亞北部沙漠的劫匪、佛羅倫斯的扒手、安哥拉農村的路障處醉酒的警察、印度的暴徒、在巴布亞紐幾內亞淺水潟湖中划船時，幾名十幾歲男孩揮舞長茅朝我猛戳。這類對抗都跟所在地域有關。

我對前往島嶼旅行的熱愛幾乎已達一種名之為「島嶼迷（nesomania）」的病態。這種狂熱對我來說儼然是合理的，因為島嶼是自給自足的小型世界，可以幫助我們理解更大的世界。例如《復活節島，地球島》（*Easter Island, Earth Island*）一書中，作者保羅・巴恩（Paul G. Bahn）[3]和約翰・弗倫利（John Flenley）便極具說服力的辯稱，復活節島（Easter Island）的生態災難預示著世界的命運，這個小島的歷史正是地球的寓言。從《暴風雨》（*Tempest*）到《魯賓遜漂流記》（*Robinson Crusoe*）到《蒼蠅王》（*Lord of the Flies*），文學中也充滿了島嶼的寓言，特別是在每一案例中，戲劇性都是從外面世界來到島上的人們身上所展開的。

我在許多島嶼文化中也發現一個特徵，即對外來者充滿疑慮。薩摩亞島稱外來者為「palangi」，意指從天而降；夏威夷則稱為「haole」，意思是「屬於另一種氣息」；在瑪莎葡萄園島（Martha's Vineyard）和其他島嶼上，有謂「沖上岸的」，是當地人民對非當地居民輕蔑的稱呼。島民對訪客抱持一定程度的懷疑當然是可以理解的。島嶼是一個固定而有限的地區，通常整個地方均已被劃分並據有。所以一個新來者、一個肯定為多餘的人，實在很難讓人相信他可以為這裡帶來好處；這種懷疑似乎是合理的。訪客、新來者和定居者的存在本身，便代表著自私自利和陰謀詭計的存在。

「那些男孩會破壞你的船！」划船到薩摩亞島國（Samoa），在沙灘附近一條小路碰到一個島民，跟他說明我是自己划船過來的時，他立即衝著我大叫：「或者把它偷走！」

「他們為什麼要那樣做？」

「因為你是palangi（外人），而且孤單一個人。你在這裡沒有家。我們快走——我幫你。」

他說的是真的，一幫男孩正潛伏在我拉放在海灘的皮艇附近，一副想把皮艇踢成碎片的模樣——那個男人證實了這一點。因為我不屬於那裡，因為除了這位可憐我並且主動對我示警的人，沒有任何關係、沒有朋友。

當時，我認為我是一人對付許多人，而島民是統一的，且具有共識，反對外來者侵入。事實也許就是這樣。我在著手寫一本關於太平洋島嶼的旅遊書時就非常清楚，因為我在岸上沒有朋友或任何關係，所以絕不可能真正受到任何島嶼的歡迎。島上的居民充其量只是忍受我，等待我划槳離開。

這些島嶼大多擁有單一的文化和語言。他們並非仇外，僅僅是對外人充滿疑心或缺乏興趣。夏威夷則是另一個故事，一群島嶼，擁有高度多元化的種族，從那些自稱「kanaka maoli」（夏威夷原住民），祖先遠溯到一千五百（有些人說是兩千）年前的夏威夷人，到前幾天才剛到夏威夷的人。但是美國大陸也可以用同樣方式描述——許多美洲原住民可以宣稱擁有一萬年的家譜。

我在夏威夷生活了二十多年。雖然我寫了許多虛構的作品，包括以夏威夷為背景的小說《火奴魯魯飯店》（*Hotel Honolulu*），但我從不認為自己成功寫過任何有關於這些島嶼的非虛構作品，也從未閱讀過任何以分析方式準確描述我所選擇定居的這個地方的文章。我待在夏威夷的時間已經比

3　英國考古學家、翻譯家、作家和廣播員，廣泛發表了一系列考古學專題，特別關注史前藝術。

其他任何地方都還要長。我在非洲、亞洲和英國時，都曾呢喃的告訴自己：「我不想死在這裡。」但我倒不介意死在夏威夷，這也意味我喜歡住在這裡。

幾年前，我花了六個月的時間試圖為一本雜誌撰寫一篇深度文章，描述夏威夷文化如何代代相傳。那篇文章勉為其難完成了，但實情是，連設法讓任何人跟我說話都極度困難。在大島（Big Island）[4]，我拜訪一所只用夏威夷語的特許學校，其實這裡每個人都使用雙語。我知道當地禮節，當然已先請了毗鄰學校的校長幫我引介。先參觀晨會，在他們奉獻頌歌、祈禱和一首激動人心的歌曲之後，我走向一位老師，問她是否願意幫我翻譯我剛才聽到的一些夏威夷語。她說她必須詢問主管。「那就不要翻譯了，」我說，問她她能不能直接寫下那些夏威夷語？

「我們必須透過適當的管道。」她說。

我覺得可以，但最終他們還是拒絕讓我知道那些話的意思。我求助於一名夏威夷語專家，他本身即為夏威夷人，曾協助建立這類浸禮式語言學校。他沒有回覆我的電話或信息，當我進一步追問時，乾脆不耐煩的打發了我。

我也參加了一場草裙舞表演，它富含典故和婀娜多姿的舞步，看得我和所有觀眾都有如著魔，雙眼噙著讚佩的淚水。結束時，我詢問「kumu hula」，即那名教舞的老婦人，是否願意回答一些問題。

她說不要。當我解釋說我正在寫一篇關於夏威夷傳統傳承方式的文章時，她只是聳聳肩；待我溫和堅持，她最後僅丟給我一句鄙夷的話：「我不跟作家說話。」

「你需要有人引介。」有人告訴我。

我終於從一位島嶼重要人物處確定獲得引介，然後安排了幾次訪問。其中一人嘲諷的提醒我，如果不是因為這位要人的干預，她才不會打起精神來見我。另一個人則惡狠狠的回答我的問題。有幾個人表示，如果我肯付錢就願意和我談，當我回答那是不可能的時候，他們的回答便明顯成為單音節。

我遵循禮節，每次採訪都會攜帶禮物，是從歐胡島北岸我自己的養蜂場採收的一大罐蜂蜜。沒有人對蜂蜜的來源表示興趣（當地生產的蜂蜜是一種有效的順勢療法）。沒有人問我來自何處或任何有關我的事。其實我是從我夏威夷的家過來的，但即令我從蒙大拿州來也一樣——沒有人詢問或在乎。他們不似在回答，而只是在忍受我的問題。

很久以後，聽說我有蜂箱，一些即將展開獨木舟航行的夏威夷人問我，是否願意提供他們六十磅（約二十七公斤）蜂蜜，以便帶去他們計畫前往的遙遠太平洋島嶼做為禮物。我提供了蜂蜜，表示我想登上獨木舟，或許跟他們跑一天。結果他們嚴厲的保持沉默充當回答，我知道這意味著雖然我的蜂蜜是當地的，但我本人卻肯定不是。

我並沒有氣餒，反而很著迷。在旅行或寫作生涯中，我從未遇到過如此不願意分享經驗的人們。我在這裡，住在一個大多數人認為是樂土的地方，實際上它是一個群島，其社會結構比我碰上的任何地方都還要複雜——超脫亞洲。我得出的一個結論是，在夏威夷，人們認為他們的個人故事是他們自己的，不能分享，當然更不願意被他人重新敘述。實際上其他任何地方，人們都渴望分享他們的故事，而他們的坦率和熱情好客，讓我得以旅遊作家的身分度日。

顯然，最有局限性的島民是夏威夷人，很多是出於所謂的血緣法則。有些在一九五九年成為美

4 即夏威夷島。

國一州之前，認為自己是葡萄牙、中國或菲律賓後裔的人，當一九六〇年代末期和一九七〇年代主權問題產生時，全部改而認同自己是夏威夷人，而血緣法正是他們認同的管道。但是仍有四十個或更多爭取夏威夷主權的團體，從最傳統崇拜諸如珮蕾（Pele），即火焰（和火山）女神等神祇的團體，到眾多在基督教教堂吟唱夏威夷讚美詩的信徒，再到夏威夷摩門教徒，他們擯棄所有嚴謹的太平洋學術研究和基因測試的證據，堅信大陸人（原始玻里尼西亞語系者）是從約書亞之地（Land of Joshua，現在的加州）海岸到達夏威夷的，當時一位摩門教徒航海者黑格斯（Hagoth）[5]（《摩門經》〔*Book of Mormon*〕《阿爾瑪之書》〔*Alma*〕六十三章第五至八節），航行到西部海洋（Western Ocean），然後定居繁殖。

但是，不只有夏威夷本土人拒絕讓我獲取相關資訊或乾脆斷然回絕我。我開始意識到整個夏威夷都是祕密和隔離的，無論社會、空間、種族、哲學和學術上都是。連夏威夷大學也是一個孤立和排外及一意孤行的地方，在更廣泛的社區裡幾乎沒有影響力，也沒有發抒公眾的聲音——沒有評論或解釋者，沒有任何智識分子的斡旋或調解。它就像一個沉默而令人生畏的島嶼，雖然定期對外舉行表演，偶爾舉辦公開講座，但一般都是個只關心自己的機構，在當地的名氣也不是來自學術研究，而是來自運動團隊。

身為夏威夷大學圖書館的常客，為了搜尋《旅行之道》一書相關資料，我便透過圖書館系統借閱一些存放在鄰島的重要書籍。

「你不是教職員工，」一位服務台職員用一副「有什麼事嗎？你這個小人物？」的口氣跟我說：「你不是學生。不准借這些書。」

我的作家身分無濟於事，因為除了圖書證這張每年六十元的社區圖書證，儘管我有四十餘本作品高踞圖書館書架，我在夏大毫無信譽可言。書籍也許重要，但作家在夏威夷則只不過是個神經兮兮或惹人厭煩的存在，毫無地位可言。

我思忖著這種奇特的離間現象，聯想到島嶼生存變化在植物界所體現的效果，比如在隔離狀態變得脆弱的阿魯拉。島嶼生活是一個持續孤立和處境堪虞的過程。原生植物變得過敏和脆弱，外來物種具有攻擊和吞沒這種脆弱物種的傾向。這種轉變對人來說或許也是如此，一個人居住在一個島嶼又不想離開的事實，意味著他或她是孤立的，正如「成為一座孤島」一詞的確切含意：孤單一個人、隔離、區別。

我的概念並非憑空幻想。在夏威夷文化中，這是人們界定自己住處的既定方式。夏威夷的每個島嶼都像一個派，切分成楔形區塊，島嶼中心最窄，海岸最寬，每塊名為ahupua'a，亦即祭壇——ahu是犧牲品，pua'a是豬。每一楔形區塊的島嶼又細分為一群群mokupuni——字面意思是「群島」。所以「群島堆砌的群島」實在是準確地描述出夏威夷人生活的方式。

隨著非夏威夷人抵達和定居，這種情況也變得更加複雜。在一個多民族的群島中，區分的趨勢不是一次簡單的謀劃即可成事。為了強調分離，島民創建屬於自己的象徵性的島嶼，基於種族、民族、社會階層、宗教、社區、淨值和許多其他因素而有所不同——島嶼堆砌的島嶼。生活在夏威夷的這些年裡，我開始注意到這些分隔的個體間極少互動，非常封閉，很少有重疊之處，而且天性懷疑和冷漠，每個人好像都只跟自己交談。

5　生活在西元前五十五年左右的倪菲特族人，他是船舶建造者，建造的船中有兩艘不見了。假定一艘船的乘客全部遇難，但另一艘的族人則成為摩門教徒認定的夏威夷人民的祖先。造船過程在《摩門教之書》中有簡要介紹。

「我已經三十年沒有去過那裡了。」人們如此談論十六公里外的一個小島。我見過歐胡島土生土長的一些居民，有些曾經去過一個鄰島，還有很多從未去過其他任何島嶼——雖然他們可能去過拉斯維加斯。

「我們派了一大群懷厄奈區（Waianae）的音樂家和舞蹈演員到愛丁堡藝術節（Edinburgh Festival）表演，」一位熱心公益和慈善事業的女士最近告訴我。「結果大受歡迎。」

當時我們置身於自成一國的高級社區卡哈拉（Kahala）。其實這件事頗具諷刺性，我向那位女士表示，那些飛越世界遠赴他邦演唱的懷厄奈音樂家，可能從未在卡哈拉演唱過，甚至從未踏足卡哈拉。而生活富裕的卡哈拉居民也沒有拜訪過經濟窘困的懷厄奈。

就好像生活在一個島嶼大小的有限大陸，鼓舞不同團體再度建立屬於自己的島嶼空間，例如麋鹿俱樂部（Benevolent and Protective Order of Elks）[6]和其他俱樂部，都擁有專屬的島嶼，浸淫於過去的隔離主義。每座教堂、每座山谷、每個族群和每個社區都是孤立的——不僅是卡哈拉，或同樣環境宜人的扣扣火山（Koko Head），價位比較低的地區也一樣。比如歐胡島西側背風區（Leeward Oahu）的懷厄奈社區，便像一個偏遠且有些險惡的島嶼。

這些概念上的島嶼，各自具有典型的特徵，實際的島嶼也是如此。來自考艾島的人堅稱他們和茂宜島（Maui）的人完全不同，還可以背誦冗長的家譜來證明這一點。舒菲爾德（Schofield）、卡內奧赫（Kaneohe）、希克姆（Hickham）和其他地方的軍營，也都各成島嶼；一名海軍陸戰隊員徘徊在夏威夷海灘，一臉蒼白，陷入沉思，或許正思量自己會不會再度被派駐至阿富汗，那身影所流露的寂寞可謂無人可及。當喬治．克隆尼（George Timothy Clooney）的電影《繼承人生》（The Descendants）在美國大陸上映時，有些電影觀眾感到困惑，因為它並沒有描繪大多數人所認同的度假勝地夏威夷——威基基海灘、衝浪者，以及日落時的邁泰雞尾酒在哪裡？但夏威夷的人們卻很容易了解，那是部描述本地老居民的故事，即所謂的kama'aina，島嶼之子，全都是白人。他們不僅係屬一個象徵性的島嶼，事實上，也的確有一戶島嶼之子的羅賓森家族（Robinsons），擁有一座實質的尼豪島（Niihau），就在考艾島外海，住著一小群夏威夷人，禁止外島居民進入。

即使水域也劃有界線。衝浪者是夏威夷最具地域性的居民之一。他們中有些人否認這一點，並說如果能遵守某些禮節規範（「這波浪歸你，兄弟」一個剛加入的衝浪者謙虛的叫喚以示禮讓，並乖乖排隊守候），就有可能找到一個相互尊重和和平共存的方法。但這些大多是靈長類動物的基本行為，而我遇到的大多數衝浪者，實際上都只會翻著白眼告訴我，對新來的人，一般反應是：「滾開！這是我的浪！」

所有這些對我來說都是新鮮的，對我們這群號稱旅遊寫作的人也是一個教訓。做為一個旅人，我已經習慣自信的漫步到最奇特的地方——接近一個村莊、一個地區、一個貧民窟、一個廉價住宅區、一個社區——觀察其穿衣習俗、品德、禮俗，提出坦率的問題。我可能會詢問某人的工作或待業情況、他們的孩子、家庭、收入；而對方幾乎都會禮貌的回覆我的問題。最近在非洲，我參觀了開普敦市區，不僅是平房、塵土飛揚的住宅、臨時收容所和青年旅舍，還有簡陋棚屋和違章建築。我每個提問都有人回答——旅人就是這樣取得敘事素材的。

在印度最惡劣的貧民窟，泰國或柬埔寨最險惡的街道，一個微笑都有可能受到歡迎。如果略懂

6 通常也稱為Elks Lodge或簡稱The Elks，成立於一八六八年的一個最初是紐約市的社交俱樂部，一開始會員資格僅限於白人。

葡萄牙語或西班牙語，那麼在巴西、安哥拉、或厄瓜多的貧民窟，都有可能獲得回應。

那麼為什麼島嶼如此不同，為什麼夏威夷——美國五十州之一——如此不合作，區分得如此復雜？在珍珠港攻擊事件後，這裡畢竟有三千多名男子，幾乎都有日本血統，自願參戰，而他們所屬的第四四二步兵團是美國史上獲頒勳章最多的軍團。但那是軍隊，而且他們是在歐洲打戰。

首先，在夏威夷的敵意是合理的謹慎態度，具有維持和平的潛在意圖。在任何島嶼社會，對抗都是一種創傷，因為這裡雖然有足夠的空間和平共處，卻沒有足夠的空間容納戰爭。正是因為一次破壞性的衝突失控，摧毀了復活節島的平靜，削減了人口數量，顛覆了沉思的雕像[7]，留下各部落相互血拚的遺跡。斐濟與自己開戰；賽浦勒斯（Cyprus）也是如此，帶來了災難性的後果。夏威夷值得稱讚，也使其得以倖存的，是其一向抱持著非對抗的閃躲，以及圓融的心態，包括「圓融」一詞所蘊含的懷疑心態。（我現在正在做的這種以非圓融的角度分析夏威夷，在當地可謂異端邪說。）

所以夏威夷的疏離顯然是有理由的。也許這種生活在特定區域的癖性，是一種刻意為之的生存策略和一種謀取和平的模式。由於擔心相互摩擦，深諳衝突只會使島嶼沉沒，因此夏威夷人始終堅守阿囉哈的撫慰信念，阿囉哈在夏威夷語中意指愛與和平的氣息。

儘管內在有分歧，夏威夷仍是統一的，也許比任何島民所願坦承的更為志趣相投。每個利己的隱喻性島嶼，都對這座比較大的島嶼懷抱著無私的愛，對其燦爛的天氣、體育運動、與當地英雄（音樂家、運動員、演員）心懷驕傲。另一個凝聚因子，是無論夏威夷人或世居當地的白人，都能跳出草裙舞的真正韻味。幾乎每個夏威夷人都同意，如果阿囉哈精神持續做為夏威夷的主流哲學，就會帶來和諧。「阿囉哈」不是一個擁抱；它旨在解除武裝；是溫和的讓人們保持快樂的慣用語。我越來越體會這個微妙的問候語，一個帶著曖昧笑容吐出的單字，與其說是一般歡迎詞，還不如說更像是一種安撫陌生人的方式。但也許所有歡迎詞都有著這種安撫功能吧！

至於聲稱自己領域寬廣的神奇主張，是讓島民安心，讓他們知道這個島嶼面積廣大，特點眾多，讓他們相信夏威夷還有很多地方是深藏不露的。如果你珍視距離和神祕的觀念，這個信念有助於讓你逍遙在你隱喻性的島嶼之際，又不致於偏離家鄉太遠。

進一步界定各區域分際的，是火山島鋸齒狀的崎嶇地形，其陡峭的山谷、海灣、懸崖、平原以及其高度。在夏威夷，光是從這地到那地，天氣便可能明顯不同，這種微氣候的存在也凸顯了各地的特徵。我可以朝一個方向行駛二十哩，到達島上一個比較乾燥的地區，或往另一個方向行三十幾公里，到達一個大概正在下雨的地方，這中間的溫差可能高達十度，這些不同地區的人們似乎也有不同，全都根據他們所屬的微氣候而反映出不同的心境。

且不管夏威夷是由七個有人居住的島嶼所組成的這個事實；就算是小小的歐胡島——方圓大約八十公里——還是有很多地方被認為是偏遠的地區。這種奇特的距離感擴大了島嶼的實際面積，讓人產生擁有廣闊腹地的幻覺和日後持續有所發現的希望。對於那些來自美國大陸的作家，在經過五天尋歡作樂和大吃大喝後，便能用一、二句話總結夏威夷，我始終深感困惑。不過話說回來，我也曾經是那種人。如今，我仍然試圖理解這一切，卻發現住在這裡的時間越長，那種神祕感也就跟著越來越深。

7　指遍布復活節島全島那八百八十七座大大小小、充滿神祕的人頭巨型石像，不斷吸引各國的觀光客和考古學家前往，稱為摩艾石像。

第二十四章
門羅維爾的模仿鳥

枝條上的紅色花蕾已經盛開，貝殼狀的玉蘭花瓣正旋轉開放，繁花怒放的布拉德福德梨樹（Bradford pear）——比櫻桃花木更加繁盛——宛如一團團芬芳的白色泡沫，然而在這個三月天星期日早上，阿拉巴馬州的門羅維爾（Monroeville）卻一片灰濛濛，反常的寒冷。一個星期前，我沿著鄉間小路抵達這裡。在深南部（Deep South）[1]，尤其阿拉巴馬州，所有鄉間小路似乎都通往苦樂參半的遙遠過去。

在高爾夫大道（Golf Drive）這曾經屬於鎮上的白人區，南妮・露絲・威廉斯（Nannie Ruth

1　又稱為棉花州，是美國南部的文化與地理區域名。一般將阿拉巴馬州、喬治亞州、路易斯安那州、密西西比州和南卡羅來納州視為深南部的範圍，有時德克薩斯州和佛羅里達州也被視為深南部的一部分。

Williams）於深冬黎明、天色依舊昏暗的六點起床，準備午餐——燉蕪菁葉、煮馬鈴薯和地瓜、攪拌通心麵和起司、烤十來個鬆餅、燉煮雞塊，然後和蔬菜一起放入慢燉鍋。距離午餐還有七個小時，但是南妮・露絲的規矩是「上教會回來後不做飯」。因此她必須先準備好午餐，以備和先生賀姆・比撤・威廉斯（Homer Beecher Williams）——朋友都簡稱他賀比（H・B）——上完禮拜回到家時食用，或招待應邀而來的其他人。我沒有見過她，她也還不知道當天有位客人包括我。

她是十六個孩子中的老六，多年前出生在「W・J・安德森農園」（W. J.Anderson），是佃農查理・梅德森（Charlie Madison；種植棉花、花生、甘蔗，養豬）的女兒，一直謹守大家庭的工作倫理。南妮・露絲知道我那天早上和賀比碰面，但不知道我是誰或為什麼會來門羅維爾，不過根據南方民風，她已準備好迎接陌生人的工作，備妥充足的食物，請對方吃一頓飯，這是一種和諧和友誼的形式。

門羅維爾自命為「阿拉巴馬州的文學之都」。雖然曾經奉行過種族隔離，有著這種強制分離所帶來的懷疑和誤解，我卻發現這裡是一個街道陽光明媚、人們友善親切的地方，而且——有助於來訪的作家——是一座擁有長久記憶的寶庫。這座小鎮自誇產生過兩個有名的作家，楚門・卡波提和哈波・李（Nelle Harper Lee）[2]，是他們從小一起長大的鄰居和朋友。這兩位作家的家園已經不在，但其他地標仍然存在，即《梅岡城故事》（*To Kill a Mockingbird*）[3]一書的故事背景：梅岡城（Maycomb）。

在舊法庭大樓（Old Courthouse）宏偉圓頂建築內出售的小冊子和紀念品中，包括《門羅維爾：尋找哈波・李的梅岡城》（*Monroeville: The Search for Harper Lee's Maycomb*），這是一本圖文並茂的小冊子，蒐羅了當地歷史、小鎮地貌及建築圖，以映襯小說內容所提及者。哈波・李的作品混合有個人回憶、虛構劇情和可驗證的事件。這本書包含兩層截然不同的情節：一個是兒童的故事，關於小男人婆絲考特（Jean Louise “Scout” Finch）、她哥哥傑姆（Jeremy Atticus “Jem” Finch）和兩人的朋友迪爾（Charles Baker “Dill” Harris），以及在嬉戲和惡作劇之際，隔壁諱莫如深，隱居在家的阿布・睿德（Arthur “Boo” Radley）的介入；而另一個比較凶險的情節，則是絲考特的父親挺身而出，替被誣陷強姦的正直黑人男子湯姆・羅賓森（Tom Robinson）辯護的故事。

我記得許久前閱讀這部小說的原因，是書中孩童的熱情和他們的戶外世界，以及室內的描述、捏造強姦罪的法庭劇、可怕的司法誤判和種族間的謀殺。最近重讀小說，我才意識到我已經忘記這本書有多麼古怪：搖擺的架構、自鳴得意的語言、游移的觀點、有時走調，有時牽強、某些章節錯雜著年輕人的直率和清晰，和成人的觀念與晦澀的語言。例如，絲考特的教室出現一位阿拉巴馬州北部來的新老師。「班上擔憂的竊竊私語，」絲考特敘述：「萬一她也有那地方的人特有的毛病怎麼辦？」對於一個六歲的孩子來說，如此判斷一個陌生人未免過於糾結，而這本書正是充滿了這種冗言贅語。

---

2 生於美國阿拉巴馬州門羅維爾的作家，其作品小說《梅岡城故事》於一九六〇年獲普立茲獎。

3 書的原名是To Kill a Mockingbird是來自絲考特父親、律師阿提克斯・芬奇（Atticus Finch）給用氣槍打鳥的孩子們的忠告：「鶇鳥你們盡可以打，但是要記住，殺死模仿鳥則是一種罪過。」因鶇鳥是北美很常見的一種鳥，通常被認為是殘忍的害鳥，而模仿鳥則只是用「牠們的心唱歌給我們聽」。從比喻的意義上說，書中的幾個角色可以被看成是模仿鳥，並沒有做過任何壞事卻被人攻擊。模仿鳥代表著純潔無辜的人，當你殺死它的時候，就好像在殺死無辜的人。

我現在傾向於弗蘭納里・奧康納（Mary Flannery O'Connor）[4]將其視為「童書」的觀點，不過相對於她貶抑的意思，我則認為它對年輕人（如《金銀島》〔*Treasure Island*〕和《湯姆歷險記》）的吸引力也許正是它的強項。年輕的讀者很容易認同活潑魯莽的絲考特，並認為她父親阿提克斯是父權美德的體現。儘管敘述失誤，這本書的基本簡潔性和道德確定性或許是其持續五十多年不衰的原因。這是一本講述南方小鎮不公不義故事的書。對一個民權運動逐漸成為新聞焦點，國人正希望有所了解之際，它的出現不啻成為一個啟示，這也是這本書所以成功的部分原因。

門羅維爾已經熟悉類似事件，一九三四年一名黑人男子沃爾特・列托（Walter Lett）受審，被控強姦一名白人婦女。案件站不住腳，那女人不可靠，罪證不足，但沃爾特・列托依舊被判有罪並處以死刑。在行使電刑之前，他及時獲准從寬處理，但那時，沃爾特・列托等待處決的時間太久，又經常聽到走廊盡頭傳來死囚行刑的尖叫聲，已經活生生被逼瘋。他一九三七年在阿拉巴馬州一家醫院去世，當時哈波・李已經大到足以了解這種事。阿提克斯・芬奇是哈波的律師父親A・C・李（A. C. Lee）的理想化版本，被誣陷的湯姆・羅賓森，則是沃爾特・列托更有條理的版本。

儘管內容矛盾和不一致：小說仍可以促使一個地方成為聖地，為它撒上光輝，並激發出該書的朝聖者——來訪的遊客中總會有讀過這本書或看過改拍電影的遊客。他們參照免費導遊手冊《漫步門羅維爾》（*Walk Monroeville*），漫步在鎮上歷史區域，欣賞老法院、舊監獄（Old Jail），尋找梅岡城，朝拜和小說神話有所關聯的地點；不過如果他們試圖尋找電影中的場景，則注定徒勞無功，因為故事場景是設在好萊塢的一個製片廠裡。這部小說所施展的魔力，或謂那部大受歡迎的改編電影所施展的魔力，可由鎮中心佇立的紀念碑獲得證明；那座紀念碑不是獻給有偉大心靈和高貴成就的門羅維爾市民，不是獻給當地英雄或有象徵意義的南軍士兵，而是獻給一個虛構的角色，阿提克斯・芬奇。

這些天，鎮上最熱門的話題是哈波・李，當地更熟悉的是她的名字妮爾（Nelle，她祖母的名字，艾倫〔Ellen〕的倒寫）。她早年成功後就避免接受採訪，一直保持隱居狀態，後因她近六十年前完成卻放棄的一篇小說殘稿的發現和出土而重新成為新聞焦點。那是阿提克斯・芬奇——湯姆・羅賓森故事的早期版本，敘事者是長大的絲考特，內容則是回顧當年的往事，描繪芒特普萊森特街（Mount Pleasant Street）老監獄中一個脆弱囚犯的危機，這本小說名為《守望者》（*Go Set a Watchman*）。

「這是一本舊書，」哈波・李跟我倆的一個共同朋友說，我在門羅維爾期間，他們有見面。「但如果有人想讀，可以啊！」

根據猜測，這本重新復活的小說將改拍為一部新電影。一九六二年《梅岡城故事》一片，挾帶著葛雷哥萊・畢克（Gregory Peck）[5]贏得奧斯卡獎的表演，為這部小說帶來許多讀者。美國電影協會（The American Film Institute）將阿提克斯・芬奇評為二十世紀最偉大的電影英雄（印地安納・瓊斯〔Dr. Henry Walton "Indiana" Jones, Jr.〕[6]排名第二）。三十歲時在電影中飾演神祕鄰居阿布・

4 美國作家，經常以南方哥德式風格寫作，並在很大程度上依賴於區域設置和怪誕的人物塑造，作品也反映了她自己的羅馬天主教信仰，並經常探討道德和倫理問題。

5 美國電影演員和社會活動家，一九六二年以《梅岡城故事》贏得奧斯卡最佳男主角獎。

6 導演喬治・盧卡斯的冒險電影《法櫃奇兵》（Raiders of the Lost Ark）及其後一系列的虛構人物，也是該作的主角。

睿德的勞勃・杜瓦（Robert Selden Duvall）[7]，最近也表示：「我很期待這本（新）書。這部電影在我的職業生涯中具有關鍵地位，我們一直在等待第二本書。」

根據傳記作者查爾斯・希爾茲（Charles J. Shields）[8]在《模仿鳥：哈波・李肖像》（*Mockingbird: A Portrait of Harper Lee*）一書的說法，哈波・李在一九六〇年獲得成功後又創作了幾本書，包括一部新的小說，以及一個連環兇手的記事。但她全數放棄，除了零星的塗鴉之外，她顯然放棄撰寫其他任何東西——沒有故事、沒有具體的文章，也沒有隻字片語提及楚門・卡波特在撰述《冷血》（*In Cold Blood*）一書期間，兩人認真合作多年的回憶。出於眾人注目的焦點，她一直生活得很好，主要是住在紐約市，每年都會返鄉一趟，經濟上的意外豐收讓她自由自在，卻也有人說，她因為備受撰述另一本書的期待壓力而暴怒瘋狂。

由此看來，特別對我這種寫作狂看來，她可能是個意外成名的小說家——一書定音、到此為止。她沒有繼續創作生涯，沒有進一步見習和精煉這種文字職業，沒有發展作者與這世界的豐足的對話，相反的，她完全打烊，退出寫作生活，就像一個隱居的樂透彩得主。她八十八歲時，安靜的生活在城郊的療養院，身體狀況孱弱，眼睛黃斑部退化，耳朵聾到只能通過書寫在便條卡上的大型字體溝通。

「妳最近在做什麼？」我的朋友在卡片上寫下這句話，並舉起來給她看。

「這是什麼蠢問題？」妮爾坐在椅子上嚷道：「我就坐在這裡。什麼也沒做！」

她也許一生隱姓埋名，但她可不是朵逐漸枯萎的小花，而是交遊廣闊，有很多朋友。身為愛書人，她依舊使用放大鏡看書，主要是看歷史，也讀犯罪小說。她像許多從舞台消失的人一樣，希望保有隱私——J・D・沙林傑是最好的例子——卻一再被追踪、打擾、糾纏和獵捕。我發誓絕對不想驚擾她，只不過在門羅維爾時，單純的以一位作家的身分跟另一位作家致意。我在我的著作《旅行之道》上簽了名，留在她的住處。

南妮・露絲・威廉斯知道《梅岡城故事》這本名著，也熟悉門羅維爾的另一位著名作家楚門・卡波特。她的祖父在福爾克家的土地當過佃農，而地主家的莉莉・梅・福爾克（Lillie Mae Faulk）一九二三年與阿卡魯斯・朱利爾斯・帕森斯（Archulus Julius Persons）結婚，並在一年多後生下楚門・史崔克福斯・珀森斯（Truman Streckfus Persons）。其後她再嫁給一個名叫卡波特的男人，兒子便跟著改名為楚門・卡波特。卡波特在鎮上以大都市氣息而聞名。「是個聰明蛋，」一個和他一起長大的男子告訴我。「沒有人喜歡他。」楚門因為個頭小和火氣大而遭到霸凌，出面衛護他的就是隔壁鄰居妮爾・李。「妮爾保護他，當孩子們撲在卡波特身上時，妮爾會推開他們，打脫掉很多男孩的牙齒。」那男子說。

小時候的卡波特，就像小說中的人物迪爾。對於他的精靈古怪與彼此幼時友誼的描述，有種致敬文的感覺。「迪爾是個怪胎。他穿著藍色亞麻短褲，釦子扣在襯衫上，頭髮雪白，像鴨絨一樣粘在頭上；他比我大一歲，但我比他高得多。」迪爾推動了書中的次要情節，亦即阿布・睿德的神祕。

每年，小鎮的「模仿鳥演員團」都會在舊法院大樓表演該書中精采的法庭劇情，生動的表演贏

7 美國一九七〇年代活躍至今的著名演技派影星。
8 美國本世紀中期小說家和作家的傳記作家。

得高度評價。當詢及她是否看過時，南妮．露絲只是笑了笑。「觀眾中只有四、五個黑人，」後來一位當地人告訴我。「他們過的那種日子，他們親身體會過。當然不會想再回到那種情境裡，只想要處理現在正在發生的事情。」

每當有人提到這本書的時候，賀比．威廉斯便會嘆氣。他出生在布朗夏爾屠宰農場（Blanchard Slaughter）的一個佃農家庭，白人地主「布朗夏」生活富裕卻沒有孩子，在賀比的父母在田裡工作、摘採棉花或除草時，會幫忙照顧嬰兒時期的賀比。這大約就在沃爾特．列托受審期間，以及《梅岡城故事》設定犯罪的期間——一九三〇年代中期，經濟大蕭條衝擊這「疲憊的舊城」，三K黨（Ku Klux Klan, KKK）[9]活躍，主要街道都是紅土，尚未鋪設柏油。

當這本書出版並成為暢銷書之後，當時已經擔任校長的賀比，卻「受邀」擔任副校長，他拒絕了，表示那是降級，不料旋即被解雇。在接下來的十年，他一直為復職而戰。他的怨情不像小說那樣劇情跌宕起伏；這只是南方職場的不公平。這場微不足道的官司拖了十年，但賀比最終獲得勝利。然而這種不公不義沒人想聽——不夠聳人聽聞、沒有記錄、一點都不戲劇化。

就其本身而言，賀比殫精竭慮的追求正義，與布萊恩．史蒂文森（Bryan A. Stevenson）[10]在為門羅維爾另一位公民沃爾特．麥克米利安（Walter "Johnny D." McMillian）尋求無罪判決的情況相似。這也是一個本地的故事，而且是最近才發生的。一九八六年的一個星期六，隆達．莫瑞森（Ronda Morrison）遭人槍殺倒斃在商店後面，這個十八歲的白人小夥子是傑克森洗衣店（Jackson Cleaners）的店員，這件案子發生在鎮中心，靠近舊法院大樓，亦即二十六年前因為一部敘述種族不公正的小說而聲名大噪之處。在這個真實案例中，儘管能夠證明那天自己根本不在傑克森洗衣店附近，但麥克米利安這名黑人園藝師還是遭到了逮捕，審判移至大部分居民為白人的鮑德溫縣

（Baldwin County）審理，僅僅持續一天半，麥克米利安就被判有罪並處以死刑。

事後真相大白，麥克米利安是遭人設計的，出面作證的幾個證人都遭到警方施壓，後來又撤回證詞。民權律師布萊恩・史蒂文森對本案感到興趣，並且提出上訴，正如日後他在二〇一四年得獎作品《不完美的正義》（*Just Mercy: A Story of Justice and Redemption*）中的敘述。沃爾特・麥克米利安在死囚牢中關了五年後，獲得無罪平反，終於在一九九三年獲釋。隨著文件旅行和頻頻上訴，正義的輪子慢慢磨礪；沒有什麼戲劇性，多的只有堅持。在這個豎立著阿提克斯・芬奇，而非布萊恩・史蒂文森紀念碑的小鎮，這只是發生在許久以後的另一個司法不公的案子，只不過這一次的結局是美滿的。

這是許多某一特定類型深南部小說的奇特之處——它的怪誕和哥德風、它強烈的色彩和幻想。彷彿強調的重點便是怪異。這類風格在福克納（William Cuthbert Faulkner）[11]或埃斯基・考德威爾（Erskine Preston Caldwell）[12]著作中比比皆是，而哈波・李也不遑多讓，在《梅岡城故事》中，阿布・睿德的角色，圖蒂（Tutti）和芙魯蒂（Frutti）兩位小姐，以及種族主義者杜波斯夫人（Mrs.

---

9 指美國歷史上和現代三個不同時期奉行白人至上主義運動和基督教恐怖主義的民間團體，也是美國種族主義的代表性組織，常使用不同方式來達成自己的目的。

10 美國律師、社會公正活動家，平等司法倡議的創始人兼執行董事及紐約大學法學院臨床教授。

11 美國小說家、詩人和劇作家，為美國文學歷史上最具影響力的作家之一，意識流文學在美國的代表人物，一九四九年獲諾貝爾文學獎。

12 美國小說家和短篇小說作家，其關於貧窮、種族主義和社會問題的著作為他贏得了一致好評。

Dubose），她是一個嗎啡成癮者：「她的臉是枕頭套的顏色，嘴角濕潤的閃著水光，像冰川一樣慢慢沿著深深的凹槽嵌入下巴。」這種散文是一種間接性的筆法、將怪異之處予以戲劇化，讓讀者暫時遺忘平日的煩憂。

南方作家多半關注過去，很少關心眼前的現實：腐朽的市中心、滾地小豬超商（Piggly Wiggly）和當鋪、外環道路上的龐大沃爾瑪零售商店，路上的速食店已經淘汰掉大部當地餐館。（雖然ＡＪ家庭餐廳〔AJ's Family Restaurant〕和法院咖啡廳〔Court House Café〕仍然很熱鬧）我遇到的門羅維爾人都對自己能夠克服艱困時期感到自豪。特定年齡層的男人會回憶起第二次世界大戰（World War II）：九十歲的查爾斯・索爾特（Charles Salter）曾服役於七十八步兵團，在德國戰鬥，正當他的軍團到達萊茵河西岸時，砲彈碎片擊中了他一條腿和腳，七十年後，他仍需要定期接受手術。「大蕭條（The Depression）期間很辛苦，在這裡一直持續到戰後很長一段時間。」賀比・威廉斯接受徵召去韓國打戰。「當我為國家征戰，回到鎮上，卻發現我無法投票。」他說道。

有些回憶已經屬於失去的世界，就像當地專欄作家喬治・湯瑪斯・瓊斯（George Thomas Jones）的回憶。九十二歲的他記得當時鎮上所有道路都還是紅土，他是一家雜貨店的飲料販售員，有一次楚門・卡波提上門挑釁：「我確實想要點好東西，但是你們沒有……一杯翻騰百老滙（Broadway Flip）。」年輕的喬治俯視著他說：「小鬼，我可以讓你從凳子上翻下去！」鎮上頗受歡迎的理髮師查爾斯・強森（Charles Johnson）一面在我頭上施展剪刀功夫，一面告訴我：「我生在虐待兒童的時代——哈！如果我不乖，我爸爸會要我去樹叢砍一條樹枝回來，然後用樹枝抽打我的腿。有時還會用更銳利的樹枝，更細，真夠我受的。」

強森先生告訴我一些關於弗蘭克林（Franklin）和溫萊特（Wainright）當地社區的事。那個社區稱為斯克拉赤安凱爾（Scratch Ankle）社區，以近親交配聞名。貧窮的黑人住在克勞塞爾（Clausell）和馬倫戈（Marengo），富有的白人住坎特伯雷（Canterbury），至於散居著暫住者的萊姆斯頓（Limestone），最好能避則避，但我還是走訪了萊姆斯頓；那裡充斥著遊手好閒的人、醉鬼和打赤腳的孩子，一個名叫萊偉特（La Vert），全口無牙的高大男人用手指著我的臉說：「你最好離開，先生——這是一個很糟糕的社區。」

南方生活埋藏著焦慮不安的陰暗底層，雖然會透過許多互動，但需要很長時間才能感知，且需要更長時間才能理解。還有一個被忽視的生活層面：深南部的人仍然上教堂，並且是盛裝打扮的去。門羅維爾有二十四座相當大的教堂，大部分在星期日都高朋滿座，那裡是啟發、善意、引導、友誼、安慰、拓展、福利和小吃的來源。

南妮．露絲和賀比屬於內博山浸信會的教友（Mt. Nebo Baptists），但是今天他們要去門羅維爾西北角的希望美好CME教堂（Hopewell C.M.E.Church），因為該教堂的司琴有事離開，而南妮．露絲的鋼琴彈得很好。本堂牧師艾迪．馬澤特牧師（Eddie Marzett）已先告知她準備吟唱的讚美詩，並且提供了樂譜。那個星期日是婦女節。禮拜的主題是：「在這多變時代中屬神的女人」，搭配著適當的《聖經》經文和兩名女性牧師，馬澤特牧師則坐在教堂後方的靠背長椅，一身時尚的白色西裝和太陽眼鏡，完全一副爹地信徒的派頭。

門羅維爾就像阿拉巴馬州許多同樣規模的城鎮一樣——其實整個深南部都是如此：一個優雅漸失的廣場，市中心的大部分商店和企業都已關閉或風雨飄搖，主要產業也已關門大吉。我發現《梅岡城故事》只是門羅維爾的一小面向，居民好客，工作勤勞，但卻是一個人口六萬五千（且不斷減少中）的垂死小鎮，因為北美自由貿易協議（North American Free Trade Agreement, NAFTA）[13]經濟受損、又被華府所忽視，也遭「浮華紡織」（Vanity Fair textiles，雇用高峰期為兩千五百人，許多是女性）和喬治亞—太平洋公司（Georgia-Pacific LLC）[14]所拋棄。他們一向將門羅維爾視為廉價勞工的來源，直到其他地方能提供更低廉的條件。這個小鎮在教育和住宅方面也始終面對深南部一直具有的挑戰，門羅縣（Monroe County）幾乎三分之一居民都生活在貧窮線下。

「我是女性內衣褲巡迴推銷員，」山姆．威廉斯（Sam Williams）告訴我：「你現在看不到太多這個行業的人了。」他為「浮華紡織」工作了二十八年，現在則是陶藝工匠，自己設計燒製杯子和碟子。但他在另一方面交到好運：他的土地上發現了石油——阿拉巴馬州的一項驚喜——他們家人定期從當地油井收取支票。他給我臨別贈言是熱切懇求：「這是一個美好的小鎮，幫門羅維爾講講好話吧。」

威利．希爾（Willie Hill）曾在「浮華紡織」工作了三十四年，現在失業。「他們關閉了這裡的工廠，去墨西哥尋找廉價勞工。」他對《梅岡城故事》的朝聖者可以改善當地經濟的觀念報以嘲笑。「那不能帶來錢潮，帶不來的，先生。我們需要企業，我們需要真正的工作。」

「我一生都住在這裡，八十一年了，」一個在我旁邊加油的男人突然插口：「我從來沒有見過這麼糟糕的情況。如果紙廠關門，我們就真的陷入絕境了。」但是喬治亞—太平洋造紙廠已經關閉了幾家地方工廠，而威利．希爾的侄子德瑞克（Derek）在喬治亞—太平洋製造三夾板十年，二〇〇八年被裁員。他經常到門羅維爾建築別致且藏書豐富的圖書館（亦即葛雷哥萊．畢克一九六二年住過的拉薩爾酒店〔LaSalle Hotel〕），利用圖書館的電腦找工作，更新履歷。能幹的圖書管理員邦妮．漢斯．諾柏斯（Bunny Hines Nobles）樂於幫助他，邦妮的家人曾經擁有過這家酒店。

在我離開塞爾瑪（Selma）之前，南妮・露絲一直忙著做飯。我去的時候是經由鄉間小路，花了大約兩個小時，回程則馳騁在外環道路，讚嘆依舊鮮活的歷史。

塞爾瑪對我算是一個意外，卻不是愉快的意外，而是比較震驚而悲傷的。從門羅維爾開車到塞爾瑪很方便；我一直渴望見到這個地方，因為塞爾瑪一詞已代表戰鬥的吶喊，我很想一睹其真容。從有關「血腥星期日」（Bloody Sunday）[15]的報紙照片和新聞片段，我認出了艾德蒙・佩特斯橋（Edmund Pettus Bridge）——全是抗議者被毆打、騎警踩踏遊行者的畫面。這是頭條新聞，也是歷史。我沒有料到的是塞爾瑪的悲慘現狀，關閉的企業，大橋附近曾經優雅，如今卻已人去樓空的公寓，整個地方明顯處於衰退狀態，只剩一間一副絕望模樣的商場，似乎已停止營業，但這種衰敗的景象並沒有成為新聞標題。

遊行五十週年紀念活動不過就在一週之前舉行，歐巴馬總統（Barack Hussein Obama II）、第一夫人、眾多名人顯要、民權領袖、塞爾瑪的無名英雄，以及眾所矚目的焦點人物——傑西・傑克遜

---

13 美國、加拿大及墨西哥在一九九二年八月十二日簽署的三國間全面貿易的協議。於一九九四年元旦正式生效。並同時宣告北美自由貿易區（North America Free Trade Area, NAFTA）正式成立。

14 總部位於喬治亞州亞特蘭大，在美國經營生產和銷售手帕紙、木漿、衛生紙、包裝、建築材料和化工等。

15 此指一九六五年三月七日，抱著爭取黑人投票權的平等信念，數百人由塞爾瑪市打算遊行到阿拉巴馬州首府蒙哥馬利，但來到艾德蒙・佩特斯橋上時卻遇上強力鎮壓。警察打人且出動催淚氣體驅散，導致數十人受傷，事件被稱為血腥星期日，震驚全國。美國國會事後通過法案，取消了阻止黑人投票限制。

（Jesse Louis Jackson, Sr.）[16]、艾爾・夏普頓（Alfred Charles "Al" Sharpton, Jr）[17]和政壇人物——紛紛發表演講，表現出適當的肅穆神情。他們追述「血腥星期日」事件，蒙哥馬利（Montgomery）遊行的嚴峻，以及最後的勝利，一九六五年通過的投票權法案（Voting Rights Act）等等。

但這一切多半都是週年紀念日的激情、政治戲碼和情緒的惱怒。現實情況也是一種侮辱，因為這個曾經處於投票權運動前線的城市，近年來在十八到二十五歲年齡層裡，僅有百分之二十四去投票，地方選舉的人數更少。我在鎮外的解說中心得知了這一點，那些告知我的解說員對這個令人遺憾的事實頻頻搖頭。在所有的流血和犧牲之後，選民投票率卻這麼低，塞爾瑪也在忍受經濟危機。總統和民權分子和名人都沒有注意到這些，他們大多數的人都搭乘下一班飛機，迅速離開了這座悲傷而脆弱的城市。

沿著狹窄的四十一號高速公路駛出塞爾瑪，兩旁樹木高大、樹林深邃，我才得以體驗到值得拜訪的過去。你不需要做一個文學朝聖者；光是這片閃閃發光的鄉村道路便值得驅車穿越深南部，特別是這裡，紅色的粘土車道因為早晨一場雨而變得亮晃晃，閃現出紅磚色，從高速公路分叉而出，直入松林。穿過濃粥溪（Mush Creek）和雪松溪（Cedar Creek），是一片髒兮兮的社區，裡面有狹窄的長形木板屋、老舊拖車屋和白色牆板的教堂。我經過路邊群集的三十公分高螞蟻丘，兩旁枯死的樹木上垂掛著名為巫婆頭髮的灰色地衣。車子筆直行駛在一片平坦的田野，到處可見濕軟的松林和開花的灌木，前方路面一對烏鴉跳躍在一團被車輾過的深紅血肉間。

車行經過卡姆登（Camden）這個廢墟般的小鎮，到處可見空蕩的商店和明顯的貧窮，在一些廢棄的房屋間偶爾瞥見的一抹美麗，有一間關閉的加油站，古老的安提阿浸信會教堂（Antioch Baptist Church）粉刷的護牆板和小型圓頂（馬丁・路德・金恩〔Martin Luther King, Jr.〕[18]一九六五年四月在這裡發表了演講，以鼓舞第二天舉行的抗議遊行），氣勢宏偉的卡姆登公共圖書館，正面是粗壯的白色廊柱，然後是比翠絲（Beatrice）和斯普林斯隧道（Tunnel Springs）村落。經過這種破敗景象後，門羅維爾看來很時髦且充滿希望，有眾多教堂、精緻的法院建築與市中心的豪宅。它的別具特性、自我意識和自豪感，全都來自孤立的結果。門羅維爾和任何一個城市都相隔一百六十公里，一直位於不知名之處——沒有人會偶然來此一遊。正如南方人所說，你必須要去那裡，才會到達那裡。

沉浸在婦女節氛圍中的希望美好CME教堂，毗鄰傳統的黑人區克勞塞爾。一九五〇年代，教會的庇護所成為當地民權運動的祕密聚會場所，許多集會由R．V．麥金托什牧師（R. V. McIntosh）和一位名叫伊薩．康尼漢（Ezra Cunningham）的煽動者主持，康尼漢也參加了塞爾瑪遊行。這所有資訊都是賀比．威廉斯提供的，他還特地帶我到希望美好教堂的座席入座。

儀式中有讚美詩（南妮．露絲．威廉斯彈鋼琴，一個年輕人敲鼓）、宣布事項、兩次奉獻、朗讀經文箴言第三十一章（「誰能找到美德女子，她的價值遠超過紅寶石。」）、低聲祈禱，瑪麗．強森牧師（Mary Johnson）兩手緊握著講台，大聲呼喚：「『在這個不斷變化的時代中的上帝女子』是我們今天的主題，讚美主，」會眾喊道：「說吧，姊妹們！」還有「讚美祂的名字！」

16　美國著名非裔人民權領袖和浸信會牧師。

17　美國非裔美國人浸信會牧師，民權運動、社會正義運動家，電台及電視節目主持人。

18　美國牧師、社會運動者、人權主義者和非裔美國人民權運動領袖，也是一九六四年諾貝爾和平獎得主，主張以非暴力的公民抗命方法爭取非裔美國人的基本權利，而成為美國進步主義的象徵。

瑪麗牧師的布道滔滔不絕、妙語如珠，不時語帶揶揄，她的信息很簡單：在困難時期要懷抱希望。

「在照鏡子的時候，不要想：『主耶穌，他們對我的假髮會怎麼想？』要說：『我生來就是這樣！』不要在乎你的穿著——要頌讚主的偉大！」她舉起手臂，慷慨激昂的作結：「不要陷於絕望，那不是個好地方。主會用希望讓你獲得解放。你也許沒有錢——沒關係。你需要的是聖靈！」

之後，為了表示好客之意，我受邀去威廉斯家共進午餐。那是一間舒適的平房，位於高爾夫大道的一條叉路，按照門羅維爾的標準是屬於中產階級，靠近浮華公園（Vanity Fair Park）的大門和高爾夫球場。浮華公園在一九八〇年代前是黑人的禁區，高爾夫球場則採行種族分離政策。一起吃飯的還有亞瑟．佩恩（Arthur Penn）和他兒子小亞瑟．佩恩（Arthur Penn Jr.）。亞瑟．佩恩是保險從業人員，也是當地「全國有色人種協進會」（National Association for the Advancement of Colored People, NAACP）[19]分會的會長。

我將話題轉向《梅岡城故事》，南妮．露絲聳了聳肩。老亞瑟說：「那只是用來轉移焦點的。就好像說：『我們所有的一切都呈現出來了，其他的你就別管了。』也像一個重四百磅（約一百六十三公斤）的喜劇演員在舞台上講肥胖的笑話。觀眾比較關注的是笑話內容，而不是他們看到的東西。看看沃爾特．麥克米利安的遭遇就知道了。」

門羅維爾並沒有什麼偉大的法庭審判，但種族對立的戲碼激烈，不過都是小規模的，而且持續很久。這本書出版的那一年，所有學校都還實施著種族隔離政策，在接下來的十年也依然如此。當一九七〇年學校種族合併時，白人私立學校門羅學院（Monroe Academy）也同時成立。種族關係一般而言還不錯，因為人們都各安其位，除了北方來的那些自由乘客（妮爾．哈波當時還被貶為種族對立的煽動者），並沒有發生過什麼重大的種族事件，只有一些威脅事件。「大多數白人都認為，『你在你的地盤就好。待在那裡，你就是個好黑鬼。』」賀比說：「當然那只是一種次等待遇，完全的雙重標準。」

他慢慢吃著，回憶起一段往事，聊起一九五九年十二月門羅維爾聖誕節遊行被迫取消，因為三K黨警告，如果黑人高中樂隊跟白人一起遊行，就會有血光之災。持平而論，我在門羅維爾對談過的所有白人都譴責這一可悲事件。後來，一九六五年，約有四、五十名三K黨員聚集在德魯里路（Drewery Road），披著床單，戴著兜帽，從那裡遊行到舊法院大樓。「直接經過我家門前，我的孩子還站在門廊上，向他們喊叫。」賀比說。這種痛苦的記憶，是他對這部小說不感興趣的另一個原因，當時那本書已經高踞暢銷書排行榜五年。

「這是個白人區。女傭可以走在街上，但如果是黑人，居民會打電話給警長。」亞瑟．佩恩說。「而警長可了不起得很。回溯一九五〇年代末，擔任警長的是查理．希其莫爾（Charlie Sizemore），出了名的脾氣暴躁。有多暴躁？「他會敲你的頭，罵你一通，再打你一頓。」

舉一個例子：一位著名的黑人牧師N．H．史密斯（N. H. Smith），正和另一位黑人男子史考特．內陀（Scott Nettles）交談，他們在市中心克萊本（Claiborne）和芒特普萊森特街轉角，距離莊嚴的法院大樓只有幾步路，兩人只是聊天。「希其莫爾走上來，一把拍掉內陀嘴裡的香菸。為什麼？就只為了取悅白人，建立聲譽。」

19　美國一個非裔美國人民權組織，始於一九〇九年，目標是保證每個人的政治、社會、教育和經濟權利，並消除種族仇視和種族歧視，名稱始終保留著曾經的習慣性用詞，即「有色人種」。

那件事發生在一九四八年，就在這個充滿長遠記憶的小鎮。

賀比和亞瑟又舉其他例子給我聽，不過這所有屈辱的作為，終究獲得和諧的收場。一九六〇年代初，希其莫爾——他其實是小溪族印地安人（Creek Indian），紅鷹酋長威廉・韋瑟菲爾德（William Weatherfield）[20]的曾孫——不幸殘廢跛腳，並改變信仰。為了贖罪，希其莫爾前往黑人區的克勞塞爾，到當地主要禮拜堂——伯特利浸信會教堂——請求黑人信眾的寬恕。

出於好奇，我不顧鎮上結識的那幾個白人的建議，刻意走訪了克勞塞爾。妮爾・哈波小時候，幫她洗澡和餵飯的女子是哈蒂・貝爾・克勞塞爾（Hattie Belle Clausell），這個李家人口中的「媽咪」，每天從這個黑人區，走到幾哩外白人區的阿拉巴馬大道的李家住宅。（如今李家住宅已經不見，取而代之的是『梅爾的乳品夢』〔Mel's Dairy Dream〕和一家廢棄的加油站。）克勞塞爾一地，正是以這個黑人家族為名。

我停在克勞塞爾路的「法蘭奇理髮及髮型店」（Franky D's Barber and Style Shop），因為理髮師什麼都知道。我很快得知，我可以到前面一點的「規劃區」去找妮爾以前的管家艾爾瑪（Irma）。

所謂規劃區是一群坐落於死胡同的磚砌廉價住屋，但是艾爾瑪並不在那裡。

「他們稱這為車篷，」布列塔妮・邦納（Brittany Bonner）跟我說——她在門廊，注視著雨水落下。「大家會警告你不要到這個地方，但其實這裡並沒有那麼糟糕。有時候我們會聽到槍聲——人們在樹林裡開槍。你看到路那邊的交叉口嗎？有一個他們稱作詹姆斯・T（James T）——其實我們叫他吉米・坦斯托爾（Jimmy Tunstall）的男人，幾年前就在那裡被人槍殺，好像跟毒品有關。」

門羅維爾一名白人告訴我，克勞塞爾很危險，所以警察不會單獨去那裡，一定都是兩人一組。然而，布列塔妮這位有兩個小女孩的二十二歲母親告訴我，暴力不是問題。她重複這個小鎮的哀歌：「我們沒有工作。這裡沒有工作。」

布列塔妮的姨婆杰奎琳・帕克（Jacqueline Packer）告訴我，沿著克勞塞爾路走下去，可能在松景高地（Pine View Heights）可以找到艾爾瑪。但我發現那裡只散落著房舍、有些是平房、很多是中間有通道的南方屋舍，還有腐鏽的汽車，以及一家關閉的路邊咖啡館，上面還懸掛著招牌：南方美食——雞脖子飯、火雞脖子飯。在過去，鋪設平整的路面結束，路面是紅色粘土，在雨中軟柔滑膩，通向松林。

回到城裡，我看到一個顯著的廣告牌，上面寫著一個嚴厲的警語：「這個國家沒有任何東西是免費的。如果你拿取東西卻沒有付錢，就感謝一名納稅人。」

在門羅維爾逗留快結束時，我遇到了湯瑪斯・雷因・巴茨（Thomas Lane Butts）牧師，第一聯合衛理公會（First United Methodist Church）前任主事牧師，妮爾・哈波・李和她的妹妹愛麗絲（Alice）是他的信眾，也是他的摯友。

「這個小鎮與其他小鎮沒有什麼不同，」巴茨牧師告訴我。他八十五歲，曾經到過整個南方，知道自己在說什麼。他出生在東邊十六公里處，百慕達（Bermuda；當地發音重音在第一音節）的一個他所謂的「兩頭小騾社區」。他的父親是一個佃農——種植玉米、棉花、蔬菜。「我們沒有土地，什麼都沒有。直到一九四七年秋天，我上十二年級的時候，才開始有電。我一直在油燈下看書。」

他的認真獲得回報。他在埃默里（Emory）和西北（Northwestern）兩個大學進修神學，在莫

---

20 被稱為紅鷹，是小溪族酋長，曾帶領族人在有名的「小溪戰爭」中對抗美國盟軍。

比爾（Mobile）和沃爾頓堡（Fort Walton）擔任主事牧師，並參與爭取民權活動，後來出任此間衛理公會教會的牧師。

「我們從母乳就開始吸取種族主義，」他說。但從早期，甚至早在一九六〇年之前，他就是民權運動者，在塔拉迪加（Talladega）時，他遇到了馬丁・路德・金恩。「他是我認識的第一個不是務農的黑人，是博學、權威和謙遜的化身。」他說。

在我碰到他的那一天，巴茨牧師腿上放著一本佛洛伊德的書，在《文明及其缺陷》（*Civilization and Its Discontents*）中尋找一句引言。

我告訴他這本書是我自己最喜歡的書籍之一，因為佛洛伊德表達了人類的小器和差別心，「對細微差異的自戀心理」——昔日隔離主義的南方和所有人類的潛在性格。

巴茨牧師一指按在頁面，低聲唸著幾個句子：「這一切背後的真相是……男人不是溫柔的生物，想要被愛……可以衛護自己……具有很強烈的挑釁心……啊，找到了。「Homo homini lupus（獸類）……人的本性就像狼一樣。」

這就是歷史的現實，在門羅維爾這個自豪的小鎮如此，在更廣闊的世界中也如此。我們聊起這個城鎮和梅岡城那本書以及世事種種。他很珍惜與賀比・威廉斯的友誼：一位黑人老師、一位白人牧師，兩人都八十多歲，也都是公民權利的中堅分子。他和李家人關係密切，也會去紐約市和妮爾一起度假，並且仍然與她見面。他茶几上放著一本妮爾親切簽名的小說，就在他的佛洛伊德書籍不遠處。

「我們在這裡，」他舉起雙手吟誦著：「牽扯在兩種文化中，一個走了，永遠不再回來，另一個又生出來。這裡許多東西都已經遺失。《梅岡城故事》讓我們免於徹底被遺忘。」

第二十五章
班頓的美國

在瑪莎葡萄園島的門納穆湖（Menemsha Pond）一角，由鹽殼[1]形成的陡岸和草叢上，有一排整齊的石階，一旁是一道卵石緊實堆砌的擋土牆，通向一個優雅鋪設的平台——一片細工鑲嵌的厚板，浸在一呎深的池水，水面隨風推擠著泡沫。是誰建造了這條通往水裡的奇妙樓梯？任何人都可以看出，那必定出自一個對雕刻的對稱感獨具慧眼、專注和熟練的石匠的巧手，以保護這片可愛湖泊的自然輪廓。所有精挑細選的石頭都被海水打磨得十分光滑。

我正默默欣賞著那道石階簡潔的美感和功能時，「爸爸的傑作。」傑希・班頓（Jessie Benton）

1　湖水乾涸後，水中的鹽鹼沉積，凝結成堅硬的鹽殼。

開口道。傑希是湯瑪斯．哈特．班頓（Thomas Hart Benton）[2]第一個孩子，現年七十五歲，是個精力充沛的黑眸女子，混合了父母的氣質——來自中西部的父親的膽氣，和來自義大利的母親的靈慧。「他蓋了這道牆壁和所有石頭工程，讓我們可以走到我們的船上或去游泳。」她繼續道。然後環顧池塘，瞥了一眼他們所處的上區島嶼，露出滿意的笑容。「這是我們的世界。」

這也是湯瑪斯．哈特．班頓的世界。一九一九年，這位焦躁的男人首次與妻子麗塔（Rita）一起走訪了這座島，隨後每年夏天都在這裡度過，直到一九七四年去世為止，輕鬆為自己贏來得之不易的「島民」的封號。由於他在這裡度過不少時間，又以本地為主題，以曲線和斜線的獨特畫風完成不少傑作，他和愛德華．霍普（Edward Hopper）[3]和安德魯．魏斯（Andrew Nowell Wyeth）[4]同列為新英格蘭海岸畫家。儘管班頓自命為區域性畫家，但如果單純的將他貼上區域性畫家的標籤，未免以偏概全。因為他所繪製的《今日美國》十面壁畫，亦即他最重要的壁畫畫作，充分顯示班頓其實是頌揚（時或批評）整個美國生活的畫家。

「壁畫」這個名詞的本意是「與牆壁相關」，令人聯想到一面彩繪的牆壁。但就《今日美國》而言，這個用詞有誤導之嫌，因為那是一整個彩繪的房間，四面牆、十面畫板，從地板高達天花板。就像所有偉大的藝術一樣，壁畫很難加以複製；如果複製成插畫，會失之昏暗和簡化，顏色失真，很多細節也會跟著流失，因此所有傑作都必須親眼看到才算數，這就是往日人們壯遊之因。這也是為什麼今日大家仍會參觀世上各個最偉大的博物館的理由，因為他們會發現——正如我在《今日美國》所發現的——置身展廳，被那些壯麗的牆面所包圍，正是班頓構思主題的方式：不是一系列畫作，而是一個生氣洋溢的空間。必須用這種方式欣賞，才能目睹其精妙之處，其色彩的威力，和身臨其境的活力。

一九三〇年，班頓應紐約社會研究新學院（New School for Social Research）院長阿爾文・強森（Alvin Saunders Johnson）[5]之邀，為該校新建約瑟夫都市設計大樓（Joseph Urban-designed building）的會議室製作一個由十面畫板組合的大型壁畫。學校所提供的學術課程是更高階教育的啟程，而班頓的佣金也是前所未見的安排。他不僅要創造出圍繞一整個房間的雄偉壁畫，而且必須同意無償創作——沒有費用，但可以提供他需要的材料。「如果你們花錢買蛋，我就幫你們繪製蛋彩畫。」當被告知不會有酬勞時，班頓這麼說。他接案的一項誘因是，一旦完成這項任務，將會增加他的聲譽（他當年三十九歲，仍在畫界掙扎）並為他贏來其他的委託案。

至於畫作細節方面，他可謂萬事皆備。自一九二六年以來，他就一直在美國各地旅行。「班頓已經積累所有必要的素材，足以大幅展現快速變化的現代美國生活。」埃米莉・布勞恩（Emily Braun）在《湯瑪斯・哈特・班頓：今日美國壁畫》（*Thomas Hart Benton: The America Today Murals*）中寫道：「他所需要的只是一個贊助人和一面牆。」

該畫在大都會藝術博物館（Metropolitan Museum of Art）美國翼館部（American Wing）所展示

2　美國畫家和壁畫家，身為區域主義藝術運動的最前沿，畫作中流暢的雕刻人物在美國的生活場景中展現出日常生活，與美國中西部地區密切相關，畫了美國南部和西部的場景。

3　美國繪畫大師，以描繪寂寥的美國當代生活風景聞名。

4　美國當代重要的新寫實主義畫家，畫材以水彩畫和蛋彩畫為主，內容則以貼近平民生活的主題畫聞名。

5　美國經濟學家，新學派的聯合創始人和第一任院長。

的房間，與新學院會議室大小相同。相鄰各展示間的素描和畫作，不啻驗證了班頓的話，他的壁畫反映現實的：「每一幅畫的每一細節都是我親眼所見和所知的，每個人物都是從生活提取出來的真實人物。」沒有一幅是幻想或誇張的；這是一幅爵士時代（Jazz Age）[6]的真實肖像，也是美國急遽工業化的時代，當時棉花是王道，石油開始迸流；一個積極開發土地以種植小麥和玉米、煉製鋼鐵和開採煤炭的時代；彼時摩天大樓崛起的紐約充滿了生氣——滑稽諷刺劇、電影院、舞廳、沙龍、擁擠的地鐵中，賣弄風情的女子拉著吊環，前面坐著一排知識分子和銀行家，頭頂上方則是牙膏和香菸廣告。

所有的這些，班頓都在他的壁畫間中描繪出來。但是，那些變形的軀體和伸長的手臂——畫板上的鮮明特徵——和各式各樣、變化多端的人手與抓握、懇求、握著工具、招呼、祈禱等幾百種手勢，以及幾十種以不尋常柔軟方式展現的人體，又該如何解釋？大都會目錄以十六世紀荷蘭畫家亞伯拉罕・布隆梅特（Abraham Bloemaert）[7]的矯飾主義風格（Mannerist Style）[8]為例，充分幫助解釋兩位藝術家如何在「作品中充滿波狀起伏、不自然拉長的人物，將觀眾的注意力擴散到整個畫面。」

我以逆時針方向走過整個畫間，從《深南部》（Deep South）開始，這幅畫完全集中在棉花上，利用鮮明對照的人物：採棉花的黑人站著，凌駕般對襯坐在犁具上的白人，中央是正裝載棉花的「田納西美女號」（Tennessee Belle）汽船，模糊的細節包括一群做苦工的囚犯，和負責監視的一名表情凶惡，手持步槍的守衛。正如班頓所有的壁畫展現的：工人是英雄，是強大的。

旁邊的《中西部》（Mid-West）顯示一個走樣的伊甸園（Eden），伐木工人清除整片森林，以便取得木材和種植玉米的農地，背景中附有起吊設備的高聳穀倉，和房間另一面的《城市建築》

（City Building）中的摩天大樓相互輝映。如果複製成書中插圖，可能無法捕捉到左下方鼓脹的響尾蛇，也無法清楚顯示班頓旅行所使用的福特T型廂型車。下一幅《改變的西部》（Changing West），是對德州石油榮景毫不浪漫的觀察，整幅畫由一大團濃煙和油井鐵架塔所主宰；部分畫面則顯示逐漸消失的牧民和牛仔行業，以及（中下方）一個原住民和一名濃妝豔抹妓女的對峙。

中央最大一幅畫板是《權力工具》（Instruments of Power），畫中沒有人物，證明班頓並沒有放棄抽象概念，而他透過色彩表達動作的技巧也影響到他的學生傑克森．波拉克（Jackson Pollock）[9]，使其早期繪畫處處流露出班頓的影子。我認為任何複製品都無法呈現呼呼迴旋，影像模糊的螺旋槳，翻閱書本插畫，也不可能看出飛機的紅色是如何重複出現在某幅畫中一個男人的紅色襯衫、另一幅畫的紅色女襯衫、或對面那幅壁畫一個舞者的紅色洋裝，與一名空中飛人的深紅色緊身衣上，而那女藝人正凌空飛越在畫的頂端。別的姑且不論，整個壁畫，也是一種刻意尋找幸福玫瑰色的研究。

6　指一九二〇至一九三〇年代的時期，當時爵士樂與舞蹈變得流行，主要是指美國，但是法國、英國與其他地區也有這種現象。爵士時代通常與咆哮的二〇年代　起被談論。廣泛認為這個術語是因美國作家費茲傑羅首次用於他一九二二年短篇小說集《爵士時代的故事》（*Tales of the Jazz Age*）的標題上，因而創造出來。

7　以蝕刻和雕刻創作的荷蘭畫家和版畫家，是一五八五年左右的「哈勒姆風格主義者」（（Haerlempjes））之一，但跨過新世紀後又改變了他的風格以適應新的巴洛克潮流。

8　十六世紀流行於義大利、法國和西班牙的一種藝術風格，其繪畫風格不因循守舊，力圖在畫面中表現出超越現實的完美，特點尤在於比例和透視的扭曲。

9　有影響力的美國畫家以及抽象表現主義運動的主力人物，以獨特創立的滴畫而著名。

《煤炭》（Coal）一畫中，疲憊礦工的紅色襯衫很醒目，跟煙囪、火焰和發電廠一樣抓住了觀眾的目光。但是你必須踮起腳尖，才能看到右上方採礦鎮上粗糙的木屋，提醒我們畫中那個肌肉發達的礦工所住的簡陋住宅。《鋼鐵》（Steel）一畫中，熔爐的火焰和反射火光的人體似乎讓整個畫面升溫，也凸顯了強壯的身體和緊握的雙手，但最微小的優雅筆觸，卻落在那些飛舞的火花上。

在《深南部》正對面的《城市建築》，顯示出同樣鮮活有力的模式：工人，黑人和白人一起工作——在這兩幅畫中，黑人工人都呈現凌駕之勢。還有一個幾乎難以察覺的細節，是畫面的正中央兩個身著暗色西裝的人物——幫派分子——一個正在交錢。

我在展廳中央坐了一下，座椅就在兩張紐約相關壁畫：《舞廳城市活動》（City Activities with Dance Hall）和《地鐵城市活動》（City Activities with Subway）的前方。我看到人們走進《今日美國》展間。沒有人邁向正面壁畫，欣賞《權力工具》中的飛機、火車和發電廠。所有參觀者都轉來觀看城市畫組，而這些畫皆刻畫著精神和肉體的鬥爭。他們往右邊靠過去看滑稽諷刺秀（五十個女孩）和傳教士（神就是愛），或往左邊看舞廳的狂熱、飲酒者和馬戲團演員。這些城市畫組是最令人感到滿足，也最擁擠、最充滿活力又最自相矛盾的。

班頓以真人大小出現在最後一幅壁畫中，與他的贊助者阿爾文・強森碰杯，妻子麗塔則坐在一旁，如聖母一樣抱著兒子T・P：在這幅畫板中，唯一的新玩意兒是一個自動股市資訊機，一個股票經紀人盯著它陷入沉思，提示即將到來，造成重創的經濟大蕭條，正如班頓在會議室大門上方橫幅所描繪的一雙雙手——伸手去拿食物、去抓錢。班頓並不知道大蕭條的情況會有多惡劣，但在整個畫間，他都在描述真相，而真相是永恆又具預言性的。

「葡萄園島是他的覺醒之處。」傑希．班頓告訴我。

班頓剛知道葡萄園島時，這裡還只是一個漁大、泥巴路和牛車的島嶼，是十九世紀的遺跡。班頓家人在這裡採集貽貝和蛤蜊，勉強度過一個夏天，湯瑪斯在自己建造的工作室工作，麗塔．班頓烤製鬆軟麵包，和當地農民換取蔬菜。「我們並不窮，」傑希呼應父親的觀點：「我們只是沒有錢。」

葡萄園島並非班頓的全部世界，他的中西部（Midwest）[10]也不是。他的觀點包括的是整個國家。班頓是這片土地上最勇敢、最偉大的流浪者之一，正如他在一九三九年出版的旅遊書《美國藝術家》（*An Artist in America*, 1939）中所展現者，那是一本直率和觀察入微的好書。一九二四年和他關係不睦的父親去世後，他決定到全國各地旅行。「重拾童年時代的點點滴滴。」他下河流、上高山，沿著鄉間小路而行；紮營、健行和在農舍打尖；然後走進心臟地帶，面對喧鬧的城市和一棟棟冒出的摩天大樓，一路著迷般的速描記錄。

他一八八九年出生於尼歐肖（Neosho），那是密蘇里州左下角的一個小鎮，靠近一直召喚著他的阿肯色州高地。他熟悉騾子犁田和佃農小屋，使用最笨拙的交通工具旅行——一些最古老的河船、馬車、甚或騎馬以及老爺車，還有他所喜愛、在作品中予以神聖化的蒸汽火車。

套句亨利．詹姆斯的話，他就是那種理想主義的創作者：一個心如明鏡的人。他畫了一堆草

10　通常指的是美國地理上中北部的州，包括俄亥俄州、印地安納州、密西根州、伊利諾州、威斯康辛州、愛荷華州、肯薩斯州、密蘇里州、明尼蘇達州、內布拉斯加州、北達科他州及南達科他州。美國位於肯薩斯州的地理中心及位於密蘇里州的人口中心都在中西部。

圖、見識過西部（West）[11]、深南部、中西部和城市；他住過紐約；記錄建築物的建造、鐵的冶煉、棉花的採收。藉著仔細觀察，他熟悉農夫的工作、小提琴手的表演、滑稽諷刺劇中舞者的動作、地鐵中通勤者的無聊，高空作業工人的疲憊。沒有一位美國畫家像班頓如此了解美國的地理和人物，以及美國工人的諸多形態——工人、農人、上班族、音樂家、舞蹈家、空中飛人。

「他是美國生活的人類學家，」當我和班頓的傳記作者亨利·亞當斯（Henry Adams）流連在一幅水墨畫前，看著畫中三個黑人農場工人坐在馬車上，駛經一個放置棉花的遮棚時，他這麼對我說，詳細敘述了班頓記錄美國各種工作類型的企圖心。（亞當斯也在《湯姆和傑克》〔*Tom and Jack*〕一書中，詳細介紹了班頓和傑克森·波拉克之間複雜的關係。波拉克比班頓小二十三歲，是他的學生，還在他家寄住過一陣，住在葡萄園島住宅後方一間雞舍，描繪日落和海景。）「班頓是一個生長在美國邊遠地區的孩子，「意識到有種生活方式正在消失當中，所以他想記錄下來。」亞當斯告訴我。

「我恐怕不能再稱它『今日美國』了，」他一九五七年向《新聞週刊》表示，當時艾米莉·布勞恩使用「今日美國」一詞做為題詞。「我必須改稱為『二〇年代的美國生活』，」他後來又說：「如果不是藝術，那至少是歷史。」

無可爭辯的，那當然是藝術，一種至關重要的藝術（「美國生活的能量，奔騰與融合」），但並非所有評論者都如此信服，有些人仍然拒絕承認班頓的成就。他因過於敘述性與說明性而遭批評，但在我看來，班頓就跟偉大的旅遊藝術家（喬治·卡特林和愛德華·利爾是很好的例子）一樣，作品發想於說故事的傳統，以及旅途上的報導。壁畫既是新聞，也是透過親眼觀察，反映生活現狀的鏡子。正如差不多同代人物辛克萊．路易斯（Sinclair Lewis）[12]的小說（《大街》〔*Main Street*〕、《巴比特》〔*Babbitt*〕和《孽海痴魂》〔*Elmer Gantry*〕），班頓向我們展示了昔日我們的美國人的樣貌。

儘管如此，班頓藝術的創新，甚至微妙的抽象風格，對某些人而言還是接納不來的。在他那個時代，他遭到馬克思主義者的詆毀；在我們的時代，羅伯特．修斯（Robert Studley Forrest Hughes）[13]一直是最聒噪的譴責者，指責班頓不必要的誇飾，結果便是太過炫目。

「班頓試圖抵制他那時代的反敘事風潮，」和藝術歷史學家李歐．馬佐（Leo Mazow）在阿肯色州費耶特維爾（Fayetteville）共享墨西哥午餐之間，他這樣告訴我。至於修斯的喧囂，馬佐說：「修斯將評論視為字面上的意思，一意批評——而沒有去描述、演繹或分析。」

對於貶抑班頓的人（以及一般吹毛求疵或者褊狹庸俗的人），你只想說：受到審判的不是這些畫——而是你。班頓所使用的技巧，亦即壁畫中各種元素的排列，可以引導觀眾觀看整個作品。他將各部分連接到整體的方式（馬佐的倡議：「一種輪轉凹版雕刻的模式」），是使用對角線來引導眼睛，使用X模式來聚焦動作，並在人物位置上取得微妙的平衡。因此眼睛是被敘事內容所引導，不

---

11 泛指美國西部各州。由於美國自建國以來疆域多次向西擴展，因此美國西部的定義也隨著時代而變化，一般多以密西西比河作為美國東西部的分界線。

12 美國小說家、短篇故事作家、劇作家，一九三〇年獲諾貝爾文學獎，是第一個獲得該獎項的美國人，他的作品深刻而批判性地描述美國社會和資本主義價值。

13 澳洲出生的藝術評論家、作家和電視紀錄片製作人。

是從左到右，而是以環形方式，從人物到人物，更深入到每面壁畫之中。

最偉大的畫家和作家教我們怎麼去看。帶著這個想法，我決定造訪南方幾個與班頓相關的景點；而離開班頓的出生地密蘇里州的尼歐肖途中，湊巧經過費耶特維爾。尼歐肖班頓出生的那間豪宅，一九一七年已遭燒毀。一個生長在格子狀街道、小溪和山丘環繞的規整小鎮的男孩，不難理解為何會受到遙遠南方的奧札克納的陡峭山丘和孤立村莊所吸引。

鎮中心附近的尼歐肖歷史協會，展示著各種古董紀念品和流行小物，其中有一則一九〇七年八月十五日《尼歐肖時報》（Neosho Times）的小新聞，事關班頓十五歲時參與鎮外銀行的一次鬥毆事件。「湯姆．班頓（Tom Benton）[14]和哈瑞．哈葛洛（Harry Hargrove）星期日晚上展開一場非常有趣的『打架』」，頭版事件以此開頭：「兩名男孩被捕，週一送交治安法庭。班頓家男孩承認是他先動手攻擊，並對毆打罪認罪。」

「他喜歡打架，」班頓於一九六二年和哈瑞．杜魯門（Harry S. Truman）[15]衣錦還鄉，參加慶祝會時，他一位同校朋友回憶說。其實班頓有個同名的叔叔是位著名參議員；父親梅塞納斯（Maecenas）也是名律師和國會議員，但是湯米（Tommy）[16]；一個令父親絕望的孩子，因為他厭惡父親的嚴厲作風）成長期間卻始終是個窮學生，不過有著自由的精神。「尼歐肖的溪流……是我們游泳的地方，我們還學會咀嚼菸草和吸食菸草的藝術。」班頓回憶道。

進入阿肯色州，越過戰鷹溪（War Eagle Creek）和洋蔥溪（Onion Creek），通過乾叉（Dry Fork）和老阿拉巴（Old Alabam）村，奧札克高原（Ozarks）平地崛起，不是山脈，而是一系列低矮的山脊、一系列高地和一片綿長起伏的山丘。沒有任何明顯的特徵，沒有高峰，但整個全景——幅員遼闊，變化萬千的綿延山丘，有如厚實的森林台地——極具戲劇性。特別令人感動的，是它至今似乎依然人煙罕至，孤立的社區隱藏在凹地和斜坡之後，其中一些還長著叢叢老樹。

在班頓的時代，做為一名旅行藝術家，這正是森林的原始風貌，但即使今天，奧札克依然偏遠而美麗。「到訪的人很少，」當我提及此事時，萊斯利（Leslie）一名舊貨店的老居民告訴我。此地曾經以製造橡木桶繁榮一時，如今也經濟蕭條。他說：「我希望它能維持這樣。」

這個老居民穿著工作服、靴子和褪色的帽子，鷹勾鼻，是班頓奧札克高原素描中經常出現的鄉村人物，其中有些轉移到《今日美國》的《深南》和《中西部》壁畫上。奧札克高原地區——此刻浮現在我腦海中的城鎮包括哈瑞森（Harrison）、馬歇爾（Marshall）、聖喬伊（St. Joe）、貝爾豐特（Bellefonte）、和耶爾維爾（Yellville）等——隨便一個早晨，小吃店內都會出現班頓畫筆下的年長男人。在這持續久遠的偏僻地區，班頓所記錄下來的工作型態也沒有改變：家庭農場、養豬、養火雞、種植捲心菜。

「歡迎來到白鬼城（Hillbillyville）[17]，」阿爾皮納（Alpena）後街一名男子對我招呼著。這種自嘲用語在阿肯色州很常見。「這裡的人很窮，不過這也算是一件好事。因為經濟不會對他們造成影響。無論是好是壞，他們的生活都一樣。」

14 Tom是Thomas的簡稱。

15 美國民主黨政治人物，第三十四任副總統，隨後接替因病逝世的小羅斯福總統，成為了第三十三任美國總統。

16 湯瑪斯・班頓的小名。

17 音譯為希爾比維爾，Hillbilly這個名詞經常被用來侮辱和誹謗住在鄉間的白人。

這名男子還提到，他剛從不遠外的地方搬到城裡時，三K黨的大巫師（Grand Wizard）[18]遠從哈瑞森開車過來看他，鼓勵他加入。

我問他是如何答覆的。

「我說：『我們之間共同點還不夠多，還不好加入。』他頗能接受，後來就走了。」

那裡還懷抱著古老的舊時代，但並非所有古老的東西都是好東西。值得注意的是，班頓在壁畫很多重要之處，都畫著黑人在白人之間和諧的工作，他的素描充滿黑人生活的細節——佃農、傳教士和棉花種植者。在這片阿肯色州獨樹一幟、非比尋常的景觀中，在這些小農場及其古老農具犁和耙，以及其孤立的民眾間，班頓感覺自己就像個發現者：幾乎一成不變和傳統的生活方式，尚未遭到破壞的森林；今日人們仍可感受到這種感覺，甚至還可意識到同樣的衝突。

水牛河（Buffalo River）是奧札克高原燠熱的中央疏通管道。班頓在一九二〇年代順著河水往下走，日後七十多歲的時候，又再走一次。他沿著河流向東行，直到和白河（White River）交匯之處，然後繼續南行。

九月初的一個早晨，我心中想著班頓，租了一條船，划了一整天，從貝克津（Baker Ford）到吉爾伯特（Gilbert），中間幾度停下來吸入芬芳的空氣，欣賞陽光在急流上閃爍，昆蟲在淺灘水面上騷動。河水在比較寧靜的沖蝕池中呈現出一片綠金色。一對母子鹿穿過我前面的河流，偶爾停下來或吃吃草或啜飲河水。我見到了蒼鷺和鸕鶿。啄木鳥的敲擊聲迴盪在懸崖和陡峭的岩石表面間，似乎暗示河流的某些部分正繞行在峽谷間。在這種沉默和孤獨中，我有種安心感——因為前方可見河道斜坡——我正划行而行。

我可以理解為什麼班頓會愛上他在水牛河上度過的時光，以及為什麼在美國中部旅行的經驗，會重新燃起他在繪畫和壁畫中所闡述的那種對土地的熱愛。這是阿肯色州環保主義者的成就之一，使得水牛河始終沒有被染指，也沒有建築水壩。

「我對計畫案中那段美國歷史很感興趣，」班頓在其著作《美國藝術家》中說道：「我正在尋找一些古老的河濱城鎮，在那裡也許可以取得類似第一手的真正材料。」不久後，旅行經過納奇茲（Natchez）附近時，他獲知一個地點，即靠近紅河（Red River）的一個碼頭，聽說那裡或許可以觀察到一艘滿載棉花包的古老蒸汽船——是最後一批老船中的一艘。根據班頓的描述，這是一次冒險，與他的朋友比爾（Bill）越過密西西比河前往路易斯安那州，然後穿越海灣和偏避道路前往更窄的支流和紅河卸貨處。

「我決定畫幾張河岸裝載貨物的畫，近來那種場面已經很罕見了。」他寫著。他們忍受整整一星期的炎熱，守在河邊的荊棘樹下，直到貨物和水越來越短缺時，「田納西美女號」才姍姍出現在裝卸貨處。這便是描繪在《深南部》壁畫中央的船舶。

「你真是大老遠來的。」在路易斯安那州萊茲沃斯（Lettsworth）一個農場小社區（大豆和甘蔗），一位老年人跟我說。打從出生後，他便沒離開過這裡。「每次洪水氾濫，我們都會有一到兩個新河道。」

他沿著堤壩送我回上游處，通過有著複雜船閘的新運河，以及一些遍開著厚厚棉絨，狀似寒冷的棉花田，來到低窪的樹林，接著我便自行鑽入一條小路。在破損的道路前行幾哩之後，我踏上通往紅河的碎石路，在那裡發現了一個裝卸貨平台——也許不是班頓當年見到的那一個，但是結合倉

18　三K黨的領袖稱謂。

儲用遮棚、海灘上擱置的小船、懸掛著鐵蘭的荊棘樹，以及四處洋溢的廢棄氣息，完全顯現出班頓的風格。雖然沒有找到我想要尋找的位置，但我卻在搜索中發現了偏僻和美麗。

班頓很少搜尋特別的東西。他就像所有偉大的旅行者一樣，毅然投入未知之中，對於置身美國他已心滿意足——他喜歡鄉村更勝於城市——並渴望記錄這片土地的生命。他搜索的成果可以在《今日美國》的十幅壁畫中找到，目前那些壁畫已經整修完畢並重新掛上，是我們的國寶之一。

「他具有某些魔法，可以讓他接觸到事物的靈魂，」亨利．亞當斯對我說。我們正欣賞著傑希的一幅油畫，是父親畫給她的十八歲生日禮物，泛著光澤的畫像上，一名年輕女子抱著一把吉他，準備開始彈奏。我納悶著班頓是如何天縱英明，讓他在從事家庭工作之餘，還能找出片段社會歷史描繪成為藝術品。

「他耗費了一整個夏天，」傑希說道。給予「天才」和「魔術」等美好的形容詞一個實質的意義，又補充道：「爸爸一生都起得很早，與朝陽一起早起，工作一整天，直到夜幕降臨。」

第二十六章
我做為讀者的人生

在今天看來似乎很古怪——而且很難想像，除非生活在真相堪虞的獨裁國家——但其實在不久前，美國境內還有很多書都是非法的，被視為具有顛覆性、或者是挑撥性、或者猥褻不堪到足以腐蝕讀者。禁書（通常伴隨著焚書）在整個歷史中都很常見——只要有書存在，就會有書被禁，而如果把莎草紙和捲軸包括在內，書已有數千年的歷史。這個事實和我所處小鎮是息息相關的，也使得我所在的梅德福小圖書館和整個世界間的野蠻行為有了關聯：中國皇帝秦始皇在西元前二一三年的焚書、尤利烏斯．凱薩（Gaius Julius Caesar）在西元前四十八年焚燒掉亞歷山大港（Alexandria）圖書館之舉、納粹的燒書，以及其他諸如此類的暴烈和愚蠢的壓制行為。

因此，成長在禁書的時代，一旦某些作家被視為不法分子，我反而很著迷，注意力也被這種明顯的邪惡作為牢牢吸引。我心心念念那些禁書和惡名昭彰的作家，尋求那些具有邪惡力量的東西，在逐漸成為愛書人的同時，也受到深刻的影響。從一開始，閱讀對我而言，就是一種違法和叛逆的行為。

當年我們手手相傳的都是些罕見的、破爛的，翻閱多次的平裝書，而擁有這些書就像擁有毒品或炸彈一樣。我有一個朋友的父親在底層抽屜裡保存了一本D・H・勞倫斯（David Herbert Lawrence）[1]的《查泰萊夫人的情人》，朋友拿來跟我炫耀，還向我展現摺疊註記的書頁。在我年輕時，亨利・米勒的幾本書，特別是《北迴歸線》（*Tropic of Cancer*）和《南迴歸線》（*Tropic of Capricorn*）都被禁，而勞倫斯的作品，威廉・柏洛茲的《裸體午餐》（*Naked Lunch*），以及愛德蒙・威爾森（Edmund Wilson）[2]的《赫卡特縣的回憶》（*Memoirs of Hecate County*），都在送繳司法評鑑後才買得到。《頑童歷險記》（*Huckleberry Finn*）打從一八八五年出版以來，就一直是個問題。由於某些書籍是邪惡或粗俗的，作家也成為腐敗人心的嫌疑犯，被塑造為有力人物。作家是某種危險人物的想法對我很有吸引力。哪個十四歲的男孩在閒極無聊時會不渴望與惡名昭彰的人物有所牽連？

我還記得一九六〇年代中期書本終獲解禁並可以自由販售，但那時我已在非洲看書和寫作。如今，除了因為使用冒犯言詞而掀起的偶發事件（《頑童歷險記》再度進榜），或文字內容有危害安全之虞外，書籍已被視為理所當然之物，作家也被視為普通人——書呆子、從事乏味工作的人、蓄著鬍鬚、無聊、電視上的名嘴、書店裡的簽名者。

姑且不論這些。閱讀一直是我的避難所、我的愉悅、我的啟蒙、我的靈感，而我對文字的飢渴經常已達暴飲貪食的地步。在沒有書的閒置時刻，我會去看衣服上的標籤或麥片盒上的營養標籤。

對我而言，地獄就是一個沒有東西可讀的地方，那時，我會希望寫點東西來加以矯正。

識字在世界上很普遍，但我早年在中非擔任洲教師時，周遭多是無法閱讀的人。這對他們來說並不辛苦——做為灌木叢中的勞動者，他們還有其他補償的技能，反而認為我有特殊的懶惰習慣，老是捧著一本書，盯著看上好幾個小時。我很羨慕他們自給自足，以農為生的生活，在田地裡耗費漫長時間，觀察季節的循環，以及不時展現的殘酷。村裡有些人學會閱讀，卻從未拿起一本書。有一句俗話（很多人誤以為出自馬克．吐溫），不讀書的人並不比文盲高明多少。誠然，那些識字卻不讀書的人，以其傲慢和自以為是，其實比文盲更處於不利地位。

我所知道的世界，最大的歧異並不在於老人和年輕人、黑人和白人、第三世界和第一世界、富人和窮人、受過教育和沒有受過教育、就業或失業，而是讀書的人和不讀書的人。而世間大多數的人都不讀書。

人們出於自尊心，都宣稱自己會讀書，因為讀書被譽為是一種明智而美好的活動，人都不希望被別人視為愚蠢或懶惰的。但閱讀需要心智上的努力，包括專注的能力、豐富的好奇心和智慧，以及掌握孤獨的能力。「奇怪的是，人其實無法閱讀一本書：只能重讀一本書。」納博科夫在《文學講座》（*Lectures on Literature*）中寫道：「一個好的讀者、重要的讀者、一個積極、有創造力的讀者，是會重讀一本書的人。箇中原因如下：當我們第一次讀一本書時，我們的眼睛忙著從左到右、

1　英國作家。是二十世紀英語文學中最重要的人物，也是最具爭議性的作家之一

2　是一位探索佛洛伊德和馬克思主義主題的美國作家和評論家，影響了許多美國作家。

一行接一行、一頁又一頁，這種複雜的體力活動，以及從空間和時間各角度理解這本書的過程，都成為我們與藝術欣賞之間的屏障。」他後來總結道：「一本書，無論什麼書——一部虛構的小說或科學作品（兩者間的界限並不像人們一般認為的那樣清晰）——虛構的小說會先訴諸心智活動。心智，也就是大腦、位居脊柱頂端，是——或『應該是』——閱讀唯一運用的工具。」

閱讀是件嚴肅的事，但讀者很少是孤獨或無聊的，因為閱讀是一種逃避和一種啟蒙。這種智慧有時清晰可見。在我看來，一個人在閱讀時，臉上總會閃爍著某種光澤。

看小說最主要的吸引力，是讀者對於書中人物內心生活的了解，遠甚於對自己家人或朋友的了解。這種深切的閱讀體驗，是無法傳達給非閱讀者的，這也是為何虛構的角色會那麼真實、具有示範性、令人或悲或喜、讓人覺得可親。我所指的是熱情的讀者，他們什麼都讀，對他們而言，哈姆雷特（Hamlet）是個不近不遠，可信的人物，矛盾、機智，背負著為父報仇的重擔；對於他們來說，包法利夫人（Madame Bovary）是一個鬼鬼祟祟、自我欺騙的浪漫主義者，哈克·芬恩（Huck Finn）是一個戰勝生命的倖存者；對於他們來說，珍·奧斯汀（Jane Austen）[3]的愛瑪（Emma）、狄更斯的皮普（Pip）、梅爾維爾的以實瑪利、約瑟夫·康拉德的馬洛、格拉漢·格林的「威士忌牧師」（whisky priest）、卡夫卡的格里高爾·薩姆沙（Gregor Samsa）、納博科夫的蘿莉塔（Lolita），以及其他角色都是不朽、有說服力、隨召隨到的，而查泰萊夫人（Lady Chatterley），《歸線》[4]套書中的亨利和弗萊姆·斯諾普（Flem Snopes）[5]，則是終極的想像朋友。

這些都是偉大書籍對讀者產生的魅力，但即使是難以捉摸的傑作也能抓住我們的興趣。弗蘭·歐布萊恩（Flann O'Brien）[6]的《游泳雙鳥》（*At Swim-Two-Birds*）是一部奇特的小說，卻也是一部引人入勝的敘事。此外諸如《聲音與憤怒》（*The Sound and the Fury*）、《他的猴妻》（*His Monkey*

Wife）以及其他許多小說作品——包括童書、羅曼史小說、冒險或幻想的科學故事、偵探故事和西部故事等，也自有其魅力。大多數人透過閱讀都會有所成效，而隨著時間的推移，閱讀和其他與美學相關的活動一樣，都會鍛鍊出讀者的鑑別力和鑑賞力。讀者會因而發展出一種共同的語言，即書籍的語言。

大多數讀者對書籍的熱愛，都可追溯到早年聽故事的習慣。我的父親會拿《金銀島》當我們兄弟的床前故事；我母親則會閱讀《五個中國兄弟》（*The Five Chinese Brothers*）、《石家三胞胎》系列（*Snipp*、*Snapp*、*Snurr*）、《梭尼小象》（*Sonny Elephant*）以及許多蘇斯博士（Theodor Seuss Geisel）[7]的書。學校方面，小學二、三年級時，我們讀了《埃帕米農達和他的阿姨》（*Epaminondas and His Auntie*）和《小黑人桑波》（*Little Black Sambo*），這兩本書都帶有種族色彩，放在今日定當認為不適合八歲孩子閱讀，但當時讀起來卻很快樂，尤其內容又適合大聲朗讀。當我回想這所有書名時，對其間豐富的異國情調頗感震驚——海盜、中國、瑞典男孩、深南部和桑波（不是非洲裔美國人，而是印度南部的泰米爾族〔Hindu Tamil〕小男孩）。我對更加廣闊世界的興趣，顯然很早便

3　英國小說家，五部主要作品詮釋評論了十八世紀末英國地主鄉紳的生活。

4　亨利．米勒相隔五年的兩本重要作品《北迴歸線》與《南迴歸線》。

5　福克納小說《村子》中的書中人物。

6　愛爾蘭小說家、劇作家和諷刺作家，被認為是二十世紀愛爾蘭文學中的重要人物，也是後現代文學的關鍵人物。

7　慣用筆名 Dr. Seuss，美國著名的作家及漫畫家，以兒童繪本最出名。

已受到啟發。

幾年後在學校裡，星期五下午的難得樂事，是沙利文小姐（Miss Sullivan）在班上朗讀法蘭西絲・霍森・柏納特（Frances Eliza Hodgson Burnett）[8]的《祕密花園》（*The Secret Garden*），一次一章。這本小說最初是以雜誌連載的方式來寫的，因此章節形塑的目的在吸引讀者，簡短生動，內容要點是衝突、疾病、忽視和失落，以及癒合和成長。這部小說給我留下深刻的印象，做為小說戲劇的典範，它有其架構和情節安排，並顯示怎麼樣可以改變現狀：將一座枯萎的花園變得完整和茁壯，讓一個生病的孩子漸漸康復，情緒獲得改善。這部小說的背景設定在英格蘭的約克郡，間接提及殖民地印度，藉由小說人物奇特的名字（狄肯〔Dickon〕、韋德史達〔Weatherstaff〕、梅德洛克太太〔Mrs. Medlock〕）和陌生的方言（「Tha munnot waste no time」〔你不要浪費時間〕），讓我感受到異國情調，難以忘懷。

我強調這本書是因為它的內容是全然的外國風，卻又可以理解，為我開啟了一扇門，就像通往祕密花園的大門。我開始領悟一本與我生活無關的書本是可以滿足我的想像力的，這當然是閱讀的樂趣之一。偉大的書籍會施下魔咒，讓讀者進入另一個世界，有時堪稱典範，如梅爾維爾《泰皮》的玻里尼西亞伊甸園，與歐威爾《一九八四》（*1984*）內所描繪的英式反烏托邦。

我得說我所讀的書，除了少許的例外（和朋友交換、十八禁的平裝書，或一九五〇年代初期的暴力恐怖漫畫），餘者都是圖書館的書。我們家裡有《聖經》和《莎士比亞全集》，以及《格林童話》，但其他的書並不多。一直到上大學前，我都沒有買過書，但我仍然是——現在也還是——一個常跑圖書館的人。

在某個時刻，應該很早——十三或十四歲吧——我的閱讀便偏離正軌，在閱讀方面展開平行生活，拿我自己選擇的圖書館書籍來補充學校的書。我經常發現學校的指定讀本令人失望、有所不足或分析得太細。七年級時，我們的指定讀本是沙羅伊（William Saroyan）[9]的《人類喜劇》（*The Human Comedy*），整整研讀了一個月，那本書對我來說顯得太薄，我也討厭它的矯揉造作和過度簡化。接下來是海明威的《老人與海》——一個自視甚高、倨促睿智的老人，最後失去了魚，那麼重點是什麼呢？

我靠自己，沒有告訴老師，純粹為好玩而閱讀，我利用鎮上圖書館，擴展閱讀的領域：《白塔》（*The White Tower*，關於爬山的故事），《康提基號》（*Kon-Tiki*，用容易進水的木筏在海上航行的故事）和幽默的書籍，尤其是S．J．佩雷爾曼（Sidney Joseph Perelman）[10]的作品集，他的言語魅力和對俚語及奇特字眼的熱愛都令人絕倒。我有點沾沾自喜的領悟，佩雷爾曼正在對我說話且擴大我的荒誕感。種種跡象顯示，佩雷爾曼也是會遠赴其他國度的旅行者。我不時會在某本書中認出自己的世界，並發現了一個和我有志一同的人：荷頓．考菲爾德（Holden Morrisey Caulfield）[11]，一個比我更富有的男孩（紐約、私立學校、擊劍班），但也和我同樣的天真、同樣的感受幻滅；以及如同馬克斯．舒爾曼（Maximilian Shulman）[12]《多比．吉利的多重生活》（*The Many Lives of*

8 英美劇作家與作家，作品以童話故事聞名。
9 亞美尼亞裔的美國小說家、劇作家和短篇小說家。
10 美國幽默家和編劇，最出名的是為《紐約客》寫了多年的幽默短篇。
11 沙林傑作品《麥田捕手》中的主角人物。
12 美國作家和幽默家。

Dobie Gillis）中嘲諷的局外人。我驚喜的在J．F．包沃斯（James Farl Powers）[13]的故事中找到具有人性弱點的世俗神父，特別是《黑暗王子》（*The Prince of Darkness*）一書中收納的故事。那些神父的言行就像我所認識的牧師一樣，頤指氣使、紅光滿面的愛爾蘭人、愛講笑話、打高爾夫球，也都有惟命是從的管家。

出沒圖書館，在開放的書架間搜尋，我開始對冒險書籍感到興趣。其起源可能是《康提基號》和理查．亨利．達納（Richard Henry Dana）[14]的《航海兩年》（*Two Years Before the Mast*）；看完肯尼思．羅伯茨（Kenneth Lewis Roberts）[15]的《快活島》（*Boon Island*）後更覺得意猶未盡。羅伯茨所描述的是一個關於叛變、海難和同類相食的真實故事，而這些事件就發生在緬因州海岸外一座島嶼，更讓我對這個痛苦的故事感到入迷。我開始尋找關於荒野求生，亦即在海上、叢林或沙漠中發生的戲劇性災難的書籍——一言以蔽之，就是有關磨難的書。這些書不可能牽涉政治，跟戰爭也毫無關係。

關注的是克服自然界中的逆境和敵意，以及可能發生在流浪者身上的最壞情況。我從未參加過任何運動團隊。個人的樂趣是健行。我十一歲當上童子軍，擁有一支步槍（莫斯伯格點二二釐米〔Mossberg .22〕），希望了解更多世上的危險，特別是森林中和海上的危機，以及面對危難的方法。我很執迷於生存策略、人類忍耐的極限，以及——我當時只知道相關概念，卻不知道正確用語——人的轉變和救贖。

這是學校書籍和其他所有書的對比，也是指定閱讀解析的讀本和我喜歡的書本之間的對比。令我感到費解的是，為何海明威被研析得如此透澈，而我深愛的，與他同時代的F．史考特．費茲傑羅卻受到忽略；狄更斯受到了歡迎，與他同年代的安東尼．特羅洛普卻不在考慮之列；有杜斯妥也夫斯基和托爾斯泰（Lev Nikolayevich Tolstoy）的作品，但沒有屠格涅夫和果戈里的書籍。在大學裡，我們沉浸於莎士比亞之中，對他同時代的其他劇作家卻知之甚少——諸如湯瑪斯．基德（Thomas Kyd）[16]、馬羅（Christopher Marlowe）[17]、西里爾．圖勒（Cyril Tourneur）[18]、米德爾頓（Thomas Middleton）[19]和羅利（William Rowley）[20]。近日高中和大學的情況仍然如此——只選擇名家作品。不幸的，這或許因為時間實在有限，但多麼可惜啊，因為閱讀不能劃分；這是一種需要啟發的技能和興趣，如此才能成為終生的熱情。

有時人們會告訴我他們讀過我的某本書，而且滿喜歡的。我會說：「那你還看過我其他哪本作品嗎？」答案通常是否定的；我認為這是英文老師的錯，他們略讀各個作者的作品，以此為優點，認為這是人文學科最好的啟蒙。實際上這是一種判斷上的錯誤和可悲的業餘知識取向。我的閱讀方法恰恰相反。當我發現一個我喜歡的作家時，我會把他或她的作品當成個人專案計畫。我是在非洲

13 美國小說家和短篇小說家，經常從天主教會的發展中汲取靈感，並因其對中西部天主教神父的研究而聞名。

14 美國律師和政治家，傑出的殖民地家族後裔。

15 美國歷史小說作家，先是以記者身分工作，後來成為一名受歡迎的小說家。

16 文藝復興時期歐洲劇作家，劇作頗豐，但都是匿名發表。

17 英國劇作家、詩人及翻譯家，為莎士比亞的同代人物，以寫作無韻詩及悲劇聞名，亦有學者認為他在生時比莎士比亞更出名。

18 英國士兵、外交家和劇作家。

19 英國詹姆士一世時代的劇作家和詩人，是少數幾個在喜劇和悲劇都同樣成功的作家。

20 英國詹姆士一世時代劇作家，以與更成功的作家合作而著稱的作品而聞名。

生活時開始這麼做的，那算是我首度開始密集閱讀的年代。我讀了艾伯特・卡繆的《異鄉人》，然後讀了《墮落》（*The Fall*）與《瘟疫》，以及作者的傳記和散文，包括《反叛者》（*The Rebel*），然後最後是他的兩卷筆記本。這時我才了解卡繆。

我的閱讀方式不是讀一本書，而是讀一個作家，我對我所喜歡的大部分作家都這麼做，而且不限於大名鼎鼎的作家——亨利・詹姆斯、康拉德、費茲傑羅、福克納、特洛勒普和屠格涅夫——還包括正統之外的作家，福特・馬多克斯・福特、納撒尼爾・韋斯特（Nathanael West）[21]、安東尼・伯吉斯、朱娜・巴恩斯（Djuna Barnes）[22]、納丁・戈迪默、埃利亞斯・卡內蒂（Elias Canetti）[23]、波赫士、珍・瑞絲（Jean Rhys）[24]和其他許多人等，涵蓋他們所有小說和故事，然後是所有我能找到的傳記。我曾經應邀去某間大學英語系舉辦的研討會指導學生，當時也跟他們的系主任提到這一點，結果他說：「那對你來說當然沒問題，但我們和你們平民百姓不一樣，沒有那麼多空閒時間。」技巧性的阻止我發言，不讓我直言他有薪水，我沒有，以及，他其實是個懶惰和庸俗的蛋頭。

一九五〇年代，我上初中和高中時，是一個種族動盪的時代。我第一次體會到這個事實，是一九五五年密西西比的私刑事件，受害人愛默特・提爾（Emmett Louis Till）[25]正好和我同年。我有些同學是黑人，但他們都謹慎寡言，而且這裡畢竟是北方。這裡沒有三K黨的威脅或選民登記的刁難情事。我只有在書中碰上黑人的經歷。其中有本書學校很早就讀給我們聽（我猜是一九五一年，那本書得到文學獎之後），那是伊莉莎白・耶茨（Elizabeth Yates McGreal）[26]的《自由人》（*Amos Fortune, Free Man*），關於一個奴隸歷經種種磨難後，買回自己的自由，並成為新罕布夏州傑弗瑞（Jaffrey）生意興隆的製革商，這是一部根據史實撰寫的小說。後來我讀了拉爾夫・沃爾多・艾里森（Ralph Waldo Ellison）[27]的《隱形人》（*Invisible Man*），以及理察・賴特（Richard Wright）[28]、詹姆斯・鮑德溫（James Arthur Baldwin）[29]、朗斯頓・休斯（James Mercer Langston Hughes）[30]、卓拉・尼爾・赫斯特（Zora Neale Hurston）[31]的作品。我先前提及的那種親密關係，那種允許讀者進入一個虛構人物內心世界的方式，對我來說意味著一切；它塑造了我的感性，讓我對美國生活中的種族衝突有所了解。

---

21 美國作家及編劇，出生於紐約一個猶太人家庭。

22 美國作家和藝術家。

23 保加利亞出生的塞法迪猶太人小說家、評論家、社會學家和劇作家，一九八一年諾貝爾文學獎得主，以德語寫作。

24 是出身大英國協治下時代的多明尼克女作家，被公認是二十世紀重要的女性作家之一。

25 非裔美國人，在走訪密西西比的親人時與一名二十一歲的白人女子聊了天，幾天後女子丈夫與弟一起綁架了提爾並在殺死他後拋屍河中，只因為她撒謊說提爾調戲並騷擾她，此案雖引起了媒體廣泛關注，但因北方法庭都是白人，兩兇手最後都被判無罪釋放。

26 美國作家。

27 非裔美國人學者和作家。

28 非裔美國人作家，哈萊姆文藝復興肇始者之一，作品對後來的非裔美國人文學產生了很大的影響。

29 美國作家、小說家、詩人、劇作家和社會活動家。非裔和同性戀者的身分，讓鮑德溫的不少作品都關注在二十世紀中葉美國的種族問題和性解放運動。

30 美國詩人、小說家、劇作家和專欄作家，是哈萊姆文藝復興的代表人物之一。

31 美國哈萊姆文藝復興時期的民俗學家和作家。

閱書經歷能將讀者變成作家是一種常見的誤解，閱讀並不能使你成為一名作家，就像對圖畫的熱愛和理解也無法使你成為一名畫家是同樣的道理。閱讀的體驗可能會因為太過嚇人，反而讓許多原本有心嘗試者為之卻步，比如讀了納博科夫、喬伊斯或塞繆爾·貝克特（Samuel Beckett）[32]等令人炫目神馳、才華橫溢、或自我意識甚強的名作家作品的人。但也說不定這正是躋身重要作家的關鍵——海明威或德萊塞的簡明風格，讓人懷抱臆想，認為自己也有步人後塵的希望。

我並非打一開始就想成為作家的，我的願望是成為一名醫生，但是十年的旅行阻撓了這個願望，在此期間，我踏入寫作這一行充當學徒，五十年過去了，我仍然戮力其中。對我來說，作家閱讀什麼書籍，跟他們自己寫了什麼同樣有趣。偉大的作家會欽佩哪些作家？我們知道杜斯妥也夫斯基會讀狄更斯、托爾斯泰會讀梭羅、梭羅會讀梅爾維爾、亨利·詹姆斯會讀福樓拜（Gustave Flaubert）[33]、喬治·艾略特（George Eliot）[34]會讀所有同時代作家的作品。約瑟夫·康拉德廣泛閱讀，但最喜歡的書是一本科學探索的書，即亞爾佛德·羅素·華萊士的《馬來群島自然考察記》（*The Malay Archipelago*）。傑克·倫敦不但會讀康拉德，還以粉絲身分寫過信。馬克·吐溫給他欽佩的吉卜林寫過滿溢友善的信。福克納會讀喬治·西默農，安德烈·紀德和亨利·米勒亦如是。在米勒論及自己閱讀那本冗長而詳盡的《我生命中的書》（*Books in My Life*）當中，有一章叫做〈廁所中的閱讀〉（「一種普遍的習慣」）。西默農出版了數百部小說，其中十幾本非常精采，據他表示，他只閱讀有關法醫學、醫學和心理學的書籍。而在英文世界稍有知名度的作家，我還想不出一個對聖經不是有所了解的。

直到現在我仍不喜歡別人讀書給我聽——我太不耐煩，需要營造自己的節奏和語調，我也喜歡觀看頁面上的文字模式——但我從未停止閱讀。而且除非絕對必要（為了寫書評），我從來就不是個速讀者。書越好，我讀得越慢。有時單單一頁就會讓我思索良久，還經常用鉛筆在邊緣塗寫。快速閱讀並不是一種美德。

要描述我讀過的書，可能需要來上厚厚一本的《我生命中的書籍》，而我還沒有那種勇氣，不過我在這裡提到的所有書籍和作者多少涵蓋了內容的一部分。我每寫一本旅行書，都需要閱讀許多、有時多達幾百本的書。為了我的《旅行之道》，我讀了大約三百五十本書，引用其中許多本書的內容。我的作品裡充滿參考書籍，全都是我喜愛的作品。

我很少閱讀最新、或大肆宣傳的書籍，並且總會避開同時代的傑出人士——他們在我腦海中的聲音會讓我分心。我似乎總是在鑽研過去。最近我決定重讀B·特拉文其人其書，他是個流亡墨西哥，試圖隱藏其德國出身的神祕男子。大多數人都知道《碧血金沙》（*The Treasure of the Sierra Madre*）一書，但其實特拉文還寫了很多其他的書。我購買也閱讀了他所有的書，包括鮮為人知的——《白玫瑰》（*The White Rose*）、《被綁架的聖徒》（*The Kidnapped Saint*）和六部叢林小說——以及威爾·瓦耶特（Alan Will Wyatt）[35]的傳記研究《叫做B·特拉文的人》（*The Man Who Was B. Traven*）。在字典的幫助下，我正在閱讀《春天大地》（*Land des Frühlings*），是特拉文本人對於墨

32　二十世紀愛爾蘭及法國作家，創作領域包括戲劇、小說和詩歌，尤以戲劇成就最高，是荒誕派戲劇的重要代表人物，一九六九年獲諾貝爾文學獎。
33　法國文學家。
34　是英國小說家瑪麗·安妮·艾凡斯的筆名。
35　英國媒體顧問和作家，曾任BBC電視台董事及執行長。

西哥恰帕斯州（Chiapas）的紀錄（附有他拍攝的照片），這本書早在一九二八年便已出版，卻從未翻譯成英文。

我也一直在尋找康拉德所寫或與他有關而迄今仍被忽視和稀有的書籍，我購買也閱讀了《我小說的筆記》（*Notes on My Novels*）、《密特》（*The Secret Agent*）一書的戲劇改編本、《寫給妻子的信》（*Letters to My Wife*），以及他的妻子傑西（Jessie）的《我所認識的約瑟夫．康拉德》（*Joseph Conrad as I Knew Him*）。我讀了一本朋友寫的關於夏威夷歷史的新書，並在找到羅克韋爾．肯特（Rockwell Kent）[36]插畫版本的《白鯨記》後，又重讀了一次該書。為了幫助入眠，我在床頭櫃上放了一本《魂斷威尼斯》的新譯本，這本書我已經讀過無數次。

綜上所述，你會以為我有一個藏書豐富的圖書館，但我沒有。我不是一個認真的書籍收藏家，甚至不會保留書本。我沒有那種空間或喜好，而且書很可能會成為一種負擔。書本很重、會積聚灰塵、最終還會發出惡臭。如果我不打算重讀一本書，那何必保留它？我會把書送走——圖書館、學校和監獄。我留下的都是我打算再次閱讀或者珍貴的書籍：《尤利西斯》（*Ulysses*）的美麗版本、《智慧七柱》（*The Seven Pillars of Wisdom*）、早期版本的《詹森字典》以及《小獵犬號航行記》。我還擁有紐約版本的亨利．詹姆斯（二十四冊），約瑟夫．康拉德親筆簽名的二十二冊作品集、格拉漢．格林、吉卜林和納博科夫的所有作品，以及亨利．莫頓．史坦利有關非洲旅行（附地圖）的初版作品、三個不同版本的《世界最險惡之旅》（艾普斯利．切爾瑞－加拉德是一個會不斷校訂的作者），以及愛德華．利爾三本很難找得到的旅行書，分別關於阿爾巴尼亞、卡拉布里亞（Calabria）和科西嘉島。但是我書房裡大部分的書都是我自己著作的不同版本。

我保留了一些有作者親筆簽名的書。我拿到的第一本是一九六二年在麻薩諸塞州阿姆賀斯特

（Amherst）獲得的。當時走在路上的我，看到羅伯特・佛洛斯特（Robert Lee Frost）[37]朝我走來。他同意（雖然抱怨了一下，他是個脾氣不好的八十八歲老者）在他的新詩集《在森林空地中》（*In the Clearing*）上簽名。從那之後，我在書架上陸續添加了不少簽名書，大多是朋友的簽名：布魯斯・查特文、喬納森・雷班、V・S・奈波爾、威廉・斯泰倫、菲利普・羅斯（Philip Milton Roth）[38]、亨特・湯普森、村上春樹和其他許多作家。簽名的書是有價值的東西——讀者眼中的感性價值，以及書商估計的實際市場價值。

雖然從未有此意圖，但我的閱讀一直是我記住自己去過哪裡的一種方式，因為我會刻意在某些地點閱讀某類書籍。我在阿姆賀斯特當學生時，對神智學說（Pheosophy）的信條頗為好奇，因此閱讀了布拉瓦茨基夫人（Helena von Hahn Blavatsky）[39]的《揭開伊西斯的面紗》（*Isis Unveiled*），不過那時我也讀了拉爾夫・艾里森和傑克・凱魯亞克的書。理所當然的，我在西伯利亞特快車上閱讀契訶夫的故事，在義大利南部閱讀卡羅・列維（Carlo Levi）[40]的《基督在埃博利止步》（*Christ Stopped at Eboli*），在多塞特閱讀湯瑪士・哈代（Thomas Hardy）[41]的作品。理由不那麼明顯的，是

36 美國畫家、版畫家、插畫家、作家、水手、冒險家和旅行者。
37 美國詩人，因對農村生活的寫實描述和其以美國口語進行演說的能力而受到高度評價，曾四度獲得普立茲獎。
38 美國小說家、作家。
39 生於俄羅斯帝國，為神智學與神智學協會創始者。
40 義大利猶太畫家、作家、活動家、反法西斯主義者和醫生。
41 英國作家，小說多以農村生活為背景。

從新加坡到北婆羅洲的海上航行途中，在「根迪亞商船」（MV Keningau）上閱讀奈波爾的《畢斯華斯先生的房子》（*A House for Mr. Biswas*）。

「你為什麼笑？」馬來亞一個橡膠種植者還一再追問我。我在《老巴塔哥尼亞快車》一書中描述我在哥斯達黎加閱讀愛倫坡（Edgar Allan Poe）[42]的《亞瑟・戈登・皮姆的故事》（*The Narrative of Arthur Gordon Pym*），結果宛如被施了迷咒。在寫《蚊子海岸》卡關一個月時，我讀了約翰・齊弗（John Cheever）[43]的監獄小說《放鷹人》（*Falconer*）。那本書的能量提醒我寫作時必須做的事，讓我提振起精神，重新回到創作上。為此我還特別寫信給齊弗，向他致謝。

在五十幾年前我擔任老師的非洲，從我的小屋經過崁杰札森林（Kanjedza Forest）到林貝（Limbe）小鎮，單車來回要兩個小時。每月一次，從海邊運來的最新貨物，包括企鵝出版社的平裝書，會在尼亞薩蘭貿易公司（Nyasaland Trading Company）的旋轉鐵書架上展示。我總覺得那些書是遠從兩個海洋之外專門送來給我的，因為除了我，林貝似乎沒有其他人對書有興趣。這些價錢不貴的企鵝出版品，是我的進階教育——包括大文豪歐威爾鮮為人知的小說《上來透口氣》（*Coming Up for Air*）和《緬甸歲月》（*Burmese Days*）；安東尼・伯吉斯最早期的小說《恩德比》（*Enderby*）和《唯一的太陽》（*Nothing Like the Sun*）；企鵝經典系列的《伊利亞德》（*Iliad*）和但丁（Dante Alighieri）；西默農和其他綠色封皮的犯罪系列平裝書；還有些我不認識的作家：亨利・德・蒙泰朗（Henry de Montherlant）[44]和勞倫・李（Laurence Edward Alan Lee）[45]。閱讀消除了非洲漫漫黑夜的詛咒，給我寬慰和希望，因為無論一天過得多麼糟糕，總有一本書在家裡等著我，至今情況依然如此。

42 美國作家、詩人、編輯與文學評論家，被尊崇是美國浪漫主義運動要角之一，以懸疑及驚悚小說最負盛名。

43 美國小說家和短篇故事作家。被認為是二十世紀最重要的短篇小說作家之一。

44 法國散文家、小說家和劇作家。一九六〇年被選為法蘭西學院院士。

45 慣稱 Laurie Lee，英國詩人、小說家和編劇。

第二十七章

真實的我：一個記憶

站在路邊，帶著凝結的取悅笑容，豎著大拇指，勇敢面對疾駛而來的車輛，我感覺到自己的渺小。我正在一個鴿子縈繞的橋梁下招攬便車，那橋梁又高又大，橫跨頭頂，恍如一片鐵鑄的天空。高速行駛汽車的聲音先是一聲嚎叫，然後轉為逐漸遠去的嗚咽，在橫掃而去的旋風中，砂礫飛揚、廢氣四散，驅散了骯髒的飛鳥。車子氣流帶起的強風把我往後推，我的腳跟喀嚓喀嚓咀嚼著碎石。當時紐約市所有想搭便車往北的人都知道，喬治華盛頓大橋（George Washington Bridge）下的亨利哈德遜花園大道（Henry Hudson Parkway）是舉起大拇指攔搭便車的最佳位置。

雖然沒有下雨，但是薄霧已經軟化，並將世界簡化為一片堪以忍受的幻境。但我內心一片了然。這是一九六二年四月的一個昏暗、濕寒的日子，這一年充滿了不確定性和壞消息：間諜、古巴、核子試爆、紐約最近的飛機失事，而我也阮囊羞澀。在大橋的陰影下，或可說，浸淫在凱魯亞克的迷咒下，我渴望去阿姆賀斯特探訪友人瓊恩奎爾．J．克里斯特（Jonquil J. Christ）。她是史密斯學院（Smith）的學生——一名機靈、自信、世故的紐約人，對我的寫作讚賞有加，並表示她也計畫寫作。「但是要用筆名。」我從瓊恩奎爾口裡得知，她來自一個上等家庭，耿直的克里斯特家族[1]——具有基督般的潛質——她打算用筆名來維護他們的體面。

「你需要取一個好的筆名，比如塞利納，或薩基，或喬治．桑（George Sand）[2]。」我說。

「我的筆名更好。我是未來的貝琪．布林豪斯（Betsy Brenhouse）。」

我為此羨慕她，這位未來的傳記作家貝琪．布林豪斯，以及日後她對上流社會的揭密。我是那年冬天遇到她的。她和聰明的友人朱莉（Julie）、雪梨（Sydney），都是史密斯學院不修邊幅的仙女，從北安普頓開車過來，以其機智和美麗，在我南大街（South Main Street）的雜亂房間裡把我好生戲弄了一番。「你看街對面那棟房子，籬笆後面那間？那是艾蜜莉．狄金森（Emily Elizabeth Dickinson）[3]的住處。」我和瓊恩奎爾之間無關浪漫，而是歡樂和同夥的情誼，正是我所需要的，而且和她們接觸，讓我有種和真實世界銜接的感覺，那個充斥階級與影響力的世界。

大約二十分鐘後，一輛車減速從車道拉到路肩。我朝車子跑去，司機喊道：「上來吧。」

那人大約有四十歲，也有可能年輕一些。我當時二十一歲，對人的年齡實在沒什麼概念，三十歲對我來說已經是中年人。其實凱魯亞克已經四十歲，不過以其活力和叛逆性而言依然很年輕。司機隨興友好，讓我鬆了口氣。通常司機對搭便車的人似乎都心懷疑慮，在確定搭車者無害之前脾氣都很古怪。

「你要去哪？」他一面問，一面扭動手指，啃著指甲，就像正在咬開開心果。
「春田（Springfield）。」我說，因為阿姆賀斯特是在一條小路，並不順路。
「大學生？」
「對，醫學院預科，不過我常寫作。」我說。
「我也是。」他說。
「真的？」
「是啊，我是個作家。」
這句話對當時的我似乎有股魔力，他對我突然變得關注也露出了微笑。這位司機是一個身材鬆垮的魁梧男人，灰色運動衫頂著個大肚子，有張往下斜的寬臉，微笑時下巴頓時拉大，專注時額頭上便出現了兩道垂直的皺褶，就像數字11。因為他坐著，所以我不知道他有多高，但他比我胖、比我有肉，在我的凝視下，他變得有點侷促不安。由於啃指甲的關係，他的指尖都光禿禿的。
「我身材走樣了。因為成天都坐著。嘿，寫作並不需要什麼運動。我以前可是健美運動員。」他說。
「你都寫哪一方面的東西？」
「你真的有興趣？」

1　姓氏克里斯特（Christ）的意譯就是基督。
2　法國女小說家、劇作家、文學評論家及報紙撰稿人，是一位有影響力的政治作家。
3　美國詩人，被現代派詩人追認為先驅，與同時代的惠特曼一同被奉為美國最偉大詩人。

「是啊，」我說，因為我唯一認識的作家是阿姆賀斯特的一些英國教授，若干當地詩人，還有便是瓊恩奎爾，或者應該說，貝琪。

「通俗小說、懸疑小說，平裝書。」他說。

那時候的平裝書暗指低俗而色情的封面、泛黃的紙張、犯罪、暴力、性等，總是屬於違禁之列的內容，一本售價三十五分。

「你寫了很多嗎？」

「噢，是的，大概十幾本吧！」

我有點心不在焉，所以根本沒有質疑他話裡的曖昧，沒有發現他竟然不確定自己寫了幾本書。令我分心的是汽車的紅色真皮座椅，原本應該增添優雅氣息，卻只見舊蝕、磨損和龜裂——而且聞起來沒有皮革味，而是一股沒有洗澡的人體汗臭，酸到刺鼻。我突然想到，這也許根本不是皮革的氣味，而是那個依舊滔滔不絕，滿面笑容的胖司機的味道。

「不就為了錢，你也可以做到，你看起來就是個聰明的孩子。」他說。

我心想：去寫那種平裝本，是的，內容狂野、邪惡又性感。那種作家卸除所有偽裝，像非法分子一樣。有些人會因為涉嫌淫穢被捕，上法庭，印上罪犯的註記。一個從事犯罪的危險作家，這個念頭令我心動，而我的書會給瓊恩奎爾留下深刻的印象，因為她對非法之事一無所知。再說，還有錢可賺。

「寫這些，呃，平裝書需要多長時間？」

「喔，我不知道——要看情況。」他說，似乎沒有在聽我說話，正盯著後視鏡，放慢速度讓其他車超過，在沉吟間一直咬著指甲。一口尖牙讓他長得醜陋，有時還帶點邪惡的感覺。

「我們到哪裡了？」我問道，因為他已經開始轉彎。

「我去拿點東西，我就住在這裡。」他在運動衫上擦了擦手指。「你不介意吧？」

「沒事。」

他在楊克斯（Yonkers）境內駛離公園大道，轉進一條小路，在林蔭道上繼續走了一小段，來到一棟正面有凸顯陽台設計的公寓樓房。樹木剛剛萌芽，在這霧氣飄盪的日子裡，濕潤的空氣浸濕道路，公寓前的大型停車場閃爍著黑色光澤。

「進來吧，我不會待太久。」他說，溫和的堅持著，而當我步下車，頓時感受到空氣中的濃郁濕氣，洋溢著枯葉和泥土的氣味，在這種窒息灰暗的日子，令人有種自己部分已經入土的感覺。

這人已經引起我的好奇心，所以我跟著他走進樓梯間，爬上兩段樓梯，進入一間面對停車場的公寓，由於位置夠高，面向燈光明亮的道路，因此我比較放心。這是一間開放式的廚房、餐廳兼起居室，但房間很亂。我尋找著打字機和書籍，或任何顯示屋主是作家的蛛絲馬跡，但我看到的只是水槽裡的盤子、桌子上的雜誌和窗台上的一只咖啡杯。

「我有提到我是健美運動員嗎？」他說。

「有吧！」我微微顫抖，突然注意到公寓比外面更濕冷，冷上好幾度。

他伸出雙臂好像在展示自己。「看，這就是當你停止運動時會發生的事。我原本全身肌肉，但如果放任自己，就會變得鬆弛。」他抓起桌子上的雜誌，似乎想整理好，但想想又把雜誌從我身邊推開，堆放到一旁，只是還是亂七八糟。「你去過健身房嗎？」

「不——只是——」健身房？我實在不知道該如何回答。

「你知道誰在健身房花很多時間？」

「健美運動員吧，我想。」

他笑了起來。「同性戀者，」他說道，然後就停在這個字眼，盯著我看。「他們喜歡在健身房裡鬼混，大夥都在舉重。」他走向水槽附近的餐具櫃。「要喝杯咖啡嗎？」

「不，謝謝。不用麻煩了。」

「是即溶的，不麻煩。」

我現在知道進來公寓是個錯誤。他說過他有事要做，卻完全沒有去做的跡象。他神態輕鬆，好像無意離開，只是好整以暇的往水壺裝水，放到爐頭。我在公寓裡已經待了一陣，足以看出這裡太過凌亂和寒冷，好像沒有人真的住在這裡。

「對了，你叫什麼名字？」我問。

「誰想知道？」

「我可能會找你的書來看看。」

現在說這些似乎有點荒謬，因為那位「健美運動員」，也因為公寓的寒冷和空無一物。反正我沒有看到任何書，只有一堆雜亂無章的雜誌，因為翻閱或房間濕度的關係而膨脹，推放成一堆，無法識別。

「蓋瑞（Gary），」他露出猶豫的笑容，好像忘記先前跟我說過他是作家。「但是我用羅德這個名字寫作，」——又是一陣猶豫——「羅德・費雪（Rod Fisher）。你不能用真名寫那些東西。你必須想個不在場證明！」

「也許吧，」我說，納悶他為何不使用「筆名」一詞，但「Fisher（費雪）」這個字眼令我玩味——「fissure」（溝紋），就像他的額頭數字11的皺痕。努力在心中找藉口離開的我開始說：「也許我應該——」

「咖啡，」他也一副剛想起來的口吻。背對我走到料理檯，用湯匙把罐子裡的咖啡粉舀到兩個杯子裡。他不慌不忙的做著這些，磨磨蹭蹭的，好像在想著別的事情。

在沉默中，公寓裡的氣味變得更加強烈，汽車裡的汗味就像潮濕動物的氣味，隨著空氣中的濕氣而更加濃烈。我當時才肯定：那是這男人的氣味、體味，腐臭的骯髒衣物味，還有此刻更加刺鼻的肉體氣味，隨著他端著咖啡走近，變成一股臭味。有些氣味透露暗示著危險；這人就是個危險。

「想不想四處看一看？」

「沒關係！」我感覺全身緊繃，手肘抵著身旁，雙手環抱胸前，就像有時我靠得太近時，女人對我會有的反應。

「因為我看你有點好奇，一直打量我的東西。」他拍拍雜誌，掀起一頁，我立即瞥見肉體、一個裸露的軀幹、一個肌肉發達的男人。「我後面空間更大，有很多很棒的東西。我也是攝影師，有間暗房，我都自己洗照片。」他從身後口袋翻出一個鼓脹的皮夾，亮出一張肌肉男的快照，一個偉岸發亮的軀體，頂著烏龜般狹窄的頭顱。「看到沒？這才是真實的我。」

我說：「喔，我真的得走了。」

「時間還早。」他說：「是什麼讓你想成為一名作家？」

「我不知道，」他靠向我。身上籠罩著一團腐爛的氣味。「是什麼事讓『你』想成為一名作家？」我反問。

他點點頭，滿意的咬著嘴唇，彷彿正品嚐某樣熟悉的東西，朝我搖搖一根啃咬的指甲。

「我懂了。你是那種聰明人。我問你問題，你不回答，反而用同樣的問題問我。」

他的語氣變了，銳利得可以與他衣衫的氣味相匹配。更近一點，我發現他運動衫的衣領都咀嚼過。

「我想成為一名醫生。」我說。

「有女朋友嗎？」他舉起一根手指啃著，在牙齒中轉動。

「我以為你願意讓我搭便車，如果不是，我可以就——」

「我會帶你去梅里特公園道（Merritt Parkway），」他說，語帶氣憤，推開衣袖，看了看手錶。我注意到他手錶的皮革腕帶已經龜裂腐壞。「時間還多得是，好好喝你的咖啡吧！」他啜著咖啡，從杯緣盯著我看。「所以你沒有女朋友？」

「我真的有。」

「叫什麼名字？」

「瓊恩奎爾。」

「漂亮嗎？」

「很漂亮。在史密斯學院。」我心中吶喊，救救我，瓊恩奎爾。她個性風趣友善，一定會原諒我說她是我女朋友的。她可能會說，這倒是貝琪．布林豪斯可以寫的東西。我有一種感覺，如果我需要幫助，她一定會伸出援手；她有地位和關係，而且以其史密斯學院的背景，肯定沒有事難得倒她。

「所以是認真的，嗯？」他毫無興趣地說。

「應該吧！」

他沒有回答，而是抬起屁股，把椅子往我坐的這邊拖了拖，金屬椅腳隨之在堅硬的地板上磨擦作聲。

就在這時，公寓深處傳來電話鈴聲，也讓我意識到這地方的寬敞，鈴聲的迴響使得整個地方更加空曠和黑暗。他一動不動，一副頑固的神情，嘴唇緊緊抿著，響了許多聲後，鈴聲停止，他也再次放鬆。

「讓我看看你的手。」

我以為他意圖抓住我的手制伏我，所以繼續把手放在膝蓋上。他笑了起來，沒有講話，只是盯著我看。然後他舉起一隻手，垂直的豎著手掌，放到我臉前面。

「來啊，讓我瞧瞧你有什麼。」

我舉起手，蓋在他的手上，但動作輕微，因為他的掌心潮濕，啃過指甲的指尖則是乾的。他按著我的手指，調整位置，讓拇指根部對準我的拇指根部。我挪開視線，在一本翻倒的雜誌上看到一頁內容，一個男人裸體跪著，戴著黑色狗鍊。

「我得走了。」我說，試圖把椅子推開。

但他緊緊抓住我的手扣住了我。「現在我知道了。」他說。

「知道什麼？」

「知道你真實的料。」

遠處再度響起電話鈴聲，氣得他肌肉抽搐，額頭上的皺褶加深。

「該死的，」他滑開椅子，匆匆穿過房間步出房門，扔下一句：「你等我一下。」

他一走出房間，我馬上起身，快步走到前門。我拉了拉門卻無法打開，這才發現前門已被門栓鎖住，我連忙笨拙的轉動並拉開門栓，奔出前門，疾步邁向樓梯。

一個尖嘴猴腮，還長著一雙招風耳的禿頭矮小男子，身穿藍色運動服，正好來到樓梯間的平台。一定是看見我從那間公寓出來，因為他劈頭就問：「喬治呢？」

「我不知道。」我腳步停都不停的回答。

「你以後就會知道的。」他用一種女演員般的聲音說，跳到我身邊，伸手來想要拍拍我。

我閃過他，飛身下樓，奔向停車場，那裡只有幾輛車。我知道自己正暴露在停車場一片反射著光線的潮濕空地中，也知道從上面往下看，一定很容易發現我，像隻忙碌的昆蟲，小小身影急著趕往主要道路，我有種從地底爬進白晝的感覺。

我沒有在那裡攔便車，而是走回喬治華盛頓大橋的方向，因為那個男人如果試圖開車跟蹤我，這條車道是無法左轉的。我見到一個攔便車的年輕人正舉著手寫板：「哈特福（Hartford）」，我走向他。

「我也要去那裡，我可以和你一起搭車嗎？」我說。

「我沒問題，但要由司機決定。」

我們攔到了便車。我坐在後座。司機是一名推銷員，跟我們每個人收了一美元的油錢：「嘿，汽油不再是二十五分錢了！」

在哈特福，我搭便車前往春田，然後到北安普頓，在那裡打電話到瓊恩奎爾的宿舍找她，沒有人接聽，所以我搭夜車前往阿姆賀斯特。我又試了一次她的電話，仍然沒有人接，所以我打給她朋友朱莉，告訴她那個讓我搭便車的男人所幹的事：繞道去他的公寓，以及幸虧瓊恩奎爾給我一個目的地，也給了我勇氣，還有我有多麼想見她。「就某方面而言，瓊恩奎爾救了我。」

「誰？」朱莉問了一句，然後迅速壓低聲音說：「哦，她父親剛過世。」

「真糟糕。」

我聽到一陣猶豫的喃喃聲，然後是：「他是被殺的。」

「被殺？怎麼回事？」

「事情很複雜，我只知道一點點，」她說：「她可能會先休學。她真的很沮喪。」

我寫了封慰問信到史密斯瓊恩奎爾的住處，但信被退回來了，信封蓋上了「查無此人—退回寄件人」，我猜想她已經回家，這學期休學了。由於找不到她，又因工作分心，我又回到上課、讀書、喝酒和偶爾談段短暫情事的生活。我對瓊恩奎爾其實不算熟識，她只是一個偶爾出現的訪客，伴隨著其他不修邊幅的美女從史密斯學院紆尊降貴而來，戲弄我，一派機靈。我不時會聽到自己說：「想和我一起回家嗎？」然後不禁瑟縮一下，想起那個讓我搭便車的男人；回想當時情節，我現在才體會那一次真是僥倖。

我沒有再見過瓊恩奎爾。我過著意想之外的生活，偶爾會想起搭便車的那天，那個穿著運動衫的男人，啃著手指頭、額頭有著皺褶，以及那張快照：「這才是真實的我」。隨著歲月流逝，我對年輕時的我更感恐懼，那個假裝沒錢的魯莽傻瓜，夢想著凱魯亞克，口袋裡明明有錢搭公車，卻在喬治華盛頓大橋下舉起大拇指攔搭便車，相信那才是真實的我。

在年齡又更大了許多後，再度以成熟的心智，回想起當時的恐懼，以及許久前的僥倖，終於引發我想去找蓋瑞、或喬治、或羅德．費雪的動機。幸好活到了網路的揭發時代，各種隨機分類的古代瑣事，不斷累積的名字和地點；虛擬保險櫃中有關過去的資料庫，可以讓我們搜尋到任何事情；而網路應答服務也是以前從未存在的，可以告訴我們事情發展的盡頭以及昔日朋友發生了什麼事。我發現若干亨利哈德遜公園大道上搭便車者遭到強姦和謀殺的懸案，但並沒有查到吻合的名字，也沒有查到通俗小說家羅德．費雪。

搜索的簡易性也令我對瓊恩奎爾．J．克里斯特感到好奇。我把她的姓名鍵入電腦，但並沒有出現在網絡空間閃爍的星系中。她被退回我手邊，就像許久前寄到史密斯學院的那封信。關於瓊恩奎爾的就只有這些。至於她父親「克里斯特（基督）」和「被殺」這兩個詞，則出現太多的網絡故事供我篩選，其中大多數都與聖經有關。

我想知道瓊恩奎爾是否以筆名貝琪．布林豪斯寫過這件事或其他任何東西，所以我嘗試用筆名搜索，不料發現當年的史密斯學生竟是貝琪．布林豪斯，這才發覺自己被徹底捉弄了。我又進一步搜尋──用谷歌搜索人名很簡單──螢幕上湧現出一堆故事標題，其中「梅特蘭．布林豪斯被殺，百萬富翁遇害」是一九六二年四月《楊克斯先驅政治家報》（Yonkers Herald Statesman）的頭條新聞，當時我正在攔搭便車，心中想的全是瓊恩奎爾。

「梅特蘭．布林豪斯（Maitland Brenhous）……五十歲的金融奇才……警察推論他是在哈德遜河畔黑斯廷斯（Hastings-on-Hudson）家中看電視時被擊中頭部……他有個習慣，住家後門從來不上鎖。當時穿著家居休閒服。」凶器是一把點三二口徑的手槍。在隨後的新聞中，提及高利貸、購買並收集債權。「布林豪斯施壓以高利率收取還款……」

「有槍殺布林豪斯的動機的人，至少有十個，」楊克斯的報紙在報導一名「重要證人，威廉．德格納（William Degna），三十四歲，威徹斯特（Westchester）空頭支票之王」被捕時如此寫道。但德格納之後因缺乏證據而被釋放。然後又有報導指出：「布林豪斯在與法蘭克．薩科（Frank Sacco）激烈爭執的期票訴訟中，贏得二萬美元的判決。」薩科被描述為「一個聰明人」及吉諾維斯（Genovese）犯罪家庭的成員，就住在布林豪斯（他的『商業夥伴』）住家附近，並「多次因放高利貸被捕」。拳擊手傑克・拉莫塔（Giacobbe “Jake” LaMotta）[4]在哈德遜河畔黑斯廷斯警局接受兩小時審訊，為薩科提供了凶殺當晚的不在場證明，引起了轟動；他驚愕、被毆的三流拳擊手臉龐出現在頭版版面，身旁是他的矮胖律師，一起站在警局台階。拉莫塔在一九七〇年的回憶錄《憤怒的公牛》（*Raging Bull*）中提到了布林豪斯謀殺案，因為那時此案已是惡名昭彰，而且成了懸案。

「紐約謀殺案調查變得更加困難」是《芝加哥論壇報》的標題，將這樁謀殺案描述為「一個令人費解的『是誰幹的？』」。與受害者財富互相矛盾的一項事實是：「布林豪斯對聯邦徵收一百八十萬美元以上所得稅之舉提出異議。」在其他故事中，則出現否認、指控、和如吉米・「迪普斯」・德瑪西（Jimmy “Dimps” DeMasi）、「納屈」・比瑞堤拉（“Nutch” Birretela）和其他惡棍的名字；一九八八年因謀殺案被捕的法蘭克・薩科，曾因「高利貸和其他金融欺詐業務入獄服刑。」他在其他案件中得以從謀殺罪脫身，但後來被侄子出賣，終以謀殺聰明小子毒販和羅伯特・梅洛尼（Robert Meloni）的罪刑定讞，他開槍打死梅洛尼，並棄屍垃圾掩埋場。

稍後《政治家先驅報》一則故事「家族為洗清父親之名而戰」，布林豪斯家族發表了一則聲明，其中有個女兒叫伊麗莎白（Elizabeth）—貝琪（Betsy）[5]表示：「他是一個好人，不是無情的商人。我們願意用盡最後一分錢來還他清白。」

我搜索該案後續，但除了一則有關案子的故事外，其他什麼也沒有：「逝者的壽衣與遇害當天

4　美國職業拳擊手，世界中量級冠軍和脫口秀喜劇演員，綽號「布朗克斯公牛」（The Bronx Bull）或「憤怒的公牛」（Raging Bull）。

5　即 Elizabeth 的簡稱。

一樣晦暗不明。」

梅特蘭・布林豪斯凶殺案迄今依然未破。貝琪・布林豪斯從未發表任何文章，瓊恩奎爾・J・克里斯特也不存在。

第二十八章
生活和《生活》雜誌

《生活》雜誌（Life）在年輕時我的生活一樣，持續約十五年，直到我父母不再續訂為止。我記得韓戰的影像、電影《埃及豔后》，威廉·福克納的葬禮（由威廉·斯泰倫報導），太空計畫和越南戰爭。一九五三年的一期刊載了詹姆斯·米切納（James Albert Michener）[1]的整本小說《獨孤里橋之役》（*The Bridges at Toko-Ri*），一九六〇年分三期連載海明威的整本《危險的夏天》（*The Dangerous Summer*），作者本人的平靜笑容還出現在封面。

在麻薩諸塞州梅德福的平房裡閱讀《生活》雜誌，我看到的是一個遙遠而誘人的世界，是永遠不會親眼目睹的地方，是永遠不會參加的派對，是永遠不會認識的政治家、名人、演員、百萬富

1 美國作家。

翁、以及前途無量的人——偉大而無法達到的榜樣。這是芸芸眾生的生活方式，追逐雜誌和報紙上名人的命運，活在別人的夢想中；看看那些人現在是如何生活的，遭人忽略、不受重視、埋頭苦幹、沒沒無聞、而且沒有前景可言。

我離開了梅德福，繼續前進。我以和平工作團志工的身分去了中非，受到當地種種神奇的刺激，有了提筆撰寫的內涵。我留在非洲，先是學校老教師，然後擔任烏干達的大學講師，並兼差擔任《時代》和《生活》兩本雜誌的特約記者，協助記錄剛果傭兵、巫醫的狂妄行為、和軍事政變的故事。在那之後，我是新加坡的英語教授。對照我在《生活》中看過的照片，那裡很多地方都是我所熟悉的：曼谷的水道，馬來西亞的人力車、緬甸的寺廟，以及許多人——亞洲的種族。

一九七一年我在新加坡的合同沒有續約時，我就放棄支薪工作並搬到英格蘭。那時我已娶妻，有兩個孩子，出版了五本書。我再也沒有進過教室，沒有老闆（再也沒有『星期四開會。務必到』的命令）。十七年過去了，多年旅遊，讓我回顧我曾經在《生活》的所見所聞——南美、中國和印度，還有英國：我曾經在《生活》雜誌第一次目睹英國皇家衛兵，第一次目睹蘇格蘭短裙和風笛。後來我認識了比爾．斯泰倫，還告訴他我曾經在一九六二年的《生活》雜誌中閱讀過他那篇追憶作家福克納的文章。

一九八九年底，我離開妻子，遍遊太平洋，最終在夏威夷停了下來，一個我在《生活》雜誌上第一次見過的地方——草裙舞女孩、烤豬野宴、火山口、大浪。我再婚，娶了一位夏威夷女郎。我繼續寫作——那是我的營生。我有一艘划了多年的皮划艇，是那種我一九五七年在《生活》封面故事上首次看到的折疊式皮划艇，也是漢斯．林德曼（Hannes Lindemann）[2]在他的史詩般航海行中所划過的克萊柏皮划艇（Klepper）：〈划獨木舟穿越大西洋——林德曼醫生的帆布工藝。〉（那一期雜誌還包含一則關於美國南方的故事，「身處困境的南方白人開始奮戰：公民權利的立法和司法前線。」我有關於隔離的所有認知，都是那時從《生活》雜誌上學來的。）

早年我在夏威夷並不認識其他任何作家。但我很樂於在早上寫作，下午划船，探訪在威基基衝浪區以外的鑽石頭（這地方第一次看到也是在《生活》雜誌上），以及北岸（North Shore）的哈萊伊瓦外海，最終在那裡買了房子。一些划手夥伴說我應該見見嘉德納・麥凱伊（George Cadogan Gardner McKay）[3]，他是一名划手，也是一名作家。我從當地電台的節目《風中的故事》（Stories on the Wind）知道他的大名和他渾厚的聲音——也許太渾厚了點？

話傳到嘉德納耳中，他邀請我一起小酌。他住在茂納魯阿灣（Maunalua Bay）附近的波特洛克（Portlock）；我住在八十多公里外的威美亞灣附近，兩人花了幾個月的時間，才安排在火奴魯魯馬克洛街（Makaloa Street）的一家酒吧見面。他用熊抱迎接我，讓我幾乎喘不過氣來。

身高遠超過一百八十公分的他英俊、曬得黝黑，比我年長十歲，有著划手的寬闊肩膀。像我一樣，他穿著阿羅哈襯衫、短褲，以及在夏威夷人人皆知為拖鞋的人字拖。我們什麼都聊——我才剛發表了我的作品《大洋洲快樂島》，他說他已經看了，而且很喜歡。他正在創作小說，儘管離完成還很早，也沒有談及小說主題，令我驚訝的卻是他居然直接跟我講了那本書的名字：《玩弄者》（*Toyer*）。

當我說我在收音機裡聽過他時，他以為我有固定收聽他的節目。他聊天時聲音平靜、輕鬆，不

2 德國醫生、航海家和水手。
3 美國演員、畫家和作家。

是廣播中那種過分誇張的聲音，我不懂他在廣播中為什麼不這樣說話。他說他通常會划船出茂納魯阿港（Maunalua Harbor）。我們聊起那裡和其他地方的情況。就像當地「haoles」（白人）一樣，也對夏威夷的交通啊，人群什麼的發點牢騷。

然後我說：「馬克洛街。你有沒有讀過傑克．倫敦（John Griffith "Jack London" Chaney）[4]《馬克洛島》的故事？」

「有。我喜歡傑克．倫敦。」

我認為這可能是友誼的開始。共同喜愛一位撰述許多書籍的作者，往往會發展出堅定的關係。他以戲弄的口吻說：「我在閱讀《大洋洲快樂島》的時候，覺得你真是個脾氣暴躁的人。」

「哈！現在知道我不是了吧。脾氣暴躁的人是不能好好旅行的。旅行需要協商，交朋友。」

「我同意。」他把剩下的啤酒喝完：「一起晚餐怎麼樣？到我家去。我太太是美食專家。」

「我想我們才一起喝了一杯酒吧！」

他大笑起來——他有種演員式的美好低沉笑聲——然後說：「是啊。我原本想，如果你是個討厭鬼，我們就只喝一杯了事。不過你似乎挺好的。嘿，走吧，一起吃晚餐。」

所以這算是一種面試，而他還笨拙的洋洋得意。我發現這種事很惱人：被人測試，接著告知我正在接受測試，最後告訴我已經通過測試。

我說：「我已經另有計畫了。」

「也許以後可以找個時間一起划船。」

然後他抓住我，又是一次熊抱，比打招呼時更加有力，讓我喘不過氣，咯咯發笑。

但我沒有和他一起划船。他住得太遠，而且是住在富豪人家和深宅大院的世外桃源，而我住在鄉下，寄身於蜂巢箱之間。再說他對在北岸划槳似乎沒有興趣，也可能像我一樣，都不情願把船束縛在車頂架上。

最後，他附上一張便條，送來他的小說《玩弄者》。筆跡令人印象深刻，是藝術家那種豪放的草書——筆跡專家會說的那種「一手好字」：鋼筆字、粗筆尖、黑色墨水。他寫著：「讓我知道你的想法，即使討厭也無妨。」我並不討厭，但我覺得內容並不幽默，有許多處女作的缺點，推展緩慢又愛說教。這是一本敘述精神病患以性虐待方式玩弄女人的故事。我並沒有告訴他我不喜歡針對女性的性變態文章，只鼓勵他繼續寫下一本書。這本書倒是幫助我記住了日期，因為《玩弄者》一九九八年問世，是我們在馬克洛街共飲啤酒的大約六年以後。

我沒有再見過嘉德納，但他不時會送來一封筆跡豪邁的便箋，所以我還是不斷聽到他的消息。他邀請我和我妻子去參加晚宴。晚宴在夏威夷是一種奇特而稀罕的事，這裡的人喜歡在餐館或俱樂部或海灘上進行非正式的娛樂活動，而這種晚宴意味的是往返一百六十公里的路程，所以我拒絕了。他建議我們再喝一杯。但我們始終無法找到一個對彼此都合適的時間。我覺得他正匍匐在寫作的路上掙扎，而我則希望與他的掙扎保持距離。《玩弄者》在我看來沒有什麼前景，但他顯然是個有某種天分的人。

「他是個名演員，」我的妻子說：「你沒有看過《天堂島冒險》（Adventures in Paradise）影集嗎？」

「我那時一定在非洲。」（我在沒有電視和電話的情況下生活了九年。）

4　美國二十世紀著名現實主義作家，作品大都帶有濃厚的社會主義和個人主義色彩。

在後來傳來的訊息中，嘉德納說他病了，並補充說他正在看我的《維迪亞爵士的影子》（*Sir Vidia's Shadow*）。我的划手朋友告訴我：嘉德納得了前列腺癌，據他們表示，嘉德納的妻子瑪德琳（Madeleine），也就是那位美食大廚，還為他設計特別的料理，以幫助他恢復活力，完成他的回憶錄，書名暫定為《沒有地圖的旅程》（*Journey Without a Map*）。

二〇〇一年，嘉德納·麥凱伊去世。他的妻子邀請我在他的追悼會致詞。我說當然好。雖然我幾乎不認識他，但我覺得自己應該略盡綿薄，因為當他在世、或在掙扎時，我並沒有對他伸出友誼之手。

喪禮假火奴魯魯一間大會堂辦理，參與者眾，有數百人之多，台上到處都是鮮花。依照夏威夷的傳統，每個人都穿著阿羅哈襯衫，還有些人戴著花環。

悲傷的弔唁者歌頌了嘉德納的一生，我在他的追悼儀式中總算認識了他。他被譽為一名經過認證的遊艇船長、戲劇評論家、雕塑家和專業攝影師。一位發言者描述他在洛杉磯大院內飼養了凶猛的非洲獅子。還有許多人描述他在好萊塢的歲月，頌讚我從未看過的電視影集，還使用「萬人迷」一詞表達讚美之意。我記得的他，是那位在馬克洛街酒吧儼然高人一等的男人，但現在看來，他曾經是個金童。

輪到我時，我讚美他身為作家和划手的敬業，並提及如何從其他發言者得知，他似乎是一個受人景仰的金童。我特別背誦羅伯特·佛洛斯特的詩〈美景易逝〉（Nothing Gold Can Stay），做為結語。

離開大廳，穿過門廳時，我見到一個豎立的畫架上釘著許多嘉德納的照片，桌子上的一圈蘭花襯托著一本《生活》雜誌，封面正是嘉德納·麥凱伊，身穿白色毛衣，英俊瀟灑。照片上寫著：這男人如何，女孩子們？美國漂亮臉孔的新挑戰者。其下註明：嘉德納．麥凱伊——演員、運動員、藝術家。

我不需要打開雜誌就知道裡面的內容，一個年輕演員的故事，注定成為好萊塢明星。他是一名遊艇駕駛員、旅行者，也是一位擁有輝煌未來的偉大演員。照片完全顯示他目前的職業——電影、電視節目。

看到這本《生活》雜誌，令我鮮明的回憶起一九五九年夏天看到的這篇故事，當時我即將從梅德福高中畢業，不知道自己的未來會如何，只看得到最黯淡的前景。我曾仔細閱讀下一期《生活》雜誌，裡面刊載一封嘉德納．麥凱伊寫給編輯的謙虛信函，聲稱自己被過度讚美了。我記得這一切，因為〈新挑戰者〉是《生活》雜誌中那種看了會令我喪氣的文章，我捧著雜誌，在梅德福的一間平房中瀏覽著大世界，內心感到被忽略、渺小、不受重視，前途一片渺然。

儘管我對嘉德納日後的職業生涯一無所知，包括他成為頗有名氣的演員，離開好萊塢去旅行，以及到夏威夷落腳等，我卻經常想起《生活》封面上這位我不記得他名字的英俊男人揣想著這位我曾經嫉妒過，前程似錦的人，後來的發展不知如何。

第二十九章
親愛的老爹：回憶父親

我父親——一位我所愛，也愛我的人——從未看過我所寫的一字一句，即使看過，也始終隻字不提。寫作就像我們分享的一個尷尬祕密，我的一個羞於啟齒的癖好，一種提起來就會令雙方窘迫的事。奇特的是，從一九六七到一九九五年他去世時，我發表了三十多本書，數百篇散文和雜誌的文章，他非得繞道而行才能避開它們，實際上也真的必須跨越而行，因為他家裡就有我很多的作品。

他不是不讀書。他喜歡歷史，特別是新英格蘭區的波士頓的地方史，這個他先祖時代的魁北克省。路易斯與克拉克遠征讓他深深著迷到他會慷慨激昂的述說遠征隊面臨的艱辛，心志堅定的印地安女嚮導薩卡加維亞（Sacagawea）[1]，以及惡劣的天氣和黃蜂的疫災。（『他們飽受折磨！』我的兄弟亞歷克斯〔Alex〕會搖著手指激動的叫著，模仿老爸獨特的說話方式。）他遍讀他所能找到有關林肯總統遇刺事件的記載，對該案的共謀者有詳細的了解。他每天都看報，並以穆斯林閱讀《可蘭經》的方式誦讀祈禱經書（Holy Missal）——他的祈禱書像瓦阿比派（Muhammad ibn Abd al-Wahhab）[2]《可蘭經》一樣厚，顯示出有人經常翻閱的外觀。他閱讀詹姆斯·麥迪遜·厄許爾（James Madison Usher）艱澀乏味的《梅德福鎮歷史》（*History of the Town of Medford*），也閱讀關於捕鯨的文章，對剝取鯨魚的脂肪和皮一事瞭如指掌，甚至關於鯨鬚的組成，麻州格洛斯特（Gloucester）的漁民、南北戰爭、萊星頓之戰（Battle of Lexington）[3]，乃至愛德華·羅維·斯諾（Edward Rowe Snow）[4]的作品都有所涉獵，但就是不包括我的作品。

起初我感到很困惑，然後鬆了一口氣，最後無動於衷。我父親不看小說——任何人的小說，至少不看現代小說。而我成為作家並不是為了取悅我父母，只是取悅我自己。一般作家很少能夠同時做到這兩點，而且我心知肚明，我寫作的本意不但不是為了取悅他們，甚至還是一種叛逆行為。

埃德蒙·威爾遜的母親說她從未讀過威爾遜的一字一句。D·H·勞倫斯的父親嘲笑自己兒子的寫作，稱之為一種懶散行為。喬伊斯的妻子在一逕嘲笑他的口頭才智上，是出了名的毒舌。日本作家村上春樹告訴我，他不知道他父母有沒有讀過他任何一本書，「他們從來沒有說過什麼。」約翰·蘭徹斯特（John Lanchester）[5]在回憶錄《家族歷史》（*Family History*）下了註解道：「一待我母親無法閱讀我的書，我才終於能夠開始真正的寫作。」

伊迪絲·華頓（Edith Wharton）[6]在一封信中寫道：「我文學上的成功不但沒有讓我的老朋友感到佩服，反而感到困惑和尷尬，在我家裡也產生一種拘束感，而且與時俱增。我的親人沒有一個人跟我聊過我的書。」

這些反應全都沒有讓我感到一絲絲震驚。

我父親覺得自己一再遭人驅遣時，會自嘲是「親愛的老爹」。然後一面清理車庫、鏟除車道積雪、洗車，一面嘮叨：「最後還是誰來做這些事啊？」這就是我對父親的看法「親愛的老爹。」——我所深愛的。但是，當我研究他粗略的歷史時，並不確定自己是否了解他本人或理解他這一生。他是一個沒有文件紀錄的生命：沒有長信、幾乎是沒有任何信件、沒有認真書寫的日記、沒有書面證詞、甚至沒有遺囑，沒有任何文件。就只有出生證明和死亡證明，之間什麼都沒有。這是一個重大的缺陷——瞎子摸象，就像面對一個神話人物，主要只是猜測而已。他會寫明信片——但寫明信片的人最擅長隱諱、逃避和製造神話。單單一行字：我們玩得很開心，就夠令人琢磨的了。我父親不是一個呼朋引伴的人。他朋友不多，沒有密友，所以除了家人，沒有其他見證人。而且除了他生病體衰的最後幾年，他從不碰酒；即便如此，在忍受痛苦之際，也只是來點野火雞牌（Wild Turkey）的波本威士忌。他不抽菸。晚上很少外出，除了去教堂，唱詩班或參加「聖名協會」（Holy Name Society）——套句他的用語：「聖名」——的聚會。他個性安靜友善，沒有強烈的主張，而且一般

1 美國原住民休休尼族婦女，曾為開拓美國西部蠻荒的路易斯與克拉克遠征隊擔任嚮導及翻譯。
2 阿拉伯半島中部的宗教領袖和神學家，亦是如今被稱作瓦哈比派的伊斯蘭宗教創始人、現代伊斯蘭原教旨主義及伊斯蘭恐怖主義之父。
3 美國社會普遍視為獨立戰爭的首場戰鬥。
4 美國作家和歷史學家。
5 英國記者和作家，出生於德國，在香港長大。
6 美國女作家。

不會口出批判之言。我現在才理解，由於他的親切本性，使他難以參透，幾乎無法理解。聚集所有證據，零碎紙張、快照、明信片，結果我手頭只有什麼？只有個骨架，甚至更少，只有骨頭碎片。我這樣形容，是因為他曾參與藝團表演，負責敲響板，自稱「骨頭先生」（Mr. Bones）。

他出生於一百年前。我清楚記得他六十五歲的時候——也是我現在的年齡——正是我出發撰寫《大鐵路市集》一書的時候。現在我的孩子都三十好幾了；而老爹當年還有個十七歲尚在上學的孩子——我最小的弟弟——他對父親的記憶自然不同：一個在他高中畢業典禮上的白髮男子，一個在他哈佛大學畢業典禮上的白髮老人。老爹可能會喜歡我寫的旅遊書，因為那只是旅行，而且是真實的，但我知道他不會喜歡我的小說。想也知道，他認為大多數小說都是輕浮的，荒謬虛偽，只會讓作者看起來荒誕可笑，甚至不道德，除非是歷史性的羅曼史或某方面的經典之作。

他喜歡《金銀島》，並在我們兄弟的閣樓臥室裡唸給我們聽——我們（表示致敬之意）將臥室命名為《金銀島》內的本博客棧（Benbow Inn）。他還為我們唸過《綁架》（*Kidnapped*）和大部分的《獵鹿人》（*Deerslayer*）及《最後的莫希干人》（*The Last of the Mohicans*）。這些小說有真正的英雄、冒險故事和中心思想；他相信這些故事；這些故事也為他存在。喬治・馬許（George Marsh）寫的《不求寬貸》（*Ask No Quarter*, 1946）是一部他年輕時閱讀的小說，他頗為讚賞，因為那是基於可以驗證的事實。他向我推薦的另一本書是《愛德華・巴克的美國化》（*The Americanization of Edward Bok*）——一位編輯和作家的自傳。這些書都沒有引起我的興趣，也讓我相信我們的品味是不相容的。

他經常太忙，一輩子都在職場工作，承受高壓，以致累到除了報紙之外什麼也讀不下。只見他穿著浴袍坐在檯燈下，手中通常是一份《波士頓環球報》，偶爾是《梅德福水星報》（Medford

Mercury），有時候是天主教的《領航員報》（Pilot）。他會寫點筆記、寄封明信片，婚姻早期——第二次世界大戰期間——會寫日記，是那種簡潔到只有一行的日記。一九四一年四月十日的日記：「安妮（Annie）在七點二十五分又生了個男孩。」那便是我。

我母親聲稱我是父親最疼愛的孩子，這不可能是真的，因為父親對孩子一向公正平等，這是我母親用以表示我並非她最愛的說法——這點倒是真的。我母親是個善變、缺乏自信的女人——行事跋扈的人通常都是這樣——她很怕我抗拒時的冷漠態度。我知道這一點，也因此變得更不置可否、更冷淡。這點讓她很反感，因為她不知道我腦子裡究竟在想什麼。最後，她還真的看了我的作品——看過其中幾本。我出版第一本小說時，她寫了一封信給我，抱怨買這本書時多付了錢，而且這本書（照她的話說）是「垃圾」。我保留了這封信——事實上，是許多年後仍然保留著，並且經常拿出來看，當做一種激勵。她覺得我的作品並沒有好好反映出她的母親形象，而那正是她唯一在乎之處。她總是尖著嗓門警告我：「白紙黑字是永遠的！」

所以事情就是這樣囉——為我感到驕傲的父親，從來沒有讀過一個字；讀過我五、六本書的母親，並不怎麼喜歡，要嘛當面跟我直說，要嘛壓低聲音對我的手足說：「保羅又在寫那些髒（或『淫穢的』）東西了。」——他們當然也跟著嘲笑我。對於我的書，在他們兩人中，父親的不讀反而對我更有幫助，而且更人性化，彷彿原諒了我的自我放縱。

我認為我父母是完全不同的個體：父親富於同情心但相當拘謹，母親情感豐富且十分健談。單獨和父親在一起時，我幾乎總是快樂的，但同時面對他們兩人，有時就很艱難，因為父親都聽她的，也知道她的弱點，所以即使母親無理取鬧也會支持她。兩人經常發出矛盾的信號。我不知道該怎麼說。如果我的母親對某件事氣惱到極點，我的父親會打我們安撫她，雖然我知道對我們任何人動手他都很難過。然而，我們還是不斷受到威脅——他們最無法忍受的是我們不聽話。如果他打我們打得特別凶，他會說：「為了愛，這次只是輕打。下回再這樣，我會把你拖走，抽爛你的皮。」

也許——其實，我很肯定——我的六個手足對我在這裡說的很多內容都會不表認同。但我的觀點是，我們每個人都受到單獨的教養，我父母對待我們每個人的方式都不同，對每個孩子都會展現出不同的同理心和不同的個性，而且我們每個孩子也都不同。他們養育孩子的時間長達多年，而家裡的情況也不斷改善，從戰後的悲慘時期，到動盪不安的一九六〇年代，到事情開始改善的一九七〇年代，再到開始過舒適退休生活的一九八〇年代。

我就請過某個兄弟驗證我父親生命中一件簡單的事件，不料他對我認為是既定事實的東西卻力持異議。我開始認為，我們每個人都只相信個人的家庭故事，自己對父親的記憶、自己的故事、父親的歷史，並認為自己的版本是無可爭議的。我常常對於母親的怪異表示狐疑不解，結果只得到若干手足憤怒的瞪視。我怎麼敢這樣說？所以我所認識的父親對其他家人來說可能難以辨識，不過對我來說已經夠真實的了。他的死對我打擊很大，以致長達十年的時間我根本無從想像動筆記述。但現在我可以穩住心情的描述父親和他的古怪。過去我曾經多次嘗試，但都悲傷到無以為繼。

因為父親天性沉默寡言，也許是羞怯，以及在生疏社交環境中的不安——畢竟，有七個孩子，家境又不寬裕，如何能活躍在社交場合？——因此沒有人真正了解他。他有一種善於變通和隱藏自己的態度，因此處事十分圓融，自己則幾乎是隱形的，這對試圖重塑父親形象的我是項挑戰。

他為自己的家庭感到驕傲，多少想要營造一個快樂大家庭的理想概念，他可以由衷的滿足，具有反思、乃至冥想的心境，並得以擁有巨大和深具感染力的幸福。就外人看來，他或許缺乏自尊。

但我不認為如此。他是我所知道最不自我的人，有著近乎佛教徒的空無、超脫和慷慨。他是一個天生的付出者，一旦收到任何有價值或實質的回饋時反而相當尷尬，不過，那種情形也很罕見。

他沒有太大野心，至少不是積極追求野心的人，但具有很強的工作能力、非常忠誠、誠實，有禮，他覺得自己不配的感覺，其實是一種虔誠的心理。他為人謙虛，幾乎達到喇嘛或聖人的至誠之境，我從未在任何人身上發現這種特質，每當有人稱讚他時，他總不以為然，卻每每急於讚美其他人；他準時、恭敬、懂得感恩、持重而正派。

在旅行中，尤其是在亞洲，我總會遇見像我父親一樣的男人：害羞、認真、可靠、不會怨天尤人、遵守法紀、有點不諳世故而天真：人力車司機、粗活工人、職員、店家——卑微的男人，充滿好奇心，並熱心助人，那種無能為力更上層樓，卻很想多幫助他人的人。那些人有的是鄉下城鎮的老年人，知道列車時間，卻鮮少有機會搭上任何一班列車；有的置身豪華酒店的大廳，有點膽怯，帶著緊張的笑容，正往返寺廟途中；有的或想討好別人、或大談自己的兒女，或完全不會憤世嫉俗，但似乎總是敬畏某種更大、更不同、更富裕的東西。我父親不會蔑視有權有勢的人；他尊重他們，直到有明確的證據證明那些人是殘忍或粗魯的——或正如他最喜歡使用的貶義詞——是個騙子。我的父親是一個在美國已經不復存在，我卻經常在異國碰到的謙謙君子。我在緬甸開始整理這些記憶絕非出於偶然，因為在那裡我遇到很多像我父親一樣的男人，那些堅不可摧、廉潔正直的下層人士。

父親是六個孩子中的老大，深受祖母的寵愛，和祖父的尊重（所以父親以祖父之名為名），受到五個兄弟姊妹的欽佩——他似乎是最文雅、最有自制力、最正派的人，也是最聰明的。祖母的本名是伊娃・布魯索（Eva Brousseau）。外曾祖母布魯索是疵卡底族人（Picard），或稱培克族（Pecor），屬於梅拉米陵族（Menominee）[7]的一部分——這一族人的原住民曾經占據整個威斯康辛州，最終被殖民者所摧毀，並在十七和十八世紀時與法國士兵及拓荒者通婚。伊娃出生在安大略省的貝爾維爾（Belleville），但這個家庭來回於密西根州的弗林特（Flint）和底特律之間，口操法語，幾乎沒有意識到國際邊界的存在。

「你們的祖母小時候都和印地安人一起玩耍。」我父親說。他沒有提到祖母有印地安人血統，但這已然表明他知道這件事。「她見過水牛比爾（William Frederick "Buffalo Bill" Cody）[8]。」他還說。《比爾・寇迪的狂野西部秀》（Bill Cody's Wild West Show）到處表演，甚至遠赴貝爾維爾、弗林特和底特律。

祖父尤金・索魯（Eugene Theroux）是底特律剛成形時一位居民的後裔，當時那裡還是一處要塞和獸皮獵人的交易站。我們這位北美的原始祖先，名叫安托尼・索魯（Antoine Theroux）或蒂魯（Terroux），一六七五年出生於法國（France）土魯斯（Toulouse）附近的加龍河畔凡爾登（Verdun-sur-Garonne）。這個姓氏在法國並不常見，不過亞歷山大・仲馬（Alexandre Dumas）[9]倒是出生在巴黎一條名叫蒂羅（Thiroux）的街道。安托尼不是講法語的本土人，而是講奧克西當語（Occitan）[10]的賈斯當人（Gascon）。安托尼在加拿大（Canada）度過此生第一個寒冬，不過他沒有呻吟：「Le temps est très froid（天氣好冷）」或「Il fait froid（真冷）」，這個熱情的賈斯當孩子只嚷道：「Dieuvivent! Fa plafred a pr'aici（上帝是存在的，已經從冷變成涼而已。）」而感覺遠離家鄉時，他也只會嘀咕：「Soi pla lan d'enta ieu（我會好好工作）」，而不是「Je suis bien loin de chez moi（我離家好遠）」。他大部分同袍都來自諾曼第（Normandy），母語都是法語，因此安托尼只能自言自語、自求多福、從而形成一種家族傳統，一長串怪人的始祖。一六九三年，他率領一隊步兵從羅謝爾（Rochelle）乘船前往新法蘭西（New France）[11]，而這裡也是他身為底特律創始人安托萬・德拉莫特・卡迪亞克（Antoine Laumet de la Mothe, sieur de Cadillac）[12]軍隊士兵一員所駐守的最後一個據點。

安托尼・索魯的綽號是「火爆小子」（La Ferté），可能是因為他脾氣火爆或者因為他在其他方面充滿熱情。他一直與一個女人保持婚外情，所以我們家族有個平行分支。從軍中退伍後，他獲得一塊農田，位於魁北克一個名叫亞馬斯卡（Yamaska；意為「蘆葦之地」）的村莊，靠近索雷爾（Sorel），那裡的聖米歇爾教堂（St. Michel）墓園，大部分墓碑都刻有索魯姓氏。一七五九年，安

---

7 這個字出於奧傑布瓦語（Ojibwe language），意思是「野米人」，美國聯邦政府認可曾經存在的美洲原住民國度，歷史上的領域包括在今威斯康辛州和密西根州的上半部，估計有四萬平方公里左右，該部落人口目前約八千七百人。

8 南北戰爭軍人、陸軍偵查隊隊長、驛馬快遞騎士、農場經營人、邊境拓墾人、美洲野牛獵手和馬戲表演者。水牛比爾是美國西部開拓時期最具傳奇色彩的人物之一，他組織的牛仔主題「水牛比爾的狂野西部」表演秀也非常有名。

9 習稱大仲馬，十九世紀法國浪漫主義文豪。

10 印歐語系羅曼語族的一種語言，主要通行於法國南部、義大利的奧克山谷（Occitan Valleys）、摩納哥以及西班牙的加泰隆尼亞的阿蘭山谷（Val d'Aran）。

11 即史上法國位於北美洲的殖民地，北起哈德遜灣，南至墨西哥灣，包含聖羅倫斯河及密西西比河流域。

12 通常被稱為Antoine de la MotheCadillac，南法國探險家和新法蘭西的冒險家。

托尼逝世於此。

經歷十代後，我祖父出生，是九男兩女共十一個孩子當中的一個。祖父三歲的時候，家裡農舍起火——那是一八八二年的冬天。他母親從床上抓起他衝上樓，從窗戶把他扔到下方雪堆。亞馬斯卡的積雪救了他；而他母親則遭火吞噬。

祖父一直待在家庭農場，直到十幾歲足以旅行和工作時，便加入新罕布夏州納舒厄（Nashua）的兄長去工廠工作。有一段時間他們住在麻薩諸塞州的勞倫斯（Lawrence）。我手邊有張照相館的照片，九兄弟全穿著黑色西裝，有些蓄著大鬍子，宛如出席葬禮的一個棒球隊。然後，尤金遇到遠從貝爾維爾到納舒厄一家隔壁工廠工作的伊娃．布魯索——這些法裔加拿大人是新英格蘭第一批真正的勞動力——然後娶了她。

一九〇五年左右，祖父母在麻薩諸塞州斯托納姆（Stoneham）城外的樹林購置、也或許是建造了一棟小屋。父親就在這間小屋誕生。祖父是夜班警衛，也是一家鞋廠的工人。小時候（正如父親告訴我的），父親會在晚上陪同祖父，一起為時鐘上發條：負責巡邏空置工廠的警衛，會帶一個L形手柄，替各個時鐘上發條。雖然父親是個好學生，優秀的運動員——高中橄欖球隊的先發球員——會說一口流利的法語，但一九二六年從斯托納姆高中（Stoneham High）畢業時，上大學根本不在考慮之列。祖父直接帶他到一家鞋廠（我父親如此敘述），把他介紹給工頭，然後說：「我把他交給你了。」

他住在家裡，在韋克菲爾德（Wakefield）的工廠裡工作，幾年後，又通勤去距離甚遠的波士頓，任職美國橡樹皮革公司（American Oak Leather Company）。父親說他很喜歡工作，任何工作都好，並經常談到大蕭條那些年，那些失業的人（「大學畢業生！」）只能在波士頓的人行道上賣蘋果。這種情況也許令他終身抱持不計工資，只求安穩工作的心態，對大學學位也心存質疑。

父親會選擇性的談論他的早年生活。他顯然是個認真的高中生。當年想必也是美國橡樹的可靠員工。有次跟一個朋友聊天，那朋友提到自己父親時，稱呼為「我家那老的」——結果朋友被他爸爸揍了一頓，父親說他理應被打：真是丟臉。父親都稱呼自己父親「爸」。祖父養雞，父親當年一定會幫忙。有個夏天父親去蒙特利爾找姨媽，因為錢花光了，當承包商的舅舅就把他的名字列在工資單上，也不需要他做任何工作，完全是詐騙。他就是買了一套工作服，然後每週五去領工資。「想想看。我每次都一身乾淨的工作服出現，和其他整整忙了一個星期，一身髒衣服的男人一起排隊，感覺糟透了。」

儘管都是些小事，但他一直記得這些傷害和過錯。他非常尊重辛苦的工作——亦即體力勞動、會弄髒手的工作。其他的在他眼中都不算是——寫作、金融、講道、玩弄數字或投資都不算是真正的勞動，只不過是更精巧的詭計。

他早年生活並沒有關於任何風花雪月的紀錄，有幾個男性朋友，肯定是需要這些朋友的鼓勵才能擴大生活圈。有一天，他和朋友一起開車，送一名友人去阿姆賀斯特分校——當年的麻薩諸塞州農業學院（Mass. Aggie）——六十年後，他還記得那天他是在主街上一家小餐館用餐，在他平靜無波的生活中，這次簡單的外出也算是一件大事了。

他的單身生活都花在斯托納姆的家中，以及通勤前往波士頓的火車和他所謂的「電車」上。「我每週都會把工資交給父母，從未錯過一次。」冬天時，全部忙於工作。夏天時，偶爾會外出去沙連柳樹遊樂園（Salem Willows）、南塔斯克特海灘（Nantasket Beach）或里維爾海灘（Revere Beach）的小酒館。

「你父親是個愛看書的人！」小時候，祖母會以稱讚的口吻告訴我：「艾伯特經常坐在那裡，手裡拿一本書，旁邊擺著幾個蘋果，一面看書，一面啃蘋果。」她戲劇化的描述出一個畫面。一手握著蘋果，一手捧著書。又是一個沒有幫助，太過美好的家庭故事。那時父親多大？什麼時候的事？手中拿著哪本書？

她最佩服閱讀一事，因為她幾乎不識字，而她丈夫，也就是我的祖父，則是個文盲，從未上過學，不過有一次，在斯托納姆的報紙登載過他的名字，可能是一個和教堂有關的項目（聖派屈克教堂〔St. Patrick's Church〕），他看著報紙上那一大團字，找到他的名字，用手指比著，好像對鄙視他者提出挑釁似的。像我所認識的許多文盲人士一樣，他非常精明，擅長觀察表情和動作，有先見之明、有耐心、相當沉默、時刻保持警惕。

在某次夏日郊遊中，父親透過朋友暨鄰居查理．法羅（Charlie Farrow）的介紹，認識了一位來自梅德福的單身女士。她是一名大學畢業生和一名教師，不過後來放棄了教職。他們交往了四年，存錢，然後在一九三七年父親快三十歲時結婚。那時，他們已存了足夠的錢可以直接買房子。我一直以為父親在皮革公司工作，而製鞋業是戰時的關鍵行業，所以免於徵召入伍。但其實是他的氣喘和有三個孩子才得以免召。

父親一生中懊悔的事情甚少，沒有上大學是其中之一，沒有具備市場價值的技能是另一件。但他最大的遺憾是沒有參軍；而且因為混雜了羞恥和悲傷的因素而更加深切，因為即使有氣喘，他還是身強體壯的。他兩個兄弟都在陸軍服役，還有三個連襟，以及一個姊妹，他們都親眼見證了戰爭場面。還有理查．龍（Richard Long）——「迪克叔叔」（Uncle Dick），一位純種的美國原住民，與他的姊妹佛羅倫絲（Florence）結婚——還曾被俘，並關押在德國俘虜營將近三年。

父親在大戰時期的單行日記中，曾顯示他比較憂鬱的一面，比如提及一個義大利城市的陷落或一個德國城市遭到轟炸，伴隨著「下了一整天雨」或「去看電影。」

直到被孩子們擠滿，沒有多餘的時間和金錢為止前的婚姻生活早期裡，父親始終是個電影愛好者。他對演員有明確的看法——不喜歡牛仔演員沃德・龐德（Wardell Edwin Bond）[13]，喜歡《鐘樓怪人》（Hunchback of Notre Dame）中的查爾斯・勞頓（Charles Laughton）[14]——喜歡音樂劇勝過驚悚片，並且不喜歡任何形式的暴力。

受到一九三〇和一九四〇年代電影的影響，他的詞彙即使說不上更為豐富，但數量確實大增：「老兄」、「俏妞」、「渾蛋」、「我要剝你的皮。」收音機也一樣，他是忠實的夜間聽眾：「帕克亞卡卡斯」（Parkyakarkus）[15]、「不好笑，麥基（McGee），」，還有W・C・菲爾德（W. C. Fields）[16]所有的口頭禪：從「我的小山雀」和「誰偷了我午餐的零錢？」

當他想要人家把某樣東西遞給他時他會說：「拿過來給我們。」；當你話太多時：「休息一下吧。」；當你實在說得太多時：「話匣子可以關了。」；當他想要你移開的時候：「換檔。」新英格蘭慣用語：「他拿去摺好了。」；形容不可靠的人：「他是個假貨。」；相反用語：「他是個好童子軍。」；形容小氣的人：「他是吝嗇鬼。」；他喜歡的一句表現難為情的緬因人用語是：「他極盡全

13 美國演員。
14 英國舞台劇和電影演員、劇作家和製片，一九五〇年成為美國公民。
15 是美國諧星哈里・帕克在知名廣播節目中的藝名。
16 美國諧星、雜耍特技演員和作家。

力的暴衝進森林。」當你帶了太多東西，而且會弄掉一些時：「懶鬼的擔子。」對任何事感到驚嘆時他會說：「我的聖誕節啊！」

我父親經常的要求我「該怎麼做就怎麼做」。他用來讚美人的用語是：「我的小鬼頭（mon petit bonhomme）」），其中「petit」他會用魁北克腔發音為「petsee」，就像冰淇淋「crème à la glace」他會發音為「clem」。還有一個常見的魁北克感嘆詞：「Plaquoteur!」意思是挑剔鬼，是個很古老的詞彙，在大多數法語詞典中都找不到，我卻經常聽到。

父親不是一個膽小鬼，但是他很有自制力，過分謙虛，有點害羞、順從，甚至服從，特別在陌生人之間。我無法想像我父親對任何人下命令的樣子，卻輕易可見他接受別人的命令——而且已經逾越應有的範圍：工作到很晚卻一無所獲、週末自動加班、為了維持和氣而忽略上級粗魯或直率的口吻，或假裝（為了自我尊嚴）沒有聽到。他很可能被那些高大自信的人所霸凌，那些他一半欽佩、一半鄙視的人。他應該會是個好軍人。

他討厭混亂、不服從、喋喋不休、頂嘴、不良姿態、懶散、長髮、大聲喧譁、任何形式的猥褻、粗俗、俚俗、矯飾、輕佻、炫富、裸露、風騷、虛假、愚蠢、和高人一等的氣焰，相較於溫婉的機智，他也討厭專橫的唯智主義。他強烈反對任何形式的炫耀。厭惡冗長的狡辯和長篇大論。

他喜歡沉默和空間，對英雄主義有種孩子氣的崇拜，特別當英雄主義伴隨著謙虛時（「任何人都會和我一樣做同樣的事的。」）。他對新的景象頗感新奇——一個他從未去過的地方、一條新路、一座新橋。但新的建築就引不起他的興趣。

他很容易取悅。他喜歡祖母所做的魁北克食物：牛臀濃湯、馬鈴薯泥、燉肉、蘆筍吐司、豌豆湯、濃茶。

豌豆湯和玉米餅
讓法國人吃了肚子疼。

父親很喜歡這類短文。

我們是來自新斯科舍省（*Nova Scotia*）的男孩，
我們是那些扼殺魚群的人。
我們討厭該死的愛爾蘭人（*Irish*），
我們是安蒂戈尼什（*Antigonish*）的男孩。

當我們很小的時候，我和兩個哥哥一起睡在我們叫「本博客棧」（Benbow Inn）的狹長閣樓房間裡。熄燈後，我們會聽收音機：《青蜂俠》（The Green Hornet）、《北氏夫妻》（Mr. and Mrs. North）、《魅影魔星》（The Shadow）和《偉大的基德史利夫》（The Great Gildersleeve）。

「把那玩意兒關掉！」爸爸會從樓梯底呼叫，那樓梯就像船舶的扶梯一樣陡。

有一天晚上收音機開不了。那是一台古董收音機，內部是熾燃的粗大真空管，其中一根真空管不見了，因此收音機不能運作。父親在原本插放真空管的地方塞了一張便條：

這裡住了一個靈魂低賤的人，
應該放在人類的最後一位。
他俯身偷走收音機的電管，
對待他的孩子如同對待小笨蛋。

父親是溫和的反對教權者，他發現大多數神職人員的虔誠、愚鈍和脫離現實實在讓人難以忍受。「他們懂得什麼叫做養家活口？」對於神父有女僕和管家幫忙做飯和打掃的觀念，父親一直微笑的表示不以為然。雖然他從不抵抗權威，但我認為他是以一種順從的方式來表達對權威的憎恨。他一生都在避免衝突。

父親多少被母親雄心勃勃、爭強好勝、自以為是、暴發戶式的家庭看不起，但他卻默默忍受著他們的自我炫耀。他還沒有尊重他們到起身對抗的地步。反正父親是狂熱的羅斯福派民主黨人，而母親家族則都是對義大利情有獨鍾的共和黨人，即使在戰爭期間亦然。父親是典型的低成就人士，儘管當時世上還沒有這個名詞。他聰明、能說流利的法語、總是跟得上時事、百分之百可靠、學習東西很快，還有著驚人的記憶力。

然而，他的職業生涯卻從一家鞋廠開始，置身切割和縫紉工人之間，到成家時也只上升到了發貨人的層級，這是我在「父親職業」指定欄位所填寫的神祕詞彙。

「發貨人」一詞的涵義包括儲藏室、郵件室、有如多瑞薩米（Doraisamy，小名「薩米」〔Sammy〕）階層——新加坡的泰米爾人勞工——負責書寫標籤、分揀郵件、打理包裹等；而我父親的情況是打包新鞋以便運輸。但那又如何？父親似乎很喜歡大家同心協力的工作氛圍，他經常提到他一個同事切斯特・派恩（Chester Pyne），還有一個敘利亞移民，會教他一些阿拉伯問候語。如果有機會見到我父親拿起一團線球，包裹、打結、把多餘麻繩剪掉一氣呵成的動作，你應該可以猜出他曾受過的訓練。

一九四〇年代後期，父親曾做過一段時期的巡迴推銷員，把牛皮——鞋底用皮革——賣到麻薩諸塞州東北部和新罕布夏州南部的搖搖欲墜的製鞋廠。那些工廠大部分都是猶太人的——父親一直與猶太人做生意（我是從他們的名字中知道的），但我從來沒有聽過他有任何反猶太的言論。那段日子，他一開口就是：「我在路上的時候……」

他幾乎沒有興趣進行大規模行銷，真正吸引他的是長途駕駛的寧靜單調、馳騁道路的自由、在倉庫和工廠和熟人交易、在路旁小餐館進餐、順道去歷史和風景區景點小遊一番——七角閣樓（House of the Seven Gables）是其一、古老帆船停泊的格洛斯特和樸茨茅斯港口、蕊貝卡護理之家（Rebecca Nurse house）、老人頭像山（Old Man of the Mountain）、丘可拉山（Mounts Chocorua）和蒙納德諾克山（Mounts Monadnock）、美國獨立戰爭戰場，以及小鎮鄉間綠地上的騎士雕像。

我們兄弟有時也會跟他一起去。我不記得任何的行銷之舉，卻記得在新罕布夏州曼徹斯特一整個下午都在參觀（7-20-4這個牌子的）雪茄工廠。父親這個階段的生活，也許就像威利・羅曼（Willy Loman）[17]，但跟威利不同的，他是開心的，有時還會帶著兒子一起上路。

他喜歡帶我們參觀某些景點。「很好的哄騙技巧」是他的評論。他也許可以成為一個有耐心和愛心的高中老師，不過他會發現學生都很傲慢懶惰，令人無法忍受。

17 亞瑟・米勒的劇本《推銷員之死》（*Death of a Salesman*）劇中主角之名。

一天，父親去上班時，發現大門居然上鎖：公司倒閉了。事先毫無預警，顯然是為躲避債權人，美國橡樹皮革公司就如此進入清算程序。那是一九四九年。他考慮過自己開鞋店——甚至租了間空店——幸虧梅德福廣場（Medford Square）有家歐布萊恩男士服飾店（O'Brien's）正好開業，父親伺機接掌鞋業部門，而避免自行開業注定會面臨的失敗。他在服飾店工作了三十年，收入很少，乃至家裡只剩幾個孩子時，我母親還得重新回去教書。

父親的善良有時會遭到剝削。他是無辜的，但他並沒有小題大作，也從不懷恨在心。由於只是高中畢業，他在競爭激烈的世界缺乏競爭力，始終感激有份牢靠的工作。

做為親生父親，他寬容、有愛心、高尚又慷慨。但他的單純使他在某些方面相當脆弱，殘酷的世界讓他困惑，也引發一些意想不到的問題。

我在一九六一年初碰上一個嚴重的問題。那時我十九歲，女朋友懷孕了。我去找大哥——在我們這種家庭，老大通常扮演明智的顧問角色，但我的情況例外。他被這個消息嚇到無法動彈。「告訴吉姆叔叔（Jim）……也許弗利神父（Foley）會幫忙。」他舉薦的是我那醉鬼叔叔，和我們那位無情的牧師。

我和女友一起逃到波多黎各。我曾有為文描述過那神奇的一年。當我們回來時，她前往波士頓附近一個家庭，然後在麻州總醫院（Mass. General）生下孩子，我也會去那裡看她。那是個非常可愛的男嬰。「他看起來像你。」我女友說。她把孩子送養。我們在將近四十年後才知道，他由一對沒有孩子的夫婦所收養——一個富裕、感恩的家庭，日後成為他的貴人。這個男孩在常春藤大學（Ivy League）[18]接受教育，成為一名創新的商人，最終累積了千萬財富。

孩子出生時，我父母接到通知，震驚無比。他們這才知道我已經熬過將近一年的流亡，生活在貧窮、悲慘的恐懼和絕望中，但全家只有我見過這個孩子。

「你還有什麼話好說？」我母親後來質問。我無話可說。她說：「你應該感到羞恥。」

為了進一步羞辱我，她又說：「我告訴你爸爸了。他聽完直接上床。我發現他躺在那裡，哭得眼珠都要掉出來了。」

我從未見過父親悲傷的模樣，我深深傷害了他。關於此事，他一個字也沒跟我說，也從未隱射過。這是他日後對我寫作的處理方式——並不是件需要提及或討論的事情。

我鬆了一口氣。有什麼好討論的呢？只是當我需要他們時，他們沒有幫忙、無法幫忙、完全不在現場，只有——以我母親的情況來說——責備。這對我是一次很好的教訓，是我家徽上的銘文：「在這個世界上，我只有自己一人。」

父親對皮革鞣製過程、製鞋和鞋款，以及所有晦澀的名詞（哥多華半統靴、雕花鞋、翼紋鞋、荔枝紋皮面、鐵心）等都具有廣泛的知識。但這只是業餘興趣；沒有任何利潤可言。這些囤積多年的知識，主要只是軼聞趣事，是長年在工廠工作，以及與工廠老人交談的成果。

他的實際生活是在漫長的工作時間內擠壓而出。首先是他的家人。然而身為七個孩子的父親，他簡直不知道拿我們怎麼辦才好。這樣一個蔓生的家庭意味著龐大的活動、混亂和責任，但他的個

18 成立於一九五四年，由美國東北部地區的八所私立大學組成的體育賽事聯盟，共同特點包括他們都是美國名校、歷史悠久，其中七所是在英國殖民時期即成立的殖民地學院，常春藤盟校有布朗大學、哥倫比亞大學、康乃爾大學、達特茅斯學院、哈佛大學、賓夕法尼亞大學、普林斯頓大學及耶魯大學。

性溫和、樂觀，似乎不太擔心要如何扶養這所有孩子和脾氣暴躁的妻子。他溫柔而有保護慾，偶爾會發怒，通常是被母親挑起的：但他不會反抗母親，而是將怒氣轉向我們。我們是一群相互推擠、競爭、戲弄又多嘴的孩子，但我們並不叛逆。每次挨訓，我總有點震驚的感覺，因為我一直用功讀書、喜歡看書、自尋其樂、不吸菸或喝酒、沒有車、甚至沒有自行車。我唯一放縱自己的地方，是幻想自己是個橄欖球後衛、追捕員、滑雪者，神射手、斥候等；我藉以逃避現實的方式是閱讀。

教會對我父親的生命至關重要。他的信仰，他那種虔敬的態度，我只在虔誠的穆斯林、和緬甸與越南的佛教徒中看到——謙卑而歷經困境的人，篤信復仇無用、寬恕的重要，以及人性本善。他相信眾人都可以成佛的概念，透過祈禱和冥想，屈膝和俯拜可以獲得啟示。他在並不了解的情況下，自然而然的奉行佛教五戒[19]的生活。

父親和教會相關的活動之一是唱詩班，一直到過世前幾年為止，他都是唱詩班的成員，因此唱了六十年以上的讚美詩。他的聲音強壯、自信、平板，音質粗啞，即使跟其他三十個人一起合唱，我都能辨識出父親的男中音。

唱歌對他來說是一種喜悅、一種快樂、一種放鬆。他只喜歡聖體讚美歌（Benediction），他最喜歡的是《歌喉讚頌》（Pange Lingua）和《贖世犧牲》（O Salutaris）。他朋友查理・法羅有一次說過，他們年輕還沒有結婚時，我父親表演時總是「情深意濃的」演唱情歌《愛的喜悅》（Plaisir d'Amour）。

唱詩班是父親一生中最奇怪的一段插曲。在一九五〇年代初的兩年裡，他在教堂的黑臉秀（minstrel show）[20]中表演。這種古老怪異，令人反感的娛樂方式，包括一群白人中年男子把臉塗黑，戴著毛茸茸不伏貼的假髮，身穿古怪的背心和大禮服，從事低俗打鬧和歌曲的雜耍表演。他是

「骨頭先生」，排在演員尾端，其他人還有坦博（Tambo）或閃電（Lightning）等。因為他練習得很勤奮很大聲，所以我熟知那些年他所演唱歌曲的歌詞：《曼迪〈有沒有現成的牧師〉》（Mandy [Is There a Minister Handy]）、《蘿絲，妳是我的花朵》（Rosie, You Are My Posies）和《用南方歌謠哄你的寶貝》（Rock-a-Bye Your Baby with a Dixie Melody）等，而大體都是模仿艾爾．喬遜（Al Jolson）[21] 的表演。一九二〇年代父親成年時，喬遜也曾塗黑臉孔表演，是當時音樂界的偶像。《小人物》（Nobody）是父親另一首最愛的歌曲，是伯特．威廉斯（Bert Williams）[22] 創作的成名曲。威廉斯與其他同時期（一九一〇年左右）的滑稽黑臉秀演員不同，他是真正的黑人。這首歌意義深遠而辛酸。

爸爸的黑臉秀千篇一律，無趣的笑話、拙劣的模仿、沉重的諷刺——令人尷尬的錯誤百出——就我來說頗為顯眼，對當時很多人來說或許也如此。父親有黑人熟人和買鞋子的顧客，對他而言黑臉秀只是一種娛樂，兩者並行不悖，他不認為此舉有任何冒犯之意。他寬容仁慈，如果有人將這種表演界定為種族歧視，他第一個就會感到憤慨和受傷。滑稽黑臉秀始於一八三〇年代，持續整個十九世紀，其中很多是在諷刺擁有奴隸，和對昔日擁有黑奴的莊園生活念念難忘者，也會評論時事。這些在南方被視為具有顛覆性質的節目，在北方成為一種固定的娛樂形態，一路興盛到一九三〇年代。在那之後，滑稽黑臉秀逐步演變成雜耍表演和滑稽劇，而且只由業餘演員——比如我父親和他

19 即不殺生、不偷盜、不邪淫、不妄語和不飲酒。
20 起源於十九世紀的美國，常由白人扮演黑人演唱黑人歌曲等等的滑稽歌舞表演。
21 俄裔美國藝人及喜劇演員。
22 巴哈馬裔的美國藝人，歌舞雜耍時代最傑出的藝人之一，也是當時所有觀眾中最喜愛的喜劇演員之一。

那些教友和唱詩班的同伴——表演的黑臉秀。黑臉秀在一九五〇年代末期絕跡，但早在那之前很久便已過時，氣數已盡。

注視本性害羞的父親穿軟底鞋跳曳步舞，或抖動戴著白手套的雙手搖晃鈴鼓高唱《曼迪》，我只覺得氣悶難受。他的笑話並不好笑。「你真蠢。」「你應該看看我的兄弟——他是這樣走路的。」但他喜歡表演。角色扮演賦予他自由，讓他得以克服本性的沉默寡言。在黑臉秀扮演骨頭先生，他是一個戴著面具的男人，在角色中獲得了解放。

那是我見過父親最開心和最自信的時候，其次是在一九五〇年代末期或一九六〇年代初期時，他偶爾會在夏天傍晚和朋友在後院野炊，大啖漢堡，跟著米奇·米勒（Mitchell William Miller）[23]的唱片唱歌。當時，我記得自己在樓上房間看書，也許是亨利·米勒的盜版小說吧，聽著音樂和人聲喧譁，跟著歌曲放聲高歌。

一九六二和一九六三年，我在麻州大學求學，週末有時會回家，但我們從未聊起過去，聊過我生下的孩子。我們也沒有談論我的學業，我的成績或金錢，更沒有談到未來，那些是我自己的問題。父親從來沒有給過我錢——他也沒什麼錢可以給我的。他沒有提過找工作的事，沒有任何建議或忠告。我在夏天會找份全職存錢，學期間則在阿姆賀斯特打工。

他偶爾會把我載到二號公路，一一八號公路的交叉口，然後祝我好運（「要乖」是他常叮囑我的），我則下車，自行招攬便車前往阿姆賀斯特。他也許就停在附近，看著我舉起拇指站在那裡，直到有車停下來為止。然後他會按聲喇叭，開車回家。你或許會納悶，他為什麼不給我一、二元搭公車？答案是，只要有人願意讓你搭便車，為什麼要花錢搭公車？從那個交叉口到阿姆賀斯特約一百一十二公里，但要花幾個小時才能攔搭便車抵達。但他年輕的時候也都是搭便車，其後巡迴行銷時也經常讓人搭便車。

「把門關緊一點，傑克（Jack）。」他有一次囑咐搭便車的人。他習慣性稱呼所有的男性陌生人傑克。

「你怎麼知道我的名字？」那個男人說，突然嚇壞，以為自己遭到了綁架。

母親感嘆外公是一個受挫的知識分子，命定只能做份無聊的工作。我現在看得出來，外公是個神經質和操縱型的人，自小無父無母，輾轉生活在義大利菲拉拉（Ferrara）附近的寄養家庭中。不過現在他已成為富足的裁縫師，擁有自己的家產和一個成功的大家庭，在西梅德福備受尊重。「為什麼？」我提出疑問。外公，亞歷山大・迪塔米（Alexander Dittami）明明有錢、有令人稱羨的家庭、有社會地位，看似已然心滿意足。

父親說（獲得母親的同意）：「他本來應該更有成就的。」

但對所有際遇都心存感恩的父親，我從來未聽過他表達認為自己應該更有成就的心聲。

父親不是一個熱情洋溢愛寫信的人，但他經常會寫便條。我在大學，以及之後在非洲的時候，他會隨手寫張便條給我，就像備忘錄，而且通常都是在店裡他的小工作臺上寫的。他很高興我加入了和平工作團，當我第一次告知我要去非洲時——尼亞薩蘭——他說：「太好了。意想不到啊！」

他沒有指責我拋棄他，或恫嚇我這麼做很危險等等。也許他也希望自己能這麼做，一種驀然離開的幻想——拋開一切，逕自上路。儘管他對非洲毫無興趣。

23　美國的雙簧管手、指揮、唱片製作業者。

相對於父親的便條，母親把自己的所作所為寫成具有報導價值，道貌岸然的信件。我在一九六七年出版第一部小說。母親寫信給我，形容那本小說是「垃圾」，父親則保持沉默。

我也在一九六七年結婚。父親很高興認識我的英國妻子。後來，當我們有了一個孩子並回家探望時，我可以看出他對小嬰兒的手足無措。在我兒子尖叫時，父親光是笨拙的抱著他，完全不知道如何安撫他或如何是好。而當他把孩子交還給我，總算鬆了一口氣，我也總算理解當年他身為接連不斷的小嬰兒們的父親時的侷促，不過隨著我們長大並成為他的同伴後，他就變得好極了。

一九七〇年代，他來倫敦玩，結果迷失在這座龐大的城市裡。他幾乎無法理解倫敦人的英語，我倆走出一家一口考克尼口音的肉販店時，他對我居然能跟肉販對話大表驚嘆。「他說的我一個字都聽不懂！」

倫敦的大多數餐館都很狹窄，桌子靠得很近。在維多利亞區的惠勒氏飯店（Wheeler's），距離其他客人就只有幾呎距離，父親違反所有英國餐館禮儀規則，試圖跟鄰桌的男士搭話——那名男客又驚愕又氣惱。後來在皇家節日大廳（Royal Festival Hall）的咖啡館，以及老康普頓街（Old Compton Street）的一家餐館，父親又故技重施。一旦碰了一鼻子灰，他也只是失聲大笑，認為比起試圖搭話這件事，忽視鄰桌的人才是更沒禮貌的。

隔年去埃及開羅探望他小兒子，也就是我小弟彼得（Peter）時，父親發現他愛極了那個混亂大城市全然的外國風情。倫敦人讓他戒慎恐懼，反而埃及人幽默又健談，比較有反應且熱情好客。這種人情溫暖可能讓他想起一九三〇年代的波士頓。他是一個適應能力很強的人，很能融入當地生活，買上一頂紅色土耳其氈帽，一戴就是兩個星期，在市集來來去去，如魚得水的儼然一副帕夏的模樣，而不是創立於美國的聖兄弟會成員（Shriner）。

他笑臉面對每個人，完全不找麻煩，且對他人的生活細節真心感到興趣。他從不抱怨，要求很少，對於奢侈品無動於衷，只覺得荒謬——「浪費錢！」——舒適與否，更幾乎不在乎。不舒適對他而言是理所當然的。如果有錢的話，他應可成為一個古老的旅行者，一個浪跡天涯的人，而非旅遊的學者。他對我的旅行總是抱持著鼓勵的態度，並且有別於大多數人，他是一個耐心傾聽旅行者故事的人。

父親的主要負擔是健康不佳，成年以後的日子都為氣喘所苦——旁人可以聽出他呼吸不順，有時發作起來呼吸困難，似乎即將窒息而亡。他的氣喘是我們不能養貓或狗的表面原因，實際上是母親討厭寵物。「養寵物有什麼用？」她會挖苦說，要不然就是：「你是想害死你父親嗎？」

為了舒緩症狀，父親會使用噴霧器，一種老式的玻璃蒸餾器和橡皮球，產生濃密的藥用蒸氣，供他深深吸氣。品牌名稱叫做「得維平」（DeVilbiss）。這種藥物似乎可以緩解他的呼吸，但吸入的霧氣和藥物也浸透並破壞了他的肺組織。由於肺功能不佳，儘管從不吸菸，父親七十多歲後仍一直為肺氣腫所苦；最終也死於這種病症。他等於窒息而死，我知道，因為當他辛苦的吸入最後一口氣時，我就在他身邊——「瀕死呼吸」（agonal respiration）[24]護士如此稱呼——宛如被壓在巨石下方，無法吐氣。

由於氣喘，他無法快速行走，無法在任何比賽中使出全力，也無法深深彎腰。塵土飛揚的地方，以及潮濕的天氣，對他來說都是無法忍受的。我們一九五六年攀登華盛頓山（Mount Washington），但他並沒有登頂。他的肺部堵塞、凝固，我腦中不斷重現的一段記憶，是他呼吸困難的頻頻擠壓噴

24 心跳停止的病人所產生幾分鐘不規則且極慢的呼吸。

霧器。很久以後，他改用一種小型的噴霧吸入器。我確信這些笨拙的治療法是摧毀他肺部的元凶。他一生都生活在惡劣的氣候中——潮濕的冬季和濕潤的夏季。「我應該去亞利桑那州，」他說這句話時，發出溫和的咯咯笑聲，就像在打趣：「我今年會買一輛新車，只是我不喜歡條紋樣式。」「條紋」也有形容商人巧舌如簧之意，對父親而言，竟有人會傻到依據車子的外觀來購車，未免可笑之至。價格便宜、產品可靠對他來說才是重要的。他從未買過新車。其實，他也從未買過新西裝。他都接收老闆哈瑞．歐布萊恩（Harry O'Brien）不要的——還是好好的西裝，稍微改一下便可以穿了。買全新的東西對他來說都是浪費錢的愚蠢行為、純粹虛榮心作祟。他有時還會拒絕二手西裝，因為「太時髦了」。

聽到他窒息的聲音、看到他滿臉通紅，幾乎無法吸氣的樣子，總讓我提心吊膽。因此，我總會無助地看著他，直到他設法清理喉嚨、喘息著將吸入器塞入嘴裡。他會用我聽過最大的聲音清喉嚨，然後聚集痰液，一口吐在痰盂或人行道上，跟中國農民吐痰的習慣相比，委實不遑多讓。氣喘理論的說法之一，是有時來自於自體誘發、身心失調、乃精神不濟或壓抑的結果，沉重的呼吸是心情哀傷的表象。我相信壓抑確實是父親哮喘的誘因。因為妻子脆弱的自尊需要呵護，以及經常怨聲連連，他無法充分表達自己。但是，即使深受其苦，父親也沒有以氣喘為藉口，反而格外努力。但是，如果我們任何一個孩子需要幫助，比如需要去哪裡，或需要傾聽的對象（如果問題不是太大），父親都很願意伸出援手。「你在哪？」他會對陷入困境，午夜來電的孩子說著，並立即展開救援任務。他從來沒有什麼錢，可一旦有錢，他也會急切和人分享：「你需要多少？」

直到一九五〇年代中期或許更晚之後，我們家才有了電視機。父親討厭電視的噪音、侵入家庭生活、而且明顯的虛假和天花亂墜。光是聽到廣告裡的竭力推銷或承諾就讓他生氣。「有一天，我會用斧頭劈了那玩意兒！」有趣的是：他在斯托納姆森林中長大的，在那裡斧頭確實可以解決問題。但他會看《艾德．蘇利文秀》（The Ed Sullivan Show）和《新婚夢想家》（The Honeymooners）——他嘲笑傑基．葛里森（John Herbert "Jackie" Gleason）[25]，一個大吼大叫，內心底層卻多愁善感的粗漢；他也痴迷於吉米．杜蘭特（James "Jimmy" Francis Durante）[26]的古怪幽默感。早期的電視充滿了雜耍演員；由於是現場播出，情況不可預測，因此特別有趣。他不太看其他節目，直到一九七〇年代他才開始追劇，《牧野風雲》（Bonanza），一部假惺惺的西部劇。在那之後，他便只看唯一關心的運動：棒球賽，但即便如此，他也算不上是一個粉絲，只是偶爾的觀眾。在去世前幾天被送往醫院的那天晚上，他還全神貫注的觀看紅襪隊（Red Sox）的比賽。

回憶、片段、歸納——加起來等於什麼？我的這些回憶似乎沒有實質意義，但這本身就是一個真相。我以為我很了解他。經過反思，我看到的他很陌生，他似乎隨著我的寫作逐漸隱去，就像有時我問起有關他的事時，他的避而不談。像這樣追述他的往事時，我才領悟我根本不知道他心裡在想些什麼。他就像緬甸、泰國和越南那些骨瘦如柴的老人一樣，我每次見到那些人，都會想起他。

父親的熱情是什麼？我不知道。他有沒有幻想過成功？一片空白。野心？我毫無概念。他喜歡釣魚、在沙灘撿東西，或在棚屋或地下室裡修補東西，這些都是微不足道的小事。他的夢想是什

25　美國喜劇演員、編劇和音樂家，時常演出有著傲慢性格與口條的喜劇角色。
26　美國歌手、鋼琴家、喜劇演員和演員。他獨特的演講、曼哈頓下東區的口音、漫畫語言和爵士樂影響的歌曲，以及突出的大鼻子使他成為一九二〇至一九七〇年代美國最熟悉和最受歡迎的人物之一。

麼？我毫無線索。他欺騙過母親嗎？我很懷疑，但我又怎麼知道？他對若干族群，比如義大利人和愛爾蘭人，聒噪強勢的波士頓幫都有他的刻板看法，但並不嚴重。他在種族議題上是寬容的，是一個天生的人道主義者，對波士頓派出黑人軍團參與內戰感到自豪：他引以為榮的地標之一，是信標街（Beacon Street）聖高登（Augustus Saint-Gaudens）[27]雕刻的羅伯特・古爾德・蕭（Robert Gould Shaw）[28]和麻薩諸塞州第五十四軍團（The 54th Massachusetts Volunteer Infantry）[29]紀念壁雕。這個例子最足以說明他實在是個道地的北方佬，在內戰中對南方並沒有多少同情心，其實對整個南方而言，他都沒有任何浪漫的情懷。至於他自己，即使有什麼祕密或傷心事，他也不會分享。他最外顯的古怪行為是自言自語的習慣，經常一個人嘟嘟噥噥，私下不斷的述說。

我們家人分享一個記憶——一個家庭故事——是父親在一個冬天的下午一直看著窗外，盯著猛瞧，經過很長一段時間後，才以一種幾乎戲劇性的口氣脫口而出：「永遠不可能！」然後滿足的點頭。

他當時在想什麼？什麼問題，什麼爭論？也許他看到一張臉，或者聽到、或想起了什麼事。他是以李爾王（King Lear）式的決斷性口吻說出口的，以他特有的口音。永遠不可能！

他並沒有時刻盤旋在我或其他人身邊。不錯，他沒有引導我，但他也沒有阻礙我。他不時會對我提出警告，但那只是一般性的，就只是一個善意的嘮叨。他並不睿智，但他很溫柔，知道自己的局限。他對我大哥的中國行、與政治家的過從甚密，以及曾覲見過教皇等等，倒是都滿心敬畏。

父親從未跟我聊過男女性事。從未教過我丟球。不過他向我展示過如何用扁平石頭在海面打水漂，如何將蠕蟲穿在魚鉤當魚餌，怎麼玩一種叫做「丟石鴨」的丟石頭遊戲（Duck on a Rock）[30]。

我的作業對他來說是一個謎。我想要腳踏車，想要養狗，卻從來沒有如願。我想要一把槍，結果和我朋友艾迪．佛拉赫提（Eddie Flaherty）交換，獲得一把莫斯伯格點二二步槍。我母親說：「我討厭槍。」父親說：「小心你瞄準的地方。」父親從來沒有帶我去看棒球賽，或任何類型的球賽。或者是去看電影。他有可能帶我去過餐館，但如果真的有，我也毫無記憶——我哥哥也不記得任何餐館行，或曾經外出用餐。

即使在當他被診斷患有前列腺癌，我開車載他從鱈魚角到波士頓進行放射治療的那段日子，他都用牛皮紙袋帶著午餐，一份三明治和一個蘋果，在醫院停車場的車裡吃。在車程中，我試圖引導他談論他的早年生活、他的童年、他的父母、他的祖先，但他不為所動；只煩惱的想著死亡。他討厭醫院，害怕醫生，覺得醫生都很冷漠無情；他說他受到的治療待遇是「羞辱」。但他克服了癌症。他有自己的隱私，也允許我保有自己的隱私。他從來沒有問過我任何侵犯性的問題，也不歡迎我提問。我們從未討論過一本書、一部電影或一首歌。他偶爾會開車到梅德福另一端的塔夫茨大學

27 美國雕塑家，被視為十九世紀美國最偉大的雕塑家。

28 美國南北戰爭期間，服役於聯邦軍，也就是俗稱北軍的軍官。

29 在南北戰爭時期，由北軍年輕新將領羅伯特．古爾德．蕭所帶領訓練，鮮為人知的第一支黑人軍隊，不但要抵抗南方敵軍，還得應付北軍中白人袍澤的排擠。最悲微低賤的工作總是落到他們頭上，但他們仍盡忠職守，毫不退縮。

30 一種古老的遊戲，參與的人在距離基石四至六公尺的地方排成一直線，在基石的上面放上較小的石頭，也就是所謂的「鴨子」，每個人可以向「鴨子」拋出拳頭大小的石頭，試圖將它擊落基石。有一說這是後來發展成籃球運動的基本概念。

（Tufts University）劇院去看戲，喜歡莎士比亞的悲劇——尤其是《李爾王》和《奧賽羅》，還有《馬克白》和《哈姆雷特》。他特別喜歡這些演技浮誇作品中的自覺性獨白和炫耀性動作。「我不是外表顯示出的我！」棲息在他心中的是一位缺乏鑑賞力的觀眾——他對戲劇的情節沒有興趣，但對其中修辭性譴責用語卻頗為入迷，看完戲劇回家後，便可能用這類台詞評論他看的戲：「比蛇的牙齒更鋒利……」[31]。

他生活中偶爾也會有過火的演出。某次我有位手足被開了張超速罰單，父親陪他出席交通法庭。審到這宗小案時，法官問了一個直截了當的問題，父親兩手緊抓著帽子說：「法官大人，我們懇請法庭能大發慈悲。」

在我結婚並把妻子帶回家之前，我從來沒有把父親介紹給任何女友、或任何我認識的女人。二十多年後我離婚時，他什麼都沒有說。但有什麼可說的呢？只有一句：「一切都會有最好的結果的」，那是他堅持的座右銘。他從不說人閒話，從不使用褻瀆的言詞，從未講過色情笑話。電視出現裸露的女性時，他只覺得尷尬；隨即離開房間。他是個園丁——不是因為喜愛鮮花，而是為了栽種蔬菜。他在我年輕時種豆子——蔓性菜豆——還種番茄和冬南瓜。他很講究方法，知道如何安排植物間隔、如何施肥，而且勤於澆水和除草。他幾乎總能成功的大有斬獲。他肯定是從祖父那裡學到這些技能，祖父也是種菜的園丁。

父親本性害羞，卻勇於讓他的孩子冒險，好像我們代表的是他——擅闖波士頓海軍造船廠，遭到一名武裝哨兵喝止，或蹲在一塊岩石，讓潮水湧來孤立我們。「我會給你二十五分錢！」我把他若干挑戰行為和個性安在《蚊子海岸》一書艾利・福克斯（Allie Fox）的角色身上。父親會在春末刺激我們跳進鱈魚灣的寒冷水域。像艾利一樣，他是一個粗糙發明的設計師，比如鉸鏈裝置、鞋底刮板、窗框和風鈴，帶有搖晃滾輪的省力裝置等等。這些發明沒有一樣是做得好的——他缺乏工具，而且只是使用一些找得到或搜刮來的材料——其中有些甚至很危險。

他會保留繩子、木頭碎片、舊螺絲、螺母和螺栓、果醬瓶、咖啡罐、雪茄盒、裝放柑橘的木板箱，什麼都捨不得丟。他把垃圾埋在花園裡，結果被浣熊挖出來。他每次走過垃圾桶或廢紙簍都會查探一下，看看有沒有可搶救回來的有用之物。他認為人們隨手亂丟是愚蠢的，因為大部分東西都還有用。我獲得麻薩諸塞大學榮譽博士學位那天，身著博士長袍和父母走在校園，突然發現父親沒有跟上來，轉過身去，四處還不見人影。然後我見到一雙踢動的腿：因為試圖從一個大鋼桶中取出東西，結果他不慎栽入桶內，頭下腳上的困在其中。當我幫他爬出來時，他因上下顛倒而臉孔漲紅，但手中還抓住一把別人扔棄的黃色鉛筆。「鉛筆！」他喘息道。他發現的，總有一天會派上用場。

他把釘子從舊木板上取出，然後敲平保留下來。鐵釘很便宜，一般木匠哪會用生鏽的舊鐵釘釘東西？他一生都使用老式折疊剃刀，一種直柄剃鬚刀，用磨刀皮帶磨利，刮鬍子時，就用刷子和肥皂在臉上塗抹肥皂泡沫。他總是一早在廚房刮鬍子，倚入碗櫃，使用掛在底端的小鏡子，如此，其他一大家人便可使用浴室。只見他全神貫注，一手把鼻尖按到一邊，另一隻手刮鬍子。

我母親是個很會操心的人，父親則不是。父親的平靜使得母親惱火，反而更加煩躁。父親沒有解決辦法，因此（似乎認為）再去思考任何問題也毫無意義。他的宿命論帶有美好的樂觀成分，他

31 典出《李爾王》。

相信凡事自有公理，而且凡事總要付出代價：如果你有一座游泳池，你或其他鄰居便有可能淹死在裡面；如果你有一輛昂貴的汽車，你便有可能把車撞壞；如果你有很多錢，便有可能會弄丟或被搶；一條昂貴的領帶只會被湯湯水水濺到。而對於這所有意外，他只會說：「該好而已。」

他也相信善良會得到回報。我兄弟亞歷克斯認為這是米可伯式（Micawberish）[32]的盲目樂觀。我同意。米可伯先生（Wilkins Micawber）對考柏菲爾德（David Copperfield）[33]的告別，宛如父親給我的眾多告別的華麗版本：「如果，在歲月不斷流轉的過程中，我能夠說服自己，我不幸的命運對你是有警告的作用，那我就會覺得自己沒有白白占用了你的時間。如果事情出現轉機（對此我相當有自信），如果我有能力改善你的命運，我會非常高興的。」

父親會祈禱。他很虔誠、甚至膜拜。他覺得上帝會給他答案——驚喜、快樂的結局。信仰是一座盾牌。上帝會保護虔誠的人。

「一切都會好起來的。」是他一向秉持，也往往是非理性的觀點，是他對牢騷抱怨的反應。奇特的是，他生命中沒有多少事是好起來的：他從來沒有錢，我們從來沒有空間，對我們要去哪裡或做什麼從來沒有概念，我們能上大學純粹出於運氣，而我們都得自己拚命籌措學費。我生命中所獲得的有用建議，幾乎都來自於陌生人。

父親幾乎總是力有未逮。他似乎也知道這一點，因此他討厭仔細審視或搜索問題，討厭涉及任何私人性的事。事實有時是具有毀滅性的，這也使他成為別人生活和問題的聆聽者和欣賞者。

他鎮定、幽默、不會苛求別人，並且由於他的心存感恩、不會抱怨、不會勢利或自負，很容易和他人相處。然而他對於我如何生活毫無概念，如果我告訴他我想成為作家，他可能會感到困惑。他可能會問，為什麼？或者，怎麼樣才能成為作家？或者，你想寫些什麼？還有，錢哪裡來？

工作不是你自己創造或者為你開創出來的，工作是有人讓你做，允許你保有的。在他封建主義的想法中，工作是被分發出來，值得感恩的。工作是在老闆或領班或經理的注視下，安靜謙卑完成的，那些人有如貴族老爺，是你必須取悅的。工作都是苦差事，但至少星期日可以休息。

寫作算不上是工作——當然不是帶薪工作或職業。寫作會被發表出來的這個具體事實，使其成為恐慌的原因，因為這會引起外界對你和你家人的注意，會因為成為一種公開活動，傲慢的展現虛榮心而招致非議。像出版這種自負的姿態是不值得稱道的，而且也可能像所有衝動的行為一樣，是必須努力洗刷，予以淡忘的。

我在誇張其辭，但也只是稍微誇張。我越是反思父親的侷促反應，越能理解他何以對我的工作缺乏興趣，或許是出於恐懼的關係。

所有的藝術對我父母而言都是一種自我放縱，是多餘的，是其他人做的事情，需要其他收入來源。「不過你要如何謀生？如果走不通，你要依靠什麼？」他們這樣想我並不覺得奇怪，我自己也這樣想，而且我也會擔心。

在母親背後，我們都會挖苦她，嘲笑她的吝嗇，她的流行語（「你會惹上一堆麻煩的。」「我敢拿錢跟你賭甜甜圈。」），她暴躁的脾氣、她小女孩般的抽噎、她的虛榮、她的翻來覆去、她矯揉造作的虔誠。對我們幾個孩子來說，她很令人厭煩，是個負擔，一天到晚無事找事，但對其他人來

32 引申自狄更斯的《塊肉餘生記》（*David Copperfield*）中的人物威爾金斯．米可伯，特別是指其毫不負責任的樂觀個性。

33《塊肉餘生記》中的主角人物。

說，她是一個可靠的盟友——金錢的來源，最擅長別有居心的賄賂人，送人禮物，那種弱者間經常可見的往來方式。我們家是一個分裂的家庭。挖苦母親是一種反抗行為，意味著你是一個叛逆者——你很強，或者假裝很強。

但我們從未諷刺過爸爸。不是因為我們不敢；我們已經習慣不會忠於彼此，正如母親一樣，私下會對其他孩子嘲笑我們：「他該胖的地方不胖。」所以嘲笑父親對我們而言，其實很容易，但我們放過了他。這點很奇怪，因為他分明也有缺點。他也是重複嘮叨，行事古板的人，他經常掛在嘴邊的話也跟母親一樣陳腔濫調，他也會心煩氣亂，特別在車裡——他是個恐怖的司機，他年紀很大才去學開車，而且總是犯初學者的錯誤，太快放開離合器，太用力踩剎車，而且不看後視鏡。

我們是因為他對我們很好、沒有私心和饒富愛心而放過他嗎？這個令人欽佩的理由，但即使甜蜜和善良的人也會被我們嘲笑；幾乎沒有人可以逃過我們的嘲弄。但爸爸做到了。也許是因為我們看到他天真和善良的一面，但我並不認為如此。在內心深處，我們是憐憫父親的，真正為他感到遺憾，因為他並不是他想要成為或極力佯裝的那種聰明而受人尊敬的家長，他是個怕老婆、侷促不安、太過擔心的人，而且身為勞工的他幾乎沒有成就，就只是個店員——勉強算是店員。我們的嘲弄不僅會傷害他；還可能會毀了他。他希望我們能成為朋友。他不知道該如何幫助我們，然而，正如我所說，如果他有錢、有影響力、或有權力，他一定會跟人分享。他給了我們他的愛，這一點已經恩重如山；除此之外，他別無他物可給。而且他是以最好的方式，無私的獻出他的愛，沒有給我們負擔，也不期待任何回報，這是很罕見的，一種很多人所不知道的禮物。

通常我們會透過某人的親密朋友或娛樂消遣來了解這個神祕的人。狩獵、擲飛鏢、前往麋鹿俱樂部、演奏鋼琴等，但父親沒有親密的朋友，除了去海灘漫步尋寶，也沒有任何娛樂活動。我們是他的整個世界、他的社團、他的同伴。我不認識任何父親的朋友，可以闡明他個性的任何一面，或者揭露其祕密者——沒有喝酒的酒伴、沒有高爾夫球球友、也沒有賭伴、女朋友、或助手——沒有任何人，套句父親常說的話，可以一起嚼舌的。

一些來自聖方濟堂（St. Francis Church）的教徒會跟著他，有些顧客可能流連店中，歐布萊恩服飾店的員工也會找他聊天，但沒有一個人是親近的，會讓父親透露心事的。合唱團中有些人是熟人，但唱詩班的樂趣在於大夥是來一起唱歌，不是來交換故事的。

有幾個男的，和父親有著相似背景、可以談得上話的法裔加拿大人士——包括會計師路易斯·勒科特（Louis LeComte）、年輕時就認識的卡米爾·卡隆（Camille Caron）——都是我父親喜歡的強悍、講話簡潔的人，最主要也因為他們像他一樣個性恬淡，不會拿瑣事煩他，會說共通的語言。法裔加拿大人並非集結成團和防禦心強的移民。再說他們也根本不是移民，而是安靜定居此地的人，沒有異鄉的記憶——更像是美洲原住民，事實上也確實如此。

父親的世界就是他的家人，但即便如此，父親也不太了解我們，當然更不清楚我，只默默讓我明白，即使向他傾吐也徒勞無功。他無法提供幫助，只會說：別擔心——完全幫不上忙。事情會逐漸好轉，一切都會有最好的結果，只是不要惹人注意。凡事不要大驚小怪的，否則只會讓事情變得更糟。如果情況變得更糟，就像我一樣，挺著就是了。

父親也偏向於母親的信念，吵吵鬧鬧的抱怨代表你在誇大其詞，如果你還會叫，就表示你沒有那麼痛苦。「真正痛苦的人根本不會發出任何聲音。醫生會告訴你這一點。」這話我聽過上千遍。哭的人都是騙子。

父親是自我控制和堅忍淡泊的一個例子，所以我永遠無法看出他腦中或心裡的想法。即使現在我也還是不知道。我記下對他所有的記憶，但他仍然是一個謎——也許已經沒有更多可知道的了？他在一個貧窮的大家庭中長大。他去工作。大蕭條就像一團黑霧籠罩在全國各地。在美國參戰時，他養活一個大家庭。他並沒有飛黃騰達，但也沒有灰飛煙滅。他存活了下來，因此認分知足。他的宗教生活、他的上教堂、占有他絕大部分的空閒時間和最安詳的情緒。其他小孩的父親有密友、酒伴、知己、歸屬於某個社交圈、或者（如哈瑞・歐布萊恩）是鄉村俱樂部的成員；他們會去狩獵、修理汽車或集郵。父親對這些活動毫無興趣。他的生活不是他的家人，就是教會。他的工作繁瑣，不值得一談。他參加聖名協會、九日敬禮、第一個星期五、大彌撒和祈福活動。他總是低著頭坐在教堂的後面，具現法利賽人和稅吏比喻（The Parable of the Publican and the Pharisee）[34]中的謙卑稅吏，垂下眼睛祈禱，手指滑動著念珠，或在唱詩班中，全心全意吟唱讚美詩歌。

在寫這篇文章的過程中，我重讀了艾德蒙・戈斯（Edmund William Gosse）[35]的《父與子》、J・R・阿克利（Joe Randolph Ackerley）[36]的《我的父親和我自己》（*My Father and Myself*）、以及亨利・詹姆斯的《兒子和兄弟的筆記》（*Notes of a Son and Brother*）。在尋求答案之際，還看了許多傳記，其他作家的父親是什麼樣子的呢？首先，其他作家的父親，本身通常也都是作家。再者，令我瞠目結舌的兩本書是扎哈里・萊德（Zachary Leader）[37]的《金斯利・艾米斯[38]的一生》（*The Life of Kingsley Amis*），以及馬丁・艾米斯（Martin Louis Amis）[39]的《經歷》（*Experience*）。我感到震驚的是，如果有一個男人在各方面都與我父親全然相反，那絕非癲狂的菲利普・戈斯（Philip Henry Gosse）[40]或快活的羅傑・阿克利（Roger Ackerley）或浮誇的老亨利・詹姆斯（Henry James Sr.）[41]；而是無法無天的金斯利・艾米斯。

艾米斯過著混亂而多產的生活，與其他作家保持著美好且持久的友誼。他一方面是個公眾人物：他的生活就描繪在他的書中，他似乎是一個友善的酒伴，而不是一個生氣的酗酒者；他富於機智，酒精會激發他的創造力。許多年間，他每日酗酒，通常一天一瓶威士忌，宿醉成為一種常態。他有恐慌症，是個花花公子——他有性伴侶和萍水相逢的女友。恐慌症的發作是他的困擾，航空旅行是他的恐懼之一，所以窮他一生從未搭過飛機。他也無法忍受獨自待在一個房間。憤怒時，會對

34 典出《新約．聖經》中，法利賽人和稅吏的比喻是耶穌做的比喻。《路加福音》第十八章第九至十四節敘述了一個自負的法利賽人，耶穌將他和謙卑乞求上帝贖罪的稅吏相比較，展示了人們需要謙卑地祈禱，並承接了上一個與祈禱有關的不義管家的比喻。

35 英國詩人、作家、文學史家和文學評論家，自傳《父與子》（*Father and Son*）被認為是英國傳記文學史上第一部現代派心理傳記。

36 英國作家兼編輯。

37 擁有雙重英國和美國公民身分的作家。

38 Kingsley William Amis，英國小說家、詩人和評論家。扎哈里．萊德稱其為二十世紀後半葉英國最傑出的喜劇小說家。

39 英國作家，其父親是被《時代》雜誌評為英國五十大作家的金斯利．艾米斯爵士。

40 英國博物學家和自然科學的普及者，幾乎可說是海水水族館的發明者，也是一位艱苦的創新者。一八五三年在倫敦動物園創建第一座公共水族館，並在一八五四年出版了第一本手冊，有關水族館的手冊上，創造了「Aquarium」（水族館）一詞。

41 美國神學家和瑞典復興主義者，也是哲學家威廉．詹姆斯（William James）和小說家亨利．詹姆斯和日記作者愛麗絲．詹姆斯（Alice James）的父親。

著妻子和孩子們尖叫：「操！」他賺了很多錢卻沒有什麼積蓄，債台高築、經常透支，經歷兩次創傷性的離婚，過度沉迷於食物，發表種族歧視言論取悅友人，逗趣的滿口髒話。他六十歲時進入晚年，此後一直疾病纏身，七十三歲去世，獲頒爵位，身後留下堆積如山的文稿、成排的創作和無數的檔案文件。

這個男人幾乎是我所能想像到對父親而言最最陌生的一位。父親可以在開羅市集上與貝都因人（Bedouin）或祖魯人（Zulu）或小販相處，但對於艾米斯，他肯定會困惑到難以理解的地步。如果我對他說：「金斯利・艾米斯每天上午工作，寫過六十本書、還寫過詩、書評、散文、會上電視、得過布克獎（Booker Prize）、出版小說……」父親可能會簡短的反諷：「真的嗎？」然後發出「哈！」一聲來強調。

在父親眼中，沒有任何書本、詩作、獎勵、勛章或頭銜可以讓人理所當然的過那種生活，光是酗酒、光是女人、光是詛咒就足以引起父親的鄙視。艾米斯不信仰上帝：「說我恨祂還差不多。」我父親相信慈愛的上帝，並透過祈禱和善行取悅上帝，將他拯救出困境。但父親不做批判；對於那些行為不檢或花天酒地的人，他不會貿然提出意見。如果硬要他對艾米斯提出評論，他會皺起眉頭沉吟：「如果一個人贏得全世界卻失去了靈魂，對他又有什麼意義。」這是他一生謹守的信條，但他也可能只會說：「浪費生命。」然後或許會像他經常做的，緩和其詞：「這種人更需要我們憐憫。」

對話將會到此為止。我無法說服父親相信艾米斯寫作所蘊含的辛勤工作、想像力、嚴肅性，也無法說服他認知艾米斯作品的價值——他的熱情、幽默、以及捕捉說話語氣與展現英式——或威爾斯式、美式——風格的能力。（然而，艾米斯的許多書中都沒有與父親相似的角色。）在我看來，艾米斯的詩和他摯友菲利普・拉金的詩等量齊觀，而且我一向視拉金為大師。

對照艾米斯（他是一位受人尊敬的作家的父親），我對父親的回想更加困惑。他是如何影響我的？儘管他並不算是毫無教養的人，但當然不是照書養我的，也不是理性的切磋，因為父親既迷信又虔誠。他教導我不要自私，以身作則的顯示該如何傾聽，讓我自由摸索出文學專業。他的記憶力——也許我繼承了這一點，是一大天賦。也許，還有他對兒童經典故事的熱愛。

在艾米斯家中，衝突是公開的——叫囂和譴責——這些也出現在他的作品中。若把艾米斯的生活開箱來展示的話，就像在草坪上展開的那種龐大舊貨拍賣會，在那裡可以見到空的杜松子酒瓶、舊書、過時的衣服、信件、花花公子的手杖或鞋子、滑稽的帽子、照片、劇院節目表、有裂痕的盤子：雖然不漂亮，但一切都可以在九百頁的著作中加以詮釋。其實在很多方面，艾米斯的生活跟其他作家差不多。福特．馬多克斯．福特跟他一樣喧譁又多產。諾曼．梅勒更是如此，而且時間更長——更多的書、更多的妻子和孩子。西默農也一樣是個酒鬼，但比較悲傷。羅伯特．羅威爾（Robert Traill Spence Lowell IV）[42]則更瘋狂，但時間比較短。

父親與這些男人沒有任何相似之處。然而，在我們的家庭中也同樣存在著混亂、緊張和衝突：有如木器中的尖銳碎片，空氣間的振動，一種深沉、微妙、沒有聲音的騷動，一種無聲的困惑和不安，一種低頻對抗的震盪感受，而矛盾的是，這一切都掩飾在禮貌，或感情，以及不時刻意嘲弄的面具之下。這種情況使得矛盾更為突出，也令我更難以理解。如果兩相比較的話，我父親似乎比艾米斯更複雜、更神祕難解，他所埋藏或隱藏的生活，更像是一個謎。

42 美國詩人，家庭、過去和現在都是他詩歌中的重要主題。

在某些方面，我知道我很像父親。比如打哈欠，我像他一樣咆哮出聲。對法律文件小號字體的附則，跟他一樣皺緊眉頭。我經常自言自語。當我感到無聊時，會像他一樣佯裝感興趣的問一句：「是這樣嗎？」我也像他一樣，會用鼻音輕斥，清嗓子，漱口，以及反射性的扔下一句：「活該。」父親雖然不懂「果報」（karma）的概念，卻對此深信不疑，就像他可以理解印度教主義的「內在自我」（atman）概念的微妙之處，只是他會說成是：「靈魂」。

父親討厭嘮叨、大言不慚、和聒噪不休的人，我也是。父親在他不耐煩的時候會深呼吸，我也會這樣。有時我覺得自己就是父親——撇開寫作不論。我跟他性情極為相像。我大體還算人道、相對的平靜、像他一樣喜歡悠然自得。有時會為了息事寧人什麼都同意，因為父親覺得（和我一樣），如果一個人認定一件事，其他人是無法真正改變他頑固狹隘的想法的，況且，何必浪費精神呢？

如果事情真的非常嚴重，父親相信，一個人所能做的也很有限。這個世界太大，人太小，沒有什麼事情是那麼重要，值得你為之暴跳如雷，而且從深層意義而言，除了不朽的靈魂之外，沒有任何事情是重要的。

我母親很霸道、臉皮薄、沒有耐心，應付嬰兒沒問題，應付有自己意志的孩子則束手無策。她與我們較勁，自以為是的應付我們，當我指出她的說法不合邏輯時，她就指責我頑劣。

她批評父親，一直嘮叨到他讓步，而一待父親服輸後，又責備他軟弱。父親雖然缺乏野心，但他無私又堅強。母親讓他屈服於自己意志，最後予以摧毀，要父親對錯誤的決定揹鍋，對微薄而不穩定的經濟情況負責。父親試圖取悅她，但當然取悅不了。她只能透過不滿來控制他（和我們）。當然，我們總是贏不了她。因為當一個人連自己想要什麼都不知道時，別人要如何滿足她？

她就是那種會反覆嘮叨的人，可是如果老是叨唸：「小心點，東西就要掉了！」你會忍不住晃一下，然後東西就真的掉下來了。

母親就那樣全然的掌控父親，而父親即使再忍辱負重，也從來不埋怨，總是聽命於她。隨著年齡增長，母親越來越惹人厭，在虛偽的雙方平等婚姻中自得其樂，其實任何熟悉父親的人都看得出來，這是純粹的婚姻暴力。母親說，父親聽，而且承擔所有責備，當父親病重時，母親也因此責怪他——對他的痛苦直翻白眼，好像父親是裝出來的，或至少太誇張。對母親來說，家裡有個生病、咳嗽和嘔吐的人，對她是種磨難。

「我真想殺了他。」有一回父親病情嚴重，因肺氣腫而喘不過氣來時，母親背著他埋怨。這句話很有趣，因為母親當然一直在持續性的凌遲他。

如果說我因而學到了一課，那便是這些家庭經歷深植了我對虛弱、虛榮、嘮叨和閹割他人的女性的恐懼。一旦我在某個女人的聲音中察覺到母親的回音，辨認出母狼的嚎叫，便趕緊逃之夭夭。不必要的小題大作、否認事實、完全缺乏邏輯、只要我做錯一件事，便忘了我之前做對的一百件，全盤否定，最終還冷言冷語、無情無義、拒絕面對我的痛苦——在我生命中，一旦聽到那些事情，或聽到最細微的吸氣聲、斥鼻聲、哼聲、或頭部那麼一甩，我內心便自動關機，並發誓結束這段關係，因為我不想成為父親晚年那樣的人，淪落到依賴一個不快樂的女人，一個不但不知道自己想要什麼，而且只想要找個人來怪罪的人。

這是父親給我示範的榜樣。在某種程度上，我認為他一直在暗示：不要做我做過的事、不要過我過的生活、不要犯我犯過的錯誤。他鼓舞我前往非洲、沿著英國海岸徒步幾個月、以及划皮艇遨遊，特別是冬季。「來，讓我摸摸你的手！」他喜歡我兩手因划槳而起的老繭——那代表工作、努力、自由和快樂，做我想要做的事。別管根據那些經歷所撰述的書籍；他在乎的只是我為旅行付出的努力。

我在鱈魚角蓋了間房子，是個占地四英畝的可愛地方。當我們散步其間時，父親說：「真希望我母親還能活著看到這個地方。」一句饒富意義的評論，因為父親曾是祖母的摯愛，他想要祖母能為他感到驕傲，他想要回饋祖母些什麼。那時，祖母已經過世三十年了。

他很歡迎我的妻子和孩子，但如果我不結婚，那他還是會一樣快樂——或許還更開心。那代表我就完全自由了。他是一個善良的人，但不是一個特別溺愛孫子的祖父。他已經受夠了小小孩，我母親也是。

他會說：「走你自己的路。」他經常引用吉卜林一句話，不過他並不知道這句話是吉卜林說的：「一個人旅行，你可以走得更快、更遠。」

現在我能體會，我一直在努力保護他，而不是傷害他。我沒有拿自己的生活細節去煩他。任何不道德的行為揭露出來都會傷害到他，一個粗俗的玩笑也會讓他有被冒犯到的感覺——甚至不僅是冒犯。他曾經制止並教訓過一位講粗俗笑話的神父（就是這麼湊巧）。「這不是下流的笑話嗎，神父？我不想聽到這些。孩子們都在這裡。」——因為我們正好在聽。「這樣會破壞紀律。」

如果他耳聞我的任性妄為，一定會深感震驚。我的學校成績平平，一九六二年因為參與校園示威在阿姆賀斯特被警方逮捕。我有個非婚生孩子。一九六五年因為違反規定被踢出和平工作團（「提前終止合約」），我第一任妻子和我在一九九〇年分手，我寫過很多書——而這些事件或主題在書中從未提及過，也許在父親心中，這些事從來沒有發生過。或者是因為已是既定事實，還有什麼好說？

在某些方面，他對我來說更像一個叔叔，而不是父親。他並不想要太了解我。他渴望同伴，卻不希望彼此太過親密。他不想透露太多自己的事，希望我們對他保持良好的印象。這方面我做到了，我尊重他自我克制和保持距離的願望，景仰他的信念和善良的心。

除了扮演骨頭先生的那段插曲，他的個性或對我的期許並沒有對我形成壓力。他從不逼我或給我建議。他不會管我，給我空間，而我也從暗示中體會，他也不希望別人介入他的空間。

第三十章
自傳的麻煩事

我出生在麻薩諸塞州梅德福（Medford），是七個孩子中的第三個。梅德福離波士頓很近，近到即使我是一個小男孩，也可以沿著小巷一路踢著石子去華盛頓學校，沿路還可從神祕河（Mystic River）岸看到狀似短鉛筆的海關塔樓（Custom House Tower）。這條河對我來說意味著一切：它流經我們的城鎮，注入如今已不復存在，兩旁都是蘆葦的U字型河灣和泥濘的沼澤中，再流向波士頓港和黑暗的大西洋。這是梅德福蘭姆酒和梅德福造船得以立足的緣由。在三角貿易中，神祕河將梅德福與非洲和加勒比地區聯繫起來——梅德福在世界上有神祕的交流體系。

我父親在日記中記錄：「安妮在七點二十五分又生了個男孩。」父親是波士頓皮革公司的發貨員，母親是受過大學教育訓練的老師，不過當時距離她重返教職還有二十年。索魯家祖先大約從一六九〇年開始住在魁北克農村，生活了十代，第十一代從父親出生的梅德福遷往北方的斯托納姆。祖母伊娃·布魯索具有梅拉米陵族血統，他們是住在林區的部族，已經在今日的威斯康辛州定居了數千年。新世界許多法國士兵找梅拉米陵族女人當妻子或情人。在十九世紀早期，美國政府恐嚇他們的後代，把他們驅離自己的土地。今天，能流利操此語言的大約只餘三十五個人，這些美洲原住民、美洲大陸原本的貴族，文化已瀕臨滅絕。

我的外祖父母亞歷山德羅（Alessandro）和安吉麗娜·迪塔米（Angelina Dittami）都是在一九〇〇年左右各自從義大利過來美國的移民，是相對比較新的移民。許多義大利人都知道「迪塔米」（意為「跟我說話」）是孤兒的名字，其他諸如艾寇（Ecco）、艾斯波斯托（Esposito）、崔瓦托（Trovato）也都是，還有比較明顯的歐法立（Orfanelli，意為「孤兒」）和狄·歐法諾（Del Orfano；意為「孤兒家的」）。儘管厭惡提及此事，但外祖父確實是義大利菲拉拉的一個棄兒。青年時期，他才得知自己父母是誰：一個著名的參議員和他的女傭。在不同的寄養家庭間漂泊不定的成長，又鬧出一件戲劇化的事件（從軍隊中解職後，他威脅要殺死參議員）後，亞歷山德羅逃到美國，在紐約市遇見並娶了我的外祖母。他們搬到梅德福，帶著移民的急迫感和競爭力，不惜一切代價謀生。成功達到此目的的他們逐漸富裕，只是在虔誠信仰混雜著志得意滿的心態下，全家人都很愛說教，令人無法忍受。

我父親的家人則都是鄉下人，除了美國，對其他先祖之地毫無記憶，視魁北克和美利堅合眾國同樣是美國，難以區分，兩國邊界只是一種幻想。儘管他們大多數人都能說一口魁北克腔的法語，對法國卻毫無感情。他們成為第二次世界大戰中的英雄（連我幾個姑母都在美國軍隊服役），在家裡相處隨和而且自給自足，喜歡狩獵、種菜和養雞。書本對他們而言並無用處。

我熟知內外祖父母，以及十個和父母同輩的親人。不過我比較喜歡父親的家人，親切、不多話、不會裝腔作勢、沒有受過正規教育，他們都叫我保利（Paulie）。

上述這幾百字就是我自己所寫的自傳。

在人生某個時刻——差不多我現在的年齡，亦即六十七歲——作家會自問：「我是要自己撰寫生平，還是留給別人去處理？」我無意寫自傳，至於是否允許其他人在我身上實踐吉卜林所謂的：「高級食人行為」（亨利・詹姆斯稱傳記作者為「死後斂財者」），我打算設置路障，阻礙他們通行。「傳記使得死亡成為更加恐怖之事。」

神祕的B・特拉文（真實身分為德國出生的奧托・費格〔Otto Feige〕）是《碧血黃沙》（*Blood and Sand*）和其他十部小說的作者，成功挫敗了傳記作家為他立傳的企圖；他擁有多重身分，姓名更改了三、四次，隱姓埋名的在墨西哥生活。他寫道：「創作者的書本便是傳記，除了自己的書，不該立傳。」吉卜林在一首精煉的詩中也如此表達：

在內心那小小、小小的方寸
停駐有死者的記憶，
除了留下的書
莫再追問其他。

但是，吉卜林在企圖誤導他人之際，還是寫了份回憶錄《關於我的二三事》（*Something of*

Myself)，過世後出版，只是在事實部分太過拐彎抹角和言簡意賅，乃至仍導致誤導——那只能算是簡短的備忘錄。由於採取隨手而就的寫法，內容刻意扭曲，與許多其他作家的自傳非常相似。最終，各種版本的吉卜林傳記出現，質疑他留下的書籍，剖析他有點隱蔽的生活，並且猜測（有些已臻瘋狂之境）他的性格和偏好。

狄更斯一八四八年就開始寫自傳，當時他只有三十六歲，但隨即捨棄，只是飽受幼年受虐記憶的摧殘，一年後寫下擁有自傳性質的《塊肉餘生記》，將早期所受的苦難小說化，並以他父親為原型，塑造出米可伯先生的角色。他同時代的安東尼．特洛勒普在六十歲左右時寫了一篇關於他一生的簡短描述。一八七五年他去世後出版，結果導致名聲下墜。

特洛勒普直言不諱的談論他寫小說的方法：「有些人……以為憑想像力工作的人應該等待靈感湧現才開始動筆。每當聽到有人宣揚這種信念時，我都幾乎壓抑不住內心的鄙視。對我而言，這種說法的荒謬，就如同宣稱鞋匠需要等待靈感，或者說製造蠟燭者要等待融鑄的神聖時刻。如果一個以寫作為業的人吃了太多好東西、或者喝了太多酒、或者抽了太多雪茄——就像有些作者有時真的所做的——那麼他的狀況就可能不利於工作；但同樣縱慾的鞋匠也是會有相同的情況……曾經有人告訴我，寫書最可靠的助力，是在我椅子上放一塊鞋匠的擦線蠟[1]。相較於靈感，我當然比較相信鞋匠的蠟。」

這段坦率的文章和現代畫家查克．克洛斯（Chuck Close）[2]的說法相互輝映：「靈感是給業餘愛好者的，我只是埋頭工作。」但特洛勒普的《自傳》（*Autobiography*）是他聲譽驟降之作。這種把屁股貼在椅子上的主張尤其引人詬病，似乎把他的作品投入沉悶之列，使特洛勒普黯然失色多年。如果寫小說就像是修鞋子（依據他的說法推論），那麼他的書也不比舊鞋好。但是特洛勒普本性直率，這本大逆不道的著作正代表了英國傳統中一種獨特的直白式回憶錄。

所有這些自我描繪都可以追溯到古代。自傳中最偉大的例子之一，是本韋努托・切利尼（Benvenuto Cellini）[3]的《一生》（*Life*），一部充滿爭吵、激情、災難、友誼和自我標榜的文藝復興時期（Renaissance）傑作。（切利尼還說，一個人要超過四十歲才能寫出這樣的書，他當時五十八歲。）蒙田（Michel de Montaigne）[4]的《散文集》（*Essays*）是嚴謹的自傳式作品，大量揭示他和他所在的時代——他所吃、所穿、他的習慣和旅行——而盧梭（Jean-Jacques Rousseau）[5]的《懺悔錄》（*Confessions*）則採取奔放坦誠的模式。英國作家精心設計，塑造這種敘述自我生命的文體，將其完美化，提升為一種藝術形式，成為畢生作品的延伸，甚至創造了「自傳」一詞：一七九七年由威廉・泰勒（William Taylor）[6]首度啟用。

相較於英國文學中自傳傳統的豐富多變，美國重要作家的自傳為何如此稀少或不足呢？馬克・吐溫的兩卷隨筆，冗長、奇特、漫無邊際，偶有爆炸和即興之處。其中大部分是口述文字，決定於（照他所說）他當天的心情如何。亨利・詹姆斯的《一個小男孩和其他》（*A Small Boy and Others*）

---

1 比喻腳踏實地。
2 美國畫家和攝影師。
3 義大利文藝復興時期的金匠、畫家、雕塑家、戰士和音樂家，還寫過一本著名的自傳。
4 法國在北方文藝復興時期最有標誌性的哲學家。
5 啟蒙時代的法國與日內瓦哲學家、政治理論家和作曲家，當時日內瓦還是個獨立國家。
6 擅長多種語言的英國散文家和學者。

以及《兒子和兄弟的筆記》沒有透露多少其人其事，並且採用晚期最簡略的風格，是他撰述中最沒有可讀性的作品之一。梭羅的《日誌》（*Journals*）是一種極具鑽研和精煉功力（他不斷改寫，企圖改進）的執著，出於梭羅缺乏魅力的鄉村詮釋筆法，純粹為出版而寫。

同樣屬於自我意識太強者，還包括書信作家E・B・懷特，他的書信對象似乎瞄向更多觀眾，而非只是收信者，即使在回答一班小學生關於《夏綠蒂的網》的問題那麼單純的時刻也不例外。懷特將梭羅理想化，然後離開紐約，渴望在緬因州過著梭羅式的生活。E・B・懷特生前出版過兩個版本的《E・B・懷特書信集》（*Letters of E.B.White*）。這是自我推銷、或坦白的作品？還是為滿足讀者喜愛他書信體清新的作品？他是一個謙虛善良的人，沒有多少虛榮心；但是，一位依然在世的作家發表私人信件還是很罕見的。在大多數情況下，一個人一生的書信合輯都是死亡後才會出現——詹姆斯、史蒂文森、史坦貝克（John Ernst Steinbeck, Jr.）[7]、福克納，和其他許多人的書信都是例子。但是這種合輯通常也說明了那些篩選過的信函雖然迷人，卻始終提供不了多少訊息，特別是寫給晚輩的信函。

海明威的《流動的饗宴》（*A Moveable Feast*）是閃閃發光的小品，但絕大部分是自我畫像，為死後出版的作品，愛德蒙・威爾森的大量日記也是如此。特伯（James Grover Thurber）[8]的《我的一生》（*My Life*）和《艱難時光》（*Hard Times*）只是戲謔之作。S・J・佩雷爾曼為自己的自傳取了一個極為顯赫的名稱《後見之明的英雄傳說》（*The Hindsight Saga*），但只完成了三章。萊特・莫里斯（Wright Marion Morris）[9]的三部回憶錄很珍貴，但沒有提供任何訊息。福克納、鮑德溫、史坦貝克、貝婁、梅勒、詹姆斯・瓊斯（James Jones）[10]、菲利普・羅斯、或威廉・斯泰倫（William Clark Styron Jr.）[11]等許多美國文壇大師都沒有留下自傳。在他們生活的時代，美國作家有如薩滿主義信徒，只忙於塑造個人神話（「我們就像搖滾明星一樣。」這是斯泰倫曾經對我說過的話）。你或許認為，這類投機行為是這些大師所不屑為之，或有損薩滿主義的光芒。這些作家中，有的鼓勵乖乖聽話的傳記作者，並且找到許多以營利為目的的文人來完成這項任務。福克納的傳記作者沒有提及福克納一段很重要的戀情，卻將福克納某大偶遇的一支小聯盟球隊的球員名單逐一列出。

儘管凱・波爾（Kay Boyle）[12]、尤多拉・韋爾蒂（Eudora Alice Welty）[13]、和瑪麗・麥卡錫（Mary Therese McCarthy）[14]都寫了優秀的回憶錄，但是美國人在自傳方面的努力卻極為罕見，內容也不足為道。愛德華・達赫伯格（Edward Dahlberg）[15]的《底層狗》（*Botom Dogs*）是對崎嶇童年的苦澀回憶。戈爾・維達爾（Eugene Luther Gore Vidal）[16]在《重寫本》（*Palimpsest*）中對自己的

7 美國作家，曾獲一九六二年諾貝爾文學獎。

8 美國漫畫家、作家、幽默家、記者和劇作家，以機智聞名。

9 美國小說家、攝影師和散文家。

10 美國作家，以採用自然主義的創作風格著稱。

11 美國小說家和散文家。

12 美國短篇小說作家，教育家和政治活動家。

13 美國短篇小說作家，主要撰寫關於美國南方的文章。

14 美國小說家，評論家和政治活動家。

15 美國小說家、隨筆作家和傳記作者。

16 美國小說家、劇作家和散文家。

一生加以描述，約翰・厄普代克（John Updike）[17]則在《自覺意識》（*Self-Consciousness*）中嘗試對自己的一生加以描繪；這兩位都是傑出的散文家，而福克納、海明威、史坦貝克及其他非自傳作家則不是——這也許是關鍵性的區別。兩位劇作家麗蓮・海爾曼（Lillian Florence Hellman）[18]和亞瑟・米勒（Arthur Asher Miller）[19]都寫了長篇自傳，但是海爾曼在其自怨自艾的《原筆畫重現》（*Pentimento*）中，卻沒有提及她長期情人達許・漢密特（Samuel Dashiell Hammett）[20]另娶別人一事，而米勒在《時光樞紐》（*Timebends*）中，也縮減了他第一任妻子瑪莉・史拉特李（Mary Grace Slattery）的描述，只成為前面幾頁，在他生命中一閃而逝的幽靈人物。

「大家都知道，人們對他人的看法，可信度並不高，」麗貝卡・韋斯特（Rebecca West）[21]曾寫道：「但大家都忽略了，人們對自己的看法，可信度更低。」

在美國，相較於演藝人士的自傳、運動選手的自畫像和政治性的回憶錄，作家對自己生命的撰述可謂寥寥無幾。在大多數情況下，這些名人傳記都由影子作家代寫，但有些作品卻被宣傳為當事人的作品，即使事實證明不是也無濟於事。這些影子作者的際遇迫使我堅持只看文學性自傳，因為如此一來，人們便可肯定這些自傳確實是作者所寫。

英國人的自傳一般都遵循有尊嚴的保留和長於敘事的傳統，這或許反映了英國人在小說中與自身保持距離的克制態度。美國人的傾向，特別是在二十世紀，則採取介入性，並明顯從自身生活吸取素材的態度，有時不免模糊自傳與虛構之間的界限（索爾・貝婁在五部小說中解剖了他的五段婚姻）。一個值得注意的例外是英國人D・H・勞倫斯，他將生命傾注於小說，這種寫作方式使他獲得美國讀者的青睞。亨利・米勒對勞倫斯極為推介，他自己的作品是一大堆喧鬧的回憶錄，其中的作弄玩鬧，刺激並解放了年輕時候的我。我每每在心裡感嘆：「噢，波希米亞風的巴黎，多麼歡愉的性自由。」完全不知道米勒當時就住在洛杉磯，而且是個怕老婆的人。

幾乎可以預料的，英國作家都是直到見到宴會將散——說不定還是場人生饗宴——才會在生命晚年，撇開正事，開始撰寫自傳。我先前提過特洛勒普本人的直率，就像他對寫作過程的態度一樣直言不諱，但是在英國人的自傳中，還有許多委婉、閃躲和娓娓道來的例子。有些自傳是作者想像力作品的延伸，甚至蓋過了主題。

文學自畫像的類型是如此廣泛，因此稍加規整應有所幫助。這類作品通常都屬於極端利我主義者，而且從來都是語焉不詳。除了日記作品（政治家最喜歡的娛樂）和生前作品（比如E．B．懷特的例子），乃至於死後出版的遺腹作品、信件收集，還有許多方式可以建構一個人的人生。

最早的形式可能是靈魂的懺悔，起源於宗教熱情，企圖對自己的一生加以解說，尋求救贖。聖奧古斯丁（Saint Augustine）[22]的《懺悔錄》是個很好的例子。但是懺悔終究落入許多世俗模式——

17 美國長篇及短篇小說作家、詩人。

18 美國女劇作家。

19 美國猶太裔劇作家，以劇作《推銷員之死》、《薩勒姆的女巫》（*The Crucible*）而聞名，為瑪麗蓮・夢露第三任丈夫。

20 被稱為開創「冷硬派」推理小說和短篇小說的美國作家，創作了數位不朽的故事人物。

21 英國作家、記者、文學評論家和旅行作家，《時代》雜誌曾將其譽為「無可爭議的世界頭號女作家」。

22 正式稱呼為希波的奧古斯丁（Augustine of Hippo），羅馬帝國末期北非的柏柏爾人，早期西方基督教的神學家和哲學家，曾任大公教會在阿爾及利亞城市安納巴的前身希波的主教，他的著作《懺悔錄》被稱為西方歷史上第一部自傳，至今仍被傳誦。

贖罪不是為了尋求和上帝和好，而是淪為個人的歷史。卡薩諾瓦《我的一生》（*History of My Life*）的吸引力，既在其浪漫的征服，也在其僥倖脫逃的無賴行徑。更為現代的懺悔形式則傾向於《阿萊斯特·克勞利的懺悔錄》（*The Confessions of Aleister Crowley*），恣意吹噓，將自己與莎士比亞相提並論便是其中之一。克勞利（Edward Aleister Crowley）[23]這位魔鬼的信徒、詩人和劇作家，將自己想像為《啟示錄》中獸的化身，宣稱：「你所做的一切，便是律法的全部。」並自詡為情聖（他指定自己一個女人為「化身狒狒的托特神」〔Ape of Thoth〕），但在這部七百多頁的懺悔錄中卻完全沒有提到自己是個同性戀者。（順便說一下，懺悔錄的副書名是《聖人傳》〔*An Autohagiography*〕，已將自己提升為聖徒。）

薩默斯特·毛姆的《總結》是在他六十幾歲時（他九十一歲時去世）寫的，儘管曾經短暫結婚，但其實他終生都是同性戀者，這一點讀者絕對無法從中得知。毛姆一開始就說：「這不是一本自傳，也不是回憶。」但書中兩者都有涉獵，只是用詞戒備，就像他的生活方式。「我曾經依附過某些人，依附得很深。」他寫道，但沒有進一步說明。他後來坦言：「我並無意袒露我的心，而且希望和讀者分享的隱私我都設有上限。」只是在這部有關他生活與意見的冗長散漫記述中，我們對於毛姆的體態狀況一無所知。他在性向方面保持緘默是可以理解的，因為當他的書出版時，這種性向依然非法，但因為書中連蛛絲馬跡都付之闕如，所以這部自傳再怎麼好，也只屬於一種暗示的型式。

一般回憶錄都比較薄、比較臨時性、比較選擇性、要求不高，甚至是隨便的，並且暗示書中所敘並非全屬真相。約瑟夫·康拉德的《個人記錄》（*A Personal Record*）便屬於這一類，只敘述他生活的外在事實，以及對友誼的一些觀點和記憶，但沒有涉及隱私。康拉德的助手福特·馬多克斯．福特撰寫了若干回憶錄，副書名都是「回憶」，其中包括《回到昨日》（*Return to Yesterday*）、《如是回顧》（*Thus to Revisit*）、《夜鶯》（*It Was the Nightingale*）和對康拉德的回憶。但即使閱讀這所有回憶錄，讀者對福特生活中的變遷（通姦、破產、醜聞）也幾乎毫無所悉，這些都是另一位勤奮的傳記作者在《最傷心的故事》（*The Saddest Story*）一書中所講述的。福特很少把事情講清楚，而且有撒謊的天賦，對已經潤飾完好的軼事和即興之作，總是不厭其煩的重複改寫。他稱自己的寫作為「印象主義派」，但很明顯的，他對事情真相感到厭煩，就像很多小說家對事實感到無聊一樣。

我會將珍．莫里斯（Jan Morris）[24]一九七四年出版的《難題》（*Conundrum*）歸類高度專業化，甚至是獨具一格的小規模自傳類型中，那是一本敘述她身為男人的不滿生活，深切感受到她是同情女性的，並且本質上，自己就是個女人。解決她難題的方法是手術，因此一九七二年她在卡薩布蘭加（Casablanca）接受手術，此後便以女人身分度過餘生——這種手術今日稱為「性別重置」。她的生活伴侶依舊是伊麗莎白，是她多年前還是詹姆斯．莫里斯（James Morris）的時候所娶的妻子。其他傑出的主題式回憶錄包括：費茲傑羅在《崩潰》（*The Crack-Up*）中的自我分析，傑克．倫敦在《糧食酒》（*John Barleycorn*）中訴說自己的酗酒史，以及威廉．斯泰倫在《黑暗視覺》（*Darkness Visible*）一書中敘述自己的自殺性抑鬱症。但由於這些書中的重點是病態的，因此是屬於卓越的案例歷史。

23　英格蘭神祕學家、儀式魔法師、詩人、畫家、作家和登山家。

24　威爾斯歷史學家、作家和旅行作家，以著作「大英帝國三部曲」（Pax Britannica Trilogy）系列而聞名。起先作為跨性別女人，都以她的出生名詹姆斯出版，直到一九七二年從男性生活過渡到女性生活。

相對於輕量但有力的回憶錄，有些自傳洋洋灑灑包含了好幾大卷。得獎的作家是奧古斯都・哈爾（Augustus John Cuthbert Hare）[25]，他幾乎把他的一生都寫在總計六本（一八九六年三本、一九〇〇年三本）的《我生命的故事》（*Story of My Life*）中。這是一套特別豐富（三千頁）與坦率，描述晦澀難解之維多利亞時代的作品，內容充滿旅行記事（他是位導遊書作者），哈爾拿手的神奇故事，和一些零散的雜聞：「曾經聽說芭芭拉太太（Mrs. Barbara）只有一隻胳膊，另一隻胳膊殘缺的原因，是被卡羅琳姨媽（Aunt Caroline）給吃掉了。」哈爾在去世的前幾天，還在為未能問世的第七卷作筆記。另外，奧斯博・西特韋爾（Sir Francis Osbert Sacheverell Sitwell）[26]需要五卷書來描述他的一生，李奧納多・吳爾夫（Leonard Sidney Woolf）[27]也是五卷；他在第一卷《播種》（*Sowing*）曾令人放心的補充一句：「我內心深切的體會到，其實到頭來，沒有什麼事是那麼重要的。」不過最後一卷的標題《旅程無關抵達》（*The Journey Not the Arrival Matters*），卻暗示他或許已改變初衷。安東尼・鮑威爾（Anthony Dymoke Powell）[28]的《維持運作》（*To Keep the Ball Rolling*）是四卷自傳的總標題——他還分三卷出版了他大量的日記。多麗絲・萊辛（Doris Lessing）[29]、格雷安・葛林、V・S・普里切特和安東尼・伯吉斯也分別獻出兩卷他們的生平記事。

自傳中還包括足堪典範的四重奏，其所揭示的內容非常迷人：葛林《逃避之道》揭露他的狂躁抑鬱，普里切特描述他在郊區的成長史（《門口的出租車》〔*A Cab at the Door*〕）和他的文學生活（《午夜之油》〔*Midnight Oil*〕），伯吉斯在《小威爾森和大上帝》（*Little Wilson and Big God*）追憶曼徹斯特的童年，以及萊辛在《走在陰影中》（*Walking in the Shade*）闡述對共產主義的幻滅。萊辛對她在這本書及其前傳《惹惱了我》（*Under My Skin*）都坦率描述其感情生活，但卻省略了和愛人間的激情，而上述其他三位男性作家則都把情史排除在生活之外。這讓我聯想到安東尼・鮑威爾小說《書是房間的配備》（*Books Do Furnish a Room*）中的一句話，書裡的敘述者尼古拉斯・詹金斯（Nicholas Jenkins）反思他正評論的許多回憶錄，寫道：「每個人的故事都有其令人著迷的部分，不過最重要的關鍵部分，大多數的自傳作者都會自動省略或遮掩。」

葛林的關鍵在於他持續不斷的浪漫情事，不過他並沒有和情婦住在一起，生前始終維繫和同一個女人的婚姻關係。他繼續追求其他婚外情，和許多女性長期同居，擁有實質上的婚姻關係。

安東尼・伯吉斯的兩卷自傳是我讀過最詳細、最逼真——似乎回憶得最為完整——的自傳之一。我認識伯吉斯，這兩卷自傳感覺很真實。但事後卻顯示裡頭有很多似乎仍是編造或扭曲的。一位非常憤怒的傳記作者（羅傑・劉易斯〔Roger Lewis〕[30]）甚至寫了本完整的傳記，詳細數落伯吉斯書中無數竄改的部分。

V・S・普里切特精采的兩卷自傳，是自傳型式的典範，既是文學獎性名實相符的贏家，也屬於暢銷書籍。不過這兩卷書也自有其精明之處。經過刻意選擇，行事謹慎的普里切特因為不想書寫任何有關第一任妻子的事情，而惹惱脾氣火爆的第二任妻子，所以第一任妻子彷彿從未存在過，普

---

25 英國作家和擅長講故事之人。
26 英國作家，與姊弟都畢生致力於藝術和文學。
27 英國政論家、作家、出版商和公務員，其妻為維吉尼亞・吳爾夫（Virginia Woolf）。
28 英國小說家。
29 英國女作家，二〇〇七年獲諾貝爾文學獎。
30 威爾斯學者、傳記作家和新聞記者。

里切特也沒有提到他和其他女性的戀史，這是他的傳記作者日後不得不費力挖掘的事情。

我在倫敦社交圈裡見過普里切特，從未把他視為沉溺女色之人，但他在五十多歲的時候，卻曾寫信給一位好友，透露了他熱情的一面（記錄在傑里米・特雷格勒〔Jeremy Treglown〕[31]所著的《V・S・普里切特：工作生涯》〔*V. S. Pritchett: A Working Life*〕）：「我不知道何謂清心寡慾；我在性方面的探險，唯一的剎車是我的責任感，這點一直讓我覺得很煩惱……我是和平的，從不吵架，和藹可親——你也知道的，純粹的享樂主義者。但我發覺人們喜歡嫉妒勝於愛情、喜歡不幸勝於幸福、喜歡駕馭他人勝於自己享樂、喜歡刻薄勝於仁慈……當然我是浪漫的。我喜歡戀愛——在戀愛中，愛的藝術變得更加巧妙也更為刺激。」

這是一段出色的陳述，甚至是關鍵性的，如果他擴大詮釋這個主題，將可為他的自傳提供必要的慾望元素。在寫這封信的時候，普里切特正和一個美國女人處在曖昧關係中。但在他的兩卷自傳中都沒有表達這種情緒，只將自己描繪為勤奮和溺愛妻子的人。

有些作家不僅進化早期的傳記，還找到如何迂迴詞句來讚美自己的方式。弗拉基米爾・納博科夫五十歲時完成《確證》（*Conclusive Evidence*），十五年後又加以擴充重寫，更名《說出來、記下來》（*Speak, Memory*），比前一版本更具趣味性、更賣弄學問、更妝點華麗。或者，這只是一本小說？至少三十年前，他曾摘錄這改良版的一章，以短篇故事的方式發表（《歐小姐》〔*Mademoiselle O*〕）。納博科夫在兩個版本中都提到了一個叫做V・席寧（V. Sirin）的生動角色。「那個令我最感興趣的作者，自然是席寧。」納博科夫寫道，在歌頌一番席寧散文的崇高魔力後，又說：「穿過流亡的黑暗天空，席寧像流星一樣……劃過，然後消失，身後除了一種模糊的不安感，沒有遺留任何東西。」

這位俄羅斯流亡者、這個難以捉摸，才華橫溢的文學典範是誰？就是納博科夫本人啊。V・席寧是納博科夫的筆名，是他旅居巴黎和柏林時所使用的，他仍然用俄語寫小說，而且——戲謔之至的——他用自傳來頌揚早期的自己，將自己塑造成浪漫之謎。

和納博科夫一樣，羅伯特・格雷夫斯（Robert von Ranke Graves）[32]年輕時就已完成回憶錄《向一切告別》（*Goodbye to All*），並在近三十年後重寫。許多英國作家在相當年輕時便已早早寫好自傳。極端的例子是亨利・格林（Henry Green）[33]，他擔心自己在戰爭中遇害，因此三十五歲時就寫了《打包我的行李》（*Pack My Bag*）。伊夫林・沃在五十歲晚期開始撰寫自傳，不過（他六十二歲時去世）只勉強完成了第一卷《小小的學習》（*A little Learning*），描述他到二十五歲的生平。

有一天，在新加坡大學的教職員聯誼會上，我的老闆，即英語系主任D・J・安賴特（Dennis Joseph Enright）[34]突然宣布他已經著手寫自傳。他是位傑出的詩人和評論家，當年不到五十歲，理應可再多活三十多年。他的著作《乞丐教授回憶錄》（*Memoirs of a Mendicant Professor*）在五十歲時出版，可謂對新加坡和教學生涯的告別之作。他沒有重新審閱這本著作，也沒有繼續描述生命的下一章。這本書令我困惑；我不懂它為何如此謹慎、如此客觀、如此躡手躡腳的描述了理應更豐富

31 英國學者，也曾任泰晤士報文學副刊的編輯。
32 英國詩人、學者、小說家暨翻譯家，專門從事古希臘和羅馬作品的研究。
33 英國小說家，作品多用象徵性事物和抒情手法刻畫人物和場景，反映了第二次世界大戰前後英國的社會現實，對當代英國作家的寫作風格產生了巨大影響，因而被稱為「作家之作家之作家」。
34 英國學者、詩人、小說家和評論家。

的一生。對我來說很明顯的，安賴特比這本回憶錄中所描繪的可愛的奇普斯先生（Mr. Chips）更為黑暗，還有更多可說的。也就因為我太清楚他遺漏了什麼，所以此後我對所有形式的自傳都產生了懷疑。

雖然我認為自傳有如一個不可靠的小動物，甚至是一隻沒有束縛、膨脹的怪物，但這種類型的創作對我依然具有神奇之至的魅力。每當有作家出版自傳時，我便忍不住撲上去。我想知道他們在這種孤獨的創作中會呈現何種風貌。雖然我贊成嘔心瀝血的創作模式，我也理解為什麼作者會吝於披露他們的荒淫面。但儘管選擇性敘述是明智的，但以這種方式呈現完整的生平，卻留給噬血的傳記作者挖掘那些不體面的事蹟又有什麼意義呢？

「沒有人可以說出自己的全部真相，」毛姆在《總結》中寫道。盧梭不表贊同，西默農在他大部頭的《親密回憶錄》中也不認同，儘管他的傳記作者形容他的回憶錄為「一部自我辯解的神話」。西默農也出現在自己的犯罪小說《梅格雷探長回憶錄》（*Maigret's Memoirs*）中——（透過一名精明老偵探的目光）是個年輕、雄心勃勃、唐突擾人和沒有耐性的小說家——頗為可信的自我描繪。我很想認為老式的懺悔錄是可行的，但是當我反思這個行業時，便想到——就像上述許多自傳作者也必定考慮過的——保守祕密對於作家來說有多重要。祕密是力量的一種來源，也是想像力中一種強大而持久的元素。

金斯利・艾米斯曾寫過一本非常有趣但極為保留的回憶錄，他在序言中就已表明，他保留許多沒說，是因為他不希望傷害到他所愛的人。這誠然是保持沉默的很好理由，但是有關他的所有事實終究坦露在世人面前，因為在他兒子的授權下，一位一絲不苟的傳記作者在近九百頁的詳細檢視下，披露了他的：工作、酗酒、性好漁色、悲傷和痛苦。與其如此，我還寧願閱讀艾米斯自己的版本。

一般而言，當自傳寫成，會交付評審員審查，就其可讀性、準確性和基本價值進行評估，對於許多作家而言，必然有種不祥的預感。我只要想到這一點，便覺得毛骨悚然。把自己的生平交付給一個支領薪水的文人進行評估，此舉必定讓許多作家裹足不前。我也當然會感到氣餒。小說——一樣我創作的東西——無可避免，一定要經過評審員的處理，這點我無能為力。但對於我個人的瑕疵和激情，我則比較有保護慾，不希望讓別人擅自評比。於是我開始理解為什麼自傳會有所遺漏，也開始理解那些根本不想動筆寫自傳的作家。

其實，我有時也會坦露自己的靈魂。但有什麼比我過去四十年來寫的旅行書更具備自傳特質的？無論從哪一方面而言，我的旅行書都可落入自傳的範圍。你想知道所有關於麗貝卡·韋斯特的一切都包含在她的著作《黑羔羊和灰鷹》（*Black Lamb and Gray Falcon*）中，那是一本關於南斯拉夫的五十萬字旅行書。但是旅行書就像自傳，也是屬於我上面所描述的令人抓狂及不夠完整的書寫模式。再者，記錄個人生命細節有時也是一種毀滅性的情感體驗。在我冒險撰述《維迪亞爵士的影子》這本以傳記當主題的著作時，有好幾頁是一邊流淚一邊寫下來的。

一般認為自傳象徵著寫作生涯的結束，這點也讓我卻步。讓我們想像：鼓聲咚咚響起，作家的最後一卷籠罩上沉默和死亡的陰影，代表著某種告別，以及某人已經「江郎才盡」的鮮明信號。我母親今年九十八。如果我也能如我母親（她仍然住在鱈魚角，讀寫皆可、生活自理）倖存於世，那麼我九十幾歲時或許會開始著手自傳。但也別心存奢望。

還有什麼可以寫的呢？V·S·普里切特在自傳的第二卷，談到「這位專業作家，花時間成為其他人和其他地方，無論真實或虛構的，發現他已經把所有生命書寫殆盡，已經幾乎一無所有。」普里切特繼續道：「這位自我主義者的真實自傳，早已暴露在他作品的字裡行間。」

格雷安．葛林的權宜之計對我頗有誘惑力。他每本書都附有一篇非常個人化的序言，描述每本創作的寫作情況，他的情緒、他的旅行，然後把這些序言，故事背後的故事，收集成冊，另行出版，名為《逃避之道》。這是一本很好的書，儘管他省略自己性好女色的一面。亨利．詹姆斯為自己作品的紐約版本書寫序言，雖然很少涉及自己私生活，卻詳細介紹他如何著手每本書。這些理論性的序言，饒富新意，在他去世後出版為《小說的藝術》（*The Art of the Novel*）。

我越省思自己的生命，自傳體小說的吸引力就越大。一般而言，美國作家首先考慮的對象是直系親屬。擷取家庭故事中比較具有特色的部分——套句今日用語，就是「悲慘文學」——然後進一步延伸。但我寫作生涯的開啟是借助於描述他人的生活，從不覺得自己生命精采，充滿趣聞軼事，足以豐富自傳的內容。我也從來沒有想過要去描繪自己所成長的家庭，那種喋喋不休的大家庭，而且我很早就發展出小說作家隨心所欲，但別具功能的用語習慣。我知道一旦著手撰寫自傳，便不免沾染上述我所譴責的各種習性——誇張、潤飾、保留、虛構、英雄主義、渲染、強迫性的修正行為，以及其他種種對於小說創作反而深具價值的東西。因此，當我的考柏菲爾德（David Copperfield）[35]向我招手時，我完成了小說《祖國》。

35 David Copperfield是狄更斯《塊肉餘生記》的英文書名，也是此書主角人物，保羅以此自況。

致謝

以下為文章最早出處：

〈前言　景觀中的風姿：人物與地方的探討〉（以〈寫作和旅行〉〔Writing and Traveling〕為篇名），《華盛頓郵報》（Washington Post）。

〈我的毒品之旅：尋找死藤水〉（以〈親愛的，巫師縮小了我的頭〉〔Honey, the Shaman Shrunk My Head〕為篇名），《男士雜誌》（Men's Journal）。

〈荒野中的梭羅〉，《緬因森林》序文（普林斯頓大學出版社〔Princeton University Press〕）。

〈夢幻樂園中的莉茲〉、〈羅賓・威廉斯：「他在家的時候是誰啊？」〉與〈和慕麗爾・史帕克喝茶〉，《滔客》（Talk）。

〈葛林國度〉，《紐約時報》及企鵝出版社版的《沒有地圖的旅行》和《喜劇演員》序文。

〈恐懼王國的亨特〉，《衛報》。

〈海上的康拉德〉，《颱風及其他故事》（*Typhoon and Other Tales*，佛里歐出版社〔Folio Society〕）序文。

致謝

以下為文章最早出處：

〈前言　景觀中的風姿：人物與地方的探討〉（以〈寫作和旅行〉〔Writing and Traveling〕為篇名），《華盛頓郵報》（Washington Post）。

〈我的毒品之旅：尋找死藤水〉（以〈親愛的，巫師縮小了我的頭〉〔Honey, the Shaman Shrunk My Head〕為篇名），《男士雜誌》（Men's Journal）。

〈荒野中的梭羅〉，《緬因森林》序文（普林斯頓大學出版社〔Princeton University Press〕）。

〈夢幻樂園中的莉茲〉、〈羅賓・威廉斯：「他在家的時候是誰啊？」〉與〈和慕麗爾・史帕克喝茶〉，《滔客》（Talk）。

〈葛林國度〉，《紐約時報》及企鵝出版社版的《沒有地圖的旅行》和《喜劇演員》序文。

〈恐懼王國的亨特〉，《衛報》。

〈海上的康拉德〉，《颱風及其他故事》（*Typhoon and Other Tales*，佛里歐出版社〔Folio Society〕）序文。

〈西默農的世界〉，西默農《寡婦》（紐約書評〔New York Review Books〕）序文。

〈療癒師，薩克斯醫師〉（以〈我的醫生朋友〉〔My Friend the Doctor〕為篇名），《展望》（*Prospect*）。

〈狼女護士，虐戀遊戲主〉，《紐約客》。

〈羅賓遜太太重臨〉（以〈為妳而寫，羅賓遜太太〉〔Here's to You, Mrs. Robinson〕為篇名），《哈潑時尚》。

〈我輩夢想的護身符〉（以〈收藏家的私人痴迷〉〔Private Obsessions of a Collector〕為篇名），《啟程》（*Departures*）。

〈搖滾樂手的負擔〉、〈史坦利：終極的非洲探險家〉和〈超越谷歌而行〉（以〈我們旅行的理由〉〔Why We Travel〕為篇名），《紐約時報》。

〈與鵝共居〉、〈夏威夷：群島堆砌的群島〉（以〈一個人的群島〉〔One Man's Islands〕為篇名）、〈門羅維爾的模仿鳥〉（以〈模仿鳥的歸來〉〔Return of the Mockingbird〕為篇名）、〈班頓的美國〉和〈自傳的麻煩事〉，《史密森尼學會》（Smithsonian）。

〈非洲擅闖經歷〉、〈英國歲月：事不關己〉和〈親愛的老爹：回憶父親〉，《格蘭塔》（Granta）。

〈辛巴威掠奪記〉，平裝版《暗星薩伐旅》的後記，（水手出版社〔Mariner〕）。

〈保羅．鮑爾斯：不是一名遊客〉，企鵝出版社版《遮蔽的天空》序文。

〈毛姆：在亞洲上下穿行〉，《客廳裡的紳士》（古典經典出版社〔Vintage Classics〕）序文。

〈我做為讀者的人生〉《閱讀》（*Reading*；費頓出版社〔Phaidon〕）的序文；攝影者：史蒂夫．麥卡瑞（Steve McCurry）。

〈生活和《生活》雜誌〉，《紐約時報雜誌》（New York Times Magazine）。

國家圖書館出版品預行編目（CIP）資料

景觀中的風姿：人物與地方／保羅・索魯（Paul Theroux）作；胡洲賢譯. -- 一版. -- 臺北市：馬可孛羅文化出版：英屬蓋曼群島商家庭傳媒股份有限公司城邦分公司發行，2023.05
面； 公分. --（當代名家旅行文學；MM1155）
譯自：Figures in a landscape : people and places
ISBN 978-626-7156-80-3（平裝）

874.6 112004382

【當代名家旅行文學】MM1155

景觀中的風姿：人物與地方
Figures in a Landscape: People and Places

作　　者❖保羅・索魯 Paul Theroux
譯　　者❖胡洲賢
封面設計❖許晉維
內頁排版❖張彩梅
校　　對❖魏秋綢
總 策 劃❖詹宏志
總 編 輯❖郭寶秀
特約編輯❖席芬（ch1-ch3）、許景理
行銷業務❖許弼善、陳亮諭

發 行 人❖凃玉雲
出　　版❖馬可孛羅文化
10483台北市中山區民生東路二段141號5樓
電話：(886)2-25007696
發　　行❖英屬蓋曼群島商家庭傳媒股份有限公司城邦分公司
10483台北市中山區民生東路二段141號11樓
客服服務專線：(886)2-25007718；25007719
24小時傳真專線：(886)2-25001990；25001991
讀者服務信箱：service@readingclub.com.tw
劃撥帳號：19863813　戶名：書虫股份有限公司
香港發行所❖城邦（香港）出版集團有限公司
香港灣仔駱克道193號東超商業中心1樓
電話：(852) 25086231　傳真：(852) 25789337
馬新發行所❖城邦（馬新）出版集團 Cite (M) Sdn Bhd.
41-3, Jalan Radin Anum, Bandar Baru Sri Petaling,
57000 Kuala Lumpur, Malaysia
電話：(603) 90563833　傳真：(603) 90576622
讀者服務信箱：services@cite.my
輸出印刷❖中原造像股份有限公司
一版一刷❖2023年5月
定　　價❖680元（紙書）
定　　價❖476元（電子書）

ISBN：978-626-7156-80-3（平裝）
ISBN：9786267156827（EPUB）
城邦讀書花園
www.cite.com.tw